朱評紅樓之
神女如夢令

朱珠 著

岳麓書社·長沙

书名题签　孙祥壮　朱子玥

作者简介

朱珠，中共党员，法学硕士，高级法官。
卅载法律生涯，聆音察理，几度拍案惊奇；
半生红楼梦萦，见微知著，一朝拨云见月。
参勘十载，机神触事，皆因木石金玉；
情悟三生，枕典席文，为证治水补天。
勒石记史，无非仁怀宁远；
朱评红楼，只为家国情浓。

目录

引言 文明的救亡——十九年

真对假，有对无，复楚对吞吴。拍案对说法，勒石对宁胡。和氏璧，灵蛇珠，高峡对苍梧。南粤纪，大风歌，荒宫养麋鹿。穷通祸福，定乱代兴思寄奴。

成对败，是对非，疑云对迅雷。惊梦对传情，折桂对寻梅。茜香罗，黄金锁，岭南对塞北。赤壁赋，广陵散，故垒成青灰。离合安危，沉烽静柝有明妃。

在《朱评红楼》系列第一部《绛珠还泪案》中，笔者阐述了《红楼梦》借死于水的河神宓妃、江神湘妃、海神妈祖、中华民族人文初祖女娲，层层递进“为闺阁昭传”，歌颂在“靖康之耻”和“甲申之变”中不屈其节的杰出女性——黛玉象征的北宋仁怀皇后朱琏及慎德妃朱璇姐妹，宝钗象征的明懿安皇后张嫣、孝烈皇后周玉凤，通过对宋、明亡国史的记录，揭开女娲补天的主题，历史跨度主要集中在1127年“靖康之耻”到1644年“甲申之变”之间的517年。

本书将在补天主题的基础上进入治水主题。

《红楼梦》以中国传说中太阳神炎帝朱襄氏、协助大禹治水的巫山神女瑶姬、填海的精卫神鸟女娃父女三人为符号，歌颂了在明清换代的历史风云中，为传承文明薪火而前仆后继的历史人物。本书的历史跨度主要集中在1643年顺治皇帝爱新觉罗·福临登基至1661年逊位出家，1644年“甲申之变”明朝灭亡、南明建立至1662年南明永历帝朱由榔在昆明金蝉寺殉难两个18年，前后共19年。

这19年中，以孝庄、多尔衮为代表的清朝统治集团保守势力在残酷的屠戮之外，以落后的文化、野蛮的民族压迫为其鲜明特征，中华文明中所谓“得民心者得天下”的规律、所谓仁者无敌的至理，于白骨如山忘姓氏的屠场中被践踏为齑粉。反对剃发易服政策的南明政权和全面推行汉化的顺治亲政岁月，曾点燃华夏文明涅槃重生的希望，但1661年顺治皇帝福临逊位出家和1662年永历皇帝朱由榔死难金蝉寺使这一希望再度成为泡影。《红楼梦》第一百二十回《甄士隐详说太虚情　贾雨村归结红楼梦》，贾政见到出家之后的宝玉，说道：“岂知宝玉是下凡历劫的，竟哄了老太太十九年！如今叫我才明白。”

《红楼梦》历代创作群体站在中华民族整体利益的高度思考民族问题与文化问题，把促进民族团结和文化交融作为中华民族最高利益，支持民族交往、交流、交融，尊重差异、包容多样，并对以孤立、保守、排外、暴政为特征的狭隘民族主义予以最尖锐的批判。《红楼梦》通过对这段历史的记载告诉读者，文化，既是分裂的力量，又是统一的力量。

《红楼梦》甲戌本第一回之前《凡例》七律：

浮生着甚苦奔忙，盛席华筵终散场。
悲喜千般同幻渺，古今一梦尽荒唐。
谩言红袖啼痕重，更有情痴抱恨长。
字字看来皆是血，十年辛苦不寻常。

结束“红袖啼痕重”的“昨夜朱楼梦”的宋、明亡国史，现在让我们开启“情痴抱恨长”的“今宵水国吟”的清初（南明）19年岁月。

在写作“秘法”掩护之下，与顺治王朝、南明政权重大历史事件有关的一些日期在《红楼梦》中被有意无意、若隐若现地隐藏了起来，如：

正月初七：1661 年的这一天顺治以天花病逝之名逊位出家。

正月初八：1661 年孝庄令孝献皇后董鄂氏之妹——贞妃董鄂氏从殉。

二月十一日：1663 年 24 岁孝康章皇后佟佳氏暴亡。

二月十二日：花朝节。

二月二十二日：1744 年的这一天是“甲申之变”100 周年的清明。

三月十二日：1662 年，孝庄与辅政四大臣以康熙名义诏告天下“永历既获”，宣布南明永历政权的灭亡。

三月十八日：上古传说三皇之一的伏羲、女娲诞辰。1644 年的这一天，明朝末代皇后周玉凤自缢殉国；1649 年的这一天，清朝豫亲王多铎染天花而病亡；1654 年的这一天，也是清康熙皇帝玄烨诞辰。

三月十九日：1644 年的这一天，明崇祯帝朱由检自缢殉国，明天启帝懿安皇后张嫣自缢殉国。

四月二十五日：1644 年崇祯帝后大殓三十三日；1645 年，南明督师史可法被清豫亲王多铎杀害，多铎率清军血洗扬州，史称“扬州十日”；1662 年，南明最后一任皇帝永历帝朱由榔被吴三桂勒毙于昆明金蝉寺。

四月二十六日：炎帝朱襄氏诞辰。1662 年的这一天，朱由榔遗体焚化于昆明北门外莲花池畔，挫骨扬灰。

芒种：1644 年五月初二芒种，多尔衮率清军进入明朝京师北京；1645 年五月十三日芒种，多铎抵南京城下，两日后南京城献降。

七月十八日：1661 年，永历朱由榔这一天在缅甸遭遇咒水之难，身边侍从、大臣被杀殆尽。

八月十九日：1660 年，顺治皇贵妃董鄂氏在这一天逝世。

八月二十一日：1660 年这一天，顺治追封董鄂氏为孝献端敬皇后。

八月二十三日：1645 年这一天，江阴城反剃发易服的抗清斗争八十一日止杀。民族英雄阎应元死难前绝笔：“八十日带发效忠，表太祖十七朝人物。十万人同心死义，留大明三百里江山。”

八月二十四日：1661 年这一天，吴三桂从昆明西出缅甸，追杀南明末帝朱由榔。

八月二十五日：1646 年，诗书画三绝的南明隆武朝兵部侍郎杨文骢在这一天兵败仙霞岭，举家 36 人尽被屠戮；1656 年的这一天，顺治封董鄂氏为西宫妃，九月晋皇贵妃并大赦天下。

八月二十六日：1643 年的这一天，6 岁的顺治在盛京（今辽宁沈阳）登基；1658 年，顺治与董鄂妃之子和硕荣亲王下葬前告祭太庙，次日下葬蓟县黄花山。

九月初二：1646 年这一天，南明隆武帝曾皇后在福建投九龙潭；1651 年南明监国鲁王元妃陈氏在浙江定海投宫井。

十月初七：1657 年，董鄂妃在这一天诞下顺治第四子荣亲王。

十月初八：1660 年的这一天，顺治第五次亲临寿椿殿，为孝献皇后董鄂氏断七。

十月十四日：1646 年的这一天，桂王朱由榔在广东肇庆称监国。

十一月十三日：1650 年尚可喜、耿继茂率清军陷广州，“庚寅之劫”死难 70 万人。南明回族将领羽凤麒戎服自缢于城楼，撒之浮、马承祖战死沙场，史称“回教三忠”。

十一月十六日：1650 年的这一天，孔有德率清军陷桂林，南明兵部尚书瞿式耜、桂林总督张同敞殉难。

十一月十八日：1646 年的这一天，桂王朱由榔在广东肇庆登基，以次年为永历元年，成为南明政权抗清的领导者。

…………

通过上述日期的穿针引线，《红楼梦》描写了大量有关悼念、反思、抗争的故事，将这些故事中的关键词提炼出来，就能在玉钗金屋、芗泽罗襦的“秘法”隐藏之下，看到文明对野蛮的殊死反抗。

第一节 明——天崩地解

2021年10月10日，是伟大的辛亥革命110周年的纪念日。辛亥革命领袖孙中山先生说过："要恢复民族的地位，便先要恢复民族的精神。"孙中山先生所指的民族的精神是什么？为今人所淡忘的"甲申之变"所带来的明清易代，正包含了解开以上问题的关键钥匙。

一、历史的天空

大约四百年后的今天，世人已将明清易代造成的崩溃、暴力和痛苦抛诸脑后，国人大多数以为，自秦迄清只是一成不变的封建专制，明与清的更替也只不过是五千年历史长河中被微风拂起的一阵涟漪。表面上，此言大抵不差，清军入关，政治上虽由士人政府变为狭义的部族政治，主奴之伦也取代了君臣之礼，但大体上还因袭历代的规模：人口的统计数据冲高到了四万万的极值，巅峰时期疆域面积达1300万平方千米。然而，这就是历史的全部了吗？须知，在繁复华丽的表象之下，别有一无形的力量贯彻于历史当中，这便是中国传统文化中的人文精神。

古人说："文者，贯道之器也。"文化是民族的精神命脉，连接着一个民族的过去、现在和未来。只有涵养过辉煌灿烂的文明，一个民族才能砥砺复兴的壮志。如果我们对自己的历史缺乏足够的温情与敬意，对传统文化懵无所知，此等空呼爱国不过是一个精致利己主义者的包装而已。

现在一提起明朝，就是黑暗、腐朽、宦官专政、党派之争、皇帝慵懒等，因此有人说，崇祯死掉了固然可怜，但是明朝腐败到了那种地步，肮脏黑暗，明亡清兴是历史的必然。我们想想，如果这就是明朝的全貌，它能存在277年吗？在它灭亡之后又能被铭记267年吗？

翻检晚明史料，我们可以看到明朝的政治体制运行将近300年后衍生的种种弊端，赋税、宗藩、职官、武备以及个人意识高涨之下国家整体动员能力的衰弱，而崇祯皇帝因其作风与能力不仅难以力挽狂澜，而且还在相当大的程度上加剧了问题的恶化。但同时，在衰朽的政治体制之外，我们还看到了晚明时的中国依然保有繁荣的文化、昌明的科技与蓬勃的经济，社会充盈着自由与活力，正是人文精神狂飙突进的年代。

1627—1644 年的崇祯王朝，配合资本主义的萌芽，发展近代科技也被提上朝廷的议事日程：宋应星所著人类第一部农业和手工业生产综合性著作《天工开物》、徐光启所著《农政全书》、方以智所著《物理小识》等自然科学著作相继问世。面对西方的科技进步，徐光启上疏崇祯皇帝“欲求超胜，必须会通；会通之前，必须翻译”“令彼三千年增修渐进之业，我岁月间拱受其成”。在崇祯皇帝的支持下，汤若望等一批传教士协助明朝对西方的天文历法科学书籍进行有计划、有组织的大规模翻译。

世人常将 19 世纪中叶的魏源作为中国睁眼看世界的第一人，但准确来说，魏源是清朝睁眼看世界的第一人。在 17 世纪的明朝，中国早已经睁眼看世界。

自 1644 年明朝灭亡，直到 1949 年中华人民共和国成立，历经 300 余年的停滞，中国现代科技才最终迎来大发展。

著名历史学家顾诚先生在他的《南明史》序言中发表了自己的看法，认为历史进程的必然性只有一条：就是社会要发展，要前进，其间可能出现短期的逆转和曲折。至于王朝的建立和统治者的更替，大抵都属于偶然因素。现在有一些人以明亡清兴来论证汉民族该亡国了，这是扰乱公众的历史认知、颠覆历史记忆、消解民族尊严的历史虚无主义的立场，当代史学四大家之一、《国史大纲》的作者钱穆先生用“丧心病狂”四字对此类观点加以批判。

还有一点应注意的是，对清初的历史评判要采取四分法：多尔衮摄政时期的六大弊政（1643—1650 年）、顺治亲政的汉化努力（1651—1661 年）、孝庄与四大臣辅政时的历史倒车（1661—1667 年）、康熙亲政（1667—1722 年）后的大一统进程。如果对上述四个历史人物不加区别，会形成枭鸾并栖的局面；如果对上述四个历史时期不加区别，历史阐释必将举步维艰，陷入投鼠忌器宝玉瞒赃的困境。《朱评红楼》以民族团结、文明交融和大一统为基本价值判断，暴政的多尔衮与反对汉化的孝庄将无法再“迷眩缠陷天下者也”。

二、甲申记忆：三月十九日

明朝自永乐大帝朱棣时起，就开启了“天子守国门”的传统。永乐十二年（1414），朱棣第二次北伐扫荡漠北班师回京后曾豪迈地说：“我朝国势之尊，超迈前古，其驭北虏西番南岛西洋诸夷，无汉之和亲，无唐之结盟，无宋之纳岁薄币，亦无兄弟敌国之礼。”这就是后世总结的所谓大明祖训：不和亲、不赔款、不割地、不纳贡，天子守国门，君王死社稷。

1449 年瓦剌首领也先攻打明朝首都北京，明朝在兵部尚书于谦领导下开始了一场首都保卫战。自此时到明朝灭亡的 1644 年近 200 年间，明朝在历次北京保卫战中都十分坚定，兵临城下仍然宁死不迁都，这在中国历史上是仅见的。即便到了明末那种内忧外患的险境，明朝依然兵分两路，对关外的国土自始至终没有放弃“全辽可复”的愿望。

1644 年三月十九日，崇祯自缢于煤山海棠树开启的是一场“天崩地解”（黄宗羲语）的大变局。单看这四个字，这一场变局之于华夏文明的意义绝不只是改朝换代那么简单，如果仅仅因为一君之生死、一姓之兴亡，如何足以当得起“天崩地解”四字？

1644 年的三月十九日，成了一代人集体记忆中最特别的一日。翻开时人的著作，写在这一天的诗文尤其多，既有对先皇身殉社稷的颂扬，也有对个人忧辱苟活的感怀，还有对亡国之恨的痛彻。比如，顾炎武谈起三月十九日，就说“一生愁恨集今辰”，他以遗民存世将近四十年，志最艰卓。

三月十九日的文化意义并不限于士大夫。根据史料记载，明亡后，东南沿海的百姓为避清廷耳目，假借奉祀太阳星君（又称太阳菩萨、大明之神）的名义缅怀故国故君。太阳星君的生辰即定在三月十九日的卯时，《太阳星君圣经》写道：“太阳明明珠光佛，四大神明正乾坤。太阳日出满天红，晓夜行来不住停……”

三月十九日的文化意义在海外也有强大的影响力。朝鲜君臣以明朝太祖（洪武）、神宗（万历）、毅宗（崇祯）并享“大报坛”，并于三帝即位、忌辰日行望拜礼。这种祭祀活动每年都会进行，一直延续到19世纪末日本侵占朝鲜时方止。到清末1893年，朝鲜还曾出现过“崇祯二百六十五年”的纪年。“崇祯”年号的使用时间，堪称中国皇帝年号使用年限之最。

鲁迅先生在《阿Q正传》中写道，说乡下盛传，革命党进城，个个白盔白甲，为崇祯皇帝戴孝。这一笔蕴含着一个悬系人心上267年的历史记忆，上下五千年再难找出第二例。当然，崇祯皇帝17年忧国如病最后以身相殉的历史为他平添了丰富的人格魅力，除此之外，却也还有一种源自人之本性的力量，在辛亥革命之际，使得人们集体而自发地将目光投向了267年前。

在辛亥革命成功、建立共和之后追崇明朝，绝非鲁迅先生的妄笔。民国元年（1912）2月15日，上午隆重的南北统一共和成立大典之后，孙中山率各部及右都尉以上将校赴明孝陵行祭告礼，军士数万，各国领事临观，孙中山谒陵时宣读《祭明太祖文》《谒明太祖陵寝文》两篇重要历史文件，以光复成功、民国肇造而“始敢告无罪于我高皇帝”。谒陵文开篇“惟有明失祀之二百六十有七年，中华民国始建”一句，深意寓焉。

1944年，为农历甲申年，也是明朝灭亡整三百年。郭沫若在延安的《解放日报》等报刊上连载了《甲申三百年祭》，通过梳理明朝的灭亡和崇祯之死，号召国内团结，一致对外。与此同时，由北平社会各界组成的“明思宗殉国三百年纪念筹备会”宣告成立，并在景山上新立了一座纪念碑。环顾当时，中国正遭受日本的侵略，北平仍被日本控制，与明朝亡国前夕的危难局面何其相似。碑文“缅溯明祖（太祖朱元璋）开国之功，并阐思宗（崇祯朱由检）救民之旨”，实则是要求当权的国民党政府效仿崇祯皇帝，不畏艰难，矢志抗敌。

此碑现仍立于景山之上。我们来看一下碑文的最后一段：

天厌明德，末运不昌。踵袒袭孽，以速乱亡。赫赫思宗，实为英主。沉机锄奸，膏我齐斧。厉政勤民，日不遑暇。求鸾得枭，心劳力寡。外侮日殷，内讧莫戢。豺虎纵横，凭陵京邑。大命俄倾，宸衷自谴。身殉社稷，被发覆面。朕躬可裂，朕民勿伤。数行血诏，哀动昊苍。龙驭莫攀，如丧考妣。都人幕思，瞻日曷已。陵谷贸迁，历年三百。峨峨景山，苍苍松柏。杜鹃啼血，凄绝春城。望帝不归，庶感精诚。此山不骞，此石不涅。煌煌三光，昭兹遗烈。

每逢三月十九日，我们想起殉国景山的崇祯皇帝，想起大明王朝的最后背影，更应想起那一份不该被遗忘的人文精神。

第二节　南明政权：1644—1662 年

1644 年三月十九日，君王虽已死社稷，但旧臣依然心系大明。他们在南方的大片土地上先后建立起一个又一个政权，继续与南下的清军做着顽强的斗争。这些政权包括弘光政权、隆武政权、绍武政权和永历政权，共计存在 18 年，历史上把这 4 个政权统称为南明。

南明政权是在明末清初各种力量博弈过程中重新确定中国历史走向的舞台上存在的。人民群众反对多尔衮六大弊政的民族斗争构成全部南明史的主线，在这场斗争中的表现和对待这场斗争的态度，应成为作出历史是非判断的基本依据。

一、福王朱由崧弘光政权（1644 年五月—1645 年五月）

南明第一个政权是朱由崧的弘光政权。朱由崧是明神宗万历皇帝之孙，崇祯皇帝堂兄、福王朱常洵之子。1644 年五月初三，在多尔衮入紫禁城的次日，明朝重臣马士英、史可法等奉明福王朱由崧监国于南京，五月十五日朱由崧即皇帝位于南京紫禁城，以次年为弘光元年。

弘光政权错误实行联虏平寇的国策，寄希望与清军联合共同消灭大顺军、大西军。1645 年春内阁首辅马士英与宁南侯左良玉党争，马士英调江北四镇之军抵抗左良玉，多铎率清军乘虚南下，史可法独守扬州无援殉国，清军于 1645 年四月二十五日占领扬州，八十万生灵涂炭。多铎随即率清军渡过长江。五月初九，弘光帝朱由崧弃南京城而逃；五月十三日芒种日，多铎抵南京城下；五月十五日，礼部尚书钱谦益等开城门献降；五月二十二日，朱由崧在芜湖被俘，弘光政权覆灭。

次年五月，弘光帝朱由崧与潞王、衡王等17名明宗室被多尔衮杀于北京。

二、唐王朱聿键隆武政权（1645年闰六月—1646年八月）

1645年五月弘光帝朱由崧被俘后，闰六月初七，明朝大臣奉唐王朱聿键称监国于福州。闰六月二十七日称帝，改福州为天兴府，以是年为隆武元年。

隆武帝朱聿键，是朱元璋九世孙。崇祯五年嗣立唐王，崇祯九年因率兵勤王擅离南阳获罪，弘光时获释。郑成功奉隆武皇帝朱聿键为正统，朱聿键赐名朱成功，其国姓爷称谓即由此而来。

隆武政权建立之初，俨然有所作为，集廷臣议抗清战守。隆武帝即位不及半月，即下诏亲征，影响颇大。江浙、安徽、江西各地义军纷起，响应抗清号召。然而军政大权掌握在地方实力派郑芝龙手里，隆武帝本人也为其挟制，实际并无建树。1646年七月，因郑芝龙暗中与清军洽降，清军长驱直入。隆武帝、曾皇后夫妻出奔汀州（今福建长汀），八月二十八日被清军追捕，九月初二曾皇后在九龙潭投水，隆武帝下落不明，一说被杀殉难，一说绝食而死，一说出家为僧。

三、朱聿𨮁绍武政权（1646年十一月—十二月）

1646年八月隆武政权覆灭后，十一月初五，隆武帝朱聿键的弟弟朱聿𨮁在广州被拥立为帝，改元绍武，该政权被称为绍武政权。同年十二月中旬，清军李成栋部攻入广州，绍武帝朱聿𨮁绝食（一说自缢）而死，绍武政权仅存40（一说43）天。

四年后的1650年清军再围广州，尚可喜、耿继茂广州屠城之惨烈堪比扬州，但已为后人所遗忘。《广州市志·宗教志》："清顺治七年（1650），清军攻广州，死难70万人，在东郊乌龙冈，真修和尚雇人收拾尸骸，'聚而殓之，埋其余烬'，合葬立碑。"

四、桂王朱由榔永历政权（1646年十一月—1662年四月）

在绍武政权建立的同时，1646年十一月，原弘光朝廷的两广总督丁魁楚、广西巡抚瞿式耜等拥戴桂王朱由榔于肇庆建立永历政权。

朱由榔，明神宗万历皇帝之孙，与天启朱由校、崇祯朱由检、南明弘光朱由崧系堂兄弟，初封永明王，后袭桂王爵位。朱由榔登基后，原弘光、隆武、鲁王监国、绍武等政权的许多旧臣官员以及大顺军李来亨部、大西军李定国部均聚集在永历政权的名义下继续抗清，郑成功就是在这种形势下奉永历为正朔。1654 年，永历皇帝封郑成功为延平郡王，郑氏家族的王号也由此而来。

永历政权存续了 16 年，支撑东南沿海及中南、西南数省半壁江山，声势颇大。1658 年四月，清军主力从湖南、四川、广西三路进攻贵州，年底进入云南。1659 年正月永历帝撤出昆明，一路向西流亡至缅甸。现在缅甸北部的果敢、桂家主要是当年随桂王永历朱由榔流亡缅甸的南明军民的后裔。

重九起义后蔡锷率云南人民在金蝉寺旧址所立的明永历帝殉难纪念碑

1661 年七月十八日，永历朱由榔在缅甸遭遇咒水之难，身边侍从、大臣被杀殆尽；八月二十四日，吴三桂率清军西出缅甸；十二月初二，缅甸王将朱由榔交给吴三桂。1662 年三月十二日，孝庄与辅政四大臣以九岁康熙皇帝的名义诏告天下“永历既获”；同年四月二十五日，吴三桂在昆明金蝉寺将永历帝及其太子朱慈煊缢杀；四月二十六日，炎帝诞辰，吴三桂将遗体火化，拾取大骨，携回作证，所余灰烬，吴三桂命人用风籁鼓散，史称“焚尸扬灰”。

永历帝是中国历史上跑路最多、遭难最多的皇帝，从华南到缅甸历程万里；在位十六年，遭受生死之难不少于30次。郑成功为永历帝上庙号明昭宗。贵州都匀籍旧臣扶纲将永历帝衣冠葬于贵州都匀高塘山，陵前对联：三百年始旌彰表，亿万世共凛懋昭。

贵州省都匀市人民政府官网2020年9月7日刊发了一篇来自《黔南日报》的文章《解谜都匀“明永历皇帝陵”》，文中记载了1997年重修永历陵的过程：“当往下挖至3米左右的时候，看到的是一块50厘米左右宽，60厘米左右长的石板，拗开石板，下面是一个砖砌的与石板几乎相同大小的井函，中间排放着两根骨头，好像是肘骨，尚还完整，没有其他陪葬……骨头好像原是放在木匣子后再放入的，因旁边有腐烂的木屑，没有陪葬。从当时的形势看，只能从快从简，也是可信的。”因此，贵州都匀的“明永历皇帝陵”是骨冢，并非衣冠冢！

在南明史的相关讨论中，常涉及拥唐与拥桂之争，但这是一个伪命题。1645年闰六月，唐王朱聿键隆武政权建立；1646年八月，隆武政权覆亡。1646年十一月桂王朱由榔永历政权建立。由此可知，所谓拥唐与拥桂之争持续时长最多1年，时间自1645年闰六月至1646年八月。唐王朱聿键与桂王朱由榔并无官方记载的后人，某畅销书渲染30年后三藩之乱背景下天地会与云南沐王府之间拥唐、拥桂之争，竟成为国人长于内斗的反面例子，在此予以掰谎。

五、鲁王朱以海监国政权（1645—1655年）

1645年五月清军攻破南京城后，鲁王朱以海被拥立为监国。朱以海没有称帝，其政权控制着浙东绍兴、宁波、温州、台州等地，拥有浙中义师及原明总兵方国安、王之仁部，且凭借钱塘江天险抗清。

抗清失败之后，朱以海在张煌言一干人等的陪同下依附了郑成功。郑成功对朱以海以礼相待，把他安排在金门居住。1662年四月永历帝朱由榔死难、五月郑成功病逝之后，十一月十三日鲁王朱以海病亡。20世纪50年代在金门出土的鲁王墓志证明，清朝关于郑成功谋杀鲁王朱以海的记载纯属诬蔑。

1662年永历帝朱由榔，民族英雄郑成功、李定国，明鲁王朱以海相继殉难或病逝，1664年据守昭君故里、湖北兴山茅麓山九莲坪的永历朝临国公、李自成之义孙李来亨将军以及永历朝节孝贞义一品夫人、李自成遗孀高氏举家自焚，自此大陆上公开以恢复明朝为旗帜的武装抗清运动结束了，天地会、白莲教等地下团体接下了抗清斗争的旗帜。

第三节　清——有天下者太巧

1643—1661年的顺治王朝与1644—1662年的南明政权高度重合。

1643年八月二十六日清世祖爱新觉罗·福临在沈阳登基，1661年正月初七逊位，在位18年，年号顺治。

1644年四月二十二日，多尔衮率清军进山海关，与吴三桂联军在一片石大败李自成大顺军；五月初二芒种日，多尔衮率清军进入北京城；十月初一，顺治在紫禁城诏告天下“号曰大清，定鼎燕京”，正式开启清王朝作为中央政权的统治。

1643—1661年，经过18年的征战，清朝在大陆基本实现了统一。

一、明清易代

明清易代是中国历史上以少胜多，落后者战胜先进者的典型事件。清政权成为历史的赢家，所依凭的并不是其理念、价值或文化的优越，而在于其更有能力运用有组织的暴力，以及机巧地利用了明与南明政权处理天灾（大旱、瘟疫）、民变、党争方面的不力所造成的国力空虚和内讧冲突。正如抄检大观园时探春流泪所言：“可知这样大族人家，若从外头杀来，一时是杀不死的，这是古人曾说的‘百足之虫，死而不僵’，必须先从家里自杀自灭起来，才能一败涂地！”

清政权的建立是以全国生产力大幅度破坏为代价的。顾诚先生在《明末农民战争史》中以确凿的事实证明了大顺军推翻明王朝接管整个黄河流域对社会生产几乎没有造成什么破坏，并且还狠狠打击了那些严重阻碍生产力发展的贵族官绅势力。

二、土崩瓦解

《能静居日记》记载了同治六年（1867）六月二十日赵烈文与曾国藩的一段对话，此时正值同治中兴之日，但赵烈文已准确地预言了清朝的灭亡："土崩瓦解之局"，"殆不出五十年矣"。果然45年之后的1912年，宣统皇帝退位，结束了清朝267年的统治。而关于清朝灭亡的原因，赵烈文归结为"有天下者太巧"——"国初创业太易，诛戮太重，所以有天下者太巧，天道难知，善恶不相掩，后君之德泽，未足恃也。"

明末全国有2000余个书院，江南地区的国民识字率达40%，从明朝中后期小说这一文学形式的兴盛可见一斑。清末全国4亿人口中，粗通文墨的仅有300万人，不到300万人的旗人是识字率最高的群体，他们过着"月赐钱粮，不耕而食，不织而衣"的生活，在清政府设立的专门面向旗人的官学和义学中接受义务教育。有文化又有话语权，为炮制"千部共出一套""大不近情理"的"历来野史"创造了便捷。

在全球近代化的进程中，故步自封、丧失文化根基的清王朝遭到来自政治、经济、军事、文化的全方位降维打击，一败涂地，龙的传人沦为东亚病夫，有着5000年悠久辉煌历史的中华民族被歧视为劣等民族。1912年，为避免更大规模的流血牺牲和民族分裂，清隆裕太后审时度势发布宣统退位诏书："总期人民安堵，海宇又安，仍合汉满蒙回藏五族完全领土为一大中华民国"，她完成了最后的历史使命，被盛誉为女中尧舜。

第四节　顺治王朝之多尔衮摄政：1643—1650年

爱新觉罗·多尔衮（1612—1650），清太祖努尔哈赤第十四子。皇太极死后，多尔衮和济尔哈朗以辅政王身份辅佐皇太极第九子福临即帝位，后多尔衮自称摄政王；顺治元年（1644）四月二十二日率清军入关，先后封叔父摄政王、皇叔父摄政王、皇父摄政王。顺治七年（1650）十二月初九在塞北狩猎途中坠马而亡，被追封为“清成宗”，谥“懋德修远广业定功安民立政诚敬义皇帝”。但不到两月，顺治八年（1651）二月，顺治下诏剥夺多尔衮的封号，“罢追封、撤庙享、停恩赦、掘坟墓”。

多尔衮率清军入关后，利用摄政王的地位，推行“六大弊政”：剃发易服令、屠城、圈地令、投充令、逃人法、禁关令。

一、剃发易服令

有着四千年历史的汉民族的发式、衣冠集中凝结着汉民族的文化传统与民族精神。1644 年五月初二，多尔衮打着为明朝崇祯帝复仇的旗号率清军进入北京城，五月初三即下达剃发易服令，要求北京城里所有的故明官吏、军民薙发，以表示对大清政府一心一意的归降。所谓薙发，是指男子必须依满族习俗剃发：前部头发剃尽，顶发四周边缘剃去寸许，俗称金钱鼠尾辫。不遵令者当“逆命之寇”。

但甫一下令，三河即爆发反清运动，山东也有骚动趋势。因初到北京清军立足未稳，20 天后的五月二十三日，多尔衮叫停剃发令。对于投降清朝的官吏，多尔衮也同意沿用明朝衣冠。

暂停剃发令的效果十分显著，清朝在京畿地区站稳脚跟，并于当年十月迁都北京。自 1644 年五月初二芒种多尔衮入北京城至 1645 年五月十三日芒种多铎兵抵南京城，一年之内，清兵势如破竹，大江南北都是传檄而定，不仅击溃了大顺军，还掉头南下，击溃了南明弘光政权，清朝的统治地域从黄河流域推进到了长江流域。

1645 年六月十五日，在接到清军攻占南京的捷报时，认为天下大定了的清摄政王多尔衮决定再颁剃发易服令。其执行口号是：“留头不留发，留发不留头。”

1645 年六月剃发令颁下后，已经表示顺服姿态的大江南北立即爆发极其暴烈的反抗，历经“江阴八十一日”“嘉定三屠”之后，以多尔衮为代表的顽固派取得了剃发易服的全胜。

表1 剃发易服时间表

时间	历史背景	剃发易服令
1663年八月	顺治在沈阳登基	
1644年五月	多尔衮率清军进入北京	五月初三首颁 五月二十三日叫停
	南明弘光政权建立，定都南京	
1644年十月	顺治在紫禁城登基	
1645年四月	多铎在扬州屠城，史称“扬州十日”	
1645年五月	南京献降，南明弘光政权覆亡	
1645年六月		六月十五日 再颁剃发易服令
1645年六—八月	“嘉定三屠”“江阴八十一日”	
1645年闰六月—1662年四月	南明隆武政权、绍武政权、永历政权覆亡	

二、屠城

清军入关后，为镇压全国各地的武装抵抗，进行过多次屠杀抗清军民事件，如“扬州十日”“嘉定三屠”“江阴八十一日”“广州大屠杀”，还有在苏州、南昌、赣州、常熟、南京、昆山、舟山、湘潭、大同等地惨绝人寰的大屠杀。

葛剑雄《中国人口发展史》认为，从崇祯元年（1628）到顺治十二年（1655）的27年间，中国人口减少了8000万，从约2亿减少到1.2亿，引发人口减损原因是战争与小冰河期的重大自然灾害。农民起义与明朝的镇压还没有扩大到两广、云南、江西、福建、浙江和南直隶的江南部分，但清军南下时这些地区无不沦为战场。有些地方先成为农民军与官军反复争夺的场所，后来又成了清朝军队的屠场，像四川就是其中之一。所谓“张献忠屠蜀”当然是出于统治阶级的歪曲，但四川的人口基本符合灭绝却是基本符合事实的，这从以后的人口状况和大规模移民可以得到证明。满汉之间的民族差异更加剧了冲突的激烈和残酷程度，连最富庶的江南也发生了殊死的抵抗，不止一次上演了屠城的惨剧。

关于这一时期人口减少，学界还有更尖锐的观点认为人口减损逾三分之二。不管如何计算，清军入关之后“南人颈试北人铁”的大屠杀死亡人数是中国历次改朝换代之最，这是不争的事实。

疯狂的屠杀政策不仅没有吓倒汉族人民，反而激起他们更加顽强的抵抗，清军在屡遭覆师失将之后，被迫在政策上作出部分调整。顺治八年福临亲政，就立即划清界限：“本朝开创之初，睿王摄政，攻下江、浙、闽、广等处，有来降者，多被诛戮。以致遐方士民，疑畏窜匿。”

三、圈地令、投充令与逃人法

圈地运动前后持续了25年，到康熙亲政后才下令停止。紧急圈地有三次，均在多尔衮摄政时期。

1644年十二月颁布首个圈地令，将凡近京各州县无主荒田及明朝皇亲国戚、贵族官僚走死逃亡后遗留的土地，圈分给诸王、勋臣、兵丁。

1645年九月，清廷颁布第二个圈地令，圈地范围扩大到河间、滦州、遵化。直隶的顺德府，山东的济南府、德州、临清，江苏的徐州，山西的潞安府、平阳府、蒲州因驻扎八旗兵，这些地方的百姓土地也被强占。

1647年正月第三次圈地，范围在顺天、保定、河间、易州、遵化、永平等42府。

投充令是指清初强迫汉人投充满洲贵族家为奴的法令。该法令规定：第一，允许满洲贵族招收贫民役使；第二，被投充的人是奴仆，主人可以买卖他们。

由于忍受不了虐待，大批奴隶逃亡。1645年春，多尔衮颁布“逃人法”，对逃跑的奴仆严厉惩罚，受鞭责或脸上刺字之后归还原主；凡窝藏逃跑奴仆的人，本人处死，财产没收；前述两罪罪及邻居和地方官员。

圈地令、投充令与逃人法令用暴力剥夺了汉族人民的人身权与财产权，将大量汉人转化为满洲贵族的奴仆，满洲贵族作为利益阶层，成为维护皇权最稳固的统治工具。

四、禁关令

1644 年清军入关后，多尔衮下令禁止汉人进入东北地区垦殖，这就是禁关令。由于禁关令，东北长期处于千里无人烟的局面，为俄国侵占东北提供了可乘之机。清代后期，清政府才解除封禁移民实边，有了千万人民闯关东的历史。

在六大弊政的高压之下，国内政局大动荡，打断了中国社会发展的正常进程，经济发展和生产力遭到极大破坏，严重摧残了明朝中后期方兴未艾的资本主义萌芽。

五、多尔衮摄政年表（1643—1650 年）

表 2 多尔衮摄政年表

时间	历史背景	摄政生涯
1643 年 崇祯十六年	八月二十六日，顺治在沈阳登基	自称摄政王
1644 年 顺治元年 崇祯十七年	三月十九日，明亡	
		四月二十二日，入山海关
		五月初二，进北京城
	五月初三福王朱由崧在南京监国，弘光朝建立	五月初三，颁剃发易服令
		五月二十三日，暂停剃发易服令；九月，加封叔父摄政王
	十月初一，顺治诏告天下“号曰大清，定鼎燕京”	
1645 年 顺治二年 弘光元年 隆武元年	四月二十五日，“扬州十日”	派胞弟豫亲王多铎南征江南；其间，六月初五，再颁剃发易服令
	五月十五日，南京献降	
	五月二十三日，朱由崧被俘，弘光政权覆亡	
	闰六月，朱聿键建立南明隆武政权	
	七月，“嘉定三屠”	
	六月—八月，“江阴八十一日”	

续表：

<table>
<tr><th>时间</th><th>历史背景</th><th>摄政生涯</th></tr>
<tr><td rowspan="3">1646 年
顺治三年
绍武元年</td><td>八月，南明隆武帝后被俘，隆武政权覆亡</td><td rowspan="3">将皇帝玺印搬到府中收藏备用，所用仪仗的种类与皇帝等同</td></tr>
<tr><td>十月十四日，桂王朱由榔宣布监国</td></tr>
<tr><td>十一月十八日，永历帝朱由榔登基</td></tr>
<tr><td>1647 年
顺治四年
永历元年</td><td rowspan="3">永历政权在西南、东南沿海抗清</td><td>尊为皇叔父摄政王，禁用“九王爷”，“以后凡行礼处，跪拜永远停止”</td></tr>
<tr><td>1648 年
顺治五年
永历二年</td><td>尊为皇父摄政王
朝贺之事与皇帝一体</td></tr>
<tr><td>1649 年
顺治六年
永历三年</td><td>三月十八日，胞弟多铎染天花而亡
“大同之屠”，斩城五尺</td></tr>
<tr><td rowspan="3">1650 年
顺治七年
永历四年</td><td>十一月十三日，尚可喜、耿继茂陷广州，70 万生灵涂炭，“回教三忠”羽凤麒等殉国</td><td rowspan="2"></td></tr>
<tr><td>十一月十六日，孔有德陷桂林，永历兵部尚书瞿式耜、桂林总督张同敞就义</td></tr>
<tr><td></td><td>十二月初九，坠马而亡
十二月二十五日，追封清成宗
十二月二十六日，胞兄阿济格被拘禁</td></tr>
<tr><td>1651 年
顺治八年
永历五年</td><td></td><td>二月，罢追封、撤庙享、停恩赦、掘坟墓</td></tr>
</table>

第五节 顺治王朝之顺治亲政：1651—1661 年

清世祖爱新觉罗·福临（1638—1661），清朝第三位君主(1643—1661 年在位)，清朝入关后定都北京的首位皇帝，清太宗第九子，生母为孝庄文皇后博尔济吉特·布木布泰，出生于沈阳故宫永福宫。

1643 年八月二十六日，6 岁的爱新觉罗·福临在盛京登基。1644 年改元顺治，九月迁都北京，十月初一诏告天下“号曰大清，定鼎燕京”。1651 年正月，14 岁的顺治亲政，1661 年正月初七以染天花死亡之名逊位出家，时年 24 岁，庙号清世祖。

从 1643 年至 1650 年，年幼的顺治只是一个傀儡皇帝，一切政事均由叔父睿亲王多尔衮主持。顺治自认：“凡天下国家之事，朕既不闻，亦未有向朕陈者。”这一时期顺治与母亲孝庄太后的关系也很疏离，“睿王摄政时，皇太后与朕分宫而居，每经累月，方得一见”。

顺治七年（1650）十二月初九，多尔衮出塞射猎坠马而亡，于是清朝汉化的第一推手——顺治皇帝走上了历史舞台。1651 至 1661 年的十年是顺治亲政时期，是汉满民族交融与汉满文化融合的实践时期。

一、汉化：《御制资政要览》

顺治自幼遭到摄政王多尔衮的压制和多方面的阻挠，亲政前所受的教育很少。14 岁亲政以后，顺治发奋读书学习，很快就成为一名熟读经史子集的君主，甚至对西学和佛学产生了兴趣。

作为刚刚入主中原、以剃发易服来损耗汉人文化优越感的清政权来说，顺治皇帝爱新觉罗·福临绝对是个异类。顺治亲政之后励精图治、整饬吏治、体恤民情，最重要的、也是最难得的一点，他努力汉化。

顺治坚定地认为满洲旧俗必须改革，要不然清朝根本无法长治久安。基于这一立场，顺治重用以堂兄安亲王岳乐为代表的满洲统治集团中的融合派，联合朝中部分汉官，与明遗民、高僧之间加快互动，尊孔子、习汉礼、循汉制，大力推进满洲汉化进程，迅速稳定了清朝对全国的统治。

顺治本人的汉语水平相当高，书法、赋诗、绘画水平都高出其他满人，参禅这种艰深晦涩的项目对他来说也是家常便饭。在位期间，顺治亲撰了《御制资政要览》。该书凡三十章，曰君道，曰臣道，曰父道，曰子道，曰夫道，曰妇道，曰友道，曰体仁，曰弘义，曰敦礼，曰察微，曰昭信，曰知人，曰厚生，曰教化，曰俭德，曰迁善，曰务学，曰重农，曰睦亲，曰积善，曰爱民，曰慈幼，曰养生，曰惩忿，曰窒欲，曰履谦，曰谨言，曰慎行，曰爱物。每篇皆有笺注，全书以儒家孔孟学说为经，以历史上"正""反"两方面的事例为纬，分别阐述"君、臣、父、子"之道及"齐家治国"之方，用以勤勉百官、敦崇世教，助其巩固政权。

顺治十三年（1656），朝鲜麟坪大君李㴭出使清朝，写下《燕途纪行》，其间记载顺治帝"专厌胡俗，慕效华制，暗造法服，时或着御，而畏群下不从，不敢发说"，"气侠性暴，拒谏太甚，间或手刃，作威专事，荒淫骄侈自恣，罕接臣邻，不恤蒙古，识者颇忧"。从中不难看出顺治在亲政之后的政治立场：坚持汉化，疏远满蒙亲贵。

顺治亲政期间，代表民族征服的剃发、改衣冠是基本国策，不能改变，但圈地令、逃人法不再继续扩大，社会矛盾趋于缓和。投充令、逃人法直到雍正废除贱籍之后，才成了一纸空文，名存实亡。

二、粉明怀柔

面对多尔衮暴亡之后全国出现的新的抗清高潮，顺治决定采取抚重于剿的策略，重新起用洪承畴经略湖广、两广、云贵等处，这为日后统一全国奠定了基础。

清朝虽然是明朝的掘墓人，但顺治的偶像是明太祖。他认为朱元璋"立法周详，可垂永久"，应奉为圭臬。顺治视从未谋面的明崇祯帝为异代知己大哥，多次到思陵哭悼崇祯，其情感之激烈澎湃堪比六次哭祭的遗民顾炎武，这种深厚的情感甚至到了看到崇祯留下的字迹就忍不住潸然泪下、和人谈及崇祯的命运就“忽闻涕泪满衣裳”的地步。基于以上立场，顺治公开表彰忠于大明的臣子士人，参照明朝制度建立内阁和翰林院，作为自己的执政班底。

顺治十年（1653），为了恢复战乱破坏的农业经济，顺治帝采纳范文程等人的建议，推行屯田。顺治十四年（1657），又积极鼓励地主、乡绅招民垦荒；对地方官员制定《垦荒考成则例》，按垦荒实绩，分别予以奖惩。同年，刊行《赋役全书》。这些措施，使濒于绝境的农业生产开始有了转机。

顺治帝对整顿吏治甚为关注，派监察御史巡视各地，惩治了一批贪官污吏。为了提高官僚机构的办事效能，顺治帝比较注意发挥汉官的作用。到顺治末年，除东南沿海及西南局部地区外，全国的领土基本得到统一。

三、母子离心

顺治亲政期间，汉化政策遭到的最大阻力来自他的母亲——孝庄太后。孝庄太后代表的是清朝统治集团中的保守势力，属于最保守的保守派。史书记载孝庄太后“甚厌汉语，或有儿孙习汉俗者，则以为汉俗盛而胡运衰，辄加禁抑云矣”，这一态度与其子顺治帝“专厌胡俗，慕效华制，暗造法服，时或着御，而畏群下不从，不敢发说”形成天壤之别。

在孝庄眼里，满洲旧俗是清朝得以入关的最关键原因，所以满洲旧俗的保留是关系清朝国运的大事，顺治推行汉化是忘记了祖宗的行为。八旗勋贵中持这一观点的远不止孝庄太后一人。

就孝庄的个人感受而言，在满洲旧俗之中，夫死嫁叔本属平常，但置于忠孝节义的儒家文化之中，下嫁的孝庄等于被钉上了耻辱架。

在孝庄的主导下，顺治的两任皇后均来自科尔沁的博尔济吉特家族，第一位皇后是孝庄的侄女孟古青，被顺治所废；第二位皇后是孝庄的侄孙女阿拉坦琪琪格，也不得顺治欢心。

顺治亲政后公开下旨惩罚他两个亲舅舅——亲王吴克善、郡王满珠习礼，此二人的罪过是不奉诏按时来京城报到，而吴克善的另一个身份还是顺治的岳父。孝庄太后的忠实跟随者大学士兼刑部尚书图海、内务府大臣费扬古和郭迈等两黄旗重臣也遭到顺治的严厉打击。顺治在有收继婚习俗的满人群体中大力推行忠孝节义的价值观，不给自己的母亲孝庄太后留一点脸面。

由此，母子间文明的冲突变成政治的冲突，政治的冲突变成民族身份的冲突，民族身份的冲突演变成文明的冲突，三者环环相扣，形成无法解开的死结，孝庄太后与独子顺治皇帝之间渐行渐远，形同陌路，最终反目成仇。

四、情定董鄂

顺治有四个皇后，其册封主体和时间如下表：

表 3　顺治四位皇后册封情况一览表

<table>
<tr><th>皇后</th><th>册封</th><th>时间</th><th>姓氏</th></tr>
<tr><td>废后静妃</td><td rowspan="3">顺治</td><td>1651 年</td><td rowspan="2">博尔济吉特氏</td></tr>
<tr><td>孝惠章皇后</td><td>1653 年</td></tr>
<tr><td>孝献皇后</td><td>1660 年追封</td><td>董鄂氏</td></tr>
<tr><td>孝康章皇后</td><td>康熙</td><td>1662 年</td><td>佟佳氏</td></tr>
</table>

第一位是孝庄的侄女孟古青，在大婚两年后被废为静妃。顺治在为董鄂妃所写的《御制孝献庄和至德宣仁温惠端敬皇后行状》（下称《孝献皇后行状》）中评价这位皇后“前废后容止足称佳丽，亦极巧慧，乃处心弗端且嫉甚，见容少妍者，即憎恶欲置之死”。

第二位孝惠章皇后是孝庄的侄孙女阿拉坦琪琪格，是顺治的表侄女，她也是中国历史上在后位时间最长的女性。

第三位就是大名鼎鼎的董鄂妃，她在去世后的第三天被追封为孝献皇后。

第四位孝康章皇后佟佳氏，她以康熙之母的身份被康熙尊封为皇后。

在顺治的后宫之中，唯一能得顺治之心的就只有董鄂妃。顺治十三年（1656），董鄂氏入宫，同年八月二十五日，封为西宫妃、贤妃，即西宫大福晋，换句话说，董鄂氏并非以妾的身份受封，而是平妻。同年九月晋封为皇贵妃，十二月行皇贵妃册立礼并大赦天下。

因为顺治的继后博尔济吉特·阿拉坦琪琪格年纪小，董鄂妃入宫之后，便成为后宫的实际执掌者。而董鄂妃自身浓厚的汉学修养，也大大地鼓舞了顺治的汉化信心。

顺治十四年（1657）十月初七，董鄂妃产子，顺治下诏将这个孩子称为“第一子”。顺治十五年（1658）正月二十四日，出世仅三个多月尚未起名的皇子夭折，封荣亲王，于八月二十七日厚葬于黄花山。

历经丧子之痛的董鄂妃在两年之后的八月十九日逝世。八月二十一日顺治追封她为孝献皇后，并亲自创作《孝献皇后行状》作为纪念。九月初十孝献皇后董鄂氏棺木举火；十月初八，皇帝第五次亲临寿椿殿，为孝献皇后董鄂氏断七。

三个月后，1661年正月初七，顺治逊位出家。

五、逃禅逊位

顺治的汉化政策不仅遭到母亲孝庄太后的强烈反对，同时因为改变八旗的贵族议政制度，触犯了清朝统治集团中保守势力的权力和利益，激起了他们的强烈反抗，皇权的争夺和隐身其后的文明的冲突已到了你死我活的地步，顺治在这种死结冲突中被撕裂，痛苦挣扎。十年亲政之路，顺治帝与明崇祯帝一样陷入有君无臣的困局，日渐形销骨立，并多次发表清王朝将蹈“亡秦之迹”的言论。佛教成了顺治的精神避难所。

1651年顺治亲政之后，到遵化为自己选定陵地时专门拜访了高僧别山性在禅师。顺治十四年（1657），在太监的劝说下顺治游幸了海会寺，见到了临济宗龙池派高僧憨璞性聪禅师；次年九月，憨璞性聪向承受丧子之痛的顺治皇帝推荐了南方的两位高僧——玉林琇和木陈忞。玉林琇进京，应顺治之请为其起法名“行痴”。

前朝的困局，让顺治体会到作为一国之君的无力，而后宫之中荣亲王与董鄂妃之死，成为击垮顺治的最后一根稻草。才23岁的顺治曾对高僧木陈忞说：“老和尚许朕三十岁来为祝寿，庶或可待。报恩和尚（指玉林琇）来祝四十，朕决候他不得矣。”他骨瘦如柴，体力不支，自觉将不久于人世。

1661 年正月初二，顺治亲自到宣外悯忠寺观看内珰即宦官吴良辅剃度出家。五天之后的正月初七，清廷诏告天下，24 岁的顺治因天花病亡。

1661 年四月十七日，在景山寿皇殿，玉林琇之徒茆溪森秉炬，为顺治的棺木举行火化仪式。茆溪森的偈语云：“释迦涅槃，人天齐悟，先帝火化，更进一步。大众会么？寿皇殿前，官马大路。”这一偈语将笃信佛教的顺治喻为放弃王位出家的佛祖。

承受佛教的感召，是顺治出家的根本原因。中国文化传统崇尚淡泊寡欲，认为这是消除人间灾难的根本，所以特别尊重隐士，尊重出家人。从这个角度说，顺治以皇帝身份出家为僧一去不返，能永远舍弃拥有最高权力的皇位，在中国历史上是独一无二的，这一举动成为体现中国文化价值观的一个典范，并当具有跨时代的历史意义。

六、罪己诏

孝庄、顺治母子二人的殊死政治角力以 1661 年正月顺治出家结束。一切看似完结了，但一切似乎又都没有了结，清廷发布了顺治的遗诏。

这份遗诏实为十四条罪己诏，顺治亲政十年间所作的一切有利于国家统一、民族交融的汉化努力，皆以遗诏的形式被彻底否定。遗诏认定顺治违背了满洲传统，一味汉化，不啻为本族叛逆。我们来看这份遗诏部分内容：

> 奉天承运皇帝，诏曰：
>
> 朕以凉德承嗣丕基，十八年于兹矣。自亲政以来，纪纲法度、用人行政，不能仰法太祖、太宗谟烈，因循悠乎，苟安目前，且渐习汉俗，于淳朴旧制日有更张，以致国治未臻，民生未遂，是朕之罪一也。（关键词：渐习汉俗，于淳朴旧制日有更张）
>
> 朕自弱龄即遇皇考太宗皇帝上宾，教训抚养，惟圣母皇太后慈育是依，大恩罔极，高厚莫酬，惟朝夕趋承，冀尽孝

养，今不幸子道不终，诚悃未遂，是朕之罪一也。（关键词：子道不终）

…………

宗皇诸王贝勒等，皆系太祖、太宗子孙，为国藩翰，理应优遇，以示展亲。朕于诸王贝勒等，晋接既疏，恩惠复鲜，以致情谊睽隔，友爱之道未周，是朕之罪一也。（关键词：于诸王贝勒等，友爱之道未周）

满洲诸臣，或历世竭忠，或累年效力，宜加倚托，尽厥猷为，朕不能信任，有才莫展。且明季失国，多由偏用文臣，朕不以为戒，而委任汉官，即部院印信，间亦令汉官掌管，以致满臣无心任事，精力懈弛，是朕之罪一也。（关键词：委任汉官，以致满臣无心任事）

…………

国用浩繁，兵饷不足，而金花钱粮，尽给宫中之费，未常节省发施，及度支告匮，每令会议，诸王大臣会议，未能别有奇策，只议裁减俸禄，以赡军需，厚己薄人，益上损下，是朕之罪一也。（关键词：兵饷不足，然金花钱粮，尽给宫中之费）

…………

端敬皇后于皇太后克尽孝道，辅佐朕躬，内政聿修，朕仰奉慈纶，追念贤淑，丧祭典礼过从优厚，然不能以礼止情，诸事踰滥不经，是朕之罪一也。（关键词：端敬皇后丧祭典礼过从优厚）

祖宗创业，未尝任用中官。且明朝亡国，亦因委用宦寺。朕明知其弊，不以为戒。设立内十三衙门，委用任使，与明无异。致营私作弊，更逾往时，是朕之罪一也。（关键词：委用宦寺）

朕性耽闲静，常图安逸，燕处深宫，御朝绝少，以致与廷臣接见稀疏，上下情谊否塞，是朕之罪一也。（关键词：御朝绝少，与廷臣接见稀疏）

…………

太祖、太宗创垂基业，所关至重，元良储嗣，不可久虚，朕子玄烨，佟氏妃所生，年八岁，岐嶷颖慧，克承宗祧，兹立为皇太子，即遵典制，持服二十七日，释服，即皇帝位。特命内大臣索尼、苏克萨哈、遏必隆、鳌拜为辅臣，伊等皆勋旧重臣，朕以腹心寄托，其勉天忠尽，保翊冲主，佐理政务，布告中外，咸使闻知。

没有任何证据表明遗诏代表顺治的意志，也没有任何证据表明遗诏不代表顺治的意志。但细检《清世祖实录》，可知其内容与顺治临终之时的举措言谈全然不符。

遗诏批判了顺治违背祖宗旧制，但却违背旧制不安排宗室参政，而是选择勋贵辅政。

顺治为董鄂妃所办葬礼，也成为批判的对象。“不能以礼止情”，这句话虽然说得很委婉，但无疑是对董鄂妃间接的谴责。

遗诏公布前先“奏知皇太后”，可见存于《清世祖实录》中的这份遗诏，显然代表孝庄皇太后的意思。

这份遗诏表明了以孝庄为主导的辅政四大臣政府的立场，那就是拒绝吸收中原文明，拒绝汉文明的渗透，清朝要重新回到满蒙贵族做主的时代，防止汉人颠覆清朝。

遗诏的起草者是翰林院学士王熙，王熙在官方的遗诏公布后，便将当时所有和遗诏有关的东西全部付之一炬，此后对遗诏一事便一直保持沉默，再无只言片语。

七、孝陵神功圣德碑

1661 年，孝庄以顺治帝名义下发罪己诏，为顺治列了十四条罪状。1668 年康熙亲政次年，亲自署名为顺治帝立了“孝陵神功圣德碑”，盛赞顺治帝的各项政治举措，为其翻案。

遗诏中有偏用文臣、汉臣，背离祖宗之法的指责，而碑文称顺治“虽太平，不弛武备”，“视满汉如一体，遇文武无轻重，破故明人臣朋党之习”，“祗奉太祖、太宗成法，治具毕张”。

遗诏第六、七条认为顺治“夙性好高，不能虚己延纳……未能随材器使，以至每叹乏人”，“可谓见贤而不能举，见不肖而不能退”。碑文则盛赞顺治“立贤无方，丁亥、己亥再兴会试，间广额数，以罗人才”，“尚廉正，黜贪邪，时时甄别廷臣以示激劝”，而且“贤奸立辨，黜陟咸宜”，不仅反驳了遗诏的说法，而且肯定了顺治时期恢复以科举考试来选拔人才的制度。

遗诏第八、九、十条责备顺治的花费奢侈，碑文则认为清世祖“素衣菲食，不兴土木之工”“崇俭去奢，克勤无逸”。

遗诏对顺治的第十二条指责云：“性耽闲静，常图安逸，燕处深宫，御朝绝少，以致与廷臣接见稀疏，上下情谊否塞。”碑文则轻轻一语予以掩去，曰：“皇考惟是兢业祗慎，无一日遐逸也。”盖皇帝多数具有有时勤政有时又贪享逸乐的两面表现，遗诏的指责无可深辩。

遗诏指责顺治“每自恃聪明，不能听言纳谏……臣工缄默，不肯尽言”，“既知有过，每日克责生悔。乃徒尚虚文，未能省改，以致过端日积，愆戾愈多”。碑文本不认为清世祖有什么大的过错，故对此仅以“下诏求言，虚怀纳谏”驳之。

1668年康熙立了这个碑，称颂顺治有“尧舜之德，汤武之功”；1669年康熙拿下了首席辅政大臣鳌拜，四大臣辅政、孝庄裁决的辅政制度宣告彻底终结。由此可见，孝陵神功圣德碑是康熙皇帝向守旧的孝庄与四大臣宣战的信号，15岁的康熙清醒地认识到，清朝要生存、要发展，皇权要集中在自己手里，只能选择与汉文明融合，这是唯一的选择。于是，被中止的汉化进程重新启动。

不难想见，15岁的康熙所面临的政治压力绝不亚于顺治，而康熙能取得斗争的胜利，表明他也不是一个人在战斗，谁是康熙的同盟军？

表4　顺治亲政年表

时　间	历史背景	顺治亲政
1651年 顺治八年	永历帝朱由榔到贵州安龙府	正月十二亲政
		二月祭孔子 清算多尔衮
		八月大婚娶孟古青
1652年 顺治九年		九月祭孔子、尊关羽
		十一月倡忠孝节义
1653年 顺治十年		正月下旨满汉同奏
		五月派洪承畴经略西南
1654年 顺治十一年		三月十八日，玄烨诞生
		八月废皇后为静妃
		为崇祯与太监王承恩立碑
		洪承畴经略西南
		五月聘孝庄两侄孙女为妃
		六月封阿拉坦琪琪格为后
1655年 顺治十二年	永历帝朱由榔到昆明	洪承畴经略西南
1656年 顺治十三年	永历帝朱由榔定都昆明，开科取士，时称滇都	八月二十五日，董鄂氏封贤妃，九月晋皇贵妃；十二月初六，行册妃典礼，恩诏大赦天下
		洪承畴经略西南

续表：

时　间	历史背景	顺治亲政
1657 年 顺治十四年	永历政权大将孙可望势穷降清，西南军事情报尽供清廷	顺治接触佛教
		十月初七，董鄂妃生子
		吴三桂以平西大将军职，南征云贵，进攻永历政权
1658 年 顺治十五年		正月二十四日，董鄂妃之子荣亲王殇 是月，顺治停继后阿拉坦琪琪格中宫笺表，拟二次废后
		三月，复皇后中宫笺表
		顺治接触南方两位高僧玉林琇、木陈忞
		八月二十七日，荣亲王下葬黄花山
1659 年 顺治十六年	三月永历帝朱由榔撤入缅甸境内	二月，吴三桂攻下云南
		十月下诏各衙门“不必分别满汉”
		起法名“行痴”
		玉林琇弟子茚溪森留在京城陪伴在顺治身边
		高僧木陈忞与顺治说法
1660 年 顺治十七年	永历帝朱由榔在缅甸被软禁	一月“《明史》案”的始作俑者吴之荣贪腐被罢官
		八月十九日，董鄂妃亡，三日后追封为后
		十月顺治剃度
		《明史辑略》刻成
1661 年 顺治十八年	三月郑成功东征台湾 七月永历帝朱由榔遇咒水之难，身边侍从被杀	正月初二，内监吴良辅出家
		正月初七，顺治出家
		正月初八，贞妃殉葬
		二月，8 岁的玄烨登基
		八月二十四日，吴三桂率清军自昆明西出缅甸
		十二月初二，缅甸王将永历帝交吴三桂

第六节　孝庄与四大臣辅政初创：1661—1663 年

孝庄文皇后博尔济吉特·布木布泰（1613—1688），蒙古科尔沁部贝勒博尔济吉特·布和之次女，清太宗皇太极之永福宫庄妃，清世祖顺治帝福临生母。她还是皇太极哲哲皇后的侄女，皇太极元妃海兰珠的胞妹，顺治第一任皇后孟古青的姑母，顺治第二任皇后阿拉坦琪琪格的祖姑。

现在常说的孝庄皇后（太后、太皇太后）是布木布泰谥号“孝庄仁宣诚宪恭懿至德纯徽翊天启圣文皇后”的简称。孝庄在顺治一朝有昭圣皇太后的称号，但不为人所熟悉，故不采用。

孝庄是清统治集团中狭隘民族主义保守势力的领袖，属于最保守的保守派。顺治逊位之后孝庄主导的四大臣“公同奏事”“太后裁决”的辅政制度，最后之权源在孝庄。对此制度，著名历史学家姚念慈在《从皇太极入关到玄烨亲政——定鼎中原之路》一书中评价道：“（孝庄）乃于张遑之际，狃于故事，唯家臣之是赖，置大局于不顾，料其辅臣之设，未能计及周全久远。五年之后，朝野嚣然……孝庄犹不觉悟，一则曰缓一二年，再则曰仍同辅理，其于辅臣眷念若此……而今之史家竟将一原本仓皇卑屑之局至为颂扬，牢不可破，期亦奇矣！然以保全家天下始，以反目为仇终，辅政体制的失败，既伏因于其确立之日，谅非已甚之论。”

孝庄主导的辅政制度对中华民族犯下了三大罪行：

一、中止汉化：1661 年

孝庄主持的辅政制度所作出的第一项决策就是抛出顺治遗诏，开历史倒车，中止顺治亲政之后的汉化，如改十三衙门为内务府，取消内阁和翰林院，停止八股取士，恢复理藩院与六部同等地位，等等，为孝庄设计四大臣辅政的合理性张本。

康熙继位后，孝庄与四大臣未给他安排正规的教育，康熙的《四书》学习竟由张、林两位自宫入宫的明末士人教授学成，亲政前的康熙私下延师教读是不争的史实。1667 年康熙亲政，是年辅政大臣索尼去世，苏克萨哈被鳌拜下狱处死；1669 年康熙除掉了鳌拜，并将遏必隆下狱，从此时开始，孝庄主导的辅政制度走向末路，康熙走上历史舞台的中央。

从文明的角度，靠武力征服天下的清朝是在什么时候成为代表中华民族的政权的？那是在它实现了三个“皈依”之后，即从地方造反、破坏大一统向大一统皈依，从萨满文化向儒家文化皈依，从地方民族政权向中华皇朝正统皈依。康熙皇帝完成了这三个“皈依”之后，清朝实现了大一统，成为中华民族的代表。

二、灭国（南明永历政权）：1662 年

顺治亲政后，清政权对南明永历政权已经放弃了主动进攻，而永历政权也采取了保守防御政策。

1661 年正月顺治逊位，二月康熙继位。八月二十四日，根据孝庄与四大臣的敕令，吴三桂自昆明发兵缅甸追杀永历帝。次年三月十二日，永历帝被押回昆明，清廷诏告天下“永历既获”；四月二十五日吴三桂奉清廷之命将其勒毙于昆明金蝉寺；四月二十六日炎帝诞辰之日，朱由榔遗体焚化于昆明北门外荷花池边，南明末帝与朱明王朝至此“烟消火灭”。（参见《绛珠还泪案》第二章第二节之三《炎帝诞辰——四月二十六日与宋、明王朝》）

在四月二十六日，林黛玉的《葬花吟》写的“昨宵庭外悲歌发”指的就是 1644 年四月二十五日崇祯朱由检帝后大殓三十三日、1645 年四月二十五日的“扬州十日”与 1662 年四月二十五日的永历朱由榔之殇。

三、亡史——“《明史》案”（1661—1663 年）

1661 年，顺治退位，康熙继位，这是辅政制度初创之年。年底“《明史》案”发，孝庄与辅政四大臣借“《明史》案”对汉化政策和江南文化精英进行疯狂打击。

双目皆盲的浙江湖州富户庄廷鑨出钱购买明人朱国祯一部未完成的《明史》，然后延揽名士，增润删节，补写崇祯朝和南明史实，其父庄允诚于顺治十七年（1660）冬将书刻成，即行刊书《明史辑略》。顺治十八年（1661）被归安知县吴之荣告发，引发清初最大的文字狱案。顾炎武《书潘吴二子事》揭露了辅政四大臣借"《明史》"一案对江南文士进行血腥镇压的罪行："四大臣大怒，遣官至杭，执庄生之父，及其兄廷钺及弟侄等，并列名于书者十八人，皆论死。其刻书鬻书，并知府推官之不发觉者，亦坐之。发廷鑨之墓，焚其骨，籍没其家产。所杀七十余人，而吴、潘二子与其难。"

"《明史》案"惨酷至极，参与此书修订的江南名士吴炎、潘柽章二人于清康熙二年（1663）二月被捕关入杭州虎林军营内，受尽酷刑仍吟诗酬唱，后遭凌迟而死。死前吴炎告知其弟曰："吾辈罹极刑，血肉狼藉，岂能辨识？汝弟视两股有火字者，即吾尸也。"顾炎武在山西汾阳闻知惨事，悲愤万状，作《汾州祭吴炎、潘柽章二节士》：

露下空林百草残，临风有恸奠椒兰。
韭溪血化幽泉碧，蒿里魂归白日寒。
一代文章亡左马，千秋仁义在吴潘。
巫招虞殡俱零落，欲访遗书远道难。

顾炎武讴歌潘吴二人为记史付出生命的代价，英名永存："一代文章亡左马，千秋仁义在吴潘。"吊诡的是，300 多年过去了，刽子手被捧上杰出政治家的神坛，而又有多少人记得直笔记史的吴潘二义士呢？

四、明清换代第一人——孝庄生平年表

孝庄 75 岁的一生，经历清太祖努尔哈赤、清太宗皇太极、清世祖顺治、清圣祖康熙，同时也经历明神宗万历皇帝、明光宗泰昌皇帝、明熹宗天启皇帝、明思宗崇祯皇帝，南明弘光帝、隆武帝、绍武帝、永历帝，明郑政权郑成功、郑经、郑克塽，是明清换代史的全程亲历者。

对孝庄生平的理解可分为以下六个阶段：

第一阶段：少女阶段。

1613—1625 年，蒙古科尔沁部贝勒博尔济吉特·布和之次女。

第二阶段：庄妃阶段。

1625—1643 年，清太宗皇太极侧福晋、庄妃，生皇太极第九子福临。

第三阶段：太后阶段——下嫁多尔衮。

1643—1650 年，顺治登基，多尔衮摄政，民间传说孝庄与多尔衮结成摄政夫妻，此间是剃发、易服、屠城等六大弊政最猖獗的时期。

第四阶段：太后阶段——母子离心。

1651—1661 年，顺治亲政，推行汉化，孝庄与顺治母子离心。

第五阶段：太皇太后阶段——辅政。

1661—1667 年，顺治逊位，康熙继位，尊孝庄为太皇太后。孝庄主导了由勋贵索尼、苏克萨哈、遏必隆、鳌拜为辅政大臣的辅政制度，用八个字形容就是“公同奏事”“太后裁决”。1667 年，15 岁的康熙亲政；1669 年鳌拜被除，辅政制度终结。

第六阶段：太皇太后阶段——退出政治舞台。

1669—1688 年，居慈宁宫东南配殿，礼佛度日。

我们将孝庄生平与历史对照就会发现，孝庄是明清换代的第一历史人物。

表 5　孝庄生平年表

	历史事件		孝庄生平
	明—南明	后金—清	
1613 年，农历癸丑年	明朝万历四十一年	努尔哈赤灭亡海西女真乌拉部。乌拉部是多尔衮与多铎的生母阿巴亥的母国 努尔哈赤同时准备灭亡叶赫部，因明朝出兵支援无功而返	孝庄出生，生肖属牛
1616 年	万历四十四年 小冰河期南北各地灾害沓至，民心浮动 神宗命有司发钱谷进行救济 因后金压力，增收九边边饷	努尔哈赤在赫图阿拉称“覆育列国英明汗”，国号“金”（史称“后金”），成为后金大汗，年号天命	

续表：

<table>
<tr><th rowspan="2"></th><th colspan="2">历史事件</th><th rowspan="2">孝庄生平</th></tr>
<tr><th>明—南明</th><th>后金—清</th></tr>
<tr><td>1620 年</td><td>明泰昌帝登基一月驾崩；
15 岁天启皇帝朱由校登基</td><td></td><td></td></tr>
<tr><td>1625 年，农历乙丑年</td><td>魏忠贤将东林党人刊名天下，党争激烈</td><td>后金军取旅顺</td><td>本命年嫁努尔哈赤第八子皇太极为侧福晋，其姑母哲哲为嫡福晋</td></tr>
<tr><td>1626 年</td><td></td><td>皇太极登基</td><td>姑母哲哲封国君福晋</td></tr>
<tr><td>1627 年</td><td>22 岁天启皇帝朱由校驾崩；
17 岁崇祯皇帝朱由检登基</td><td></td><td></td></tr>
<tr><td rowspan="2">1629 年</td><td>崇祯皇帝嫡长子朱慈烺出生，次年被册立为皇太子</td><td></td><td>生皇四女雅图（后封为固伦雍穆长公主）</td></tr>
<tr><td colspan="2">己巳之变，京师戒严。袁崇焕在广渠门大败皇太极，皇太极用范文程反间计陷害袁崇焕，袁崇焕被下狱，次年八月被凌迟</td><td></td></tr>
<tr><td>1632 年</td><td>农民军高迎祥、罗汝才、张献忠等聚集山西，李自成攻陷修武县</td><td>后金入侵登州、莱州，兵败</td><td>生皇五女阿图（后封为固伦淑慧长公主）</td></tr>
</table>

续表：

	历史事件		孝庄生平
	明—南明	后金—清	
1633 年	农民军入河北； 复社第三次大会在苏州虎丘召开	孔有德、耿仲明降后金，后金取旅顺	生皇七女（后封为固伦淑哲长公主）
1634 年	山西、陕西大饥，农民军峰起，崇祯帝诏发帑赈饥	尚可喜降后金	26 岁胞姐海兰珠入清宫
1636 年		皇太极在盛京称帝，改国号大清，年号崇德	册封为永福宫庄妃，居皇太极五宫之末，称西侧福晋
1638 年	李自成从川入陕	清军入寇	正月三十日戌时在盛京永福宫诞福临
1643 年	李自成在承天建大顺政权 张献忠在武昌立国	八月初九皇太极驾崩； 八月二十六日福临即位，多尔衮为摄政王	尊圣母皇太后
1644 年	三月十九日，明亡 五月十五日，朱由崧南明弘光政权建立	五月初二，多尔衮率清军入北京； 五月初三首下剃发易服令； 九月迁都北京； 十月初一诏告天下，号曰大清，定鼎燕京	与顺治一起进入紫禁城

续表：

	历史事件		孝庄生平
	明—南明	后金—清	
1645 年	“扬州十日” 南明朱由崧弘光政权覆亡 南明朱聿键隆武政权建立 “嘉定三屠”“江阴八十一日”	多尔衮摄政，累上尊号叔父摄政王、皇叔父摄政王、皇父摄政王； 1650 年十二月初九多尔衮在古北口外行猎时坠马死亡，年三十九岁	民间传说中太后下嫁时期
1646 年	南明隆武政权覆亡 南明朱聿𨮁绍武政权建立即灭亡 南明鲁王朱以海东南监国 南明永历帝朱由榔在肇庆登基		
1647 年	南明永历政权抗清斗争，永历帝朱由榔在西南，郑成功在东南		
1648 年			
1649 年			
1650 年			
1651 年		顺治亲政，政治清算多尔衮，推行汉化。1651 年、1654 年先后立孝庄侄女孟古青、侄孙女阿拉坦琪琪格为皇后。1656 年封董鄂氏为皇贵妃；1658 年正月荣亲王夭折	顺治上徽号昭圣皇太后，母子离心
1652 年			
1653 年			
1654 年			
1655 年			
1656 年			
1657 年			
1658 年	永历帝朱由榔流亡缅甸		
1659 年			
1660 年		董鄂妃病亡，追封孝献皇后	

续表：

	历史事件		孝庄生平
	明—南明	后金—清	
1661 年	郑成功收复台湾	顺治逊位出家，下罪己诏 康熙继位 “《明史》案”案发	
1662 年	永历帝被吴三桂勒毙于昆明金蝉寺 郑成功病逝于台湾 明监国鲁王朱以海病逝于金门	“《明史》案”结案 23 岁的圣母皇太后佟佳氏暴亡，谥号孝康章皇后	康熙上徽号昭圣太皇太后； 主导辅政制度，中止汉化，恢复满洲旧制
1664 年	大顺军余部李来亨全家自焚兴山县，在大陆的公开抗清斗争结束		
1667 年		康熙亲政 鳌拜专权	
1669 年		康熙擒鳌拜， 夺回朝政大权	结束辅政制度
1673 年		康熙撤三藩	
1681 年		三藩之乱平	
1683 年	明郑政权投降	收复台湾 完成统一	
1688 年			亡于慈宁宫东南配殿，年 75 岁
1689 年			慈宁宫东南配殿被拆，在东陵风水墙外建暂安奉殿，四月十九日停灵，历时 38 年
1722 年		康熙驾崩， 雍正继位	
1725 年			就地建陵葬入地宫，称昭西陵

五、误读孝庄：顺治、康熙、雍正

孝庄与顺治的冲突世人皆知，但是着眼点集中在顺治与董鄂妃的爱情故事，变成婆媳冲突引发的母子冲突，完全忽视其背后的文化与政治冲突，使顺治皇帝本来高大的历史形象变成了为情所困、不爱江山的小男人。

孝庄与康熙的关系世人皆以为和谐，但康熙推行汉化，通过祭孔庙、祭朱元璋的明孝陵等一系列举动，为清政权争得了道统的合法性，孝庄对此持什么态度史书上并无记载。与世人臆断的祖孙情深相反，康熙亲政后在对孝庄竭尽孝道之能事的表面下，实际上却将其孤立起来，完结了孝庄干预朝政的历史。

康熙八年（1669）八月，即擒拿鳌拜三个月后，康熙颁谕严禁文武官员交接内大臣、侍卫，“如不遵禁例，定行从重治罪，决不饶恕”。内大臣、侍卫是唯一可以接近内宫的官员，内大臣、侍卫地位的上升，正是顺治后期政治变动的结果，也是孝庄设计四大臣辅政格局的出发点。削弱与限制内大臣、侍卫的活动，也未尝不可以说间接地阻滞了孝庄对时局的掌控和影响。

根据史料记载，至迟从康熙十一年（1672）九月四日起，记注官所记太皇太后、太后谕旨皆由康熙传谕。《康熙起居注》十四年四月二十三日谕日讲起居注官：“朕向诣两宫（孝庄太皇太后、仁宪太后）问安，尔等起居注官常行记注。朕思朝夕问安视膳以尽孝道，乃为子孙者之恒理，岂有一刻间断。此后朕每诣两宫问安时……侍直官不必随行。”所以史书中所载的孝庄形象，实为康熙描绘之形象，而非史官所亲见记录之孝庄，世人所看到的祖孙情，只是康熙所希望呈现的。

孝庄在慈宁宫内度过了 44 年的时光之后，于康熙二十六年十二月廿五日（1688 年 1 月 27 日）去世，享年 75 岁。10 个月后康熙为其上谥号为孝庄仁宣诚宪恭懿翊天启圣文皇后，只有 15 字，且在整个康熙朝一直没有正式启用。清朝皇后的谥号一般是 19 字，清末慈禧的谥号有 25 字——孝钦慈禧端佑康颐昭豫庄诚寿恭钦献崇熙配天兴圣显皇后。

从 1688 年孝庄死亡至 1722 年康熙驾崩，在长达 35 年的时间里，康熙既未给孝庄建陵，也未将孝庄葬入沈阳皇太极昭陵，而是拆除孝庄生前所居的慈宁宫东南配殿，在清东陵大红墙外建暂安奉殿。

从孝庄与顺治、康熙之间的关系来看，与其说孝庄辅佐顺治、康熙两代帝王，不如说孝庄在某种程度上是二人汉化施政的最大阻力，没有仇视汉文化的孝庄的恶意阻挠，中华民族大交融、各民族文明融合将会呈现另一番景象。孝庄与顺治的紧张对立关系世人皆知，而康熙与孝庄之间的恩怨情仇却为后人所忽视。

但孝庄为何在后世会得到这么高的历史评价，应与雍正有关。雍正登基之后，在暂安奉殿处就地为孝庄建陵，停灵 38 年的孝庄终于下葬。雍正八年五月初四，雍正帝下了一道谕旨："当年太皇太后赐朕数珠一盘，现在养心殿内收着。还有圣祖阿玛赐朕的数珠一盘，尔等察来。同此小匣内玻璃鼻烟壶一件，归于一处，交在自鸣钟好生收着。再传谕尔总管首领太监等多人知道才好。如朕万万年之后，将此三件安于梓宫内。尔总管处及自鸣钟好生记载档案。"

孝庄去世时，雍正才 10 岁。雍正指定将孝庄的数珠、康熙的数珠和怡亲王允祥的鼻烟壶作为陪葬品，可见孝庄在雍正心中的地位与生父和最亲密的弟弟同等重要，其中具体原因，我们不得而知。但有一点我们可以肯定，在"蒙头甕"的掩盖下，300 年过去了，孝庄仍然在"迷眩缠陷天下者也"，有着众多的拥趸。

六、后龙禁地外的孤陵

停灵 38 年后，雍正三年（1725）二月，雍正下旨在暂安奉殿处就地动工建陵，陵工仓促，同年十二月孝庄入葬地宫。虽然该陵就在东陵大红墙外，但仍称为昭西陵，其理由是该陵地理位置在孝庄的丈夫皇太极的昭陵西边 730 千米处。

昭西陵建筑规制非常独特，建有清东陵仅有的一座重檐庑殿顶的隆恩殿，内外两重围墙，并且将三座门建在了隆恩殿前面，这些和其他皇后陵有很大区别。昭西陵前建有神道碑亭，碑上刻孝庄的谥号，对后来的慈禧陵、慈安陵产生了重要影响。

昭西陵四周地势平坦开阔，没有其他帝后的后帐和东西砂山环绕，显得有些空旷和孤寂。清东陵在清朝被称为后龙禁地，而孝庄之昭西陵位于后龙禁地外，犹如此禁地的“龙禁尉”一般。

1931 年昭西陵被盗，末代皇帝溥仪派遣人员前往善后。善后人员进入地宫后发现第一道石门半开，第二道石门虽然没开，但左扇石门上被凿了个长约 0.7 米、宽约 0.27 米的大洞，孝庄文皇后的梓宫倾倒在宝床一侧。他们本准备第二天修理石门，可是当他们第二天再进入地宫查看时，却惊奇地发现仅仅过了一夜，孝庄文皇后的梓宫底、盖已经分置两处！

此次盗掘昭西陵的除主犯外逃外，其余盗犯均被抓获，但却无被盗陪葬品记录。可能也是这个原因，1946 年清东陵第二次被盗时，康熙的景陵、咸丰的定陵、同治的惠陵、慈安太后的定东陵（普祥峪）遭到的破坏极大，但孝庄的昭西陵没有成为目标。昭西陵的确太俭朴了。

第七节　十九年：1643—1662 年

从 1643 年八月二十六日顺治在盛京登基到 1662 年四月二十五日南明永历帝朱由榔在昆明殉难，19 年中，清政权通过攻城略地基本完成了全国统一。回顾这 19 年的历史，应分为以下四段来认识。

第一阶段　1643 年八月—1644 年四月：顺治登基——大顺建立——明亡——清军入关——南明弘光政权初建

自 1643 年八月 6 岁的顺治登基到次年四月，短短八个月内，明、清、大顺、南明弘光政权你方唱罢我登场，演出了各自的历史大剧。

表 6　明清换代之一：1643—1644 年之三国演义

	时间	明	大顺	清	南明
1643 年	八月二十六日			顺治在盛京登基，多尔衮摄政	
1644 年	正月初一		李自成在西安建国，国号大顺		
	三月十八日	崇祯周玉凤皇后自缢	攻入北京内城		
	三月十九日	崇祯自缢，天启张嫣皇后自缢，明亡	李自成进入紫禁城		
	四月十三日		李自成赴山海关征讨吴三桂		
	四月二十一日		吴三桂引清军入山海关		
	四月二十三日		李自成兵败山海关		南京朝廷议定以崇祯帝堂兄福王朱由崧继统，告庙并修武英殿
	四月二十六日		李自成退兵回北京		
	四月二十七日				南京礼部率百司迎福王朱由崧于仪征
	四月二十九日		李自成在紫禁城武英殿登基后撤出北京		

第二阶段　1644 年五月—1650 年十二月：多尔衮摄政岁月——南明政权的抗清斗争

1644 年五月初二—1650 年十二月初九，多尔衮进入北京之后，以摄政王身份成为清王朝的实际统治者直至坠马暴亡。这一期间大权在握的多尔衮暴力推行以剃发、易服、屠城为代表的六大弊政，实施民族压迫与文化征服，制造了惨绝人寰的“扬州十日”“嘉定三屠”“江阴八十一日”“大同之屠”等惨案。

同一时期，明王朝宗室在江南建立了四个政权：1644 年五月至 1645 年五月定都南京的朱由崧弘光政权；1645 年六月至 1646 年八月定都福州的隆武帝朱聿键政权；1646 年十一月至十二月的绍武帝朱聿𨮁政权；1646 年十一月至 1662 年四月的永历帝朱由榔政权。

朱由榔建立的永历政权在大西军余部李定国将军、大顺军余部李来亨将军的支持下，在粤桂黔滇地区坚持抗清；曾在绍兴宣布监国的鲁王朱以海和延平郡王郑成功在东南沿海抗清。

表7　明清换代之二：多尔衮摄政、南明、大顺、大西

时间		清	南明	大顺	大西
1644年	五月初二芒种	多尔衮进北京			
	五月初三庚寅	多尔衮颁剃发易服令	朱由崧自南京大明门入大内，至武英殿行监国礼		
	五月十五日		朱由崧在南京登基，以次年为弘光元年		
	五月二十三日	暂停剃发易服令			
	九月	清自盛京迁都北京			
	十月初一	顺治诏告天下号曰大清，定鼎燕京			
	十一月十六日				张献忠在成都称帝

续表：

时间		清	南明	大顺	大西
1645年	三月	多铎率清军南下	武昌宁南侯左良玉与内阁首辅马士英内讧，江北军力空虚		
	四月二十五日	多铎扬州屠城，生灵涂炭	江北史可法扬州拒降被杀		
	五月初九		弘光帝朱由崧逃离南京		
	五月十三日芒种	多铎率清军抵南京城下			
	五月十五日	钱谦益等开南京城门迎降，清军进南京			
	五月二十二日		弘光帝朱由崧在芜湖被俘，弘光政权覆亡		
	五月			李自成死于湖北通山九宫山地方武装之手	
	六月十五日	多尔衮重颁剃发易服令，激起人民的强烈反抗			

续表：

时间		清	南明	大顺	大西
1645 年	闰六月二十七		唐王朱聿键于福州称帝，是为隆武帝		
	七月十八日		鲁王朱以海在绍兴宣布监国		
	六—八月	“嘉定三屠”“江阴八十一日”			
	九月	清军将弘光帝朱由崧押解至北京			
1646 年	五月	多尔衮以谋反之名将弘光帝与秦王、晋王、潞王、荆王、德王、衡王和“太子”王之明等十七人斩首于菜市口（一说弘光帝以弓弦勒毙）			
		多尔衮将顺治皇帝信符搬入自己府中使用			

朱评红楼之神女如梦令

续表：

时间		清	南明	大顺	大西
1646 年	八月二十九日		隆武帝与曾皇后在汀州被俘，九月初二曾皇后投水，隆武帝下落不明		
	十月十四日		桂王朱由榔在广东肇庆称监国		
	十一月初五		隆武帝之弟朱聿鐭在广州登基，改元绍武		
	十一月十八日		桂王朱由榔在肇庆宣布即皇帝位，以次年为永历元年		
	十一月二十七日				张献忠在四川西充凤凰山死于清军箭下
	十二月十五日			广州城破，绍武帝朱聿鐭自尽	

续表：

<table>
<tr><th colspan="2">时间</th><th>清</th><th>南明</th><th>大顺</th><th>大西</th></tr>
<tr><td>1647 年</td><td></td><td>“以后凡行礼处，跪拜永远停止”，多尔衮不再向顺治行礼</td><td colspan="3" rowspan="7">南明永历帝朱由榔在李自成大顺军余部李来亨将军、张献忠大西军余部李定国将军的支持下，在西南开展抗清斗争；
民族英雄郑成功、明鲁王朱以海在东南沿海开展抗清斗争</td></tr>
<tr><td>1648 年</td><td></td><td>多尔衮封皇父摄政王</td></tr>
<tr><td rowspan="2">1649 年</td><td>三月十八日</td><td>女娲诞辰，崇祯周玉凤皇后自缢五周年，多铎死于天花</td></tr>
<tr><td>八月</td><td>大同总兵姜瓖起兵反清，史称“戊子之变”，多尔衮等屠城并斩城五尺，史称“大同之屠”</td></tr>
<tr><td rowspan="3">1650 年</td><td>十一月</td><td>十三日，“庚寅之劫”发生，尚可喜、耿继茂陷广州70万生灵涂炭，永历政权“回教三忠”羽凤麒等殉国；
十六日，孔有德陷桂林，永历政权的兵部尚书瞿式耜、桂林总督张同敞就义</td></tr>
<tr><td>十二月初九</td><td>多尔衮因坠马亡于古北口外喀喇城，年 39 岁</td></tr>
<tr><td>十二月二十五日</td><td>顺治追封多尔衮为“清成宗”</td></tr>
</table>

第三阶段　顺治亲政——南明永历政权的抗清斗争

多尔衮死后，顺治八年（1651）正月，14岁的顺治帝亲政，同年八月大婚。顺治十八年（1661）正月初七，顺治逊位出家。

顺治亲政十年间，是与关内新的社会基础结合推行汉化与满汉交融的时期，以尊孔子、倡导忠孝节义、用汉官、习汉制、纳汉妃等为标志；与此同时，顺治与以孝庄太后为代表的清朝保守势力之间的矛盾也愈演愈烈，最终面临着与当年崇祯帝一样"有君无臣"的局面。

面对全国出现的抗清高潮，顺治采取抚重于剿的策略。此后因永历政权大将孙可望谋权不成降清，历史的天平倾斜向清朝。顺治十六年（1659），清军进占云南昆明，三月永历帝流亡缅甸。

表8　明清换代之三：顺治亲政与南明政权

时　间	清	南明永历政权
1651年正月—1660年十二月	制度：汉化 思想：孔孟之道 军事：招降弭乱 全国的政权趋于稳定	永历帝自广东肇庆至广西梧州、桂林，贵州安龙，云南昆明，1659年清军进云南，三月永历帝流亡缅甸
1661年正月初七	顺治逊位出家	

第四阶段　孝庄与四大臣辅政：康熙登基——永历帝之死与"《明史》案"

1661—1663年是开历史倒车的民族压迫与文化清洗时期。

1661年正月初七顺治逊位，二月8岁的康熙继位；三月二十三日郑成功东征台湾；八月二十四日，吴三桂出兵缅甸追杀永历帝。

1662年三月十二日清廷诏告天下"永历既获"；四月二十五日吴三桂将永历帝朱由榔勒毙于昆明金蝉寺；五月初八，郑成功病逝于台湾；六月二十七日，南明晋王李定国将军病逝于勐腊；十一月南明监国鲁王朱以海病逝于金门。

1661—1663年的"《明史》案"牵连之广、用刑之酷是人类历史上所仅见，所有列名参校、刻印、买卖者均因此获罪，重辟

70 余人，凌迟 18 人，涉案逾千人，江南名士损失惨重。

表 9　明清换代之四：辅政初创

时　间		历史事件
1661 年	二月	玄烨登基
	三月二十三日	郑成功东征台湾
	八月二十四日	吴三桂西出缅甸，追杀永历帝
	十二月初二	缅甸王将永历帝献于吴三桂
	十二月十三日	台湾荷兰殖民者投降
	年底	吴之荣告发“《明史》案”
1662 年	四月二十五日	吴三桂将永历帝勒毙于昆明金蝉寺
	四月二十六日	永历父子遗体焚化，明统烟消火灭
	五月初八	延平郡王郑成功病逝于台湾
	六月二十七日	晋王李定国病逝于勐腊
	十一月	南明监国鲁王病逝于金门
		“《明史》案”继续发酵
1663 年	“《明史》案”定案，江南名士损失惨重	

顺治王朝于 1661 年正月骤然而止，南明永历政权在次年四月二十五日以永历帝之死为标志谢幕。就在顺治王朝与永历政权退出历史舞台的同时，1661—1663 年“《明史》案”案发，以孝庄太皇太后和辅政四大臣为代表的清朝保守势力所推行的文字狱高压政策，进一步将中华民族推入蒙昧、落后的迷津。《红楼梦》围绕“有君无臣”的顺治皇帝鱼死网破的抗争和南明政权亡国的痛楚，记录下了两个 18 年的历史：

以顺治王朝为坐标的 1643 年顺治帝登基到 1661 年出家的 18 年，此为第一回“庄子离骚之亚”批语的“庄子”。

以南明政权为坐标的 1644 年明朝灭亡到 1662 年永历帝朱由榔殉难、明统消亡的 18 年，此为“庄子离骚之亚”批语的“离骚”。

这两个 18 年的时间高度重合，前后一共 19 年。这个 19 年就是第一百二十回中贾政所言：“岂知宝玉是下凡历劫的，竟哄了老太太十九年！”

此后，在天崩地裂的文化忧思语境下，王夫之、黄宗羲、顾炎武等对亡国的反思，对君主专制的激烈批判，与其说是“启蒙思想”的产物，毋宁说是建立在亡国亡天下悲怆之情下深刻反思的结果。

表 10　明清换代十九年

<table>
<tr><th rowspan="2"></th><th colspan="8">十九年</th></tr>
<tr><th>1643</th><th>1644</th><th>1645—1650</th><th>1651—1658</th><th>1659</th><th>1660</th><th>1661</th><th>1662</th></tr>
<tr><td>明与南明</td><td></td><td>明亡，南明弘光政权初创</td><td>南明弘光、隆武、绍武政权相继覆亡，桂王朱由榔建立永历政权抗清</td><td>永历帝朱由榔在西南、郑成功在东南沿海继续抗清</td><td>永历三月出缅甸</td><td>永历帝在缅甸</td><td>郑成功东征台湾</td><td>永历帝朱由榔被杀于昆明金蝉寺，明统灭亡</td></tr>
<tr><td rowspan="4">清</td><td colspan="3">多尔衮摄政</td><td colspan="4">顺治亲政</td><td colspan="2">孝庄与四大臣辅政</td></tr>
<tr><td>顺治在盛京登基</td><td>顺治在北京登基</td><td>傀儡皇帝顺治</td><td colspan="4" rowspan="2">推行汉化政策，缓和民族矛盾，促进民族交融</td><td rowspan="2">顺治出家，康熙登基，中止汉化。“《明史》案”；吴三桂西出缅甸追杀永历帝</td><td rowspan="2">“《明史》案”文字狱</td></tr>
<tr><td colspan="3">剃发易服、屠城、圈地、投充、逃人、禁关六大弊政</td></tr>
</table>

第一章 继绝扶倾

“汉”是“汉水”之“汉”，亦是“星汉”之“汉”。汉水横卧中华大地正中，正如烛照六合的银河下泄，银河又称星汉。取法于银河的汉文明是中华文明的主体，是契合天道的文明。“甲申之变”后，汉文明虽然经受了极其野蛮的摧残，但却并没有消亡，而是经受了洗礼，如点点星火般慢慢地积蓄着复苏的力量，等待星火燎原的那一天。

第一节 重组与融合

1643—1662 年，19 年间明清换代，清政权政治统治逐渐稳定，但南明政权和反清农民起义等的存在，使当时形成了新的政治格局，并呈现出多种复杂趋势。

一、明：遗民、贰臣

“甲申之变”前后，明朝知识分子精英群体发生了分化：忠明之遗民与仕清之贰臣。

遗民一般指的是那些经历王朝更迭后，隐处于野、不仕新朝而以先朝之民自居的人。而明朝遗民不仅仅具备一般遗民高尚其事，不事王侯的气节，也具备前朝遗民守节固穷、洁身明志的品质，还突出表现了保教卫道，辨华别夷的意义。

黄宗羲在《两异人传》中揭示清初遗民生存环境的残酷：“秦

虽暴，何至人人不能保有其身体发肤，即无桃花源，亦何往而不可避乎？”在遗民之中，除不屈就死、出家为僧、隐退山林的群体外，还有用笔做武器，著述传承文化血脉的王夫之、黄宗羲、顾炎武等；有在文化责任感驱使下为实现经世精神而游幕的布衣参史局的万斯同等。黄宗羲指出：“遗民者，天地之元气也。”这种元气是一种文化之气，是忠贞高洁之气，是坚守真我、矢志不移的爱国价值选择，也是中华文化的精髓。

除遗民外，当时还有一个特殊的群体也参与到文明的救亡之中，那就是进退失据的贰臣。

贰臣，指在前一个朝代做官，投降后一个朝代之后又做官的人。1776 年乾隆下诏编纂《钦定国史贰臣表传》，即《贰臣传》，共收录了明末清初在明清两朝为官的人物 120 余人。乾隆批判这些人“遭际时艰，不能为其主临危授命”，“大节有亏”。

入选《贰臣传》甲编榜首的是洪承畴，世人将他与史可法相比，以“史笔流芳，虽未成名真可法；洪恩浩荡，不能报国反成仇”进行讽刺。入选《贰臣传》乙编榜首的是钱谦益，乾隆皇帝多次下诏痛骂钱谦益，并着重提到“降附后潜肆诋毁之钱谦益辈，尤反侧佥邪，更不足比于人类矣”。

不可否认的是，贰臣是顺治王朝与康熙王朝汉化政策的主要推手。清军入关后，这些贰臣本来可基于“良禽择木而栖”“识时务者为俊杰”的内心信念在新朝继续享受荣华富贵，但多尔衮的民族压迫政策使他们的变节行为失去了任何道义支持，而史可法、阎应元、杨文骢、陈子龙、夏完淳、何腾蛟、羽凤麒、瞿式耜、李来亨、张煌言、方以智等人的壮烈赴死，一再拷问着贰臣的灵魂，于是推行汉化、传承文明星火、改善民生、如实记录历史成为愧则有余、悔又无益的多数贰臣祭烈士、酬民族、赎罪愆的唯一选择与出路。甲戌本凡例记录下了这一群体的心态：“实愧则有余、悔则无益之大无可奈何之日也。当此时则自欲将已往所赖上赖天恩、下承祖德，锦衣纨绔之时、饫甘餍美之日，背父母教育之恩、负师兄规训之德，已至今日一事无成、半生潦倒之罪，编述一记，以告普天下人。虽我之罪固不能免，然闺阁中本自历历有人，万不可因我不肖，则一并使其泯灭也。”

“明末四公子”“清初三大家”之一的侯方域是《桃花扇》的主人公，因参加明清两朝科举被讽为“两朝应举侯公子，忍对桃花说李香”，于是他在顺治九年将自己的书房更名为壮悔堂，以明心迹。

《史记·赵世家》天下第一剑客公孙杵臼对程婴说：“立孤与死孰难？”程婴曰：“死易，立孤难耳。”公孙杵臼曰：“赵氏先君遇子厚，子强为其难者，吾为其易者，请先死。”公孙杵臼知道，死，是一种解脱；而怀着复仇大计，带着赵氏孤儿，在权臣屠岸贾的麾下苟活，以图未来复仇大计，才是最艰难的选择。《红楼梦》在一定程度上是为背负历史骂名的贰臣“（冤）枉自温柔和顺（治）”的选择进行的辩白。第三十六回《绣鸳鸯梦兆绛芸轩　识分定情悟梨香院》，七夕之夜宝玉对花袭人发表“文死谏武死战”之批判，其言外之意就是除了死谏与死战之外，怀着复仇大计苟活实为更艰难的选择。国学大师陈寅恪的《柳如是别传》为世人认识钱谦益等贰臣提供了一个新的视角。

除了前面提到的这些人物，还有一个被后人忽视的群体——宦官。因八旗不能净身，清宫内的太监是明朝留下的汉人。陪同崇祯走完人生最后一程的是司礼秉笔太监王承恩。“甲申之变”后已告老还乡的崇祯司礼秉笔太监曹化淳又回到紫禁城，上书顺治请求礼葬崇祯，成为顺治的贴身太监和汉文化的启蒙老师，备受顺治礼遇。一些文献将1644年三月十八日为大顺军打开内城大门的人诬指为曹化淳，令其蒙冤莫辩。曹化淳的侄孙女就是清朝第一才子纪晓岚的外祖母。

顺治最亲信的太监吴良辅，是顺治朝仿照明朝立十三衙门的倡议者，他在顺治逊位前五天以顺治替身身份出家，但仍逃不过被孝庄斩首的命运。

表 11　明清换代汉族重要男性历史人物

帝王	殉国	崇祯朱由检
	死难	弘光朱由崧、隆武朱聿键、绍武朱聿鐭、永历朱由榔
王爵	病故	鲁王朱以海、延平郡王郑成功、晋王李定国
民族英雄	殉国	史可法、阎应元、杨文骢、陈子龙、夏完淳、何腾蛟、羽凤麒、瞿式耜、李来亨、张煌言、方以智……
遗民	苦隐	王夫之、黄宗羲、顾炎武、八大山人、冒辟疆、张岱、柳敬亭……
	游幕	万斯同……
贰臣	愧悔	钱谦益、吴伟业、龚鼎孳……
	高爵	洪承畴……
宦官	王承恩、曹化淳、吴良辅……	
汉奸	范文程、吴三桂、尚可喜、耿继茂、耿精忠、孔有德、吴之荣、孙之獬……	

二、清：宗室、皇权、勋贵

在清政权内部，形成了宗室、皇权、勋贵三股重要势力，分别由三个重要人物所代表：代表宗室的多尔衮、代表皇权的顺治皇帝、代表勋贵的辅政四大臣。其中顺治之母孝庄，先下嫁多尔衮、后与辅政四大臣组成执政联盟，成为唯一一个全程处于明清换代历史舞台中心的历史人物。

表 12　清朝入关后权力结构图

权力结构	执政者	政　策	孝庄角色	《红楼梦》评价
宗室	多尔衮摄政 1643—1650 年	屠杀、剃发易服等六大弊政 灭亡南明弘光、隆武、绍武政权	太后下嫁	张其罗而穴其隧，所以迷眩缠陷天下者也； 剖悍妇之心，忿犹未释
皇权	顺治亲政 1651—1666 年	推进民族交融，学习汉文化	母子离心	
勋贵	四大臣辅政 1661—1662 年	中止汉化、 “《明史》案”文字狱、 消灭南明永历政权	太皇太后裁决	

三、文明的交融：顺治王朝

世道浇漓，人心日下，华夏文化之光由此而晦暗。于是延续文化血脉的努力日渐瓦解了传统的民族主义情绪。顾炎武就努力想将个人为王朝效力和为保存文明区别开来，他在《日知录·论正始风俗》中指出："有亡国，有亡天下。亡国与亡天下奚辨？曰：'易姓改号，谓之亡国。仁义充塞，而至于率兽食人，人将相食，谓之亡天下。'是故知保天下，然后知保其国。保国者，其君其臣肉食者谋之。保天下者，匹夫之贱与有责焉耳矣。"顾炎武的观点就是，如果清政府能延续中国的文明，比如华夏衣冠、人文传统、西学东渐、儒学礼仪，那就应该得到老百姓的拥护，为明朝政府尽忠的事应该只是"其君其臣肉食者谋之"。

当时大儒陆世仪在《思辨录辑要》第二十卷中写道："而夙有抱负者，又不甘与齐民同老，共逃于禅悦，而更为主张门庭，亦士君子不得志于时之所为也。然而圣道自此日晦，世界自此日坏矣。"这段话潜在思路是，如果是为了拯救华夏文化，入仕难道不能被接受吗？

马克思曾说过："野蛮的征服者总是要被那些他们所征服民族的较高文明所征服，这是一条永恒的历史规律。"入关后在清朝权贵中产生了一批仰慕汉文明的群体，其中的代表人物就是1651年初亲政的顺治皇帝和他的堂兄安亲王岳乐。某种程度上，清朝统治阶级内部出现了新的组合，实现了新的身份定义。

代表民族交融、文明融合的融合派：由顺治皇帝与开明权贵、部分汉臣、高僧、宦官组成的联盟；

代表民族压迫、开文明倒车的保守派：由多尔衮、孝庄、四大臣和吴三桂、尚可喜、耿精忠、孔有德、范文程、吴之荣、孙之獬等组成的联盟。

让人痛心的是，这两派的斗争中，占上风的是后者，1644—1650年多尔衮以血腥暴力推行民族歧视的剃发易服、屠城、圈地、逃人等六大弊政，1661年顺治出家后，孝庄太后与四大臣的辅政制度开历史倒车，中止汉化，大兴文字狱，中华民族为此付出巨大的代价。

如果多尔衮在摄政八年期间推行民族交融的汉化政策，或者顺治的汉化政策在其逊位后得到孝庄与辅政四大臣的继承，中华民族将迎来的是一次伟大的交融，就如陈寅恪在《金明馆丛稿二编》中所言：“取塞外野蛮精悍之血，注入中原文化颓废之躯，旧染既除，新机重启，扩大恢张，遂能别创空前之世局。”

令人痛心的是，历史注定要走上艰难曲折的道路。多尔衮摄政与孝庄辅政期间的暴政给中华民族带来的伤害是长远的，但是文明的融合与民族的交融依然在进行着。随着康熙王朝大一统的建立，“云开万里塞无烟”的六合一家、混一寰宇，统一的多民族国家的缔造即将完成。

表 13　融合派与保守派

<table>
<tr><th rowspan="2"></th><th colspan="2">男　性</th><th rowspan="2">女　性</th><th rowspan="2">政治主张</th></tr>
<tr><th>汉</th><th>满</th></tr>
<tr><td rowspan="5">融合派</td><td rowspan="4">部分汉臣、太监</td><td rowspan="4">顺治皇帝</td><td>孝惠章皇后阿拉坦琪琪格</td><td rowspan="5">推进民族交融
延续中华文明</td></tr>
<tr><td>孝献皇后
董鄂氏</td></tr>
<tr><td>贞妃
董鄂氏</td></tr>
<tr><td>孝康章皇后
佟佳氏</td></tr>
<tr><td>遗民、高僧</td><td>安亲王岳乐</td><td></td></tr>
<tr><td rowspan="2">保守派</td><td rowspan="2">吴三桂、尚可喜、耿精忠之流</td><td>摄政王多尔衮</td><td>孝庄太后
博尔济吉特氏</td><td rowspan="2">推行民族压迫
反对文明交融</td></tr>
<tr><td>辅政四大臣</td><td>废后静妃
博尔济吉特氏</td></tr>
</table>

四、反清复（文）明：南明政权

明清换代风起云涌，国内民族矛盾已上升为当时社会主要矛盾，并涉及政治、经济、文化以及社会生活的方方面面，其中历史问题与现实问题、政治问题与社会问题、军事冲突与对话和解、优秀的传统文化与落后的生活方式等交织在一起。

剃发易服令是对传统衣冠礼仪文明的践踏；一幕幕屠城的惨剧更是反人类的战争罪行；圈地造成千里无人烟，逃人法将农民变成农奴，社会经济一百年恢复不过来，这当然是落后的、反动的。

因此，在明末清初这个大关键时期，1644—1662 年存续 18 年的南明政权只是一个符号，反清复明，其实质不是复"朱明"，而是复"文明"。忠不忠于明政权不要紧，要忠的是民族大义和儒家文化尊崇的气节。江南人民的殊死抵抗，是为了维护心目中的大义和气节，这种斗争当然有着崇高的历史正义。他们的勇气不容亵渎，他们的牺牲不容丑诋！

顺治三年七月，反明起家的大西政权张献忠做出了恢复明统的选择，在杀死幼子后对义子孙可望说："我亦一英雄，终不令幼子为人擒，尔终为世子矣！明朝三百年正统，天意必不绝亡。我死，尔急归明，毋为不义。"与之同时，大顺政权余部 30 万人在李自成遗孀高夫人、侄子李锦的带领下接受南明隆武帝招安，隆武帝赐李锦名李赤心，大顺军改忠贞营，成为抗清的重要武装力量。大西军的李定国将军、大顺军的李来亨将军成为南明永历政权抗清斗争的擎天白玉柱。

在明亡后一百多年，一位名为金钟厚的朝鲜士人就曾尖锐地指出，明清的更替与汉唐的鼎革并非等量齐观，对明朝的思念亦不止在思念明朝本身，而是思念明朝背后的文明高度："若汉唐之革易，而不可以言于明朝也，岂独明朝之独可思乎？所思者在乎明朝后无中国耳。故仆非责彼之不思明朝，而责其不思中国耳。"

五、既冷时思此热，果然一梦矣

国破家亡之际，投笔从戎之时，颠沛流离之遇，舍生取义之场，耿耿丹心、殷殷热血凝就了许多文化珍品。许多南明英烈的绝命辞、殉难诗，每篇（首）寥寥数十百字，无不铿锵有力，洋溢着长留天地的正气。如绝食殉难的何腾蛟的绝命诗：

天乎人世苦难留，眉锁湘江水不流。
炼石有心嗟一木，凌云无计慰三洲。
河山赤地风悲角，社稷怀人雨溢秋。
尽瘁未能时已逝，年年鹃血染宗周。

在清修《明史》中与何腾蛟同传的瞿式耜的绝命诗：

从容待死与城亡，千古忠臣自主张。
三百年来恩泽久，头丝犹带满天香。

“西湖三杰”之一的张煌言的绝命诗：

我年适五九，复逢九月七；
大厦已不支，成仁万事毕。

17 岁殉国的少年英雄夏完淳的绝命诗《别云间》：

三年羁旅客，今日又南冠。
无限山河泪，谁言天地宽？
已知泉路近，欲别故乡难。
毅魄归来日，灵旗空际看。

南明政权 18 年期间，“江左三大家”钱谦益、吴伟业、龚鼎孳，“复社四公子”方以智、冒辟疆、侯方域、陈贞慧，散文家张岱、余怀等均留下许多诗篇、散文，在思想性、艺术性上显示出震烁古今的辉煌。

同时为寄寓兴亡之痛，这一时期也出现了南明臣庶所著、始草于或成稿于南明的史书，如谈迁《国榷》、查继佐《罪惟录》、张岱《石匮书后集》及其他许多纂辑资料、记录见闻的史书，构筑了挺拔而雄丽的南明史学大厦。而此一时期的绘画如八大山人、陈洪绶等的作品，“力量气局，超拔磊落，在仇（英）、唐（寅）之上，盖明三百年无此笔墨”。

明末三大思想家王夫之、顾炎武、黄宗羲，他们在明末清初社会激烈变革之际，提出了许多人本主义论点，比如反对君主专制，提高商人地位，重实践、轻理论的实用主义等。钱穆在《民族与文化》中写道：“明代国运光昌，堪与汉、唐鼎足而三。满清入主，而晚明诸大儒藏精掩彩，灵光不磨。此下三百年，仍是此一番淋漓元气，暗中主宰。”

在南明众多的文化成果中，最伟大的就是前述众多文化精英参与开启的壁立千仞的《红楼梦》的第一期创作。

明清之际的汉族士人，身历天崩地解的大变局，这样的经历给了他们切肤之痛，在目睹惨酷的肉体屠戮之余，他们还要忍受这一切对人性高贵与自由的戕贼。他们从晚明走来，并非不清楚前朝的种种弊政，也在论著中提出了尖锐的批判，但是，作为曾经有过那样生命体验的“人”而非“奴才”来说，他们更加清楚人性高贵与自由的价值。在四月二十六日炎帝诞辰寿怡红之时，怡红院中花芳官“满口嚷热”之时有条庚辰本双行夹批：“余亦此时太热了，恨不得一冷。既冷时思此热，果然一梦矣。”

余亦此时太热了——是明末知识阶层对以火德立国的明王朝的批评；

恨不得一冷——并一度寄望于清王朝；

既冷时思此热——多尔衮、孝庄与四大臣的暴政则让知识阶层陷入对明朝的怀念与追忆；

果然一梦矣——于是才有《红楼梦》这本书的诞生。

第二节　勒石记史

1661—1663年这一时期是孝庄与四大臣辅政制度初创时期，其间发生三件重大的历史事件，催生了《红楼梦》的第一期创作：一是1661年顺治逊位、康熙登基；二是1661—1663年的“《明史》案”；三是1662年四月二十五日吴三桂将南明永历帝朱由榔勒毙于昆明金蝉寺。《石头记》的第一层意思就是勒石记史。

一、黑幕后的19年

1643—1662年，这19年风云诡谲岁月中的爱与恨、血与泪、痛与悔，是《明史》中删除的部分，是一段被黑幕所掩盖的历史。

在清修《明史》中并无南明史的记录，清朝针对私修史书大兴文字狱，如“《明史》案”之后的“南山案”等，直接导致南明史记载隐讳混乱。1971年4月，顾颉刚承周总理命主持“二十四史”整理工作，作《整理国史计划书》曾感叹：“清代满族统治者为要湮没汉族人民的民族意识，对于入关后十八年的南方汉人政权竭力抹煞，致《明史》中记载寥寥。”

改革开放以来，这段历史的研究取得了很大的进展，历史人物的评价也日渐清晰。著名历史学家毛佩琦在永历帝朱由榔曾驻跸的贵州安龙召开的南明历史文化研讨会上指出，不是说所有的失败者都是小丑，是应该被抹黑的，也不是所有的成功者都应该被歌颂。所以我们要根据历史发展的逻辑，重新把这些人放在历史发展的脉络中去给他们一个准确的认识和判断。

1644年明朝灭亡之后，许多人前仆后继为反清复明而努力。当清军南下的时候，李自成大顺军、张献忠大西军的残余势力却与南明政权合流了，这在永历时期表现得最为突出。支持永历政权的许多军事力量都来源于起义军，如李来亨、李定国等。他们之所以要与南明联合起来，是因为民族大义和文明的向心力。

伟大的民族英雄、伟大的爱国主义者、中国民主革命的伟大先驱孙中山在《谒明太祖陵寝文》中深情缅怀了南明政权的抗清斗争：“虽义士逸民跋涉岭海，冀振冠裳之沉沦，续祚胤于一线，前仆后起，相继不绝。而天未悔祸，人谋无权，徒使历史编末添一伤心旧事而已。”

1643—1662年，这19年风云诡谲岁月中的爱与恨、血与泪、痛与悔，是《清史稿》中阙如的部分，是一段被谎言所歪曲的历史。

在南明政权为恢复华夏衣冠而抗争的同时，清顺治皇帝亲政期间的汉化政策遇到以孝庄为首的反动保守势力的强大阻碍，并在其逊位之后以罪己诏的形式对其进行彻底否定，顺治皇帝推进民族交融、促进文明融合的高大历史形象被矮化为一个为情所困的小男人。

19年间高贵成为卑鄙者的护身符，手中沾满鲜血、犯下累累历史罪行的多尔衮与孝庄俨然已成为深情款款、天纵英明的贤王与贤后。

19年间卑鄙成为高尚者的墓志铭，其中有“为情所困”的顺治皇帝爱新觉罗·福临、“惟知奔逃”的永历帝朱由榔、“荒淫无道”的弘光帝朱由崧，以及被钉上历史耻辱柱的“贰臣”群体……对此《红楼梦》底本的整理者屈复在“甲申之变”百年之际的1744年写下《面盆铭》：“一尺之面，三寸之水，纤尘不著。涸江河之源，扬湖海之波，洗之不去者，身后之粉墨。”

二、辨诬历来野史

《红楼梦》第一回中石头对空空道人所言：“历来野史，或讪谤君相，或贬人妻女，奸淫凶恶，不可胜数。更有一种风月笔墨，其淫秽污臭，涂毒笔墨，坏人子弟，又不可胜数……故逐一看去，悉皆自相矛盾、大不近情理之话。”

第五十四回《史太君破陈腐旧套　王熙凤效戏彩斑衣》回前批语提示读者，本回史太君“掰谎记”是对上述“历来野史”批判的继续。庚辰本有脂批云：“首回楔子内云‘古今小说，千部共成一套’云云，犹未泄真；今借老太君一写，是劝后来胸中无机轴之诸君子不可动笔作书。”

我们来看史太君是如何掰谎的：“把人家女儿说的那样坏，还说是佳人，编的连影儿也没有了……可知那编书的是自己塞了自己的嘴……编这样书的，有一等妒人家富贵，或有求不遂心，所以编出来污秽人家。再一等，他自己看了这些书看魔了，他也想一个佳人，所以编了出来取乐。何尝他知道那世宦读书家的道理？……可知是谄掉了下巴的话。”

第五十四回的回末批语继续掰谎主题：“会读者须另具卓识，单着眼史太君一席话，将普天下不近理之奇文、不近情之妙作一起抹倒。是作者借他人酒杯消自己块垒，画一幅《行乐图》，铸一面菱花镜，为全部总评。”

出于强烈的文化使命感和历史责任感，17、18世纪的文化和政治精英群体前仆后继，历时近百年完成这部《红楼梦》，用秘法写下这段与暴力、野蛮、权谋抗争的血泪史，用如椽史笔为顺治王朝、南明政权、康雍乾三朝众多历史人物掰谎正名。

遗憾的是，自1662年迄今已360多年，对这段历史的掰谎任务仍未完成。正如《南明史》的作者顾诚直言："过去绝大多数史家制作的镜子里，侏儒们被拔高了，坚毅挺拔的形象被歪曲了，甚或被挤出了镜框以外，成了道地的哈哈镜。"

笔者将致力于"判冤决狱平儿行权"，擦亮风月宝鉴，还历史本来面目。1662—1754年康雍乾三朝史《朱评红楼》今后分享。

三、身自端方：北宋——明——南明

笔者是红学研究中展开宋元明清历史研究第一人。在《红楼梦》第二十二回《听曲文宝玉悟禅机　制灯谜贾政悲谶语》中，正月二十三日晚，贾政做了一个灯谜："身自端方，体自坚硬。虽不能言，有言必应。""靖康之耻"到"甲申之变"的宋明亡国史与"端"有关：

（一）端皇——端王宋徽宗赵佶、端皇帝崇祯朱由检、桂端王朱常瀛（永历之父）

靖康之耻的直接责任人是宋徽宗，正是他决策失败联金灭辽，才导致北宋失去与金之间的屏障，遭遇亡国之祸。徽宗赵佶曾被封为端王，1100年继位，在位25年，1126年初金军兵临城下之时禅位给太子赵桓。赵佶与赵桓父子就是第一回批语中的"武穆之二帝"——徽钦二帝。

1644年三月十九日"甲申之变"，崇祯殉国；五月初六，进入紫禁城的多尔衮为崇祯上谥号端皇帝，庙号钦宗、怀宗。1659年十一月，顺治帝去怀宗庙号，改谥庄烈愍皇帝，清代史书多简称为明愍帝；又有作庙号烈宗，谥号正皇帝。崇祯的第一个谥号是端皇帝。

南明亡国之君永历帝朱由榔之父朱常瀛（1597—1645）封桂王，于天启七年九月二十六就藩衡州（今衡阳），弘光元年（1645）十一月病死于梧州，谥号"端"。朱由榔称帝后，追尊其为皇帝，庙号礼宗，谥号体天昌道庄毅温弘兴文宣武仁智诚孝端皇帝。因此南明桂端王亦是帝王。

从北宋的端王徽宗赵佶，到明朝的端皇帝崇祯朱由检，到南明的桂端王，就是一部宋明亡国史。

（二）端阳

五月初五端阳是北宋端王徽宗赵佶的诞辰，五月初五荣国府中虎符系臂，蒲艾簪门，虎符的典故就是窃符救赵。

五月初五端阳亦是楚国的亡国日，永历帝朱由榔桂王封藩在湖南衡阳，南明永历政权之亡亦可比拟楚国之亡。五月初四宝钗借扇机带双敲、五月初五晴雯撕扇子作千金一笑等的符号性描写涉及天启朝的宁远大捷、宁锦大捷；五月初四龄官划蔷——“凝成紫塞风前泪，惊破红楼梦里心”，是“靖康之耻”与“甲申之变”的亡国血泪，《绛珠还泪案》已有部分阐述，本书后文亦会涉及。

（三）端州

北宋徽宗重和元年（1118），端州升为肇庆府，1646年十月十四日桂王朱由榔在肇庆宣布监国，十一月十八日登基，是为永历帝。这一天是大观园中割腥啖膻的日子。

肇庆端州亦是北宋、南明两朝贤臣的居留地。北宋名臣包拯曾在端州任知府三年，颇有作为，临走不带一方端砚。1646年南明名臣瞿式耜在此拥立永历朱由榔登基，1650年在桂林就义。

（四）端砚

肇庆端州以端砚闻名于世。端砚为“中国四大名砚”之首，以其致密、坚实、细腻、温润如玉的石质，独特而丰富多彩的石品花纹以及巧夺天工的雕刻艺术而闻名于世，具有贮水不涸、呵气研墨、不损毫、发墨快等特点，距今已有一千三百多年的历史。

贾政的灯谜谜底有两种解读，一是书中明言的砚台，这个谜底告诉看官，《红楼梦》是用“端砚”所记载的与“端王”“端阳”“端州”有关的宋明亡国史，是历史的密码。

表 14　身自端方之端

<table>
<tr><td rowspan="9">身自端方</td><td rowspan="2">端王</td><td>宋徽宗赵佶</td><td>子宋钦宗赵桓</td><td rowspan="2">武装斗争
失败被俘
囚禁期间被杀</td></tr>
<tr><td>明礼宗朱常瀛（追封）</td><td>子永历朱由榔</td></tr>
<tr><td>端皇</td><td>崇祯朱由检</td><td colspan="2">殉国</td></tr>
<tr><td rowspan="2">端阳</td><td colspan="3">宋徽宗赵佶诞辰</td></tr>
<tr><td>楚国亡国日</td><td colspan="2">永历政权灭亡</td></tr>
<tr><td rowspan="2">端州</td><td colspan="2">徽宗重和元年升格肇庆府</td><td>贤臣包拯</td></tr>
<tr><td colspan="2">1646 年永历在肇庆监国、登基</td><td>贤臣瞿式耜</td></tr>
<tr><td>端砚</td><td colspan="3">身自端方，体自坚硬。虽不能言，有言必应</td></tr>
</table>

贾政的灯谜还有另一个谜底——国玺，其中缘由另行文解读。

表 15　身自端方之 1100—1162 年

<table>
<tr><td rowspan="3">1100 年</td><td rowspan="3">1126 年</td><td rowspan="2">1127 年</td><td>1128 年</td><td>1627 年</td><td rowspan="2">1644 年三月十九日</td><td rowspan="2" colspan="2">1646 年十一月十八日</td><td rowspan="2">1662 年四月二十五日</td></tr>
<tr><td colspan="2">八月二十四日</td></tr>
<tr><td colspan="2">“靖康之耻”</td><td colspan="5">“甲申之变”到南明灭亡</td></tr>
<tr><td>端王赵佶登基</td><td>宋徽宗赵佶禅让宋钦宗赵桓</td><td>徽钦二帝被掳北上</td><td>牵羊礼后宋钦宗仁怀皇后朱琏自沉</td><td>崇祯朱由检登基</td><td>崇祯朱由检殉国，多尔衮上谥号端皇帝</td><td>桂端王之子永历朱由榔登基</td><td>追封明桂端王为礼宗</td><td>永历朱由榔死难</td></tr>
</table>

“靖康之耻”后南宋抗金斗争以“笑谈渴饮匈奴血”的武装斗争为主，“甲申之变”后南明政权的救亡斗争则采取了三条路线：永历帝与郑成功主持的军事战线的武装斗争；汉臣、高僧、宦官、后妃组成的文化战线的救亡斗争，与顺治皇帝一起推进汉化；在武装斗争与文化救亡失败之后，是谁接过了历史的接力棒？1654年三月十八日，是女娲诞辰，此日玄烨诞生。康熙皇帝玄烨能如女娲一样补天吗？

四、二月二十二：甲申百年清明祭

明王朝的灭亡，不是同一时空下一个王朝的灭亡，而是一个王朝在不同时空下多次灭亡，崇祯何尝不是宋钦宗，南明弘光帝、永历帝何尝不是陈后主、李后主、宋徽宗……山深树老，江阔人稀，痴情人已茫茫，只有几个山子野者、老明公侯依旧，在晓风残月中用假语村言书写文明的劫难与涅槃，为后人留下风尘怀闺秀的不朽诗篇。

"《明史》案"的前车之鉴，现实康、雍、乾三朝的政治运作需要，让历代《红楼梦》创作群体、传抄人员全部开启了"无线电静默"，自1661年顺治逊位、1662年永历殉难起，历经83年的静音接力，至1744年，《红楼梦》底本成稿。

1744年是乾隆九年，亦是明亡的"甲申之变"100年。1744年的清明，是二月二十二日。《红楼梦》中二月二十二日"是好日子"，宝黛钗诸艳迁入"磨石镌字""汤蜡钉朱"的大观园，开启大观园勒石记史的历史。关西夫子屈复在此年写下《百砚铭》，记载勒石记史的历程。

《红楼梦》勒石记史的目的不是简单地同情一个即将灭亡的政权，赞赏一个颠沛流离的政府，而是要为天地留一股正气。第二回中所讲的正邪两赋中的正气，就是民族英雄文天祥《正气歌》中的正气，是文天祥"人生自古谁无死，留取丹心照汗青"的英雄气节。

五、《美芹十论》与"曹雪芹"

在宋明两朝，女娲补天是平息民族灾难、拯救天下的一个符号。

南宋抗金将领、有"词中之龙"之称的豪放派词人辛弃疾在金人统治区成长，其祖父曾在金国任职，他回到南宋后力主抗金复土，在这首《满江红·建康史帅致道席上赋》上阙写道：

> 鹏翼垂空，笑人世、苍然无物。还又向、九重深处，玉阶山立。袖里珍奇光五色，他年要补天西北。且归来、谈笑护长江，波澄碧。

辛弃疾希望史致道等将领能率军"补"宋朝已经缺了西北的

"半边天"。

辛弃疾作为一个杰出将领，还向朝廷献上一部抗金军事著作《美芹十论》，文中自陈写作目的是"虏人凭陵中夏，臣子思酬国耻，普天率土，此心未尝一日忘"。

这部《美芹十论》成了辛弃疾的代名词，郭沫若为辛弃疾墓写过一副挽联："铁板铜琶，继东坡高唱大江东去；美芹悲黍，冀南宋莫随鸿雁南飞。"

因"靖康之耻"而产生的《美芹十论》是军事救亡著作，因"甲申之变"而产生的《红楼梦》则是一部文化救亡著作，堪称文化的《美芹十论》。我们来认识一下曹芹与雪芹。

曹姓与朱姓本是同源，均是炎帝与火神祝融之后。祝融后代晏安封于山东定陶古曹国，故以地为姓；后来曹侠迁徙至山东邹县，与当地崇尚蜘蛛图腾的邾氏族融合，建立了邾国，并以邾为氏，同时又继承了曹人的血缘标志——曹姓。公元前300年，邾国为楚所灭，邾人将"邾"字去"邑"旁所变成的"朱"字作为本族新的血缘徽志，以志"去邑"或"离邑"，表示他们是失去国都、国土，也即是失去国家的邾国人。这一批将亡国的耻辱和痛苦烙印在自己的血缘徽志上的朱姓就成为后世中华主体姓氏之一的曹姓朱氏。所以朱姓与曹姓在血缘上属于同宗。在《红楼梦》的写作之中，"曹芹"代表支持"朱明"开展救亡的政治、文化精英，朱明王室后人粉墨登场，隐身其中。"雪芹"代表支持汉化、文明融合的满蒙群体。蒙古族后裔冒辟疆曾用过"雪芹"一号。

"芹"，提示看官，《红楼梦》是文明救亡的《美芹十论》。

《红楼梦》第一回写道：

> 后因曹雪芹于悼红轩中披阅十载，增删五次、纂成目录，分出章回，则题曰《金陵十二钗》，并题一绝云：
>
> 满纸荒唐言，一把辛酸泪！
>
> 都云作者痴，谁解其中味？

所以，"曹雪芹"不是具体的个人，而是《红楼梦》创作者、增删者的统一符号。我们以常识来进行分析。

《红楼梦》前八十回共计74万字，用毛笔正楷抄写一遍要多久?《四库全书》总抄时要求全职抄手每天完成1000字，按此速度，前八十回要两年才能抄完。冯其庸先生曾用小楷与行书两种字体抄写庚辰本，每天抄写2～3小时，历时七个月抄完八十回，平均每天3600字，10年可抄17遍。用10年时间完成前八十回创作是不可能的，这个期间完成17遍的修订倒是可行的。

一般认为“曹雪芹”著书西山黄叶村时非常困窘，“举家食粥酒常赊”。抄写一遍八十回《石头记》需要多少纸笔墨砚呢?这是一笔巨大的开支。以清初常用的竹纸为例，康熙年间的价格是0.03两银子100页，甲戌本第六回用纸16页，八十回用纸约1280页，折合银子四钱。在写作过程中的用纸保守估计应数百倍于此。笔、墨、砚、灯油等的开支另计。如果全职写作的“曹雪芹”能承担上述费用，那就证明“举家食粥酒常赊”的说法是不成立的。

经过1661—1744年历时三劫共83年的底本创作历程，又经历1744—1754年增删五次、批阅十载的修订，1754年《红楼梦》首度以《脂砚斋重评石头记》之名问世传奇。现今民间红学中关于《红楼梦》作者的人选已逾百人，各个作者候选人的研究均能自成体系，但又不能完全支撑起红楼大厦，其根本原因就在于此书独特的创作、传抄过程。现行一百二十回版本虽有部分遗失，但仍无损其全璧的价值。俞平伯先生晚年意识到这一点，临终前将自己一砖一瓦亲手建起的“新红学”大厦断然推倒：“胡适和俞平伯，是腰斩红楼梦的，有罪。”“千秋功罪，难以辞达。”

尽管“曹雪芹”的真身成谜，但江宁织造曹寅却是真正的红楼梦中人，曹寅通经断纬的补天事迹《朱评红楼》会在今后揭晓。

与曹雪芹相对，《红楼梦》中有一个贾芹，这个假芹是继多浑虫、母蝗虫之后对文明造成重大损害的又一人，先看第九十三回中与贾芹有关的揭贴：

西贝草斤年纪轻，水月庵里管尼僧。

一个男人多少女，窝娼聚赌是陶情。

不肖子弟来办事，荣国府内出新闻。

与曹雪芹一样，脂砚斋亦是批阅团队的统一符号，他们用青州的红丝砚、铜仁的朱砂墨、湖州的善琏笔完成批阅。找到曹雪芹，则脂砚斋亦“会心不远”。

第三节　红楼演《易》与花的图腾

中国在历史上一直是一个符号学大国。《易经》是中国符号学的经典文本，是人类对世界进行抽象解释的第一个符号体系，居于儒家六大经典之首。

与《易经》相关的解释与哲学传统构成了中国符号学最庞杂的文献，从汉代开始的“术数”，即奇门遁甲、梅花六壬、风水堪舆、四柱紫微等仍是中国平民百姓的符号意义支柱。另外一个让全世界学者感兴趣，但是只有中国学者能说清楚的课题是对汉字形成过程的符号学解读。有这样富厚的符号学文明积累，《红楼梦》象征符号的运用可谓得天独厚。

一、象罔得珠

立象尽意是《易经》关于意象关系问题的文艺心理观点。其认为，“言”所不能尽的“意”，可以通过“象”以尽之。“象”便是中国古代文化符号系统中最富意味的符号。

《红楼梦》中宓妃、湘妃、妈祖、女娲、神女等女神符号，杨妃、飞燕、西施、明妃等后妃符号就是“象”，其中包含了民族的传统审美心理与真挚情感，沉淀了丰富的文化理念，因而具有不可更易的内涵，就是“意”。如杨妃之“象”于宝钗不仅是环肥，飞燕之“象”于黛玉也远非燕瘦，其中“意”之丰富我们在《绛珠还泪案》中已有详述，在此不赘。

《庄子·天地》记述了“象罔得珠”的典故：“黄帝游乎赤水之北，登乎昆仑之丘而南望。还归，遗其玄珠。使知索之而不得，使离朱索之而不得，使喫诟索之而不得也。乃使象罔，象罔得之。黄帝曰：‘异哉，象罔乃可以得之乎？’”

这个故事以“玄珠”喻“道”，以“知”“离朱”“喫诟”“象罔”四个虚拟形象喻四种不同的求“道”方式。

知，同“智”，是思虑的智者；离朱，传说中明察秋毫者，是视力极好的人；喫诟，是聪明而善于言辩的人。这三者都不能得道，而象罔是无思虑、无明目、无言辩，若有形、若无形的人，却得道了。因此得道最自然的方式只能是以气合气，方能在有无、虚实相生中同于大通。对《红楼梦》的理解也应如“象罔得珠”一般，才能发作者“潜德之幽光”。

《红楼梦》中的“象”的定义来自第二十二回《听曲文宝玉悟禅机 制灯谜贾政悲谶语》，宝玉作了一个灯谜“南面而坐，北面而朝。象忧亦忧，象喜亦喜”，谜底是镜子，告诉看官对《红楼梦》的理解要“立象尽意”。这个镜子灯谜与前述端砚灯谜一样，会映射出历史的悲欢离合大剧。

二、象证风月

19世纪中叶以法国诗人波特莱尔的诗集《恶之花》的问世为标志，西方出现了象征主义思潮。不遑多让的是，早在17世纪中叶，中国的文化精英已充分掌握了象征主义的精髓，我们可以骄傲地说中国才是象征主义的发源地，而笔者认为，花的图腾——《红楼梦》才是人类历史上第一部也是最伟大、最成功的一部象征主义作品。

象征主义认为宇宙万物与人类的精神之间存有某种互相契合的“对应”关系，主张将宇宙万物作为各种人类精神或社会观念的象征，多采用象征、暗示、隐喻等表现手法。象征主义在当代式微，其主要原因在于这派剧本大都具有非理性主义的倾向，未能使象征主义表现的价值与舞台表现的要求统一起来。与之相反的是，三个世纪过去了，《红楼梦》的热度一直不散，显示其象征主义幻笔写作的登峰造极——在“表里皆有喻”的创作中，风月宝鉴正面的人间百态、洞察人性、揭示世情、文化反思、哲学探索、审美倾注足以让一代代读者心动神怡，体验到遍历沧桑后的执着、悲悯与人间大爱；风月宝鉴反面所承担的波谲云诡，纷繁复杂，纵深立体，极尽沧桑变幻的宋明清三朝历史风云隐喻则是《红楼梦》研究中难度系数最高的课题，也是《朱评红楼》的研究方向。

三、易经算法

《红楼梦》的写作不仅熟练运用了《易经》中独特的符号体系，还运用了其逻辑算法体系。

《易经》的逻辑不是西方的形式逻辑，而是将自然数的数字算法发展成了符号运演系统，较之西方形式逻辑与辩证法，在《易经》基础之上的中国逻辑更具本原性，内涵更丰富，包容性更大，能言天下之至赜而不恶，言天下之至动而不乱。

具体而言，西方之自然数是从小到大的一维数字流，数字进位只有数量增加的意义。而中国之自然数不仅有奇偶之分，更有“生数”“成数”“天数”“地数”之分。数字进位不仅是数量增加，更重要的是表达层次的升进与层次间的相似，且随着数的增加，可生成螺旋式上升结构。其中所涵原始反终，否极泰来之再生机制，实为中华民族所独创。古代中国人以竹为筹，张良“运筹帷幄”中的“运筹”实际上即借助《易经》的象数算法进行逻辑思考与推理，以推测、判断事物的发生、变化及结果。

从科学的角度看，西方数学之公理-演绎范式更适于描述实体性的空间运动与物质结构；中国《易经》中的数学之问题-算法范式则更适于模拟信息性的时间演变与生成过程。

《红楼梦》的创作群体通过《易经》的算法推演体悟到，一切事物随“不舍昼夜”的时间流逝而变化，中国五千年南北文明冲突与融合的历史发展脉络亦不例外，因此尽管“知运知数”，也只能谅而后叹了。

第一回薄命司第一人英莲出场时的原文与批语：

> 那僧便大哭起来，又向士隐道：“施主，你把这有命无运、累及爹娘之物，抱在怀内作甚?”甲戌眉批：“八个字，屈死多少英雄?屈死多少忠臣孝子?屈死多少仁人志士?屈死多少词客骚人?今又被作者将此一把眼泪洒与闺阁之中，见得裙钗尚遭逢此数，况天下之男子乎?……武侯之三分，武穆之二帝，二贤之恨，及今不尽，况今之草芥乎?家国君父事有大小之殊，其理其运其数则略无差异。知运知数者，则必谅而后叹也。”

在这里我们看到“有命无运”的“英莲”，“遭逢此数”的“裙钗”，“理运数无差异”的历代“家国君父”，“知运知数”的批语作者。

表16　二贤之恨

宋	“靖康之耻”	南宋岳武穆之徽钦二帝	
金			
明	“甲申之变”	南明永历政权西南抗清	蜀汉诸葛武侯之三分
清			

第五回史湘云［乐中悲］：终久是云散高唐，水涸湘江。这是尘寰中消长数应当，何必枉悲伤！

惜春［虚花悟］：这的是，昨贫今富人劳碌，春荣秋谢花折磨。似这般生关死劫谁能躲？

王熙凤［聪明累］：呀！一场欢喜忽悲辛。叹人世，终难定！

贾巧姐［留余庆］：正是乘除加减，上有苍穹。

［收尾·飞鸟各投林］：冤冤相报岂非轻，分离聚合皆前定。欲知命短问前生，老来富贵也真侥幸。

此外，还有第二十二回迎春的算盘灯谜：

天运人功理不穷，有功无运也难逢。
因何镇日纷纷乱，只为阴阳数不同。

过去，红学研究一般认为上述内容是消极的封建命理糟粕，其实，这是《红楼梦》对历史演进规律的认识的结论，有着历史唯物主义和朴素辩证法的要素，领先西方200年。

既然历史规律无法改变，留下一段信史供后人借鉴就是知运知数的《红楼梦》创作群体的历史使命所在。因此全书主题是反思，是铭记，是传承，是启蒙。

四、王夫之《落花诗》

《红楼梦》是花的图腾，在明清换代的历史背景之下，谁能担负起红楼演《易》、以花喻国之重任？

（一）清风有意难留我

王夫之（1619—1692），字而农，号姜斋，湖南衡阳人。他与顾炎武、黄宗羲并称明清之际三大思想家。王夫之自幼跟随自己的父兄读书，青年时期积极参加反清起义，晚年隐居于石船山，著书立传，自署船山病叟、南岳遗民，学者遂称之为“船山先生”。其著作有《周易外传》《黄书》《尚书引义》《永历实录》《春秋世论》《噩梦》《读通鉴论》《宋论》等，他的学说也被喻为中世纪哲学发展的最高阶段。

王夫之青年时期积极参加反清起义，投奔南明永历而不得时有一首诗：“天涯天涯，吾将何之？颈血如泉欲迸出，红潮涌上光陆离。涟水东流资水北，精卫欲填填不得。”作为最具典型性的明遗民，晚年王夫之隐居于石船山下湘西草堂，著书立传，并作“清风有意难留我，明月无心自照人”的对联自喻晚节。《红楼梦》中蘅芜苑与蘅芷清芬的匾额就来自王夫之湘西草堂的楹联“芷香沅水三闾国，芜绿湘西一草堂”，表达的是贤臣忧国忧民的情怀。(参见《绛珠还泪案》第七章第四节《钗黛合一结构》)

王夫之认为改朝换代是自然的事情，但高度重视“夷夏之防”，“可禅，可继，可革，而不可使夷类间之”，指出要永保民族的利益，就必须公天下，“不以一人疑天下，不以天下私一人”。1656年，王夫之为200年后的国人写下《黄书》，它犹如一篇“民族宣言”，对祖国壮丽的山河、丰富的物产、悠久的历史、“博衣、弁带、仁育、义植”的文物教化，充满眷恋之情，它以炎黄子孙的名义团结广大民众，坚信200年后文明一定会战胜野蛮。果不其然，晚清仁人志士人手一本《黄书》，为辛亥革命成功奠定了思想基础。

清季以来，湖南人才辈出，功业之盛，举世无出其右，这与湘人两百年来多暗中读船山遗书有关。湘人曾国藩印行《船山遗书》，率先以船山名义掀起了一场波澜壮阔的尊黄大潮，推动了社会的进步。湘人谭嗣同称颂船山说：“万物昭苏天地曙，要凭南岳一声雷。”章太炎在辛亥革命取得胜利后评介道：“船山学说为民族光复之源，近代倡义诸公，皆闻风而起者，水源木本，瑞在于斯。将王船山谓之‘近现代精神领袖’，并非过誉之辞。”

（二）蓉城倘有华胥国

作为周易权威学者，王夫之是中国符号思想的集大成者。他对“象”的界定非常类似我们今天对符号学的理解：“乃盈天下而皆象矣。诗之比兴，书之政事，春秋之名分，礼之仪，乐之律，莫非象也，而《易》统会其理。”他的“统会”两个字，用得很准确，这是符号学作为人文总方法论的特色。

王夫之的“落花诗”是大型组诗，计有《正落花诗》10首、《续落花诗》30首、《广落花诗》30首、《寄咏落花》10首、《落花诗体》10首、《补落花诗》9首，共99首，以落花飘零来隐喻亡国亡天下之痛，其内容瑰丽奇幻，深郁悱恻，深得屈子香草美人之致。

一是悼明之亡：“三月通闰只紫莽，五色欲补谁皇娲。”朱明亡于三月十九日，“三月通闰只紫莽”是恶紫夺朱之意；三月十八日是女娲、伏羲诞辰，崇祯皇后周玉凤自缢于紫禁城坤宁宫，次日崇祯皇帝朱由检自缢于煤山海棠树。《红楼梦》将女娲诞辰三月十八日殉国的周玉凤皇后、三月十九日殉国的天启张嫣皇后喻为总花神绛珠草（详见《绛珠还泪案》），是女娲，故有“五色欲补谁皇娲”之痛。

二是写遗民之痛：“三分国破楝心苦，六尺孤存梅豆酸。”

三是表达不屈斗志：“销魂万里生前果，化血三年死后功。”

四是发出对西南永历政权的呼唤：“蓉城倘有华胥国，半枕留仙我欲杭。”

王夫之笔下的华胥国，是花的民族华夏族的发源之地，是花的故乡。贾宝玉神游太虚幻境一回的回前诗就写道“是谁幻入华胥境，千古风流造孽人”，点明全书是对贻害花的民族——华夏族的造孽人进行批判的主题。

王夫之大写特写的“花”符号亦为《红楼梦》所采用，才有三月初一桃花社，三月十二日宝黛葬桃花，四月二十六日芒种饯花神、黛玉《葬花吟》、宝玉葬夫妻蕙与并蒂菱、宝钗冷香丸葬四季之花，八月十九日诔花神，八月二十一日至二十三日的海棠社与菊花诗，八月二十五日遇花神，八月二十六日五色纸钱送花神，十一月十八日咏红梅等花的图腾的结构。(参见《绛珠还泪案》第三章查明事实之四月二十六：饯花神；第四章查明事实之八月二十六日：送花神；第五章查明事实之红楼总花神；第六章查明事实之中华花神)

王夫之是《红楼梦》早期创作群体的参与人，王夫之等人身上体现的不仅是对中国传统文化价值的守护，也有对现代自由民主观念的追求。而这种精神，就是《红楼梦》壁立千仞、震烁古今的主题价值之所在。对此《朱评红楼》会在今后系列中以专题的形式结合《红楼梦》创作群体与大家一起探讨学习。

王夫之《后雁字十九首·其二》的前两句写道：寓言河汉迥，草线与灰蛇。"天外书传天外事"，草蛇灰线是红楼写作第一秘法。

第二章 裁判的方法

真相也许会迟到，但永远不会缺席。在红学研究中，推理与考证的百年之争仍未见分晓。《朱评红楼》将司法裁判中的证据链、形式逻辑同一律、三段论和诉讼可视化等裁判方法引入红楼研究，重新定义红楼研究的方法论，继《绛珠还泪案》惊醒昨夜朱楼梦后，在《神女如梦令》中倾听今宵水国吟。

第一节　推理

推理是从一个或几个判断（这叫前提）推出另一个判断（这叫结论）的思维形式，是把判断组织起来开展思维活动，在实践的基础上认识客观世界的重要环节。推理有或然性推理与必然性推理两种。红学研究中的索隐与考证运用的就是或然性推理。

一、或然性推理：索隐与考证

或然性推理，是一种从真前提只能或然地（并非必然地）推出真结论的推理，是根据事物发展的高度概率进行判断的一种认识方法，亦是人们在对事物的认识达不到逻辑必然性条件时不得不采用的一种认识手段。或然性推理主要分为不完全归纳推理和类比推理两种。

（一）不完全归纳推理与索隐

不完全归纳推理是根据一类事物对象中部分对象具有（不具

有）某种属性并且未遇到相反情况，从而推出该类对象全体都具有（不具有）这种属性的推理，也就是从一般到全体的推理。其推理的结构形式为：

S_1 是（不是）P

S_2 是（不是）P

……

S_n 是（不是）P

（S_1、S_2、……S_n 是 S 类的部分对象，并且没有反例）

所以，所有的 S 都是（不是）P

俗语、农业谚语基本都是不完全归纳推理，比如“天下乌鸦一般黑”“瑞雪兆丰年”等。由于简单枚举归纳推理的结论真实性有待考察，因此，若考察对象过于特殊，那么结论就会犯以偏概全的错误。在日常生活中，为了提高结论的真实性，在对对象进行考察时，应尽可能考察更多的事例，减少遗漏反例的可能性。

我们举个例子：“杨树有光合作用，槐树有光合作用，榆树有光合作用，杨树、槐树、榆树是绿色植物的一部分，所以，绿色植物都有光合作用。”这个推理过程看似正确，实则结论是错误的。植物学告诉我们，并不是一切绿色植物都有光合作用，常见的不能进行光合作用的植物有菟丝子、天麻这些寄生植物。它们自身无法通过光合作用产生碳水化合物供自身生长，因此只能以能够进行光合作用的植物为宿主，相当于植物界中的寄生虫。

在红学研究中，索隐派将《红楼梦》的主题囿于悼明说、顺治帝与董小宛爱情悲剧说、雍正夺嫡说、乾隆后宫秘史说等，均是陷入了不完全归纳推理的误区。

（二）类比推理与考证

在逻辑学上，或然性推理的另一种是类比推理，也就是根据两个或两类对象在某些属性上相同，推断出它们在另外的属性上也相同的一种推理。它是从特殊推向特殊的推理，如果前提中确认的共同属性很少，而且共同属性和推出来的属性没有什么关系，这样的类比推理就极不可靠，称为机械类比。东施效颦就是典型的机械类比推理：西施按住胸口，愁眉蹙额，就增添了美丽；我东施按住胸口，愁眉蹙额，也定会增添美丽。因为正确的类比推理要求类比对象之间的相同属性多，东施缺乏西施的美丽，生搬硬套，也学西施病态的动作，自然弄巧成拙。在红学研究中，考证派的江宁织造曹雪芹家事说就是陷入了类比推理的误区。

就内在逻辑而言，索隐与考证均是运用了或然性推理。由于没有在5000年文明史的历史广度和“靖康之耻”到“甲申之变”到乾隆初年的整个大背景之下来理解《红楼梦》的全貌，其前提与结论间不具有蕴涵关系，因此无论是索隐还是考证，其推理方法均只能在自己选取的对象中形成闭环结论，却无法推倒他方的结论，这也是引起红学界历来争议的主要原因。

表 17　或然性推理与索隐、考证

		推理过程	反面事例	红学误区
或然性推理：前提与结论间不具有蕴涵关系	不完全归纳推理	一般到全体	以偏概全 瑞雪兆丰年	索隐：悼明、顺治董小宛爱情悲剧说、康熙九子夺嫡说……
	类比推理	特殊到特殊	机械推理 东施效颦	考证：江宁织造曹雪芹家事说

二、必然性推理：朱评红楼之绛珠还泪案

必然性推理是前提与结论间具有蕴涵关系的推理，即从真前提能必然地推出真结论的推理。在必然性推理中，前提真而结论假是不可能的，即把对前提的肯定与对结论的否定结合起来就会产生矛盾。三段论（演绎）推理就是典型的必然性推理。现在我们通过下表来作个对比：

表 18　或然性推理与必然性推理

推理类型		推理过程	前提与结论	特点
或然性推理	不完全归纳推理之索隐	一般到全体	无蕴涵关系	前提真，结论不一定真
	类比推理之考证	特殊到特殊		
必然性推理		全体到个别 个别到个别	有蕴涵关系	前提真，结论必然真

《绛珠还泪案》的历史跨度主要集中在1127—1644年，这517年的历史基本上是有信史可查的，《朱评红楼》要做的就是在《红楼梦》文本中找到历史的对应，揭开自1128年八月二十四日“靖康之耻”后牵羊礼朱琏投水至1627年八月二十四日崇祯朱由检登基，开启“甲申之变”大幕的这499年的“五百年风流债，一见了偏作怪”历史脉络。在这个过程中，历史事件是大前提，红楼文本是小前提，结论参见《绛珠还泪案》第九章第四节《裁判意见》。

现简要回顾一下《朱评红楼》关于花神的推导过程：

《红楼梦》花神影子无处不见：四月二十六日饯花神，八月十八日诔花神，八月二十五日大观园中遇花神，八月二十六日大观园五色纸钱送花神。中国花神是谁？

拥有绝世才情和强健体魄的《四库全书》总撰官纪晓岚在《四库全书》首抄完成的前一年，在案牍劳形之时写作一篇既无文学价值，亦无史学价值甚至有抄袭之嫌的《明懿安皇后外传》，“藏之于家，以便观览”，其中记载的中国历史上的四代花神为：汉孝惠皇后张嫣—北齐李祖娥皇后—27岁殉金人之难的南宋士人妻—明天启帝懿安皇后张嫣。

这篇文章有一个巨大的漏洞，中国第一、第二、第四代花神均为皇后，为何第三代花神为一个籍籍无名的27岁殉金人之难的南宋士人妻？她如何有资格入围中国花神？

带着这个疑问，《朱评红楼》考虑，在南宋有没有一个曾为皇后、后为庶人、又于27岁死于金人之难的历史人物呢？答案是有的。南宋建炎二年（1128）八月二十四日，27岁的北宋钦宗皇后朱琏在金国上京会宁府投水自尽，因钦宗已于1127年二月被贬为庶人，故朱琏投水之时已不具有皇后身份。

《红楼梦》中宝玉曾说有总花神和芙蓉花神之区别，在祭奠完芙蓉花神晴雯之后，林黛玉从芙蓉花影中走出来，林黛玉就是红楼总花神。总花神黛玉身上的湘妃符号（潇湘妃子）、赵飞燕符号（埋香冢飞燕泣残红）、昭君符号（花笺：莫怨东风当自嗟）共同构成了朱琏皇后的命运：为国投水、姐妹同嫁、出塞后妃、贬为庶人、道教信仰、赵氏朱姓、艺术才华、黑水青冢……

笔者将中国历史上的第三代花神——“靖康之耻”中殉难的朱琏皇后与第四代花神——“甲申之变”中殉难的张嫣皇后进行了对比，发现二人是开封同乡，均是生于马年、死于猴年，均在亡国之后自尽，其事迹均在身后被抹杀，均是才德出众，朱琏与堂妹朱璇同嫁，张嫣则与妯娌崇祯周玉凤皇后同殉。

与第四代花神张嫣同日殉国的还有她的小叔崇祯朱由检。崇祯朱由检登基日是1627年八月二十四日，是第三代花神朱琏自沉499周年纪念日；北宋朱琏—明朱由检—南明朱由榔就是《红楼梦》中的五百年风流债。

崇祯皇后周玉凤早崇祯与张嫣一日殉国，其时为1644年三月十八日，是补天的女娲的诞辰。

表19　还泪案花神结构表

三月十八日	女娲诞辰	崇祯周玉凤皇后殉国
三月十九日	1644年明亡	崇祯朱由检殉国
		红楼第二代花神张嫣殉国
八月二十四日	1128年牵羊礼	红楼第一代花神朱琏自沉
	1627年崇祯登基（牵羊礼499周年）	

在民事诉讼中，上述证据已足以构成或然性证明标准，在此基础上《朱评红楼》结合《红楼梦》与脂批原文，通过26万字的

《绛珠还泪案》结案报告揭开红楼总花神黛玉（朱琏）与中国总花神宝钗（张嫣）之间的钗黛合一关系，完成了或然性推理向必然性推理的全过程，因为作者已将此件公案所有证据都写在书中，只待裁判的法官去发现而已。

本书将在上述宋明两朝钗黛花神结构的基础之上，展开顺治王朝的中华总花神结构。

第七十九回《薛文起悔娶河东狮　贾迎春误嫁中山狼》，八月十九日总花神黛玉从芙蓉花影中走出，与宝玉完成“茜纱窗下，我本无缘；黄土垄中，卿何薄命”的创作。1660 年八月十九日是顺治皇贵妃董鄂氏香消之日。

第八十九回《人亡物在公子填词　蛇影杯弓颦卿绝粒》，十月初八宝玉再祭芙蓉女儿，来到潇湘馆看到“绿窗明月在，青史古人空”的对联。1660 年十月初八，顺治第五次亲临寿椿殿，为孝献皇后董鄂氏作断七之祭。

董鄂氏是清宫后妃中最神秘的一位，世人传她是秦淮名妓董小宛进宫。她是总花神黛玉吗？她与第一代黛玉仁怀皇后朱琏都是三生石上的旧精魂吗？

三、后果主义推理：朱评红楼之神女如梦令

必然性推理看似完美，但在司法裁判中的运用依然受限，这是因为从已知前提中推导出未知结论，这种推理的有效性在于其前提必须为真实、确定。

遗憾的是，无论法网织造得多么严密，也无法涵盖世间所有的变化。于是在司法实践之中，为了恰当地处理社会矛盾，满足人民群众对正义的期待，一种全新的法律方法——后果主义推理就此诞生。

（一）后果主义推理

后果主义推理将后果考量引入司法过程之中，并使法官的视野拓展至法律之外，来弥补法条主义裁判的局限或形式法治的不足，有助于实现司法定分止争的功能。

简单来说，后果主义的法律推理并不是从规则的逻辑适用出发，而是根据某个判决结论所引起后果的预测和评价来选择判决理由。在各种可能的后果中，法官如何评价和选取后果，有赖于法官的价值偏好。基于不同的评价标准，法官可能选择此种而非彼种后果，从而得出相同或者相异的裁判结论。

为便于理解，我们举两个相反的案例：

一是南京彭宇案。此案曾引发社会广泛关注，判决书中不撞不扶的逻辑引发了人们对社会道德滑坡的担心和忧虑。此案判决无疑是没有考虑裁判可能引发的后果。

另一个是信阳撞伤儿童离开被阻猝死索赔案。此案是最高人民法院公布的大力弘扬社会主义核心价值观十大典型民事案例之一。好心人孙某见郭某撞倒儿童，阻止郭某离开，要求其等儿童家长前来处理，此后郭某猝死，郭某家属向孙某提起损害赔偿诉讼。人民法院认为孙某对侵害儿童权益的行为进行合理的阻止，不仅不具有违法性，反而具有正当性，值得肯定和鼓励。本案判决好心人不担责，向社会公众明确传递出法律保护善人善举的信号，消除了老百姓对助人为乐反而官司缠身的担心和顾虑，让“扶不扶”“救不救”等问题不再成为困扰社会的两难选择。

由上述两个案例可知，一个合格的法官需要依据经验性证据对真相进行科学预测，而不是从语词的逻辑关系中简单地推导出来。当需要填补法律漏洞时，法官所创设的规则更不能仅局限于当下案件的解决，而应当放眼于未来寻求一般化的裁判效果。在某种意义上，对相关后果的评价决定了后果主义推理的正当性。

（二）证明标准：确实充分

与《绛珠还泪案》有信史可查的1127年“靖康之耻”到1644年“甲申之变”共517年历史不同的是，《神女如梦令》所涉及的1643年到1662年共19年的历史则是被人为掩盖、歪曲的历史，《绛珠还泪案》所采用的必然性推理规则将不再适用，《朱评红楼》在此时选择“倒果为因”的方式，根据后果逆向地寻找或创制新的规则，于是后果主义推理就在这样的背景下被纳入《朱评红楼》的结案方法论。

后果主义推理过程无疑会引入价值判断，一个合乎正义的判决应当符合社会主流的道德观念。在解读1643—1662年这19年历史之时，《朱评红楼》将其主题定义为文明的救亡，而非一家一姓一朝的救亡，因为只有这样才是值得追求的后果，并与《绛珠还泪案》的裁判意见一脉相承。

既然后果定义为“文明的救亡”，就以文明与文化为界限，将汉满两个民族，因文化的共同信仰进行了重新的组合，实现新的身份定义：

一是代表民族交融和文明融合的融合派，即由顺治皇帝、后妃与清朝开明分子、部分汉臣、遗民、高僧、内监组成的联盟；

二是代表民族压迫和文明倒车的保守派，即由孝庄、多尔衮、辅政四大臣和汉奸等组成的联盟。

《红楼梦》对这两个力量之间文明冲突的记载，将留给中华民族丰富的精神财富和历史遗产：一个民族的复兴需要强大的物质力量，也需要强大的精神力量。没有文化的繁荣兴盛，就没有中华民族的伟大复兴。

不出意料的是，以后果主义推理所开启的《神女如梦令》结案之旅，最终会与以或然性推理开启的《绛珠还泪案》一样，步入必然性推理的轨道。因为《红楼梦》在创作之时围绕上述主题已埋下无数的证据，将这些证据串起来后，一个完备、清晰的证据链将会呈现在我们面前，不容置疑。

表 20　《朱评红楼》推理过程

	类型	证明过程	适用	证明标准	后果
《朱评红楼》推理	必然性推理	个别到全体	《绛珠还泪案》：宋明亡国史	客观真实	形成证据链，证据确实充分
	后果主义推理	倒果为因	《神女如梦令》：顺治王朝与南明政权	价值判断	

四、有图有真相——诉讼可视化的运用

面对复杂、混乱、陌生的事物，人的心理往往有这样一块蒙

眼布，去防御，去抵触。这时，无论外人费尽口舌把外面的世界描述得多么漂亮，在蒙眼布的遮挡下，他的世界永远是一片漆黑。缘于秘法写作的掩护，《红楼梦》的创作主旨已被一再隐藏，加之其无与伦比的思想与文化积淀，导致围绕《红楼梦》解读的笔墨官司比比皆是。

逻辑、道理的表达力是匮乏的，因为以它们为媒介的信息的传递是一维的——从最开始到结束，从前提到结论。而人对信息的接受是多维的，听觉、视觉、嗅觉、味觉、触觉、第六感。近五年来，司法审判中开始引入诉讼可视化的理念，其本质就是摘掉头上的蒙眼布，即通过添加色彩、线条、距离等维度扩充信息载体的表达力，将难以理解的、抽象的思维变成容易理解的、具体的图形，增加受众信息接受的维度。

诉讼可视化的图表、线条看似是工具，其实是贯穿整个诉讼的思维。制作可视化图表的过程，就是思考的过程——通过图表从更直观的角度审视案情，发现隐含的不和谐之处，并进行鉴别与补齐。在这个过程一次次重复中，还原出案件的真相。

在办理绛珠还泪案的过程中，笔者就通过 52 张可视化图表和 7 张思维导图，展示各个看似独立的信息之间的因果关系，从而揭开《红楼梦》创作团队历时百年布下的谜局，带领读者置身于宋明清三朝六百年的大背景之中，顺着笔者的思路走向定案结论。

本书根据看官的反馈继续图解红楼，且将图解的内容分解得更为细致，共呈上约 200 张示意表，展现红楼大厦巧夺天工的文心雕龙，领悟红楼创作群体为传承中华文明皓首穷经的妙笔生花。

第二节　计量史学——三生石与九连环

中国历史上有三部壁立千仞的通史：

一是西汉司马迁所著的《史记》，记录了上至上古传说中的黄帝时代，下至汉武帝时期共 3000 年左右的历史，采用纪传体形式，居二十四史之首。

二是北宋司马光主编的《资治通鉴》，共294卷，采用编年体记录了自周威烈王二十三年（前403），到五代后周世宗显德六年（959）共1362年的历史。宋神宗认为此书“鉴于往事，有资于治道”，所以定名为《资治通鉴》。

三是《红楼梦》。关于《红楼梦》的史料价值，第一回石头对空空道人所言中关于历来野史的批判、第五十四回史太君掰谎记均有明言。在清朝，这个定性在精英群体中亦非秘密。戚蓼生在为《红楼梦》所作的序言中定义此书如“《春秋》之有微词、史家之多曲笔”，定义作者“其殆稗官野史中之盲左腐迁乎”？提示看官“作者有两意，读者当具一心……必得是意，以读是书，乃能得作者微旨”。晚清诗人、外交家黄遵宪曾在与日本学者的笔谈中写道：“《红楼梦》乃开天辟地，从古到今第一部好小说。当与日月争光，万古不磨者……论其文章，宜与左、国、史、汉并妙。”

一、曲径通幽处之幽州——北纬四十度

《红楼梦》是一部借绛珠还泪公案创作的传奇史书。作者打破时空限制，在荣、宁两府和大观园浓缩式地上演了自公元960年宋朝建立至1754年宋元明清四朝794年的恢宏历史，其核心是从1127年“靖康之耻”至1644年“甲申之变”至1754年这一历史时期。这段历史是中国南北文明冲撞、民族交融的重要时期，并直接奠定了当今中国的版图与民族的构成，历史的核心区域是燕云十六州，也就是以幽州（今北京）和云州（今山西大同）为中心的十六个州，即今北京、天津北部（海河以北），以及河北北部、山西北部地区。这个地区位于北纬四十度的长城沿线，是中原王朝北部的天然屏障。

我们通过以下时间线来认识一下“幽州”：

938年，后晋石敬塘自称儿皇帝，将长城沿线的燕云十六州献给辽国，中原失去了与北方游牧民族之间的天然和人工防线——长城。

960年，宋太祖赵匡胤建立宋朝。宋太祖、宋太宗统一了江南，但未能收回燕云十六州。

1004年十二月，宋与辽订立和约，约为兄弟之国，宋每年送给辽岁币银10万两、绢20万匹，宋辽以白沟河为边界，史称“澶渊之盟”。此后宋辽两国百年间不再有大规模的战事，礼尚往来，通使殷勤。宋辽兄弟国关系是政治解决中国南北文明冲突的典范之作。

1125年，北宋与金结盟攻辽，辽亡，宋朝收回燕云十六州部分疆域。

1126年，金南下攻宋；1127年二月初六，北宋灭亡，徽、钦二帝被掳北上，是为“靖康之耻”。

北宋灭亡，宋朝失去包括燕云十六州在内的黄河流域的半壁河山，迁都临安。而金则将都城由上京会宁府（今哈尔滨）迁至中都燕京（今北京）。

1214年，金弃中都，蒙古军队占领燕京。

1267年，元世祖忽必烈定都燕京，后称大都。

1367年，明太祖朱元璋命将领徐达、常遇春北伐。次年，明军攻占了大都，元军退出了燕云十六州等地。

1420年明成祖朱棣迁都北京，形成天子守国门之势，对整个明代政权的巩固、边境的安全、社会经济及文化的发展，甚至对中国多民族的交融都产生了重大且深远的影响。

1644年三月十九日，李自成大顺军攻入北京，崇祯帝自缢于煤山，君王殉社稷，明亡。同年五月初二，多尔衮率清军进入北京城。十月初一，清廷诏告天下：号曰大清，定鼎燕京。1644年的这段历史称为“甲申之变”。

1644—1669年，紫禁城内多尔衮摄政、顺治亲政、孝庄与四大臣辅政，紫禁城外南明政权和反清农民起义等的存在，使当时形成了新的政治格局，并呈现出多种复杂趋势。失去幽灵真境界的通灵玉遭遇白骨如山忘姓氏的命运、潇湘馆春困发幽情、幽窗棋罢指犹凉、幽淑女悲题五美吟等均是指向这段历史。（详见《绛珠还泪案》第三章第三节六《“幽”情》）

1669年至1744年，康熙终结辅政制度，开启康、雍、乾三朝的大一统进程，统一的多民族国家缔造基本完成。

1744年，“甲申之变”百年之际，《石头记》底本完成。经批阅十载，增删五次，1754年第三本中华通史——甲戌本《脂砚斋重评石头记》问世传奇。但传抄与修订工作要到1791年程甲本问世才告终结。

1792年，《四库全书》第七部总抄完成。《四库全书》总撰官纪晓岚在1780年《四库全书》第一部首抄完成前一年写下《明懿安皇后外传》一文，为《朱评红楼》发现宋、明、清三朝红楼花神指明路径。

宝玉为大观园题写的第一块匾额是曲径通幽处，喻示大观园中上演的是幽州六百年历史大剧。但《红楼梦》的目的不仅限于通过掰谎完成对历史的记录，而是要如《史记》《春秋》《左传》《吕氏春秋》一样留下治国的方略，提供执政的借鉴，从这个意义上而言，《红楼梦》发挥的是《续资治通鉴》的作用。宋司马光《进〈资治通鉴〉表》：“简牍盈积，浩如烟海，抉摘幽隐，校计毫厘”，同样适用于《红楼梦》的创作。

表21　中华通史

《史记》	黄帝—公元前101年	纪传体	司马迁著作
《资治通鉴》	公元前403年—956年	编年体	司马光主编
《红楼梦》	960年宋朝建立—1754年 核心历史： 1127年“靖康之耻”—1754年	历史模型 记史	文化工程，康雍乾三朝接力创作

二、《实录》其事——实录其事

《实录》是中国封建时代记载皇帝在位期间重要史实的资料性编年体史册名称。继嗣之君让史官据前朝皇帝起居注、时政记、日历等编撰实录，历代相传，沿为定制。《红楼梦》第一回借空空道人对《实录》其事进行自认：“虽其中大旨谈情，亦不过实录其事，又非假拟妄称，一味淫邀艳约、私订偷盟之可比。”为何《红楼梦》要作明清帝王《实录》，其原由有三：

一是重现。《四库全书》编撰过程中，凡前人涉及契丹、女真、蒙古、辽、金、元的文字都要进行删改。乾隆四十八年(1783)是《四库全书》第三部入藏圆明园文渊阁之年，乾隆听从大学士三宝的意见，将明太祖到明天启帝时期1600万字的《明实录》四个正规钞本，全部移出内阁大库焚毁。《红楼梦》要重现随着《四库全书》编撰被篡改的“靖康之耻”到“甲申之变”的这段重要历史的原貌。

二是补记。明亡之后，无嗣君为崇祯帝修实录，南明弘光、隆武、绍武、永历四帝相继亡国亡身，亦无实录。清初修《明史》时为崇祯帝辑补了17卷《崇祯实录》，但关于南明史却出现只书其臣不记其君的怪现象。《红楼梦》用史笔记录了崇祯帝1627年八月二十四日登基到1644年三月十九日“甲申之变”殉国，再到南明末帝朱由榔1662年四月二十五日死难的全部历史进程。

三是正名。清顺治皇帝的实录经雍、乾时重修，未见其初修本留传。顺治汉化、逊位出家、董小宛入宫等重要历史事实均被人为抹杀，《红楼梦》为被矮化的顺治皇帝正名，肯定其促进民族交融与文明融合的重要历史地位。

关于上述《实录》其事的解读，《绛珠还泪案》与本书《神女如梦令》已有详述。清康熙、雍正、乾隆三朝的历史风云亦在《红楼梦》呈现，今后《朱评红楼》会一一揭开藏在历史屏风之后三朝实录的真面目。

三、计量史学

计量史学产生于19世纪末，20世纪六七十年代以来随着计算机技术的发展，风靡欧美各国，后来又波及了整个世界，为历史研究提供了比过去先进的方法和手段。通过计量史学建立的历史模型擅长复原以往千百年时间里的历史状况，便于揭露在长时序中所显现出来的某些历史结构，对历史变化、发展及运行规律进行分析。

作为数学模型的一种，计量史学“历史模型”的建立需要大量的数据支撑。在中华历史长河中，流传下来的各种历史文化典籍浩如烟海，丰富完备，为世界所仅见。二十四史、地方志、政书、国家档案、民间治史等为《红楼梦》运用“历史模型”记录历史提供了最详尽的数据支撑。所以，早在西方产生计量史学前的两个多世纪，《红楼梦》已熟练地运用了历史模型学的方法，并在百年间完成了从“靖康之耻”到“甲申之变”到乾隆初年的历史记录与反思。

《红楼梦》历代创作群体凭借其学冠天人的才华，通过5000年来中国南北文明冲撞、融合的深刻探究，以“昭君出塞”“安史之乱”“靖康之耻”“甲申之变”的历史脉络为纲，全面把握其中主要的、本质的影响因素，建立了钗黛绛珠草花神模型、治水神女史湘云模型、无材补天宝玉模型、弄权齐家王熙凤模型等，站在中华民族大家庭的立场，对大舜之正裔予以最深情的讴歌，对中华之患予以最彻底的批判，并以此模拟和预测民族发展的未来——文明融合与发展、民族交融与复兴。

《红楼梦》第一回借石头之口对历史模型纪史进行自认：

> 历来野史，皆蹈一辙，莫如我这不借此套者，反倒新奇别致，不过只取其事体情理罢了，又何必拘拘于朝代年纪哉！……至若离合悲欢，兴衰际遇，则又追踪蹑迹不敢稍加穿凿，徒为供人之目而反失其真传者。

四、红楼建模

《红楼梦》继《史记》的纪传体、《资治通鉴》的编年体之后，采用了一个全新的记史方法——历史模型。

在此，我们重温一下《绛珠还泪案》钗黛构成的绛珠草花神模型。

在“靖康之耻”中殉国的北宋仁怀皇后朱琏、慎德妃朱璇姐妹，在“甲申之变”中殉国的天启皇后张嫣、崇祯皇后周玉凤妯娌，是《红楼梦》所歌颂的绛珠草总花神，是第一代黛玉与宝钗模型。模型推论过程如下：

第一层，在国难之中具有人性光辉的宋明王朝姐妹后妃。

在“靖康之耻”中被掳到金国、于1128年八月二十四日牵羊礼后在金投水的仁怀皇后朱琏与慎德妃朱璇，她们是堂姐妹；

在“甲申之变”中于1644年三月十八日女娲诞辰殉国的崇祯皇后周玉凤、三月十九日殉国的天启皇后张嫣，她们是妯娌。

第二层，根据黛死钗嫁的结构，分列钗黛身份：仁怀皇后朱琏在牵羊礼后投水而死，慎德妃朱璇为其抚养遗孤，二人分属黛钗。

明天启帝张嫣皇后在皇后选拔之时因身材丰满而险被淘汰，崇祯帝周玉凤皇后在信王妃选拔之时则因身体瘦弱而险被淘汰。1644年三月十八日燕瘦的周玉凤自缢殉国，三月十九日环肥的张嫣自缢殉国，二人亦分属黛钗。

表22　宋明黛死钗嫁原型

	黛	钗
宋“靖康之耻”	仁怀皇后朱琏	慎德妃朱璇
明“甲申之变”	崇祯皇后周玉凤	天启皇后张嫣

第三层，将黛死钗嫁结构，放到宋明两朝的历史背景之下，朱琏、朱璇姐妹就组成黛玉的符号，长于程朱理学的张嫣、周玉凤就组成宝钗符号。

表23　宋明钗黛符号

	黛玉	宝钗
宋	仁怀皇后朱琏 慎德妃朱璇	
明		天启皇后张嫣（红麝串） 崇祯皇后周玉凤（女工）

在宋明清结构中，黛玉成为文化繁荣、国力孱弱的宋王朝的符号，宝钗成为资本主义萌芽、理学繁荣的明王朝的符号。（详见《绛珠还泪案》）

在1643—1662年的19年间，顺治王朝又有哪些女性用她们的生命书写坚贞与担当，成为《红楼梦》中讴歌的对象——如钗黛一样的总花（华）神？更精妙的推演过程将伴随神女史湘云的登场在本书中呈现。

《红楼梦》绛珠草总花神模型蕴含前文《红楼演〈易〉》中所涉及的太极推理方法，展现原始反终，否极泰来之再生机制，再次证明中国《易经》中的数学之问题-算法范式更适于模拟信息性的时间演变与生成过程。

《红楼梦》第一百二十回末有一段文字交代说："又不知过了几世几劫，果然有个悼红轩，见那曹雪芹先生正在那里翻阅历来的古史。"这再次坐实，《红楼梦》就是另一种形式的《史记》、是《续资治通鉴》。

关于用数字建模方法研究《红楼梦》的可行性，笔者曾专门向天河二号超级计算机的副总工程师朱小谦院长请教，他的回答是肯定的。《红楼梦》运用丰富的史料数据积累和场景驱动完成历史模型的建构，《朱评红楼》凭借司法裁判的证据链，通过图型表达数据模型，从而解决复杂关系的查询和推理需求。在发展数字经济、建设数字化中国的今天，红学的研究也应跳出文学批评与鉴赏的窠臼，开启新的篇章。

朱小谦院长之父朱汉兴先生所著《长沙黄金园朱氏族谱》是《朱评红楼》宋、明、清三朝框架灵感的来源。

五、三生石与九连环

第一回茫茫大士介绍绛珠还泪案的来历时出现了"三生石"的概念和"三生石上旧精魂"的批语。

> 那僧笑道："此事说来好笑，竟是千古未闻的罕事。甲戌侧批："妙！所谓'三生石上旧精魂'也。"甲戌眉批："全用幻。情之至，莫如此。今采来压卷，其后可知。"只因西方灵河岸上三生石畔，有绛珠草一株，时有赤瑕宫神瑛侍者，日以甘露灌溉，这绛珠草始得久延岁月……"

第七回《送宫花贾琏戏熙凤　宴宁府宝玉会秦钟》宝黛在宝玉房中解九连环，收到宝钗染病的消息——宝玉房中的九连环将宝、黛、钗三人联系起来，告诉看官对宝、黛、钗三人的理解要解九连环，这个九连环就是三三得九的宋明清三朝的宝、黛、钗模型。

现在，我们再来对照戚蓼生为《红楼梦》所作序言的结语：

> 乃或者以未窥全豹为恨，不知盛衰本是回环，万缘无非幻泡。作者慧眼婆心，正不必再作转语，而千万领悟，便具无数慈航矣。彼沾沾焉刻楮叶以求之者，其与开卷而寤者

几希！

六、马甲秘法

在互联网时代，网民在常用的用户名外再注册其他名字，叫穿马甲。穿马甲的动机一是基于安全考量，隐藏个人身份，避免主要户头密码泄露；二是变更个人行事风格，方便发表言论。正是因为有了马甲的掩护，一般而言，在互联网上的言论更接近真实的社会生活。

《红楼梦》的创作亦借用风月繁华的故事来作为马甲，在开篇凡例中写道：

> 此书只是着意于闺中，故叙闺中之事切；略涉于外事者则简，不得谓其不均也。此书不敢干涉朝廷，凡有不得不用朝政者，只略用一笔带出，盖实不敢以写儿女之笔墨，唐突朝廷之上也。又不得谓其不备。

仅这一个儿女之情的马甲还不能形成保护，《红楼梦》又穿上了家族兴衰的马甲，并且借鉴引入了多个家族的生活原型——南京江宁织造曹寅家族、杭州蕉园诗社洪昇家族、北京纳兰明珠家族、湖北蕲州顾景星家族、台湾郑克塽家族等。曹寅、洪昇、顾景星与《桃花扇》作者孔尚任等构成《红楼梦》第二代创作群体，这些人亦是康熙年间的文化精英。

在重重马甲之下，二百余年来，精英隐藏这段历史记忆的目的达到了，在民众中传承这段历史记忆的目的却迟迟没有真正实现，满纸荒唐言之下的辛酸泪仍然无人识得。红学研究现状就是有人发现了其中一层马甲，就以此作为破解《红楼梦》主旨的研究成果而告之天下，实际上现有的研究仍是在盲人摸象。

《红楼梦》的主题绝非一家一姓之兴衰荣辱所能涵盖。虽然自传说说的是一人一家的索隐 ，而史实文学化的作品则带有普遍意义。毛主席在《论十大关系》中指出，中国过去除了地大物博，人口众多，历史悠久，以及在文学上有部《红楼梦》等以外，很多地方不如人家，骄傲不起来。他还断言《红楼梦》是政治小说，是中国封建社会的百科全书，不仅要当作小说看，而且要当作历史看。中国红学会在 2023 年 4 月 1 日换届会议文件中承认，红学研究存在话语体系与话题创新跟不上时代，对于时代的回应显得答疑解惑不够的现状。红学研究中的作者谜题、本事谜题、版本谜题、成书谜题、改编谜题仍藏在深闺人未识。

党的二十大报告指出，要“坚守中华文化立场，提炼展示中华文明的精神标识和文化精髓，加快构建中国话语和中国叙事体系，讲好中国故事、传播好中国声音，展现可信、可爱、可敬的中国形象”。在我们砥砺复兴伟业的今天，红学研究必须解放思想，正本清源，辨伪存真，引领发展，这样才能无愧于民族复兴的伟大时代，无愧于源远流长的中华文明，无愧于无数先辈的流风遗烈。

第三节　春秋决狱

春秋决狱又称“经义决狱”，是西汉中期儒家代表人物董仲舒提出来的一种审判案件的推理判断方式，即除了用法律外，可以用《诗》《书》《礼》《易》《乐》《春秋》六经中的思想来作为判决案件的依据。凡是法律中没有规定的，就以儒家经义作为裁判的依据；凡是法律条文与儒家经义相违背的，则儒家经义具有高于现行法律的效力。

在《红楼梦》的批语中“春秋字法”或“春秋笔法”总合起来不下六七次之多，从词义上理解，应当都是春秋笔法的意思。《红楼梦》的阅读，法门变化无常，如何识得《绛珠还泪案》中的“春秋笔法”，答案自然是春秋决狱。

一、《春秋》与春秋三传

要春秋决狱，首先得理解《春秋》。

孔子在前人基础上整理的鲁国《春秋》，记录了鲁隐公元年（前722）到鲁哀公十四年（前481）共242年的大事，是一部编年体的史书，也是儒家最重要的经典之一。由于《春秋》言辞隐晦，表述过于简约，为了更好地表现《春秋》经文的内容大义，很多学者为其著文诠释春秋经文，流传至今的有左氏、公羊、穀梁三家，称为“春秋三传”。这均是第七十六回宝玉阅读书目。

(一)《春秋左氏传》——盲左腐迁与《红楼梦》

《春秋左氏传》又名《左氏春秋》《左传》，是左丘明所著，全书六十卷，在史学上占有极其重要的地位，唐刘知幾《史通》评论《左传》时说：“其言简而要，其事详而博。”梁启超称《左传》的出现是“商周以来史界之革命”。《左传》叙事敢于直言不讳，揭示事情的真实面貌，著名的批书人戚蓼生就将《红楼梦》作者比作盲左腐迁，认为《红楼梦》的写作深得《左氏春秋》与《史记》之精髓，是历史的真实记录。

(二)《春秋公羊传》——三世说与宋明清

《春秋公羊传》作者相传是齐国人公羊高。此书十分简略，形成了一套“三世说”历史哲学理论体系，与之相关的有夏、诸夏、华夏三个概念。

“夏，大也”(《尔雅》)，是中央政权，唯中国人如此伟大，故引申为“中国之人也”(《说文解字》)。“诸夏”是完成夏化的中原各个诸侯国，于是中国由“夏”至“诸夏”。诸夏，非最高境界，华夏才是最高境界，连夷狄都不分了。“夷狄”是以文化分，非以民族分。入中国则中国之，远近大小若一，大一统了。

三世说中的“所传闻世”是“据乱世”，治起于衰乱之中，内其国而外诸夏；“所闻世”是“升平世”，诸夏已经获得成功了，内诸夏外夷狄；“所见世”是“太平世”，夷狄进至于爵，天下远近大小若一，实现了华夏大一统。

表 24　夏化范围及特征

	夏化的范围			特征
据乱世	夏			内其国而外诸夏
升平世	夏	诸夏		内诸夏外夷狄
太平世	夏	诸夏	夷狄	华夏大一统

根据公羊家的论述，人类历史的演进，从“据乱世”进入相对平和稳定的“升平世”，再到“太平世”，是一条“理想”的社会发展轨辙。在这套“三世说”历史哲学理论中，糅合了《礼

记·礼运》中关于大同、小康的描绘，论证历史是进化的，蕴含着“历史的运动是有规律的”这一可贵的思想胚芽。汉代之后，公羊学说消沉一千余年，迄清中叶方被重新提起。而在此之前《红楼梦》已经暗自采用了这种历史观，认为历史的演进是有运数的，宋明清三朝历史的主角无非“三生石上旧精魂”。

《春秋公羊传》还是大一统概念的首倡者，其《隐公元年》曰：“何言乎王正月？大一统也。”徐彦疏：“王者受命，制正月以统天下，令万物无不一一皆奉之以为始，故言大一统也。”“夏化”的最高境界“华夏”是公共认同，大一统是对中央的认同，而构成华夏的各组成部分（夏、诸夏、夏化的夷狄）仍会保留自己的特色，但大家明白一个道理：“门内之治恩掩义，门外之治义断恩”，“大事从其长，小事则专达”，如此相互信赖，相得益彰，是为大一统。

（三）《春秋穀梁传》——民本主义与小惠全大体

《春秋穀梁传》，是战国穀梁赤撰的儒家著作，其中的民生思想的本质，是在维护君权前提之下的具有某些民本主义色彩的富民、裕民的小农经济思想，强调礼乐教化，尊王而不限王，力主仁德之治。《红楼梦》中“时宝钗小惠全大体”的大观园包产到户改革就是一次民本主义的实践：

> 家人都欢声鼎沸说：“姑娘说的很是，从此姑娘、奶奶只管放心，姑娘、奶奶这样疼顾我们，我们再要不体上情，天地也不容了。”

《春秋穀梁传》对于史学发展的意义，更重要的是在历史思想方面产生的影响。《春秋穀梁传》主张“著以传著，疑以传疑”，指出史家应遵从忠实记载史实的原则，并能够将这一原则贯彻到自己的著作之中。

二、春秋笔法

要春秋决狱，还须懂得春秋笔法。

史官必须秉持直笔，但是遇到作者认为的尊者、亲者、贤者有过错时怎么办？孔子创造了一种在记叙之中委婉、隐晦地暗含褒贬倾向的写法，称为曲笔，也就是春秋笔法。左丘明发微探幽，最先对这种笔法作了精当的概括："《春秋》之称，微而显，志而晦，婉而成章，尽而不污，惩恶而劝善，非贤人谁能修之?"《春秋穀梁传》则更显著指出春秋"微言大义"的实质就是"为尊者讳耻，为贤者讳过，为亲者讳疾"。

《红楼梦》中的春秋笔法，不仅是要委婉表达自己真实的观点，还要为了让书中至尊、至贤、至亲人物富丽堂皇，而隐去这些华丽背后的龌龊、荒谬与悲凉。在明清换代这一个历史时空，《红楼梦》在致敬、讴歌袁崇焕、史可法、阎应元、杨文骢、陈子龙、夏完淳、何腾蛟、羽凤麒、瞿式耜、郑成功、李来亨、张煌言、方以智等人的同时，用春秋笔法为朱由校、朱由检、爱新觉罗·福临、朱由崧、朱由榔等历史人物正名，为钱谦益、吴伟业、龚鼎孳、马士英、侯方域等钩沉辑佚，为青楼神女柳如是、董小宛、李香君、陈圆圆等滴尽相思血泪。

与此同时，《红楼梦》还用春秋笔法揭露醉（罪）卧怡红院的母蝗虫的真面目。第四十二回《蘅芜君兰言解疑癖　潇湘子雅谑补余香》黛玉定义母蝗虫，宝钗笑言"颦儿这促狭嘴，他用'春秋'的法子……这'母蝗虫'三字，把昨儿那些形景都现出来了"。这里的蒙府本侧批："触目惊心，请自思量。"母蝗虫便是触目惊心春秋笔法写就。

第七十三回《痴丫头误拾绣春囊　懦小姐不问累金凤》的蒙府本回末总批有一段写道：

> 一篇奸盗淫邪文字，反以四子书五经、《公羊》《穀梁》、秦汉诸作起，以《太上感应篇》结，彼何心哉！他深见"书中自有黄金屋""书中有女美如玉"等语误尽天下苍生，而大奸大盗皆从此出。故特作此一起结，为五阴浊世顶门一声棒喝也。眼空似箕，笔大如椽，何得以寻行数墨绳之。

三、一字千金——《吕氏春秋》与《红楼梦》

《吕氏春秋》是由秦国丞相吕不韦集合门客编撰的一部杂家巨著，于公元前239年完成，是中国历史上第一部有组织、按计划编写的文集。

《吕氏春秋》共分为十二纪、八览、六论，共二十六卷，一百六十篇，起到了总先秦之诸子，成一家之思想，启秦汉之先声的作用。司马迁在《史记》里将《吕氏春秋》与《周易》《春秋》《离骚》等并列，表示了他对《吕氏春秋》的重视。《吕氏春秋》内容虽然杂，但在组织上并非没有系统：从阴阳五行的理论架构，到经验主义的具体论证；从养生和贵己的“内圣”，到君臣之道和善治天下的“外王”；从个人和国家、社会和政权之间的关系调适，到自然之道支配下的生理、物理、事理和心理的互相配套，形成了一个完整的体系。《吕氏春秋》提倡在君主集权下实行无为而治，顺其自然。用这一思想治理国家对于缓和社会矛盾，使百姓休养生息，恢复经济发展非常有利。

《吕氏春秋》的写作过程也很特别。吕不韦认为秦国如此强大，没有必要再蓄养征杀之士，所以招揽门客十分注重文才。吕不韦令门下凡能撰文者，每人把自己所闻所见和感想都写出来。等到文章交上来后，古往今来、上下四方、天地万物、兴废治乱、士农工商、三教九流，全都有所论及，许多文章还有重复。吕不韦又挑选几位文章高手对这些文章进行筛选、归类、删定，综合在一起成书，取名叫《吕氏春秋》。

为了精益求精，也是为了扩大影响，吕不韦还想出一个绝妙的宣传该书的办法，他请人把全书誊抄整齐，悬挂在咸阳的城门，声称如果有谁能改动一字，即赏给千金。成语“一字千金”就源于此。

在此，我们将《红楼梦》与《吕氏春秋》进行一个对比。

《吕氏春秋》是中国历史上第一部有组织、按计划编写的文集，作者众多，由少数人进行汇总完成，但都不具名。《红楼梦》的创作不仅是有组织、按计划进行，而且围绕《红楼梦》还有很多的衍生创作，如《女仙外史》《长生殿》《桃花扇》《聊斋志异》等。所以《红楼梦》的创作是中国历史上空前绝后的伟大文化工程，自 1662 年南明永历政权灭亡至 1754 年，历经三劫 93 年春光，其参与者有当时顶尖的文化精英、有权倾天下的政治人物，而所谓“曹雪芹”不过是一个笔名罢了。

《吕氏春秋》一书的写作目的，是综合各家学说之长，指导秦国统治阶级兼并六国，建立大一统的封建王朝，并实现长治久安。

可惜，吕不韦个人政治生涯的终结，使秦始皇对这部书弃而不用。《红楼梦》的写作目的亦是为后世留下治国纲领和执政的借鉴，《红楼梦》问世之后，乾隆年间毕沅的《续资治通鉴》只续至宋（辽、金）、元两朝，明朝的历史却未涉及。《红楼梦》的思想未被清政权采纳，使中华民族错失历史机遇。于是继1644年三月十九的“甲申之变”遭受剃发易服的野蛮征服之后，近200年后以1840年的第一次鸦片战争为标志，中华民族又遭受西方殖民主义者的侵略与奴役，花的民族、龙的传人、银河星汉的子民沦为东亚病夫——千红一哭，万艳同悲。

《吕氏春秋》的基调是道家老庄思想。《庄子》（即《南华经》）一书“钳揵九流，括囊百氏”，《红楼梦》则被批语喻为“庄子离骚之亚”，第二十一回《贤袭人娇嗔箴宝玉　俏平儿软语救贾琏》借宝玉之手续《南华经·外篇·胠箧》。

《吕氏春秋》因文字之美、内容之精而一字千金，《红楼梦》亦是如此。其多处批语中写道：“具菩萨之心，秉刀斧之笔，撰成此书。一字不可更，一语不可少。”《红楼梦》是明末清初历代文化精英心血之作，其文字之美自不待言，同时其中有大量的隐喻和偷换概念、偷换论题的手法，任何更改都将使其失去本来真面目，故也“一字不可更，一语不可少”。《绛珠还泪案》列举了“女孩儿”与“女儿”之别、“金锁宝玉是一对”与“金玉良缘”之别，本书后文会告诉看官宝钗不是薛宝钗，此花麝钗玉不是彼钗玉花麝，神女史大姑娘、史姑娘、云姑娘、云儿之别。《朱评红楼》今后还将结合原文揭晓更多“一字不可更”的写作秘法。

表25　《吕氏春秋》与《红楼梦》

《吕氏春秋》	文化工程	多人创作	记录历史	百家思想	治国方略	与民休养	否定法家	一字千金	老庄为基，杂而不杂
《红楼梦》								一字不可更，一语不可少	儒、释、道三教合一

在《红楼梦》百年创作历程中，我们看到顺治朝（南明）的钱谦益、吴伟业，康熙朝的冒辟疆、曹寅，雍正朝的张廷玉，乾隆朝的纪晓岚的身影。他们或是阁闱重臣，或是文章宗主，“自执金矛又执戈，自相戕戮自张罗”文字后的红楼掩面人究竟是谁？他们心中应有明确的答案。

四、关夫子与《春秋》

荆州的春秋阁中有一副对联，上联是“文夫子，武夫子，两个夫子”，下联是“著春秋，读春秋，一部春秋”，文圣孔子和武圣关羽就这样因为一部《春秋》联系在了一起。夜读《春秋》是《三国演义》为关羽打造的经典形象，且有这样一幅名对：

赤面秉赤心，骑赤兔追风，驰驱时不忘赤帝；

青灯观青史，仗青龙偃月，隐微处不愧青天。

《红楼梦》在第五十一回《薛小妹新编怀古诗 胡庸医乱用虎狼药》中，针对十首怀古词的讨论，海棠社主李纨言道：

> “比如那年上京的时节，单是关夫子的坟，倒见了三四处。关夫子一生事业，皆是有据的，如何又有许多的坟？自然是后来人敬爱他生前为人，只怕从这敬爱上穿凿出来，也是有的。及至看《广舆记》上，不止关夫子的坟多，自古来有些名望的，坟就不少，无考的古迹更多。”

这里李纨提到的关夫子就是关羽。这时的关羽已经成为至尊大帝了，“关圣”“关大帝”“关老爷”“关夫子”，都是对关羽的尊称。《红楼梦》的底本整理者之一屈复，他的号就是关西夫子。

五、秦可清之暴秦与强秦

《红楼梦》对自秦到清的封建制度进行了彻底的反思，这些反思简言之就是“秦”可“清”，“清”是“秦”历史的翻版和重现。

秦朝（前221—前207）是由战国时期的秦国发展起来的中国历史上第一个统一的封建王朝，秦人的祖先大费是黄帝之孙颛顼的后裔，舜赐其嬴姓。大费后人非子善于养马，周孝王命非子在汧水、渭水之间为王室养马，故有秦人为周天子牧马之说。

秦人励精图治，率先变法，发展成为战国后期最富强的诸侯国，秦王嬴政先后灭韩、赵、魏、楚、燕、齐，完成统一大业。

(一) 暴秦

秦朝用残暴的国家机器对人民实行残酷的统治，大兴土木，苛政虐民，扼杀民智，焚书坑儒。公元前209年，陈胜、吴广斩木为兵，揭竿而起，天下响应，刘邦、项羽起兵江淮共同抗秦。公元前207年，秦朝二世而亡。汉朝政治家贾谊在《过秦论》中指出，秦二世而亡的原因在于“仁义不施”；清初思想家王夫之在《读通鉴论·秦始皇》中总结秦亡的原因在于“私已”。

暴秦如何可清呢？以多尔衮摄政8年为例：

秦朝的建立离不开吕不韦，吕不韦被秦始皇尊为仲父，且在民间传闻中他与秦始皇之母赵姬有私，而顺治之母孝庄下嫁皇父摄政王多尔衮；

秦朝灭亡六国统一全国，清朝在统一全国的过程中消灭了南明弘光、隆武、绍武、永历四个政权和李自成大顺政权、张献忠大西政权；

秦朝焚书坑儒，清朝大兴文字狱，清初的“《明史》案”惨绝人寰；

王夫之认为秦朝最大的错误在于“私已”，多尔衮六大弊政——圈地令、剃发令、投充法、逃人法、禁关令、屠城，将满洲八旗的利益置于全体国民的对立面；

秦军战斗力强大，长平一战坑赵40万人，多尔衮率八旗军队进关之后，与吴三桂、尚可喜、孔有德、耿精忠等人狼狈为奸，犯下累累罪行。

表26　秦可清之暴秦与多尔衮摄政

	皇父	太后	六国	文明浩劫	苛政	军事
秦	吕不韦	赵姬	齐、楚、燕、韩、赵、魏	焚书坑儒	私已	坑赵
清	多尔衮	孝庄	弘光、隆武、绍武、永历、大顺、大西	“《明史》案”文字狱	六大弊政	屠城

中国历史上还有另外三个以“秦”命名的政权：

一是东晋十六国时期氐族所建的前秦（350—394 年），这是第一个统一北方的少数民族政权。在淝水之战，谢道韫的弟弟谢玄以八万东晋军大胜八十余万前秦军，前秦迅速走向衰落和瓦解。

二是羌人所建的后秦政权（384—417 年）。417 年东晋刘裕大军攻破潼关，围攻长安，后秦覆灭。

三是鲜卑人所建的西秦政权（385—431 年）。431 年，西秦被南匈奴赫连勃勃建立的夏国所灭。

秦朝与东晋十六国时期前秦、后秦、西秦三个政权的共同特征就是时间短：秦朝 14 年，前秦 44 年，后秦 34 年，西秦 47 年。前秦、后秦、西秦是南北朝时期的三个少数民族政权。

《红楼梦》中秦可清，就是将秦喻为清。暴秦内涵是《红楼梦》批判的对象，其中蕴含着不教胡马度阴山的主题。

表 27　四个秦政权

政权	国祚	民族	胡	马	主题
秦	14 年	汉	胡亥	为周天子牧马	不教胡马度阴山
前秦	44 年	氐	胡人内迁	马背政权	
后秦	34 年	羌			
西秦	47 年	鲜卑			

（二）强秦

公元前 221 年，秦始皇建立中国第一个封建君主专制的大一统王朝，秦朝在中央设三公九卿，管理国家大事；在地方上废除分封制，实行郡县制，奠定了中国 2000 余年政治制度基本格局，故称“百代都行秦政法”，对中国历史产生了深远影响。

历时 1943 年的发展，到 1722 年康熙驾崩，由秦始皇所开创的封建君主专制发展至巅峰，康熙完善了这一制度，所以秦始皇与康熙均被称为千古一帝。

到康熙王朝，历朝历代都发生过的问题，至少从技术层面上都解决了：没有外戚干政，没有宦官代政，没有藩镇割据（三藩被削平)，没有亲王造反，清朝在鳌拜之后无权臣，晚清曾国藩、李鸿章这些人这么厉害，都没有变成权臣。康熙王朝在制度上只有一个问题没解决——腐败。到了乾隆时期这一问题变本加厉，和珅成为中国历史上第一巨贪。

同时，满蒙长期通婚，西藏册封达赖和班禅，西南改土归流，民族问题解决了。还有，康熙宣布新生人丁永不加赋，民生问题解决了，中国人口登上四亿巅峰。现在有人根据影视剧将康熙王朝的兴盛归功于敌视汉文化和反对汉化的孝庄，这当然是错误的。与康熙皇帝一起开创中华民族大交融局面的不是康熙二十六年（1688）去世的仇视汉文化的孝庄，而是康熙五十六年（1718）逝世的积极学习汉文化的仁宪太后阿拉坦琪琪格。本书将在300年来第一次揭晓圣后阿拉坦琪琪格在《红楼梦》中的真面目。

强秦如何可清呢？以康熙王朝为例。

秦始皇北击匈奴，南征百越，筑长城以拒外敌，凿灵渠以通水系；康熙开疆拓土，奠定了西部、北部稳定的疆域，平定南部三藩，统一台湾，是中国统一多民族国家的捍卫者，奠定了清朝兴盛的根基，开创出康乾盛世的局面。

秦始皇统一文字，实行书同文，促进文化交流与传承；康熙编撰《康熙字典》，并由皇三子胤祉主持编制《古今图书集成》，曹寅主编《全唐诗》。

秦始皇未能解决继承人问题，长子扶苏被杀；康熙亦未能解决继承人问题，二废太子，九子夺嫡致朝局动荡。

秦始皇死在东巡路上，秘不发丧；康熙遗诏存疑，死后封锁京城。

表 28　秦可清之强秦与康熙王朝

	疆域北	疆域南	文字	文化工程	继承人	死亡
秦始皇	北击匈奴	南征百越	书同文、车同轨，统一度量衡	《吕氏春秋》	扶苏被杀	秘不发丧
康熙	亲征噶尔丹、保卫雅克萨	平定三藩，统一台湾	《康熙字典》《古今图书集成》《全唐诗》	《红楼梦》	二废太子，九子夺嫡	

第四节　明镜高悬

《华严经》如是论法界缘起：“犹如众镜相照，众镜之影，见一镜中，如是影中复现众影，一一影中复现众影，即重重现影，成其无尽复无尽也。”此等文字真乃镜喻绝唱。《红楼梦》中描写了七面镜子，书中镜子实际上已经超越了作为生活物品的意义，而漾生出一种反视自我的哲学意味，并映照着历史的真相。我们按照出场顺序来逐一认识。

一、武则天镜室中的宝镜

第一面镜子在第五回《开生面梦演红楼梦　立新场情传幻境情》出现，主人是秦氏。秦氏房中“案上设着武则天当日镜室中设的宝镜”，这面镜子照出此间主人拥有着与女皇武则天同样的女执政者身份、同样乱伦的婚姻、同样对子孙的狠毒、同样秽乱的后宫生涯，这个人就是孝庄。

“一日换四五遍衣服”的秦可卿要分为四个不同的身份来认识：一是死封龙禁尉的秦可卿；二是钗黛兼美的可卿；三是宁府小蓉大奶奶；四是蓉哥儿媳妇。这四者指向的对象是不同的。

宝玉神游太虚幻境与钗黛兼美的可卿成亲之时，在屋外看“猫儿狗儿打架”的是秦氏可卿。“打架”在《红楼梦》中是有特指的——绣春囊上的“两个妖精在打架”。

在第七回《送宫花周瑞叹英莲　谈肄业秦钟结宝玉》，秦可卿之弟秦钟出场时有个甲戌双行夹批：“设云‘情钟’。古诗云：‘未嫁先名玉，来时本姓秦。’二语便是此书大纲目、大比托、大讽刺处。”

“未嫁先名玉，来时本姓秦”在红学研究中被汲汲以求为秦可卿本来面目，与《陌上桑》的秦罗敷相比拟。但这两句诗其实来自一首格调低下的艳情诗——南北朝时期的《敬酬刘长史咏名士悦倾城》：

不信巫山女，不信洛川神。何关别有物，还是倾城人。
经共陈王戏，曾与宋家邻。未嫁先名玉，来时本姓秦。
粉光犹似面，朱色不胜唇。遥见疑花发，闻香知异春。
钗长逐鬟发，袜小称腰身。夜夜言娇尽，日日态还新。
工倾荀奉倩，能迷石季伦。上客徒留目，不见正横陈。

“未嫁先名玉，来时本姓秦”，批语指“二语便是此书大纲目、大比托、大讽刺处”。孝庄年轻时有“玉妃”之称，所以这位秦氏女不是美丽高贵的秦罗敷，而是艳俗、淫恶的玉妃布木布泰。“上客徒留目，不见正横陈”，如果要在《红楼梦》中找到一位玉体横陈的人物，那就是多姑娘：“谁知这媳妇有天生的奇趣，一经男子挨身，便觉遍身筋骨瘫软，使男子如卧绵上，更兼淫态浪言，压倒娼妓，诸男子至此岂有惜命者哉。”贾琏定义多姑娘“你就是娘娘”！多娘娘是谁？孝庄下嫁摄政王多尔衮，孝庄就是多娘娘，多浑虫就是有隐疾的多尔衮。

《红楼梦》中有一个写作秘法是“不写之写”，宝玉有《西江月》、钗黛有《警幻仙子赋》，这首南北朝时期的艳情诗就是不写之写的《孝庄外传》，照则天镜的秦可卿是玉妃，是玉体横陈的多娘娘，是孝庄。

孝庄为人诟病的远不止太后下嫁这一点，在她身上还有如多姑娘一样“延揽英雄，收纳材俊”的传言。清朝第一个状元吕宫的后人、著名历史学家吕思勉在《中国史籍读法》中写道：“我清初的祖宗吕宫，乃是明朝一个变节的士子。他入清朝便考中了状元，官做到大学士。其时年事尚轻，正可一帆风顺，大做其清朝的伪官，却忽然告病回家了。而其时实在并没有什么病。这是何缘故呢？我们族中相传有一句话，说是由于当时的皇太后要和他通奸，他知道嫪毐是做不得的，将来必遭奇祸，所以赶快托病回乡了。”《清史列传·吕宫传》记载，吕宫辞官的理由就是“人道俱绝，精神日减”。

二、风月宝鉴

第十二回《王熙凤毒设相思局　贾天祥正照风月鉴》中，跛足道人带来风月宝鉴。在《绛珠还泪案》第一章第二节之三《内容成谜：〈反照风月宝鉴〉》部分已有详述，在此再补充两点。常言“风月”无边，无边的“风月”剩下“虫二”。放在1643—1662年的历史背景之下，虫二寓意如下：

在顺治王朝就是母蝗虫孝庄与多浑虫多尔衮。这两条虫给中华民族带来深重灾难，分列红楼大恶榜前两名：大恶榜第一名牛头蚩尤（属牛的孝庄），第二名水神共工（清摄政王多尔衮），二人是中华之患。

在南明政权就是蜀（永历政权）与闽（郑成功）两个最后的抗清根据地。永历政权朱由榔的桂王封藩在湖南衡州，舜帝南巡死于苍梧，葬于湖南九嶷山，永历帝及奉永历为正朔的郑成功当然是大舜之正裔。

表29　风月宝鉴

<table>
<tr><td rowspan="4">风月宝鉴</td><td rowspan="4">虫二</td><td rowspan="2">清</td><td>母蝗虫</td><td>孝庄</td><td>属牛</td><td>首恶蚩尤</td><td rowspan="2">中华之患</td></tr>
<tr><td>多浑虫</td><td>多尔衮</td><td>清摄政王</td><td>次恶水神共工</td></tr>
<tr><td rowspan="2">南明</td><td>蜀</td><td colspan="2">永历政权</td><td colspan="2" rowspan="2">大舜之正裔</td></tr>
<tr><td>闽</td><td colspan="2">明郑政权</td></tr>
</table>

与风月同样含意的还有西海沿子边的真真国。真真国的含意有四层，其中第一层就是南明与清，剩下的三层今后会专门解读。

南明永历政权定都西南边陲的昆明，时称滇都。此地滇池是云南最大的湖泊。此为西海沿子边的一真。

清王朝是女真人后代所建，定都盛京。此地卧龙湖是辽宁第一大平原淡水湖，原名西泡子。此为西海沿子边的另一真。

表 30　西海沿子与真真国

西海沿子	盛京西泡子	女真—清	真
	滇都滇池	南明	真

三、怡红院西洋机括玻璃大镜

第三面镜子出现在第十七回《大观园试才题对额　荣国府归省庆元宵》，地点在怡红院中，主人是宝玉。照过这面镜子的有贾政、宝玉及众多清客相公一行：“回头再走，又有窗纱明透，门径可行；及至门前，忽见迎面也进来了一群人，都与自己形相一样——却是一架玻璃大镜相照。及转过镜去，一发见门子多了。”

第四十一回《栊翠庵茶品梅花雪　怡红院劫遇母蝗虫》，醉后的刘姥姥误闯怡红院，从此穿衣镜中照见满头戴花的自己，这面镜子有“西洋机括，可以开合”。镜中的刘姥姥就成了荼毒怡红院的母蝗虫——怡红院劫遇母蝗虫。未嫁先名玉是少年的孝庄，玉体横陈的多娘娘是青年的孝庄，母蝗虫则是老年孝庄。中年孝庄是谁扮演的呢？

第五十六回《敏探春兴利除宿弊　时宝钗小惠全大体》，江南甄府四个有身份的管家娘子来请安，贾宝玉得知江南有一个与自己相似的甄宝玉，回到怡红院中睡去，在梦中见到“胡愁乱恨”的甄宝玉，醒来时看见床对面的大镜，麝月评价此梦为“胡梦颠倒”：“自然是先躺下照着影儿顽的，一时合上眼，自然是胡梦颠倒；不然如何得看着自己叫着自己的名字？”这个镜像就是《华严经》中论法界缘起的写照。

第二回贾雨村在介绍甄宝玉之时，还出现了一条甲戌本侧批：“甄家之宝玉，乃上半部不写者，故此处极力表明，以遥照贾家之宝玉。凡写贾宝玉之文，则正为真宝玉传影。”这进一步说明甄贾两个宝玉是形与影的关系。（详见后文《都中贾宝玉与金陵甄宝玉——互影》）

四、麝月宫镜

第四面镜子出现在第二十回《王熙凤正言弹妒意　林黛玉俏

语谑娇音》，亦是在怡红院中，镜主人是麝月。

> 说着，将文具镜匣搬来，卸去钗钏，打开头发，宝玉拿了篦子替他一一的梳篦……宝玉在麝月身后，麝月对镜，二人在镜内相视。宝玉便向镜内笑道："满屋里就只是他磨牙。"麝月听说，忙向镜中摆手，宝玉会意。

麝月名至奇，内涵丰富。南朝《玉台新咏》云"金星与婺女争华，麝月共嫦娥竞爽"，麝月之名盖出于此。但麝月不仅指月，亦指镜子，是宫镜的雅称。第二十三回中，宝玉四时即事诗中的《夏夜即事》中有："窗明麝月开宫镜，室霭檀云品御香。"第七十八回的《芙蓉女儿诔》中，有"镜分鸾别，愁开麝月之奁；梳化龙飞，哀折檀云之齿"。

麝月的存在对宝玉是极为关键的，宝玉评价麝月"公然又是一个袭人"，袭人离开之时建议宝玉"好歹留着麝月"，因此麝月是唯一一个见证了贾府走向衰败的全程、目睹了女儿薄命之人。

要理解麝月，应从她的花笺入手。"寿怡红群芳开夜宴"一回里，麝月所掣花笺为荼蘼花，此花花色像黄酒，也称为酴醿，多生于海拔 500～1300 米间的山坡或灌丛中。

荼蘼花是最晚才开的花，佛教里说荼蘼是来生的花，所以也叫佛见笑。麝月的花笺"开到荼蘼花事了"的下句是"丝丝天棘出梅墙"，与荼蘼一起的天棘是蔓生植物，杜甫诗《巳上人茅斋》"天棘梦青丝"，是描写高僧生涯的。怡红院中，宝玉与麝月同照镜，麝月身后"宝玉便向镜内笑道"喻宝玉最后大彻大悟，出家为僧——佛见笑。

五、黛湘之镜

正月十九的早上，在黛玉房中，湘云为宝玉梳头，宝玉与湘云同照黛玉之镜，这是书中的第五面镜子。

第二十一回《贤袭人娇嗔箴宝玉　俏平儿软语救贾琏》：

> 因镜台两边俱是妆奁等物，顺手拿起来赏玩，不觉又顺手拈了胭脂，意欲要往口边送，因又怕史湘云说。正犹豫间，湘云果在身后看见，一手掠着辫子，便伸手来"拍"的一下，从手中将胭脂打落，说道："这不长进的毛病儿，多早晚才

改过！”

湘云用黛玉的镜子，喻意湘云与黛玉身份的镜像关系。世人常以湘云黛玉同为湘江水逝的湘妃，其实不然，湘云的符号是云散高唐的神女，但这位治水神女与投水湘妃之间的命运存在人物镜像关系，其中精妙结构后文会揭晓。

六、宝玉镜谜

第六面镜子出现在第二十二回《听曲文宝玉悟禅机　制灯谜贾政悲谶语》。正月二十二日夜，荣国府中进行了一次灯谜活动。这次灯谜活动发生在元春省亲回宫七日后，并且是由一个白色的葬礼宫灯所引发。宝玉的灯谜：“南面而坐，北面而朝；象忧亦忧，象喜亦喜。”宝玉不仅是历史的亲历者，也是时代的旁观者。宝玉这面镜子照见大观园中女儿的悲剧命运，保存的是历史映像。鲁迅先生说：“悲凉之雾，遍被华林，然呼吸而领会之，惟宝玉一人而已。”这一考语非其时其人不能道出。

宝玉本身是一面镜子。其身边亦有着或明或暗的镜子意象，如怡红院西洋机关的大穿衣镜，如宫镜麝月，还有一面亡国的小菱花镜，这是书中的第七面镜子。

七、紫鹃小菱花镜

第五十七回《慧紫鹃情辞试忙玉　慈姨妈爱语慰痴颦》，潇湘馆中紫鹃有一面小菱花镜，紫鹃到怡红院照顾急痛迷心的宝玉之后，应宝玉要求将此镜留下。

> 宝玉笑道：“我看见你文具里头有三两面镜子，你把那面小菱花的给我留下罢。我搁在枕头旁边，睡着好照，明儿出门带着也轻巧。”紫鹃听说，只得与他留下。先命人将东西送过去，然后别了众人，自回潇湘馆来。

同样是睡在床上照镜子，贾天祥正照风月宝鉴而暴亡，贾宝玉正照亡国杜鹃泣血的菱花镜而重生。

《红楼梦》中上述七面镜子，综合交织增添了语义的哲学色彩，众镜相照，使人感受到作者对历史的敏感体察，感受到历经繁华和覆灭的悲凉。

第五节　《石头魂》——《女仙外史》

《红楼梦》的创作是一项空前绝后的文化工程，17 世纪下半叶到 18 世纪上半叶的众多政治、文化精英以不同的方式参与了此书的写作，有的是参与执笔的，也有的是通过其他文学创作来为《红楼梦》作注的。在《绛珠还泪案》中我们分析了龚鼎孳、纪晓岚《明懿安皇后外传》建立的花神符号模型，本书将再分析一部提示《石头记》精神的《石头魂》。此外《桃花扇》《长生殿》《圆圆曲》《聊斋志异》等将会在今后逐一分享。

第二回的回前诗："一局输赢料不真，香销茶尽尚逡巡。欲知目下兴衰兆，须问旁观冷眼人。"这一回中，针对贾雨村关于甄贾（真假）宝玉、大仁大恶、正邪二气的言论，冷子兴作出一个评断："依你说，'成则王侯败则贼。'"

这个旁观的冷眼人认为，真假、仁恶、正邪的评价都不重要，历史的评判标准只有一个：成王败寇。冷子兴的这句"成则王侯败则贼"后面还跟了一条甲戌本侧批："《女仙外史》中论魔道已奇，此又非《外史》之立意，故觉愈奇。"批书人说他读过《女仙外史》，是书里论魔道写法传奇，而《红楼梦》跟《女仙外史》立意不同，却一样地讨论大仁大恶、正邪两赋、成王败寇，因此觉得《红楼梦》更是奇书！《女仙外史》还有一个名字叫《石头魂》——《石头记》之魂。

《石头记》的阅读理解要借助《石头魂》，可以说，《石头魂》是《石头记》的辅导读本，《石头记》中一笔带过、不能细写的批判对象——鬼蜮、蝗虫、狗（天狼）、宝蟾等重要概念都在《石头魂》中有详细的解读。

一、《女仙外史》

《女仙外史》是清代长篇小说，作者吕熊，大约在康熙四十二年（1703）写成，在康熙五十年（1711）刻版印刷，定名为《新刻逸田叟女仙外史大奇书》。这也间接给《红楼梦》提供了一个成书时间的坐标。

吕熊约生于明末，死于清康熙晚年。他饱读诗书，不愿参加科举考试，从生活时代、民族气节、文化背景和朋友圈等方面来看，完全具有明朝遗民的特点。

《女仙外史》以明朝初年为背景，集中描写了唐赛儿领导的农民起义军同燕王朱棣统辖的军队进行的斗争。鲁迅先生高度评价《女仙外史》是“以小说见才学者”。《女仙外史》的确涉及诸多方面的才学，其中以历史典故的运用、诗词典故引入小说最为明显。故事情节中的典故，有传说中的天狼星、嫦娥、后羿，有女侠聂隐娘、公孙大娘等；诗词中的典故，有鲁仲连力主抗秦，有信陵君窃符救赵，有张良博浪沙行刺秦始皇，有黄石公传授《太公兵法》，有诸葛亮三顾茅庐知天下、前后《出师表》、病死五丈原，还有淮阴侯韩信、隋炀帝杨广，等等。

除典故应用、诗词引入之外，《女仙外史》第十四回的游历名山大川，是作者地理知识的展示；第十九回的阵法属于兵法运用；第三十七回官僚制度跟科举考试，算是政治实践；第五十回发明“通灵七圣散”，展示作者通晓中医中药；第八十三回君臣典礼与男女礼仪，是作者儒家礼教思想的体现；第八十四回的刑法赋税的改革，是作者法家思想富民强国的愿望。

《女仙外史》一百回的书共有 67 人写了批语，批语字数与正文不相上下。在写批语的人当中，有清初文坛盟主、刑部尚书王士祯，大戏剧家洪昇，著名画家朱耷，江西南安知府陈奕禧，广州知府叶旉，江西学使杨颙，江西按察使刘廷玑等，人数之多、名气之大，在小说评点史上无出其右。

《石头魂》（《女仙外史》）对《石头记》创作的影响是极大的。《石头记》作者是大观者，更是“以小说见才学”，不算佚失的部分，前八十回旁征博引，才学展示就已经远超《女仙外史》了。但《女仙外史》作为《石头记》之魂的地位仍不容忽视。

《女仙外史》是如何展示《石头记》之魂的呢？

二、成王天狼，败贼月君

《女仙外史》（《石头魂》）是对“成王败贼”的翻案。《红楼梦》真假宝玉之名第一次出现之时，冷子兴“成则王侯败则贼”的论断，告诉看官贾宝玉是王侯，甄宝玉则是贼。但《女仙外史》又提供另一个视角，成的不一定是王，败的也不一定是贼。

1398年明朝第二位皇帝朱允炆继皇帝位，年号建文，史称“建文帝”。朱允炆在位期间增强文官在国政中的作用，宽刑省狱，严惩宦官，同时改变其祖父朱元璋的一些弊政，史称“建文新政”。

1399年8月，在燕京的燕王朱棣反对侄儿建文帝削藩，下谕将士，打着“清君侧”旗号起兵“靖难”南下，建文帝兵败焚宫自尽，另一说出家。朱棣取得帝位，为明成祖。

《女仙外史》架空历史，以失败的建文帝为正宗，以成功的明成祖朱棣为谋逆，后者虽然登上大宝，但仍然是燕贼。《女仙外史》第十五回《姚道衍倡逆兴师　耿炳文拒谏败绩》写道：“话说天狼凶宿，即燕王也。嫦娥在天上，与他结了大仇，转身到下界，两家便为敌国。这里面就包着两次劫数。”这两次天狼星与月君嫦娥的劫数是哪两次呢？

《女仙外史》描写了第一次的劫数：天狼星转世的燕王朱棣发起靖难之役，攻下南京夺取政权，是为成王；而合法继承大统的明建文帝则被历史抹去，在明史中建文年号是不存在的。

天狼星带来的第二次劫数是什么？——“甲申之变”。多尔衮之名在满语中就是狗獾之意。明清换代，以狗獾命名的多尔衮率清军入关，灭亡定都南京的弘光政权等四个南明政权，是为成王，而本来是中国合法政府的南明政权则成为败贼。

在这两次成王败贼的转化过程中，失去政权的明朝第二个皇帝建文帝下落不明，据说是出家为僧；南明末帝朱由榔是命断金蝉寺。

《女仙外史》将天狼星的同伙定义为太孛夫人，与孝庄之姓博尔济吉特谐音，这当然会引起清廷的关注。虽然《女仙外史》文字上丝毫未写清初的历史，但清廷仍以色情描写的名义把书禁掉。

表31　天狼二次劫难

	天狼	嫦娥月君	文学作品
明“靖难之役”	燕王朱棣	建文帝朱允炆+唐赛儿	《女仙外史》（《石头魂》）
“甲申之变”	狗獾多尔衮+太孛（博）夫人孝庄	南明政权朱由榔	《红楼梦》（《石头记》）

《明史》里有“妖妇唐赛儿反”的记载，而《红楼梦》中青州婉嫿将军林四娘的原型之一就是青州唐赛儿。

三、正邪两气之邪气——太孛与罗睺

《红楼梦》关于《女仙外史》的批语出现之前，贾雨村刚完成了正邪二气的论述。《女仙外史》中亦有正邪二气的论述，第九十六回《孛夫人暗施毒蜮妖蟆　太阴主小试针锋剑气》写道：“金木水火土五星，为五行之正气。又有炁孛罗计诸星为五行之余气。所谓余气，即属邪气……从来邪不胜正是一定之理。而邪必干正又是一定之数。从未有邪正并立，而可以相安者。”

（一）太孛夫人与孝庄博尔济吉特氏

紫炁、月孛、罗睺、计都四虚星，是古代星命学的概念，与日、月、金星、木星、火星、水星、土星合称为十一曜星君。如上所述，《女仙外史》将炁孛罗计四星认定为邪气，“孛星犯太阴，则月食，罗星犯太阳，则日食。孛与罗一水一火，皆邪气之干正也”。

水之正气为太阴星中的月君嫦娥，水之邪气为月孛太孛夫人。《女仙外史》记载天狼星同伙太孛夫人化身玉卵降世，在终南山玉帝宫内，自言王母化身，特来度世，一时轰动愚民，若男若女崇奉其道术者，不啻数万。这段描写就是揭露年轻时有玉妃之称的孝庄博尔济吉特·布木布泰的真面目，正如《红楼梦》第二十一回《贤袭人娇嗔箴宝玉　俏平儿软语救贾琏》，宝玉续南华所写：“彼钗、玉、花、麝者，皆张其罗而穴其遂，所以迷眩缠陷天下者也。”这个“彼”字是理解这段文字的关键，后文会详述。

（二）天阉罗睺星与济南之屠

《女仙外史》在批判孝庄的同时，当然也不会放过多尔衮。除借天狼星批判多尔衮外，还将最毒辣的笔墨投向济南知府罗睺星。济南与多尔衮有何关联？

崇祯十二年（1638），多尔衮率军从沈阳出发，绕道蒙古突破长城，兵伐大明山西、河北、山东三省。多尔衮“转掠二千里”，陆续攻克城池50余座，杀死2名总督级大员，在57次战役中全部获胜，并俘获人员46万余、黄金4000多两、白银97万余两。

需要注意的是，所谓俘获人员46万余，主要是青壮男女以及重要人员，至于老弱和泄愤屠城所杀的人，应该数倍于此。而且，战后因疫病以及粮荒等问题而死的人，也难以计算。

在济南城下，多尔衮率领的10万大军，遭到了城内军民的顽强抵抗。山东巡抚宋学朱和历城知县韩承宣，率全城军民坚守了60天。1639年正月初二，济南城破，多尔衮屠城并将济南焚掠一空。宋学朱伤重被俘，被清兵绑在城门楼上纵火活活烧死。韩承宣英勇战死。为了纪念这两位英烈，济南民众在清军破城处建双忠祠以祭奠，后来双忠祠被废弃，成为民居。300余年后的今天，反侵略的英烈早已被遗忘；而手上沾满鲜血的刽子手却被塑造为深情贤王！

4个月之后，皇太极给崇祯的一封书信中对济南之屠的辩解，却坐实多尔衮的历史罪证：“死亡百万，非朕杀之，实尔君臣自杀之。”这一次毁灭性打击，使济南一直到半个世纪后的康熙中期，才逐渐恢复过来。

《女仙外史》第九回《赈饥荒廉官请奖　谋伉俪贪守遭阉》描写了贪婪酷暴的“罗睺星”：“且说济南府知府，姓罗名景，因他贪婪酷暴，起个恶名叫做‘罗睺星’。做了八年太守，诈了三十六州县百姓三十多万金银，已经运回大半。”

贪婪酷暴的罗睺星罗景娶了一个淫妒凶悍的继室，因“罗景克剥万民、罪恶重大”被唐赛儿用天法阉割。爱新觉罗·多尔衮生前有隐疾，尽管孝庄下嫁，姬妾成群，但只有一女。其摄政时间与罗景担任太守的时间一样，也是八年。

表 32　天狼与罗睺

多尔衮	狗獾	天狼星
	隐疾	天阉罗睺星

四、正邪、仁恶、阴阳

《红楼梦》第二回《贾夫人仙逝扬州城　冷子兴演说荣国府》：

> 雨村道："天地生人，除大仁大恶两种，余者皆无大异……大仁者，修治天下；大恶者，挠乱天下。清明灵秀，天地之正气，仁者之所秉也；残忍乖僻，天地之邪气，恶者之所秉也。"

第三十一回《撕扇子作千金一笑　因麒麟伏白首双星》，五月初六，史湘云二进荣国府、一进大观园，对翠缕发表了一个阴阳之论：

> 湘云听了由不得一笑，说道："……天地间都赋阴阳二气所生，或正或邪，或奇或怪，千变万化，都是阴阳顺逆。"

将上述仁恶、阴阳、正邪论述与《女仙外史》（《石头魂》）中的正邪两气结构结合，《石头记》阴阳、正邪、仁恶结构一目了然。

表 33　阴阳、正邪、仁恶、神魔

阴	太阴月君	正气	大仁舜帝——明崇祯帝朱由检 南明永历帝朱由榔 清顺治帝福临	
	月孛星	邪气	首恶孝庄博尔济吉特氏	
阳	炎帝 朱襄氏	正气	四月二十六日	明崇祯帝朱由检之大殓三十三日 南明永历帝朱由榔之焚
	罗睺星	邪气	次恶清摄政王多尔衮	

大恶榜排名前两位的蚩尤、共工就是首恶孝庄与次恶多尔衮。

红楼首恶是牛头蚩尤。孝庄生于 1613 年，属牛。1625 年 12 岁的孝庄来嫔姑父皇太极；1637 年，24 岁的孝庄怀孕，次年初诞下顺治皇帝；1648 年底顺治封多尔衮为皇父摄政王，此后 36 岁的孝庄下嫁多尔衮；1661 年，48 岁的孝庄建立四大臣辅政制度，成为清政权最高决策者。

次恶共工是水神，水神共工撞断天柱不周山致天河水下泄，才有女娲补天的历史。多尔衮作为摄政王，是清入关八年时间的实际执政者。

根据下表，我们还可作出如下推论：日是明朝的符号，也是南明的符号；月是顺治王朝的符号，也是南明政权的符号，南明政权同时具有日月两个符号，《红楼梦》是南明政权与顺治王朝的《史记》《资治通鉴》和《掰谎记》。

表 34　水火日月之正气与邪气

		正　气			邪　气
火	日	明	南明		多尔衮摄政
水	月			顺治亲政	孝庄辅政

五、鬼蜮与宝蟾

《红楼梦》中将造成芙蓉女儿悲剧的罪魁称为：“固鬼蜮之为灾，岂神灵而亦妒？钳诐奴之口，讨岂从宽？剖悍妇之心，忿犹未释！”《女仙外史》中太孛夫人进攻月君嫦娥的第一件武器就是鬼蜮。

（一）鬼蜮——诐奴与悍妇

第九十六回《孛夫人暗施毒蜮妖蟆　太阴主小试针锋剑杰》月君这样评价鬼蜮：

> 《诗》云：“为鬼为蜮，则不可得。”蜮之厉害与鬼并称，以比小人，则其暗中毒害人的伎俩可知。大凡正人君子光明正大，责人以过，治人以罪，天下皆知。比不得小人，外貌若为欢笑，而内心藏着机阱，把个正人君子，陷害至于死地，尚不知小人在暗中布置也。此物射人之影，受毒至死，茫不知其病之所由来，与小人之害君子无异，亦犹夫鬼之作祟，无影无声，人皆不可得见。

鬼蜮是水中的害人虫，长于含沙射影，亦是淫女所化。《芙蓉女儿诔》中鬼蜮由诐奴与悍妇组成。我们先来看诐奴。

诐是谄佞的意思，范文程是清初文臣领袖，为实现个人政治野心对皇太极献上反间计杀袁崇焕，奏请多尔衮入关争天下，给大明百姓带来灭顶之灾，与之同样的人还有上书多尔衮行剃发易服令的孙之獬、向辅政四大臣告发"《明史》案"的吴之荣等，《红楼梦》向这些含沙射影的人发出"钳诐奴之口，讨岂从宽"的怒吼！

悍妇就是孝庄代表的女真贵族中最反动、保守的政治力量，《红楼梦》向淫女孝庄发出"剖悍妇之心，忿犹未释"的痛斥。

月君唐赛儿用绣花针来对付鬼蜮：

> "我有当日杀八蜡虫的三千六百绣花针在此。"遂取来台下一抛，那短蜮只有千百之数，神针太多了，一个短蜮就钉有两三个针，顷刻尽死在土内，余曾有短蜮诗一律云：江边有短蜮，无影更无形；激去沙如矢，飞来毒更腥。嬉游从汉女，幻化动湘灵；安得罡风力？驱之入杳冥。

《红楼梦》中擅女工的宝钗、湘云、晴雯、袭人等人均是有补天杀虫之功的历史人物。

（二）宝蟾——共工图腾

《女仙外史》太孛夫人进攻月君嫦娥的武器除鬼蜮之外，还有金背蛤蟆宝蟾。宝蟾这个名字在《红楼梦》中是夏金桂的丫鬟，与夏金桂一起荼毒香菱，同时又与夏金桂反目。

宝蟾与鸨蟾同音。鸨是生活在欧亚大陆北方草原地带的一种大鸟，在潮湿、溽热的江南地界，它们大多被视为恶鸟、凶鸟和喜淫之鸟、不孝之鸟，在古代文学作品中成为与凤凰对立的恶鸟。鸨自然是红楼首恶玉妃孝庄的符号。

月宫嫦娥是美的化身，月宫蟾蜍则是丑的化身。第一回贾雨村的咏月诗："蟾光如有意，先上玉人头。"月中没有嫦娥，只有蟾蜍。

位于辽宁省阜新市阜新蒙古族自治县沙拉镇查海村西南 2. 5 千米的查海遗址，是新石器时代早期人类聚落址，1996 年 11 月 20

日被中华人民共和国国务院公布为第四批全国重点文物保护单位。在查海遗址出土的一件带有动物纹饰的陶罐，一面为蟾蜍纹，一面为蛇衔蟾蜍纹，这是在目前已知出土文物中出现动物纹饰时间最早的。

有文化学者得出结论，上古五帝之颛顼大帝曾经在锦州渤海湾彻底打败了以蟾蜍为图腾、善于水战的共工族人。西汉《淮南子》载：“昔者共工与颛顼争为帝，怒而触不周之山，天柱折，地维绝。天倾西北，故日月星辰移焉；地不满东南，故水潦尘埃归焉。”共工与颛顼帝之间的战争，就是《红楼梦》开篇女娲补天传说的历史背景。

表 35　鬼蜮与鸨蟾

太孛夫人	鬼蜮	含沙射影	钳诐奴之口，讨岂从宽	孙之獬、吴之荣等人
		淫女	剖悍妇之心，忿犹未释	首恶 孝庄
	鸨蟾	鸨	草原恶鸟、淫鸟，与凤凰相对立	
		蟾	共工氏族图腾	次恶 多尔衮

六、蝗虫

《女仙外史》第十三回《邀女主嵩阳悬异对，改男装洛邑访奇才》对蝗灾进行了详细的阐述：

> 蝗虫天地之所以特生也，以至微之物，而能制生民之命，坏国家之根本，故曰蝗灾……是故后无能捕蝗之人，亦无知捕蝗之法，不是怕这个王字，其实没奈何他。

《红楼梦》大恶榜第一名就是牛头蚩尤，劫祸怡红院的母蝗虫在大观园中言道：“老牛老牛，食量大如牛，吃个老母猪不抬头。”红楼首恶孝庄就是母蝗虫。

表 36　母蝗虫

<table>
<tr><td rowspan="4">母蝗虫</td><td>刘</td><td>金</td><td rowspan="4">属牛
孝庄</td><td rowspan="4">首恶
蚩尤</td></tr>
<tr><td>姥</td><td>老女（真）</td></tr>
<tr><td colspan="2">75 岁进大观园</td></tr>
<tr><td colspan="2">老牛老牛，食量大如牛</td></tr>
</table>

《女仙外史》中能对付蝗灾的是来自上天的两把扇子：

> 他的姊妹罗刹女是大叶，所以名芭蕉扇，曼尼的小叶，叫做蒲葵扇，皆是造化灵异之宝。以之扇山山裂，扇江江竭，扇人便化作飞灰，何况蝗虫！

《红楼梦》中潇湘馆、秋爽斋与怡红院三处均植有芭蕉，母蝗虫刘姥姥进大观园之时，第一个到的就是潇湘馆，她在此摔了一跤；此后在秋爽斋吃早餐之时被当作篾片相公取笑，上演“老牛老牛，食量大如牛，吃个老母猪不抬头”的戏码；午饭后又醉（罪）卧怡红院，这些是《红楼梦》芭蕉灭蝗虫的象征性描写。

落第秀才、坐馆塾师蒲松龄自称异史氏，所著《聊斋志异》在“写鬼写妖高人一等，刺贪刺虐入骨三分”的同时，记载了大量清军暴行，他为何能逃过文字狱？除《聊斋志异》外，蒲松龄还有大量诗文、戏剧、俚曲及农业、医药方面的作品传世，但他坐馆 30 年的毕家并无子弟取得功名。毕家作为雇主，为蒲松龄提供了长达 30 年有力的后勤保障，这其中又有何因由？

《女仙外史》中能对付蝗灾的还有一面火镜：

> 名曰赤乌，乃是后羿射日时，第九个金乌开弦而坠，未曾受伤，道姥取来炼成此镜。镜内一个赤乌，能化千万，凭是何物，啄成齑粉，若月君已得了上笈天书，不拘何物，信手拈来，便可扫灭。

这面来自上天的赤乌镜是治蝗灾的法宝，与《红楼梦》中的来自上天的“风月宝鉴”是同意，前者取意太阳，后者取意月亮，合成一个“明”。

表 37　灭蝗神器

<table>
<tr><td rowspan="3">仙草</td><td rowspan="3">芭蕉扇</td><td rowspan="3">扇蝗化灰</td><td>潇湘馆</td><td>一跤跌倒</td></tr>
<tr><td>秋爽斋</td><td>老牛老牛</td></tr>
<tr><td>怡红院</td><td>醉（罪）卧怡红院</td></tr>
<tr><td>赤乌</td><td>赤乌镜</td><td>啄蝗成粉</td><td colspan="2">风月宝鉴</td></tr>
</table>

表 38　天狼月君隐喻

<table>
<tr><td rowspan="4">女仙外史</td><td colspan="2">批判</td><td colspan="3">歌颂</td></tr>
<tr><td>天狼星</td><td rowspan="3">太孛夫人</td><td colspan="3">月君</td></tr>
<tr><td rowspan="2">天阉
罗睺星</td><td colspan="3">建文帝朱允炆</td></tr>
<tr><td>出家</td><td>定都金陵</td><td>亡国</td></tr>
<tr><td>隐喻</td><td>多尔衮</td><td>孝庄博尔济吉特氏</td><td>清顺治帝出家
南明永历帝
命断金蝉寺</td><td colspan="2">南明弘光政权</td></tr>
</table>

第六节　巨眼——玉与虫

第一回《甄士隐梦幻识通灵　贾雨村风尘怀闺秀》第一首标题诗“满纸荒唐言，一把辛酸泪！都云作者痴，谁解其中味？”出现之时有一条批语：“这正是作者用画家烟云模糊处，观者万不可被作者瞒蔽了去，方是巨眼。”

《红楼梦》在创作之时大量使用了“用画家烟云模糊”手法偷换概念、转移论题，多年来，除知情者及极少数有“巨眼”的看官之外，绝大多数看官仍在无意间被作者“瞒蔽了去”，犯了混淆概念或转移论题的错误。

女娲补天五色石化身为《红楼梦》中的通灵玉，是歌颂的对象；书中批判的对象则是母蝗虫与多浑虫。现在，我们睁大巨眼来认识一下“玉”与“虫”构成的对立概念。

一、朱：珠玉之宝——蛛丝儿

《红楼梦》中最重要的概念，首推“朱”。

“朱”作为红楼梦中最重要的概念，总是被红、绛所掩盖。《真真国女儿诗》有“昨夜朱楼梦”，“朱楼梦”就是红楼梦。

在《绛珠还泪案》中，笔者提示了朱姓的三大来源与《红楼梦》的渊源：炎帝朱襄氏、湘妃的长兄丹朱、宋国的公子朱。

炎帝朱襄氏的诞辰是四月二十六日，是《红楼梦》中最重要的日子，饯花神、黛玉葬花、宝钗扑蝶、湘云醉卧、香菱解裙均发生在这一天。

丹朱是尧帝的长子，其胞妹娥皇女英嫁给舜帝，化身江神湘妃与湘夫人，湘妃与湘夫人是钗黛合一的重要符号。丹朱与舜帝均葬于湖南南部九嶷山。

舜帝与湘妃的儿子商均封地在商丘，此地亦是湘妃之叔火神子契的封地。子契的后裔建立商朝，商朝灭亡之后，周武王封商朝的皇族在商丘建立宋国，此处后来成为宋朝的龙兴之地宋州，明朝以宋朝的继承者自居，朱元璋写道“日月重开大宋天”。

表 39　朱姓渊源

<table>
<tr><td rowspan="6">朱姓渊源</td><td>炎帝</td><td colspan="5">朱襄氏</td><td rowspan="6">赵宋
朱明

日月重开
大宋天</td></tr>
<tr><td rowspan="3">尧帝</td><td colspan="5">子
丹朱</td></tr>
<tr><td>弟
子契</td><td>火神</td><td>商丘火神</td><td rowspan="4">商朝</td><td rowspan="4">宋国
公子朱</td></tr>
<tr><td>女</td><td rowspan="2">娥皇
女英</td><td rowspan="3">商丘虞国</td></tr>
<tr><td rowspan="2">舜帝</td><td>妻</td></tr>
<tr><td>子</td><td>商均</td></tr>
</table>

《红楼梦》中与朱有关的是两个概念：“珠”与“蛛”。宝玉的兄长名贾珠，贾珠、宝玉兄弟构成珠玉之宝组合。瑛是“玉之光”。太虚幻境中的神瑛侍者与绛珠仙子同样构成珠玉之宝组合。

表 40　珠玉之宝

珠	玉	珠玉之宝
贾珠	贾宝玉	
绛珠仙子	神瑛侍者	

珠玉之宝是一个历史典故：春秋时期的两大至宝——出自楚国的随侯珠与和氏璧。

和氏璧是楚国的美玉，后来被赵国所得，成就一段完璧归赵的历史，赵亡之后，和氏璧为秦始皇所得，制成“受命于天，既寿永昌”的传国玉玺。

春秋时与和氏璧齐名的宝物是随侯珠。随国国君随侯出宫巡游，救了一条被砍伤的灵蛇。一年后，灵蛇衔着一颗巨大的明珠来报答随侯。这颗明珠的直径有一寸多，通体纯白，夜晚可以发光，发出的光像月亮一样明亮，可以照亮屋子。这颗明珠就叫“随侯珠”，也叫“灵蛇珠”或“明月珠”。楚国灭随国，随侯珠为楚王所有；秦灭楚，随侯珠为秦始皇所得。

秦相李斯向秦始皇所写的《谏逐客书》：

> 今陛下致昆山之玉，有随和之宝，垂明月之珠，服太阿之剑，乘纤离之马，建翠凤之旗，树灵鼍之鼓。

秦灭亡后，随侯珠下落不明，据考证可能作为陪葬品，在秦始皇陵中“以代膏烛”点亮地宫。

贾珠的遗孀李纨在元春省亲时写了唯一一首诗《文采风流》，将珠玉并提：

> 秀水明山抱复回，风流文采胜蓬莱。
> 绿裁歌扇迷芳草，红衬湘裙舞落梅。
> 珠玉自应传盛世，神仙何幸下瑶台。
> 名园一自邀游赏，未许凡人到此来。

随侯珠与和氏璧是盛世珠玉，是一对天下至宝。珠玉本应传盛世，可在亡国亡天下的历史背景之下，珠玉之宝被虫所吞噬，大观园中“蛛（虫）丝儿结满雕梁”。

二、胡：瑚琏之器——玉色蝴蝶

《红楼梦》中第二个重要概念是“胡”。

（一）瑚琏之器

“胡”加玉旁是“瑚”，“瑚”这个概念在书中是隐写的。

宝玉在书中称宝二爷，贾琏在书中称琏二爷；宝玉与兄长贾珠构成的珠玉之宝，指向天下至宝随侯珠与和氏璧；同理，贾琏也应该有一个兄长，这个兄长应叫什么名字呢？其名与琏构成什么典故，指向何等宝物？

“琏”是古代祭祀时的礼器，与琏并列的礼器是“瑚”。《论语·公冶长》：“子贡问曰：‘赐也何如？’子曰：‘女，器也。’曰：‘何器也？’曰：‘瑚琏也。’”瑚琏，分别是夏商两朝祭祀的礼器。

夏朝是治水的大禹建立的王朝，宗庙盛黍稷的礼器称“瑚”。商朝是主大火的阏伯的后人建立的王朝，宗庙盛黍稷的礼器称“琏”。瑚琏之器比喻人特别有才能，可以担当大任。

贾琏未出场的兄长应名贾瑚，贾瑚贾琏是瑚琏之器。贾琏以主大火的商人的礼器命名，且已捐有功名，是荣国府礼法意义上的第一继承人。仔细看全书，贾琏是全书之中宝玉唯一跪拜的男性角色。第六十四回《幽淑女悲题五美吟　浪荡子情遗九龙珮》：“恰好贾琏自外下马进来。于是宝玉先迎着贾琏跪下，口中给贾母王夫人等请了安，又给贾琏请了安。”第十五回宝玉路谒北静王亦只是参见而已：“宝玉忙抢上来参见，水溶连忙从轿内伸出手来挽住。”宝玉对贾母、贾政均是请安。宝玉跪拜的男性角色是贾琏，跪拜的女性角色是元妃。

瑚琏之器的反义词是燕岱之石，喻庸才下品。隋朝江总《让尚书令表》：“谬以商丘之木，遂比舟楫之材；燕岱之石，混同瑚琏之器。”“燕岱”指燕山与泰山。广义燕山系指坝上高原以南，河北平原以北，白河谷地以东，山海关以西的山地。唐朝中叶以后，这里成为中原文明与游牧文明交汇冲撞的第一线。安史之乱时安禄山在此起兵，五代时燕云十六州被割让给辽国，辽亡之后被金国所占。元明清三朝均定都于此区域的北京。

（二）玉色蝴蝶

“胡”加虫旁就是“蝴”。蝴与蝶构成两条虫。第二十七回四月二十六交芒种，炎帝诞辰，大观园中饯花神，被喻为杨妃的花神宝钗扑打一对团扇大的玉色蝴蝶：

> 想毕，抽身要寻别的姊妹去，忽见前面一双玉色蝴蝶，大如团扇，一上一下的迎风翩跹，十分有趣。宝钗意欲扑了来顽耍，遂向袖中取出扇子来，向草地下来扑。

玉色，即莹白色，白色五行属性是金，玉色蝴蝶是与金有关的蝴蝶。但这一回的回目中写的是“戏彩蝶”，玉色在绘画中是指浅绿色，所以玉色蝴蝶应该是指绿色的蝴蝶。

于是我们看到，“玉色”这个概念与“金”“绿”有关，“绿”音同“虏”。与“金”“虏”相关的孝庄年轻时颜泽如玉，有玉妃之称。清宫剧中大玉儿即是来自于此。母蝗虫孝庄与多浑虫多尔衮构成这对玉色蝴蝶。

这对玉色蝴蝶大如团扇。团扇应作两意理解：一是扇生清风；二是西汉班婕妤的《怨歌行》中团扇也作为佳人失时、红颜薄命的象征。

孝庄12岁嫁给姑父皇太极为侧福晋，地位仅次于姑母哲哲，但后来皇太极连娶蒙古林丹汗两个福晋，又娶孝庄的胞姐海兰珠，孝庄在后宫中排名一再下降，居五宫之末席，其命运与秋天见弃的团扇无异。

表41　玉色蝴蝶

玉色	莹白色	白——金	金	曾为玉妃的孝庄与多尔衮
	浅绿色——彩		虏	
蝴蝶	虫二	母蝗虫+多浑虫		

书中对孝庄的批判不仅限于虫，还有更直接的金寡妇（胡氏）贪利权受辱、多姑娘（多娘娘）、秦可卿死封龙禁尉、鬼蜮之为灾、剖悍妇之心等。书中对多尔衮的虎狼之师的批判是胡庸医乱用虎狼药、极不成器破烂酒头厨子的多浑虫等。（详见后文《浊玉与浑虫》）

表 42　瑚琏之器

瑚琏之器	贾瑚
	贾琏（二爷）
珠玉之宝	贾珠
	贾宝玉（二爷）
燕岱之石	蝴蝶——多浑虫、母蝗虫

三、马：补天玛瑙

《红楼梦》第三个重要概念是“马”。

（一）玛瑙镞：颛顼战胜共工

“马”加“玉”旁是“玛”，玛瑙是玉髓类矿物的一种，辽宁阜新玛瑙资源储量丰富，占全国储量的 50% 以上，且质地优良，色泽丰富，纹理瑰丽。阜新市的查海遗址，出土了有 8000 年历史的中华第一龙——长达 19.7 米的石堆龙。

有学者指出，黄帝一系最初是从辽河流域起家的，后因气候恶劣等，不断南迁，才迁到了中原与南方地区。但这种迁徙并非单方向的，有人南迁，也有人北返。4000 多年前，上古五帝之颛项曾统率大军杀回故土辽宁，并将当地分布散乱的红山人部落予以整合，颛顼还让自己的儿子分布于东北各地，形成了后来的东北夷，中华民族的血缘基因就是在那个时候开始初步形成的。

在查海遗址中出土了大量用玛瑙打制的器物，说明查海人是世界上最早认识和使用玛瑙的人群。在玛瑙制品中，有一些是玛瑙镞，还有一些玛瑙刮削器，是制作木类弓箭的工具。以龙为图腾的颛顼部族正因为有玛瑙镞这种射程远、杀伤力强的武器，才能在锦州渤海湾将以蟾蜍为图腾、善于水战的共工族人打得一败涂地。失败的共工“怒触不周山”导致天河水下泄，女娲才炼石补天。

颛顼大帝死后葬于距阜新仅 34.8 千米的锦州医巫闾山，这里正是从锦州进入玛瑙产地阜新的咽喉要地，即便已经离开了这个世界，他仍然用灵魂守卫着他深爱的故土和那里瑰丽的宝藏。

颛顼大帝还有一个为今人所不知的身份——中华花皇。在杭州等地的花神庙中供奉的花皇就是颛顼。

（二）玛瑙：曹（朱）帝王之佩

三国时魏文帝曹丕有一个玛瑙勒，他十分珍爱，不仅自己为之写赋，还命陈琳、王粲并作。此赋形容玛瑙是“有奇章之珍物”，“苞五色之明丽，配皎日之流光”，可见有着五色花纹的玛瑙是帝王之佩。

如前文所述，朱姓与曹姓在血缘上属于同宗。在文明的救亡之中，朱姓与曹姓指向的是明王朝与南明政权。

（三）玛瑙：补天石

玛瑙在中国文化中的内涵是补天石。女娲炼五色石补天，玛瑙色彩丰富，呈五色，故与补天石相类比。

北宋天台宗高僧释智圆（976—1022），曾居于杭州西湖孤山玛瑙院，他在《玛瑙坡四咏》之一写道：

玛瑙坡前石，坚贞可补天。
女娲何处去，冷落没寒烟。

600余年之后，明末清初文人张岱来到此处，写下《西湖梦寻：玛瑙寺》：“玛瑙坡在保俶塔西，碎石文莹，质若玛瑙，土人采之，以镌图篆。”并为此写了一首长诗——《玛瑙寺长鸣钟》，开篇写道：

女娲炼石如炼铜，铸出梵王千斛钟。
仆夫泉清洗刷早，半是顽铜半玛瑙。

（四）玛瑙：通灵玉

玛瑙在中国文化中是曹（朱）姓帝王之佩，是补天之石，是否意味着《红楼梦》中补天石所化的通灵宝玉是玛瑙？答案是肯定的。《红楼梦》通过以下三层结构完成了这个描写。

一是从石到玉的转换。第一回描写通灵宝玉：“大石登时变成一块鲜明莹洁的美玉，且又缩成扇坠大小的可佩可拿。”第八回宝钗眼中的通灵玉：“大如雀卵，灿若明霞，莹润如酥，五色花纹缠护。这就是大荒山中青埂峰下的那块顽石的幻相。”

二是花纹的指向。通灵玉之上“五色花纹缠护”，自然界中具有五色花纹特征的玉石只能是玛瑙。五色在中国古代具有重要意义，社稷坛中的土就是五色土，女娲补天亦用的是五彩石。

三是颜色指向。第三十五回在为通灵玉打络之时通过宝钗之口定义了通灵玉的颜色："若用杂色断然使不得，大红又犯了色，黄的又不起眼。"所谓"犯了色"就是重了颜色的意思。通灵玉与红线犯了色，说明通灵玉是红色的。玛瑙是自然界中常见的红色玉石，我国汉代以前称玛瑙为琼、赤琼或琼瑶。

（五）南红玛瑙：天主教火之石与佛家七宝之一

玛瑙中最为珍贵的一个种类是南红玛瑙，古称赤玉，是中国独有的品种。南红玛瑙中，最佳者红艳如锦，称之为锦红，其硬度超过普通玛瑙，被列为玉。

南红玛瑙最具代表性的产区为云南保山市的玛瑙山。1659 年初永历帝撤离昆明西出缅甸，于正月初四进入保山永昌古城。10 天后，因清军逼境，于正月十五往西退至腾冲入缅甸，奔走异国他乡。

红玛瑙在天主教文化中被称作火之石。在旧约《出埃及记》中，有上帝将"火之石"玛瑙赐予摩西的描述。摩西是以色列人的民族领袖，带领族人出埃及回到故乡耶路撒冷。明王朝以火德立国，永历帝朱由榔是中国唯一一位信仰天主教的皇帝，他能如摩西一般借南红玛瑙火之石的神力实现补天大业吗？

玛瑙亦是佛家七宝之一，永历帝朱由榔于 1662 年四月二十五日殉难于昆明金蝉寺。

四、马：毒蚂恙螨

"不教胡马度阴山"是中国历代封建王朝的国防目标。"马"加"虫"旁是"蚂"。《红楼梦》中蚂蚁与蚂蜂是大观园中花玉珠果之大敌。

（一）毒蚂恙螨

第三十六回《绣鸳鸯梦兆绛芸轩　识分定情悟梨香院》，袭人对花神宝钗说：

> "……姑娘不知道，虽然没有苍蝇蚊子，谁知有一种小虫子，从这纱眼里钻进来，人也看不见，只睡着了咬一口，就

像蚂蚁夹的。”宝钗道：“怨不得。这屋子后头又近水，又都是香花儿，这屋子里头又香。这种虫子都是花心里长的，闻香就扑。”

这种类似蚂蚁的虫子就是恙螨，是传播恙虫病——丛林斑疹伤寒的宿主。此病首先由我国晋朝医学家葛洪于313年的时候发现并记载。《风俗通》曰：“恙，毒虫也，喜伤人。古人草居露宿，故相劳问，必曰无恙。”

恙螨生长于阴暗潮湿的草丛中，虫卵孵化成幼虫后，爬行到草地或农作物上，一旦有人坐卧或接触，恙幼虫便爬到人身上叮咬，病原体进入血液后，出现立克次体血症和毒血症症状，导致机体发生一系列病变。2012年5月有媒体报道广州两市民因被恙虫叮咬而不治身亡的消息，引起民众对恙虫的热议。前述袭人所言准确地描写了恙螨的生物特征。

类似蚂蚁的恙螨长在怡红院中的花心里，它扑的对象是怡红院中的花——“闻香就扑”，咬的对象是怡红院中的宝玉——“人也看不见，只睡着了，咬一口，就象蚂蚁夹的”。怡红院中的花与玉惨遭毒蚂恙螨之害。

为了对付这个毒蚂恙螨，怡红院中花袭人与花神宝钗相继上场，她们的武器是白犀麈：

宝玉在床上睡着了，袭人坐在身旁，手里做针线，旁边放着一柄白犀麈。宝钗走近前来，悄悄的笑道：“你也过于小心了，这个屋里那里还有苍蝇蚊子，还拿蝇帚子赶什么？”

接力花袭人操作白犀麈的是花神宝钗：“宝钗坐在身旁做针线，旁边放着蝇帚子。”

表43　怡红院虫害

地点	蚂	伤害对象	治虫武器	治蚂主体
怡红院	毒蚂恙螨	宝玉与花	白犀麈、蝇帚子	袭人、宝钗

（二）蚂蜂

毒蚂（恙螨）是怡红院花玉之大患，蚂蜂则是沁芳桥绛珠之大敌。

蚂蜂，学名胡蜂，又称为马蜂或黄蜂，体大身长，毒性也大。

第六十七回《见土仪颦卿思故里　闻秘事凤姐讯家童》，葡萄架下的老祝妈对花袭人说：

> “这葡萄刚成了珠儿，怪好看的，那马蜂、蜜蜂儿满满的围着珠，都咬破了，那破的水淌到好的上头，连这一嘟噜都是要烂的。这些雀儿、马蜂可恶着呢。”

葡萄浆果为圆形或椭圆形，因品种不同，有白、青、红、褐、紫、黑等不同果色，人们常用珠圆玉润来形容葡萄。最常见的葡萄就是紫色的，如绛珠一般。因此，葡萄被蚂蜂所害，象征的是书中被荼毒的绛珠。

书中通过以下两个信息确认了葡萄与绛珠黛玉的关联：葡萄架位于沁芳桥边，最邻近沁芳桥的院落就是黛玉的潇湘馆，而在葡萄架下的老祝妈是负责照看潇湘馆的竹子的老嬷嬷。

为了对付这个恶蚂蜂，潇湘馆中老祝妈用的是掸子：

> （袭人）猛抬头看见那边葡萄架底下有人拿着掸子在那里掸什么呢，走到跟前，却是老祝妈。

表44　潇湘馆虫害

地点	蚂	伤害对象	治虫武器	治蚂主体
潇湘馆	蚂蜂	葡萄绛珠	掸子	老祝妈

（三）补天还要用金针

《红楼梦》通过上述两个伏线千里的描写告诉读者“蚂”之害：毒蚂恙螨是怡红院中花玉之大敌，蚂蜂是潇湘馆中绛珠之大患；怡红院中用白犀麈扫蚂，潇湘馆中用掸子掸蚂，除此之外，还有一个治蚂的工具上场了——金针与五色丝线。

我们来看守护宝玉的袭人与宝钗手中的针线：“原来是个白绫红里的兜肚，上面扎着鸳鸯戏莲的花样，红莲绿叶，五色鸳鸯。”五色鸳鸯用五色丝线织就。

我们再来看袭人给老祝妈的建议：“你……倒是告诉买办说，叫他多多的作些小冷布口袋来，一嘟噜一嘟噜的套上，免得翎禽草虫糟蹋，而且又透风，捂不坏。”买办的冷布口袋保护葡萄绛珠，这个惊鸿一瞥的买办是谁？是内务府的江宁织造吗？

鬼蜮是大观园灾难的元凶——“固鬼蜮之为灾”，上述关于毒蚂的描写，进一步定义了鬼蜮的身份——毒蚂恙螨。前文《石头魂》（《女仙外史》）告诉看官月君唐赛儿用绣花针对付鬼蜮。当男性沉沉睡去不能担负起补天重任时，是一个个女性用她们的双手织就补天之锦。为此《红楼梦》底本的整理者屈复叹道：

鸳鸯绣出一生心，野史亭中带泪吟。

今古宁无炼石手，补天原不用金针。

那么那块玉难道就无所作为吗？的确是的，宝玉在床上睡着了。

表 45　《红楼梦》蚂害结构

蚂害	蚂蚁恙螨		蚂蜂	
残害对象	花	（宝）玉	葡萄（果）	（绛）珠
残害区域	怡红院		潇湘馆（沁芳桥）	
治虫主体	花袭人、花神宝钗		买办	老祝（朱）妈
治虫工具	白犀麈、蝇帚子		掸子	
	五色丝线		冷布口袋	
结论	补天还要用金针			

五、少女（妙）为玉，老女（姥）为虫

妙是少女，姥是老女。我们来认识以春秋笔法写就的少女妙玉和老女母蝗虫刘姥姥。

（一）妙玉是绿玉

妙玉是什么玉？是绿玉，妙玉日常喝茶用的就是绿玉斗。

怡红院最早的匾额是红香绿玉，元春省亲后改为怡红快绿，是夜宝钗指导宝玉写下“绿蜡春犹卷”一句诗，告诉看官怡红院中玉变虫——绿玉变成了绿蜡。怡红院中的绿玉去向何处——栊翠庵。“栊”是木龙，木石前盟则是“柘”，天子不臣、诸侯不友的妙玉身份尊贵，因主题所限本书暂不展开。妙玉自称槛外人，诗云“阁中帝子今何在，槛外长江空自流”，妙玉具有帝子身份。栊翠庵中捧着五彩小盖钟，茶品老君眉、梅花雪，赠红梅花、续中秋诗的妙玉分别是谁？

（二）成窑五彩小盖钟

第四十一回《栊翠庵茶品梅花雪　怡红院劫遇母蝗虫》，少女“妙玉”与老女“母蝗虫”的冲突集中在一个成窑五彩小盖钟上：

> 只见妙玉亲自捧了一个海棠花式雕漆填金云龙献寿的小茶盘，里面放一个成窑五彩小盖钟，捧与贾母……贾母便吃了半盏，便笑着递与刘姥姥说：“你尝尝这个茶。”刘姥姥便一口吃尽，笑道：“好是好，就是淡些，再熬浓些更好了。”……妙玉忙命：“将那成窑的茶杯别收了，搁在外头去罢。”……“这也罢了。幸而那杯子是我没吃过的，若是我吃过的，我就砸碎了也不能给他。”

成窑是指明成化年间官窑烧制的一种瓷器，以小件和五彩的最为名贵。明朝沈德符的《敝帚轩剩语·瓷器》中有记载：“本朝窑器，用白地青花，简装五色，为今古之冠，如宣窑品最贵。近日又重成窑，出宣窑之上。”不过成化年间的历史不是由成窑代言，而是成化犁庭——成化初年，明朝对建州三卫用兵是明史上的重大事件，清官修《明史》对此事件讳莫如深，不予记载。

根据《明实录》的记载，第一次成化犁庭发生在成化三年（1467），当时女真人在正月、三月连续入寇，明廷对女真的犯边行为，最初是以招抚为主，由于女真首领拒不接受，才决定以武力征讨，朝鲜国王李瑈也派出军队参与作战。

战争结束后，明宪宗朱见深下旨：“今首恶已诛，余皆悔过向化。朕体上天好生之德，悉加宽宥……令统束本卫人民，依前朝贡，再犯不贷。”（《明宪宗实录·卷六十九》）明宪宗朱见深还赐敕嘉奖联合作战的朝鲜国王。

成窑五彩小盖钟就是成化犁庭的符号性描写，对应关系详见下表。

表 46　成窑五彩小盖钟

成	成化年间	成化犁庭
窑	女娲炼石火克金、土克水（清）	
五彩	补天石	
盖	恙（螨）无心	
钟	丧钟	

（三）武夷乌龙与母蝗虫

成窑五彩小盖钟里的茶是老君眉。关于老君眉究竟是什么茶有三种说法：一说是洞庭君山银针，一说是白茶中的寿眉，一说是武夷山的乌龙茶。笔者认为，对老君眉的理解要结合喝茶的主体妙玉、贾母与刘姥姥三人来完成。

这个茶是栊翠庵妙玉所有，“木龙”是君，指向君山银针；

这个茶是敬贾母，有献寿之意，指向白茶中的寿眉；

这碗茶最后被母蝗虫一饮而尽，则是武夷乌龙。

这里的武夷乌龙作动宾词组理解，与犁庭同义。乌龙就是黑龙，女娲补天时“杀黑龙以济冀州”。

表 47　老君眉

老君眉	君山银针	绿茶	帝	妙玉
	寿眉	白茶	献寿	贾母
	武夷乌龙	岩茶	夷夏之防	母蝗虫

母蝗虫得到表示成化犁庭的小盖钟，饮尽来自武夷的乌龙茶，茶汤是用“旧年蠲的雨水”所泡，妙玉在稍后就明确表示“隔年蠲的雨水那有这样轻浮，如何吃得”。《红楼梦》形容母蝗虫的另一个符号多姑娘“生性轻浮”。

明末清初，在武夷山的重要历史人物就是南明第二任皇帝隆武帝朱聿键，他是南明皇帝中抗清斗志最强的一位，也是最有文采的一位。隆武帝下落一说被杀于福州，一说绝食而死，一说是有大臣做替身，其本人已在闽粤一带出家。持有五彩小盖钟和武夷乌龙茶的槛外人妙玉与隆武帝有何关系？

（四）老君眉：母蝗虫好了

旧时在满洲有一个民间的习俗，夜枭猫头鹰在病人房外鸣叫不是好兆头，它的叫声是在数病人的眉毛，一旦把病人的眉毛数完了，那么病人也就没救了。

母蝗虫进大观园之时是75岁，这也是孝庄死亡的年龄。喝完老君眉（武夷乌龙）的刘姥姥“好了”：

> 刘姥姥便一口吃尽，笑道：“好是好，就是淡些，再熬浓些更好了。”

在到栊翠庵之前，在缀锦阁三宣牙牌令之时，令官鸳鸯喝令将刘姥姥“拉上（被告）席去”，刘姥姥只叫“饶了我吧”。

> 鸳鸯笑道：“左边‘四四’是个人。”刘姥姥听了，想了半日，说道：“是个庄家人罢。”……“我们庄家人，不过是现成的本色，众位别笑。”
>
> 鸳鸯道：“中间‘三四’绿配红。”刘姥姥道：“大火烧了毛毛虫。”众人笑道：“这是有的，还说你的本色。”
>
> 鸳鸯道：“右边‘幺四’真好看。”刘姥姥道：“一个萝蔔一头蒜。”众人又笑了。
>
> 鸳鸯笑道：“凑成便是一枝花。”刘姥姥两只手比着，说道：“花儿落了结个大倭瓜。”

令语第一句“是个庄家人罢”，指向孝庄其人，所以是“现成的本色”。

令语第二句“大火烧了毛毛虫”，《红楼梦》中未明写公蝗虫是谁，公蝗虫就是多浑虫。多尔衮与多铎死后均是按关外习俗火化。所以众人笑道：“这是有的，还说你的本色。”（详见后文《浊玉与浑虫》）

表48　蝗虫

蝗虫	母蝗虫	多姑娘	孝庄	是个庄家人
	公蝗虫	多浑虫	多尔衮	大火烧了毛毛虫

母蝗虫刘姥姥定义了孝庄的享年，多娘娘则定义孝庄的淫荡。

令语第三句“一个萝葡一头蒜”，“萝葡”藏着顺治帝爱新觉罗·福临的名字。“蒜”又称为胡蒜。《芙蓉女儿诔》批判孝庄（悍妇）与汉奸（诐奴）为代表的鬼蜮为灾，在古医书《抱朴子》中蒜是治鬼蜮之毒的灵药。

令语第四句“花儿落了结个大倭瓜”，倭瓜是东北对南瓜的称呼，因此，花儿结的其实是南瓜，但却被称为倭瓜。可见南瓜也忘了自已的本来面目。

前三句令语分别对应孝庄、多尔衮和顺治福临，第四句是对清军入关、顺治汉化失败后政治局面的总结，剃头易服暴政之下，南人颈试北人铁，南瓜变倭瓜。

六、玉皇与虫皇

“皇”字始见于商代甲骨文，其古字形一般认为像火炬光焰上腾的样子，应是“煌”的本字。古先民崇拜火，故“皇”含有高贵之意，又指庄严、伟大。

皇与玉组合，是玉皇。皇与虫组合，是蝗。

（一）蛩与蝗

《红楼梦》中蝗这个概念最早出现于第三十八回《林潇湘魁夺菊花诗　薛蘅芜讽和螃蟹咏》。八月二十一日成立海棠社，八月二十三日潇湘妃子与蕉下客的三首菊花诗中均出现了蝗虫概念：

问菊（潇湘妃子）

欲讯秋情众莫知，喃喃负手叩东篱。
孤标傲世偕谁隐？一样花开为底迟。
圃露庭霜何寂寞，鸿归蛩病可相思。
休言举世无谈者，解语何妨片语时。

菊梦（潇湘妃子）

篱畔秋酣一觉清，和云伴月不分明。
登仙非慕庄生蝶，忆旧还寻陶令盟。
睡去依依随雁断，惊回故故恼蛩鸣。
醒时幽怨同谁诉，衰草寒烟无限情。

残菊（蕉下客）

露凝霜重渐倾欹，宴赏才过小雪时。

蒂有余香金淡泊，枝无全叶翠离披。

半床落月蛩声病，万里寒云雁阵迟。

明岁秋风知再会，暂时分手莫相思。

蛩就是蝗虫。就在众人创作菊花诗的同时，“打秋风”的75岁的母蝗虫二进荣国府；在五行中，秋属金。八月二十五日母蝗虫进大观园之时，在黛玉的潇湘馆、探春的秋爽斋中均有大量的表演，但表演的高潮在醉（罪）卧怡红院。

（二）怡红院劫遇母蝗虫

在第四十一回《栊翠庵茶品梅花雪　怡红院劫遇母蝗虫》，八月二十五日，怡红院劫遇母蝗虫。为了便于看官反照风月宝鉴，在怡红院中给刘姥姥立了一面西洋穿衣大镜：

刚从屏后得了一门转去，只见他亲家母也从外面迎了进来。刘姥姥诧异，忙问道：“你想是见我这几日没家去，亏你找我来。那一位姑娘带你进来的？”他亲家只是笑，不还言。刘姥姥笑道：“你好没见世面，见这园里的花好，你就没死活戴了一头。”他亲家也不答。便心下忽然想起：“常听大富贵人家有一种穿衣镜，这别是我在镜子里头呢罢。”说毕伸手一摸，再细一看，可不是，四面雕空紫檀板壁将镜子嵌在中间。因说：“这已经拦住，如何走出去呢？”一面说，一面只管用手摸。这镜子原是西洋机括，可以开合。不意刘姥姥乱摸之间，其力巧合，便撞开消息，掩过镜子，露出门来。刘姥姥又惊又喜，迈步出来，忽见有一副最精致的床帐。他此时又带了七八分醉，又走乏了，便一屁股坐在床上，只说歇歇，不承望身不由己，前仰后合的，朦胧着两眼，一歪身就睡熟在床上。

母蝗虫刘姥姥醉（罪）卧怡红院，她之所以能醉（罪）卧怡红院，不过是“其力巧合，便撞开消息”之故（清军入关）。

八月二十五日这天母蝗虫在大观园正殿前下跪磕头：

一时来至“省亲别墅”的牌坊底下，刘姥姥道：“嗳呀！这里还有个大庙呢。”说着，便爬下磕头。众人笑弯了腰。刘姥姥道：“笑什么？这牌楼上字我都认得。我们那里这样的庙字最多，都是这样的牌坊，那字就是庙的名字。”众人笑道：“你认得这是什么庙？”刘姥姥便抬头指那字道：“这不是‘玉皇宝殿’四字？”众人笑的拍手打脚，还要拿他取笑。

蝗虫磕头的对象是玉皇，是认罪认罚。

七、浊玉与浑虫

浑浊指水、空气等含有杂质，不清洁，不明澈，也喻指滚滚红尘。

书中宝玉与多浑虫看似不相干，却分享了“浑浊”一词——怡红院浊玉与多浑虫。

（一）宝玉——浊玉

第七十八回《老学士闲征姽婳词　痴公子杜撰芙蓉诔》，八月十八日晴雯去世当晚，在夜月之下，宝玉以怡红院浊玉之名开始祭奠芙蓉女儿：

维太平不易之元，蓉桂竞芳之月，无可奈何之日，怡红院浊玉，谨以群花之蕊，冰鲛之縠，沁芳之泉，枫露之茗，四者虽微，聊以达诚申信。

“浊玉”一词包含水、虫、玉三个概念，怡红院中“宝玉”被“水”和“虫”所污，就变成了“浊玉”，“红香绿玉”中的“绿玉”也变身“绿蜡”。“滴不尽相思血泪抛红豆”的浊玉只能“蜡炬成灰泪始干”。

（二）多尔衮与多铎

《红楼梦》将批判的锋芒指向多尔衮与多铎兄弟。

1643—1650年多尔衮摄政八年期间沐猴而冠、剃发易服，实行血腥的征服与压迫政策，大规模的对抗已经形成。多尔衮的无知、短视与残暴让中华民族付出了“白骨如山忘姓氏”的惨重代价。这期间，他与同胞兄弟多铎是清廷的核心人物，二人代表的是入关后清政权中的反动势力。

爱新觉罗·多铎（1614—1649），清太祖努尔哈赤第十五子，阿济格、多尔衮同母弟，满洲镶白旗旗主，封豫亲王，时人通称十王，清初八大铁帽子王之一，爵位世袭罔替。顺治元年（1644），以定国大将军从多尔衮入关，击败李自成军。次年春挥师南下，犯下“扬州十日”的滔天罪行，杀史可法；下江南，俘南明弘光帝朱由崧，平定江浙，扫荡各地的抗清武装和明朝残余势力，并按多尔衮要求执行剃发令。顺治四年，晋封为辅政叔德豫亲王，成为清廷实际上的第二号人物。

顺治六年三月十八日女娲诞辰，多铎因患天花死亡，年36岁。这天也是精通药理的明朝末代皇后周玉凤自缢殉国五周年忌日。又是五年过去，1654年三月十八日，大一统的缔造者康熙帝玄烨诞生。

顺治五年至六年的抗清高潮，教训了以多尔衮为首的保守派，多尔衮在此期间性情暴躁，纵情声色，甚至举止失常等等，暴露出他对统治前途无可把凭的恐惧和失意。顺治七年十二月初九，出猎的摄政王多尔衮在古北口狩猎期间坠马伤重不治而亡。

摧花辣手多铎死于天花，在马背上睥睨天下的多尔衮在塞外坠马而亡，这是历史翻云覆雨手后的天理昭彰、善恶有报。

表49　中华之患多浑虫之一

中华之患	多浑虫	多尔衮	剃发易服、屠城、逃人、圈地、禁关、投充	坠马而亡	不教胡马度阴山
		多铎	“扬州十日”	患天花死亡	花的复仇

（三）多浑虫与多多

《红楼梦》中最不堪的男性角色是多浑虫。第二十一回《贤袭人娇嗔箴宝玉　俏平儿软语救贾琏》这样介绍多浑虫：“不想荣国府内有一个极不成器破烂酒头厨子，名唤多官，人见他懦弱无能，都唤他作‘多浑虫’。”这里的批语：“今是多多也，妙名！”

多浑虫多多是谁？

多浑虫出场两次，第一次是在第二十一回供奉痘疹（天花）娘娘期间，与天花、性无能有关——豫亲王多铎患天花死亡；摄政王多尔衮有隐疾，孝庄下嫁、妻妾成群却只有一女。

荣国府第一继承人贾琏定义多浑虫的媳妇多姑娘：“你就是娘

娘！我那里管什么娘娘！”下嫁多尔衮的孝庄是多娘娘，多浑虫就是摄政王多尔衮。

第二次是第七十八回《老学士闲征姽婳词　痴公子杜撰芙蓉诔》在城外的化人场：“他哥嫂（多浑虫夫妻）听了这话，一面得银，一面就雇了人来入殓，抬往城外化人场上去了。”多尔衮、多铎死后均按满洲习俗火化。

第六十三回《寿怡红群芳开夜宴　死金丹独艳理亲丧》，四月二十六日炎帝诞辰次日，宝玉这样谈及中华之患：“所以凡历朝中跳梁猖獗之小丑，到了如今竟不用一干一戈，皆天使其拱手俛头缘远来降。我们正该作践他们，为君父生色。”多浑虫就是《红楼梦》作践中华之患的刀斧之笔。

表 50　中华之患多浑虫之二

多浑虫	多多	摄政王多尔衮	多娘娘孝庄	性无能	火化
		豫亲王多铎	痘疹娘娘	患天花死亡	

（四）多姑娘与灯姑娘

第二十一回多浑虫与多姑娘夫妻出场，第七十七回多浑虫与灯姑娘夫妻出场。灯姑娘是多姑娘吗？不是的。虽然多浑虫是多尔衮与多铎二人共有符号，但是多姑娘与灯姑娘是不同的历史人物符号。

第二十一回关于多姑娘的出身：“因他（多浑虫）自小父母替他在外娶了一个媳妇，今年方二十来往年纪，生得有几分人才，见者无不羡爱。”

从这段文字可知，多姑娘是多浑虫父母“替他在外娶了一个媳妇”，与贾府没什么关系，与“爱”有关系。

第七十七回关于灯姑娘的出身：“赖家的见晴雯……却倒还不忘旧，故又将他姑舅哥哥收买进来，把家里一个女孩子配了他。”

从这段文字可知，多浑虫是到贾府后才娶了灯姑娘，灯姑娘本是贾府中人。

多尔衮入关前与多姑娘孝庄已有纠葛，所以多姑娘是自小在外娶的；

多尔衮入关后也强占了汉族女子、朝鲜女子，所以灯姑娘是在贾府内娶的。

表 51　多姑娘与灯姑娘之一

多浑虫媳妇	多姑娘	在外娶的	孝庄
	灯姑娘	府内娶的	？

《红楼梦》刀斧之笔对多姑娘毫不留情，对灯姑娘却有一份人性的关怀与勇气的赞赏：

多姑娘“他生性轻浮，最喜拈花惹草……所以荣、宁二府之人都得入手”，多姑娘是被男性玩弄的对象；

灯姑娘恣情（清）纵欲，“满宅内便延揽英雄，收纳材俊，上上下下竟有一半是他考试过的”——灯姑娘是猎男色的主体，其后果就是让“器量宽宏”的多浑虫头顶绿帽。

多姑娘孝庄兴文字狱，是谎言的制造者；灯姑娘是这段历史的知情人，亦是掰谎人。第七十七回灯姑娘出场后，一是定义了宝玉的身体状况：“空长了一个好模样儿，竟是没药信的炮仗，只好装幌子罢了。”

二是担负掰谎重任：“可知人的嘴一概听不得的……我也料定你们素日偷鸡盗狗的……谁知你两个竟还是各不相扰。可知天下委屈事也不少。如今我反后悔错怪了你们。”

三是甘当宝玉的保护伞：“既然如此，你但放心。以后你只管来，我也不罗唣你。”

表 52　多姑娘与灯姑娘之二

多姑娘	荣宁二府之人都得入手	谎言制造者
灯姑娘	满宅内便延揽英雄	掰谎人

这位灯姑娘是谁？她也许是一个人，也许是一个群体。风尘之中的她展现出人性的光辉，如明灯一般照亮历史的暗角。

八、华虫与雉——女娲与女祸

红楼演《易》，任何事物均是在向对立面转换，虫也不例外。

在中国历史文化中有一种虫地位崇高，成为帝后冕服上的十二章纹之一，它就是华虫。

（一）华虫与十二章纹

夏代时出现了君王祭祀用的冕服，商代可能已经拥有冕服制度，至周代定制规范、完善，自汉代以来历代沿袭，源远流长。帝王冕服有十二章之饰，华虫一直是君王冕服上必备的十二章纹之一，至清朝实行“剃发易服”，十二章纹便不再是冕服上必备的图案。

华虫是什么？华虫就是红腹锦鸡。与鸾、凤等神鸟不同，华虫是自然界真实存在的鸟类。华虫作为龙袍十二章纹的组成部分，色彩绚丽，最符合“五采成章”特点，表示王者有文章之德。

明代皇帝诸王的冕服虽经过数次修改，但华虫一直放在衣袖的醒目位置。明孝宗之后在华虫的脚下添加了五彩祥云，使之一步登天成为神鸟。

除了皇帝的龙袍冕服有华虫，皇后贵为天子之妻自然也不能落下。宋朝时期后妃朝、祭之服上也饰有华虫纹样。

下图左为北宋仁怀皇后朱琏像，右为天启帝生母王皇后像，其衣上均有华虫花纹。朱琏皇后是《红楼梦》第一代绛珠草；天启帝为第一代行为偏僻性乖张的汉装贾宝玉。

北宋怀仁皇后朱琏像

明天启帝生母王皇后像

（二）雉与女祸

红腹锦鸡古代又称为“雉”。中国历史上以“雉”命名的最著名的历史人物是西汉开国皇后吕雉。

“女祸”一词，始载于《新唐书·睿宗玄宗本纪》：“自高祖至于中宗，数十年间，再罹女祸。”可见，“女祸”主要是指女子因受宠信或干政致使政治动乱、国家衰亡。“女祸”观念的源流可追溯到先秦时期。中国历史上女祸第一人就是吕雉。

汉高祖刘邦驾崩后，汉惠帝刘盈继位，太后吕雉临朝摄政、权倾一时。吕后“置鸩齐悼、残彘戚姬”（《史记·吕太后本纪》），积极扶植吕氏势力，但在她死后诸吕很快被平定。（吕雉在摄政之时实行黄老之治，与民休息，这个历史功绩是客观存在的）

吕雉一手造就了中国历史上第一个花神孝惠皇后张嫣的悲剧命运，孝惠皇后张嫣就是纪晓岚《明懿安皇后外传》中所记载的第一代花神（司花仙女）。（详见《绛珠还泪案》）

在《红楼梦》写作之时，也存在一个女祸——孝庄。将吕后与孝庄作对比，亦是有很多的共性：

二人均是皇帝的生母。

二人有着丰富的政治斗争经验，政治手腕老辣。

二人与儿子关系紧张，汉惠帝刘盈生性仁善，吕后残害戚夫人与刘如意母子，刺激了刘盈致其早亡；孝庄与顺治的矛盾主要是因政治路线而起，顺治要汉化，孝庄坚决反对汉化，加之后宫中的风暴致顺治逊位出家。

二人为壮大外戚势力，均为儿子安排了一个乱伦婚姻，汉惠帝娶外甥女张嫣为后；顺治娶表侄女阿拉坦琪琪格为后。

二人均荼毒后宫的嫔妃，汉惠帝的多个儿子均遭祖母吕后所杀；顺治与董鄂妃的皇子荣亲王早夭与孝庄不无关联。

二人的儿媳妇谥号均是孝惠，均是处女皇后，均不齿于其残暴的行为，挺身而出保护后宫的嫔妃与皇子；均在深宫中度过漫长的一生；均是中华民族的总花神（详见后文《司花仙女：汉孝惠皇后与清孝惠章皇后》）。

二人均与张嫣皇后有关，吕后的外甥女、儿媳妇汉孝惠皇后名张嫣；与孝庄在历史舞台上同时登场的是明朝天启皇后张嫣。

孝庄与吕雉一样，是荼毒汉室的女祸，是劫祸怡红院的母蝗虫。

表 53　女祸：吕后与孝庄

吕雉	皇帝生母	老谋深算	母子反目	主导乱伦婚姻	荼毒后宫，祸害皇子	花神孝惠皇后	花神张嫣皇后
孝庄							

当然二人也有不同点，吕雉死后即被清算，而孝庄所犯下的历史罪行却被一再洗白，《红楼梦》立下风月宝鉴，照出其母蝗虫的真面目。

（三）如皋射雉

在中国历史上，有一座古城与雉有关——江苏如皋。

在清朝之前，如皋属扬州，别称雉皋、雉水，这是为何？如皋的雉鸡在历史上颇有名气，《春秋左传》：“昔贾大夫恶，娶妻而美，三年不言不笑，御以如皋，射雉，获之，其妻始笑而言。”如皋射雉的典故，因贾大夫为讨妻子欢心射雉而来，西晋潘安、唐代杜甫、北宋苏轼等曾以此为题材吟诗作赋。如皋名人不仅有春秋贾大夫，还有“明末四公子”之一的冒辟疆。贾大夫与冒公子的“贾冒组合”可称为如皋历史名人的代表。冒辟疆的诗书画作中署名雉皋冒襄辟疆，吴伟业也称之为“雉皋公子”。

如皋水绘园位于如皋古城北隅，占地面积约 30 万平方米，始建于明朝万历年间，为秦淮八艳之一的董小宛与冒辟疆栖隐之处，现为国家 AAAA 级旅游景区。

如皋董小宛入清宫被与吕雉一样的女祸孝庄荼毒的传说甚嚣尘上 300 余年，本书将从一个全新的角度来审结这个历史疑案。

表 54　华虫与雉——女娲与女祸

红腹锦鸡	雉	华虫	帝后十二章纹	孝献皇后董鄂氏	女娲？
		雉皋	董小宛		
	吕雉	母蝗虫	孝庄		女祸

九、灵蛇之颂

《红楼梦》将批判的锋芒对准“虫”，却静静地将歌颂的诗歌献给“灵蛇”。蛇会反复蜕皮以完成身体的生长发育，在人们眼中是更生与恢复的象征，因而备受敬畏与崇拜，与蛇有关的传说也广为流传。

（一）蛇与三皇五帝

《史记·三皇本纪》记载伏羲氏与女娲氏都是人首蛇身的样貌，在中国现存的文物中很多的汉唐壁画、画像石、砖刻和绢花上，都有着形貌被描绘成人首蛇躯蛇尾的伏羲和女娲的神像。

五帝之一的颛顼，其氏族以龙蛇为图腾，战胜以蟾蜍为图腾的共工氏族。（详见前文《鬼蜮与宝蟾》）

五帝之中的另一位是治水的大禹。有学者考证，夏禹姓姒，“姒”即“巳”，“巳”即“蛇”；“禹”字从“虫”，在甲骨文中与“巳”同字，所以“禹”字本身就是蛇名，而蛇也是夏时代主要的图腾之一。康熙南巡时亲祭大禹陵，题下“地平天成”一匾。

表55　蛇与三皇五帝

灵蛇	伏羲与女娲	人首蛇身
	颛顼	龙蛇图腾
	治水大禹	蛇为图腾
	舜帝之妻湘妃湘夫人	载蛇、操蛇

（二）蛇与珠

绛珠草与通灵玉构成天下至宝珠玉之宝的组合，这个组合的指向是战国时的至宝随侯珠与和氏璧，随侯珠又称为“灵蛇珠”或“明月珠”，是受伤的灵蛇为感谢随侯的救命之恩献出的至宝。

河神洛神是绛珠草钗黛的主要符号。陈思王曹植在洛水边的巩义作《洛神赋》，把伏羲之女洛神宓妃与甄宓皇后两个美丽女子融合为一体，构成了人神相融的美丽形象。相传每天甄后梳妆时，魏宫中有一条绿色的蛇嘴里不断吐出红珠，盘结成如同髻一般的形状出现于她面前，甄后效仿此形，这种发髻被称为“灵蛇髻”。

明太祖朱元璋册封道教真武大帝为玄天上帝，作为明朝的镇邦护国之神。明成祖朱棣大修武当山作为供奉真武大帝的道场。真武大帝，又称玄武大帝，位于北方的玄武即由龟、蛇二兽组成。武当山道观内供奉真武大帝，旁边塑有龟、蛇二将。

十、太极无极之轮转：补天石——彩虹

第一回甄士隐梦中看到太虚幻境的对联：“假作真时真亦假，无为有处有还无。”

此处有两条批语。第一条蒙府本双行夹批：“无极太极之轮转，色空之相生，四季之随行，皆不过如此。”另一条甲戌本夹批：“叠用真、假、有、无字，妙！”

在一个天崩地裂的时代里，在挽救民族与保存文明星火的努力中，知识精英们超越了传统的正邪对立的世界观，通过红楼演《易》，传递朴素辩证法与历史唯物主义的世界观。玉与虫是两个对立的概念，也存在转换——女娲补天石化身通灵玉，同时也化身为彩虹。女娲炼五色石补天，天空出现的彩虹，就是我们伟大的女娲补天神石的彩光。

长白山位于我国东三省东部和中朝边境，是鸭绿江、松花江和图们江的发源地，也是满族的发祥地。长白山天池是地球上“海拔最高的火山湖”，孤悬天际，没有入水口，只有出水口，出水口位于北侧天文峰与龙门峰之间，古称阕门，湖水终年外流不息，形成落差68米高的长白飞瀑，它是长白山的第一名胜。在天池出水口阕门西侧，有一巨石，最高处大约10米，长50余米，是一个伸入天池的袖珍半岛。关于这块巨石，清末刘建封《长白山江岗志略》中写道：“窥其形势杜池水口，作中流砥柱，亦似有补天池缺陷之象。”这块巨石就被称为补天石。

天池水流过补天石，于断崖飞流直下，以雷霆万钧之势，跌向深深的谷底，形成松花江正源——乘槎河。刘建封踏查长白山寻松花江源头时，写下“松花江上乘槎客，寻到天池信有源”“不须鞭石渡沧海，直可乘槎问斗牛”的诗句。乘槎有登天之意，故此河又称为通天河。

《红楼梦》中不仅有补天石，乘槎河亦多次出现在书中。第五十回《芦雪广争联即景诗 暖香坞雅制春灯谜》，薛宝琴作诗道：

疏是枝条艳是花，春妆儿女竞奢华。
闲庭曲槛无余雪，流水空山有落霞。
幽梦冷随红袖笛，游仙香泛绛河槎。
前身定是瑶台种，无复相疑色相差。

第七十六回《凸碧堂品笛感凄清 凹晶馆联诗悲寂寞》，八月十五日，黛玉与湘云联句："犯斗邀牛女，乘槎待帝孙。"第七十八回《老学士闲征姽婳词 痴公子杜撰芙蓉诔》，八月十九日穿着"松花绫子夹袄"的宝玉在《芙蓉女儿诔》中写道："海失灵槎，不获回生之药。"

长白山天池的补天石补不了天，才有天池水下泄。乘槎河畔的木筏能将中华民族带回银河星汉吗？

2023 年 9 月 25 日，华为秋季全场景新品发布会上，正式推出搭载麒麟 9000S 芯片、鸿蒙操作系统、首个获得天通和北斗卫星通信性能双五星等级认证的大众智能手机——华为 Mate60 RS 非凡大师及华为 Mate60 Pro+。这款产品的意义已超出产品本身，代表了国产自研技术的重大进步，尤其是在芯片技术上的突破，促进了国产供应链的升级和突破，提升了国产手机的整体竞争力。发布会以主题曲《我的梦》开场，其中唱道："就让光芒折射泪湿的瞳孔，映出心中最想拥有的彩虹。带我奔向那片有你的天空，因为你是我的梦。"

第三章 衣冠上国

中国自古就被称为“衣冠上国”“礼仪之邦”，“衣冠”便成了文明的代名词，成为汉人自我认同的文化象征。两晋南北朝时期中原地区的知识分子等各阶层人民纷纷逃亡到南方，推动了中原文明的传播，推动了江南开发，史称“衣冠南渡”。

第一节　华夏衣冠

华夏衣冠源于伏羲、女娲所在的华胥部落，是以花为图腾的华夏族人的传统服饰。早在周朝时期，华夏民族的礼乐衣冠体系已经完备，上至天子，下至庶民，无论贵贱尊卑，都应穿着相应的服饰，皆以“礼”的精神规范自己的生活。此后历代王朝均认识到舆服典章制度是巩固国家统治和稳定社会秩序的必要手段，“二十四史”里有十几个朝代史都设有《舆服志》。

一、华夏衣冠

在悠久灿烂的历史中，汉民族在自然的文化发展和民族交融过程中形成了具有民族特点的服装体系。

（一）衣——汉服

“汉服”一词的记载最早见于《汉书》“后数来朝贺，乐汉衣服制度”，因此不能与唐装相混淆。在民族和国家概念没有明确的古代，汉服一般作为与中华文明周边地区的“胡服”相对的词使用，又称为“华服”。

汉服的主要特点是交领、右衽、系带、宽袖，又以盘领、直领等为其有益补充。其中，上衣下裳的冕服为帝王百官最隆重正式的礼服；袍服（深衣）为百官及士人常服；襦裙则为妇女喜爱的穿着；普通劳动人民一般上身着短衣，下穿长裤。这些特点都明显有别于其他民族的服饰。作为中国文化输出的载体，汉服深深影响了日本、朝鲜等东亚国家。

宋代受程朱理学的影响，焚金饰、简纹衣，以取纯朴淡雅之美，对妇女的装束也有了详细严格的规定。明太祖朱元璋在建国初期就确定了以礼法结合的手段来治理国家，在服饰方面，对于属于礼服的朝服和祭服几乎完全延用汉民族古制。

事实上，到了宋元明时期，汉服已经不是单纯的辨别尊卑等级的工具了，还具备了标志民族、社稷存亡的功能。例如金人天会年间下令“剃发易服”，不如金人式者死；明太祖朱元璋定鼎南京后，随即下令易服，“壬子，诏复衣冠如唐制”，也是这个道理。

汉服形式层面的消亡最终导致意义层面的断缺，当代汉服略有复兴，但经历几百年消磨，若没有政府支持，仍是任重道远。

（二）冠——束发

《孝经》有言：“身体发肤，受之父母，不敢毁伤，孝之始也。”汉人成年之后就不可剃发，男女都把头发绾成发髻盘在头顶。

上古炎黄时期黄帝垂裳治天下的时候就发明了用以束发的冠，“峨冠博带”自此便成了华夏衣冠的代称。此后夏商周、春秋战国、两汉、三国两晋南北朝、大隋盛唐、南北繁宋、铁骨大明，头顶束发是我国汉族乃至周边藩国最正统的发型！

汉民族的成人礼——男子冠礼，女子笄礼，此时的“发型”并不只是风俗习尚，而是代表汉族传统儒学思想，足见发型在民族文化心理中的重要地位。明代士人以上阶层的男子多在发髻上罩一顶束发冠，庶人则是在头上戴一个头巾。冠巾对应着身份地位。作为衣冠上国，衣冠齐整才是完整的仪容，古人重之。

正因为头发在汉文化中的厚重地位，古代汉人在进行族群识别和描述时，往往聚焦于发式的差异。如《史记·西南夷列传》所述之“西南夷，皆编发，随畜迁徙”，《庄子》所言“越人断发文身”。披发、编发、断发、祝发、髡发，均非华夏民族习俗，在孔子看来，“被发左衽”即意味着民族文化的沦丧。

二、胡服骑射与鲜卑汉化

在历史的长河中，汉服与胡服之间的互相吸收影响，使服饰成为中华民族交融的载体。

赵武灵王是战国时赵国的一位奋发有为的国君，他为了抵御北方胡人的侵略，实行了“胡服骑射”的军事改革，带头穿胡服，习骑马，练射箭，亲自训练士兵。赵国军事力量日益强大，而能西退胡人，北灭中山国，成为“战国七雄”之一。

胡服骑射，改变了中国军队中宽袖的最初正规军装，以后逐渐演变改进为后来的盔甲装备。1903 年，梁启超发表《黄帝以后第一伟人——赵武灵王传》，认为赵武灵王是自商、周以来四千余年中的第一伟人，而且是最值得后代子孙骄傲的一位。梁启超评价胡服骑射：故以骑射为其目的，而以胡服为其手段。

鲜卑是继匈奴之后在蒙古高原崛起的古代游牧民族，兴起于大兴安岭，属东胡族群，蒙古语族，是魏晋南北朝时期对中原政权影响最大的游牧民族，有文化学者认为西伯利亚实为“鲜卑利亚”。

南北朝时期，鲜卑族政治家、北魏孝文帝拓跋宏以“南伐”为名迁都洛阳，全面改革鲜卑旧俗，规定以汉服代替鲜卑服，以汉语代替鲜卑语，迁洛鲜卑人以洛阳为籍贯，改鲜卑姓为汉姓，自己也改姓“元”，并鼓励鲜卑贵族与汉士族联姻，又参照南朝典章，修改北魏政治制度，使鲜卑经济、文化、社会、政治、军事等方面大大地发展，推动了民族交融，史称“孝文帝改革”。

鲜卑贵族与汉族高门通婚形成的关陇集团独孤氏中走出了隋唐王朝的开国皇后，所以鲜卑族为隋唐皇室外族（古代母族之意）。

三、华夷之辨

历史上中国只有族群，有四方之民的概念，没有民族的概念，强调天下一家、四海之内皆兄弟也，这个天下的观念是一种人文的天下。西方文明没有天下观念，只有世界观念，这个世界就是一种地理性的概念，一个一个的民族国家，有严格的边界。

在天下一家的观念下，中国历史上仍有“华夷之辨”，或称“夷夏之辨”“夷夏之防”，用于区辨华夏与蛮夷。中国历史上“华夷之辨”的衡量标准大致经历了三个演变阶段：血缘衡量标准阶段，地缘衡量标准阶段，衣饰、礼仪等文化衡量标准阶段。从本质而言，华夷之辨是文明野蛮之辨，而文明的标准就是“礼乐”。韩愈云：“孔子之作《春秋》也，诸侯用夷礼则夷之，夷而进于中国则中国之。”

明朝与周边国家建立朝贡外交关系，并在许多的外交互动活动中促成文化的广泛传播与交流，其中所涉及的文化发展成了一种政治权威延伸的符号，推动了明朝“礼治”的传播，还帮助、推动了中华文化圈的建设。

应该注意的是，在中国历史上“用夏变夷”不是绝对的，古代中国认为“五方之民异性”，古人有夷狄落后的记录，但也有夷狄朴质的夸饰。“用夏变夷”应“修其教，不易其俗；齐其政，不易其宜”，四夷应当变化的只是妨碍了他们服从于中央及违背五伦关系的恶俗而已（如收继婚），其他的风俗、文化都可以保留，甚至可以作为推行王化的有利资源。

《红楼梦》对满洲结辫、剃头的习俗亦给予尊重。第六十三回四月二十六日寿怡红之夜，宝玉与结辫的芳官同榻同饮而眠，众人评价：“他两个倒象是双生的弟兄两个。”次日宝玉为芳官剃头、结辫、改装、更名为耶律雄奴，其间关于剃头的描定十分形象：“又命将周围的短发剃了去，露出碧青头皮来，当中分大顶。”此后，宝玉对耶律雄奴发表了“大舜之正裔”与“中华之患”的讲话，自认与耶律雄奴同为“大舜之正裔”：“幸得咱们有福，生在当今之世，大舜之正裔。”《红楼梦》打破狭隘的民族观，只要尊重生命、传承中华文明的都是花神，是“大舜之正裔”；涂炭生灵、破坏文明传承的都是花虫，是“中华之患”。

四、“易衣冠文物之旧”

1644年四月打着为崇祯帝复仇旗号入关的多尔衮没有想到，原本可以三五年统一全国的清朝直到1662年才基本肃清了大陆上的明朝抵抗势力——而这一切的根源只在于一纸剃发易服令。

（一）剃发易服令

1644年五月初二，多尔衮进入北京后，五月初三下发的第一道政令就是“剃发易服”，“剃发”针对的是“束发簪缨冕旒冠笄”；“易服”针对的是“交领右衽宽袍大袖”。原本对清朝代替明朝统治持无所谓或者中立态度的民众通过“剃发令”认识到，清朝取代明朝不是简单的改朝换代，而是“易衣冠文物之旧”的文化征服，这深深刺伤了汉人的文化尊严。“大明人”不是一个坚固的身份认同，但“衣冠上国人”是的，于是以“头可断，发决不可剃”为口号的各地人民的反剃发斗争，成为清初抗清斗争的主流。

（二）画网巾先生

网巾是中国明代成年男子用来束发的网子，明太祖朱元璋建立冠服制度时参考道士着装所创。由于“人无贵贱皆裹之”，网巾虽小，其承载的明代社会文化意涵却极为丰厚，被称为“人之首服”，作为故国衣冠象征意义尤其鲜明。受明代冠服制度的影响，朝鲜、越南等国家也使用网巾。

《画网巾先生传》是清代文学家戴名世创作的一篇传记，生动地记述了志士“画网巾先生”效忠明朝的感人事迹，批判了清统治者镇压反清士民的滔天罪行，抒发了作者刻骨铭心的故国之思与亡国之痛。据传中所记，1645年六月，剃发令下之后，这位“其姓名、爵里皆不可得而知”的志士与他的两个仆人因不肯剃发被捕，清兵逼其脱去网巾，先生令二仆画网巾于额上，二仆亦交相画，以示决不服满洲衣冠，三人不屈而死。戴网巾兼具抗拒“剃发”与“易服”的双重意涵，“画网巾”的故事广为流传，很多被逼剃发的遗民都在头上套上网巾，成为遗民故国之思的一种象征。

各民族历史文化的差异自古就存在，是人类文明的内在属性。

差异带来的民族与文明的交融是人类社会进步的动力，但如剃头易服令一般的残暴、狭隘、短视的文化侵略应受到全人类的唾弃与批判。

新中国建立之后，维护和发展各民族的平等、团结、互助关系，在20世纪50年代毛泽东主席就赋诗曰“六亿神州尽舜尧”，是谓五十六个星座五十六枝花，五十六族兄弟姐妹是一家。

五、红楼行头——符号化角色塑造

《红楼梦》创作最早缘于对剃发易服的民族压迫政策的反抗，在写作之时贯彻朱熹《中庸集注》第十三章的教导“故君子之治人也，即以其人之道，还治其人之身”，通过角色的易服完成身份的塑造，对剃发易服政策进行深刻批判。

在中国传统戏剧艺术之中，服装作为塑造角色外部形象的符号化语言，用以体现角色的身份、年龄、性格、民族和职业特点，并显示剧中特定的时代、生活习俗和规定情境等，习称“行头”。戏剧界有“宁穿破，不穿错”之说。

《红楼梦》创作参与者中有多位清初著名剧作家，其中包括创作《奈何天》的李渔、创作《长生殿》的洪昇、创作《桃花扇》的孔尚任，上述三剧均属《红楼梦》的配套作品，发挥如《女仙外史》（《石头魂》）一样的注释作用。

正因为《红楼梦》的创作深受中国戏剧影响，书中采用戏剧服装的符号化语言，让书中的人物通过不同的换装完成其不同的角度塑造，完成春秋笔法的描写。

龙凤饰和黄色皆为皇帝的象征，除帝后外其他人皆不得使用。皇妃在本质上仍是帝王之妾，只能用朱雀纹和红色。《红楼梦》中元春省亲的规格极高：“一对对龙旌凤翣，雉羽夔头，又有销金提炉焚着御香；然后一把曲柄七凤黄金伞过来……后面方是八个太监抬着一顶金顶金黄绣凤版舆。”元春用的是凤的仪仗，身上穿的也是皇后的黄袍，所以宝钗对宝玉说：“谁是你姐姐？那上头穿黄袍的才是你姐姐。”这一切告诉看官省亲的元春是皇后身份。元春以贾妃身份和元妃身份两进大观园，其符号指向详见《绛珠还泪案》与本书后文。

第五十一回《薛小妹新编怀古诗　胡庸医乱用虎狼药》，冬日晚饭之后，袭人回家探望病危的母亲，出发时身上穿着王夫人给的三件衣服——“桃红百子刻丝银鼠袄子，葱绿盘金彩绣绵裙，外面穿着青缎灰鼠褂”。王熙凤说：“这三件衣裳都是太太的，赏了你倒是好的。”

“百子图”表明此衣是嫁衣，正室嫁衣就为大红，桃红是男方二婚时女方所着的嫁衣，这件衣服又给了宝玉房中类姨娘身份的袭人，是否在暗示王夫人看似正室，实则是姨娘身份转正？答案的确如此。

书中王夫人与薛姨妈是两姐妹，宝玉称薛姨妈为姨妈，而宝钗无论在什么场合称王夫人一概是姨娘，贾母在宝钗房中说起王夫人时，也称其为姨娘——贾母叹道：“这孩子太老实了。你没有陈设，何妨和你姨娘要些。”就连薛姨妈与王夫人对话时也说“姨娘不知道，宝丫头古怪着呢”。

“一字不可更，一语不可少”的《红楼梦》中，姨妈体现的是亲缘关系，而姨娘则体现的是嫡庶关系。王夫人自始至终被贾母、薛姨妈、宝钗称作姨娘，其言外之意不言自明。

这位平日吃斋念佛，打着正室旗号的王姨娘，身负金钏、晴雯两条人命，是抄检大观园的决策者，是司棋、芳官、四儿等大观园女儿悲剧命运的始作俑者，她是谁？答案就在桃红百子刻丝银鼠袄子。

六、女儿已婚（后妃）

在同一思维过程中，如果不保持概念内涵和外延的确定和同一，就会犯“偷换概念”或“混淆概念”的逻辑错误。《红楼梦》作者长于偷换概念，看官则易陷于混淆概念。

第二十八回《蒋玉菡情赠茜香罗　薛宝钗羞笼红麝串》，四月二十六日这天，众人应宝玉建议行女儿酒令：

宝玉：悔教夫婿觅封侯。

冯紫英：儿夫染病在垂危；头胎养了双生子。

云儿：情郎不舍还家里。

薛蟠：洞房花烛朝慵起。

蒋玉菡：丈夫一去不回归；夫唱妇随真和合。

我们可发现，众人女儿酒令所咏叹的“女儿”不是通常意义上的未婚配的女子，而是已婚女性。

第五十九回《柳叶渚边嗔莺咤燕　绛云轩里召将飞符》借春燕之口，描写宝玉对女孩儿的态度：

> 春燕笑道：“……怨不得宝玉说：‘女孩儿未出嫁，是颗无价之宝珠；出了嫁，不知怎么就变出许多的不好的毛病来，虽是颗珠子，却没有光彩宝色，是颗死珠了；再老了，更变的不是珠子，竟是鱼眼睛了。分明一个人，怎么变出三样来？’这话虽是混话，倒也有些不差。”

这段描写明确表明“女孩儿”这个概念是指未出嫁的女性。

《红楼梦》中与“女孩”相似的概念看似是“女儿”，二者实则不同。将已婚女性称“女儿”，“知识产权”属于崇祯皇帝朱由检，其后宫嫔妃除周玉凤皇后以妾自称之外，均以女儿自称。《红楼梦》中的“女儿”是后妃的符号。

七、姑娘是阳——本无男女别

第三十一回《撕扇子作千金一笑　因麒麟伏白首双星》，端阳之后的五月初六，神女史湘云二进荣国府，一进大观园，与翠缕进行了一次与阴阳有关的谈话之后形成一个结论：

> 翠缕道：“姑娘是阳，我就是阴。”说着，湘云拿手帕子握着嘴，呵呵的笑起来……翠缕道：“人规矩主子为阳，奴才为阴。我连这个大道理也不懂得？”湘云笑道：“你很懂得。”

在剃发易服的历史背景之下，大观园中易服的最高境界是男女易服。翠缕“姑娘是阳”认证了大观园中所有“姑娘”的男性身份，而且这个结论是“个大道理”。

《红楼梦》带有“史书”性质，有“女儿”后妃，却没有男儿帝王将相。“姑娘是阳”填补了这个空白。（详见后文《男儿何不带吴钩》）

《绛珠还泪案》已揭晓菱姑娘香菱与亡国之君永历朱由榔、二姑娘贾迎春与亡国之君弘光朱由崧、夏家姑娘夏金桂与平西王吴三桂的对应关系，本书将揭晓第一代史大姑娘、史姑娘、云姑娘、云儿等的身份。大姑娘、宝姑娘、林姑娘、三姑娘、四姑娘、凤姑娘等的身份今后再行揭晓。

这个秘密在《红楼梦》第一回通过“自又云”亦有揭秘：

> 今风尘碌碌，一事无成，忽念及当日所有之女子，一一细考较去，觉其行止见识，皆出于我之上。何我堂堂之须眉，诚不若此裙钗哉？

这里有一条蒙府本侧批：“何非‘梦幻’？何不‘通灵’？作者托言，原当有自。受气清浊，本无男女之别。”

可见，《红楼梦》中“本无男女之别”。

第二节　此乡多宝玉

第六十二回《憨湘云醉眠芍药裀　呆香菱情解石榴裙》，薄命司出场第一人香菱介绍了宝玉之名：

> 前日我读岑嘉州五言律，现有一句说“此乡多宝玉”，怎么你倒忘了？后来又读李义山七言绝句，又有一句“宝钗无日不生尘”。我还笑说，他两个名字原来都在唐诗上呢。

岑参《送杨瑗尉南海》诗如下：

不择南州尉，高堂有老亲。
楼台重蜃气，邑里杂鲛人。
海暗三山雨，花明五岭春。
此乡多宝玉，慎莫厌清贫。

根据“此乡多宝玉”的提示，《红楼梦》中究竟有几个宝玉呢？

要回答这个问题，我们从宝玉出场时给出的服装行头信息入手。

一、汉装束发贾宝玉

第三回《金陵城起复贾雨村　荣国府收养林黛玉》，贾宝玉分别着汉装和满装出场。

贾宝玉第一次出场是汉装造型：

头上戴着束发嵌宝紫金冠，齐眉勒着二龙抢珠金抹额，穿一件二色金百蝶穿花大红箭袖，束着五彩丝攒花结长穗宫绦，外罩石青起花八团倭锻排穗褂，登着青缎粉底小朝靴……项上金螭缨络，又有一根五色丝绦，系着一块美玉。

紫金冠，又名太子盔，是古代王子或高级将领用来束发的一种华丽装饰品，这一装束表明束发宝玉汉室皇家身份。

二龙抢珠金抹额亦是一个汉装造型，剃头之人是不用抹额的，龙的图案亦只有皇帝可用，而此时出现了两条龙。

箭袖起源于北方民族的服饰，因为袖口窄小，便于工作，也易于保暖，后来就成为汉服的一种袖制。胡服的箭袖通常会有一个宽厚的袖缘，而汉服的箭袖一般没有袖缘或袖缘比较窄。汉服箭袖和清代的马蹄袖是需要区别开来的。

五彩丝攒花结长穗宫绦也有着浓厚的汉服色彩。汉民族自古以来崇拜五色，北京的社稷坛中的五色土是象征天下的符号，女娲补天石亦是五色石。以五色丝系臂，曾是很流行的节俗。《荆楚岁时记》载："以五彩丝系臂，名曰辟兵，令人不病瘟。"用五色彩丝编成宫绦，有祈福纳吉的美好寓意，避免如"五鬼"一般的病魔疫鬼侵入。

贾宝玉除腰间有五彩宫绦外，通灵宝玉亦为五彩丝绦所系——"项上金螭缨珞，又有一根五色丝绦，系着一块美玉"，而通灵宝玉本身是五色花纹缠绕，宝玉贴身的肚兜亦是五色丝线织就。这么多五色告诉看官：宝玉与社稷有关。

表 56　宝玉与五色

<table>
<tr><td rowspan="4">五色</td><td rowspan="4">社稷坛五色土
补天五彩石</td><td>五彩丝攒花结长穗宫绦系腰</td></tr>
<tr><td>五色丝绦系玉</td></tr>
<tr><td>五色花纹通灵宝玉</td></tr>
<tr><td>五色鸳鸯肚兜</td></tr>
</table>

石青起花八团倭锻排穗褂这件外褂上有两个重要概念：满与倭——明朝所面临的两大外患，所以要"排秽"。"八团"是衣面

上绛丝或绣成的八个彩团的图案。据清末崇彝《道咸以来朝野杂记》记载，八团的位置是“前后胸各一，左右角各一，前后襟各二。因‘八团’凸出衣面，故云‘起花’”。这个“八团”的结构是满装的一个要素。“倭”即日本，明朝东部沿海倭寇一度猖獗。

宝玉“登着青缎粉底小朝靴”，朝靴指上朝时所穿的靴子，其主体一是帝王，一是大臣。这回书中王夫人说贾宝玉“今日因庙里还愿去了”，贾宝玉穿朝靴并非上朝，可见宝玉的身份并非人臣，而是人君。

综上，汉装贾宝玉着的是汉装的龙袍。齐眉勒着二龙抢珠金抹额的汉装贾宝玉是哪两个帝王？

天启死于中秋之后的八月二十二日，所以第一代汉装贾宝玉“面如中秋之月”“目若秋波”。这里有一条甲戌本眉批：“此非套‘满月’，盖人生有面扁而青白色者，则皆可谓之秋月也。用‘满月’者不知此意。”

崇祯死于三月十九日凌晨，所以第一代汉装贾宝玉“色如春晓之花”“面如桃瓣”。

汉装贾宝玉“鬓若刀裁，眉如墨画”，是形容人皮肤白皙并有一头黑发。天启16岁继位，23岁驾崩；崇祯17岁继位，34岁殉国。两人继位之时均是青少年，所以汉装贾宝玉是一头乌发。《红楼梦》在上述描写处留下这样一条甲戌眉批：“‘少年色嫩不坚牢’，以及非夭即贫之语，余犹在心。今阅至此，放声一哭。”

表57　汉装贾宝玉

第一代汉装贾宝玉	天启	面若中秋之月	1627年 八月二十二日驾崩	鬓若刀裁	16岁登基
		目若秋波			
	崇祯	色如春晓之花	1644年 三月十九日殉国	眉如墨画	17岁登基
		面如桃瓣			

二、满装结辫贾宝玉

汉装贾宝玉一言未发，根据（历）史太君贾母的要求“见了你娘来”，重回娘胎的贾宝玉换了冠带、穿着满装出场：

头上周围一转的短发，都结成小辫，红丝结束，共攒至顶中胎发，总编一根大辫，黑亮如漆，从顶至梢，一串四颗大珠，用金八宝坠角；身上穿着银红撒花半旧大袄，仍旧带着项圈、宝玉、寄名锁、护身符等物；下面半露松花撒花绫裤腿，锦边弹墨袜，厚底大红鞋。

这是一个结辫的贾宝玉。结辫是满洲文化的符号，《红楼梦》的创作群体对满洲结辫习俗予以尊重，在第三回贾宝玉第二次出场时描写其结辫造型，在第二十一回描写湘云为宝玉结辫，在第六十三回写作打联垂（结辫）的耶律雄奴被宝玉称为“大舜之正裔”。

这是一个红丝结束与四颗大东珠结顶的贾宝玉。清朝皇帝的朝冠上缀朱纬，红绒结顶，有十六颗东珠组成的加金累丝镂空金云龙嵌东珠宝顶。宝顶分为三层，每层中间各贯东珠一颗；顶部再嵌大东珠一颗，形成四层大东珠结构。

清帝朝冠及宝顶示意图

这是一个用金八宝坠角的贾宝玉。清王朝由后金演化而来，其八旗制度按军事组织形式把女真人编制起来，由贵族控制，具有军事征伐、行政管理、组织生产三项职能，既是军事组织又是行政管理制度，促进了女真社会的发展。皇帝统领八旗中的上三旗。

这是一个穿着银红撒花半旧大袄的贾宝玉，穿着大袄的贾宝玉并未系宫绦。与上衣下裳为主的汉服不同，满族的袍服是“衣皆连裳”的旗袍。顺治九年（1652），钦定《服色肩舆永例》颁行，将清代皇帝的衣服基本上分为三大类，即礼服、吉服和常服。常服为圆领右衽大襟，窄袖、四开裾式长袍，颜色不限，多为蓝

表58 贾宝玉汉装、满装对照表

	贾宝玉	
	汉装	满装
发	束发	红丝结成小辫，总编大辫
冠	嵌宝紫金冠	四颗大珠，金八宝坠角
额	二龙抢珠金抹额	
衣（里）	二色金百蝶穿花大红箭袖	银红撒花半旧大袄
腰	五彩丝攒花结长穗宫绦	
衣（外）	石青起花八团倭锻排穗褂	
裤		半露松花撒花绫裤腿
袜		锦边弹墨袜
足	青缎粉底小朝靴	厚底大红鞋
项	金螭璎珞	项圈
玉	一根五色丝绦，系着一块美玉	宝玉、寄名锁、护身符
花与月	面若中秋之月，色如春晓之花……面如桃瓣，目若秋波 天启与崇祯	
风与情		天然一段风骚，全在眉梢；平生万种情思，悉堆眼角 顺治与胤礽

三、《西江月》两首：污名与失国

配合贾宝玉的汉装与满装造型，《红楼梦》第三回出现了两首《西江月》。第一首《西江月》告诉读者贾宝玉是被污名的，第二首《西江月》告诉读者贾宝玉是失国的：

无故寻愁觅恨，有时似傻如狂。纵然生得好皮囊，腹内原来草莽。潦倒不通世务，愚顽怕读文章。行为偏僻性乖张，那管世人诽谤！

富贵不知乐业，贫穷难耐凄凉。可怜辜负好韶光，于国于家无望。天下无能第一，古今不肖无双。寄言纨绔与膏粱：莫效此儿形状！

《红楼梦》此处有一条甲戌本眉批："末二语最紧要。只是纨绔与膏粱，亦未必不见笑我玉卿。可知能效一二者，亦必不是蠢然纨绔矣。"表明作者对上述历史人物的肯定性评价。

（一）汉装宝玉：天启与崇祯

被污名化的天才木匠皇帝明天启帝朱由校——行为偏僻性乖张，那管世人诽谤；失国的明崇祯帝朱由检——天下无能第一，古今不肖无双。

天启朱由校是明朝抗清的真正核心，不但取得对努尔哈赤和皇太极两次战役的大捷，还在东南沿海有力地打击了葡萄牙和荷兰舰队的叩关。在天启一朝短短的七年时间里，明朝的民生与国防问题都解决得比较好。史学界也有一种观点认为，如果天启帝不是在23岁驾崩，历史的走向会是另一种局面——因为天启减免农业税，增加工商税，所以农民负担轻，国防经费亦有保障。

崇祯登基之后清理魏忠贤势力，取消工商税，重收农业税，在小冰河期的天灾冲击之下，农民赋税加重，只有揭竿而起一条路。明王朝在农民军与关外清军的双重压力之下，左支右绌，走向灭亡。崇祯作为亡国之君，"无面目见祖宗于地下，自去冠冕，以发覆面"，自缢殉国，是为"玉带林中挂"。

（二）满装宝玉：顺治与胤礽

清顺治皇帝汉化失败后逊位出家，孝庄与辅政大臣以罪己诏的形式完成对他的否定性历史评价，被污名的顺治行为偏僻性乖张，那管世人诽谤！顺治与生母孝庄反目，是为古今不肖无双；逊位出家，是天下无能第一。

康熙太子胤礽历经两立两废，与康熙父子恩断，是古今不肖无双；作为太子34年却不能继位，是天下无能第一。九子夺嫡过程中康熙废太子宝二爷的历史，《朱评红楼》今后阐述。

四、都中贾宝玉与金陵甄宝玉——互影

京城中荣国府的主角是贾宝玉，江南的钦差金陵省体仁院甄家有一个年纪小一岁的甄宝玉。第一百十四回《王熙凤历幻返金

陵　甄应嘉蒙恩还玉阙》，甄宝玉之父甄应嘉拍手道奇："岂知今日一见，不但面貌相同，且举止一般，这更奇了。"问起年纪，比"这里的哥儿"即贾宝玉略小一岁。

金陵是明王朝的开国之都，也是南明第一个政权弘光政权的都城。南明包括弘光、隆武、绍武、永历四个政权，甄宝玉是南明四个政权的符号。

顺治是都中贾宝玉，登基于1643年八月；南明政权是金陵甄宝玉，第一位皇帝弘光帝朱由崧登基于1644年五月，所以甄宝玉比贾宝玉略小一岁。

第五十六回《敏探春兴利除宿弊　时宝钗小惠全大体》描写在大观园改革的同时，甄家的四个女人带来了甄宝玉的信息——四个女人同时说话，介绍同样的内容，这在现实中是不可能的，也没必要。但书中这样写是为了告诉读者甄家的宝玉是四人，四个女人口中的四个甄宝玉是南明四帝的象征：

> 四人笑说："今年十三岁。因长得齐整，老太太很疼。自幼淘气异常，天天逃学，老爷、太太也不便十分管教。"……四人一见，忙起身笑道："唬了我们一跳。若是我们不进府来，倘若别处遇见，还只道我们的宝玉后赶着也进了京了呢。"一面说，一面都上来拉他的手，问长问短。宝玉忙也笑问好。……四人笑道："如今看来，模样是一样。据老太太说，淘气也一样。我们看来，这位哥儿性情却比我们的好些……就是弄性，也是小孩子的常情；胡乱花费，这也是公子哥儿的常情；怕上学，也是小孩子的常情，都还治的过来。第一，天生下来这一种刁钻古怪的脾气，如何使得。"

贾宝玉得知上述消息之后，回到怡红院对着床前的西洋大镜梦见了江南甄宝玉，袭人唤醒宝玉后笑道："那是你梦迷了。你揉眼细瞧，是镜子里照的你影儿。"这句话告诉看官，甄宝玉是贾宝玉的影。第二回贾雨村介绍完正邪两赋的宝玉之时亦有一个甲戌侧批："甄家之宝玉，乃上半部不写者，故此处极力表明，以遥照贾家之宝玉。凡写贾家宝玉之文，则正为真宝玉传影。"这个批语告诉看官贾宝玉是甄宝玉的影。贾宝玉是帝王符号，与之互影的金陵甄宝玉也应是帝王的身份。

表 59　甄贾宝玉寓意的统治时间

都中贾宝玉	顺治王朝	1643 年八月—1661 年正月
金陵甄宝玉	南明四政权	1644 年五月—1662 年四月

五、贾不假——六耳猕猴与孙悟空

虽然都中的贾宝玉与金陵的甄宝玉互为身影，但仍有区别：在京的贾宝玉有通灵玉，在江南金陵的甄宝玉没有通灵玉。

在第二回贾雨村介绍甄宝玉："……但这一个学生，虽是启蒙，却比一个举业的还劳神。说起来更可笑，他说：'必得两个女儿伴着我读书，我方能认得字，心里也明白，不然我自己心里糊涂。'"这里有一条蒙府本侧批："灵玉却只一块，而宝玉有两个，情性如一，亦如六耳、悟空之意耶？"

《西游记》中六耳猕猴的本事和孙悟空一般无二，孙悟空久战不能与六耳猕猴分胜败，观音菩萨、诸路神将、唐僧师徒、幽冥众仙尽皆分辨不出真假，只有谛听和如来佛祖能辨认六耳猕猴的真身。

与真假孙悟空一般，甄贾宝玉亦让人分不清孰真孰假。《红楼梦》认为，南明政权与顺治亲政后的清王朝都是努力传承中华文明薪火的，都是有天命的正统王朝。

定都幽燕之地的顺治王朝以满装贾宝玉为符号，拥有通幽灵玉，顺治亲政后的汉化努力是《红楼梦》所认同的。

在南方的南明四个政权没有通幽灵玉，历史书一般将其作为短暂的地方政权，但《红楼梦》认可其正统地位，定义其为甄（真）宝玉，为南明政权记史立传。

甄宝玉出自钦差金陵省体仁院甄家，这要与北京紫禁城中体仁阁对照理解：紫禁城体仁阁位于太和殿前广场东侧，康熙十八年（1679）三月，在此诏举博学鸿儒 50 人共同纂修《明史》。北京紫禁城体仁阁的《明史》是假史，是《红楼梦》搿谎的对象；钦差金陵省体仁院甄家的《红楼梦》是真明史，是南明政权历史

的真实记录。(参见《绛珠还泪案》)

表60　宝玉之真与假、汉与满

<table>
<tr><td></td><td></td><td></td><td>行为偏僻性乖张，那管世人诽谤</td><td>天下无能第一，古今不肖无双</td><td>皇权</td></tr>
<tr><td rowspan="4">宝玉</td><td rowspan="3">贾</td><td>汉装</td><td>明天启朱由校</td><td>明崇祯朱由检</td><td>通灵宝玉</td></tr>
<tr><td rowspan="2">满装</td><td colspan="2">清顺治福临</td><td rowspan="2">通灵宝玉
+
寄名锁</td></tr>
<tr><td colspan="2">清废太子胤礽</td></tr>
<tr><td>甄</td><td>汉</td><td colspan="2">南明政权</td><td></td></tr>
</table>

第三十七回海棠结社之时，宝玉请求姐妹们给一个诗号，探春道：“你的号多的很，又起什么。我们爱叫你什么，你就答应着就是了。”“无事忙”“绛洞花王”“富贵闲人”“怡红公子”这些诗号后的宝玉是不同的身份。

现在，我们与《红楼梦》一起走近为中华民族大家庭做出重大贡献，却又被历史所遗忘的满装贾宝玉顺治皇帝爱新觉罗·福临。

第四章 致知格物、悟道参玄识宝玉

《红楼梦》第二回针对以“淫魔色鬼”认识宝玉的说法，贾雨村这样断言：“非也！可惜你们不知道这人来历……若非多读书识事，加以致知格物之功、悟道参玄之力，不能知也。”从本章开始，《朱评红楼》与各位看官一起“致知格物”“悟道参玄”识宝玉，揭开宋明清三朝框架之下，失去幽灵真境界的三生石畔神瑛侍者的真面目。

第一节 行为偏僻性乖张：同榻双生兄弟之天启与顺治

1620—1661 年，在紫禁城乾清宫的龙榻上有三位年轻的帝王：

表 61 乾清宫龙榻主人

乾清宫	天启朱由校	1620—1627 年
	崇祯朱由检	1627—1644 年
	顺治福临	1644—1661 年

行为偏僻性乖张的天启与顺治二人之间近乎拷贝的人生命运，天下无能第一、古今不肖无双的崇祯与顺治二人心灵相通的异代兄弟之情，构成了《红楼梦》贾宝玉结构和叙事主线，本书将解开这三位帝王及其后妃之间三生石上旧精魂的轮回命运。本书历史时间下限在康熙元年（1662），康熙废太子胤礽的历史风云《朱评红楼》今后再行分享。

首先，我们通过《红楼梦》第一首《西江月》来认识同榻乾清宫的丰颐阔朗、面如满月的天启与顺治二位少年天子。

无故寻愁觅恨，有时似傻如狂。纵然生得好皮囊，腹内原来草莽。潦倒不通世务，愚顽怕读文章。行为偏僻性乖张，那管世人诽谤！

天启像

顺治像

表 62　天启与顺治生平表

皇帝	生卒年	在位时间	登基或亲政年龄	驾崩或逊位年龄
天启	1605—1627	1620—1627	16 岁	23 岁
顺治	1638—1661（?）	1643—1661	14 岁	24 岁

一、少年天子：惫懒人物，懵懂顽童

天启帝朱由校生于1605 年，1620 年登基。天启帝登基之时正值明朝面临政治危机——祖父万历皇帝、父亲泰昌皇帝在一个月内相继驾崩，作为泰昌帝的皇长子，天启帝不得不仓促登基。明朝太子培养有一个出阁程序，天启未经出阁，但并不等于他未读书，有人据此推断其不识字，这是荒谬的。

顺治帝福临生于1638年，1643年八月二十六日在今沈阳登基，1651年正月十二日因一个月前多尔衮意外死亡而提前亲政。亲政前缘于多尔衮的压制和多方面的阻挠，顺治受到的教育很少，识字不多，自认“奏章未能亲裁”。

天启与顺治天性极其聪颖。虽然均未接受帝位岗前培训而仓促登基或亲政，但天启眼见万历一朝关涉其父国本之争的惊涛骇浪，顺治幼年在多尔衮的淫威之下惊惶度日，劫后余生的命运使二人在执政后表现出与年龄不相匹配的政治老练。

纵观天启帝的一生，不好酒色，就爱做木工。在欠管束的顽童行径下，藏着老练的政治平衡术。（参见《绛珠还泪案》第四章第一节之一《天启帝朱由校：行为偏僻性乖张，那管世人诽谤》）

与天启帝一样，顺治也存在任性放纵的顽症。高僧木陈忞说他“龙性难撄”，茆溪森说他“生平性躁”，看法都是一致的。

第二回《贾夫人仙逝扬州城　冷子兴演说荣国府》，冷子兴与贾雨村分别形容宝玉：“虽然淘气异常，但其聪明乖觉处，百个不及他一个”；“暴虐浮躁，顽劣憨痴”与“温厚和平，聪敏文雅”并存。

第三回《金陵城起复贾雨村　荣国府收养林黛玉》通过黛玉的心理活动对宝玉进行描写：“衔玉而诞，顽劣异常，极恶读书，最喜在内帏厮混；外祖母又极溺爱，无人敢管。”“这个宝玉，不知是怎生个惫懒人物，懵懂顽童？”

上述描写，均是对天启与顺治帝的人格画像。关于“极恶读书”处有条甲戌侧批：“是极恶每日‘诗云’‘子曰’的读书。”它为二人正名，二人所恶的是读死书，以二人之聪颖，实为天才少年。

二、双十年华：傀儡皇帝，百口嘲谤

天启帝朱由校1620—1627年在位，当了7年皇帝，23岁病亡。

顺治帝福临1643—1661年在位，其中1643—1650年由多尔衮摄政，他只是一个傀儡皇帝；1651年正月亲政后当了10年皇帝，于1661年正月初七逊位，时年24岁。

傀儡是一个汉语词语，有以下三种含义：一是用土木制成的偶像，傀儡戏就是木偶戏；二是比喻不能自主、受人操纵的人或组织；三是比喻郁结在心中的闷气或愁苦。

（一）傀儡（戏）天子

朱由校喜欢看傀儡戏，并施展自己的手艺，做的木像高约二尺，彩画如生。

万历二十五年（1597），三大殿因火灾焚毁，工部预算工程款3000万两，使万历望而却步。20多年后万历的长孙、20岁的天启主持修复了三大殿，从设计、施工全程参与，仅用500多万两及两年多的工期，真正做到了优质、高效，堪得鲁班奖。

16岁登基、23岁驾崩的天启是一个青葱少年，放到现在也只是一个大学毕业生的年龄。天启酷爱木工与声优，利用阉党打击文官集团制造冤狱，但他一不好色，二不搜括民脂民膏，天启朝在内政、边事、经济方面均曾有过中兴的势头。真实的天启帝从来没有荒废国政，魏忠贤也绝无可能擅作主张。

（二）傀儡皇帝

自1643年八月登基至1650年十二月多尔衮暴亡，近8年多时间顺治王朝的朝政均由多尔衮把持，顺治不过是一个傀儡皇帝，成长于刀光剑影、步步惊心环境下的顺治早已体会了权力冷暖。

多尔衮之死让福临顺利接掌权力，亲政后顺治迫不及待地对议政王大臣下发谕旨说“国家政务，悉以奏朕”。一个“悉”字，强烈表达了这个少年天子急切抓住所有权力的迫切心情。

顺治十八年（1661）正月初七，顺治逊位。次日，清廷以顺治的名义下发了一份遗诏，将顺治定义为一个昏庸无比、懦弱无能的君主形象，这与一向自信且高傲的顺治皇帝可谓形成了鲜明的对比，与大部分官方史料中所记载的顺治形象也是出入万千。

第五回《开生面梦演红楼梦　立新场情传幻境情》，警幻仙姑这样评价宝玉：“汝今独得此二字，在闺阁中固可为良友，然于世道中未免迂阔怪诡，百口嘲谤，万目睚眦。”

“百口嘲谤，万目睚眦”就是天启与顺治二人被歪曲、抹黑的悲剧历史命运。

表 63　天启与顺治之傀儡

皇帝	驾崩（逊位）年龄	傀儡元素	百口嘲谤 万目睚眦
天启	23 岁	傀儡木偶	清修《明史》
顺治	24 岁	多尔衮摄政	罪己诏

（三）傀儡闷气

第五十四回《史太君破陈腐旧套　王熙凤效戏彩斑衣》蒙府本回末总批：“是作者借他人酒杯消自己块垒，画一幅《行乐图》，铸一面菱花镜。”面对众多的历史谎言，只有通过《红楼梦》掰谎，才能疏解作者不能直笔记史的傀儡闷气。

这一回的回前批语提示，《红楼梦》就是一部针对“千部共成一套”“大不近情理”的“历来野史”，“妒人家富贵”“污秽人家”“诌掉了下巴的”陈腐旧套的《掰谎记》。

针对贾母史太君的掰谎，凤姐作了总结：

> 这一回就叫作《掰谎记》，就出在本朝本地本年本月本日本时，老祖宗一张口难说两家话，花开两朵，各表一枝，是真是谎且不表，再整那观灯看戏的人。老祖宗且让这二位亲戚吃一杯酒看两出戏之后，再从昨朝话言掰起如何？

《掰谎记》要“花开两朵，各表一枝”，既要掰“本朝本地本年本月本日本时”，也要掰“昨朝话言”；既要掰谎清朝，也要掰谎明朝。

三、执政：“九千岁”魏忠贤与九王爷多尔衮

提到天启一朝，绕不过“九千岁”魏忠贤；提到顺治一朝，绕不过九王爷摄政王多尔衮。

魏忠贤原为市井文盲，入宫后成为皇长孙朱由校的侍从，陪伴自幼失母的朱由校度过了童年与少年时光。天启帝朱由校继位后，不忘旧情将魏忠贤升任司礼监秉笔太监。由此，魏忠贤成为天启皇帝平衡文官集团势力的工具。

魏忠贤执掌东厂，党同伐异、擅权弄政，害死东林党六君子，与客氏合谋让天启张嫣皇后流产，荼毒后宫张裕妃等嫔妃，成为中国历史上臭名昭著的太监。但魏忠贤大胆起用辽阳战败后遭受谗言的熊廷弼，抛开私怨推荐赵南星、孙承宗等一批能臣直臣。在他支持下，袁崇焕在辽东构建关锦宁防线，有力地阻击了后金南下的势力，辽东局势平稳。

辽东用兵，需要军费。经天启帝批准，魏忠贤减少农民税负，将征税的重点指向富庶的江南，增加矿税、工商税等充实国库。其党羽督饷尚书黄运泰喊出“九千岁”后，“九千岁”似乎已是魏忠贤的代名词了，全国各地为魏忠贤造起了生祠，据说有些是出自被减税的农民的自发行为。

1627 年八月二十二日天启帝驾崩，临死之时曾专门嘱咐 17 岁的信王朱由检（崇祯帝）：魏忠贤“恪谨忠贞，可计大事”。但崇祯即位后为了整饬内政和平息民愤，借着朝廷文武大臣的“倒魏”怒潮，以迅雷之势，仅三个月就肃清了以魏忠贤为首的阉党集团。

多尔衮是努尔哈赤的第十四子，由于年龄小，所立战功也没有后来那么显赫，在努尔哈赤心目中的地位一般，只能排在九大和硕额真的第九位，于是在清政权之中，有九王爷之称。这个称呼一直延续到顺治四年（1647），此时多尔衮已被晋封“皇叔父摄政王”两年，从这一年开始，如果官员奏书中将多尔衮称作“九王爷”，或是不用全称而丢字漏字的话，都会受到革职处分。

“九千岁”魏忠贤是太监，自然没有子嗣；九王爷多尔衮虽妻妾众多，也没有子嗣，身后只有一个女儿。

“九千岁”魏忠贤遭到崇祯帝的政治清算而自缢，九王爷多尔衮死后也遭到顺治帝的政治清算而挫骨扬灰。

表 64　“九千岁”与九王爷

时　间	把持朝政	结　局	
天启朝	“九千岁”魏忠贤	政治清算	无嗣
顺治朝	九王爷多尔衮		

四、母妃庄妃与乳母奉圣夫人

天启的父亲明光宗朱常洛有一个李姓妃子被封为庄妃，顺治的母亲原为皇太极永福宫庄妃，因此天启、顺治二人的母妃均为庄妃。

说起奉圣夫人，世人皆知是天启的乳娘客氏；却不知顺治的乳娘朴氏也是奉圣夫人。

天启乳母客氏，于万历中入宫哺育皇长孙朱由校。天启继位后封其为奉圣夫人，颇为优容。客氏与魏忠贤结为对食政治联盟。

1627 年八月二十二日天启驾崩之后，客氏也就失势了。九月初客氏离宫前去了天启的灵堂，痛哭着烧掉了天启孩提时留下的胎发、指甲等物。1627 年十一月，崇祯清算客魏罪行，客氏被下浣衣局，笞死。从此“奉圣夫人”一词成为恶妇的同义词。

但半个世纪后的康熙十六年（1677），这个称号再次出现，这一次被封为奉圣夫人的也是一个乳母——哺育顺治的朴氏。

顺治与母亲孝庄太后关系疏离，但与朴氏关系亲密。顺治在为董鄂妃写的《孝献皇后行状》中将董鄂妃与皇太后的关系和与保姆的关系并列，可见朴氏在顺治心目中的重要地位：“后自入宫掖数年，行己谦和，不惟能敬承皇太后，即至朕保姆往来，晋接以礼，亦无敢慢。”

顺治十一年（1654）三月十八日，康熙帝玄烨出生后，为避痘被送出宫外抚养，这一重担再次落到了朴氏的肩上。后来康熙就曾回忆：“朕躬幼时，殚心调护，夙夜殷勤。抚视周旋，身不离左右，提携备至，时罔怠于寒暄。”康熙十六年，朴氏因抚养之恩被康熙封为奉圣夫人。

奉圣夫人在康熙二十年病逝。奉圣夫人墓是清东陵保姆墓中地面遗存最丰富的一座，现其墓前仍有七通康熙与雍正两朝的祭祀碑。康熙也曾于康熙二十二年和康熙二十四年两次亲自去给朴氏祭奠，这在历史上是极为罕见的。

为何康熙要将臭名昭著的“奉圣夫人”封号赐给顺治和自己的乳母朴氏，并在其生前身后给予空前绝后的尊荣？

表 65　两位奉圣夫人

皇帝	封号	姓氏	结局
天启	奉圣夫人	客氏	笞死
顺治、康熙		朴氏	尊荣

五、后宫：女儿悲

天启懿安皇后张嫣是红楼三生石上第一代宝钗模型（详见《绛珠还泪案》），张裕妃是三生石上第二代黛玉模型（详见后文）。

在顺治后宫中，第一任皇后是孝庄的侄女孟古青，立后两年后即被废；顺治立孝庄侄孙女阿拉坦琪琪格为继后，但在后宫中与顺治情根深种的是承乾宫皇贵妃董鄂氏。1660 年八月十九日董鄂妃病故后，八月二十一日，顺治追封其为孝献端敬皇后；四个月后，顺治逊位出家。

关于天启王朝懿安皇后张嫣与顺治王朝孝惠章皇后阿拉坦琪琪格、天启王朝裕妃张宝珠与顺治皇贵妃董鄂妃之间的异代同榻双生命运，见后文《三生石上总花神（宝钗）之孝惠章皇后阿拉坦琪琪格》《三生石上总花神（宝钗）之孝献皇后董小宛》《三生石上总花神（黛玉）之皇贵妃董小宛》。

六、乱政之源：客魏对食与太后下嫁

天启一朝魏忠贤与客氏两人结成的对食同盟，把持前朝与后宫。天启与客魏同盟的关系，是控制与被控制的关系，客魏二人不过是天启帝控制朝局的工具。17 岁登基的崇祯皇帝并非一个政治斗争的高手，但他能在即位后三个月内兵不血刃地解决客魏二人，可见客魏同盟并无垄断乾纲的威力。

1643 年八月初九，皇太极暴亡；八月二十六日皇九子福临登基，是为顺治皇帝。顺治生母孝庄太后下嫁摄政王一事是否存在，因无书证，史学界尚有争议。据清人蒋良骐《东华录》记载，顺治帝公示多尔衮的罪状中，不仅有自称“皇父摄政王”，还有“又亲到皇宫内院”一语，但此语在后来的版本中删除了。

在顺治亲政之前，多尔衮把持朝政是不争的事实；多尔衮不给皇太极的皇后哲哲、庄妃布木布泰（孝庄）上皇太后尊号也是事实。未成年的顺治与生母孝庄别宫而居，数月都见不上一面。

客魏同盟早已被钉上耻辱架，而多尔衮与孝庄却被包装成深情款款、顾全大局、勇于牺牲的贤王圣后，拥趸众多。

表 66　乱政联盟

时间	乱政联盟	结局
天启朝	客魏联盟	被清算
顺治朝	太后下嫁	迷眩缠陷天下

七、兄终弟及

天启帝朱由校临终前采纳张嫣皇后的建议，传位给五弟信王朱由检，也就是后来的崇祯帝。

1651 年，顺治亲政后任命支持汉化的堂兄岳乐为安郡王，后又晋亲王，“掌工部事，与议政”“掌宗人府事”，岳乐因此进入清朝最高决策层，是一人之下、万人之上的地位。1661 年，24 岁的顺治帝决定逊位并想把皇位传给岳乐，但遭到了孝庄皇太后以及诸王的反对。

最后孝庄选择了皇三子玄烨。与此同时，孝庄还改变祖制，没有采用亲王摄政的方式，而是选择了四位勋贵作为辅政大臣。因为在这种情况下，如果采用亲王摄政的方式，最有可能的人选就是岳乐，孝庄显然不想重蹈当年多尔衮的覆辙。

岳乐的外孙女郭络罗氏嫁给了康熙帝的皇八子胤禩。雍正帝继位后，对皇八子一党进行了残酷的打击，勒令胤禩休弃郭络罗氏之后又令郭络罗氏自尽并焚骨扬灰。九子夺嫡的历史风云《朱评红楼》今后分解。

八、发展经济，关注民生

明天启三年进行了一次税政改革，有以下两大特点：

一是减免底层负担。在维持万历朝每亩加派九厘的税制下，减免农业税 100 万～150 万两。免税是在天启元年沈阳、辽阳、广宁相继失守，防卫预算大增的前提下进行的！因为免税，财政预算缺口有164万两。于是这次税政改革有了第二个特点：对既得利益者、资本、商业正式征税。天启元年的实际杂项收入是11.6万两，二年为68.9万两，三年为101万两，四年有反复，为50万两，天启五年到七年，杂项收入一直保持在110万~120万两之间。因为这次税制改革，天启一朝的社会相对稳定，国库也有能力应对辽东的战事和东南沿海葡萄牙与荷兰的挑衅。

但到了崇祯元年，杂项的收入从上一年（天启七年）的181万直降为82.5万，而实际收上来的也由110万直降为60万两！杂项中最得罪权贵的“优免丁粮”这块大头，在崇祯元年直接被废掉。崇祯三年，实际送到户部的田赋银（农业税）为522万两，而天启朝一直稳定在300多万两。崇祯一朝农民的负担大过天启一朝，加之天灾频发，内政不修，导致王朝走向末路，关外的清政权则乘虚而入，入主中原。

顺治八年福临亲政时各直省钱粮缺额已至400余万两，出现了严重的财政困难。为稳定社会经济，根据朝中汉官的建议，顺治实施鼓励垦荒等政策，多次免除一些省份的土特产贡品，对隐匿土地者实行了宽大政策，并一再蠲免受灾地区的钱粮，达到了休养生息的目的。

九、重用宦官，任情任性

天启帝登基时，朝中的文官集团盘根错节。天启帝利用司礼监秉笔太监魏忠贤的下三滥手段对付文官集团，以达到权力平衡。

顺治十年（1654）六月，顺治发布一项重大的政治决策：在内务府之外，仿效明制，另外设立宦官衙门，史称“十三衙门”。顺治之所以设立十三衙门，是因为他认为满蒙大臣里面很多与他不同心，甚至已经与他走的政治路线背道而驰，因此他决定用太监来分化满蒙大臣的势力。

天启与顺治冒着历史骂名重用太监，看似离经叛道，但深层次的目的均是加强皇权。顺治皇帝还在新衙门中大力起用和重用汉人官员，并形成自己的治国幕僚小团体。顺治帝逊位后，孝庄将十三衙门尽行革除，恢复内务府建制。

天启不好色，但喜木工、声优、嬉游，其死因与在西苑落水引发的肺部感染有关。据当时的传教士汤若望记述，少年顺治沾染了满洲贵族子弟好色淫纵之习，此行也严重损害了他的健康，在前朝困局与后宫妻子俱亡的惨剧之下，顺治日益形销骨立。

十、连带责任——天启王朝与孝庄（翊）天启（圣）皇后

清修《明史》对天启一朝极尽诋毁之能事，16 岁登基、23 岁驾崩的天启皇帝成为中国历史上最为荒唐的皇帝的代名词。《明史·熹宗本纪》说熹宗（天启帝）在位 7 年，“妇寺窃柄，滥赏淫刑，忠良惨祸，亿兆离心，虽欲不亡，何可得哉”。这个评价放在为时仅 7 年的天启一朝并不客观，但放在入关后多尔衮摄政的 8 年（1643—1650）和孝庄辅政的 8 年（1662—1669）却是极其妥当的。顺治评价多尔衮“诛降滥赏，屏斥忠良”，“以致百姓嗟怨”。

第五十四回《史太君破陈腐旧套　王熙凤效戏彩斑衣》史太君在掰谎的同时，蒙府本回末总批给出了答案：“是作者借他人酒杯消自己块垒，画一幅《行乐图》，铸一面菱花镜。”清初甚嚣尘上的关于客魏二人控制天启朝纲的说法，不过是众多历史文学作品借“九千岁与奉圣夫人”的酒杯，消作者不能抒解的块垒闷气——九王爷多尔衮与孝庄太后。

孝庄死后，康熙一朝孝庄的谥号旋上旋停，未正式启用。这一谥号“孝庄仁宣诚宪恭懿翊天启圣文皇后”中，就有“天启”二字。

康熙皇帝将明天启帝乳母“奉圣夫人”之封号作为顺治帝的乳母封号，将“天启”放入孝庄谥号，其后果就是所有对天启一朝的诋毁批判孝庄天启皇后亦会连带承担，就是借“天启王朝”的酒杯，消康熙心中的傀儡闷气，与他拆除孝庄在慈宁宫中所居的东南配殿、终其一生在长达 35 年的时间内不让孝庄入土为安是同一心理动因。

历史的尘烟总有散去的一天：崇祯临死前为魏忠贤平反，康熙为“奉圣夫人”正名，那么《明史》中天启王朝的恶名又有多少是在为多尔衮摄政岁月、孝庄辅政岁月背黑锅？

表 67　同榻双生——天启与顺治

皇帝	亲政或登基年龄	个性	智商	母妃	后妃	傀儡元素	乱政		执政工具	政绩	驾崩或逊位年龄	骂名
							前朝	后宫				
天启	16 岁	暴虐浮躁，	聪明乖觉，	庄妃	女儿悲	木偶戏	九千岁	乳娘客氏	宦官	关注民生	23 岁	《明史》
顺治	14 岁	温厚和平	恶读死书			傀儡皇帝	九王爷	生母孝庄			24 岁	罪己诏

第二节　天下无能第一：同榻知己兄弟之崇祯与顺治

《红楼梦》咏宝玉的第二首《西江月》写道：

> 富贵不知乐业，贫穷难耐凄凉。可怜辜负好韶光，于国于家无望。天下无能第一，古今不肖无双。寄言纨绔与膏粱：莫效此儿形状！

1643 年八月二十六日，6 岁的顺治帝福临在沈阳登基，七个月后的 1644 年三月十九日，34 岁的崇祯自缢于煤山海棠树，明朝灭亡。六个月之后，顺治迁都北京，入住紫禁城，成为乾清宫龙榻的新主人。

崇祯失国，“无颜见祖宗于地下”，是天下无能第一，古今不肖无双；顺治逊位，与母亲孝庄恩断义绝，亦是天下无能第一，古今不肖无双。

在这首《西江月》后有一个甲戌眉批：“末二语最紧要。只是纨绔与膏粱，亦未必不见笑我玉卿。可知能效一二者，亦必不是蠢然纨绔矣。”这条批语提示读者：崇祯与顺治均是好皇帝。

在顺治心中，从未谋面的崇祯是与他心灵相通的大哥和异代知己。

表 68　崇祯与顺治

汉装贾宝玉	崇祯帝	同榻乾清宫	异代知己兄弟
满装贾宝玉	顺治帝		

一、政治清算："九千岁"魏忠贤与九王爷多尔衮

1627 年八月二十四日，18 岁书生意气的崇祯登基。他没有领会兄长天启帝关于魏忠贤可托大事的遗言，仅用了三个月时间就以雷厉风行的手段清算了以魏忠贤为首的阉党，树立了自己的政治威信。从清除阉党的手段来看，崇祯绝不是一个无能的皇帝，但此举也埋下潜在的危机。

崇祯回应工商阶层的要求，降低矿税和工商税等，征税的重心又转向农业税。时值小冰河期，天灾频发、人祸不断之下，农民只有揭竿而起一条路。国库空虚的明王朝面临农民起义与后金（清）崛起双重压力，军队又被党争所困导致无法合理控制调配，最终走向灭亡。

崇祯十七年（1644）三月十四日，崇祯在自杀殉国前五日秘密收葬魏忠贤遗骸，备受党争之苦的崇祯皇帝此时才领会到大哥天启皇帝临终时关于魏忠贤"恪谨忠贞，可计大事"的遗言的深意所在。

1651 年正月，14 岁的顺治皇帝在多尔衮死后一个月，就发起了人生中第一场清算风暴："谨告天地、太庙、社稷……将伊（多尔衮）母子并妻所得封典，悉行追夺。"紧接着，顺治又对在朝的多尔衮余党进行清算，或判处死刑，或没收家产，妻子为奴，或免职为民。面对一道道气势汹汹的旨意，所有人才强烈感到，14 岁的皇帝杀伐决断，俨然成了清朝最强势的人。刚登基时"奏章未能亲裁"的顺治皇帝是如何做到这一点的呢？

以多尔衮暴亡为起点，顺治皇帝就不是一个人在战斗，而是与亲贵中的开明分子安亲王岳乐等及汉官、太监组成了一个执政联盟；顺治皇帝也不再是一个顽童皇帝，而成长为一个熟读经史子集的汉化帝王。顺治十四年，顺治在为位于宣武门的天主教堂

撰写的碑文中写道："夫朕所服膺者，尧舜周孔之首；所讲求者，精一执中之理。"顺治王朝中央官制系统，已显示出它迅速而全面地恢复了明朝的政治体制，沿着专制政体继续运行。

崇祯在清算"九千岁"魏忠贤之时，亦将祸害后宫的客氏笞死；顺治在清算九王爷多尔衮之时，在有收继婚传统的满洲族群中大力表彰忠臣孝子节妇，对母亲孝庄太后进行道德审判。

二、十七年：有君无臣

崇祯于1627年八月二十四日登基，1644年三月十九日殉国，在位17年；

顺治于1643年八月二十六日登基，1661年正月初七逊位，在位18个年头，因为1661年农历年仅在位7天，故也可以算作17年。

（一）文臣个个可杀

谦恭谨慎的性格，让青年崇祯保全了性命并且成功坐上皇帝的宝座。崇祯皇帝个人的修养非常高，晓书画、擅古琴，在生活上是非常节俭的，没有不良嗜好，也不沉溺女色。文史大家张岱在《石匮书后集》中说："古来亡国之君不一，有以酒亡者，以色亡者，以暴虐亡者，以奢侈亡者，以穷兵黩武亡者。嗟我先帝，焦心求治，旰食宵衣，恭俭辛勤，万几无旷，即古之中兴令主，无以过之。"

内忧外患加之小冰河期的极寒和华北的鼠疫，大明王朝已是病如沉疴。但文官集团结成的利益群体党争不断，并在关系社稷民生的三项重大决策方面误国：一是取消天启朝对江南开征的工商税、矿税等，加收农业税；二是阻止与关外后金议和；三是在大顺军围城之前反对迁都。亡国前五日，崇祯在收葬魏忠贤遗骸的同时，发出"文臣个个可杀"的痛悔，这是对自己17年执政生涯的全盘否定。

（二）夺权八旗宗室

在入关前的皇太极时期，清朝真正的决策权力机构在议政王大臣会议，其成员是宗室贵族、八旗固山额真和议政大臣，均按旗分配。而作为国家行政机构的六院二部长官，既非按旗分配，也无参与议政的资格。

顺治朝前期，多尔衮的摄政权实际等同于皇权。在八年摄政期间，多尔衮完成皇权对旗权的控制。这种控制为顺治亲政之后改组八旗奠定了基础。顺治亲政后不仅掌握了正黄、正白、镶黄上三旗，下五旗的镶白旗也在顺治掌握之中，正蓝、镶红两旗处于无主状态。八旗兵丁均由皇帝供养，八旗旗主已无抗衡皇权的能力，八旗共治的基础也不复存在，皇权取得了全胜。

顺治十五年（1658），顺治下谕将八旗诸王府全部迁于皇城之外，从此大清王朝的统治核心就是皇帝及其直接控制的内廷机构，而议政王大臣会议只能屈居外朝，较之关外与崇政殿并峙的大政殿、十王亭，真不可同日而语。

上述执政政策的制定、执行者当然不可能是八旗贵族集团，只能是汉官集团。顺治皇帝借助汉官集团削弱八旗贵族力量，巩固君主专制，为推进汉化提供了政治基础。顺治逊位出家后，经孝庄审定的遗诏写道，“朕于宗室诸王贝勒，晋接既疏，恩惠复鲜”，借顺治自悔为宗室诸王鸣不平。

但尽管这样，孝庄并无将权力还诸八旗亲贵之意，而是制定了一个上三旗大臣辅政的制度。辅政四大臣索尼、苏克萨哈、遏必隆、鳌拜等人在顺治亲政十年中，虽日侍左右，却与顺治在政治上不同道，既无内阁部院之经历，亦不曾有一疏以襄赞汉化。检诸史籍，四臣所关切于心者，制约宗室诸王、猜防朝廷汉官而已。唯其如此，才能在关键时刻与反感汉化的孝庄一拍即合。

表 69　辅政制度结构

辅政制度	孝庄+上三旗四大臣	猜防朝廷汉官
		制约宗室诸王

三、后宫：女儿悲

崇祯与后宫嫔妃之间关系称得上融洽，将后妃称作“女儿”就是崇祯的“知识产权”。

在崇祯帝的后宫中，除皇后周玉凤之外，皇贵妃田秀英等嫔妃对崇祯帝均以“女儿”自称。宝玉歌颂大观园“芙蓉女儿”和怡红院“女儿棠”，发出对“世间俗恶”和“野史谬传”的批判。(参见《绛珠还泪案》第一章第四节之二《形式逻辑：同一律的运用》、第三章第四节之四《女儿悲》)

关于崇祯皇后周玉凤与顺治孝献皇后董小宛、崇祯皇贵妃田秀英与顺治皇贵妃董小宛之间的异代同榻双生命运，见后文《三生石上总花神（宝钗）之孝献皇后董小宛》《三生石上总花神（黛玉）之皇贵妃董小宛》。

四、异代知己

崇祯以死殉国得到各界的同情，其中有两个人很特别：一是直接导致崇祯死亡的李自成，二是入关接替明政权的顺治皇帝。

1644 年四月，李自成在《登极诏》评价崇祯：“君非甚暗，孤立而炀蔽恒多；臣尽行私，比党而公忠绝少。”言辞之间不乏同情与惋惜之情。

根据《清世祖实录》的记载，1658 年，崇祯自缢 14 年后，在紫禁城亲政的顺治帝特谕工部：“朕念故明崇祯帝尚为孜孜求治之主，只以任用非人，卒至寇乱，身殉社稷。若不亟为阐扬，恐千载之下，竟与失德亡国者同类并观。朕用是特制碑文一道，以昭悯恻之意。尔部即遵谕勒碑，立崇祯帝陵前，以垂不朽。”

在他的授意下，吏部尚书金之俊负责碑文的撰写工作，碑文的内容不吝书写对崇祯的赞美之词：“锐意更弦，猛图法祖，恤民隐，畏天灾，尝蔬食布衣，痛自贬损……孑然孤立于上……有君无臣，祸贻邦国，竟若斯焉！”

石碑刻制完成后，顺治还亲祭崇祯的思陵，失声痛哭说：“大哥，我与若皆有君无臣。”顺治对崇祯的特殊情感，主要源于对崇祯的“有君无臣”、政治上颇感孤立的同感，这与他的汉化屡遭以孝庄为首的满洲贵族保守派的反对所产生的痛苦心态有关。

崇祯酷爱书法，具有很高的艺术水准。顺治对崇祯的书法佩服得五体投地，对高僧弘觉说：“朕字何足尚，崇祯帝字乃佳耳。”随即叫人拿来八九十幅崇祯的书法作品，一一展示。而此时的顺治“容惨戚，默然不语”。顺治还告诉弘觉，说最近朝廷在修《明史》，他已经提前命令各位大臣，不得妄议崇祯皇帝。顺治皇帝的言行，让弘觉大为感动：“先帝何修得我皇为异世知己哉！”

顺治皇帝引崇祯为知己大哥，但康熙皇帝对崇祯的评价则是“明季所行，多迂阔可笑之事”，“总由生于深宫之中，长于阿保之手，不知人情物理故也”。

康熙关于崇祯帝迂阔的评价出现在《红楼梦》第五十六回《敏探春兴利除宿弊　时宝钗小惠全大体》：“独宝玉是个迂阔呆公子的性情……”

五、庄妃：永福宫与东李

顺治的母亲为皇太极永福宫庄妃，但世人不知，崇祯的养母也是庄妃。崇祯五岁失母，先由其父光宗朱常洛的选侍西李抚养，后因西李生乐安公主，又由另一名选侍东李抚养。《明史·后妃列传二》记载东李“仁慈寡言笑，位居西李前，而宠不及”。天启元年二月，东李被封为庄妃。由此可知，崇祯与顺治的母妃的封号均是庄妃。

表 70　异代知己：崇祯与顺治

<table>
<tr><th>皇帝</th><th>在位</th><th>政治清算</th><th>前朝</th><th>（养）母</th><th>后宫</th><th>煤山</th><th>陵址</th><th>大结局</th><th>骂名</th></tr>
<tr><td>崇祯</td><td rowspan="2">17～18 年</td><td>九千岁</td><td rowspan="2">有君无臣</td><td>李庄妃</td><td rowspan="2">女儿悲</td><td>自缢</td><td>思陵</td><td>道袍</td><td rowspan="2">失国之君，不肖之子</td></tr>
<tr><td>顺治</td><td>九王爷</td><td>永福宫庄妃</td><td>火葬仪式</td><td>孝陵</td><td>僧袍</td></tr>
</table>

第三节　四月二十六日：同榻之宝玉与芳官

《红楼梦》是如何描写天启、崇祯、顺治三位中华帝王在乾清宫的同榻命运的？第六十三回《寿怡红群芳开夜宴　死金丹独艳理亲丧》，在四月二十六日怡红夜宴的当晚，着汉装的宝玉与他的“双生兄弟”、梳着大辫的芳官同榻同眠。

一、汉服挽纂宝玉——崇祯朱由检

寿怡红之夜宝玉的着装是汉装：

（众人）一时将正装卸去，头上只随便挽着纂儿，身上皆是长裙短袄。宝玉只穿着大红棉纱小袄子，下面绿绫弹墨袷裤，散着裤脚，倚着一个各色牡丹芍药花瓣装的玉色夹纱新枕头，和芳官两个先划拳。

（一）全发宝玉的纂儿

纂是长发挽成的发髻，因此宝玉必是全发。

但为何此处不写常用的“髻”而写作生僻的“纂”，这要从“纂”的其他意思来探究。

1. “纂”本义是赤红色的丝带，《国语·齐语》就写道“缕纂以为奉”，后泛指精美的织锦。

2. “纂”是继续之意——纂尧之绪。（见《汉书·叙传》）

3. “纂”还有编辑之意，纂集指编撰汇集。《楚辞·天问》：“纂就前绪，遂成考功。”

将上述概念集合起来，怡红院众人在炎帝朱襄氏诞辰日头上挽着红丝带系就的“纂儿”，发出继承、传承尧舜所开创的文明的政治宣言。

表 71　纂

<table>
<tr><td rowspan="3">纂</td><td>发髻</td><td>全发</td><td>汉</td><td rowspan="3">纂就前绪，遂成考功</td></tr>
<tr><td>红丝带</td><td colspan="2">朱</td></tr>
<tr><td>继承</td><td colspan="2">纂尧之绪</td></tr>
</table>

（二）汉服宝玉的袷裤

宝玉穿着“大红棉纱小袄子，下面绿绫弹墨袷裤，散着裤脚”。这是汉装上衣下裳的典型着装。

宝玉所着的袷裤的“袷”字是一个多音多义字：jiá 音，同“夹”，袷裤是夹裤；jié 音，古时祭服的衣领。书中描写怡红院中的其他女儿穿的都是夹裤，独宝玉着袷裤，实际上是在暗示此夜宴是祭祀的性质。祭祀的是谁？答案在林之孝家的。

寿怡红之夜的掌灯时分，林之孝家的来到怡红院查夜，发表了一大篇讲话，成为此夜台词最多的角色：

林之孝家的吩咐：“别耍钱吃酒，放倒头睡到大天亮。我听见是不依的。”……林之孝家的又问：“宝二爷睡下了没有？”……林之孝家的忙进来，笑说：“还没睡？如今天长夜短了，该早些睡，明儿起的方早。不然到了明日起迟了，人笑话说不是个读书上学的公子了，倒像那起挑脚汉了。”说毕，又笑。……林之孝家的又向袭人等笑说：“该沏些普洱茶吃。”……林之孝家的又笑道：“这些时我听见二爷嘴里都换了字眼，赶着这几位大姑娘们竟叫起名字来。虽然在这屋里，到底是老太太、太太的人，还该嘴里尊重些才是。若一时半刻偶然叫一声使得，若只管叫起来，怕以后兄弟侄儿照样，便惹人笑话，说这家子的人眼里没有长辈。”……林之孝家的笑道：“这才好呢，这才是读书知礼的。越自己谦越尊重，别说是三五代的陈人，现从老太太、太太屋里拨过来的，便是老太太、太太屋里的猫儿狗儿，轻易也伤他不的。这才是受过调教的公子行事。”说毕，吃了茶，便说：“请安歇罢，我们走了。”宝玉还说：“再歇歇。”那林之孝家的已带了众人，又查别处去了。

四月二十六日是明末帝崇祯朱由检大殓三十三日，是南明末帝永历朱由榔遗体焚化之日。此夜林之孝家的打着大灯笼来到怡红院，是检、榔双木林之孝。此时与林之孝对话的宝玉究竟为谁？

朱由榔命断云南昆明，此地是普洱茶的产地；崇祯朱由检是将后妃称为女儿的“知识产权”所有人，自然与女儿茶有关。宝玉没有喝普洱茶，喝的是女儿茶，喻意贾宝玉是崇祯朱由检。林之孝家的嘱托宝玉早日安歇，不失为安息之意。

表 72　林之孝家的

林之孝	崇祯朱由检	汉装贾宝玉	检	女儿茶
	永历朱由榔	江南甄宝玉	榔	普洱茶

林之孝家的为祭祀而来，她口中的“大姑娘们”“三五代的陈人”“猫儿狗儿”究竟是谁呢？喝普洱茶的是谁？

（三）锦囊收艳骨

汉装贾宝玉在夜宴开始之前倚着“各色牡丹芍药花瓣装的玉色夹纱新枕头”，当晚夜宴之后，宝玉“自己便枕了那红香枕，身子一歪，便也睡着了”。

装有各色牡丹芍药花瓣的玉色夹纱枕头——红香枕，就是《葬花吟》“红销香断有谁怜”“未若锦囊收艳骨，一抔净土掩风流”的符号性描写。我们结合宋明清三朝的历史来解读一下：

1128 年八月二十四日，朱琏皇后投水殉国，遗骨生绢裹葬；

1627 年八月二十四日，崇祯朱由检登基，17 年后命断煤山；

1662 年四月二十六日，永历朱由榔遗体焚化于昆明北门外的莲花池畔。

表 73　锦囊收艳骨

锦囊收艳骨	各色牡丹芍药花瓣装的玉色夹纱新枕头	红香枕	仁怀皇后朱琏	“靖康之耻”	绛珠黛玉
			崇祯朱由检	“甲申之变”	汉装贾宝玉
			永历朱由榔	南明灭亡	甄宝玉

二、汉服结辫芳官——顺治福临

此夜有一个角色与宝玉关系密切——芳官，她与众人一样穿着上衣下裳的汉服：“只穿着一件玉色、红青、驼绒三色缎子斗的水田小夹袄，束着一条柳绿汗巾，底下是水红撒花夹裤，也散着裤腿。”却梳着与第三回满装贾宝玉出场时相同的辫子：“头上眉额编着一圈小辫，总归至顶心，结一根鹅卵粗细的总辫，拖在脑后。”

夜宴开始之前的芳官“面如满月犹白，眼如秋水还清”，与第三回汉装贾宝玉天启“面若中秋之月……目若秋波”的描写如出一辙。

夜宴结束之后的芳官“吃的两腮胭脂一般，眉梢眼角越添了许多丰韵”，与第三回满装贾宝玉即顺治“天然一段风骚，全在眉梢；平生万种情思，悉堆眼角”如出一辙。

那么，汉装结辫的芳官是谁？与汉装贾宝玉即天启朱由校有着类似命运、喜着汉服的顺治皇帝爱新觉罗·福临。因顺治已剃头，所以不能如汉人一般挽纂，只能梳辫子。

芳官右耳戴玉——“眼内只塞着米粒大小的一个小玉塞子”，左耳戴金——“单带着一个白果大小的硬红镶金大坠子”，构成一对金玉良缘，喻意着顺治代表的清政权。

表 74　汉服宝玉与结辫芳官

<table>
<tr><td rowspan="2">汉装
贾宝玉</td><td>汉装</td><td colspan="2" rowspan="2">女儿茶</td><td rowspan="2">崇祯朱由检</td></tr>
<tr><td>全发纂儿</td></tr>
<tr><td rowspan="2">芳官</td><td>汉装</td><td>面如满月犹白，
眼如秋水还清</td><td>汉装贾宝玉
天启</td><td rowspan="2">着汉服的顺治皇帝
爱新觉罗 · 福临</td></tr>
<tr><td>结辫</td><td>眉梢眼角越添
了许多丰韵</td><td>满装贾宝玉
顺治</td></tr>
</table>

三、双生兄弟——同榻同拳（权），同饮同醉（罪）

怡红夜宴现场，众人评价：“他两个倒象是双生的弟兄两个。”这也证实了本书前文关于天启、崇祯、顺治三人的命运的定义：同榻双生命运、异代知己兄弟。

（一）同榻同拳（权）

夜宴开始之前，宝玉与芳官在同一张榻上划拳：“（宝玉）倚着一个各色玫瑰芍药花瓣装的玉色夹纱新枕头，和芳官两个先划拳。”

划拳又叫豁拳、猜枚、猜拳、拇战，是汉族民间饮酒时一种助兴取乐的游戏，划拳中所呼叫的名称也渗透着相互信任、彼此祝愿以及喜庆欢愉的情绪，是友谊、祥和、愉悦的象征。

划拳须戴“帽子”，帽子就是开始的那句呼词，两人要先各伸出大拇指并同时喊“哥俩好”，以表示与对方亲如兄弟，如有一方系长辈，这一句还得喊成“爷俩好”。宝玉与芳官划拳，论证崇祯与顺治二人的异代兄弟之情。

“拳”通“权”，喻示两人都同样拥有君临天下的权力，在划拳过程中至尊权力在两人之间发生了转移交换。

（二）同饮同醉（罪）

夜宴开始之前，芳官与宝玉一起接受了袭人等的敬酒：

袭人等一一的斟了酒来，说："且等等再划拳，虽不安席，每人在手里吃我们一口罢了。"于是袭人为先，端在唇上吃了一口，余依次下去，一一吃过，大家方团圆坐定。

袭人口中的"每人"是谁？是在划拳的宝玉与芳官。如只是宝玉一人，不用说"每人在手里吃我们一口罢了"。

当晚夜宴之时，芳官与宝玉坐在一起，又代宝玉喝了半杯酒："宝玉先饮了半杯，瞅人不见，递与芳官，端起来便一扬脖。"酒后的两人均大醉，同榻而眠。

汉装贾宝玉即崇祯朱由检失国，此为大罪；芳官（满装贾宝玉即顺治）逊位致孝庄辅政开历史倒车，兴文字狱，亦为大罪。这也是两位帝王生命不能承受之重。

两人在历史上均被抹黑，故宝玉对醒来的芳官说道："我竟也不知道了。若知道，给你脸上抹些黑墨。"

四月二十六日寿怡红之夜汉装宝玉与结辫芳官同榻同拳(权)、同饮同醉（罪），寓意顺治从崇祯手中接过历史的接力棒，成为君临天下的君王。

《红楼梦》是如何评价顺治这位满蒙血统的少年天子的？大舜之正裔。顺治不仅接过了皇权，还担负起传承文明的"大舜之正裔"的历史使命。

第四节　"大舜之正裔"耶律雄奴

四月二十六日怡红夜宴的次日，芳官剃头、改装、结辫、更名耶律雄奴，这段描写是对满族剃头、易服习俗的历史记录，同时也代表了《红楼梦》创作群体尊重满族民俗的基本观点。此后宝玉发表了一篇"大舜之正裔"和"中华之患"的激烈言论，表达对狭隘民族主义的批判、对民族压迫的大力声讨：

既这等，再起个番名，叫作"耶律雄奴"。"雄奴"二音，又与匈奴相通，都是犬戎名姓。况且这两种人自尧舜时便为中华之患，晋唐诸朝，深受其害。幸得咱们有福，生在当今之世，大舜之正裔，圣虞之功德仁孝，赫赫格天，同天地日月亿兆不朽，所以凡历朝中跳梁猖獗之小丑，到了如今竟不用一干一戈，皆天使其拱手俛头缘远来降。我们正该作践他们，为君父生色。

宝玉对耶律雄奴强调，“幸得咱们有福（临），生在当今之世，大舜之正裔”。顺治帝名福临，他积极推进满汉民族交融，尊重、学习中原文化，被《红楼梦》定义为耶律雄奴，视为“大舜之正裔”，表明中华儿女不以血缘而以文化分内外的政治立场。

一、雄奴：和亲与归化

据宝玉所言，“雄奴”概念来自“匈奴”和“犬戎”。历史上匈奴和犬戎族中，有与中原民族完成交融的，也有与中原民族为敌的。雄奴自然是与中原民族完成交融的那一部分。

表 75　匈奴与犬戎

匈奴	中华之患：北匈奴
	大舜正裔：南匈奴——雄奴
犬戎	中华之患
	大舜正裔：西戎白狼王

（一）和亲匈奴

匈奴是古代蒙古高原游牧民族，兴起于今内蒙古阴山山麓，他们披发左衽。司马迁引用匈奴人的说法，“其先夏后氏之苗裔也，曰淳维（獯鬻、熏育——引者注）。唐虞以上有山戎、猃允、薰粥，居于北蛮，随畜牧而转移”。按此说法，公元前 16 世纪，夏朝灭亡之后，夏朝皇室的一支逃到蒙古高原，与当地民族经过千年的交融形成匈奴族。

匈奴曾被秦将蒙恬赶出河套以及河西走廊地区。秦末汉初，匈奴强大起来，屡次进犯，一度控制西域，对西汉政权造成了极大的威胁，后为汉武帝所败，退居漠北分裂为五部。公元前 119 年，霍去病“封于狼居胥山，禅姑衍，临翰海（今贝加尔湖——

引者注）而还”。公元前52年，南匈奴首领呼韩邪率众投降西汉，昭君出塞就发生在这一时期。

呼韩邪单于在汉朝支持下，于永光元年（前43）北归，恢复对匈奴全境统治。竟宁元年（前33）呼韩邪单于复入长安朝觐天子，以尽藩臣之礼，并自请为婿，汉元帝遂将宫女王昭君赐予他。

东汉时匈奴再次分裂为南、北匈奴。48年，南匈奴首领醢落尸逐鞮率众投降光武帝刘秀，而北匈奴还是叛服不定。汉和帝刘肇永元元年（89），窦宪大败北匈奴，并迫其西迁，在燕然山（今蒙古国杭爱山）南麓勒石，铭刻《封燕然山铭》纪功。《石头记》亦是有勒石记史之意。

南匈奴在五胡十六国时期建立了前赵政权，匈奴与鲜卑的后代铁弗人建立了夏政权，此后匈奴融入北方中原民族之中。

（二）归化西戎

早在炎黄时期，犬戎部落就是炎黄的劲敌。《后汉书》记载：“昔高辛氏有犬戎之寇，帝患其侵暴，而征伐不克。”高辛氏就是黄帝的曾孙，尧帝的父亲。到周幽王时期，幽王施政无能，被犬戎族趁机攻杀，都城被犬戎占领，西周由此覆灭。

历史演进到东汉，《后汉书》记载，东汉明帝时，西戎“白狼……等百余国，户百三十余万，口六百万以上，举种奉贡”，白狼王还慕化归义，命人作诗三首，即《远夷乐德歌》《远夷慕德歌》《远夷怀德歌》，献给东汉皇帝，歌颂中央政权的统一领导。此后西戎族部分融入中原民族，部分融入藏族，部分融入匈奴，尚余部分构成现在的羌族，他们都是大舜正裔。

二、耶律（楚材）

宝玉为雄奴芳官所起的姓是耶律，耶律是契丹族最著名的姓氏。契丹人髡发，服装通常为长袍左衽，圆领窄袖。随着辽国的灭亡，契丹人逐渐融入了其他各民族，还有少部分演变为今日的达斡尔族和云南的本人。

1004年秋宋辽订立澶渊之盟，结为兄弟之国，结束了长达四十年的战争，有利于中华民族的经济发展、文化繁荣、民族交融。1125年宋徽宗联金灭辽，但也敲响了两年后北宋灭亡的丧钟。

1132 年，亡于宋金联军的契丹人西迁建立西辽。由于契丹高度汉化，在西方有的人将中国称为契丹，原因与西辽王朝有关。

在中国历史上，有一位契丹人为传承华夏文明、拯救生灵涂炭、促进民族交融做出了巨大的贡献——耶律楚材。耶律楚材（1190—1244），字晋卿，辽朝东丹王耶律倍八世孙，金朝尚书右丞耶律履之子，其父用《春秋左氏传》中的“虽楚有材，晋实用之”的典故，给儿子起名为“楚材”。

耶律楚材是契丹人，是金国贵胄，是元朝重臣，亦是中原儒家文化的坚强守护者。他先后辅弼成吉思汗父子三十余年，担任中书令十多年，凭借自己的智慧和影响力，阻止了“汉人无补于国，可悉空其人，以为牧地”的种族灭绝计划，挽救了万千汉人的性命。同时，他积极恢复文治，推行“定制度、议礼乐、立宗庙、建宫室、创学校、设科举、拔隐逸、访遗老、举贤良、求方正、劝农桑、抑游惰、省刑罚、薄赋敛、尚名节、斥纵横、去冗员、黜酷吏、崇孝悌、赈困穷”的政治主张。

分享一首耶律楚材的《鹧鸪天·题七真洞》：

花界倾颓事已迁。浩歌遥望意茫然。
江山王气空千劫，桃李春风又一年。
横翠嶂，架寒烟。野花平碧怨啼鹃。
不知何限人间梦，并触沉思到酒边。

表 76　耶律楚材

<table>
<tr><td rowspan="4">耶律楚材</td><td>契丹人</td><td rowspan="3">江山王气空千劫</td><td rowspan="4">民族交融
文化融合</td></tr>
<tr><td>金国贵胄</td></tr>
<tr><td>元朝重臣</td></tr>
<tr><td>汉文明的守护者</td><td>桃李春风又一年</td></tr>
</table>

三、大舜正裔：耶律雄奴

如前文所述，耶律雄奴是为传承华夏文明、拯救生灵涂炭、促进民族交融做出巨大贡献的匈奴呼韩邪单于、西戎白狼王、契丹耶律楚材的共同符号。在明清换代之际，谁符合这个历史评价？

清世祖顺治皇帝爱新觉罗·福临。除前述汉化实践、推行，停止圈地，放宽逃人法等一系列缓和民族矛盾的措施，他还选纳汉妃。

表77　耶律雄奴信息汇总表

<table>
<tr><td rowspan="4">耶律雄奴</td><td>匈奴
呼韩邪单于</td><td>和亲</td><td>娶汉女</td><td rowspan="4">顺治皇帝
爱新觉罗·福临</td></tr>
<tr><td>西戎白狼王</td><td>归化</td><td>大一统</td></tr>
<tr><td rowspan="2">耶律楚材</td><td>以儒治国</td><td rowspan="2">推行汉化
停止圈地
放宽逃人
发展生产</td></tr>
<tr><td>拯救生命</td></tr>
</table>

在顺治后宫之中，除以旗人身份入宫的董鄂妃、贞妃姐妹之外，还有一名汉女石姓恪妃。顺治没有贵妃，所以此时的石氏后宫地位仅次于皇后和董鄂皇贵妃。顺治还给了石妃一项特别待遇：赐居永寿宫，冠服用汉式。这既是笼络众多明朝遗臣的手段，同时也是表达对汉族风俗、服饰的尊重。

四、“中华之患”：野驴雌奴

与耶律雄奴同时出现的还有一个概念——“野驴子”。“大家也学着叫这名字，又叫错了音韵，或忘了字眼，甚至于叫出‘野驴子’来，引的合园中人凡听见无不笑倒。”

（一）耶律与野驴

耶律是“大舜之正裔”，“野驴子”是“中华之患”。前文《巨眼——玉与虫》已述蚂是大观园中的大患，驴是马户，马户当然是“中华之患”：源于后金的清政权以骑射为本，是马户；大顺政权李自成原为驿站马夫，也是马户。《红楼梦》是坚决地站在明王朝的角度来进行价值评判的。

（二）雄奴与雌奴

雄奴是“大舜之正裔”，雌奴是“中华之患”。

雌奴这个概念在书中引而不发，等看官自行了悟。雌奴就是女真族建立的金、后金与多尔衮摄政、孝庄辅政时期的清政权。

满族原由宋时的女真族演化而来，“女”就是“雌”之意。女真族政权金灭亡北宋，“靖康之耻”是《红楼梦》记史反思的开端（参见《绛珠还泪案》）。

后金政权起源于分布在今牡丹江、绥芬河及长白山一带的建州三卫即建州女真部，其首领努（奴）尔哈赤曾是明朝中央政府任命的龙虎将军。在明朝，建奴这个词是指“建州”加“奴酋”（奴尔哈赤）部，准确地说应该是“建州中的奴尔哈赤部”，因此并无贬义。但明朝灭亡后，许多爱国诗人以建奴来讽刺清廷，使其带上了贬义。

灭亡北宋的女真（雌）+灭亡明与南明的建奴（奴）= 雌奴 =“中华之患”。

表 78　大舜正裔与“中华之患”

<table>
<tr><td rowspan="5">剃头结辫</td><td>大舜正裔</td><td colspan="3">耶律雄奴</td><td>有福（临）
顺治亲政</td></tr>
<tr><td rowspan="4">中华之患</td><td rowspan="2">野驴子</td><td rowspan="2">马户</td><td>骑射</td><td>清多尔衮摄政</td></tr>
<tr><td>驿站</td><td>李自成</td></tr>
<tr><td rowspan="2">雌奴</td><td>女真</td><td colspan="2">“靖康之耻”</td></tr>
<tr><td>建奴</td><td colspan="2">“甲申之变”</td></tr>
</table>

五、定乱代兴思寄奴

抗金名将辛弃疾有一名篇《永遇乐·京口北固亭怀古》：

千古江山，英雄无觅孙仲谋处。舞榭歌台，风流总被雨打风吹去。斜阳草树，寻常巷陌，人道寄奴曾住。想当年，金戈铁马，气吞万里如虎。

元嘉草草，封狼居胥，赢得仓皇北顾。四十三年，望中犹记，烽火扬州路。可堪回首，佛狸祠下，一片神鸦社鼓。凭谁问：廉颇老矣，尚能饭否？

金戈铁马，气吞万里如虎的“寄奴”是谁？

“寄奴”是南朝刘宋开国皇帝宋武帝刘裕的小名。刘裕（363—422），字德舆，是东晋南北朝时期杰出的政治家、改革家、军事家。他奠定了南朝政治的雏形，使得中原暂时告别了动荡的割据局面，为“元嘉之治”打下了坚实的基础，被明朝的大思想家李贽誉为“定乱代兴之君”。

宋武帝刘裕两次北伐，前后灭南燕，破北魏，亡后秦，收复山东、河南、关中等地，光复洛阳、长安两都，刘宋大致拥有黄河以南的广大地区，成为东晋南朝时期疆域最大、实力最强、经济最发达、文化最繁荣的一个王朝。

在东晋高门世族垄断政坛的环境中，刘裕以一介寒族从最底层崛起，杀出一条血路，最后成功登顶，其出身之低、崛起难度之大，在历代开国皇帝中唯有朱元璋能与之相提并论。清末革命家章炳麟曾言：“雪中原之涂炭，光先人之令闻，寄奴、元璋之绩，知其不远。”

第五节　顺治遗珠

《红楼梦》用沉重的笔墨描写了顺治与崇祯离开之时最后的背影。

一、“爱哥哥”顺治皇帝

第二十回《王熙凤正言弹妒意　林黛玉俏语谑娇音》，正月十八日，在黛玉房中，湘云与黛玉先后喊出了“爱哥哥”的名字：

> （宝、黛）二人正说着，只见湘云走来，笑道：“二哥哥，林姐姐，你们天天一处顽，我好容易来了，也不理我一理儿。”黛玉笑道：“偏是咬舌子爱说话，连个‘二’哥哥也叫不出来，只是‘爱哥哥’‘爱哥哥’的。回来赶围棋儿，又该你闹‘幺爱三四五’了。”

正月十九日一早湘云为“爱哥哥”梳了一个结辫发型：

> 湘云只得扶他的头来，一一梳篦。在家不戴冠，并不总角，只将四围短发编成小辫，往顶心发上归了总，编一根大辫，红绦结住。自发顶至辫梢，一路四颗珍珠，下面有金坠脚。

这个发型与第三回《金陵城起复贾雨村　荣国府收养林黛玉》

满装贾宝玉出场时的发型相同：

头上周围一转的短发，都结成小辫，红丝结束，共攒至顶中胎发，总编一根大辫，黑亮如漆，从顶至梢，一串四颗大珠，用金八宝坠角。

在这过程中宝玉做了什么？两个“顺”字：

因镜台两边俱是妆奁等物，顺手拿起来赏玩，不觉又顺手拈了胭脂，意欲要往口边送，因又怕史湘云说。

结辫的“爱哥哥”是汉化爱红的顺治皇帝。

二、遗珠四儿

第二十一回《贤袭人娇嗔箴宝玉　俏平儿软语救贾琏》，正月十九日晨，湘云发现“爱哥哥”少了第四颗系辫的原装大珠：

自发顶至辫梢，一路四颗珍珠，下面有金坠脚。湘云一面编着，一面说道：“这珠子只三颗了，这一颗不是的。我记得是一样的，怎么少了一颗？”宝玉道：“丢了一颗。”

1657 年十月初七，董鄂妃诞下皇四子，顺治欣喜莫名，诏告天下称此子为“第一子”。但这个孩子于 1658 年正月二十四百日而夭，后来顺治追封这个孩子为和硕荣亲王。1658 年八月二十六日，和硕荣亲王的葬礼举行：告祭太庙，用帛、酒、五样果品、鹿、兔，点香烛，读祝文。八月二十七日，和硕荣亲王金棺入葬京东蓟县的黄花山下。荣亲王墓志文是顺治皇帝亲自撰写的，碑文不仅记载了荣亲王的生卒日期，还流露出了对娇子早殇的悲悼怀念之情：

制曰：和硕荣亲王，朕第一子也。生于顺治十四年十月初七日，卒于顺治十五年正月二十四日，盖生数月云。爰稽典礼，追封为和硕荣亲王，以八月二十七日窆黄花山。父子之恩，君臣之义备矣。呜呼！朕乘乾御物，敕天之命，朝夕祗惧。思祖宗之付托，冀胤嗣之发祥。惟尔诞育，克应休祯……为尔卜其兆域，爰设殿宇周垣。窀穸之文，式从古制；追封之典，载协舆情。特述生殁之日月，勒于贞珉，尔其永妥于是矣。

标题汉字为篆书，碑文为楷书。

这一日，宝玉也不大出房，也不和姊妹丫头等厮闹，自己闷闷的，只不过拿着书解闷，或弄笔墨；也不使唤众人，只叫四儿答应。

丢失第四颗发珠的宝玉结辫后回到自己房中，只叫四儿答应，这是顺治对夭折皇四子的呼唤吗？在四儿出场的这天，结辫的宝玉还做了一件事——不出房。

三、不出房

不出房是一个佛教的典故，出自白居易《苦热题恒寂师禅室》：

人人避暑走如狂，独有禅师不出房。
可是禅房无热到，但能心静即身凉。

荣亲王夭折后，董鄂妃一病不起，两年后的1660年八月十九日香消玉殒。经过丧子、丧妻变故的顺治身心遭到了极大的伤害，四个月后的1661年正月初七逊位出家。

顺治皇帝悬崖撒手，弃而为僧，只有在佛法中，他才能忘却现实人生中的母子反目、政令不通、爱子早殇、爱妻逝世等生命不能承受之重。

后人只知顺治帝与董鄂妃的儿女私情，却遗忘了他为推进民族交融所付出的努力和惨痛的代价。以下据传是顺治皇帝万念俱灰之下所写的《出家偈》的部分内容：

朕为山河大地主，忧国忧民事转烦。
百年三万六千日，不及僧家半日闲。
……
百年世事三更梦，万里江山一局棋。
禹尊九州汤伐夏，秦吞六国汉登基，
古来多少英雄汉，南北山头卧土泥。
黄袍换却紫袈裟，只为当初一念差。
我本西方一衲子，缘何落在帝皇家。
十八年来不自由，南征北战几时休？
朕今撒手归西去，管你万代与千秋。

四、五台山

故事发展到第二十二回《听曲文宝玉悟禅机　制灯谜贾政悲

谶语》，正月二十日凤姐说：“举眼看看，谁不是儿女？难道将来只有宝兄弟顶了你老人家上五台山不成？”

于是，荣国府在正月二十一日上演了《鲁智深醉闹五台山》，宝钗念了其中的《寄生草》：“漫揾英雄泪，相离处士家。谢慈悲，剃度在莲台下。没缘法，转眼分离乍。赤条条，来去无牵挂。那里讨，烟蓑雨笠卷单行？一任俺芒鞋破钵随缘化！”宝玉对此曲的态度是“拍膝摇头，称赏不已”，黛玉的评价是“还没唱《山门》，你倒“妆疯”了”。孝庄之所以能同意顺治逊位出家五台山，应与顺治的激烈抗争有关，这也许就是黛玉口中所言的“妆疯”。

顺治出家山西五台山，相关的研究成果很多，在此不赘述。五台山距北京360千米，正月初七逊位的顺治经过十余日的行程能够抵达。正月二十一日也许就是顺治剃度之日。

吴伟业《清凉山赞佛诗》写道：

陛下寿万年，妾命如尘埃。
愿共南山椁，长奉西宫杯。

这首诗应该就是顺治因董鄂氏之死而出家五台山的记录。

在前述内容中出场的湘云、黛玉、宝钗、凤姐的真面目，后文一一道来。

表79　“爱哥哥”顺治皇帝出场前后故事列表

时　间	故　事	回　目
正月十八日	云儿呼唤宝玉“爱哥哥”	第二十回《王熙凤正言弹妒意 林黛玉俏语谑娇音》
正月十九日	宝玉为湘云盖被	第二十一回《贤袭人娇嗔箴宝玉 俏平儿软语救贾琏》
	湘云为宝玉结辫	
	宝玉与湘云同洗漱	
	宝玉不出房，只叫四儿答应	
正月二十日	湘云听凤姐说：“难道将来只有宝兄弟顶了你老人家上五台山不成？”	第二十二回《听曲文宝玉悟禅机 制灯谜贾政悲谶语》
正月二十一日	谢慈悲剃度在莲台下；《妆疯》	

五、失玉之“赏”与顺治向佛

五台山是顺治的最后归宿吗？不是的。

邓小军《董小宛入清宫与顺治出家考》一书详述，顺治皇帝最早出家地在五台山；康熙二十一年（1682）前后，顺治驻锡河南睢州白云寺；康熙四十九年正月，顺治圆寂于睢州白云寺。

中央电视台“走遍中国·名刹帝影”节目也支持上述观点，其中讲到白云寺里有一些有龙图案的琉璃瓦，寺内一位叫醒迟的长老有一张穿袈裟坐龙椅的画像，其出生年月不详，康熙四十九年为醒迟长老73岁圆寂之年，康熙帝御赐其一块石碑，碑文为“賞當堂常”四个大字。

如果顺治是醒迟，玉林琇大师为顺治起的法名行痴正与醒迟一词是近音词；醒迟亦表明其是“梦中人”。

如果顺治是醒迟，在年龄上是完全一致的。醒迟于康熙四十九年圆寂，终年73岁。顺治出生于1638年，1710年时年虚岁73。

康熙所赐石碑“賞當堂常”四个字的上半部都是“尚”字，“尚”在古文中是尊崇的意思，也是和尚之意。尊崇的和尚是谁呢？其下半部就是“貝田土巾”，这正是“順治皇帝”四个字的字尾“貝口土巾”（“當”的下部虽为“田”，但可以只取其“口”；“皇”的字尾虽为“王”，但也可以只取其“土”）。这不应该是不可思议的巧合，而应该是有意为之的一个文字游戏——“賞當堂常”实隐“尊崇和尚顺治皇帝”的意思。也有说法表明，白云寺中有一多宝塔被认为是顺治的灵骨塔。

如果上述推论成立，《红楼梦》对此有无记载？第九十四回《宴海棠贾母赏花妖　失宝玉通灵知奇祸》，通灵宝玉失踪，林之孝家的找了刘铁嘴测字，测的就是这个“赏”字：

> 林之孝家的道：“……记得是拈了个赏人东西的‘赏’字……因上头拆了‘当’字，叫快到当铺里找去。‘赏’字加一‘人’字，可不是‘偿’字？只要找着当铺就有人，有了人便赎了来，可不是偿还了吗。”

在这段描写中出现了两个重要的字：一是赏（賞），一是当

（當）。“賞”是康熙赐给醒迟和尚四字碑的第一个字；“當”是康熙赐给醒迟和尚四字碑的第二个字。刘铁嘴还说“‘賞’字加一‘人’字，可不是‘償’字”，表明根据测字找的不是玉，找的是人。这段描写提示看官要查找顺治皇帝，需要去康熙皇帝题写“賞當堂常”御碑的河南商丘民权白云寺。

白云寺的康熙御笔碑

如果上述推论成立，《红楼梦》又是如何定义白云寺中的醒迟长老？

六、龙钟老僧

《红楼梦》中描写的尘世间的和尚只有两位，一是智通寺龙钟老僧，一是宝玉。

第二回《贾夫人仙逝扬州城　冷子兴演说荣国府》，雨村在智通寺见到一个龙钟老僧在那里煮粥。这里出现了很多的批语，其中一句写道：“毕竟雨村还是俗眼，只能识得阿凤、宝玉、黛玉等未觉之先，却不识得既证之后。”这句批语提示宝玉即顺治证得正果之后就成为智通寺的龙钟老僧。

还有一句写道“未写通部入世迷人，却先写一出世醒人”，“出世醒人”是谁？是醒迟和尚顺治皇帝吗？

象征顺治的龙钟老僧为何在煮粥，这与一段历史传说有关：

康熙曾经三下白云寺为千名僧人施斋，发现有一名叫“八乂”的烧锅老僧未到。回京城后，康熙把“八乂”合起来写一写，方知是个“父”字，但老僧已离开不知去向。

“八乂”合起来是“父”字，同时“八”与“爸”同音，王念孙《广雅疏证·释亲》时说：“爸者，父亲之转。”“乂”字有两音两义，一音为“yi”，是治理、安定等意，还引申为休养生息、国泰民安；一音为“ai”，与“爱”同音。

表 80　八乂

八	爸	父亲	父
乂	yi	休养生息、国泰民安	
	ai	爱新觉罗	

白云寺的烧锅老僧八乂，就是智通寺的煮粥老僧，是证得正果的顺治皇帝爱新觉罗·福临。寺内一口康熙年间用于舍粥的大铁锅因闲置多年不用，日晒雨淋，锅内长出一棵三层楼高、两抱之粗的古槐。锅沿有三指厚，在雨水的润泽下闪闪发光，像是一个套在树根上的项圈。这棵铁锅槐已成为白云寺镇寺之宝。

白云寺的铁锅槐

七、芳官：智通与醒迟

前文已详述，芳官（耶律雄奴）是顺治的符号，上文又说智通寺老僧是顺治符号，二者是同一体的吗？是的，出家的芳官最后成了智通寺老僧。

第十五回《王凤姐弄权铁槛寺　秦鲸卿得趣馒头庵》出现了俗称馒头庵的水月庵，庵中有净虚与智善、智能两个徒弟。第七十七回《俏丫鬟抱屈夭风流　美优伶斩情归水月》，从此芳官跟了水月庵的智通，蕊官、藕官二人跟了地藏庵的圆信，各自出家去了。

芳官出家了，带她出家的是水月庵的智通。“一字不可少、一语不可更”的《红楼梦》将龙钟老僧所在的寺庙称为智通寺，又安排芳官随智通出家水月庵，喻意芳官与老僧均是智通，一为未觉之顺治，一为既证之顺治。

表 81　智通寺与水月庵

智通寺	身后有余忘缩手 眼前无路想回头		龙钟老僧	既证之顺治
水月庵	馒头庵	纵有千年铁门槛 终须一个土馒头	芳官+智通	未觉之顺治

顺治法名醒迟。芳官与满装贾宝玉均是顺治的符号。第六十三回寿怡红次日，芳官与宝玉均“醒迟”了：

> 及至天明，袭人睁眼一看，只见天色晶明，忙说：“可迟了。”向对面床上瞧了一瞧，只见芳官头枕着炕沿上，睡犹未醒，连忙起来叫他。宝玉已翻身醒了，笑道：“可迟了！”因又推芳官起身。

表 82　醒迟本来面目

可迟了	芳官	睡犹未醒	顺治皇帝 醒迟长老
	宝玉	翻身醒了	

顺治笃信佛教，佛教以慈悲为本，不杀生。亲政后董鄂妃与荣亲王之死已让顺治五内俱摧，放眼天下，清军入关后白骨如山，一心向佛的顺治如何能面对良心的拷问？

熟读经史子集的顺治明白汉化与民族交融是清政权稳定统治的唯一道路，必须推进文明融合与民族交融，但汉化政策所遭遇的重大阻力让其身心俱疲，逃禅成为求解脱、赎罪、祈福的唯一选择。让顺治想不到的是，在他出家之后，孝庄犯下更大的历史罪行——中止汉化、大兴“《明史》案”文字狱。

芳官出家水月庵之时，地藏庵也接走藕官与蕊官。小生藕官与小旦药官上演假凤虚凰，药官死后视小旦蕊官为续弦。这一关系如顺治与董小宛、贞妃姐妹的关系。民间红学中有研究成果显示，贞妃并未殉葬，而是陪伴顺治一起出家。佛教故事里，地藏菩萨在过去世中，曾经为国王。因见国内人民多造众恶，他誓愿救度一切罪苦众生皆至菩提后，自己始成佛。地藏菩萨于过去久远劫时也曾为一女子，名光目，因欲拯救在地狱受苦的亡母脱离恶趣，故誓愿济度一切罪苦众生……这些都能作为顺治皇帝出家心理动因的解读。

表 83　顺治的佛教信仰

时　间	高僧交往	个人命运
顺治八年（1651）	在遵化知止洞见别山性在禅师	亲政第一年
顺治十四年（1657）	初识憨璞性聪禅师	董鄂妃诞皇子
顺治十五年（1658）		董鄂妃皇子三月而殇
顺治十六年（1659）	江南名僧玉林琇、木陈忞、茆溪森进京； 顺治起法名行痴	
顺治十七年（1660）	十月剃度	董鄂妃八月逝世
顺治十八年（1661）	正月初二替身吴良辅出家 正月初七顺治出家	
	正月二十一日剃度五台山	
康熙四十九年（1710）	醒迟长老圆寂于河南睢州白云寺	

第六节　崇祯玉碎

宝玉有汉装与满装之分。第二十一回《贤袭人娇嗔箴宝玉　俏平儿软语救贾琏》不仅记载了满装贾宝玉即顺治“不出房”出家五台山的缘由，也记载了汉装贾宝玉即崇祯失国的时刻。这天晚间宝玉自贾母史太君处晚饭回来时，已由辫发顺治变装为束发宝玉。为什么这样说？因为次日清早，宝玉折断了自己枕边的玉簪：“（宝玉）情不可禁，便向枕边拿起一根玉簪来，一跌两段，说道：‘我再不听你说，就同这个一样。’”枕边玉簪是全发男性束发所用。

一、四儿：剪灯烹茶

这天晚上，宝玉酒后独对孤灯，只命四儿剪灯烹茶：

> 至晚饭后，宝玉因吃了两杯酒，眼饧耳热之际。若往日则有袭人等大家喜笑有兴，今日却冷清清的一人对灯，好没兴趣……因命四儿剪灯烹茶，自己看了一回《南华经》。

顺治难忘四儿荣亲王，崇祯亦难忘四儿永王朱慈炤。朱慈炤是崇祯与田贵妃所生四子中唯一在世的血脉，曾由张嫣皇后抚养，“甲申之变”后被护送至贵州遵义赤水河畔苦竹垭“潜赤水兮龙鸣”，是崇祯在世的唯一血脉传人。（详见《绛珠还泪案》第九章第三节之五《赤水与仁怀：朱琏——朱由榔——朱慈炤》）

四儿为宝玉剪灯，灯即火。华夏文明不崇拜万能的造物主，而是崇拜传承这个文明的列祖列宗、先贤先哲。上香祭祀是最通俗的纪念方式，可称为香火。所谓“道由心学，心假香传”，我们正是借助香火来传递民族的文化、承接祖宗的血脉。十九日晚四儿为宝玉修剪灯芯，喻意四皇子永王为三月十九日殉国的崇祯传递香火。

茶在中国文化中是圣洁之物，膜拜神祇，供奉佛祖，追思先人，献上清茶一杯，表达的是无限的敬意。清明节的起源，也有记载说始于古代帝王将相“墓祭”之礼，南齐武帝临死时下诏：“我灵上慎勿以牲为祭，唯设饼、茶饮、干饭、酒脯而已。天下贵贱，咸同此制。”后来民间亦相仿效，祭祖扫墓之时，灵前设清茶等为祭，经历代沿袭而成为中华民族一种固定的风俗。中国文化中的茶祖、茶神、茶人就是炎帝，炎帝别号朱襄氏，炎帝诞辰就是四月二十六日，是大观园饯花神、寿怡红的日子。四儿为宝玉烹茶，代表的是祭奠朱明帝王之意。

怡红院中的四儿十分重要，在明清换代的百年间曾出现过四个四儿，今后我们再行解读。

表 84　四个四儿

四儿	第一代	崇祯第四子	永王朱慈炤
	第二代	顺治第四子	荣亲王
	第三代	康熙第四子雍正	
	第四代	雍正第四子乾隆	

二、怡红院：鸡声鹅斗

次日早晨，袭人向宝玉提出“从今咱们两个丢开手，省得鸡声鹅斗，叫别人笑”。何为“鸡声鹅斗”？

十二生肖中，鸡是唯一的鸟类。在古人看来，鸡有五德：首戴冠，文德；足搏距，武德；敌在前敢斗，勇德；见食相告，仁德；守夜不失时，信德。凭借此五德，鸡不仅成为十二生肖之一，还跃升为二十八宿之一。宋朝虚靖先生曾为《太上感应篇》作颂，亦曾写过一首咏鸡的诗：“鸡德灵居五，峨冠凤彩新。五更大张口，唤醒梦中人。”自周至明，红腹锦鸡成为帝后服装上十二章纹的组成部分。同时，鸡也是凤凰的重要取材对象之一。崇祯煤山自缢是在“凤凰涅槃”的重生中达到升华。

《庄子·山木》中有一个关于鹅的典故：庄子带领弟子出游，行至山中，遇见伐木工砍伐栋梁之材；至暮，投宿一老友处，友人欲杀鹅相待，家仆问杀哪只，主人说，杀那只不会叫的。树有用而被伐，无用而得以保全性命；鹅因不成器而被杀，成器而得以延留。倘若伐木工要专寻特型树呢？那么直树反而不中意。鹅主人若是喜静而怕噪呢？当下砧板伺候的，只怕是会报警的鹅了。其实这样的事情在生活中也很常见。总之，条件不同，环境不同，结局也就不同。这篇与鹅有关的文章之中隐藏着深刻的无奈和悲凉，这种无奈和悲凉出自对人生困境的洞察和体会——明末群臣以为自己的政治努力是在为帝国考虑，事实上党争却将明王朝推向万劫不复的境地。

三、玉碎百年

明王朝灭亡的直接原因就是后金（清）政权与来自秦川的李自成大顺政权的双重压力，次日二十日晨宝玉因“情不可禁”折断枕边玉发簪——所谓情不可禁，根据“秦可清”的结构，是指“清不可禁”“秦（李自成）不可禁”。

对此袭人收拾残局：“大清早起，这是何苦来！听不听什么要紧，也值得这种样子。”

情（清、秦）不可禁：大顺军攻入北京——崇祯自去冠冕，以发覆面殉国（脱簪玉碎）——“大清早起”，清朝走上历史舞台。

中国历史上有夷狄之运不过百年的说法，宝玉玉碎之后袭人表态“一百年还记着呢”，表达不变的抗争意志。蒙府本此处有一条侧批：“迎头一棒！”

第十九回情切切良宵花解语之夜即正月十六日夜，花袭人对宝玉作出了“八人轿也抬不出去我”的坚定承诺；正月二十日晨，袭人又发出“一百年还记着呢”的“迎头一棒”，是《红楼梦》创作群体对遗忘历史的民众发出的当头棒喝。

“甲申之变”95周年、清乾隆四年（1739），《明史》正式定稿。为洗去清修《明史》的粉墨，留下真实的历史记录，《红楼梦》的创作进入最后阶段。清乾隆九年，亦是“甲申之变”100年，《红楼梦》底本完成。这一年的清明是二月二十二日。《红楼梦》中二月二十二日是好日子，宝黛钗诸艳迁入大观园，开启汤蜡钉朱、勒石记史的历史篇章。

宝玉对这个“一百年”十分重视：“你那里知道我心里急！”

袭人笑道："你也知道着急么！可知我心里怎么着？快起来洗脸去罢。"

为什么要洗脸？《红楼梦》底本的整理者屈复在《面盆铭》中写道："一尺之面，三寸之水，纤尘不著。涸江河之源，扬湖海之波，洗之不去者，身后之粉墨。"

表 85　顺治遗珠、崇祯玉碎

<table>
<tr><td rowspan="6">十九日</td><td rowspan="2">早饭</td><td>前</td><td>结辫</td><td rowspan="2">四儿（荣亲王）答应</td><td rowspan="2">遗珠</td><td rowspan="2">顺治出家</td></tr>
<tr><td>后</td><td>不出房</td></tr>
<tr><td rowspan="4">晚饭</td><td rowspan="4">后</td><td>吃了两杯酒，眼饧耳热</td><td rowspan="5">四儿（永王朱慈炤）剪灯烹茶</td><td rowspan="5">玉碎</td><td rowspan="5">崇祯殉国</td></tr>
<tr><td>冷清清的一人对灯</td></tr>
<tr><td>《南华经·外篇·胠箧》</td></tr>
<tr><td>续《南华》</td></tr>
<tr><td>二十日</td><td>大清早起</td><td colspan="2">折断枕边玉簪</td></tr>
</table>

四、失玉之"拐"与崇祯入道

第九十五回《因讹成实元妃薨逝　以假混真宝玉疯癫》写宝玉失玉之后，众人不仅请刘铁嘴测了"赏"字定义顺治的大结局，还请妙玉扶乩请拐仙定义了崇祯的大结局：

只见那仙乩疾书道：噫！来无迹，去无踪，青埂峰下倚古松。欲追寻，山万重，入我门来一笑逢。

书毕，停了乩。岫烟便问请是何仙，妙玉道："请的是拐仙。"

为何带发修行的尼姑妙玉扶乩请的不是佛教的菩萨，而是道教的拐仙呢？

拐仙就是铁拐李，是道教八仙之首。在道教经典中，他本来是一位相貌堂堂的男子，道术高深，一次元神出窍后肉身被焚，只得通过一具乞丐的尸体复活，变成了脸色黝黑、头发蓬松、头戴金箍、胡须杂乱、眼睛圆瞪、瘸腿并拄着一支铁制拐杖的模样。

明皇室的官方信仰是道教，崇祯生前曾写作古琴曲《访道五曲》，殉国时着蓝色道袍自缢，死前以发覆面，遗体一足穿靴、一足靴脱，其遗体的形象与铁拐李的外形完全一致。“朱”字原意指的是赤心木，是松柏的一种，乩文意是指朱由检自缢于煤山，成为古松（朱）。

据《明季北略》载，崇祯帝自缢于海棠树，而清朝则将煤山上一棵槐树指认为罪槐并上铁枷近三百年。

顺治白云寺的铁锅槐、崇祯景山的铁枷槐，这两位异代知己兄弟泉下有知，不知会如何感想。

五、煤山与马兰峪

按阳历崇祯出生于1611年2月6日，顺治逊位于1661年2月5日，其时正是崇祯50岁冥诞。

1661年正月初七顺治皇帝“驾崩”后，曾在乾清宫“停灵”27天。同年二月初二，顺治帝的梓宫从紫禁城奉移到煤山的寿皇殿内暂安。百日之后，四月十七日在寿皇殿前举行了火化仪式。据说火葬现场棺材里发出了鞭炮似的噼里啪啦的声响，天空乌云密布，众多旁观者都以为棺中的人不是顺治帝而是替他赴死的太监，因为蒙受了冤屈才会有此异象。

鉴于北京昌平十三陵已无好的风水位，崇祯曾选定马兰峪作为皇陵所在地，清朝入关后就将此地作为皇陵所在地。孝陵是清东陵的主体建筑，位于昌瑞山的主峰下，一般认为，这里是清世祖顺治皇帝、孝献皇后董鄂氏与康熙之母孝康皇后佟佳氏的陵墓，但《红楼梦》已告诉世人顺治并未葬入此陵。

表86　煤山与马兰峪

皇帝	主要时间	煤山	陵址
崇祯	1611年2月6日出生	自缢	思陵
顺治	1651年2月5日逊位	火化仪式	孝陵

第七节　读《南华》与续《南华》

第二十一回《贤袭人娇嗔箴宝玉　俏平儿软语救贾琏》在记录崇祯王朝与顺治王朝的最后时刻之时，也站在崇祯与顺治的立场上进行了反思。

一、崇祯失国之由：曾、史、杨、墨

《南华经》即《庄子》，是战国时庄子所著，这夜宝玉看的是《南华经外篇·胠箧》一则。《胠箧》是道家代表人物庄子讨论窃国主题的文章，宝玉读的部分在《红楼梦》引用如下：

> “故绝圣弃知，大盗乃止，擿玉毁珠，小盗不起，焚符破玺，而民朴鄙；掊斗折衡，而民不争；殚残天下之圣法，而民始可与论议。擢乱六律，铄绝竽瑟，塞瞽旷之耳，而天下始人含其聪矣；灭文章，散五采，胶离朱之目，而天下始人含其明矣；毁绝钩绳而弃规矩，攦工倕之指，而天下始人有其巧矣。”

在《红楼梦》未引述的部分，《庄子》则写道：

> 故曰：“大巧若拙。削曾、史之行，钳杨、墨之口，攘弃仁义，而天下之德始玄同矣……彼曾、史、杨、墨、师旷、工倕、离朱，皆外立其德而以爚乱天下者也，法之所无用也。”

庄子认为，曾参、史鳝以忠孝得名，杨朱、墨翟以善辩得名，但曾参、史鳝、杨朱、墨翟、师旷、工倕和离朱，都外露并炫耀自己的德行，而且用来迷乱天下之人，这就是圣治之法没有用处的原因。

这段含而未引的文字才是宝玉读《南华经》的主要意思所指——崇祯失国自缢之时，身着蓝色道袍，并留下“文臣个个可杀”的遗言，对满口仁义道德、占据道德高地的文臣群体进行最后的批判。

在宝玉读《胠箧》之时有两条批语。

庚辰本双行夹批：“直似《庄》《老》，奇甚怪甚！”

庚辰本眉批："赵香梗先生《秋树根偶谭》内，兖州少陵台有子美祠，为郡守毁为己祠。先生叹子美生遭丧乱，奔走无家，孰料千百年后，数椽片瓦犹遭贪吏之毒手。甚矣才子之厄也！"

根据上述批语，宝玉身后命运与杜甫一样：纪念杜甫的子美祠被郡守毁掉来建自己的祠堂，与杜甫祠同样命运的是明十三陵。清朝拆明陵、建清陵是公开的秘密，其中最大的一次是乾隆皇帝打着修缮明十三陵的名义，缩小明陵建筑规模，偷取金丝楠木，以为自己建陵所用。这虽不是《石头记》的内容，却是历史的真相，所以这段批语强调"非批《石头记》也"。

二、顺治逊位之因："彼钗、玉、花、麝"

宝玉不仅读《南华》，还续《南华》。庄子故里就在河南省商丘市民权县老颜集乡唐庄村，满装宝玉即顺治出家的白云寺同样也位于民权县。顺治与孝庄母子恩断义绝是其出家的直接原因。正月十九日宝玉不出房之时续《南华经》，对以孝庄为首的"彼钗、玉、花、麝"进行批判：

> 焚花散麝，而闺阁始人含其劝矣；戕宝钗之仙姿，灰黛玉之灵窍，丧减情意，而闺阁之美恶始相类矣。彼含其劝，则无参商之虞矣；戕其仙姿，无恋爱之心矣；灰其灵窍，无才思之情矣。彼钗、玉、花、麝者，皆张其罗而穴其隧，所以迷眩缠陷天下者也。

宝玉所续之文的理解，一直是红学研究中的难点。这里涉及四个概念："闺阁之美恶始相类"中的"美""恶"两个概念，"彼钗、玉、花、麝"中的"彼"概念，还有一个省略的"此花、麝、钗、玉"的"此"概念。只有加入"此"这个概念，才能全面掌握文意。

闺阁之中有"此花、麝、钗、玉"，也有"彼钗、玉、花、麝"；她们命运相似，但美恶互见。"此花、麝、钗、玉"是在国难之时被毁灭的美好生命——是被焚、被散、被戕、被灰的红楼总花神。"此花、麝、钗、玉"被毁灭，闺阁中只剩下丑恶的"彼含其劝"的"彼钗、玉、花、麝""张其罗而穴其隧""迷眩缠陷天下者也"。

表 87 “此”与“彼”

此	花	麝	钗	玉	含其劝	此花、麝、钗、玉	美	
彼	焚花	散麝	戕宝钗之仙姿	灰黛玉之灵窍	彼含其劝	彼钗、玉、花、麝	恶	张其罗而穴其隧……迷眩缠陷天下

世人关于这句警示的理解，都忽略了那个“彼”字，《红楼梦》知道会有这样的误解，借“又气又笑”的黛玉对这些误读红楼的看官进行调侃：

无端弄笔是何人？作践南华《庄子因》。
不悔自己无见识，却将丑语怪他人！

第二十六回宝玉引《西厢记》“若共你多情小姐同鸳帐”的戏语都会让黛玉感受到冒犯而生怒，宝玉续《南华》赤裸裸的性描写黛玉却不生气，可见花神黛玉明白“彼钗”作贱的对象与己无关。(详见后文《宝钗、薛宝钗、彼钗、宝钗辈》)

表 88 《胠箧》续文结构表

《胠箧》引文	故绝圣弃知，大盗乃止，擿玉毁珠，小盗不起……而天下始人有其巧矣	原文续文	故曰：大巧若拙。削曾、史之行，钳杨、墨之口，攘弃仁义，而天下之德始玄同矣……彼曾、史、杨、墨、师旷、工倕、离朱，皆外立其德而以爚乱天下者也，法之所无用也	前朝禄蠹的批判	崇祯失国之因
		宝玉续文	焚花散麝，而闺阁始人含其劝矣……彼含其劝，则无参商之虞矣；戕其仙姿，无恋爱之心矣；灰其灵窍，无才思之情矣。彼钗、玉、花、麝者，皆张其罗而穴其隧，所以迷眩缠陷天下者也	后宫女祸的批判	顺治逊位之由

第二十一回《贤袭人娇嗔箴宝玉 俏平儿软语救贾琏》，宝玉在正月十九日晚读《南华》、续《南华》，完成道教的功课；第二十二回《听曲文宝玉悟禅机 制灯迷贾政悲谶语》，宝玉在正月二十一日晚悟禅机，完成佛教功课。正月二十二日，宝玉所填的《寄生草》被宝钗烧毁，宝玉的偈子被黛玉续上“无立足境，是方干净”的悟彻之语。此时元春送来白色的爆竹宫灯，引发了“制灯迷贾政悲谶语”的情节。第二十二回蒙府本回末总评：

> 作者具菩提心，捉笔现身说法，每于言外警人，再三再四，而读者但以小说古词目之，则大罪过。其先以庄子为引，及偈曲句作醒悟之语，以警觉世人；犹恐不入，再以灯谜伸词致意，自解自叹，以不成寐为言，其用心之切之诚，读者忍不留心而慢忽之耶？

第五章 三生石上神瑛侍者

《红楼梦》围绕幽燕之地的燕云十六州所产生的宋元明清南北文明冲撞与交融进行了记录和反思。《绛珠还泪案》已论证这段历史的女主角宋钦宗仁怀皇后朱琏、明天启懿安皇后张嫣、崇祯皇后周玉凤等是三生石畔的绛珠草，那么这段历史的男主角宋钦宗赵桓，明天启、崇祯，清顺治是三生石畔的神瑛侍者吗？

第一节　失去幽灵真境界

第八回通灵宝玉的出场诗：

女娲炼石已荒唐，又向荒唐演大荒。
失去幽灵真境界，幻来亲就臭皮囊。
好知运败金无彩，堪叹时乖玉不光。
白骨如山忘姓氏，无非公子与红妆。

“仙寿恒昌”的通灵宝玉是“既寿永昌”的传国玉玺的象征，在幽燕一带长城的庇佑之下，原名应为“通幽灵玉”，但失去了“幽灵真境界”的燕云十六州之后，变成“通灵宝玉”。失去“幽灵真境界”的通灵玉，就是失去幽燕之地的宋明王朝。

一、澶渊之盟

契丹族为中国古代游牧民族，兴起于中国东北地区西拉木伦河和辽河流域，过着半农半牧生活，907 年建契丹国（后改为“辽”）。938 年，后晋皇帝石敬瑭为酬谢契丹国的支持，割让燕云十六州，此举使中原王朝失去有缓冲作用的防御重地以及长城之险，开启了北方民族（辽、金、蒙古）长期进攻中原的契机。

1004 年发生宋辽战争，宋真宗因宰相寇準坚持而亲至澶州（今河南濮阳）督战，宋军士气大振，击败辽军。辽军提出和议，双方订立和约，此即“澶渊之盟”，约定双方成为兄弟之邦，宋每年给辽经济援助岁币银十万两、绢二十万匹。从此两朝和好达一百二十年之久，其间礼尚往来，通使殷勤，双方互使共达三百八十次之多，辽朝边地发生饥荒，宋朝会派人在边境赈济，宋真宗崩逝消息传来，辽圣宗“集蕃汉大臣举哀，后妃以下皆为沾涕”。

1974 年在山西应县佛宫寺释迦塔内出土的辽代彩绘被认为是炎帝采芝图，画面绘一仙人深山采药情景，图中人物面部圆润，赤足，披兽皮，围叶裳，负竹篓，举灵芝于山石间。人物造型质朴，面部敦圆，带有辽代壁画的风格特色。此图似出自契丹族画工之手，是了解辽代人物画的第一手资料，也可旁证契丹辽国已经高度汉化。

应县佛宫寺释迦塔内
出土的辽代彩绘

二、唇亡齿寒

放到历史的长河，割让燕云十六州，给中原王朝与中原人民带来了巨大的政治与军事压力，但宋辽澶渊之盟的政治解决，为化解南北文明冲突、促进民族交融、传承中华文明提供了一个良好的范本。

和平带来了经济的快速发展，北宋王朝在这百年间发展成全世界第一个见到近代文明曙光的王朝。如果不是宋徽宗因收回燕云十六州的执念，错误联金灭辽，历史的走向也许不一样。1125年辽亡，宋朝收回燕云十六州部分疆域，同时也失去了与金国之间的屏障。金军乘势南下，1127年二月初七，北宋灭亡，徽、钦二帝被掳北上，宋王朝失去黄河流域的半壁江山，中华文明的重心南移至长江流域，史称“靖康之耻”。“靖康之耻”不仅是中原王朝历史上的巨大耻辱，亦是人类文明的灾难。

《红楼梦》对这段历史的记载就是要为后人留下启示：坚持民族平等与团结、推进文化交流与融通才是中央大国解决南北文明冲突的必由之路。

三、幽人幽情

从“靖康之耻”到“甲申之变”到顺治王朝，在幽燕之地走上历史舞台中央的历史人物都有谁？

北宋徽、钦二帝被俘虏至金国，当时燕京是金国的中京。徽宗在燕京写下《燕山亭·北行见杏花》：

> 裁剪冰绡，轻叠数重，淡着燕脂匀注。新样靓妆，艳溢香融，羞杀蕊珠宫女。易得凋零，更多少、无情风雨。愁苦，问院落凄凉，几番春暮？
>
> 凭寄离恨重重，这双燕何曾，会人言语？天遥地远，万水千山，知他故宫何处？怎不思量？除梦里有时曾去。无据，和梦也新来不做！

清代的《宋词三百首》是最流行的宋词选本，卷首就是这首词。国学大师王国维将这首词与亡国的南唐李后主的词相比，称之为“血书”：“后主之词，真所谓以血书者也。宋道君皇帝《燕山亭》亦略似之。”

宋钦宗赵桓自1127年四月一日被掳北上，经历1128年八月二十四日牵羊礼当晚妻子朱琏皇后自沉，1135年四月甲子日父亲宋徽宗死亡。1156年六月，赵桓在燕京马球场上被金人射死并以乱马践踏，终年57岁。

《红楼梦》第一回有一条甲戌本眉批：“武侯之三分，武穆之二帝，二贤之恨，及今不尽，况今之草芥乎？”其中武穆之二帝就是指“靖康之耻”中被掳北上燕京的徽、钦二帝。

1368 年，明太祖朱元璋北伐功成，燕云十六州在 430 年后终于回到中原王朝的怀抱。1420 年明成祖朱棣迁都北京，形成天子守国门之势，对整个明代政权的巩固、边境的安全、社会经济及文化的发展，甚至对中国多民族的交融都产生了重大且深远的影响。

1644 年三月十九日，崇祯帝自缢于煤山，君王殉社稷，明亡。同年九月顺治迁都北京，并于 1661 年正月逊位出家。1646 年南明弘光帝被缢死于北京；1662 年四月，南明永历帝在昆明殉难，遗骨被送至北京。

表 89　红楼“幽”情“幽”人

<table>
<tr><td>938 年</td><td colspan="2">1127 年</td><td colspan="3">1644 年</td></tr>
<tr><td rowspan="4">割让燕（幽）云十六州</td><td colspan="2" rowspan="2">“靖康之耻”</td><td colspan="3">“甲申之变”</td></tr>
<tr><td>明</td><td>南明</td><td>清</td></tr>
<tr><td>宋徽宗</td><td>宋钦宗</td><td>天启
崇祯</td><td>弘光
永历</td><td>顺治</td></tr>
<tr><td colspan="2">囚禁、死亡</td><td colspan="2">出生—死亡</td><td>登基—逊位</td></tr>
</table>

四、幻来亲就臭皮囊

我们继续来理解通灵宝玉出场诗中的颔联“幻来亲就臭皮囊”。

（一）臭皮囊与腥膻

臭皮囊原为佛教用语，指人的肉体，这首诗表面看就是用的此意，满装贾宝玉顺治是佛门子弟，其以臭皮囊自谦并无不当。但臭皮囊实际上还有引申之义——腥膻，腥膻旧时常被用作对侵扰中原的游牧民族的称呼。

康熙三年（1664）九月七日，“西湖三杰”之一的张煌言及其从官罗伦，副将叶云、王发，16 岁的仆童杨冠毓在杭州西湖边引颈就义。临刑前张煌言叹道：“大好河山，竟为胡虏所据，遍染腥膻！”他口占《绝命辞》：“我今适五九，复逢九月七。大厦已不支，成仁万事毕！”他们五人即使到死，仍保持明朝伦序礼仪，屹立不跪。

清朝很忌讳“腥膻”这个词，张孝祥名作《六州歌头·长淮望断》描写北方孔子家乡被金人占领：“洙泗上，弦歌地，亦膻腥。”因“膻腥”犯忌，被改作“亦凋零”。

（二）割腥啖膻

清廷忌讳腥膻，但《红楼梦》毫不忌讳。第四十九回《琉璃世界白雪红梅 脂粉香娃割腥啖膻》直接采用岳飞《满江红·写怀》“笑谈渴饮匈奴血，壮志饥餐胡虏肉”的意象，将主题定为割腥啖膻饮奴血，餐虏（鹿）肉。而绛珠草“饥则食蜜青（清）果为膳，渴则饮灌愁（金）海水为汤”亦是化用《满江红》的句式。

1646年十月十四日，永历朱由榔在肇庆宣布监国，十一月十八日，朱由榔登基称帝，领导东南及西南地区的抗清斗争，至1659年出缅甸，共14年；1662年四月二十五日被吴三桂勒毙于昆明金蝉寺。

《绛珠还泪案》已揭示，香菱是永历皇帝朱由榔的符号，第四十八回慕雅女香菱苦集句，十月十四日香菱朱由榔进大观园；在割腥啖膻的第四十九回开篇，香菱贡献了一首咏月诗：

精华欲掩料应难，影自娟娟魄自寒。
一片砧敲千里白，半轮鸡唱五更残。
绿蓑江上秋闻笛，红袖楼头夜倚栏。
博得嫦娥应借问，缘何不使永团圆！

这首诗用的是十四寒的韵，正对应朱由榔在国内领导抗清斗争14年的历史，其间从广东到广西到贵州到云南，历尽艰辛。

颔联上句“一片砧敲千里白”，是化用李白的《子夜吴歌》前两句“长安一片月，万户捣衣声”。颔联下句“半轮鸡唱五更残”则是指南明政权半壁江山。

颈联上句“绿蓑江上秋闻笛”，中华传统文化中著名的笛曲有《梅花三弄》，《红楼梦》中十一月十八日《咏红梅花》三首是坚持抗清的鲁王朱以海、晋王李定国、延平郡王郑成功的颂歌。颈联下句“红袖楼头夜倚栏”，与中秋联诗的黛湘和逐鹿的兰儿有关。

永历帝登基前封永明王，咏月诗中故有“缘何不使永团圆”之问。

1646年十一月十八日，永历帝朱由榔在广东肇庆登基。十一月十八日，大观园中开展了规模最盛大的一次诗社活动，并进行了“一夜北风紧”的联句。

“一夜北风紧”的联句是汉高祖刘邦《大风歌》的另一处版本，诗中出现了“吟鞭指灞桥，赐裘怜抚戍”“加絮念征徭”“坳垤审夷险”等句子，表达“安得猛士兮守四方”的心愿。李绮为“一夜北风紧”的联句作结：“欲志今朝乐，凭诗祝舜尧。”《绛珠还泪案》已指出，李绮就是最后在大陆坚持抗清武装斗争、出身于大顺军的永历王朝临国公李来亨将军的符号。

表90　割腥啖膻

1646年十月十四日	朱由榔监国	香菱进大观园		第四十八回
1646—1659年	朱由榔领导半壁江山的抗清斗争	一片砧敲千里白 半轮鸡唱五更残	何日平胡虏 良人罢远征	第四十九回
1646年十一月十八日	朱由榔登基	割腥啖膻餐虏（鹿）肉	一夜北风紧 凭诗祝舜尧	第四十九～五十回

第二节　藩郡余祯（宋钦宗天水郡公赵桓——明钦宗崇祯朱由检）

在《红楼梦》宋、明、清三朝框架之下，三生石畔神瑛侍者这一符号在宋朝指向的是谁？——“靖康之耻”中被掳北上的宋钦宗赵桓。我们来认识一下与《西江月》中天下无能第一，古今不肖无双的汉装宝玉崇祯有着相似命运的北宋亡国之君——宋钦宗赵桓。

一、为民请命——宋钦宗与明钦宗

靖康二年（1127）二月初六，金太宗贬徽、钦二帝为庶人，北宋灭亡。四月初一，赵桓被掳北上之日，金人完成全部退兵。赵桓在金国囚禁期间被封为天水郡公，1156年，赵桓在燕京马球场上被金人射死，南宋高宗赵构为其上庙号为钦宗。

崇祯殉国后，南明弘光帝、南明隆武帝、清多尔衮、清顺治帝均为其上谥号、庙号，现在为人所熟悉的是明思宗、明怀宗、明威宗、庄烈帝，其实崇祯最早还有一个庙号——明钦宗。

北宋靖康帝赵桓与明崇祯帝朱由检一样是受到后世同情的亡国之君，这两位君王就个人品行而言不好色、不贪酷、不怠政，他们本会成为一个合格的守成之君，但被历史的风暴推上波峰浪尖，成为亡国之君。这两个亡国之君共用一个庙号钦宗，钦在庙号中的含义是“威仪悉备曰钦。威则可畏，仪则可象”，意指这两个亡国之君守住了人君最后的底线。为何这样说呢？他们在亡国的时刻以一己之身为民请命。

（一）宋钦宗赵桓

1125年，政治决策失误招来金国虎狼之师的徽宗赵佶禅位给26岁的太子赵桓，次年赵桓改元靖康，立太子妃朱琏为皇后，朱琏堂妹朱璇为慎德妃。朱琏朱璇姐妹就是红楼总花神、第一代绛珠草黛玉的原型符号。

1126年底，金军围攻东京汴梁，既无长城守边、又执行重文轻武政策的北宋无力抵抗。为拯救流亡的百姓，赵桓打开皇家园林艮岳收容百姓，朱琏与其他妃嫔一起为守城军士制作防寒围脖。1127年初，赵桓自请入金军青城大营为人质，在降表中极尽卑微之言，行极尽委屈之事，以自谴“谢罪”，乞求金帝“不怒之威”“好生之德”退兵，不要因为自己一人的过失，连累百姓受刀兵之祸：“弗念一夫之辜，特全万人之命。”

《宋史》评价赵桓：“帝在东宫，不见失德……惜其乱势已成，不可救药。”钦宗个人品行虽无可指责，但却无能力挽救国家危难，《宋史》为其发出“享国日浅，而受祸至深”的感慨。

（二）明钦宗朱由检

1644年三月十八日，大顺军攻入北京内城。为免遗体受辱，朝臣和宗室在紫禁城三大殿及乾清宫堆满柴火，为崇祯做好了焚宫殉国的准备，但未获崇祯采纳。崇祯帝所保全下来的不仅是中华文明的瑰宝紫禁城，还有众多无辜宫人的性命。

崇祯不贪生、不苟活，留下“任贼分裂朕尸，勿伤百姓一人”的遗言，为明朝的亡国格外增添了一丝悲壮。《明史·庄烈帝本纪》这样评价他：“帝之蒙难而不辱其身，为亡国之义烈矣。”

崇祯是一个得到普遍同情的皇帝。《明史·流贼传》评价崇祯：“呜呼！庄烈非亡国之君，而当亡国之运，又乏救亡之术，徒见其焦劳瞀乱，孑立于上十有七年。而帷幄不闻良、平之谋，行间未睹李、郭之将，卒致宗社颠覆，徒以身殉，悲夫！”

明末清初著名诗人学者屈大均写下一首纪念崇祯的诗歌：

先帝宵衣久，忧勤为万方。
捐躯酬赤子，披发见高皇。
风雨迷神路，山河尽国殇。
御袍留血诏，哀痛何能忘！

诡异的是，这两位具有人性光芒的帝王在历史上的评价却很低，而灭绝人性的多浑虫之流却被捧上神坛。

二、朱琏+宋钦宗赵桓=明钦宗朱由检

作为以花为图腾的华胥部落的炎帝朱襄氏的传人，北宋钦宗仁怀皇后朱琏与明钦宗崇祯帝朱由检，二人500年间的国破家亡，身死轮回的悲剧命运，是“靖康之耻”到“甲申之变”历史反思的最好载体。

“靖康之耻”中殉国的宋钦宗仁怀皇后朱琏是中国大一统王朝的最后一个朱姓皇后。

“甲申之变”中殉国的明钦宗朱由检是中国大一统王朝的最后一个朱姓帝王。

仁怀皇后朱琏的丈夫钦宗赵桓是中国历史上与明钦宗朱由检命运最相类似、也最受人同情的亡国之君。

仁怀皇后朱琏自沉499周年纪念日就是崇祯登基之日——1627年八月二十四日，也是从这里开始，拉开了“甲申之变”的大幕。

朱琏的谥号仁怀来自贵州赤水河畔、由宋徽宗命名的仁怀县，赤水河畔的遵义也是崇祯唯一血脉朱慈炤及其后人隐居之地，《芙蓉女儿诔》中“潜赤水兮龙吟”就源于此。（详见《绛珠还泪案》）

“甲申之变”中以身殉国的明钦宗朱由检堪称“靖康之耻”中宋钦宗赵桓、朱琏夫妻二人命运的共同体，而赵桓与朱由检均是夫妻和睦的典范，他们的妻子朱琏、周玉凤均是红楼总花神。

表 91　五百年风流债

<table>
<tr><td rowspan="7">“靖康之耻”
朱琏（黛玉）
宋钦宗赵桓</td><td>朱</td><td rowspan="3"></td><td rowspan="7">“甲申之变”
明钦宗朱由检
（汉装贾宝玉）</td></tr>
<tr><td>亡国</td></tr>
<tr><td>殉国</td></tr>
<tr><td rowspan="2">八月二十四日</td><td>1128 年自沉</td></tr>
<tr><td>1627 年登基</td></tr>
<tr><td rowspan="2">赤水河</td><td>仁怀皇后</td></tr>
<tr><td>崇祯第四子
永王朱慈炤</td></tr>
</table>

同为神瑛侍者，汉装贾宝玉之一是天下无能第一、失国的崇祯朱由检，那《红楼梦》中谁扮演的宋靖康帝钦宗赵桓的历史形象呢？北静王。

三、双生兄弟：北静王与汉装贾宝玉

如前文所述，汉装贾宝玉崇祯朱由检是耶律雄奴的同榻双生之兄，同时汉装贾宝玉朱由检还与另外一个角色也构成双生兄弟关系——北静王。

第十四回《林如海捐馆扬州城　贾宝玉路谒北静王》、第十五回《王凤姐弄权铁槛寺　秦鲸卿得趣馒头庵》，书中男性人物地位最高的北静王第一次登场。第十五回通过宝玉与北静王的视角，完成了相互的画像：

宝玉举目见北静王水溶头上戴着洁白簪缨银翅王帽，穿着江牙海水五爪坐龙白蟒袍，系着碧玉红鞓带，面如美玉，目似明星，真好秀丽人物。宝玉忙抢上来参见，水溶连忙从轿内伸出手来挽住。见宝玉戴着束发银冠，勒着双龙出海抹额，穿着白蟒箭袖，围着攒珠银带，面若春花，目如点漆。水溶笑道：“名不虚传，果然如‘宝’似‘玉’。”

表 92　北静王与汉装贾宝玉

	北静王水溶	汉装贾宝玉
头	洁白簪缨银翅王帽	束发银冠+双龙出海抹额
衣	江牙海水五爪坐龙白蟒袍	白蟒箭袖+攒珠银带
面	面如美玉	面若春花
目	目似明星	目如点漆
结论	真好秀丽人物	如“宝”似“玉”
佩饰	鹡鸰香念珠	通灵宝玉
关系	双生之兄	双生之弟

此段描写告诉看官北静王与宝玉皆是汉装，形容相似，面如美玉的北静王是秀丽人物，面若春花的宝玉是如“宝”似“玉”。于是书中就形成了这样一个结构：汉装北静王—汉装贾宝玉—剃发结辫的耶律雄奴三者之间互为孪生的关系。在宋、明、清三朝框架之下，汉装北静王是北宋亡国之君靖康帝钦宗赵桓，汉装贾宝玉是明亡国之君崇祯帝朱由检，剃发结辫的耶律雄奴是清顺治帝福临。北静王的正式王号是北静郡王，这个王号与北宋靖康帝、金天水郡公赵桓的关系见下表。

表 93　北静郡王：靖康帝+天水郡公

<table>
<tr><td rowspan="2">北</td><td>静</td><td>郡</td><td>王</td><td rowspan="2">赵桓</td></tr>
<tr><td>靖（康）帝</td><td colspan="2">（天水）郡（公）</td></tr>
</table>

四、同难同荣——宋与明

第十四回这样介绍北静郡王：“原来这四王，当日惟北静王功高，及今子孙犹袭王爵。……近闻宁国公家孙媳告殂，因想当日彼此祖父相与之情，同难同荣，未以异姓相视，因此不以王位自居。”

理解这段话中的“同难同荣”“未以异姓相视”，需与宋明王朝的历史结合起来：

（一）犹袭王爵

北静王是宋朝的符号，清朝在解释历史的时候并没有奉金为正统，而是确立了正统在宋不在辽、金、元的主张。宋朝作为中央政权受到承认，这就是北静王子孙袭王爵之意。

（二）同难

所谓“同难”，是指北宋与明均灭亡于女真族建立的金与后金政权。

在禁网重重之下，无可奈何当中，明末清初文化精英将“甲申之变”及其相关的“靖康之耻”的历史记忆寄寓在《红楼梦》之中，通过隐晦曲折的春秋笔法传言外之意，沉郁唱吟之间一字三叹，血与泪激溅满纸。

（三）同荣

所谓“同荣”，是指宋明王朝均创造了灿烂的文明。这在《绛珠还泪案》第二章第二节《炎帝诞辰——四月二十六日与宋、明王朝》部分有详述。千年以降，这两个王朝在世界范围内均有很多的粉丝，被誉为“近世以来最伟大的历史学家”的英国史学家汤因比曾说：“如果让我选择，我愿意生活在中国的宋朝。”

曾任美国历史学会会长的汉学家史景迁在《纽约时报》举办的对谈中说，综观人类过去一千年的历史，他希望活在1540年前后（明嘉靖年间），住在杭州西湖的边上——那也是中国历史上最有教养和最富于文化的时代。在他眼里，明朝“活力惊人，人们饱读诗书，绘画冠绝一时，酒食丰富，鸦片尚未流入中国，社会平等，没有奴隶”。

（四）未以异姓相视

宋太祖赵匡胤认为自己是从后周禅让取得帝位，后周是木德，木生火，宋朝应是代表着火德，崇尚红色。

宋朝以火德立国，后世号称恢复赵氏政权者，也以火德为号召，元末红巾军的红巾之红色就和火德有关。出身于红巾军的明太祖朱元璋在应天招兵时就说“山河奄有中华地，日月重开大宋天”。朱元璋及其智囊团将自身视为宋朝天命的延续。

明朝以朱为国姓，朱是赤色，是火；“明”字拆开是日与月，日为阳之极，也是火。历史上对宋明两朝有“炎宋火明”之说。

五、藩郡余祯

第十五回借贾政之口道出北静王（钦宗赵桓）与汉装宝玉（崇祯朱由检）的关系：“犬子岂敢谬承金奖。赖藩郡余祯，果如是言，亦荫生辈之幸矣。”这里有一条庚辰本侧批是“谦的得体”。天水郡公赵桓与崇祯朱由检具有历史的传承关系。

第十五回借北静王之口道出“甲申之变”重蹈“靖康之耻”历史覆辙的反思：“只是一件，令郎如是资质，想老太夫人、夫人辈自然钟爱极矣；但吾辈后生，甚不宜钟溺，钟溺则未免荒失学业。昔小王曾蹈此辙，想令郎亦未必不如是也。”

由上文可知，这个反思是与“钟”“溺”“爱”有关：

三个“钟”字，意味着三个“金”带来的三个王朝的“终”结——北宋亡于金，明亡于大顺与后金（清）的双重压力，南明亡于清（后金）；

两个“溺”字，“靖康之耻”以牵羊礼后仁怀皇后朱琏投水为标志，“甲申之变”以清军入关为标志；

一个“爱”字，自然指向爱新觉罗家族，以努尔哈赤、皇太极、多尔衮为代表。

北静王这席话的意思是：“甲申之变”重蹈“靖康之耻”的覆辙，导致北宋、明、南明的终结，而亡国是与清朝爱新觉罗家族有关。

表 94　钟爱与钟溺

北宋	“靖康之耻”	金	钟	溺	朱琏自沉	昔小王曾蹈此辙
明	“甲申之变”	后金 清		溺	清军入关	
南明	南明灭亡			爱	爱新觉罗	

从下表我们可以看出“靖康之耻”与“甲申之变”相同的历史轨迹：

表 95　“靖康之耻”与“甲申之变”

<table>
<tr><th></th><th>行为偏僻性乖张</th><th>天下无能第一</th><th>南朝</th><th>敌国</th></tr>
<tr><td>“靖康之耻”</td><td>徽宗</td><td>钦宗</td><td>九弟
南宋高宗赵构</td><td>金</td></tr>
<tr><td rowspan="2">“甲申之变”</td><td rowspan="2">天启</td><td rowspan="2">崇祯</td><td>堂兄
南明弘光朱由崧</td><td rowspan="2">后金
清</td></tr>
<tr><td>堂弟
南明永历朱由榔</td></tr>
</table>

六、西昆体：不说破的盛世哀音

与北静郡王一起出场的有北宋的西昆体：

> 一面又向贾政笑道：“令郎真乃龙驹凤雏，非小王在世翁前唐突，将来‘雏凤清于老凤声’，未可量也。”甲戌本侧批：“妙极！开口便是西昆体，宝玉闻之，宁不刮目哉？”

北静王所言的“雏凤清于老凤声”出自唐朝李商隐《韩冬郎即席为诗相送，一座尽惊。他日余方追吟“连宵侍坐裴回久”之句，有老成之风，因成二绝寄酬，兼呈畏之员外》：

> 十岁裁诗走马成，冷灰残烛动离情。
> 桐花万里丹山路，雏凤清于老凤声。
> 剑栈风樯各苦辛，别时冰雪到时春。
> 为凭何逊休联句，瘦尽东阳姓沈人。

这首诗明明是唐朝李商隐所作，但批语却指其与西昆体有关。西昆体是北宋初年诗坛上声势最盛的一个流派，大多师法李商隐诗雕润密丽的艺术特征，批语借此告知看官北静王与北宋有关。

宋朝真宗时期，杨亿、刘筠、钱惟演等聚集于皇帝藏书的秘阁，编纂《历代君臣事迹》，诏题《册府元龟》。在编书之余，他们将所写的酬唱诗结集为《西昆酬唱集》，这部诗集在当时影响很大，学子纷纷效法，号为西昆体，在宋初风靡了数十年。

这个群体政治上支持丞相寇准抵抗辽兵入侵，又反对宋真宗大兴土木，求仙祀神的迷信活动，具有独立于皇权的人格意识，西昆体咏史诗的规讽之意，咏物、咏怀诗中的个人感怀，在学界被称为盛世哀音。

以西昆体代表人物杨亿的代表作《南朝》为例：

五鼓端门漏滴稀，夜签声断翠华飞。
繁星晓埭闻鸡度，细雨春场射雉归。
步试金莲波溅袜，歌翻玉树涕沾衣。
龙盘王气终三百，犹得澄澜对敞扉。

此诗将南北朝的典故巧妙地组合在一起，艺术上很接近李商隐的同类诗歌。就主题与内容而言，同样适用于“靖康之耻”后的南宋王朝、“甲申之变”后的南明政权。

西昆体创作的主要特征是“不说破”。所谓“不说破”，原是禅僧接引的主要方式，其实质是在阐释教义时，避免说破。因此，“不说破”原则至少包括两个方面的特征：一是避免正说，辗转说明；二是追求文字技巧。为了实现“不说破”，又使用“转语”“代语”和重“用”而轻“体”的方式。

《红楼梦》一书文心雕龙，锻炼无痕，用意深密，辞采华美，其写作亦采用了西昆体不说破的盛世哀音创作手法，这也是近三百年来无人识得其真面目的主要原因。

七、九月初二——北府姬妾之死

如果说北静郡王水溶是第一代神瑛侍者钦宗赵桓，那么他与第一代绛珠草黛玉朱琏是什么关系呢？书中第八十五回，描写了八月二十六日北静王的生日，亦描写了九月初二荣国府为黛玉过生日。1102 年九月初二，霜降日，是投水自沉的朱琏皇后的诞辰。九月初二宝玉前往北门外的水仙庵井台上进行了一次沉香祭，回到荣国府中，贾琏提剑大闹凤姐生日现场，这里有条庚辰本双行夹批：“所以特受用了，才有琏卿之变。乐极生悲，自然之理。”《红楼梦》成功地将看官的视线引向“琏”字，“靖康之耻”“朱琏投水”未尝不是北宋王朝承平日久，乐极生悲所致。

《红楼梦》中有很多关于北静王与黛玉的伏笔，民间红学中有人认为黛玉后来嫁给了北静王，这种判断有一定的情节基础：

北静王赠给宝玉的一串鹡鸰香念珠被宝玉转赠给黛玉。第十六回《贾元春才选凤藻宫　秦鲸卿夭逝黄泉路》黛玉二进荣国府之时，宝玉将北静王所赠鹡鸰香串珍重取出来，转赠黛玉。黛玉说："什么臭男人拿过的！我不要他。"遂掷而不取。宝玉只得收回，暂且无话。

在黛玉二进荣国府这个时刻，除宝玉之外出现了两个男性角色——贾琏与北静王，这两个角色告诉看官这个黛玉与琏同行，是第一代绛珠草、钦宗仁怀皇后朱琏。黛玉对象征钦宗赵桓的鹡鸰香串掷而不取，称之为臭男人，未尝不是对钦宗不能保护妻子朱琏，并在朱琏投水后苟活27年的愤怒。

表96　黛玉、贾琏与北静郡王

<table>
<tr><td rowspan="2">第一代绛珠草
朱琏皇后</td><td rowspan="2">黛玉二进荣国府</td><td>贾（假）琏</td><td colspan="2">朱琏</td></tr>
<tr><td>北静郡王</td><td>钦宗赵桓</td><td>臭男人</td></tr>
</table>

《红楼梦》中贾琏与朱琏的象征性描写详见《绛珠还泪案》第五章第五节之六《贾（假）琏与朱琏》。贾琏是《红楼梦》第二男主角，潇湘馆内所有的帐幔、帘子、毡帘、竹帘、花帘等均是贾琏所制。黛玉入住潇湘馆后，贾琏是宝玉之外唯一进过潇湘馆的男性角色。

八、秋窗风雨夕

第四十五回《金兰契互剖金兰语　风雨夕闷制风雨词》，宝玉穿着北静王所赠大箬笠、蓑衣、棠木屐在风雨交加的九月初九夜来到潇湘馆中，并表示要赠一套给黛玉："这三样都是北静王送的。他闲了下雨时，在家里也是这样。你喜欢这个，我也弄一套来送你。"

这段描写告诉看官三个信息：

第一，这三样防风雪的着装是北静王在家中的着装；

第二，此夜宝玉从头到脚穿着与北静王一样的着装，扮演着与北静王同样的角色——钦宗赵桓；

第三，这套服装也适用于黛玉，黛玉在此夜也扮演与赵桓有关的角色——仁怀皇后朱琏。黛玉朱琏拒绝了来自北静王的三件套："我不要他。戴上那个，成个画儿上画的和戏上扮的渔婆了。"这一拒绝也使她无法抵抗历史的风霜雪雨，只能在深秋走向寒塘。

九月初九本是重阳之日，但此日深夜却是秋雨淋沥，这是书中最凄凉的一个夜晚，其关键在于一盏木檠灯。此夜黛玉所作《秋窗风雨夕》"泪烛摇摇爇短檠，牵愁照恨动离情"，短檠灯摇动的光影，引发无限的离愁别恨。1161 年，南宋朝廷在浙江绍兴皇陵攒宫山为宋钦宗建衣冠冢永献陵。元初杨琏真迦盗掘其陵寝，棺椁内仅见一盏木檠灯。

为什么会用一盏木檠灯代表钦宗下葬？结合朱琏皇后的历史和这首《秋窗风雨夕》，笔者试着展开一些联想：

牵羊礼当晚，自缢不成的朱琏将一盏木檠灯交给冒雨前来探视的钦宗，钦宗携灯离开后，朱琏投水而亡。此后，这盏木檠灯被钦宗作为亡妻的纪念物随身携带。朱琏皇后殉国 14 年后的 1142 年，宋金议和，宋使不愿接收朱琏遗骨。高宗生母韦太后扶徽宗等的灵柩南归时，钦宗将此灯委托韦太后带回南宋，以表达送亡妻朱琏之灵回归家国的深意。

韦太后归宋后，因未履行救钦宗归国的承诺，抱惭终身。钦宗 1156 年去世后，尚在世的韦太后将此灯交高宗葬入绍兴钦宗的衣冠冢，代表接钦宗赵桓与朱琏夫妻回归家国之意。

朱琏皇后字淑贞，南宋曾有一位女诗人名为朱淑真，并且这位女诗人有一本诗集《断肠集》传世。《秋窗风雨夕》与南宋朱淑真《断肠集》后期作品风格如出一辙，这首诗全部或部分诗句可能就是朱琏朱淑贞的生前笔墨。关于朱淑真与仁怀皇后朱琏朱淑贞的关系详见后文。

第三节　神瑛侍者之甘棠遗爱（明崇祯——清顺治）

在《红楼梦》宋、明、清三朝框架之下，三生石上的神瑛侍者是宋钦宗赵桓，是明崇祯朱由检，也是清顺治福临。前文我们通过“藩郡余祯”阐述了神瑛侍者符号在宋明之间的转换，现在我们来看神瑛侍者符号在明清之间的转换。

一、海棠结社与甘棠遗爱

1627年八月二十二日，23岁的天启帝病亡，17岁的崇祯帝登基，拉开“甲申之变”的大幕。17年后崇祯帝自缢于煤山海棠树，明朝灭亡。

《红楼梦》中八月二十一日、二十二日因两株白海棠而成立的海棠社，就是纪念八月二十二日驾崩的天启帝、继位的崇祯帝。(参见《绛珠还泪案》第四章第二节《八月二十一日：海棠结社》) 这里用的是甘棠遗爱的典故。

甘棠遗爱的典故来自《红楼梦》大仁榜第八位的召公。周武王去世后，召公辅佐周成王、周康王，成就成康之治，奠定周朝八百年基业。召公封地在燕国，他曾在一棵白色的甘棠树下结舍办公、休息，后人为纪念他，舍不得砍伐此树，于是便有了“甘棠遗爱”这个成语。

《诗经·甘棠》中曾称颂此事，后遂以“甘棠”称颂美政和遗爱。

蔽芾甘棠，勿翦勿伐，召伯所茇。
蔽芾甘棠，勿翦勿败，召伯所憩。
蔽芾甘棠，勿翦勿拜，召伯所说。

甘棠，即棠梨，又称白棠，野梨落叶乔木，高4~10米，花白色，直径2~3.3厘米。棠梨宫亦是汉宫名，泛指帝宫。唐李嘉祐《送马将军奏事毕归滑州使幕》诗：“棠梨宫里瞻龙衮，细柳营前著豹裘。”

将上述概念白色甘棠（棠梨）、仁政、砍伐、燕国、汉宫、帝宫集中在一起，我们可以知道这样一个内容：不要砍伐燕山之下汉帝宫中白色的甘棠树，那是仁德的召公曾经憩息与工作过的地方。

崇祯帝朱由检自缢于海棠树，清朝却指定一棵槐树为罪槐。明朝的李元伯有诗云：

在昔召公去，国人爱甘棠。

于今树已空，时复吹清风。

二、“爱哥哥”与甘棠遗爱

1644 年三月十九日，崇祯自缢于煤山海棠树。半年后，“爱哥哥”顺治成为紫禁城乾清宫的新主人；17 年后，清廷在煤山举行了顺治火葬仪式，这就是甘棠遗爱的另一层含意。

顺治视崇祯为异代兄长，站在汉民族的立场之上，汉装贾宝玉崇祯是君父，而满装贾宝玉顺治是叔父。第三十七回《秋爽斋偶结海棠社　蘅芜苑夜拟菊花题》，八月二十一日贾芸给怡红院送来两盆白海棠，并在帖子中写道：“不肖男芸恭请父亲大人万福金安。”贾芸称宝玉为父亲，并恭请金安、自蒙“天恩”、跪书，均认证了拥有两盆白海棠的汉装贾宝玉的真实身份是明天启帝与崇祯帝。

贾芸比宝玉大四五岁，且有一个寡母，贾芸认宝玉为父是荒唐的，于母不尊的，但如果是君父则无此禁忌。

1643 年八月二十六日，6 岁的顺治在沈阳登基。第八十五回《贾存周报升郎中任　薛文起复惹放流刑》，八月二十六日，宝玉在北静王府获赠了一块仿通灵玉，八月二十八日，贾芸给持有仿通灵玉的宝玉送上一个帖子，其间改口称宝玉为叔父：

> 宝玉道：“这孩子怎么又不认我作父亲了？”……“前年他送我白海棠时称我作‘父亲大人’，今日这帖子封皮上写着‘叔父’，可不是又不认了么。”

对贾芸的这个改变，宝玉说了一句话：

> “这倒难讲。俗语说：‘和尚无儿，孝子多着呢。’只是我看着他还伶俐得人心儿，才这么着；他不愿意，我还不希罕呢！”

贾芸认这位持有仿通灵玉的宝玉为叔父，这个宝玉以和尚自居，他就是满装贾宝玉，是出家的顺治皇帝。

表 97　君父与叔父

<table>
<tr><th></th><th>贾芸拜帖</th><th>故事情节</th><th>历史事件</th><th>回目</th></tr>
<tr><td>八月二十一日</td><td rowspan="2">父亲</td><td rowspan="2">怡红院两盆白海棠</td><td rowspan="2">1627 年：
天启驾崩
崇祯继位</td><td rowspan="2">第三十七回</td></tr>
<tr><td>八月二十二日</td></tr>
<tr><td>八月二十六日</td><td></td><td>北静王生辰赠玉</td><td>1643 年：
顺治登基</td><td rowspan="3">第八十五回</td></tr>
<tr><td>八月二十八日</td><td rowspan="2">叔父</td><td>和尚无儿
孝子多</td><td></td></tr>
<tr><td>九月初二</td><td>黛玉生辰</td><td>1102 年霜降，黛玉朱琏皇后诞辰</td></tr>
</table>

三、真假通灵玉

通灵宝玉是中华皇权的符号。《红楼梦》中，北静王水溶是宝玉之外唯一一位持有通灵宝玉的男性角色。第十五回中：

> 水溶细细的看了，又念了那上头的字，因问："果灵验否？"贾政忙道："虽如此说，只是未曾试过。"水溶一面极口称奇道异，一面理好彩绦，亲自与宝玉戴上，又携手问宝玉几岁，读何书。宝玉一一的答应。

水溶亲自为汉装贾宝玉戴上通灵宝玉，是宋明两朝皇权的传承。汉装贾宝玉在世人眼中评价很低，但水溶却给予他高度的评价：水溶见他语言清楚，谈吐有致……此处有一条庚辰本眉批写道："八字道尽玉兄，如此等方是玉兄正文写照。"崇祯朱由检亡国之际的绝望与宋钦宗赵桓是同病相怜。水溶将腕上的鹡鸰香念珠贺敬宝玉："今日初会，仓促竟无敬贺之物，此系前日圣上亲赐鹡鸰香念珠一串，权为贺敬之礼。"鹡鸰香念珠与通灵宝玉形成珠玉之宝的组合。

贾宝玉不仅有通灵玉，他还有一块假通灵玉，是北静王所赠。第八十五回《贾存周报升郎中任　薛文起复惹放流刑》宝玉去为北静王贺寿，那北静郡王单拉着宝玉道："我久不见你，很惦记你。”因又笑问道：“你那块玉儿好？”此后，送了一块仿制的通灵玉给宝玉：

> （北静王）忽然笑说道：“我前次见你那块玉倒有趣儿，回来说了个式样，叫他们也作了一块来。今日你来得正好，就给你带回去顽罢。”因命小太监取来，亲手递给宝玉。宝玉接过来捧着，又谢了，然后退出。

在八月二十六日北静王低调的寿宴上，通灵宝玉与仿通灵玉形成真假组合。制作仿制通灵玉的北静郡王是谁？获得这块仿制通灵玉的贾宝玉又是谁？1627 年八月二十六日是崇祯登基第三日；1643 年八月二十六日，是顺治登基日。北静郡王作为前朝的符号，是宋钦宗，也是明崇祯帝；贾宝玉作为本朝的符号，是明崇祯帝，也是清顺治帝。

表 98　北静王与贾宝玉

北静王	汉装 贾宝玉	葬礼	通灵玉+鹡鸰香念珠	宋钦宗—明崇祯帝
	满装 贾宝玉	寿诞	通灵玉+仿通灵玉	明崇祯帝—清顺治帝

第八十五回写道：“别人还不理论，惟有宝玉素日仰慕北静王的容貌威仪，巴不得常见才好，遂连忙换了衣服，跟着来到北府。”意即顺治是崇祯的忠实粉丝。

崇祯朱由检亡国命运是钦宗赵桓命运的重演，有君无臣的困境与清顺治福临如出一辙，这就是汉装贾宝玉与北静郡王、耶律雄奴的双生兄弟关系的结构。

表 99　朱由检与赵桓、福临

汉装 贾宝玉	崇祯 朱由检	亡国	宋钦宗赵桓	北静郡王	双生命运
		有君无臣	清顺治福临	耶律雄奴	

表 100　神瑛侍者历史人物表

神瑛侍者	宋	“靖康之耻”	靖康帝、天水郡公、钦宗赵桓	北静郡王
	明	“甲申之变”	天启帝朱由校	汉装贾宝玉
			崇祯帝朱由检	
	清		顺治帝福临：爱哥哥	满装贾宝玉
			康熙废太子胤礽：二哥哥	

关于康熙废太子胤礽宝二爷的命运，《朱评红楼》将在今后揭晓。

表 101　三生石上帝后表

	神瑛侍者			绛珠草	
	行为偏僻性乖张，那管世人诽谤！	天下无能第一，古今不肖无双！		总花神	
宋 “靖康之耻”	宋徽宗赵佶	宋钦宗赵桓： 弗念一夫之辜， 特全万人之命	北静郡王	朱琏 朱璇	黛玉
明 “甲申之变”	天启朱由校	崇祯朱由检： 任贼分裂朕尸， 勿伤百姓一人	汉装 贾宝玉	张嫣 周玉凤	宝钗
清	爱新觉罗·福临		满装 贾宝玉	?	

在揭开三生石上宋、明、清三朝神瑛侍者的身份之后，我们来看三生石上顺治王朝的绛珠草总花神是谁。

第六章　三生石上总花神（宝钗）之孝惠章皇后阿拉坦琪琪格

纪晓岚《明懿安皇后外传》通过一名异僧之口，描写了一个自公元前202年至1644年，历时1846年的兜率天宫司花仙女四次降世、谪堕人间的故事：

> “昔在西汉之初曾降世，为宣平侯张敖之女，孝惠帝娶以为后，稚年守寡，幽闭空宫，年四十一而薨；及南北朝时，又降为北齐文宣李皇后，身遭冤辱磨折尤多，年五十四而薨。南宋时复降为士人妻，年二十七殉金人之难。今又偶动尘心，将使饱经忧患，多受诬谤，他日谴期既满，即归真耳。”异僧语毕，行数步，忽不见。

据上文，《四库全书》总撰稿人纪晓岚以兜率天宫司花仙女定义中国花神，中国第一代花神是汉惠帝孝惠皇后张嫣，第二代花神是北齐文宣皇后李祖娥，第三代花神是南宋士人妻，第四代花神是明天启帝懿安皇后张嫣。

《绛珠还泪案》已揭示《明懿安皇后外传》是纪晓岚为《红楼梦》作注的创作：《明懿安皇后外传》中的兜率天宫司花仙女就是《红楼梦》中的总花神——《红楼梦》中的总花神就是生长于三生石畔、游于离恨天外的绛珠草——绛珠草就是钗黛。

表 102　《明懿安皇后外传》司花仙女与花神、绛珠草

<table>
<tr><td>《明懿安皇后外传》</td><td>兜率天宫司花仙女</td><td rowspan="3">中华总花神</td><td rowspan="3">钗黛</td></tr>
<tr><td rowspan="2">《红楼梦》</td><td>总花神</td></tr>
<tr><td>三生石畔离恨天绛珠草</td></tr>
</table>

在《红楼梦》宋、明、清三朝通史的历史模型中，第三代司花仙女南宋殉金人之难的士人妻就是“靖康之耻”中投水殉国的女诗人、女画家宋钦宗仁怀皇后朱琏，她与其堂妹慎德妃朱璇是红楼第一代总花神绛珠草黛玉；

第四代司花仙女、明天启帝懿安皇后张嫣在“甲申之变”中殉难，她与其妯娌崇祯帝皇后周玉凤是红楼第二代总花神绛珠草宝钗。

《明懿安皇后外传》的中华第一代兜率天宫司花仙女汉孝惠皇后张嫣、第二代花神北齐文宣皇后李祖娥与《红楼梦》的创作有何关联？这两位皇后映射的是红楼第三代总花神绛珠草——顺治王朝的孝惠章皇后阿拉坦琪琪格与孝献皇后董鄂氏。

表 103　红楼总花神结构表一

<table>
<tr><td colspan="4">《明懿安皇后外传》兜率天宫司花仙女</td><td colspan="2" rowspan="2">《红楼梦》离恨天绛珠草</td><td rowspan="6">总花神</td></tr>
<tr><td></td><td>朝代</td><td>背景</td><td>历史人物</td></tr>
<tr><td>第一代</td><td>汉</td><td>吕后专权</td><td>汉孝惠皇后张嫣</td><td>清顺治孝惠章皇后阿拉坦琪琪格</td><td rowspan="2">第三代？</td></tr>
<tr><td>第二代</td><td>北齐</td><td>南北朝太皇太后专权</td><td>北齐文宣皇后李祖娥</td><td>清顺治孝献皇后董鄂氏</td></tr>
<tr><td>第三代</td><td>宋</td><td>“靖康之耻”</td><td>宋仁怀皇后朱琏+慎德妃朱璇</td><td>第一代</td><td>黛玉</td></tr>
<tr><td>第四代</td><td>明</td><td>“甲申之变”</td><td>明懿安皇后张嫣+崇祯皇后周玉凤</td><td>第二代</td><td>宝钗</td></tr>
</table>

第一节　司花仙女：汉孝惠皇后与清孝惠章皇后

《四库全书》总撰稿人纪晓岚在《明懿安皇后外传》中指出，中国历史上第一代花神（兜率天宫司花仙女）是汉惠帝的孝惠皇后张嫣，在明清换代之时，有一个汉族张嫣皇后殉国，有一个蒙古族孝惠章皇后阿拉坦琪琪格推进民族团结，她们都是中华花神。《绛珠还泪案》已为张嫣皇后正名，本书致敬孝惠章皇后阿拉坦琪琪格。

表 104　孝惠章皇后与张嫣皇后历史图表

<table>
<tr><td rowspan="2">第一代花神
汉孝惠皇后张嫣</td><td>张嫣皇后</td><td>明张嫣皇后</td><td>天启</td><td>汉</td><td rowspan="2">中华
总花神</td></tr>
<tr><td>孝惠皇后</td><td>清孝惠章皇后</td><td>顺治</td><td>蒙</td></tr>
</table>

顺治孝惠章皇后博尔济吉特氏（1641—1718），名阿拉坦琪琪格，为顺治帝第二任皇后，是科尔沁镇国公绰尔济的女儿，是孝庄的侄孙女，顺治的表侄女，也是顺治废后的堂侄女。

顺治十一年（1654）五月，阿拉坦琪琪格被聘为妃；六月，顺治帝册立她为皇后。康熙帝即位后，她被尊为母后皇太后，上徽号“仁宪”，居于慈仁宫。康熙五十六年冬（1718），阿拉坦琪琪格去世，时年 78 岁，葬于孝东陵，累谥“孝惠仁宪端懿慈淑恭安纯德顺天翼圣章皇后”。她是中国在后位时间最长的女性。

同为科尔沁博尔济吉特家族的女儿，孝惠章皇后与她的堂姑祖母、婆婆孝庄皇后相比，几乎为透明人。但就是这个为后世所遗忘的透明人，为中华民族的大交融做出了巨大贡献。

纪晓岚的花神模型揭示《红楼梦》关于花神孝惠阿拉坦琪琪格射覆推导过程如下：

阿拉坦琪琪格是清孝惠章皇后——清孝惠章皇后谥号与中华花神汉孝惠皇后张嫣相同——中华花神汉孝惠皇后张嫣与中华花

神明懿安皇后张嫣同名——中华花神明懿安皇后张嫣是红楼绛珠草、总花神——红楼绛珠草、总花神是清孝惠章皇后阿拉坦琪琪格。

一、乱伦、政治婚姻中的处女皇后

我们先将汉孝惠皇后与清孝惠章皇后对比一下。

汉惠帝孝惠皇后张嫣（前 202—前 163），字孟媖，小字淑君，是惠帝之姐鲁元公主之女。在外祖母吕后的主持下，12 岁的张嫣嫁给自己的舅舅惠帝刘盈做皇后。惠帝刘盈以违反伦常及张嫣年幼为由拒绝，但反对无效。成亲之后，张嫣虽正位中宫，但刘盈从未留宿。

三年后，惠帝死去，15 岁的张嫣成为太后。八年后太皇太后吕雉死亡。在针对吕姓家族的政治清洗之中，23 岁的张嫣受到牵连，成为中国历史上第一位在世时被废黜的太后。失去太后之位的张嫣被迁往了北宫，北宫是未央宫后一处极为幽静的院落。公元前 163 年，别居北宫 17 年的张嫣悄然去世，终年 40 岁。入殓时，宫女们发现她仍是处女，消息不胫而走，天下的臣民怜惜她，纷纷为她立庙，尊她为百花之神。《汉孝惠张皇后外传》评价张嫣为圣后："夫古圣后贤妃多矣，然容与德皆极美而幽废者，惟汉张皇后一人。"

顺治皇帝与孝惠章皇后阿拉坦琪琪格的关系是表叔与表侄女的关系。阿拉坦琪琪格 14 岁出嫁，这个婚姻是孝庄太后主导的有娘家背景的政治婚姻。顺治皇帝的后宫中有四名来自博尔济吉特氏的后妃，另外三位是废后静妃、悼妃、淑惠妃，她们均未生育。

表 105　汉孝惠皇后与清孝惠章皇后

		出嫁年龄	夫妻身份	婚姻主导	婚姻背景	婚姻实质
花神	汉孝惠皇后张嫣	12 岁	舅甥	吕雉太后	外戚	处女皇后稚年守寡
	清孝惠章皇后阿拉坦琪琪格	13 岁	叔侄	孝庄太后		

二、废后风波

汉文帝时期群臣诛吕氏时，作为吕后外孙女的张嫣皇后并没有被处死，这与其贤德是有关的，但她在汉文帝登基后仍被剥夺了太后称号。

与汉孝惠皇后张嫣一样，清孝惠章皇后阿拉坦琪琪格亦经历过一次废后风波。根据顺治撰写的《孝献皇后行状》记载，我们可以看到以下事实：

顺治十四年（1657）十月初七，董鄂妃产子；十一月初，孝庄太后自称染病，搬到宫外16千米处的南苑居住，并要求产后未满月的董鄂妃每天冒着严寒亲往南苑侍候，直到十二月二十八日，才宣布病愈。一向恭顺的董鄂妃的健康因此受到了很大的影响。在此期间阿拉坦琪琪格不仅一次没去，连问候的话都没有。

顺治十五年正月初七，顺治帝以阿拉坦琪琪格对孝庄太后侍奉不周为由，停皇后中宫笺表，并与大臣商议废后事宜。董鄂妃听说后，长跪不起劝阻："陛下若遽废皇后，妾必不敢生！"

就在阿拉坦琪琪格被停中宫笺表期间，正月二十四日，皇四子夭折，董鄂妃与顺治的悲痛可想而知，但第一个病倒的却是17岁的孝惠。二月孝惠病重，才丧子的董鄂氏"五昼夜目不交睫"地侍奉，直到孝惠痊愈。

三月二十五日，顺治下谕恢复皇后的中宫笺表；三月二十七日，顺治追封皇四子为和硕荣亲王，为他在京东蓟县黄花山下修建荣亲王园寝，并亲自撰写墓志。皇四子于八月二十七日下葬。

在这段历史中，我们可以看出孝惠与孝庄的关系是十分紧张的：孝庄生病，孝惠三个月不曾探望，亦不曾问候一句，这是有违常理的。此后孝庄下旨令孝惠三年内不准朝谒自己所居之慈宁宫，亦是挽回颜面的无奈之举。

在这段历史中，我们也可看出孝惠与董鄂妃关系十分亲密，刚经丧子巨痛的董鄂妃为何要抱着病体去照顾孝惠，并力阻顺治废后，原因可能就在那个早夭婴儿。

孝庄在董鄂妃产后突然生病，病得很蹊跷，迁出宫外更奇怪，明令产后的董鄂妃冒着严寒每日出宫到16千米外的南苑侍候显见是居心不良。董鄂妃出宫，除了皇后，无人能保襁褓之中孩子的周全。孝惠也许知道了些什么内情，故拒绝与董鄂妃一起去宫外侍候孝庄，所以董鄂妃才会提醒顺治“然妾度皇后斯何时有不憔悴忧念者耶?”“陛下幸垂察皇后心”。

因事情重大且关涉顺治生母孝庄，此事应该是对顺治隐瞒了下来。孝惠病倒表面原因看似与有违孝道被停用皇后的中宫笺表有关，实际上与早夭的婴儿有关。对于一个善良的灵魂而言，目睹一个幼小生命无辜夭亡是生命不可承受之重。于是在顺治撰写的《孝献皇后行状》中有董鄂妃忍住丧子巨痛不分昼夜照顾病重的孝惠的记载。

孝惠章皇后，这位来自草原的女儿，以她纯洁的心灵、勇敢的行为向阴暗、恶毒的政治权谋大声说不。

我们通过下表来了解一下那段历史，关于《红楼梦》对此的记录我们在后文分享。

表 106　与荣亲王有关的历史事件表

年	月	历史事件
1657	十月初七	董鄂妃诞皇四子
	十一月初至 十二月二十八日	孝庄病重迁至宫外南苑，董鄂妃前往侍奉，孝惠章皇后未前往侍奉，也无问候
1658	正月初七	顺治停孝惠章皇后中宫笺表
	正月二十四日	皇四子卒
	二月	孝惠章皇后病重，董鄂妃照顾五昼夜
	三月二十五日	顺治接受董鄂妃的劝谏，恢复孝惠章皇后中宫笺表
	三月二十七日	追封皇四子为和硕荣亲王
	八月二十六日	荣亲王葬礼，告祭太庙
	八月二十七日	荣亲王金棺入葬黄花山

三、力护幼帝

汉惠帝在世时，孝惠皇后张嫣曾试图保护后宫其他美人不受婆婆（外祖母）吕后的迫害，冒乱伦之名声称自己怀孕。惠帝死后，吕后当权之时，张嫣又不避嫌疑力阻吕后屠杀刘姓子孙，遭诸吕非议“张皇后稚年守寡，而力护诸叔，不知避嫌耶”，但是刘姓子孙也因此得以无恙。

同样来自科尔沁草原博尔济吉特家族，阿拉坦琪琪格与孝庄相比，善良、正直、低调、隐忍，她悉心保护的不仅有早殇的董鄂妃之子荣亲王，还有当时年幼的康熙。

顺治十八年正月初七，顺治帝逊位，他的第三子玄烨登基，是为康熙帝。康熙尊阿拉坦琪琪格为母后皇太后，尊佟佳氏为圣母皇太后。但康熙二年二月十一日，年仅24岁的佟佳氏莫名身亡，陪伴在少年康熙身边的就是嫡母身份的仁宪太后阿拉坦琪琪格，当然还有祖母孝庄太皇太后。

从成年后的康熙的表现来看，他对待孝惠与孝庄的感情有天壤之别（详见后文《康熙视角的孝惠与孝庄》）。

四、孀居深宫

汉文帝登基之后，失去太后之位的汉孝惠皇后张嫣被迁往了北宫。公元前163年，别居北宫17年的张嫣悄然去世。

清孝惠章皇后阿拉坦琪琪格于1654年五月入宫，1718年辞世，在紫禁城中度过了长达64年的光阴。

第二节　红麝串宝钗：天启皇后张嫣与顺治皇后阿拉坦琪琪格

天启、崇祯、顺治同为神瑛侍者，天启皇后张嫣与崇祯皇后周玉凤分属总花神红麝串宝钗与女工宝钗。顺治的后妃是总花神宝钗吗？答案是肯定的。

一、红楼花神：天启皇后张嫣与顺治皇后阿拉坦琪琪格之同榻命运

天启与顺治是乾清宫龙榻上的双生兄弟，天启张嫣皇后与顺治孝惠章皇后阿拉坦琪琪格则是坤宁宫与仁寿宫（宁寿宫）凤榻上的双生姐妹。

坤宁宫是明朝和清顺治、康熙两朝皇后的寝宫。1621年四月，天启帝册封15岁的张嫣为皇后，张嫣成为坤宁宫的主人。1627年八月二十二日，天启帝驾崩；八月二十四日，崇祯帝登基。张嫣被尊为懿安皇后，迁出坤宁宫，入住慈庆宫，后又迁至仁寿宫。1644年三月十九日，明朝灭亡，当日张嫣皇后在仁寿宫自缢。

1654年六月，顺治册封博尔济吉特·阿拉坦琪琪格为皇后，按礼制入住坤宁宫。1661年正月初七顺治逊位出家，阿拉坦琪琪格迁出了坤宁宫，以太后身份入住仁寿宫区的慈仁宫。1689年，康熙在仁寿宫、慈仁宫的原址上新建宁寿宫，次年冬新宫落成，阿拉坦琪琪格在此住了将近30年，直至1718年以78岁高龄去世。

宁寿宫（明之仁寿宫）的改建成为清朝紫禁城最大的建筑工程，这里也是紫禁城中最精美的一组建筑。

表107　孝惠章皇后居住宫殿

1654—1661年	皇后	坤宁宫	14~21岁
1661—1689年	仁宪太后	慈仁宫	21~49岁
1689—1718年		宁寿宫	49~78岁

顺治孝惠章皇后与天启张嫣皇后两位花神不仅在坤宁宫同榻，同时也在仁寿宫（宁寿宫）同榻。

表108　同榻的花神：张嫣与阿拉坦琪琪格

	同　榻	
天启懿安皇后张嫣	坤宁宫	仁寿宫——慈仁宫——宁寿宫
顺治孝惠章皇后阿拉坦琪琪格		

二、红楼花神：天启皇后张嫣与顺治皇后阿拉坦琪琪格之双生命运

张嫣与阿拉坦琪琪格都有姐妹同嫁的经历，在天启后宫中除张嫣皇后外，还有一位性格直烈的张裕妃，被客魏迫害致死。阿拉坦琪琪格与胞妹一起嫁给表叔顺治皇帝，其胞妹被封为淑惠妃。

二人身居深宫，不干涉朝廷政事。第五回宝钗初出场时的定

评“行为豁达，随分从时”，第八回宝玉眼中的宝钗“罕言寡语，人谓藏愚，安分随时，自云守拙”，均是二人的性格写照。

二人均向后宫恶势力说不：张嫣与客魏做斗争付出流产的代价；而孝惠则如前所述不齿于孝庄的所为，在孝庄声称病重期间三个月不作任何问候以为抗议。

二人均经历过废后风波：张嫣皇后被客魏陷害，险遭废黜；孝惠章皇后因反抗孝庄而曾被暂停三个月的皇后中宫笺表。

二人虽未生育子女，但用心抚养皇子成人：崇祯田贵妃去世后，张嫣皇后为其抚养了崇祯第四子永王朱慈炤；孝惠章皇后先为董鄂妃照料襁褓中的荣亲王不受伤害，后又抚养失去父母的康熙成人。

二人在新朝均备受尊崇：崇祯登基后，为皇嫂张嫣上尊号懿安皇后，在崇祯一朝她享受的是太后的待遇；而康熙对嫡母仁宪太后的孝道是载入史册的（详见后文《康熙视角的孝惠与孝庄》）。

张嫣葬入天启帝的德陵，此陵修建过程中为明熹宗天启帝采用了十三陵中唯一的三教合一圣号碑，这应是经擅理学的张嫣确认过的。三教合一就是程朱理学，明熹宗天启帝是朱天子，理学大家朱熹是朱夫子。

阿拉坦琪琪格支持汉化，钻研理学，史载康熙根据仁宪太后的要求下诏将《大学衍义》译为蒙语。清初有大量儒家经典被译为蒙语并广为传播，其中一定有阿拉坦琪琪格的贡献。

二人在深宫中度过漫长的人生，仁寿宫（宁寿宫）见证了她们生命的最后一刻。

她们的历史贡献被人为遮掩了，以至身后寂寂无名。《红楼梦》为她们昭传。

表 109　双生的花神：张嫣与阿拉坦琪琪格

<table>
<tr><th>皇后</th><th>嫔妃</th><th>孀居</th><th colspan="2">地位</th><th>立场</th><th>事迹</th><th>同榻</th><th>个性</th><th>理学</th><th>身后</th></tr>
<tr><td>天启张嫣</td><td>裕妃张宝珠</td><td>17 年</td><td rowspan="2">当朝废后风波</td><td rowspan="2">新朝备受尊崇</td><td>反对客魏</td><td rowspan="2">抚养皇子</td><td rowspan="2">坤宁宫
仁寿宫</td><td rowspan="2">藏愚守拙随分从时</td><td>三教合一</td><td rowspan="2">寂寂无名</td></tr>
<tr><td>顺治阿拉坦琪琪格</td><td>胞妹淑惠妃</td><td>56 年</td><td>反对孝庄</td><td>《大学衍义》</td></tr>
</table>

三、红麝串宝钗：孝惠章皇后阿拉坦琪琪格

在《绛珠还泪案》中，我们得出结论：书中有两个宝钗，一个是红麝串宝钗，一个是女工宝钗。第一代红麝串宝钗是被客魏陷害产下死胎的天启张嫣皇后，第一代女工宝钗是擅女工、精药理的崇祯周玉凤皇后。在顺治王朝，阿拉坦琪琪格是哪一位宝钗？

与红麝串宝钗张嫣皇后具有同榻双生命运的孝惠阿拉坦琪琪格是红麝串宝钗。麝香是孕妇禁用的中药，易致流产。孝惠章皇后阿拉坦琪琪格一生未生育，是红麝串宝钗。

寿怡红之时宝钗花笺的笺诗来自唐朝罗隐的《牡丹花》：

> 似共东风别有因，绛罗高卷不胜春。
> 若教解语应倾国，任是无情亦动人。
> 芍药与君为近侍，芙蓉何处避芳尘。
> 可怜韩令功成后，辜负秾华过此身。

科尔沁的女儿阿拉坦琪琪格是中国历史上居后位时间最长的女性，她以仁德、慈爱被《红楼梦》推举为中华民族总花神。她嫁入爱新觉罗家族之后，终其一生未感受过丈夫的爱，所谓“绛罗高卷不胜春”，虽得康熙尊崇奉养一生，终究“辜负秾华过此身”！

第三节　康熙视角的孝惠与孝庄

1661 年二月康熙继位后，尊孝惠为仁宪皇太后，尊孝庄为昭圣太皇太后。通过以下史实，我们可知康熙亲孝惠而远孝庄。

一、慈仁宫与慈宁宫东南配殿

1661 年顺治出家，太后住在紫禁城东路的慈仁宫，太皇太后住在紫禁城西路的慈宁宫。

慈宁宫是前朝后寝的格局，孝庄并未入住寝殿正殿，而是居慈宁宫东南配殿。1688 年孝庄去世之后，慈宁宫一直无人入住。有观点认为其中的原因是孝庄地位崇高，但实情并非如此。

1688 年初孝庄去世，慈宁宫的东南配殿被拆；此宫在康熙朝一直空置。

1722 年雍正登基后，其母仁寿皇太后于 1723 年五月逝于永和宫；慈宁宫继续空置。

1735 年九月，乾隆登基，尊熹贵妃钮祜禄氏为崇庆皇太后。1736 年乾隆在慈宁宫西侧建寿康宫作为崇庆太后养老之所，此后有多位太后太妃入住寿康宫养老，而慈宁宫则一直空置。

这几个宫殿在紫禁城大体格局如下：

表 110　寿康宫、慈宁宫、宁寿宫分布

<table>
<tr><td></td><td rowspan="2"></td><td rowspan="2"></td><td>坤宁宫</td><td rowspan="2"></td><td rowspan="3">宁寿宫
（慈仁宫、
仁寿宫）</td></tr>
<tr><td rowspan="1">寿康宫</td><td>乾清宫</td></tr>
<tr><td rowspan="2"></td><td rowspan="2">慈宁宫</td><td>养心殿</td><td>乾清门</td><td>奉先殿</td></tr>
<tr><td colspan="2"></td><td></td><td>九龙壁</td></tr>
</table>

二、宁寿宫与暂安奉殿

康熙二十六年十二月（1688 年初）孝庄去世，享年 76 岁。在宫中停灵仅十多天，1689 年正月，康熙下令将梓宫移出紫禁城，暂安于朝阳门外殡宫。接下来康熙同时做了两件事情：

一是拆除孝庄生前所居的慈宁宫东南配殿，在清东陵风水墙外建暂安奉殿，从而抹去了孝庄在紫禁城中的印迹。

二是高调为嫡母仁宪太后阿拉坦琪琪格在慈仁宫的原址新建宁寿宫。康熙帝在上谕言道："朕因皇太后所居宁寿旧宫，历年已久，特建新宫，比旧（宫）更加弘敞辉煌，今已告成，应即恭奉皇太后移居。"1689 年十二月初四下午，"仪仗全设"，康熙帝率王公、内大臣、侍卫等行礼，仁宪太后移居宁寿新宫，她在此住了将近 30 年后去世。

宁寿宫至今仍是紫禁城中最精美的建筑群之一。后来乾隆皇帝也看上此处，并加以改建拟作自己退位之后的养老居所，九龙壁亦在此处。清末慈禧太后也曾在此居住，慈禧的葬礼亦在此处举行。

于是就出现这样一种局面：在儿媳风光迁居宁寿宫之时，孝庄却死无葬身之地，孤零零地停灵在东陵大红墙外。

三、孝东陵与暂安奉殿

从康熙二十七年（1688）至康熙六十一年（1722），康熙在长达 35 年的时间里都未给孝庄建陵，但却建了两座皇陵：一是康熙的景陵，二是仁宪太后的孝东陵。孝东陵是清朝第一座皇后陵，其规模不亚于孝陵。

康熙帝出生后三个月便有了阿拉坦琪琪格这位嫡母，在 61 年的皇帝生涯中，共有 57 年嫡母都健在，这是中外罕见的。母子俩和睦相处，感情深厚。康熙五十七年仁宪太后病重，60 多岁的康熙帝亦因九子夺嫡一事心力交瘁，头眩足肿不能行，但他仍以帕裹足至宁寿宫亲奉汤药。在仁宪太后去世前后一个月内，冰天雪地之中，康熙帝都住在苍震门内的帐篷之中，并由衷地发出"当此之时，止有孝敬朕之人，并无爱恤朕之人"的哀叹。

仁宪太后阿拉坦琪琪格病逝后，为表达哀思，康熙帝在料理其身后事时屡破祖制：

第一，破例办丧事，孝服由原来的白纺丝改为用布。康熙帝带病坚持繁重的丧事活动，并毅然割掉自己的发辫（此无前例），且直到仁宪皇太后入葬才剃发（此前规定，丧期到百日这天就可以剃发了）。

第二，破例为继后系皇帝的庙谥。在以前，系皇帝庙谥的只有原配皇后和皇帝的生母，顺治的谥号是“章”，原配皇后被废，孝惠作为继后亦系帝谥“章”，故被称为“孝惠章皇后”。

第三，破例正尊位。康熙帝将孝惠章皇后的神牌放在了母亲孝康章皇后佟佳氏的前面。

1718 年，阿拉坦琪琪格下葬孝东陵，陵区内还有顺治的嫔妃从葬其左右，贞女孝惠章皇后至死都是“小姑居处本无郎”。而孝庄此时已在东陵风水墙外停灵 30 年，1722 年十一月十三日康熙驾崩，次年入葬景陵，孝庄仍未下葬。于是形成这样一个格局，孝庄的儿媳们——孝献皇后董鄂氏、孝康章皇后佟佳氏、孝惠章皇后博尔济吉特氏等，孙媳——孝诚仁皇后赫舍里氏、孝昭仁皇后钮祜禄氏、孝懿仁皇后佟佳氏、孝恭仁皇后乌雅氏，孙子康熙均按礼下葬，而太皇太后孝庄的灵柩却一直在清东陵的大红墙外忍受风雨侵蚀。

表 111　孝庄等入葬顺序表

	死亡时间	与孝庄关系	下葬时间	陵
孝献皇后	1660 年	媳	1664 年六月	孝陵
孝康章皇后	1662 年			
孝诚仁皇后	1674 年	孙媳	1681 年三月	景陵
孝昭仁皇后	1678 年			
孝懿仁皇后	1689 年		1689 年十月	
孝惠章皇后	1718 年	媳	1719 年	孝东陵
康熙	1722 年	孙	1723 年九月	景陵
孝恭仁皇后	1723 年	孙媳		
孝庄	1688 年	本人	1725 年底	昭西陵

表 112　康熙王朝孝庄与孝惠生平对比

时间	孝庄	孝惠
1661 年	顺治逊位	
	封昭圣太皇太后	封仁宪太后
	居慈宁宫东南配殿	居慈仁宫
1688 年	孝庄去世，康熙拆除慈宁宫东南配殿，在东陵风水墙外建暂安奉殿	康熙拆慈仁宫建宁寿新宫
1689 年	停灵 38 年	十二月移宫典礼
1698 年秋冬		省亲科尔沁
1710 年		康熙跳蟒式舞祝七十大寿
1718 年		年初去世，后入葬孝东陵
1725 年	雍正帝就地建昭西陵安葬	
康、雍、乾三朝累进谥号	孝庄仁宣诚宪恭懿至德纯徽翊天启圣文皇后	孝惠仁宪端懿慈淑恭安纯德顺天翼圣章皇后

四、奉圣夫人墓与苏麻喇姑墓

前文我们介绍了顺治与康熙给予保姆奉圣夫人朴氏的无上尊荣，但她在历史上的知名度远比不上同时代的苏麻喇姑。

苏麻喇姑（约 1612 或 1616—1705），蒙古族人，本名苏茉儿，或作苏墨儿。苏麻喇姑是孝庄的侍女，随孝庄陪嫁进入后金，身历天命、天聪、崇德、顺治、康熙五朝。她通晓蒙满文字，曾参与设计清朝开国冠服，曾经教导过康熙，老年时又抚养康熙第十二子爱新觉罗 · 胤祹。康熙四十四年（1705）九月初七，苏麻喇姑以九旬高龄去世。康熙下旨按嫔礼办理丧事，将其灵柩与孝庄同置于暂安奉殿，并未下葬。

雍正三年（1725）年初，雍正为孝庄与苏麻喇姑分别建陵。孝庄在暂安奉殿处就地建陵，苏麻喇姑墓地选定在距暂安奉殿 1.5 千米处的新城附近。苏麻喇姑于同年八月下葬；四个月后的十二月，孝庄正式入葬昭西陵地宫。

考古成果表明，康熙皇帝对苏麻喇姑以“嫔妃之礼与孝庄合葬”的厚葬承诺只是空头支票。苏麻喇姑的墓非常狭小，甚至比不上富裕人家的墓室，其中只有一个骨灰坛。与奉圣夫人墓所享受的康熙、雍正两帝亲祭以及墓前尚存的七座御赐石碑相比更是天壤之别。

表 113　奉圣夫人与苏麻喇姑

	与孝庄关系	与顺治关系	与康熙关系	身后
奉圣夫人朴氏	女仆	奶娘	保姆	康雍两朝哀荣
苏麻喇姑	侍女	教养人		冷清

苏麻喇姑应是受孝庄的连累了。

第四节　孝惠与孝庄——女娲与女祸

孝惠章皇后阿拉坦琪琪格是孝庄布木布泰的儿媳，同时也是她的侄孙女，二人同样来自科尔沁草原的博尔济吉特家族，她们的人生有着很多的共同点，却又有着截然不同的历史功过。

一、相似的命运

二人均是草原女儿。

二人均是 12 ~ 14 岁出嫁。

二人均是乱伦婚姻，孝庄嫁给姑父皇太极，孝惠嫁给表叔福临。

二人均未得到丈夫的爱情。

二人均是姐妹同嫁，孝庄的胞姐海兰珠也嫁给皇太极，而孝惠与胞妹淑惠妃一起嫁给顺治。

二人均经历妃—后—太后的身份。孝庄原为皇太极永福宫庄妃，顺治登基后被奉为皇太后，康熙登基后被奉为太皇太后，谥号孝庄文皇后。孝惠 1654 年五月入宫封妃，六月封为皇后，顺治逊位后被康熙尊为母后皇太后，谥号孝惠章皇后。

二人均在深宫中抚养年幼的皇帝成长，孝庄抚养 6 岁登基的顺治，孝惠抚养8岁登基的康熙。

二人均在后宫度过60余年的光阴，孝庄于1688年76岁去世，孝惠于1718年78岁薨逝。

表114　孝惠与孝庄

孝庄	祖孙关系+婆媳关系	科尔沁	博尔济吉特氏	12 ~ 13岁出嫁	乱伦婚姻+无爱婚姻+姐妹同嫁	抚养幼帝	妃—皇后—太后—	享年76 ~ 78周岁
孝惠								

二、不同的功过——女娲与女祸

孝惠与孝庄一个善良，一个狠毒；一个正直，一个阴险；一个守贞一世，一个风流一生；一个光明磊落，一个心机深沉；一个推进民族团结，一个制造民族对立；一个积极学习汉文化，推进文化融合，一个仇视汉文化，大兴文字狱；一个与儿子母子情深，一个与儿子恩断义绝。

康熙三十七年（1698）七月二十九日，孝庄死亡10年之后，康熙帝亲奉57岁的嫡母出巡塞外，母子俩经密云越长城，通过承德进入科尔沁草原。这是阿拉坦琪琪格离别家乡40多年后第一次踏上故土，直至十一月十三日才返回京师。

在科尔沁欢宴的场面有《至廓尔沁部落与众蒙古宴》（廓尔沁指科尔沁）诗可证曰：

大野支黄幄，长筵藉软沙。恩膏宣塞下，部落列山阿。法酒沾人醉，椎牛飨众多。提携皆妇稚，千帐动欢歌。

看到家乡老幼妇孺欢聚一堂，载歌载舞，欢声笑语响彻草原的盛况，孝惠内心的喜悦、激动与欣慰之情不难想象。而自秦以来困扰中原帝国的农业文明与游牧文明的民族冲突、文明冲突在此时已得以消融，统一的多民族国家的缔造即将完成。

一些人认为孝庄是辅佐顺治、康熙两代帝王的贤后，根据上述史实，这一观点可以休矣，顺治、康熙两人定是这个观点的反对者。没有孝庄的恶意阻挠，中华民族大交融、各民族文明融合将会呈现另一番景象。

孝惠章皇后阿拉坦琪琪格一生得到康熙和汉官精英群体的高度认同。康熙四十九年（1711）正月十六日，为庆贺太后的七十大寿，宁寿宫内举办了盛大宴会，五十多岁的康熙帝和着音乐的节拍，在皇太后的宝座前跳起蟒式舞，并频频向她祝寿。中华民族的创世女神女娲就是人首蛇身，康熙此举是在传递将孝惠尊为女娲的信息。

1718 年初阿拉坦琪琪格去世后，康熙将花神汉孝惠皇后的谥号赠予她，亦是传递将其尊为中华花神的信息。千古一帝康熙亦是红楼梦中人，《朱评红楼》今后揭晓。

表 115　红楼总花神结构表二

<table>
<tr><td colspan="4">《明懿安皇后外传》兜率天宫司花仙女</td><td colspan="3" rowspan="2">《红楼梦》离恨天绛珠草</td><td rowspan="7">总花神</td></tr>
<tr><td></td><td>朝代</td><td>背景</td><td>历史人物</td></tr>
<tr><td>第一代</td><td>汉</td><td>吕后专权</td><td>汉孝惠皇后张嫣</td><td rowspan="3">第三代</td><td>清孝惠章皇后阿拉坦琪琪格</td><td>红麝串宝钗</td></tr>
<tr><td rowspan="2">第二代</td><td rowspan="2">北齐</td><td rowspan="2">南北朝太皇太后专权</td><td rowspan="2">北齐文宣皇后李祖娥</td><td rowspan="2">?</td><td>女工宝钗</td></tr>
<tr><td>黛玉</td></tr>
<tr><td>第三代</td><td>宋</td><td>“靖康之耻”</td><td>宋仁怀皇后朱琏+慎德妃朱璇</td><td colspan="2">第一代</td><td>黛玉</td></tr>
<tr><td>第四代</td><td>明</td><td>“甲申之变”</td><td>明懿安皇后张嫣+崇祯皇后周玉凤</td><td colspan="2">第二代</td><td>宝钗</td></tr>
</table>

在《红楼梦》宋、明、清三朝通史的历史模型中，顺治孝惠章皇后阿拉坦琪琪格是红麝串宝钗，那么，顺治王朝的女工宝钗是谁？黛玉又是谁？

第七章 三生石上总花神（宝钗）之孝献皇后董小宛

孝献皇后董鄂氏，也就是著名的董鄂妃。至今为止，关于她的身世仍是历史学家和世人关注的焦点。

《清史稿》载，孝献皇后董鄂氏（1639—1660），满洲正白旗人，内大臣鄂硕之女，大将军费扬古之姐，和硕荣亲王之母。

顺治十三年（1656），董鄂氏入宫，同年八月二十五日，封为西宫妃、贤妃，即西宫大福晋，换句话说，董鄂氏并非以妾的身份受封，而是平妻。之后仅一月有余便晋封为皇贵妃，十二月行皇贵妃册立礼，并大赦天下，其父晋三等伯。董鄂妃年长于孝惠章皇后，且有皇贵妃的封号，位同副后，是顺治后宫的实际执掌人。

1657 年十月初七，董鄂妃生顺治第四子；1658 年正月二十四日，孩子夭折。备受打击的董鄂妃于 1660 年八月十九日逝世，八月二十一日被顺治追封为孝献庄和至德宣仁温惠端敬皇后，史称“孝献皇后”。

第一节　掰谎董鄂氏

董鄂妃香消玉殒后，顺治亲自为其撰写《孝献皇后行状》予以纪念。董鄂氏是中国最后一位拥有独立谥号的皇后，但也是清朝唯一不系帝谥“章”、未袝太庙、也无嗣皇帝追封的尴尬皇后。清代存有许多嫔妃的画像，却唯独没有董鄂妃的，董鄂妃的容颜成了千古之谜，但董鄂妃身上的谜不仅在于此。

一、董鄂氏汉学之谜

据《清史稿 · 后妃传》的记载：“孝献皇后栋鄂氏，内大臣鄂硕女，年十八入侍。上眷之特厚，宠冠后宫。”清朝宫廷选秀女入宫一般在 13 岁，董鄂氏 18 岁入宫，表明其并非通过选秀女途径入宫，她是通过什么途径入宫的呢？她在入宫前是什么身份？官修史书一概避而不谈。

大龄入宫的董鄂妃之所以能得到顺治帝的独宠，主要在于其天资聪慧，精诗史，擅书画，汉文化修养极高。董鄂家族是军功出身，董鄂妃的汉学修养不可能源于此。一般是这样解释的：她的父亲鄂硕是正白旗的军官，顺治二年（1645）以后，鄂硕随军南征，此后的五六年间，都在苏州、杭州、湖州一带驻扎，这使得他的子女自幼受到江南汉族文化的影响和熏陶，对孩子们的一生起了举足轻重的作用。

按《清史稿》的记载，随父到江南之时，董鄂妃应为五六岁。我们来看一下顺治二年鄂硕南征江南到顺治十三年董鄂妃入宫前，董鄂妃在江南会经历什么？以“扬州十日”“嘉定三屠”“江阴八十一日”为代表，嘉兴、昆山、金华、苏州、赣州、南昌、湘潭、南雄、广州、舟山、沅江、厦门、海宁均发生了屠城的惨剧。在屠刀之下，血流成河，白骨如山忘姓氏，与之同时，反清的烽烟四起！

一个奉命镇压江南反清斗争的清朝将领为何要带着年仅五六岁的女儿身涉遍地烽火的江南？剃发易服令本就是一种文化征服

政策，一个手持屠刀的清朝将领又如何会主动接受汉文化？按当时的情形，又有哪一个汉族文人有胆量深入虎穴向一个清朝将领的女儿传授汉文化？以董鄂妃后来显赫的身份，向其传道授业解惑的老师是谁却无人认领。

因此，1645 年年仅五六岁的董鄂妃随父鄂硕到江南接受汉文化熏陶是一个彻底的谎言。这就是史太君在掰谎之时所言的“诌掉了下巴的话”之一。事实上，直至 1660 年董鄂妃去世之时，江南仍未能恢复元气。真正的民生恢复还要到 1681 年三藩之乱结束之后。

表 116　董鄂妃生平表？

1639 年		出生？
1645—1655 年		江南？
1656 年	八月二十五日	封贤妃
	九月	封皇贵妃
	十二月初六	册妃典礼
1657 年	十月初七	生子
1658 年	正月二十四日	丧子
	三月	阻止顺治废后
	八月二十六、二十七日	子荣亲王下葬黄花山
1660 年	八月十九日	病故
	八月二十一日	追封孝献端敬皇后
1661 年	正月初七	顺治逊位
	正月初八	族妹贞妃董鄂氏殉葬

二、董鄂氏家族之谜

董鄂氏身上不仅有汉学来历不明之谜，还有被家族无端疏远之谜。

董鄂部，又名栋鄂部，居于鸭绿江支流佟佳江及其南岸诸支流一带，根据现存的史料记载，董鄂妃的曾祖父归顺清太祖，被赐名鲁克素，隶属满洲正白旗。

董鄂妃的祖父锡罕，因征明阵亡；叔祖父锡尔泰跻身十六大臣之列，也阵亡在沙场。

董鄂妃的父亲董鄂·鄂硕，清初武将，从关外到关内，从潼关到苏杭，随军走过大半个中国。顺治十三年（1656），鄂硕擢升为从一品内大臣，后因女儿进宫又受封伯爵。1657 年，鄂硕在董鄂妃入宫次年去世。

董鄂妃之弟费扬古，清初著名将领，在董鄂妃入宫次年，费扬古承袭了父亲的爵位。

董鄂妃伯父罗硕，是二等轻车都尉，历任工部侍郎、大理寺卿。

由上可见，董鄂家族不是普通的满洲贵族，而是直属皇帝的满洲上三旗中正白旗高级将领家族，但这个显赫家族的女儿董鄂妃的存在在清朝就是一个话语禁区。有人说原因在于她是以已嫁之身入宫，但这在满洲传统中不足为奇，顺治的父亲皇太极五妃之中就有三个是寡妇再醮。

清廷冷遇孝献皇后董鄂氏难道不考虑有汗马功劳且地位显赫的董鄂部的感受吗？唯一可以解释的原因就是董鄂部根本不在意，因为认领董鄂妃已经为他们带来了足够的政治与金钱利益。

1656 年董鄂氏封妃之时，顺治赏赐鄂硕礼物：金子 160 两，银 8000 两，金茶筒一个，银茶筒一个，银盆一个，缎 800 疋，布 1600 疋，马 16 匹，鞍 16 副，甲胄 16 副。1657 年鄂硕卒，顺治追封其为三等侯，赐祭两次，谥刚毅并立碑；封其长子董鄂·鄂汉为一等侍卫；赐其次子董鄂·费扬古袭爵。董鄂妃逝后，因其追封皇后，1660 年九月，顺治晋封其伯父罗硕为一等阿思哈尼哈番。

为保住认领董鄂妃的既得利益，董鄂氏家族知进退，保持沉默对他们来说是最佳选择。

朝鲜麟坪大君 1656 年出使清朝所著的《燕途纪行》中有这么一段记载："宫中贵妃一人，曾是军官之妻也，因庆吊出入禁闼，帝频私之，其夫则构罪杀之，勒令入宫，年将三十，色亦不美，而宠遇为最，其父兄赏赐累巨万，仍册封东宫正后，定日乃今月二十日也。"

朝鲜麟坪大君出使的1656年也是董鄂氏入宫之年。30岁入宫的贵妃是谁？是董鄂氏吗？董鄂氏又是谁？

表117　被冷遇的孝献皇后

<table>
<tr><td>顺治皇后</td><td>阿拉坦琪琪格</td><td>孝惠章皇后</td><td rowspan="2">入太庙</td></tr>
<tr><td>顺治庶妃
康熙之母</td><td>佟佳氏</td><td>孝康章皇后</td></tr>
<tr><td>顺治皇贵妃</td><td>董鄂氏</td><td colspan="2">孝献皇后</td></tr>
</table>

三、商女更知亡国恨

天崩地解的明清换代之际，在南京秦淮河畔香浓衣翠的绣楼里，有着一群对国家与民族的前途甚感忧心的红尘女子——秦淮八艳，她们是柳如是、李香君、董小宛、陈圆圆、卞玉京、寇白门、郑妥娘、顾横波。

中国历史上的妓女有两大类：艺妓和色妓。艺妓主要从事艺术表演活动，而色妓主要出卖色相。艺妓与士大夫文人有广泛的交往和接触，耳濡目染，具备了较高的文学艺术修养，是诗词歌赋、音乐舞蹈文化的主要传播者，也是古代社会人文修养较高的女性群体。她们用独特的观察视角，去看清礼教纲常的真面目，看清人性和人生的真面目，从而体验到了生命的尊严，焕发出生命的光彩。与她们有关的青楼文化作为一种特有的文化现象，某种层面上展现了士大夫阶层情有独钟的情爱与自由。

十里秦淮是南京繁华所在，一水相隔河两岸，一畔是南方地区会试的总考场江南贡院，另一畔则是教坊名妓聚集之地。在整个明朝，十里秦淮非常繁荣。到了明末，秦淮八艳冠绝天下之时，十里秦淮的繁荣更是达到了顶峰。

以秦淮八艳为代表的江南名妓有五个特点：

一是才艺双绝。她们知书善画，工于诗词，精通音律，以才华和个性魅力让当时江南文化精英为之倾倒。她们中的柳如是、董小宛、顾横波等人均有诗集画作传世。

二是才子佳人。与秦淮八艳产生感情纠葛的均属当时文坛领军人物：有“江左三大家”的钱谦益、吴伟业、龚鼎孳，有“复社四公子”中的冒辟疆与侯方域，有明朝著名词人陈子龙，有诗书画三绝的杨文骢等。他们在明末的十里秦淮河畔上演了一出梦幻大剧，与之相比，清末的八大胡同不过是一个销金窟。

三是家国情怀。在明末，柳如是、董小宛、李香君、卞玉京等同情东林党人，站在复社后期领袖陈贞慧、侯方域、冒辟疆、方以智、黄宗羲等一边，支持他们与阉党余孽阮大铖的斗争。明朝灭亡后，她们秉持气节，不与清廷合作，或如柳如是一般积极抗清，或如卞玉京、寇白门一般选择遁世出家，表明立场，其言行与那些降清的贰臣相比更是高下立判。同时她们对爱情的忠贞也与她们的丈夫、情人的懦弱形成了鲜明的对比。

四是人性光辉。秦淮八艳，辗转乱世，却从未自甘堕落，她们一反传统女性的柔弱，蔑视封建伦理，追求自由平等和个性解放。她们身上种种与众不同的品性和不屈于现实的抗争之心，表现出了封建时代女性主体意识的觉醒，超越了传统女性，在中国女性解放的征途上淹留下一脉醇香，亘古不散。

五是与《红楼梦》的创作深度关联。秦淮八艳的丈夫或情郎钱谦益、吴伟业、冒辟疆等均是民间红学中《红楼梦》作者的热门人选。而《红楼梦》中大量贵族女性的心理视角和日常生活细节的描写不是男性所能胜任的，哪怕这个男性学冠天人也不能。在明清换代之际，能承担这部分重任的人选不多，秦淮八艳是候选人之一。

唐朝王建为名妓薛涛写下“万里桥边女校书，枇杷花里闭门居”。因而后世称有才华能诗文的妇女为女校书。《随园诗话》中有这样的记载：“当时红楼中有女校书某尤艳。”

“尤艳”的红楼女校书来自秦淮八艳吗？

表 118 秦淮八艳

	丈夫（情郎）	结 局	事 迹	相关文学作品
柳如是	陈子龙，抗清将领、明朝著名词人 钱谦益，明东林领袖、“江左三大家”；清贰臣	入道 自缢	抗清	《柳如是别传》
李香君	“复社四公子”侯方域	入道	隐身遁世	《桃花扇》《李姬传》
董小宛	“复社四公子”冒辟疆	病亡	董鄂妃？	《影梅庵忆语》 江苏如皋红学认为其是黛玉原型
陈圆圆	吴三桂，卖国贼	出家？ 投水？	明政权、大顺政权、清政权和吴三桂之间战云角逐的亲历者	《圆圆曲》
顾横波	龚鼎孳，明东林党人、“江左三大家”；清贰臣	清一品夫人	个性独特，南曲第一 礼贤爱士，侠内峻嶒 曾资助反清人士	
卞玉京	吴伟业，明东林领袖、“江左三大家”；清贰臣	先入道 后出家		《听女道士卞玉京弹琴歌》 《过锦树林玉京道人墓并序》
寇白门	朱国弼，明保国公	病亡	清初用万金为朱国弼赎身后重返青楼	
郑妥娘	杨文骢，南明兵部侍郎、抗清将领	死难？		

四、神秘董小宛

清宫有四大疑案，第一个就是顺治出家，据说顺治出家是为了一个汉族女子——秦淮名妓董小宛。传言秦淮名妓董小宛被送入皇宫，以博帝欢，得顺治宠爱。其本夫冒辟疆恐惧，谎称小宛已死，其实董鄂妃即董小宛。

我们来认识著名的董小宛。

比较公认的董小宛生平如下：董小宛生于1624年，卒于1651年，名白，字小宛，南直隶苏州（今江苏苏州）人，因家道中落生活贫困而沦落青楼，名隶南京教坊司乐籍，与柳如是、陈圆圆、李香君等同为“秦淮八艳”。1639年，董小宛结识复社名士冒辟疆，后嫁冒为妾，完成了从名妓到妾室的转变。她与冒的元配及家人关系十分融洽。明亡后小宛随冒家逃难，此后与冒辟疆同甘共苦直至去世，年28岁。

综观董小宛的一生，她是一位热烈的爱国者，这是三百多年来，人们怀念她的原因。她虽然出身卑微，却关心国事。在清军南下时，董小宛表现出很高的民族气节，劝导冒辟疆在任何情况下不应仕清。

董小宛追求个性自由解放，向往林泉生涯。她才情迅疾，爱写诗，在书画、音律、刺绣、美食方面均有过人的造诣，现在尚存世的水绘园古琴台、冒绘董绣、董糖、董肉等均深深打上了董小宛的符号。

董小宛生前身后，钱谦益、吴伟业、龚鼎孽、侯方域、方以智等著名诗文大家均对董小宛的生平写过很多作品，但董小宛究竟是如何得病、辞世、安葬的，他们却一致闪烁其词。

《影梅庵忆语》是冒辟疆纪念董小宛的文章，文中写道：“传其慧心隐行，闻者叹者，莫不谓文人义士难与争俦也。”作为一个曾经的青楼名妓，一个文人的妾室，董小宛的“慧心隐行”超越了所有人，“文人义士难与争俦”。这个评价之高，的确让人费解。让众多名士难忘的董小宛的慧心隐行究竟是什么？

第二节　董鄂氏是董小宛

1644年三月明朝灭亡、1645年五月南明弘光政权灭亡，此后秦淮八艳风流云散：柳如是坚持抗清，卞玉京、寇白门出家修行，顾横波随龚鼎孳去了北京，郑妥娘随杨文骢殉难，陈圆圆被战云裹挟，董小宛因与董鄂妃之间的关联成为清初四大疑案之一的顺治出家的主角，李香君因《桃花扇》一剧成为秦淮八艳中最有知名度的人。

本书聚焦董小宛。

前文我们已掰谎董鄂妃不是 18 岁入宫的精通汉文化的满洲正白旗董鄂氏女性，《红楼梦》告诉看官，董鄂妃就是董小宛，三百多年来，持这一观点的相关的论著很多，《朱评红楼》将结合《红楼梦》三生石上旧精魂的花神结构进行阐述，现先就以下四点作个说明：

一、年龄不是问题

世人否认董小宛是董鄂妃的一个最关键的理由就是两人年龄相差过大，如果董鄂妃是董小宛，那么生于 1624 年的董小宛于 1656 年入宫之时已 33 岁，顺治才 19 岁，二人相差 14 岁，在早婚的时代基本是两代人。但从心理学的角度来看，也许这个年龄差才是最符合顺治情感需求的。6 岁登基的顺治在多尔衮的淫威之下，与生母孝庄别宫而居，数月不得一见，是一个缺少母爱与安全感的孩子。性格温柔、成熟的江南女子的出现能满足顺治恋母情结的需求。

董小宛逝后顺治的表现不仅是失去爱人的悲伤，还是一个孩子失去了安全感的疯狂。按《汤若望传》的记载："这位贵妃于 1660（有误，应为 1657）年产生一子，是皇帝要规定他为将来的皇太子的。但是数星期后，这位皇子竟而去世，而其母于其后不久亦薨逝。皇帝陡为哀痛所攻，竟致寻死觅活，不顾一切。人们不得不昼夜看守着他，使他不得自杀。"

二、文明才是关键

顺治 14 岁亲政之时"奏章未能亲裁"，此后固然勤奋进学，但仍面临着众多朝堂上的考验。因推行汉化政策，故其无法得到反汉化的孝庄的执政建议，后宫之中的年轻嫔妃亦不能提供任何帮助，于是一位熟知书史、精通琴棋书画，在与江南东林党、复社密切交往中积累下一定政治阅历的女性的出现，将有效地填补这方面的空缺，并发挥积极的作用。董小宛深厚的儒家文化教养，对顺治的执政产生了积极的影响。顺治在《孝献皇后行状》中写道:“朕日御万机,藉后内助,故得安意综理,今复何恃耶?宁有协朕意如后者耶?”

三、魅力无法抗拒

作为秦淮八艳之一,董小宛之所以能为后人津津乐道,不只为着她绝美的容颜、凄恻的爱情,还为着她琴棋书画皆工、诗词文赋皆晓的才情。

董小宛能诗善画,有很多作品传世。如其15岁时所画的《彩蝶图》,其诗《绿窗偶成》:

病眼看花愁思深,幽窗独坐抚瑶琴。

黄鹂亦似知人意,柳外时时弄好音。

董小宛的聪慧灵秀还在于她懂得用种种闲情雅趣,将平淡琐屑的生活过得诗情画意。她独立编成《奁艳》一书,只可惜此书据说在董小宛去世之时被付之一炬。她精于园艺,擅长香道,《影梅庵忆语》云:“寒夜小室,玉帏四垂,毾㲪重叠,烧二尺许绛蜡二三枝……热香间有梅英半舒,荷鹅梨蜜脾之气,静参鼻观……安得返魂一缕,起于幽房扃室中也!”

对顺治而言,他并不缺青春的肉体,他需要的是能填补其母爱空缺、为其提供执政建议的灵魂伴侣,这样的伴侣如果再有汉文化的积累及秦淮风月的背景,对年轻的天子将是无法抗拒的致命诱惑。

四、过程有待探究

董小宛是如何入宫的呢?具体过程已无从考究,说法也很多,有一点可以肯定的是,她有过一段被掳去清营的历史。清初清兵在江南地区大量掳掠妇女,顾炎武的《秋山》诗记录了这一暴行:“北去三百舸,舸舸好红颜。”

《影梅庵忆语》记载冒辟疆和董小宛在三月同时梦见董小宛被人抓走,是在暗示董小宛在1650年三月末被人“强去”。陈寅恪先生在《柳如是别传》中也认定,冒辟疆详述董小宛梦境的缘由,是在暗示劫掠的事实。

我们结合《影梅庵忆语》和关于董鄂妃的记录来梳理一下这个过程:

表 119　董小宛生平年表

1624 年	出生	天启六年	
1643 年	嫁冒辟疆	崇祯十六年	20 岁
1644 年		明亡	21 岁
1650 年	三月被人“强去”	顺治七年，多尔衮年底坠马而亡	27 岁
1651 年	正月“死”	顺治八年，正月顺治亲政	28 岁
1652 年—1655 年	?		
1656 年	八月二十五日	入宫封贤妃、次月封皇贵妃	33 岁
1657 年	十月初七	生皇四子	34 岁
1658 年	正月二十四日	皇四子夭	35 岁
1660 年	八月十九日	逝	37 岁
	八月二十一日	追封孝献皇后	

从 1650 年三月被掳至 1656 年董小宛入宫，有研究成果认为董小宛被掳后先归于摄政王多尔衮、后归顺治之弟襄亲王博果尔，这些说法也许能解释为什么董鄂氏入宫之前的经历一片空白。

董小宛是名动天下的秦淮名妓（这应是董鄂妃无画像留下的主要原因，因为认识她的人很多），是已婚人妾，又曾被掳侍顺治的叔父多尔衮，多尔衮死后又归顺治之弟襄亲王博果尔。贵为皇贵妃，这些经历是难以启齿的，这也许才是清廷对其身份一直讳莫如深的主要原因。但也许有更深层的原因待考。

第三节　《孝献皇后行状》与《影梅庵忆语》

董小宛是中国历史上的传奇女性，是青楼名妓，也是江南才女；是名士爱妾，也是出塞明妃；是沼吴西施，也是文化使者。

她的第一任丈夫冒辟疆为她写下《影梅庵忆语》，她的第二任丈夫顺治为她写下《孝献皇后行状》，仔细对照这两篇文章，会让人看到董小宛与孝献皇后同样的个性与行止。

一、创作动因：记录懿行惠心

《孝献皇后行状》：

顺治十七年八月壬寅，孝献庄和至德宣仁温惠端敬皇后崩。呜呼！内治虚贤，赞襄失助，永言淑德，摧痛无穷。惟后制行纯备，足垂范后世。顾壸议邃密，非朕为表著，曷由知之？是用汇其平生懿行，次为之状。

《影梅庵忆语》：

传其慧心隐行，闻者叹者，莫不谓文人义士难与争俦也。余业为哀辞数千言哭之，格于声韵不尽悉，复约略纪其概。

二、贤内助：无微不饬与无忤无间

《孝献皇后行状》：

后幼颖慧过人，及长娴女工，修谨自饬，进止有序，有母仪之度，姻党称之。年十八，以德选入掖廷，婉静循礼，声誉日闻，为圣皇太后所嘉誉……后持躬谨恪，翼赞内治，殚竭心力，无微不饬，于诸务孜孜焉。罔弗周详。

《影梅庵忆语》：

入吾门，智慧才识，种种始露。凡九年，上下内外大小，无忤无间。其佐余著书肥遁，佐余妇精女红，亲操井臼，以及蒙难遘疾，莫不履险如夷，茹苦若饴，合为一人。……余一生清福，九年占尽，九年折尽矣。

三、妻妾关系：晨夕候兴居与无一言枘凿

《孝献皇后行状》：

其事朕如父，事今后（阿拉坦琪琪格）亦如母，晨夕候兴居，视饮食，服御曲体罔不悉。……凡后（阿拉坦琪琪格）事，后（董小宛）皆躬为治备，略无倦容。……事今后（阿拉坦琪琪格）克尽谦敬，以母称之，今后（阿拉坦琪琪格）亦视后（董小宛）如娣。

《影梅庵忆语》：

入门，吾母太恭人与荆人见而爱异之，加以殊眷……越九年，与荆人无一言枘凿。至于视众御下，慈让不遑，咸感其惠。余出入应酬之费与荆人日用金错泉布，皆出姬手。

四、婆媳关系：奉养甚至与服劳承旨

《孝献皇后行状》：

后性孝敬，知大体，其于上下，能谦抑惠爱，不以贵自矜。事皇太后奉养甚至，伺颜色如子女，左右趋走，无异女侍。皇太后良安之，自非后在侧，不乐也。

后自入宫掖数年，行已谦和，不惟能敬承皇太后，即至朕保姆往来，晋接以礼，亦无敢慢。

《影梅庵忆语》：

入门，吾母太恭人与荆人见而爱异之，加以殊眷。幼姑长姊尤珍重相亲，谓其德性举止均非常人。而姬之侍左右，服劳承旨，较婢妇有加无已。烹茗剥果，必手进；开眉解意，爬背喻痒。当大寒暑，折胶铄金时，必拱立座隅，强之坐饮食，旋坐旋饮食，旋起执役，拱立如初。

五、家庭关系：宽仁下逮与珍重相亲

《孝献皇后行状》：

其御诸嫔嫱，宽仁下逮，曾乏纤芥忌嫉意。……宫闱眷属，大小无异视，长者媪呼之，少者姊视之，不以非礼加人，亦不少有谇诟。故凡见者，蔑不欢悦……

后尝育承泽王女二人、安王女一人于宫中，朝夕鞠抚，慈爱不啻所生。

《影梅庵忆语》：

幼姑长姊尤珍重相亲，谓其德性举止均非常人。

余每课两儿文，不称意，加夏楚，姬必督之改削成章，庄书以进，至夜不懈。

六、俭朴：不用金玉与不制宝粟钗钿

《孝献皇后行状》：

后性至节俭，衣饰绝去华采，即簪珥之属，不用金玉，惟以骨角者充饰……后天性慈惠，凡朕所赐赍，必推施群下，

无所惜。封皇贵妃有年，乃绝无储蓄。崩逝后，诸含殓具，皆皇太后所预治者。视他宫侍亦无少差别，均被赐予。

《影梅庵忆语》：

姬不私铢两，不爱积蓄，不制一宝粟钗钿……姬临终时，自顶至踵，不用一金珠纨绮，独留跳脱不去手，以余勒书故。

七、通医理：扶持供养与昼夜密伺

《孝献皇后行状》：

前岁，今后（阿拉坦琪琪格）寝病濒危，朕躬为扶持供养，今后（阿拉坦琪琪格）宫中侍御尚得乘间少休，后则五昼夜目不交睫，且时为诵书史，或常谈以解之。……今年春，永寿宫始有疾，后亦躬视扶持，三昼夜忘寝兴。

《影梅庵忆语》：

姬当大火铄金时，不挥汗，不驱蚊，昼夜坐药炉旁，密伺余于枕边足畔六十昼夜，凡我意之所及与意之所未及，咸先后之。己丑秋，疽发于背，复如是百日。余五年危疾者三，而所逢者皆死疾，惟余以不死待之，微姬力，恐未必能坚以不死也。

八、精书法

《孝献皇后行状》：

所诵《四书》及《易》，已卒业。习书未久，天资敏慧，遂精书法。

《影梅庵忆语》：

姬书法秀媚，学钟太傅稍瘦，后又学《曹娥》。余每有丹黄，必对泓颖，或静夜焚香，细细手录。闺中诗史成帙，皆遗迹也。

九、微言——孝献悲歌

《孝献皇后行状》文中关于董小宛与孝庄太后的关系微言大义。孝惠章皇后及后妃因董小宛之死疏远孝庄太后，“（皇太后孝庄）见今后（孝惠章皇后）与诸妃嫔哭后之恸，谕曰：‘若辈勿深哀，曷少自慰。’乃一时未有应者，皇太后泫然泪下。”对此孝庄只能表态：“诸妃嫔可勿来，重伤我心！”为自己找台阶。

孝庄执意要产后尚未满月的董小宛丢下襁褓中的婴儿，在严冬每日奔波十余里前去南苑服侍，对董小宛进行变相折磨：“十四年冬，往南苑，皇太后圣体违和，后（董小宛）朝夕侍奉，废寝食。……后以疾弗从，皇太后则曰：‘若独不能强起一往，以慰我心乎？’因再四勉之。盖其不忍去后如此。”

更为出格的是，文中谈到董小宛之殓具由孝庄预备，暗示董小宛之死与孝庄有莫大关联，“诸含殓具，皆皇太后所预治者”。

顺治还写道：“即皇太后千秋万岁后，诸大事俱后经治是依赖。今一朝崩逝，后脱遇此，朕可一一预及之乎？将必付之不堪委任之人。念至于此，朕五中摧痛，益不能不伤痛无已矣。”这段话的意思是如果董小宛不逝，将来一定也会为孝庄准备一个盛大的葬礼。上述内容表明了顺治内心无比的痛苦与愤怒，他宁愿母亡，不愿妻死，这只有一个解释：生母孝庄是致爱妻董小宛死亡的元凶。

汉文化以孝为先，青楼出身、辗转风尘、有着沉重原罪耻感的董小宛意图通过孝道来证明自己精神的清白，向往汉文化的顺治力图通过孝道来证明自己汉化政策的正确，但没有金刚手段护持的菩萨心肠，注定要遭到反噬，更何况他们面对的是中国历史上以权谋心机著称的孝庄。

孝道成为孝庄对二人进行道德绑架的工具：“你们要汉化，就要遵循孝道；如果不能对我行孝，就说明你们的汉化之路行不通。”为了证明汉化之路的正确性，顺治与董小宛只得接受孝庄的道德绑架。在顺治的众多诏书中均看到言必称太后，而董小宛尽管产后体弱，也要抛下襁褓之中的孩子，每天劳碌奔波前往宫外的南苑侍候孝庄。荣亲王百日而夭、董小宛逝后，欲“剖悍妇之心”而不能的顺治只能选择出家来寻求解脱。

十、隐言——西子奇冤

《影梅庵忆语》开篇即将西施与董小宛并提，指明“近好事家复假篆声诗，侈谈奇合，遂使西施、夷光、文君、洪度，人人阁中有之，此亦闺秀之奇冤，而噉名之恶习已”。

上述四个古代女性的名字之中藏着很多信息：

夷光与西施同是越国美女，一起进吴宫担负沼吴的重任。

文君与洪度同是文才出众的女子，均在成都居住过，汉卓文君打破封建道德束缚，再嫁司马相如，是中国古代四大才女之一；唐朝名妓薛涛字洪度，因为善长写诗，时称女校书。

这四个名字后的信息就是：江南已婚名妓董小宛与贞妃姐妹入清宫，配合西南永历政权，一起承担汉文明救亡的历史重任，但其命运被人曲解，贡献不为人知，是奇冤。

表 120　奇冤四美

西施	越国 江南	董小宛
夷光		贞妃
文君	成都 西南	汉朝再嫁才女
洪度		唐朝名妓女校书

冒辟疆自愧“区区泪笔，枯涩黯削，不能自传其爱，何有于饰”？这是他的肺腑之言，但也过谦了。他是《红楼梦》第二期创作的主持人。

参与《红楼梦》创作的民族英雄方以智寄诗冒辟疆：“一场翻尽关山曲，痛杀人间不许传。”冒辟疆致方以智诗云：“石能言语终须白（小宛本名白），血化精魂叫亦红（《红楼梦》）”。《板桥杂记》的作者余怀也寄诗冒辟疆：“文章久被虚名误，意气惟凭我辈知。自有琴尊传北海，岂无佳丽敌西施。”这些均是对冒辟疆著作权的肯定。佳丽是董小宛，琴尊又是谁？

第四节　董小宛《奁艳》与龚鼎孳《悼文》

据《影梅庵忆语》中记载，董小宛曾写过一本书，名为《奁艳》，“其书之魂异精秘，凡古人女子，自顶至踵，以及服食器具、亭台歌舞、针神才藻，下及禽鱼鸟兽，即草木之无情者，稍涉有情，皆归香丽。今细字红笺，类分条析，俱在奁中。客春顾夫人远向姬借阅此书，与龚奉常极称其妙，促绣梓之”。这本书无从查找，但清初贰臣、“江左三大家”之一的龚鼎孳和其如夫人、秦淮八艳之一的顾横波是董小宛心血之作《奁艳》的唯二读者。

自崇祯十六年（1643）顾横波北上北京，至康熙三年（1664）顾横波去世，夫妻俩在北京居住了 20 年，而这期间冒辟疆一直在江南，并未北上出仕。冒辟疆称龚顾二人是董小宛《奁艳》的唯二读者，暗示董小宛与这夫妻二人长期共处一地，这个地方只能是北京。

如果如常人所言，董小宛 1651 年死于如皋，则龚顾夫妻是无缘得见《奁艳》的。原因如下：董小宛与顾横波两人同于 1643 年出嫁，董小宛嫁至如皋，顾横波嫁至北京。1644—1650 年江南遍地烽烟，冒董夫妻颠沛流离，冒辟疆五年危病者三，董小宛如何有闲情写下《奁艳》？远在北京的龚顾夫妻又如何得见？因此，这本《奁艳》的写作只能是董小宛 1650—1660 年在北京期间完成，龚顾夫妻也因此得见此作。

表 121　冒董夫妻与龚顾夫妻

<table>
<tr><td rowspan="2">1643—1650 年</td><td>董小宛嫁冒辟疆</td><td>如皋</td></tr>
<tr><td>顾横波嫁龚鼎孳（1646—1650 年回乡丁忧）</td><td rowspan="3">北京</td></tr>
<tr><td rowspan="2">1650—1660 年</td><td>董小宛被掳北上、入宫、封妃、死亡</td></tr>
<tr><td>龚鼎孳在北京任职、顾横波封诰命夫人</td></tr>
</table>

一、龚鼎孳与顾横波

冒辟疆位列“明末四公子”，龚鼎孳则居“江左三大家”之一，这两位都娶了秦淮八艳中的一人作为妾室，一为董小宛，一为顾横波。这两对以及钱谦益与柳如是、侯方域与李香君等名士名妓的结合成为千古传奇。

表 122　名士与名妓

夫		妻	
“江左三大家”	钱谦益	柳如是	秦淮八艳
	龚鼎孳	顾横波	
“明末四公子”	冒辟疆	董小宛	
	侯方域	李香君	

龚鼎孳（1616—1673），字孝升，因出生时庭院中紫芝正开，故号芝麓，安徽合肥人。明末清初诗人、文学家，与吴伟业、钱谦益并称为“江左三大家”。

龚鼎孳于明崇祯七年中进士，官兵科给事中。崇祯十七年三月降李自成，任直指使；五月降多尔衮，授吏科给事中，历官至礼部尚书。康熙十二年（1673）病卒。

龚鼎孳系三朝之臣，因一降李自成、再降多尔衮而为人所不齿，清乾隆四十一年（1776），乾隆皇帝下诏编纂《贰臣传》，龚鼎孳名列其中。龚鼎孳为自己的反复、自己的软骨头反省过，他在其诗《初返居巢感怀》中写道：

失路人悲故国秋，飘零不敢吊巢由。
书因入洛传黄耳，乌为伤心改白头。
明月可怜销画角，花枝莫遣近高楼。
台城一片歌钟起，散入南云万点愁。

这“失路”分明就是内心的忏悔、自责、羞愧，也算是对自己污德失节的自我救赎。但他在职期间，常能保护善类，扶掖人才，颇得人心。

顾横波（1619—1664），原名顾媚，又名眉，字眉生，别字后生，号横波，上元（今江苏南京）人，是秦淮八艳之一，有南曲第一的美誉。她工诗善画，尤擅画兰，所绘《兰花图》扇面今藏于故宫博物院中。作有《海月楼夜坐》《花深深·闺坐》《虞美人·答远山夫人寄梦》《千秋岁·送远山夫人南归》等诗词，收入所著《柳花阁集》。顾横波个性豪爽不羁，“礼贤爱士，侠内峻嶒”，开始曾劝丈夫忠君守节、以死殉国；后慷慨解囊，身体力行地支持反清复明的事业，在自己家中掩护被追缉的抗清志士阎尔梅。阎尔梅曾写下长诗《惜扬州》，“伤哉胡骑渡河南，杀人惟独扬州多”，详细地记叙了“扬州十日”的惨状。

龚鼎孳先后做了三朝之臣。在1656年董小宛入宫当年，顾横波受顺治诰封为一品夫人。1660年八月十九日，董小宛逝世，1664年冬，顾横波一病不起，卒于北京铁狮子胡同，龚鼎孳在北京长倖寺建妙香阁纪念。与顾横波同年去世的还有秦淮八艳中的另一位——18年间毁家纾难、坚持抗清的柳如是。

表123　顾横波与董小宛

时间	龚鼎孳 顾横波	冒辟疆 董小宛	顺治 董小宛
1644年	在北京降李自成、降多尔衮	在江南兵火中逃难	
1645年	仕清		
1650年		董小宛被掳	
1651年			顺治亲政
1656年	顾横波封一品诰命		董小宛入宫
1661年			董小宛逝
1664年	顾横波病故		

二、《帝京篇》与《代李敬业传檄天下文》

据《影梅庵忆语》记载，龚鼎孳曾为董小宛写过一篇纪念文章：“龚奉常独谱姬始末，成数千言，《帝京篇》《连昌宫》不足比拟。”

冒辟疆认为，龚鼎孳纪念董小宛的文章高于《帝京篇》。《帝京篇》是“初唐四杰”之一的骆宾王创作的一首长诗，描绘了唐朝帝京长安的繁华，提出了居安思危的警示：

山河千里国，城阙九重门。不睹皇居壮，安知天子尊。皇居帝里崤函谷，鹑野龙山侯甸服。五纬连影集星躔，八水分流横地轴。秦塞重关一百二，汉家离宫三十六。桂殿嵚岑对玉楼，椒房窈窕连金屋。三条九陌丽城隈，万户千门平旦开。复道斜通鳷鹊观，交衢直指凤凰台。……已矣哉，归去来。马卿辞蜀多文藻，扬雄仕汉乏良媒。三冬自矜诚足用，十年不调几邅回。汲黯薪逾积，孙弘阁未开。谁惜长沙傅，独负洛阳才。

董小宛公开身份是青楼名妓、江南才女、名士爱妾，为何龚鼎孳为其写作的纪念文章要与描写帝国强盛和居安思危主题的《帝京篇》相对比呢？江南女儿董小宛进京了吗？董小宛也是身系帝国兴亡了吗？

《帝京篇》虽是佳作，但与骆宾王最著名的作品相比，仍逊色不少。骆宾王最著名的作品是《代李敬业（即徐敬业）传檄天下文》：“伪临朝武氏者，性非和顺，地实寒微。昔充太宗下陈，曾以更衣入侍。洎乎晚节，秽乱春宫。潜隐先帝之私，阴图后庭之嬖。入门见嫉，蛾眉不肯让人；掩袖工谗，狐媚偏能惑主……”这是一篇批判女祸的千古檄文，成为后世的典范。徐敬业兵败后，骆宾王下落不明，其一生行迹颇为诡奇，也近于纵横家。

龚鼎孳为董小宛所写的纪念文字在《帝京篇》之上，难道这也是一篇与《代李敬业传檄天下文》等量齐观的文章？徐敬业讽武则天“充（唐）太宗下陈”，董小宛时代曾“充（清）太宗下陈”的女祸是谁？——孝庄。

三、《连昌宫词》与《莺莺传》

据冒辟疆评价，龚鼎孳纪念董小宛的文章不仅较骆宾王《帝京篇》更好，也超越了唐元稹的《连昌宫词》，这也是一首长诗：

连昌宫中满宫竹，岁久无人森似束。又有墙头千叶桃，风动落花红蔌蔌。……开元之末姚宋死，朝廷渐渐由妃子。禄山宫里养作儿，虢国门前闹如市。弄权宰相不记名，依稀忆得杨与李。庙谟颠倒四海摇，五十年来作疮痏……

连昌宫又名兰昌宫、玉阳宫，是唐代皇家最大的行宫之一，故址在今河南宜阳。从隋朝大业年间初建，到唐代肃宗年间废置，连昌宫见证了约150年的历史变迁，也留下了许多动人的传说。

《连昌宫词》首先描写了唐玄宗和杨贵妃在连昌宫中通宵行乐、歌舞升平的景象——“平明大驾发行宫，万人歌舞涂路中”，然后笔锋一转，引出第二年安史之乱爆发，百姓颠沛流离，连昌宫“荆榛栉比塞池塘，狐兔骄痴缘树木”。盛唐时代结束了，连昌宫荒废了。这与《红楼梦》中《好了歌注》“陋室空堂，当年笏满床”的境界是一样的。

为何龚鼎孳为董小宛写作的纪念文章要与描写唐朝安史之乱、王朝兴衰的《连昌宫词》相对比呢？江南女儿董小宛进宫了吗？董小宛也经历了与杨贵妃一样的命运吗？（详见后文《董小宛——滴翠亭杨妃扑彩蝶》）

元稹是《连昌宫词》的作者，但《连昌宫词》并非其代表作。元稹的代表作是唐传奇《莺莺传》。

《莺莺传》是《西厢记》的故事原型，学界普遍认为，莺莺的原型应是一名青楼名妓。冒辟疆说龚鼎孳为董小宛所写的纪念文章水平在元稹《连昌宫词》之上，难道龚鼎孳纪念董小宛的文章就如元稹纪念青楼名妓的《莺莺传》？

表124　龚鼎孳纪念董小宛文章的主题

人物	形式	作品	主题
骆宾王	举例作品	《帝京篇》	帝国安危
	代表作	《代李敬业传檄天下文》	讨伐女祸
元稹	举例作品	《连昌宫词》	杨妃悲剧
			安史之乱
	代表作	《莺莺传》	歌颂名妓

根据上表，我们可知龚鼎孳纪念董小宛的文章主题是帝国安危，历史背景是与安史之乱一样的“甲申之变”明清换代，赞扬的对象是如杨妃一样命运的后妃、名妓，批判的对象是“充太宗

下陈”的女祸。

四、参政女校书

吴伟业《题董白小像》中第八首写道：

江城细雨碧桃村，寒食东风杜宇魂。
欲吊薛涛怜梦断，墓门深更阻侯门。

在这首诗中，他将董小宛喻为薛涛。薛涛是唐代传奇女诗人，名妓。16岁入乐籍，与韦皋、元稹有过恋情，元稹为其写下“锦江滑腻蛾眉秀，幻出文君与薛涛”的诗句。脱离乐籍后，加入道籍，终身未嫁，安享高寿，今成都望江楼公园有薛涛墓。薛涛流传至今的诗作约80多首。

因薛涛才名远扬，韦皋在担任剑南西川节度使时，便让她参与一些案牍工作。因薛涛工作细致认真、写作富有文采，韦皋便拟奏其为校书郎。校书郎的主要工作是公文撰写和典校藏书。按规定，只有进士出身的男人才有资格担当此职，唐代大诗人白居易就做过这个差事。因为格于旧例，韦皋的这一奏请并未实现，然而薛涛以“女校书”而名动远近。唐代王建《寄蜀中薛涛校书》诗称：“万里桥边女校书，枇杷花里闭门居。”在成都望江楼有这样一副对联：

古井冷斜阳，问几树枇杷，何处是校书门巷？
大江横曲槛，占一楼烟雨，要平分工部草堂。

名妓女校书薛涛因忧国忧民而青史留名。被比喻为薛涛的名妓董小宛又有什么忧国忧民的事迹呢？《随园诗话》中有这样的记载：“当时红楼中有女校书某尤艳。”“尤艳”的红楼女校书可能来自秦淮八艳吗？

表 125　顺治、冒辟疆、董小宛、龚鼎孳、顾横波生平对照表

<table>
<tr><td>1643 年
崇祯十六年</td><td>6 岁的顺治在今沈阳登基</td><td>龚鼎孳任职明朝给事中
顾横波远嫁北京</td><td>冒辟疆娶 20 岁董小宛</td></tr>
<tr><td>1644 年
崇祯十七年
顺治元年</td><td>明亡
顺治入关，在紫禁城登基
南明弘光政权建立</td><td>龚鼎孳一降李自成、再降多尔衮</td><td></td></tr>
<tr><td>1645 年
顺治二年
南明弘光元年</td><td>多铎率清军南下，南明弘光政权覆亡</td><td rowspan="3">龚顾夫妻在北京，龚鼎孳任职清廷（1646—1650 年回乡丁忧）</td><td rowspan="2">冒董夫妻逃亡生涯</td></tr>
<tr><td>1650 年
顺治七年</td><td>三月董小宛被掳北京
十二月多尔衮暴亡</td></tr>
<tr><td>1651 年
顺治八年</td><td>顺治亲政</td><td></td></tr>
<tr><td>1656 年
顺治十三年</td><td>董小宛封贤妃、皇贵妃</td><td>顾横波封一品诰命夫人</td><td></td></tr>
<tr><td>1660 年
顺治十七年</td><td>董小宛逝，追封孝献皇后</td><td></td><td></td></tr>
<tr><td>1661 年
顺治十八年</td><td>顺治逊位
康熙继位</td><td></td><td></td></tr>
<tr><td>1664 年
康熙三年</td><td></td><td>顾横波病亡</td><td></td></tr>
<tr><td>1673 年
康熙十二年</td><td></td><td>龚鼎孳病亡</td><td></td></tr>
<tr><td>1693 年
康熙三十二年</td><td></td><td></td><td>冒辟疆病亡</td></tr>
</table>

第五节 司花仙女：北齐文宣皇后李祖娥与清孝献皇后董小宛

《绛珠还泪案》指出，纪晓岚所著《明懿安皇后外传》中的四代司花仙女是红楼花神的总纲，此前我们已揭晓其中宋仁怀皇后朱琏、明懿安皇后张嫣、清孝惠章皇后阿拉坦琪琪格的关联，现在我们来看清孝献皇后董小宛与第二代司花仙女北齐文宣皇后李祖娥的命运映射关系。

一、北齐文宣皇后李祖娥

北齐文宣皇后李祖娥，生卒年不详，北齐文宣帝高洋的皇后，出身于汉族北方世家大族赵郡李氏，容德甚美，才貌双全。十几岁时嫁当时还是太原郡公的高洋为妻。高洋建立北齐后，册立其为皇后，生北齐废帝高殷、太原王高绍德和长乐郡长公主高宝德。

高洋死后，长子高殷即位，尊母为皇太后。乾明政变后，高殷被废为济南王，后又被杀，李祖娥迁居昭信宫。武成帝高湛继位后，淫逼李祖娥。李祖娥因生女不举遭到高湛鞭笞，次子高绍德也为高湛杀害，遂入妙胜尼寺为尼，直到隋朝建立后才得以返回家乡赵郡。

二、董小宛与李祖娥

董小宛与李祖娥有着十分相似的命运：

（一）异族通婚，夫妻情深

董小宛嫁顺治福临，福临是满族；李祖娥嫁高洋，高洋是鲜卑族。

顺治皇帝个性强悍，被[illegible]评价为“龙性难撄”；李祖娥的丈夫高洋则是中国历史上有名的暴君，他执政后期纵欲酗酒，残暴滥杀，大兴土木，赏罚无度，最终因饮酒过度而暴毙。尽管这样，顺治与高洋二人内心最柔软的地方却留给了董小宛和李祖娥，并为此不惜得罪母族。顺治对来自孝庄家族的两位皇后孟古青与阿拉坦琪琪格感情淡薄；高洋则拒绝立娄昭君太后的外甥女段氏为后。

（二）开国皇后，生平成谜

两人的丈夫都是有成的开国之君。顺治是清入关第一位皇帝，在位期间基本完成全国的统一；高洋在位初期，励精图治，厉行改革，劝农兴学，编制齐律，肃清吏治，前后筑北齐长城四千里，置边镇二十五所，屡次击败柔然、突厥、契丹，出击萧梁，拓地至淮南，征伐四克，威震戎夏，怀有圣主气范，被突厥可汗称为“英雄天子”，为北齐一代英主。

董小宛作为秦淮名妓、名士爱妾，生于 1624 年，卒于 1651 年；作为董鄂妃，生于 1639 年，卒年 1660 年，其中有大量的疑问待查。李祖娥出生与死亡的年龄史书不载，北周灭了北齐，李祖娥曾作为北齐皇族的一员被俘虏到北周。后来隋朝建立，李祖娥得以返回家乡赵郡，从此以后，史书上没有了她的记载。

（三）命如浮萍，丧子之痛

董小宛是秦淮名妓，一嫁冒辟疆，再嫁顺治，但其在 1650 年被掳北上后至 1656 年入宫之间的生平是一片空白，有很多研究成果指向其此间归多尔衮及顺治之弟博果尔，因此可见，董小宛一生风尘辗转，唯一的儿子荣亲王百日而夭。

李祖娥一生辗转于高家四兄弟之间：嫁给高洋后，因容颜美丽屡被高洋之兄高澄调戏；高洋建立北齐，立李祖娥为皇后；高洋死后，他与李祖娥的长子高殷继位，但高洋之弟高演发动政变杀死侄子高殷自立为帝；高演死后，其弟高湛继位，以李祖娥次子高绍德威胁她，李祖娥被逼生女不举，其次子高绍德亦被高湛所杀。

表 126　李祖娥与高氏兄弟

伯	高澄	东魏大丞相	调戏李祖娥
夫	高洋	北齐开国之君	立李祖娥为皇后
叔	高演	北齐第三位皇帝	废黜李祖娥之子高殷的帝位 杀死高殷
	高湛	北齐第四位皇帝	逼李祖娥淫乱生女，杀死李祖娥次子高绍德

（四）太后专权，皈依佛门

董小宛入宫期间遭到顺治之母孝庄的荼毒，荣亲王夭折后，董小宛与顺治一起向佛，专心禅学，参究“一口气不来，向何处安身立命”语，临终时“言动不乱，端坐呼佛号，嘘气而化，颜貌安整，俨如平时”。

高洋死后，其母娄昭君为保住另两个儿子高演和高湛的地位，声称“岂能让我们母子受这汉家女人（李祖娥）的摆布”，发动政变，废黜了自己的孙子——高洋与李祖娥之子高殷的帝位，先后扶持自己的两个儿子高演与高湛登上帝位。万念俱灰的李祖娥进了妙胜尼寺出家为尼。

表 127　李祖娥与董小宛

<table>
<tr><th></th><th>命运</th><th>婚姻</th><th>夫妻关系</th><th>丈夫</th><th>子女</th><th>后宫</th><th>归宿</th><th>历史</th></tr>
<tr><td>李祖娥</td><td rowspan="2">浮萍</td><td rowspan="2">跨民族通婚</td><td rowspan="2">情浓</td><td rowspan="2">开国之君、个性狂暴</td><td rowspan="2">丧子丧女</td><td rowspan="2">太后专权</td><td rowspan="2">佛门</td><td rowspan="2">空白或存疑</td></tr>
<tr><td>董小宛</td></tr>
</table>

由上述分析可知，董小宛是如文宣皇后李祖娥一样的花神。《红楼梦》中的花神以钗黛为符号，董小宛是钗还是黛？

表 128　红楼总花神结构表三

<table>
<tr><td colspan="4">《明懿安皇后外传》兜率天宫司花仙女</td><td colspan="3" rowspan="2">《红楼梦》离恨天绛珠草</td><td rowspan="6">总花神</td></tr>
<tr><td></td><td>朝代</td><td>背景</td><td>历史人物</td></tr>
<tr><td>第一代</td><td>汉</td><td>吕后专权</td><td>汉孝惠皇后张嫣</td><td rowspan="2">第三代</td><td>清孝惠章皇后阿拉坦琪琪格</td><td>红麝串宝钗</td></tr>
<tr><td>第二代</td><td>北齐</td><td>南北朝太皇太后专权</td><td>北齐文宣皇后李祖娥</td><td>清孝献皇后董小宛</td><td>钗黛?</td></tr>
<tr><td>第三代</td><td>宋</td><td>“靖康之耻”</td><td>宋仁怀皇后朱琏+慎德妃朱璇</td><td colspan="2">第一代</td><td>黛玉</td></tr>
<tr><td>第四代</td><td>明</td><td>“甲申之变”</td><td>明懿安皇后张嫣+崇祯皇后周玉凤</td><td colspan="2">第二代</td><td>宝钗</td></tr>
</table>

第六节　女工宝钗+红麝串宝钗：孝献皇后董小宛

《绛珠还泪案》指出，《红楼梦》中有两位宝钗：一是象征天启皇后张嫣的红麝串宝钗，一是象征崇祯皇后周玉凤的女工宝钗。孝献皇后董小宛与这两位宝钗的命运有何关联？

表 129　天启、崇祯、顺治三朝宝钗

<table>
<tr><td rowspan="4">贾宝玉</td><td rowspan="2">汉</td><td>天启</td><td>张嫣</td><td>红麝串宝钗</td></tr>
<tr><td>崇祯</td><td>周玉凤</td><td>女工宝钗</td></tr>
<tr><td rowspan="2">满</td><td rowspan="2">顺治</td><td>孝惠章皇后阿拉坦琪琪格</td><td>红麝串宝钗</td></tr>
<tr><td>孝献皇后董小宛</td><td>?</td></tr>
</table>

一、红楼花神：天启皇后张嫣与顺治皇后董小宛（红麝串宝钗）

顺治孝献皇后董小宛与天启张嫣皇后同样有着相似的命运：

张嫣年龄比天启略长，天启要称其为姐姐；董小宛年长于顺治，这是众所周知的事实。

天启后宫有一个女祸是乳母客氏，顺治后宫则有一个女祸是孝庄。

张嫣受客魏迫害产下死胎怀冲太子朱慈燃，而董小宛则受孝庄陷害，荣亲王百日而夭。

二人均个性严正，有后妃之德，劝谏帝王丈夫勤勉治国。张嫣曾借《赵高传》讽谏天启帝，在 17 年的孀居生涯之中，研读历史，讲习《资治通鉴》；董小宛嫁与“复社四公子”之一的冒辟疆，复社有小东林之称，是一群关心国事的年轻知识精英的团体，复社成员与秦淮歌妓组成的文艺联盟是与阉党斗争的中坚力量，董小宛、李香君等都曾参与其中。

二人均是姐妹同嫁。天启后宫有一名个性直烈的张裕妃，被客魏迫害致死；贞妃董鄂氏与董小宛一起入清宫，贞妃在顺治逊位后被逼殉葬。

二人均是国色。张嫣是明朝 5000 人选美冠军，也是中国历史上唯一一个通过民间选美产生的皇后；董小宛是艳名远扬的秦淮名妓。

二人均有戏曲修养。张嫣受天启影响，是戏剧专家；秦淮歌妓的看家本领就是昆曲。

昆曲是传统戏曲中最古老的剧种之一，是世界非物质文化遗产，曲辞典雅，行腔婉转，表演典雅，集歌舞、文学、声乐等多种艺术形式为一体，是中国传统文化的典范。在明末，汤显祖、江左三大家、复社四公子、阮大铖等众多文化精英均参与到昆曲的创作与推广之中，将昆曲的艺术水平提高到一个迄今仍无法企及的高度。

表 130 红麝串宝钗张嫣与董小宛

	夫妻年龄	姐妹同嫁	后宫女祸	夭折儿子	个性	形象	戏曲
张嫣	姐弟	张裕妃	客氏	怀冲太子	严正贤德	国色	专家
董小宛		贞妃	孝庄	荣亲王			

产下死胎的天启张嫣皇后是红麝串宝钗，荣亲王早夭的顺治孝献皇后董小宛也是红麝串宝钗。《红楼梦》花神模型告诉我们，在顺治王朝，红麝串宝钗有两位：孝惠章皇后阿拉坦琪琪格与孝献皇后董小宛。

二、红楼花神：崇祯皇后周玉凤与顺治皇后董小宛（女工宝钗）

董小宛不仅与红麝串宝钗天启张嫣皇后命运有一致性，与女工宝钗崇祯周玉凤皇后的命运也有一致性——二人系同乡双生关系。

二人均是苏州人，周玉凤在北京成长，但其故乡在苏州。

二人均才华横溢，有高深的文学、艺术修养。

二人均精于女工。《绛珠还泪案》介绍过，周玉凤应是中国历史上唯一一个亲自做饭、缝衣的皇后。董小宛作为绣庄之女，据《影梅庵忆语》记载，"于女红无所不妍巧，锦绣工鲜。刺巾裾如虮无痕，日可六幅。剪彩织字、缕金回文，各厌其技，针神针绝，前无古人已"。

二人均以贤德著称。东林党人、崇祯朝的国子监祭酒陈仁锡曾租住在周玉凤家，并教年幼的周玉凤学习《资治通鉴》。周玉凤被册封为皇后之后，在后宫中兴起了一股学习《资治通鉴》的潮流。董小宛如前所述参与了复社的政治活动，并将顺治后宫治理得井井有条。

二人均精通药理。周玉凤之父是郎中，而董小宛在后宫之中侍病的记载很多，有孝庄太后、孝惠章皇后、石妃等。

二人均生育太子。周玉凤所生三子，太子朱慈烺，定王朱慈炯，另有一子夭折。董小宛之子被顺治称为第一子，视为太子身份；崇祯的女儿长平公主是周玉凤所生，董小宛在宫中也收养了三位宗室的女儿。

二人均是纤弱美人，崇祯任信王时选妃，周玉凤就曾因身体瘦弱而被质疑。

周玉凤皇后与崇祯帝、田贵妃同葬思陵，如娥皇女英姐妹。董小宛与堂妹贞妃一起嫁入清宫。

表 131　女工宝钗周玉凤与董小宛

<table>
<tr><th></th><th>家乡</th><th>才华</th><th>个性</th><th>身形</th><th>子</th><th></th></tr>
<tr><td>周玉凤</td><td rowspan="2">苏州</td><td rowspan="2">文学
艺术
女工
药理</td><td rowspan="2">贤德</td><td rowspan="2">纤弱</td><td>太子朱慈烺等</td><td rowspan="2">姐妹
同嫁</td></tr>
<tr><td>董小宛</td><td>荣亲王</td></tr>
</table>

作为顺治王朝总花神，董小宛是红麝串宝钗的扮演者，亦是女工宝钗的担当。

第七节　董小宛——滴翠亭杨妃扑彩蝶

第二十七回《滴翠亭杨妃戏彩蝶　埋香冢飞燕泣残红》，在回目中将宝钗喻为杨妃；第三十回《宝钗借扇机带双敲　龄官划蔷痴及局外》，宝玉也将宝钗喻为杨妃：“怪不得他们拿姐姐比杨妃，原来也体丰怯热。”现在我们来看顺治王朝的宝钗董小宛与杨妃之间有何关联。

一、董小宛与杨妃

杨贵妃是肌肤丰泽的国色美人，董小宛是艳名远扬的秦淮名妓。

杨妃名玉环。相传唐代的苏昌远遇到一位美丽的素衣女郎，赠他玉环一枚，随后他在荷花花蕊中发现了一枚一样的玉环，因此又将莲花称为玉环。董小宛一字青莲。

杨贵妃擅长音乐戏曲，是梨园创始人，《霓裳羽衣曲》正是杨贵妃的代表作。秦淮歌妓的看家本领就是昆曲表演，董小宛还擅古琴。

杨贵妃的姐姐虢国夫人与唐玄宗留下“素面朝天”的历史典故。董小宛与贞妃姐妹同嫁顺治，贞妃的历史贡献《朱评红楼》今后再行揭示。

杨贵妃先嫁寿王李瑁，再嫁玄宗李隆基，一人事父子二人。董小宛被掳北上后，先归多尔衮，再嫁顺治福临，是一人事叔侄二人。

杨贵妃亦是一名女诗人，全唐诗中有《赠张云容舞（又名阿那曲）》：

罗袖动香香不已，红蕖袅袅秋烟里。
轻云岭上乍摇风，嫩柳池边初拂水。

董小宛的诗画作品有很多传世的，除了前文提到过的《绿窗偶成》，还有这首《孤山伤逝》：

孤山回首已无家，不作人间解语花。
处士美人同一哭，悔将冰雪误生涯。

38 岁的杨贵妃在安史之乱中死亡；37 岁的董小宛死于清宫。二人均未留下子嗣。

正因为董小宛与杨贵妃有这些关联，我们就可以理解为什么冒辟疆会将龚鼎孳纪念她的文章与杨贵妃曾长驻的连昌宫联系在一起。

表 132　杨贵妃与董小宛

<table>
<tr><th></th><th>身份</th><th>形象</th><th>花</th><th colspan="2">婚姻</th><th>才华</th><th>子女</th></tr>
<tr><td>杨贵妃</td><td rowspan="2">贵妃</td><td rowspan="2">国色
天香</td><td rowspan="2">莲</td><td rowspan="2">乱伦
二婚</td><td rowspan="2">姐妹
同嫁</td><td rowspan="2">诗歌
音乐
戏曲</td><td rowspan="2">无</td></tr>
<tr><td>董小宛</td></tr>
</table>

二、董小宛扑彩蝶

被喻为杨妃的宝钗的经典形象就是宝钗扑蝶。如前文所言，宝钗所扑打的这对团扇大的玉色蝴蝶就是孝庄与多尔衮，在红楼宝钗四个模型中，谁对这二人有刻骨仇恨？

张嫣、周玉凤死于多尔衮入关前，与孝庄、多尔衮素未谋面，只有国仇，无私恨；阿拉坦琪琪格与孝庄是远房血亲，其出嫁之时多尔衮已于三年前死掉；与孝庄、多尔衮二人存在血海深仇的只有董小宛——其中有1644年明亡、1645—1646年南明弘光和隆武政权灭亡的国仇，更有1650年初被多尔衮掳去、1656年入宫后遭孝庄荼毒的私恨，足以让董小宛向这一对团扇大的玉色蝴蝶发起攻击。值得注意的是，董小宛的传世名作就是《彩蝶图》。

三、孝献与孝庄——女娲与女祸

孝献皇后董小宛是秦淮名妓，从良嫁给冒辟疆。1650年三月被裹挟北上，至1656年入清宫之前还应有一段被多尔衮或博果尔等满洲贵族占有的经历，从传统伦理上看这是违反贞洁之举，但仍无损董小宛推动民族交融和文明融合的如补天女娲一般的历史贡献。

1643年八月初九，皇太极猝死于清军入关前夕，庄妃（孝庄）开始孀居岁月。孝庄之子顺治先后封多尔衮为叔父摄政王、皇叔父摄政王、皇父摄政王，以皇帝之尊亲代行皇帝职权，若无太后下嫁之实确无法解释。孝庄与多尔衮的结合给中华大地带来的是无尽的灾难，二人对清初的杀戮、剃发、易服、文字狱、剿灭南明负有完全的历史责任。

关于孝庄的个人品行为人诟病的不止太后下嫁，还有如前文所引与吕宫的绯闻等。

表133　女娲董小宛与女祸孝庄

	婚姻	丈夫	地位	隐私	节操
女娲 董小宛	再嫁	冒辟疆 顺治帝	皇妃到皇后	秦淮名妓 被多人占有？	西施沼吴
女祸 孝庄		皇太极 多尔衮	皇妃到太后 到太皇太后	与吕宫私通？	暴政

第八节　第二代花神宝钗：孝惠阿拉坦琪琪格与孝献董小宛

行文至此，顺治王朝的花神宝钗是孝惠章皇后阿拉坦琪琪格，亦是孝献皇后董小宛。孝惠是红麝串宝钗，而孝献则同时具有红麝串宝钗与女工宝钗的身份。

表 134　顺治王朝宝钗

宝钗	红麝串	孝献皇后董小宛	孝惠章皇后阿拉坦琪琪格
	女工		

一、时宝钗小惠全大体

《红楼梦》是如何评价宝钗的？时宝钗。第五十六回《敏探春兴利除宿弊　时宝钗小惠全大体》记录了总花神宝钗的政治实践。

首先我们来认识“时宝钗”的“时”。在《绛珠还泪案》第六章第四节之《时宝钗》部分，已揭示明王朝的宝钗原型张嫣、周玉凤二人在历史关头审时度势的决策——兄终弟及、迁都南京、以身殉国，是时宝钗；顺治王朝的董小宛在国破家亡的历史关头入清宫，通过汉化影响顺治皇帝，以此保全生灵免受涂炭，亦称得上时宝钗。

1670 年康熙伴随仁宪太后阿拉坦琪琪格开启第三次南巡。阿拉坦琪琪格与康熙皇帝一起促进了汉、蒙、满民族的交融，维护了国家的统一。没有孝惠章皇后阿拉坦琪琪格，就没有强大的康熙王朝——时宝钗小惠全大体，亦是时宝钗“孝惠”全大体。

表 135　时宝钗小（孝）惠全大体

	张嫣	周玉凤	董小宛	阿拉坦琪琪格
时宝钗	兄终弟及 殉国	迁都南京 殉国	入清宫 以身许国	推进民族团结
小惠	承包			孝惠
全大体	均富			国家统一

康熙皇帝为阿拉坦琪琪格奉上中华花神皇后孝惠的谥号，《红楼梦》将她奉为总花神，为闺阁昭传，希望今天的国人能重新审视这位传奇女性的历史地位，给予她客观公正的历史评价。

第五十六回时宝钗所推行的大观园的包产到户改革，以理学朱熹的《不自弃文》为指导思想。张嫣、周玉凤熟读《资治通鉴》，周玉凤少时的老师还是明末理学名臣，参加过复社政治运动的董小宛亦接受过理学思想。

问题来了，同为宝钗模型，来自草原的阿拉坦琪琪格接受过理学熏陶吗？答案是肯定的。史载仁宪太后曾下旨让康熙编撰翻译理学名著《大学衍义》，清初大量儒家著作被译为蒙古文，其中一定有阿拉坦琪琪格与冒辟疆的功劳。阿拉坦琪琪格自然是蒙古族，冒辟疆也有说法称其为蒙古人的后裔。

二、返魂香与红粉佳人

孝惠辞世50余年后，熟知《红楼梦》内情的富察明义在乾隆二十六年（1761）前后写作的《题红诗》二十首，其中两首十分有名，一首借用冒辟疆《影梅庵忆语》中“返魂香一缕”的典故，纪念孝献皇后董小宛：

伤心一首葬花词，似谶成真自不知。
安得返魂香一缕，起卿沉痾续红丝？

另一首纪念孝惠章皇后阿拉坦琪琪格：

锦衣公子茁兰芽，红粉佳人未破瓜。
少小不妨同室榻，梦魂多个帐儿纱。

关于这两首诗的解读，第一首已有学者意识到是与董小宛有关，而第二首的指向，则众说纷纭。《朱评红楼》是红学界第一个将孝惠章皇后阿拉坦琪琪格纳入《红楼梦》研究对象的。

通过上述描写，我们可看到不仅汉装贾宝玉天启、崇祯与满装贾宝玉顺治有同榻双生的相似命运，这三个帝王的后妃张嫣、周玉凤、阿拉坦琪琪格、董小宛亦构成同榻双生的相似命运，她们都是《红楼梦》宋、明、清结构三生石上的旧精魂，是中华总花神。

表 136　红楼总花神结构图表

<table>
<tr><td colspan="4">《明懿安皇后外传》兜率天宫司花仙女</td><td colspan="5" rowspan="2">《红楼梦》离恨天绛珠草</td></tr>
<tr><td></td><td>朝代</td><td>背景</td><td>历史人物</td></tr>
<tr><td>第一代</td><td>汉</td><td>吕后专权</td><td>汉孝惠皇后张嫣</td><td rowspan="4">第三代顺治王朝</td><td>清孝惠章皇后阿拉坦琪琪格</td><td colspan="2" rowspan="2">红麝串宝钗</td><td rowspan="7">总花神</td></tr>
<tr><td rowspan="3">第二代</td><td rowspan="3">北齐</td><td rowspan="3">南北朝太皇太后专权</td><td rowspan="3">北齐文宣皇后李祖娥</td><td rowspan="2">清孝献皇后董小宛</td></tr>
<tr><td colspan="2">女工宝钗</td></tr>
<tr><td></td><td colspan="2">黛玉？</td></tr>
<tr><td>第三代</td><td>宋</td><td>“靖康之耻”</td><td>宋钦宗皇后朱琏+慎德妃朱璇</td><td colspan="2">第一代</td><td colspan="2">黛玉</td></tr>
<tr><td rowspan="2">第四代</td><td rowspan="2">明</td><td rowspan="2">“甲申之变”</td><td>明天启皇后张嫣</td><td colspan="2" rowspan="2">第二代</td><td rowspan="2">宝钗</td><td>红麝串</td></tr>
<tr><td>明崇祯皇后周玉凤</td><td>女工</td></tr>
</table>

第九节　宝钗、薛宝钗、彼钗、宝钗辈

在《红楼梦》塑造的众多个性鲜明、形象丰满的人物当中，宝钗（薛宝钗）无疑是最难给予评价的一个。你无法像对其他小说人物那样简单地把她归入“好人”或“坏人”之列，赞美她的人认为她集美貌与智慧于一身，是完美无瑕的大家闺秀的典范；批判她的人认为她具有极大的迷惑性，外表贤良，内藏祸心。也正因为如此，这一文学形象具有了更多的文化阐释意义。

但这些文学性解读在“表里皆有喻”的《红楼梦》中都属风月宝鉴的正面，在风月宝鉴的反面，多次强调“一字不可更，一

语不可少”的《红楼梦》设下了同一律的逻辑陷阱，正如金锁宝玉不是金玉良缘，宝钗（时宝钗）不是薛宝钗（宝钗辈、彼钗），他们是完全不同的概念，前者是《红楼梦》讴歌、昭传的对象，后者则是《红楼梦》批判、鞭笞的对象，将二者等同起来就是违反了形式逻辑同一律。这个错误，不仅导致对宝钗形象产生认知的误区，更导致对《红楼梦》创作主旨的错误判断。

一、薛宝钗——宝钗与冷香丸（梨香院）

宝钗之名第一次在书中出现是第四回《薄命女偏逢薄命郎　葫芦僧乱判葫芦案》：“还有一女，比薛蟠小两岁，乳名宝钗，生得肌骨莹润，举止娴雅。”这回书中并未出现薛宝钗之名。

薛宝钗的名字第一次在书中出现是第五回《开生面梦演红楼梦　立新场情传幻境情》：“不想如今忽然来了一个薛宝钗，年岁虽大不多，然品格端方，容貌丰美，人多谓黛玉所不及。而且宝钗行为豁达，随分从时，不比黛玉孤高自许，目无下尘，故比黛玉大得下人之心。”这里薛宝钗与宝钗两个名字先后出现，但薛宝钗在之后的故事中又不见了。

在薛宝钗出现之时有一条“似新出一人耳”的批语，宝钗已于第四回出场，第五回出场的薛宝钗是“新出”，表明她是异于宝钗的角色。

第七回《送宫花周瑞叹英莲　谈肄业秦钟结宝玉》一回，薛宝钗与宝钗先后在梨香院完成第一次正式出场：

> 周瑞家的不敢惊动，遂进里间来。只见薛宝钗穿着家常衣服，头上只散挽著纂儿，坐在炕边里，伏在小炕几上同丫鬟莺儿正描花样子呢。见他进来，宝钗才放下笔，转过身来，满面堆笑让：“周姐姐坐。”……宝钗笑道：“那里的话。只因我那种病又发了两天，所以且静养两日。”……宝钗听了便笑道：“再不要提吃药，为这病请大夫吃药，也不知白花了多少银子钱呢……”宝钗见问，乃笑道：“不问这方儿还好，若问起这方儿，真真把人琐碎坏了。”……宝钗笑道：“所以了，那里有这样可巧的雨，便没雨也只好再等罢了。”……宝钗道：“竟好，自他说了去后，一二年间可巧都得了，好容易配

成一料。如今从南带至北，现在就埋在梨花树底下呢。”……宝钗道：“有。这也是那癞头和尚说下的。叫作‘冷香丸’。”……宝钗道：“也不觉甚怎么着，只不过喘嗽些，吃一丸下去也就好些了。

这段描写告诉看官：梨香院中有薛宝钗，也有宝钗；与冷香丸有关的是花神宝钗而不是薛宝钗。

二、薛宝钗——宝钗与金锁宝玉（梨香院）

第八回《薛宝钗小恙梨香院　贾宝玉大醉绛芸轩》，还是在梨香院中，宝玉视角下的薛宝钗与宝钗先后出场：

宝玉掀帘一迈步进去，先就看见薛宝钗坐在炕上作针线……宝钗抬头只见宝玉进来，连忙起身含笑答说：“已经大好了，倒多谢记挂着。”……宝钗因笑说道：“成日家说你的这玉，究竟未曾细细的赏鉴，我今儿倒要瞧瞧。”……宝玉亦凑了上去，从项上摘了下来，递在宝钗手内。宝钗托于掌上……宝钗看毕，又从新翻过正面来细看……宝钗道：“你别听他的话，没有什么字。”宝玉笑央：“好姐姐，你怎么瞧我的呢？”宝钗被缠不过，因说道：“也是个人给了两句吉利话儿，所以錾上了，叫天天带着，不然，沉甸甸的有什么趣儿。”一面说，一面解了排扣，从里面大红袄上将那珠宝晶莹、黄金灿烂的璎珞掏将出来。宝玉忙托了锁看时，果然一面有四个篆字，两面八字，共成两句吉谶。亦曾按式画下形相：

璎珞正面式

音注云：不离不弃。

璎珞反面式

音注云：芳龄永继。

宝玉看了，也念了两遍，又念自己的两遍，因笑问：“姐姐这八个字倒真与我的是一对。”

这段描写也告诉看官：梨香院中有薛宝钗，也有宝钗；与金锁有关的是花神宝钗而不是薛宝钗。宝玉对戴金锁的宝钗承认：“姐姐这八个字倒真与我的是一对。”

三、宝钗——薛宝钗与金玉良缘（怡红院）

金玉良缘这个概念初次出现是在第二十八回《蒋玉菡情赠茜香罗　薛宝钗羞笼红麝串》：

（宝黛）正说着，只见宝钗从那边来了，二人便走开了。宝钗分明看见，只装看不见，低着头过去了，到了王夫人那里，坐了一回，然后到了贾母这边，只见宝玉在这里呢。薛宝钗因往日母亲对王夫人等曾提过“金锁是个和尚给的，等日后有玉的方可结为婚姻”等语，所以总远着宝玉。

在这段与宝、黛、钗有关的描写中，宝钗与薛宝钗先后出场，金玉姻缘是由一闪而过的薛宝钗定义的：“金锁是个和尚给的，等日后有玉的方可结为婚姻。”宝玉对此的态度是什么，答案在第三十六回《绣鸳鸯梦兆绛芸轩　识分定情悟梨香院》。宝钗在七夕立秋之日的下午来到怡红院，代袭人在熟睡的宝玉床前绣鸳鸯。

这里宝钗只刚做了两三个花瓣，忽见宝玉在梦中喊骂说：“和尚、道士的话如何信得？什么是金玉姻缘，我偏说是木石姻缘！”薛宝钗听了这话，不觉怔了。忽见袭人走过来，笑道：“还没有醒呢。”宝钗摇头……宝钗笑道：“他们说的可不是玩话，我正要告诉你呢，你又忙忙的出去了。”

这段描写告诉看官：怡红院中有宝钗。宝玉反对金玉良缘的观点是针对薛宝钗的。一闪而过的薛宝钗听了这话，不觉怔了。“怔了”，怔在中医学上指心悸，患者感到心脏跳动得很厉害，也指惊惧、惶恐不安的样子。

四、宝钗：金锁宝玉是一对

要解开《红楼梦》中宝钗与薛宝钗之别，要结合金锁宝玉是一对与金玉良缘的区别来理解。

宝玉对宝钗承认金锁宝玉是一对，这是什么意思？典出自东汉末年，天下讨伐董卓之乱，孙坚率义军进入洛阳皇宫，在甄官井里发现一宫女尸体，其脖上锦袋中有用金锁锁住的小匣，匣内就是传国玉玺。《三国演义》第六回《焚金阙董卓行凶　匿玉玺孙坚背约》：

坚唤军士点起火把，下井打捞。捞起一妇人尸首，虽然日久，其尸不烂；宫样装束，项下带一锦囊。取开看时，内有朱红小匣，用金锁锁着。启视之，乃一玉玺：方圆四寸，上镌五龙交纽；傍缺一角，以黄金镶之；上有篆文八字云："受命于天，既寿永昌。"坚得玺，乃问程普。普曰："此传国玺也。"

易敬怀女士收藏的川剧剧本《甄官井》的《显魂》一场重现了东汉末年宫人吴慧娘投井护玺的细节。吴慧娘之魂唱道：

曾记少帝遭董相，才将他贬为弘农王。
朝廷处处皆奸党，一把火焚烧到宫墙。
百忙中奴才把计想，去将玉玺谨收藏。
又怕有时现形状，才将他包裹入锦囊，
内用小匣装停当，又用金锁锁外厢，
然后悬在奴颈上，甄官井内把身亡。
……
人死如灯灭，犹如汤泼雪；
若要还魂转，海内捞明月。

南明永历帝朱由榔在西狩缅甸之前曾定都昆明，史称滇都。光绪二十三年（1898），清政府在云南昆明五华山兴建高等学堂，在永历皇宫的水池中出土永历帝玉玺，其"方五寸，文曰'敕命之宝'"，背刻龙纽。与玉玺同时出土的还有玺侧枯骸一具，"此骸殆其宫人殉死者欤！"这一场景是东汉末年宫女携传国玉玺投井的历史的重演。

"金锁与宝玉是一对"象征女性用生命维护汉皇权。与之相反的定义"金玉良缘"又是何意？

五、薛宝钗：金玉良缘

与薛宝钗有关的金玉良缘典出自西汉末年王莽篡汉，王莽派人向汉孝元太后王政君索要传国玉玺，王政君大怒用玉玺砸向来人，致使传国玉玺崩碎一角，王莽命人用金补之，从此留下瑕疵。《三国演义》第六回《焚金阙董卓行凶　匿玉玺孙坚背约》这样介绍一角镶金的传国玉玺："后至王莽篡逆，孝元皇太后将玺打王寻、苏献，崩其一角，以金镶之。"金玉良缘指向篡夺皇权，是汉王朝覆灭的象征。

1645年闰六月，与东汉光武帝刘秀同样出自河南南阳的唐王朱聿键建立了南明第二个政权——隆武政权。登基之日，大风拔木扬沙，尚玺官的坐骑受惊，玉玺摔落，碰坏一角，仍用金补。一年之后的1646年八月底，隆武政权覆亡。用金补上的南明隆武政权玉玺成为亡国的符号。

表137　宝钗与薛宝钗——金锁宝玉与金玉良缘

宝钗	金锁宝玉是一对	用生命维护汉皇权
宝玉		
薛宝钗	金玉良缘	篡夺汉皇权
宝玉		

第三十六回《绣鸳鸯梦兆绛芸轩　识分定情悟梨香院》宝玉在午后梦中对薛宝钗反对金玉良缘，这天正值立秋，也是七夕。

立秋是二十四节气中的第13个节气，每年8月7、8、9日（农历七月初）太阳到达黄经135度时为立秋。古代立秋之日，是个相当重要的节日。当日，天子要亲率三公九卿到京城西郊迎接秋气。天子回朝之后会对有功的军人进行奖赏，并开始军事训练等活动。《红楼梦》隐藏了立秋这个重要的节气，但仍留下了一些蛛丝马迹供看官去探寻故事的时间坐标："薛姨妈母女两个与林黛玉等正在王夫人房里，大家吃东西呢……却说王夫人等这里吃毕西瓜，又说了一回闲话，各自方散去。"汉族岁时风俗，立秋日吃瓜，又称咬秋。

这天晚上，宝玉对袭人发表了著名的文死谏、武死战之批评，此处有一条蒙府本侧批："夜深人静时，不减长生殿风味。何等告法？"长生殿典故就是"七月七日长生殿，夜半无人私语时"，提示此夜应为七夕之夜。

历法上，七月初七逢立秋的日子比较少见，但崇祯元年（1128）是七月初七立秋。此时刚登上皇位的崇祯朱由检发誓平辽，但误中反间计错杀袁崇焕致边事无人，后金（清）五次越过长城（边墙）内犯，16年后壮志未酬的崇祯在煤山海棠树上结束了自己的生命。

第三十六回七夕立秋之日躺在床上午睡的就是汉装贾宝玉崇祯朱由检，在床前绣五色鸳鸯的就是女工宝钗周玉凤皇后。当男性沉沉睡去不能担负起补天的重任，是花神宝钗用她的生命与双手织补上华（花）夏之天。

被梦中宝玉痛斥的金玉良缘薛宝钗是谁？

六、薛宝钗小恙（螨）梨香院

在天崩地解的明清换代之际，谁是象征金玉良缘的薛宝钗？来自后金永福宫中有玉妃之称的布木布泰——孝庄。金宫玉妃这个定义本身就是金玉良缘的组合。《红楼梦》是如何评价金玉良缘的薛宝钗的？答案在第八回的回目——《薛宝钗小恙梨香院》。

（一）恙螨

“恙”一般字面理解是小病，书中描写了宝钗的疾病是喘嗽，宝钗道：“也不觉甚怎么着，只不过喘嗽些，吃一丸下去也就好些了。”这与黛玉春秋分所犯的肺疾一样，是与肺（金）有关的疾病。

但在回目中“小恙”的却是薛宝钗，薛宝钗所犯的病是喘嗽吗？不是的。《风俗通》曰：“恙，毒虫也，喜伤人。古人草居露宿，故相劳问，必曰无恙。”恙是毒虫，又称为恙螨、沙虱，传播恙虫病，是丛林斑疹伤寒的宿主。薛宝钗小恙梨香院是告诉看官梨香院中的薛宝钗是恙螨，是花虫。

除了梨香院，怡红院中亦有恙螨。第三十六回《绣鸳鸯梦兆绛芸轩　识分定情悟梨香院》袭人与宝钗就提及这个恙螨，并采取了扫螨行动。

> （袭人）起身悄悄笑道：“……姑娘不知道，虽然没有苍蝇蚊子，谁知有一种小虫子，从这纱眼里钻进来，人也看不见，只睡着了咬一口，就像蚂蚁夹的。”宝钗道：“怨不得。这屋子后头又近水，又都是香花儿，这屋子里头又香。这种虫子都是花心里长的，闻香就扑。”

此后睡梦中的宝玉立即对恙螨薛宝钗表明了态度——“和尚

道士的话如何信得？什么是金玉姻缘，我偏说是木石姻缘！”薛宝钗听了这话，不觉怔了。

表 138　小恙与恙螨

小恙	宝钗	喘嗽
	薛宝钗	恙螨——丛林斑疹伤寒

（二）梨花

梨香院中有花神宝钗，亦有花虫薛宝钗。梨树开白花，白色在古代中国象征的是丧仪。梨香院中的花神宝钗与花虫薛宝钗实际上均是孀居状态。

第一代宝钗原型、天启张嫣皇后孀居 17 年，与之呈类比关系的孝庄就是薛宝钗。

张嫣与孝庄皆是年轻丧偶，1627 年八月二十二日明天启帝病亡，张嫣皇后开始孀居岁月。1643 年八月初九，皇太极猝死于清军入关前夕，庄妃（孝庄皇后）开始孀居岁月。

懿安皇后张嫣与孝庄皆是姐妹同嫁，天启有一个张裕妃，被客魏迫害致死；孝庄与胞姐海兰珠同嫁皇太极，海兰珠早于皇太极去世。

张嫣与孝庄都是八月丧偶，都有一个与自己年龄相近的小叔子：崇祯朱由检比皇嫂张嫣小 5 岁，崇祯帝事张嫣如母后；多尔衮比皇嫂孝庄大 1 岁，孝庄下嫁多尔衮实为收继婚，在中国北方和中亚的游牧民族中，曾是常见习俗。

表 139　第一代宝钗张嫣与第一代薛宝钗孝庄

	生卒年	丈夫	姐妹	婚姻	小叔	节操	
懿安张嫣	1606—1644	明天启朱由校	裕妃张宝珠	八月丧偶孀居	崇祯帝	辉贲彤史	花神宝钗
孝庄布木布泰	1613—1688	清太宗皇太极	宸妃海兰珠		多尔衮	养小叔子	花虫薛宝钗

天启崩于 1627 年八月二十二日；皇太极崩于 1643 年八月初

九。八月二十一日，宝钗以白海棠诗夺魁：

珍重芳姿昼掩门，自携手瓮灌苔盆。
胭脂洗出秋阶影，冰雪招来露砌魂。
淡极始知花更艳，愁多焉得玉无痕。
欲偿白帝凭清洁，不语婷婷日又昏。

这首诗旁也有一条蒙府本双行夹批：“宝钗诗全是自写身份，讽刺时事；只以品行为先，才技为末。”

根据批语，自写身份当然指宝钗张嫣，讽刺时事当然指向了孝庄。

表 140　宝钗与薛宝钗——金锁宝玉与金玉良缘

梨香院	薛宝钗	小恙梨香院	花虫孝庄
	宝钗	金锁宝玉是一对	花神张嫣殉国
	汉装宝玉天启		
怡红院	薛宝钗	金玉良缘	篡夺汉皇权
	汉装宝玉崇祯		
	宝钗	绣鸳鸯梦兆绛芸轩	花神周玉凤金针补天

七、薛宝钗羞笼红麝串——孝庄

薛宝钗之名第二次出现在回目中是在第二十八回《蒋玉菡情赠茜香罗　薛宝钗羞笼红麝串》，我们来看这段羞笼红麝串的描写：

此刻忽见宝玉笑问道：“宝姐姐，我瞧瞧你的红麝串子？”可巧宝钗左腕上笼着一串，见宝玉问他，少不得褪了下来。宝钗生的肌肤丰泽，容易褪不下来……再看看宝钗形容，只见脸若银盆，眼似水杏，唇不点而红，眉不画而翠，比林黛玉另具一种妩媚风流，不觉就呆了。宝钗褪了串子来递与他也忘了接。宝钗见他怔了，自己倒不好意思的，丢下串子，回身才要走，只见林黛玉蹬着门槛子，嘴里咬着手帕子笑呢。

在这段描写中，宝钗与红麝串有关，但此回的回目中却写道“薛宝钗羞笼红麝串”，这是何故？正如薛宝钗与宝钗同居梨香院，薛宝钗与宝钗亦同笼红麝串。

麝香为中药材开窍药的一种，有破血化淤功效，孕妇不宜食用。《绛珠还泪案》已揭示，红麝串宝钗就是被客魏陷害产下死胎的张嫣皇后。薛宝钗是孝庄，她生有三女一子，自31岁开始孀居生涯至77岁死亡，在长达45年的时光之中，除下嫁多尔衮之外，她还有其他绯闻。麝香在此过程中能发挥什么作用呢？

八、第二代红麝串宝钗阿拉坦琪琪格与第二代薛宝钗孟古青

顺治王朝的红麝串宝钗是孝惠章皇后阿拉坦琪琪格，顺治王朝的薛宝钗是谁？废后孟古青。

1651年正月，顺治亲政；八月，孝庄下旨，令皇帝册立皇后并举行大婚仪式。

婚后的顺治与孟古青之间存在着巨大的价值观的冲突，不可调和，《清史稿·列传一》记载：“上好简朴，后则嗜奢侈，又妒，积与上忤。”顺治在纪念董小宛的《孝献皇后行状》中提及：“前废后容止足称佳丽，亦极巧慧，乃处心弗端且嫉甚，见貌少妍者，即憎恶欲置之死……废后则癖嗜奢侈，凡诸服御，莫不以珠玉倚绣缀饰，无益暴殄，少不知惜。尝膳时，有一器非金者，辄怫然不悦。”

两年后的1653年，顺治以命相搏下了废后的决心，八月二十五日，孟古青被降为静妃，改居别宫。

关于孟古青被废的原因，按照顺治的说法，就是“无能，故当废”，同时甩锅给多尔衮：“自古立后皆慎重遴选，使可母仪天下。今后乃睿王于朕幼时因亲定婚，未经选择……。”

顺治以这桩婚姻是多尔衮所订为由废后，但大婚之前半年，多尔衮已被顺治挫骨扬灰了。孟古青是孝庄的侄女，所以顺治废后实际上是针对孝庄。

孟古青降为静妃后移居别宫，并消失在史料中，是死是生，何年卒，葬于何处皆不详。

孟古青被废的次年，在孝庄的主导下，同样来自科尔沁博尔济吉特家族的两个女孩被送入宫，这就是孝惠章皇后阿拉坦琪琪格与淑惠妃姐妹。我们将顺治废后孟古青与顺治继后阿拉坦琪琪格进行一个对比：

她们均来自科尔沁的博尔济吉特家族。

她们均是孝庄主导的政治婚姻的牺牲品。

她们都曾是坤宁宫凤榻的主人。

她们以皇后之尊，均遭遇废后之耻，孟古青被废，而阿拉坦琪琪格则被停用中宫笺表。

她们作为妻子，与丈夫顺治夫妻情薄，很有可能是无性婚姻。

二人的区别是：继后阿拉坦琪琪格是《红楼梦》所歌咏的花神宝钗；废后孟古青则是《红楼梦》所批判的花虫薛宝钗。

“薛宝钗小恙梨香院”，第二代薛宝钗孟古青与孝庄的政治立场相同，反对汉化，自然是花虫“恙螨”；孟古青被废黜打入冷宫，当是梨香怨。

“薛宝钗羞笼红麝串”，第二代薛宝钗孟古青与顺治并无子嗣，二人很有可能是无性婚姻。

表 141　宝钗薛宝钗：小恙梨香院与羞笼红麝串

		小恙	梨香院	羞笼红麝串
宝钗	第一代张嫣	喘嗽	孀居	流产
	第二代阿拉坦琪琪格			无性婚姻
薛宝钗	第一代孝庄	恙螨		?
	第二代孟古青		冷宫之怨	无性婚姻

九、博尔济吉特家族的花神与花虫

同样来自博尔济吉特家族，孝庄布木布泰、废后孟古青、孝惠阿拉坦琪琪格三人之间的关系是：

孝庄是废后孟古青的姑母和婆母，是继后阿拉坦琪琪格的堂姑祖和婆母；继后阿拉坦琪琪格是废后孟古青的堂侄女。从博尔济吉特家族血缘来算，她们是三代人；从爱新觉罗家族的宗法来算，她们是两代人。

《红楼梦》的创作群体已超越狭隘民族主义观点，站在人性的高度来评价历史人物——尊重生命、传承文明的就是花神。

表 142　清初博尔济吉特家族的花神与花虫

博尔济吉特氏		血缘	宗法	红楼评价
孝庄	布木布泰	祖姑	顺治之母	第一代 薛宝钗
废后静妃	孟古青	侄女	顺治之妻	第二代 薛宝钗
孝惠	阿拉坦琪琪格	侄孙女		第二代 花神宝钗

十、彼钗、玉、花、麝：张其罗穴其隧

第二十一回《贤袭人娇嗔箴宝玉　俏平儿软语救贾琏》，正月十九夜，贾宝玉夜读《南华经·外篇·胠箧》之后写了一段续文：

> 焚花散麝，而闺阁始人含其劝矣；戕宝钗之仙姿，灰黛玉之灵窍，丧减情意，而闺阁之美恶始相类矣。彼含其劝，则无参商之虞矣，戕其仙姿，无恋爱之心矣；灰其灵窍，无才思之情矣。彼钗、玉、花、麝者，皆张其罗而穴其隧，所以迷眩缠陷天下者也。

美的是“此花、麝、钗、玉”，这是原文的排序，不能错。她们是在国难之时被焚、被散、被戕、被灰的红楼总花神，是“甲申之变”中以身殉国的明朝张嫣皇后、周玉凤皇后，也是与她们构成三生石上命运的顺治王朝孝惠章皇后阿拉坦琪琪格、孝献皇后董鄂氏等。

恶的是“彼钗、玉、花、麝”，她们“彼含其劝”“皆张其罗而穴其隧，所以迷眩缠陷天下者也”。

我们先来认识“彼含其劝”：“彼含其劝，则无参商之虞兮。”这句话的原意来自顺治废后圣旨：“自册立之始、即与朕志意不协。宫阃参商、已历三载。事上御下、淑善难期。不足仰承宗庙

之重。”“彼含其劝”的彼钗就是与顺治政见不合的废后孟古青，是第二代薛宝钗。

我们再来认识“张其罗而穴其隧”的“彼钗、玉、花、麝”，这里将批判的锋芒直指太后下嫁的孝庄，是第一代薛宝钗。

表 143　花神花虫——宝钗薛宝钗（宝钗辈、彼钗）

花神	宝钗	此花、麝、钗、玉	天启皇后张嫣	
			顺治孝惠章皇后阿拉坦琪琪格	
花虫恙螨	薛宝钗	彼钗、玉、花、麝	彼含其劝	顺治废后孟古青
			张其罗而穴其隧	顺治之母孝庄

十一、宝钗辈：国贼禄鬼

如前所述，“女儿”在《红楼梦》中是后妃的符号。第二回《贾夫人仙逝扬州城　冷子兴演说荣国府》借甄宝玉之口言道“这女儿两个字，极尊贵，极清净的，比那阿弥陀佛，元始天尊的这两个宝号还更尊荣无对的呢”，书中能配得上女儿（后妃）的一是怡红院中的女儿棠，二是大观园中的芙蓉花。

在第三十六回《绣鸳鸯梦兆绛芸轩　识分定情悟梨香院》，却描写了宝玉对女儿（后妃）的一次最严厉的批判：

> 或如宝钗辈有时见机导劝，反生起气来，只说：“好好的一个清净洁白女儿，也学的钓名沽誉，入了国贼禄鬼之流。这总是前人无故生事，立言竖辞，原为导后世的须眉浊物。不想我生不幸，亦且琼闺绣阁中亦染此风，真真有负天地钟灵毓秀之德！”

为什么“宝钗辈”的“清净洁白女儿”“有负天地钟灵毓秀之德”，成为“国贼禄鬼”？我们分三个层次来理解。

（一）宝钗辈

“宝钗辈”的“辈”告诉看官，这不仅是一个人，而是多人数代，宝钗辈指向谁？

如前文所述，《红楼梦》中将“彼钗、玉、花、麝”作为同一概念，但却没有“此钗、玉、花、麝”，只有一个隐写的“此花、麝、钗、玉”，因此，宝钗辈锁定“彼钗、玉、花、麝”群体，是“迷眩缠陷天下者也”的恶的群体。

《明史》中，红麝串宝钗张嫣与女工宝钗周玉凤无有记载的女性血亲传世。而薛宝钗孝庄的侄女孟古青成为她的儿媳，二人作为两代薛宝钗，具有血缘姑侄与宗法婆媳关系，亦构成宝钗辈。

（二）清净洁白的女儿

“宝钗辈”是清净洁白的女儿。红楼女儿是后妃，清净洁白的女儿，就是清净洁白的后妃，是与清、水（净洁）金（白）有关的后妃。

孝庄原系后金大汗皇太极的侧福晋，清朝建立之后被册封为永福宫庄妃。因此，“清净洁白的女儿”就是薛宝钗孝庄。

四月二十六日饯花神后，宝玉与蒋玉菡等人行女儿酒令。薛宝钗之兄薛蟠的酒令写照了孝庄的命运：

“女儿悲，嫁了个男人是乌龟。”（皇太极五妃中有三个是寡妇）

“女儿愁，绣房撺出个大马猴。”大马猴在东北地区是一种可怕的生物，让孝庄头痛的马猴是什么？《朱评红楼》今后揭晓。

“女儿喜，洞房花烛朝慵起；女儿乐……”这两句就是太后下嫁，可与“西湖三杰”之一的张煌言《建夷宫词》对照理解：

> 上寿觞为合卺尊，慈宁宫里烂盈门；春官昨进新仪注，大礼躬逢太后婚。

与这个酒令配套的，是一个“哼哼韵”的曲：“一个蚊子哼哼哼”，“两个苍蝇嗡嗡嗡”。宝玉曾续《南华经·外篇·胠箧》批判以孝庄为代表的“彼钗、玉、花、麝”，《胠箧》一文的文末写道：“而悦夫役役之佞；释夫恬淡无为而悦夫哼哼之意，哼哼已乱天下矣。”导致天下大乱的蚊子就是孝庄文皇后，宝玉斥为“国贼禄鬼”。就在这天上午，凤姐在大观园中批道：“难道必定装蚊子哼哼就是美人了？”

（三）有负天地钟灵毓秀之德

明王朝与南明弘光政权都曾定都于“钟灵毓秀、虎踞龙蟠”的南京，第一代薛宝钗孝庄与多尔衮这对摄政夫妻对明王朝、南明政权的子民犯下了不可饶恕的历史罪行。

1651 年顺治册立孟古青的册文写道：“咨尔博尔济锦氏，乃科尔沁国卓礼克图亲王吴克善之女也。毓秀懿门，钟灵王室，言容纯备，行符国史之规。矩度幽闲、动合安贞之德。兹仰承皇太后懿命，册尔为皇后。”这个册文中评价孟古青“毓秀懿门，钟灵王室”。第二代薛宝钗孟古青被废，废后的原因自然是孟古青“有负钟灵毓秀”。

关于第二代薛宝钗孟古青的史料很少，我们可以从顺治废后的圣旨窥见一二：“自册立之始，即与朕志意不协。宫阃参商，已历三载。事上御下，淑善难期。不足仰承宗庙之重。”可见，孟古青与顺治之间主要是政见不合，其原因不难判断，孟古青与孝庄是姑侄关系，政治立场上应比较接近，所以才会引起顺治的不满。

孟古青是蒙古族，来自蒙古王府的版本此处有个侧批：“宝玉何等心思，作者何等意见，此文何等笔墨！”

第八章 三生石上总花神（黛玉）之皇贵妃董小宛

顺治王朝花神宝钗已露出真面目，顺治王朝花神黛玉是谁？董小宛生前是皇贵妃，1660 年八月十九日病逝，八月二十一日被顺治追封为孝献庄和至德宣仁温惠端敬皇后，史称孝献皇后。按黛死钗嫁结构，她死后的皇后身份对应花神宝钗，其生前的皇贵妃身份对应花神黛玉。董小宛身负钗黛两个符号，再次证明《红楼梦》历史模型符号无坚不摧的威力。

第一节　董小宛与朱琏、张宝珠、田秀英

宝黛初会的第三回的回前批语：

天地循环秋复春，生生死死旧重新。

君家着笔描风月，宝玉颦颦解爱人。

天地循环，三生石上宋、明、清三朝帝后妃红楼再聚首，现在登场的是顺治皇帝爱新觉罗·福临与董小宛。

一、红楼花神：仁怀皇后朱琏与皇贵妃董小宛（黛玉）

红楼第一代绛珠草总花神黛玉是宋钦宗仁怀皇后朱琏。董小宛作为顺治王朝的花神黛玉，与朱琏有什么样前尘后世的轮回

命运？

（一）轮回命运

二人是姐妹同嫁的后妃，都曾诞育太子。

二人是才华横溢的女诗人、女画家。

二人有着纤弱的身形与微蹙的双眉。

朱琏像

董小宛像

二人都遭遇亡国之祸，一为“靖康之耻”，一为“甲申之变”。

二人都出塞，朱琏“俯眉北去明妃泪”是出塞，董小宛入清宫站在汉民族立场是有和亲的作用，亦是另一种意义的出塞。

二人都是芙蓉女儿，朱琏之琏与莲同音，而董小宛号青莲女史。

朱琏以身殉国，投水而死维护汉民族女性的尊严；董小宛以身许国，忍辱负重，为推动顺治王朝汉化进程做出了杰出的贡献。

西施“一黛倾城逐浪花”的命运是朱琏生命的终点；西施所在吴宫姑苏是董小宛生命的起点。

二人都死于八月中秋之后，朱琏自沉于1128年八月二十四日，董小宛逝于1660年八月十九日，是《芙蓉女儿诔》所称的蓉桂竞芳之月。

1128年八月二十六日，朱琏遗体按金人习俗火化，遗骨以生绢裹葬；1660 年九月，顺治为董小宛举行了火葬仪式。

表 144　黛玉：朱琏与董小宛

朱琏	后妃	姐妹同嫁	琏与莲	艺术家诗人	以身殉国	出塞	诞育太子	纤弱蹙眉	八月中秋后断魂	火葬	逐浪西施
董小宛			董青莲		以身许国						吴宫西施

(二) 八月十九日至八月二十六日

董小宛亡于 1660 年八月十九日，朱琏自沉于 1128 年八月二十四日，遗体火化于八月二十六日。现在我们来看八月十九日—八月二十六日《红楼梦》中发生的故事：

八月十九日，1660 年顺治皇贵妃董小宛病故。

《红楼梦》第七十九回：八月十九日，宝黛共同完成《芙蓉女儿诔》“茜纱窗下，我本无缘；黄土垄中，卿何薄命”的创作。

八月二十一日，1128 年徽钦二帝与朱琏皇后抵金国上京会宁府；1660 年顺治追封 3 日前去世的董小宛为孝献皇后。

《红楼梦》第三十七回，八月二十一日，黛玉写下海棠诗：

半卷湘帘半掩门，碾冰为土玉为盆。
偷来梨蕊三分白，借得梅花一缕魂。
月窟仙人缝缟袂，秋闺怨女拭啼痕。
娇羞默默同谁诉，倦倚西风夜已昏。

这个句式来自朱琏朱淑贞《断肠集》中的海棠诗：

胭脂为脸玉为肌，未趁春风二月期。
曾比温泉妃子睡，不吟西蜀杜陵诗。
桃羞艳冶愁回首，柳妒妖娆只皱眉。
燕子欲归寒食近，黄昏庭院雨丝丝。

以及另一首描写离情的《霜夜》：

彤云黯黯暮天寒，半卷珠帘未欲眠。

独坐小窗无伴侣，可怜霜月向人圆。

（详见后文《黛玉：半卷湘帘半掩门——断肠朱琏》部分）

八月二十四日，1128 年在金国上京会宁府举行牵羊礼，当晚不堪屈辱的钦宗朱琏皇后投水。499 年后的这一天，崇祯登基。

《红楼梦》第三十九回，根据刘姥姥带来茗玉的消息，宝玉派茗烟到东北祭奠茗玉。

八月二十五日，1128 年朱琏遗体因天寒未打捞；1656 年顺治册封董小宛为贤妃，并于次月晋封皇贵妃。

《红楼梦》第四十回，八月二十五日大观园中遇花神，林黛玉在花溆要“留得残荷听雨声”。

八月二十六日，1128 年朱琏皇后遗体火化，遗骨以生绢裹葬；1643 年，六岁的顺治在奉天登基；1658 年，董小宛与顺治之子和硕荣亲王在河北遵化黄花山举行葬礼。

《红楼梦》第四十二回，八月二十六日，大观园中凤姐以五色纸钱东南方四十步送花神。

表 145　两朝黛玉

	朱琏	董小宛	红楼故事
八月十九日		1660 年病故	芙蓉女儿诔
八月二十一日	1128 年抵上京	追封为皇后	海棠社海棠诗 半卷湘帘半掩门
八月二十四日	牵羊礼后自沉		东北祭茗玉
八月二十五日	遗体在水中	1656 年入宫封妃	留得残荷听雨声，大观园中遇花神
八月二十六日	火葬	1643 年顺治登基 1658 年 荣亲王葬礼	以五色纸钱东南方四十步送花神

二、八月二十二日：天启张裕妃与顺治皇贵妃董小宛

董小宛与第一代黛玉北宋仁怀皇后朱琏是三生石上的旧精魂，

历史的年轮从北宋来到明天启王朝，天启王朝的张嫣皇后是红麝串宝钗，按黛死钗嫁结构，天启王朝有无符合黛玉符号的女儿，有无与董小宛有前尘后世的轮回命运的后妃？

如果抛开1644年“甲申之变”的限制，1623年八月二十二日18岁花季殒落的天启王朝张裕妃张宝珠亦是值得昭传的女儿。

张裕妃（1606—1623），顺天府涿州（今河北涿州）人，天启三年（1623）五月十八日册封为裕妃。因个性直烈，得罪天启的乳娘客氏与司礼秉笔太监魏忠贤，二人便将她治以欺君之罪，幽于别宫；八月二十二日，18岁的张裕妃被折磨致死，尸体以宫女身份焚化于净乐堂。由于张裕妃从封妃到被废不到三个月，目前暂时未查找到其居住宫殿的记载，有记载其名为张宝珠。

天启帝16岁登基，在前朝放任客魏集团对抗文官集团，名臣熊廷弼、杨涟相继遇害；在后宫任客魏横行，张嫣皇后被害产下死胎，张裕妃被折磨致死，这些都是天启帝作为帝王与丈夫无法抹去的污点。1627年八月二十二日天启帝驾崩，此日正是张裕妃死难四周年。

1627年八月二十四日，崇祯皇帝登基，不久铲除阉党，为张裕妃平反，谥号“悼顺”。崇祯四年（1631）闰十一月二十二日，以妃礼迁葬于金山，其墓志记载：“惟妃幼入宫闱，资秉温淑，事熹庙最恭，能以礼自持，而倏而告终，享年不永，命也如何。”

1623年八月二十二日，张裕妃含恨去世。第二年，一个叫董小宛的女儿出生在苏州。董小宛，名白，字青莲，南直隶苏州人。

张裕妃死难37周年之际，1660年八月二十一日，顺治追封两天前去世的37岁的董小宛为皇后，谥号“孝献庄和至德宣仁温惠端敬皇后”。九月，在煤山寿皇殿前举行了火葬仪式。

张裕妃与董鄂妃是三生石上旧精魂吗？她们有着同样的命运，19岁的天启与23岁的顺治因囿于（乳）母子亲情不能保全后妃，后宫之中任黑恶势力客氏与孝庄横行；两个女儿死后均举行了火葬仪式。

第三回宝黛初见之时，两人均有似曾相识的感觉：“黛玉一见，便吃一大惊，心下想道：‘好生奇怪，倒像在那里见过的一般，何等眼熟到如此！'”这时有一个甲戌本侧批：“正是。想必在灵河岸三生石畔曾见过。”天启王朝的汉装贾宝玉朱由校与黛玉张裕妃——顺治王朝的满装贾宝玉福临与黛玉董小宛，就是三生石上的旧精魂。

八月十九日晨，宝玉在祭奠芙蓉花神与总花神的《芙蓉女儿诔》中就直接引用了《明史》对张裕妃的历史定评“性直烈”，芙蓉女儿“直烈遭危，巾帼惨于羽野”。

表 146　三生石上黛玉：董小宛与张裕妃

		八月		后宫女祸	遗体	命运
		二十一日	二十二日			
天启	张裕妃		惨死	乳母客氏	火葬	直烈遭危
顺治	皇贵妃董小宛	追封皇后		生母孝庄		

三、同榻承乾宫：崇祯皇贵妃田秀英与顺治皇贵妃董小宛

董小宛与第一代黛玉北宋仁怀皇后朱琏、第二代黛玉天启张裕妃张宝珠是三生石上的旧精魂，历史的年轮来到明崇祯王朝，崇祯王朝的周玉凤皇后是女工宝钗，按黛死钗嫁结构，崇祯王朝有无符合黛玉符号的女儿？

如果抛开 1644 年“甲申之变”的限制，1642 年七月十五中元节在承乾宫去世的皇贵妃田秀英亦是值得昭传的女儿。崇祯是后妃称女儿的知识产权所有人，其后宫中除周玉凤皇后外，所有嫔妃均自称女儿，皇贵妃田秀英自然是后宫女儿第一人。

田秀英（1611—1642），南直隶扬州府江都县（今江苏扬州）人，人长得纤细娇妍，性格内向，不苟言笑，精通音律，擅长丹青，崇祯元年（1628）封礼妃，后晋皇贵妃。田氏生下了皇四子永王朱慈炤、皇五子悼灵王朱慈焕、皇六子悼怀王朱慈灿及皇七子。这些皇子除永王慈炤外，其他均早夭。

田贵妃病逝前将皇四子和皇七子托付给天启懿安皇后张嫣抚养，她病逝后，崇祯辍朝三日，追谥其为“恭淑端惠静怀皇贵

妃”。1644 年正月二十三日入葬于天寿山下，三月十九日明亡，四月初大顺军将崇祯与周皇后葬入田贵妃陵，此陵遂成为明朝唯一的帝后妃合葬陵，亦由妃陵升格为帝陵，现称思陵。

田贵妃之后承乾宫的第一任主人就是董小宛。田贵妃与董小宛有什么样的同榻双生命运？

二人同为紫禁城梨花院落承乾宫的女主人，以皇贵妃的身份宠冠后宫。

二人均来自江南，田贵妃是扬州人，董小宛原籍苏州，后随冒辟疆到了曾属扬州府的如皋县。

二人均是诗书画精通的才女。田贵妃曾绘《群芳图》凡二十四种，合为一本，崇祯专门命人装潢后置于案头欣赏。明亡之后散落人间，有蒋氏得其二页，一为海棠，一为芙蓉，幽逸冷艳，皎然独绝。这似乎与《红楼梦》中的女儿棠与芙蓉女儿相呼应。田贵妃的字宗法钟繇、王羲之，已臻能品之境。凡宫中书画卷轴，崇祯经常“谕田妃题鉴之”。《彩蝶图》是董小宛传世画作，其书法亦宗法钟繇，并经顺治与冒辟疆双重认证。

二人均心灵手巧。田贵妃擅女工，现在成都文殊院的镇寺之宝就是她所绣的袈裟，这件袈裟上共有彩绣佛像 248 尊，用黄缎缝合，并以宁绸衬托。此外至于烹饪、装饰居室、改进宫中仪制等，田贵妃均出手不凡。《影梅庵忆语》记载了董小宛在女工、香道、茶道、庭园设计、花草种植、装饰装修方面独到的造诣。

二人均是纤弱美人不得永年，田贵妃病故之时 32 岁，董小宛去世之时也不过 37 岁。

二人均擅音律。田贵妃擅弹琵琶，还吹得好笛，蹴鞠骑射无所不能，可百步穿杨，围棋水平似亦在崇祯之上。董小宛作为秦淮名妓亦是音乐与戏曲大家，擅古琴，亦擅昆曲。

二人均经历丧子之痛。田贵妃共生育四位皇子，其中三人先后夭折；而董小宛与顺治之子荣亲王的夭折亦成为董小宛之死及顺治出家的导火线。

二人均心怀国家，以大局为重，督促丈夫勤勉国事。在崇祯沉迷于苏州女乐时，田贵妃上书直谏云：“当今中外多事，非皇上燕乐之秋。”崇祯批答云：“久不见卿，学问大进。”《孝献皇后行状》记载顺治对进谏的董小宛的评价：“（后董小宛）谏曰：‘斯事良非妾所敢预，然以妾愚，谓诸大臣即有过，皆为国事，非其身谋。陛下曷霁威详察，以服其心。否则，诸大臣弗服，即何以服天下之心乎？’呜呼！乃心在邦国系臣民，如后岂可多得哉！”

二人均是湘妃命运，田贵妃与崇祯、周玉凤同葬思陵，如娥皇女英陪伴舜帝；董小宛与堂妹贞妃同嫁顺治，贞妃在顺治出家之后被逼殉葬，另有传闻贞妃随顺治出家。

四、中元节——《礼记》祭礼妃（田贵妃）

田贵妃病故于1642年七月十五日中元节，第六十四回《幽淑女悲题五美吟　浪荡子情遗九龙珮》，七月的潇湘馆中林姑娘进行了一次私祭。此祭是对中元节去世的曾被封为礼妃的田贵妃之祭，所以宝玉进行定义：“林妹妹有感于心，所以在私室自己奠祭，取《礼记》（礼妃）‘春秋荐其时食’之意，也未可定。”

（一）雪雁：菱藕之祭——林偶之祭

林姑娘此祭用的是“菱藕瓜果”，所以此祭是“林偶”之祭。负责传菱藕的是雪雁，在中国传统文化中，雁乃禽中之冠，自古被视为仁、义、礼、智、信“五常俱全”的灵物。雌雁雄雁相配，向来是从一而终。元好问《摸鱼儿·雁丘词》就是“狂歌痛饮”，为葬于雁丘的两只大雁而写，开篇一句成为爱情的千古绝唱：“问世间，情是何物，直教生死相许？”崇祯与田贵妃情意深重，田贵妃之死让崇祯如失偶的孤雁。

（二）琴瑟和谐

据雪雁陈述，林姑娘此祭是在古琴桌上完成：“叫我传瓜果去时，又听叫紫鹃将屋内摆着的小琴桌上的陈设搬下来，将桌子挪在外间当地。”擅古琴的崇祯曾作琴曲“访道五曲”——《据桐吟》《崆峒引》《敲爻歌》《烂柯游》《参同契》交田妃演奏。

琴瑟和谐常被用作形容夫妻般配、感情深厚，田贵妃擅女工，同时琴棋书画无一不精，崇祯与田贵妃在音乐、书画、围棋乃至骑术方面均能对话，是难得的人生知音。

（三）龙文鼐

据雪雁陈述，林姑娘此祭用“鼐”：“又叫将那龙文鼐放在桌上，等瓜果来时听用。”鼐是上端收敛而口小的鼎，鼎在古代是政权的符号。宝玉为潇湘馆的题联是：“宝鼎茶闲烟尚绿，幽窗棋罢指犹凉。”对联中所指的宝鼎就是这个龙文鼐。在埋葬崇祯与田贵妃的思陵前有石五供，与其他明代皇陵不同的是，石五供正中就是一个石鼎。康熙年间谭吉璁《肃松录》所记思陵制度：“几前石器五，俱高八尺，方式雕龙。中一方鼎，与诸陵异，皆列于地。”

鼐是小鼎，代表传承。崇祯与田贵妃育有四子，其中三子早夭，只有永王朱慈炤在“甲申之变”逃亡至赤水河畔的贵州遵义苦竹垭。（详见《绛珠还泪案》）

（四）月赋

1642年七月十五日田贵妃病故，其时正值月圆之日。悲痛之中的崇祯辍朝三日，主持祭祀。吴伟业在纪念田贵妃的《永和宫词》写道：“君王欲制哀蝉赋，诔笔词臣有谢庄。”

倾城倾国的李夫人去世后，汉武帝赋《落叶哀蝉》之曲以伤悼李夫人，后世诗文中常见的“哀蝉曲破”“哀蝉落叶”借指男子丧偶。

谢庄是南朝宋辞赋家，其代表作是《月赋》。田贵妃于七月十五月圆之夜离世，谢庄的《月赋》是纪念田贵妃的最好载体。《月赋》中的明月诗：

> 美人迈兮音尘阙，隔千里兮共明月。
> 临风叹兮将焉歇，川路长兮不可越。

《月赋》中的落月诗：

> 月既没兮露欲晞，岁方晏兮无与归。
> 佳期可以还，微霜沾人衣。

由吴伟业的这两句诗可知，田贵妃故后崇祯指派大臣为其写作了诔文，但未传世。田贵妃作为崇祯后宫女儿第一人，《芙蓉女儿诔》中大量帝后情的描写应有关于她的内容。

（五）不胜之态

七月十五日田贵妃病亡，黛玉此日是何情景，书中通过宝玉的视角进行了展示：“只见炉袅残烟，奠余玉醴。紫鹃正看着人往里搬桌子，收陈设呢。宝玉便知已经祭完了，走入屋内，只见黛玉面向里歪着，病体恹恹，大有不胜之态。”

崇祯向田贵妃最后的表白：“‘只是我想妹妹素日本来多病，凡事当各自宽解，不可过作无益之悲。若作践坏了身子，将来使我……’……他虽说和黛玉自小一处长大，情投意合，又愿同生死，却只是心中领会，从来未曾当面说出……因而转急为悲，早已滚下泪来。”

走到生命尽头的田贵妃是如何回应崇祯的深情？“本来素昔爱哭，此时亦不免无言对泣。”

表 147　三生石上黛玉：董小宛与田秀英

<table>
<tr><td></td><td></td><td>家乡</td><td>宫殿</td><td>才华</td><td>身份</td><td>气节</td><td>健康</td><td>子息</td><td>命运</td></tr>
<tr><td>崇祯</td><td>田贵妃</td><td rowspan="2">江南</td><td rowspan="2">承乾宫</td><td rowspan="2">文学
艺术
女工</td><td rowspan="2">皇贵妃</td><td rowspan="2">心怀
家国</td><td rowspan="2">纤弱
不得
永年</td><td rowspan="2">丧子</td><td rowspan="2">湘妃</td></tr>
<tr><td>顺治</td><td>董鄂妃</td></tr>
</table>

表 148　宋、明、清三朝黛玉原型

<table>
<tr><td></td><td>朱琏
宋靖康</td><td>张裕妃
明天启</td><td>田贵妃
明崇祯</td><td>董小宛
清顺治</td><td>红楼故事</td></tr>
<tr><td>七月十五日</td><td></td><td></td><td>病故</td><td></td><td>中元《礼记》祭礼妃</td></tr>
<tr><td>八月十九日</td><td></td><td></td><td rowspan="3">女儿棠
芙蓉女儿</td><td>1660 年病故</td><td>芙蓉女儿诔</td></tr>
<tr><td>八月二十一日</td><td>1128 年
抵上京</td><td></td><td>追封皇后</td><td>海棠社海棠诗
半卷湘帘半掩门</td></tr>
<tr><td>八月二十二日</td><td></td><td>1623 年张裕妃死难
1627 年天启驾崩</td><td></td><td>直烈遭危，巾帼惨于羽野</td></tr>
</table>

续表：

	朱琏 宋靖康	张裕妃 明天启	田贵妃 明崇祯	董小宛 清顺治	红楼故事
八月二十四日	牵羊礼后自沉		1627 年崇祯登基		东北祭茗玉
八月二十五日	遗体在水中			1656 年入宫封妃	留得残荷听雨声，大观园中遇花神
八月二十六日	火葬			1643 年顺治登基 1658 年荣亲王葬礼	以五色纸钱东南方四十步送花神

五、心在邦国系臣民：朱琏+张宝珠+田秀英=董小宛

根据前文，我们将宋靖康、明天启、崇祯三朝的黛玉原型的命运组合起来，就看到心系邦国的董小宛

表 149　黛玉：朱琏+张宝珠+田秀英=心系家国董小宛

<table>
<tr><td rowspan="15">黛玉</td><td rowspan="7">宋朱琏</td><td>姐妹同嫁</td><td rowspan="9">火葬
八月悲秋断魂</td><td rowspan="15">清董小宛：
心在邦国系臣民</td></tr>
<tr><td>出塞</td></tr>
<tr><td>太子之母</td></tr>
<tr><td>诗书画</td></tr>
<tr><td>琏与莲</td></tr>
<tr><td>逐浪</td></tr>
<tr><td>纤弱</td></tr>
<tr><td rowspan="2">明张宝珠</td><td>女祸为害</td></tr>
<tr><td>性直烈</td></tr>
<tr><td rowspan="6">明田秀英</td><td colspan="2">承乾宫</td></tr>
<tr><td colspan="2">江南</td></tr>
<tr><td colspan="2">书法、绘画、音乐艺术家</td></tr>
<tr><td colspan="2">皇贵妃</td></tr>
<tr><td colspan="2">纤弱</td></tr>
<tr><td colspan="2">女工、园林等</td></tr>
</table>

第二节　董小宛与黛玉符号

《红楼梦》关于符号的运用已炉火纯青。在《绛珠还泪案》中我们揭示了总花神黛玉的三个符号：赵飞燕、湘妃与明妃，现在我们来看顺治王朝的黛玉董小宛与这几个符号的关系。

一、埋香冢飞燕泣残红：董小宛与赵飞燕

第二十七回《滴翠亭杨妃戏彩蝶　埋香冢飞燕泣残红》，将葬花的黛玉比作赵飞燕。作为黛玉的重要符号，赵飞燕与董小宛有何关联？

（一）董小宛与赵飞燕

将赵飞燕、赵合德姐妹与董小宛、贞妃姐妹的生平对照，我们会发现以下相似之处。

姐妹同嫁。董小宛与堂妹贞妃董鄂氏，分别为顺治的一后一妃；赵飞燕与妹妹赵合德嫁汉成帝刘骜，分别为一后一昭仪，赵合德为昭仪。

姐妹横死。董小宛之死与孝庄有关，贞妃则是被孝庄勒令自尽。赵氏姐妹在宫廷斗争中自杀身亡——绥和二年（前 7）46 岁的成帝中风死于赵合德宫中，赵合德自杀身亡；六年后赵飞燕被贬为庶人当日即自杀身亡。

体态纤细。董小宛现存的画像中都是一个弱柳扶风的美人，赵飞燕身材瘦削，体态轻盈多姿，起舞翩翩犹如燕子。

艺术才华。董小宛长于诗书画，有多幅作品传世，她还擅于弹奏古琴；赵飞燕长于舞蹈，她有一张凤凰宝琴，著有楚歌《归风送远操》传世。

表 150　董小宛与赵飞燕

赵飞燕	姐妹同嫁	纤弱	舞蹈诗歌	凤凰古琴	后妃	姐妹横死
董小宛			诗书画			

（二）董小宛葬花

浙江海盐鸡笼山董小宛的葬花故事，早见于民国二十五年（1936），由程煦元纂，祝静远、吴侠虎、陆凤书、程立等先生参订的《澉志补录》名胜古迹篇中，葬花处条载：“葬花处，永安湖鸡笼山麓附近，旧传董小宛至此埋香，故名。”2003 年 9 月在浙江海盐南北湖方家湾发现了一块《董小宛葬花》石刻碑，这块石碑为条石雕凿，石质坚硬，灰色，长条形，残长 140 厘米，宽、厚各 30 厘米。石上有刻字，宽 17 厘米，字迹优美，古风显然。上阕“董小宛葬”4 字清晰可见，下阕已被截断，但“花”字之首依稀可辨。

当地传说：清顺治二年（1645）清兵南下，已在如皋从良两年的秦淮名妓董小宛随夫君冒辟疆逃难来到海盐，寄居南北湖畔近一年。当地有在夏天来临前葬花为花神饯行的习俗，闺阁之中尤兴此风。小宛“鸡笼山葬花”的佳话应当就是发生在她寄居海盐第二年的芒种时节，此后不久冒董举家返程即在盐官马鞍山遭遇“秦溪蒙难”。

当代作家、诗人田遨《题董小宛葬花词》：

潇湘妃子惜芳辰，小宛埋香傍水滨。
爱美要教香不灭，葬花原是补天人。

田诗将葬花的小宛喻为潇湘妃子（黛玉），直指其“葬花原是补天人”，肯定其以身许国的重要历史贡献。

二、斑竹一枝千滴泪：董小宛与湘妃

黛玉的诗号是潇湘妃子，我们将黛玉董小宛与湘妃进行一个比较：

湘妃娥皇女英姐妹同嫁舜帝，董小宛与贞妃也是姐妹同嫁顺治帝。

湘妃有子商均，董小宛有子荣亲王。

湘妃丈夫舜帝是贤君，董小宛丈夫顺治推进民族交融、改善民生，是大舜之正裔。

舜帝受尧帝禅让，后又禅让给大禹；顺治逊位出家其实质就是禅位给康熙。

湘妃擅瑟，曾在湘江边鼓瑟思念舜帝，唐代钱起因《省试湘灵鼓瑟》一诗进士及第；董小宛擅古琴。琴瑟和鸣是夫妻和睦的象征。

娥皇女英殉舜帝，董鄂妃逝后顺治出家，贞妃被逼殉葬。

表151　董小宛与湘妃

	关系	身份	艺术	丈夫	子	皇位	死因
娥皇 女英	姐妹 同嫁	圣后	瑟 诗歌	舜帝	商均	禅位	殉葬
董小宛 贞妃			琴 诗画	舜帝正裔 顺治	荣亲王		

三、沉烽静柝有明妃

第六十三回《寿怡红群芳开夜宴　死金丹独艳理亲丧》，黛玉抽中芙蓉花签，签诗“莫怨东风当自嗟”，出自欧阳修的《和王介甫明妃曲其二》：

汉宫有佳人，天子初未识，一朝随汉使，远嫁单于国。绝色天下无，一失难再得，虽能杀画工，于事竟何益？耳目所及尚如此，万里安能制夷狄！汉计诚已拙，女色难自夸。明妃去时泪，洒向枝上花。狂风日暮起，飘泊落谁家。红颜胜人多薄命，莫怨东风当自嗟。

明妃是出塞的昭君的别称。王昭君（约前52—?），名嫱，字昭君，乳名皓月，西汉南郡秭归人（今湖北省宜昌市兴山县，亦是李来亨将军举家自焚之地），与貂蝉、西施、杨玉环并称中国古代四大美女，为其中的“落雁”。

竟宁元年（前33）正月，呼韩邪单于第三次朝汉时，元帝以宫人王嫱（昭君）赐呼韩邪单于为妻，号为宁胡阏氏。昭君入匈奴，生一子。呼韩邪单于亡故后，昭君从汉成帝敕令，从胡俗嫁给呼韩邪的长子。呼韩邪归汉与昭君出塞，不但结束了汉匈多年的战乱，而且为中原王朝的大一统奠定了基础。昭君出塞六十年间“边城晏闭，牛马布野，三世无犬吠之警，黎庶无干戈之役”，实现了汉匈人民向往和平的愿望。

出塞昭君与入清宫的董小宛有何渊源？

一是同为楚人。昭君故乡湖北秭归，董小宛是苏州人，苏州原是吴国都城，越灭吴，楚灭越，所以苏州亦算楚国。

二是同为诗人。昭君出塞后，曾留下思国思乡的《怨词》。

秋木萋萋，其叶萎黄，有鸟处山，集于苞桑。
养育毛羽，形容生光，既得行云，上游曲房。
离宫绝旷，身体摧藏，志念没沉，不得颉颃。
虽得委禽，心有徊惶，我独伊何，来往变常。
翩翩之燕，远集西羌，高山峨峨，河水泱泱。
父兮母兮，进阻且长，呜呼哀哉！忧心恻伤。

三是明月入怀。昭君与屈原是湖北宜昌同乡，相传出生前父亲曾到当地屈原庙中祈祷，其母在八月十五晚上梦明月入怀生昭君。董小宛生前最爱月，《影梅庵忆语》云："姬最爱月。"董小宛也曾说："人生攘攘，至夜不休，或有月未出已睡者，桂华露影，无福消受。与子长历四序，娟秀滨洁，领略幽香，仙路禅关，于此静得矣。"

四是同擅音律。琵琶成为昭君去国思乡之情的寄托。在如皋水绘园中还有董小宛的古琴台。

五是同样的出塞和番的命运。董小宛入清宫，与昭君出塞一样促进了民族团结。

六是同为皇后。昭君在匈奴被封为宁胡阏氏，位同皇后。董小宛生前是皇贵妃，位同副后；死后追封孝献皇后。

七是一女事父子二人。昭君先嫁呼韩邪单于，又从胡俗嫁呼韩邪单于之子；董小宛先归顺治叔父多尔衮，多尔衮死后又嫁顺治。

八是生育皇子。昭君为呼韩邪单于生育一子，董小宛为顺治生育荣亲王。

九是与画工关联。昭君被画工丑化，董小宛以孝献皇后、皇贵妃之尊却无相应身份的画像传世，正是"予夺权何畀画工"。

表 152　董小宛与明妃昭君

<table>
<tr><td>昭君</td><td rowspan="2">楚人</td><td rowspan="2">诗人</td><td rowspan="2">月宫</td><td rowspan="2">音乐家</td><td rowspan="2">出塞</td><td rowspan="2">皇后</td><td rowspan="2">嫁父子二人</td><td rowspan="2">诞育皇子</td><td rowspan="2">画工</td></tr>
<tr><td>董小宛</td></tr>
</table>

表 153　董小宛与钗黛符号

<table>
<tr><td rowspan="15">董小宛</td><td rowspan="4">宝钗符号</td><td rowspan="4">杨妃</td><td>莲</td><td rowspan="15">国色
后妃
姐妹同嫁
艺术家
诗人</td></tr>
<tr><td>嫁父子二人</td></tr>
<tr><td>横死</td></tr>
<tr><td>无嗣</td></tr>
<tr><td rowspan="11">黛玉符号</td><td rowspan="4">湘妃</td><td>舜妻圣后</td></tr>
<tr><td>嫡子商均</td></tr>
<tr><td>禅位</td></tr>
<tr><td>殉葬</td></tr>
<tr><td rowspan="2">赵飞燕</td><td>纤弱</td></tr>
<tr><td>横死</td></tr>
<tr><td rowspan="4">昭君</td><td>楚人</td></tr>
<tr><td>出塞</td></tr>
<tr><td>嫁父子二人</td></tr>
<tr><td>为单于育子</td></tr>
</table>

四、《红楼梦索隐》之批评：董小宛与黛玉

王梦阮、沈瓶庵的《红楼梦索隐》曰：

小宛名白，故黛玉名黛，粉白黛绿之意也。小宛书名，每去玉旁，专书宛，故黛玉命名，特去宛旁，专名玉，平分各半之意也。且小宛苏人，黛玉亦苏人。小宛在如皋，黛玉亦在扬州。小宛来自盐官，黛玉来自巡盐御史之署。巡盐御史即为盐官，二字谜语趣甚（书中用谜语者甚多）……

索隐派的学者们据上述推论认定《红楼梦》描写了顺治与董小宛的爱情故事，犯下了前述不完全归纳推理的错误。对于《红楼梦》的研究而言，厘清黛死钗嫁的花神模型、宝玉模型、神女模型，才能够完美地解开书中所记载的宋、明、清三朝信史，体验到作者对南北文明冲突、交流与民族交融的反思，对由秦到清的封建君主专制集权的反思，对迎接海洋文明叩关的前瞻。对上述主题视而不见，将《红楼梦》仅定义为顺治与董鄂妃的爱情悲剧其实只是盲人摸象、明珠投暗。

第三节　董小宛之死

1660年八月十九日，董小宛亡于承乾宫。《红楼梦》第七十七回《俏丫鬟抱屈夭风流　美优伶斩情归水月》、第七十八回《老学士闲征姽婳词　痴公子杜撰芙蓉诔》描写了中秋后的八月十七日至八月十九日的故事。

八月十八日：宝玉午后得知晴雯死讯，告诉小丫鬟有芙蓉花神和总花神，晴雯是芙蓉花神，总花神的指向不明。

当晚深夜宝玉以怡红院浊玉之名祭奠芙蓉女儿，此次祭奠一直持续到次日八月十九日早晨，黛玉与宝玉一起完成《芙蓉女儿诔》“茜纱窗下，我本无缘；黄土垄中，卿何薄命”的创作。

一、黄土垄中，卿何薄命

《红楼梦》作者在此施展了障眼法，以下时间十分重要：

八月十八日下午未时二刻，芙蓉花神晴雯夭风流。未时三刻宝玉回到大观园。宝玉提出两个概念：不但花有一个神，一样花有一位神之外还有总花神。晴雯是芙蓉花神，总花神是黛玉。

八月十八日傍晚时分，宝玉写作《姽婳词》，“姽婳”一词来自《神女赋》，是描写神女的美好形象：“既姽婳于幽静兮，又婆娑乎人间。”神女亦是中国古代青楼妓女的雅称。

八月十八日夜月下，宝玉以怡红院浊玉之名义，写作《芙蓉女儿诔》并祭奠芙蓉女儿。

八月十八日深夜，宝玉沉入一个治水盛典梦境：

若夫鸿蒙而居，寂静以处，虽临于兹，余亦莫睹。搴烟萝而为步幛，列枪蒲而森行伍。警柳眼之贪眠，释莲心之味苦。素女约于桂岩，宓妃迎于兰渚。弄玉吹笙，寒簧击敔。征嵩岳之妃，启骊山之姥。龟呈洛浦之灵，兽作咸池之舞。潜赤水兮龙吟，集珠林兮凤翥。爰格爰诚，匪簠匪筥。发轫乎霞城，返旌乎玄圃。既显微而若通，复氤氲而倏阻。离合兮烟云，空蒙兮雾雨。尘霾敛兮星高，溪山丽兮月午。何心意之忡忡，若寤寐之栩栩。

八月十九日晨，梦醒之后的宝玉：

余乃欷歔怅望，泣涕徬徨。人语兮寂历，天籁兮筼筜。鸟惊散而飞，鱼唼喋以响。志哀兮是祷，成礼兮期祥。呜呼哀哉！尚飨！

上述描写告知看官这次祭奠一直持续至十九日早间。《红楼梦》担心看官不理解这次历时一整夜的祭奠，安排黛玉带来王夫人的口信。宝玉在十八日晚间祭奠之时已是深夜，大观园早已关门。不能熬夜的黛玉带来从宝玉房中得知的王夫人口信，表明时间已来至十九日清晨了。

八月十九日晨，从花影中出来的黛玉是总花神——1660 年八月十九日离世的董小宛。总花神黛玉董小宛的死期亦与王夫人有关。王夫人王姨娘的真面目《朱评红楼》今后另行揭晓。

董小宛字青莲，以倾城之色，救万民于水火，是《红楼梦》为之昭传的芙蓉女儿总花神。

从花影中走出的还有林黛玉，她又是谁的模型？

表 154　《芙蓉女儿诔》成文时间图

<table>
<tr><th colspan="2">时间</th><th>主要故事情节</th><th>回目</th></tr>
<tr><td colspan="2">八月十五日</td><td>夜：黛玉湘云联句
寒塘渡鹤影，冷月葬花魂</td><td rowspan="2">第七十六回
凸碧堂品笛感凄清　凹晶馆联诗悲寂寞</td></tr>
<tr><td colspan="2">八月十六日</td><td>凌晨：黛玉湘云同榻潇湘馆</td></tr>
<tr><td colspan="2">八月十七日</td><td>晴雯被撵，司棋被逐
芳官出家
宝玉夜探晴雯</td><td>第七十七回
俏丫鬟抱屈夭风流　美优伶斩情归水月</td></tr>
<tr><td rowspan="3">八月十八日</td><td>日</td><td>下午
未正二刻晴雯夭逝
宝玉：不但花有一个神，一样花有一位神之外还有总花神</td><td rowspan="4">第七十八回
老学士闲征姽婳词　痴公子杜撰芙蓉诔</td></tr>
<tr><td>傍晚</td><td>创作姽婳词（神女）</td></tr>
<tr><td>夜</td><td>创作芙蓉女儿诔
月下祭花神</td></tr>
<tr><td rowspan="2">八月十九日</td><td>凌晨</td><td>梦醒时分：
若痦瘵之栩栩。余乃欷歔怅怏</td></tr>
<tr><td>晨</td><td>黛玉在花影中出场
茜纱窗下我本无缘
黄土垄中卿何薄命
带来王夫人的口信
小丫头送黛玉回家</td><td>第七十九回
薛文龙悔娶河东狮　贾迎春误嫁中山狼</td></tr>
</table>

二、浊玉——顺治

祭奠总花神董小宛的怡红院浊玉是谁？

祭奠总花神的是满装贾宝玉顺治。第七十八回出现了书中唯一一次有关宝玉剃头的描写，时间是八月十八日下午："秋纹将麝月拉了一把，笑道：'这裤子配着松花色袄儿、石青靴子，越显出这靛青的头，雪白的脸来了。’”1660 年八月十九日是董小宛香消之日，八月十九日晨，宝黛共同完成了“茜纱窗下，我本无缘；黄土垄中，卿何薄命？”的句子，是顺治与董小宛天人永隔的千古遗恨。

《芙蓉女儿诔》祭奠的不仅有总花神董小宛，还有芙蓉花神。诔文中写道：“高标见嫉，闺帏恨比长沙；直烈遭危，巾帼惨于羽野。”庚辰双行夹批：“鲧刚直自命，舜殛于羽山。《离骚》曰：‘鲧婞直以亡身兮，终然殀乎羽之野。’”

《红楼梦》里大舜地位崇高，但这里对舜提出了批判。鲧盗天土建坝治水，被舜错杀于羽野。在八月十八日死难的与鲧有着相似命运的是谁？明蓟辽督师袁崇焕。他在宁远筑城建关锦宁防线，大败努尔哈赤和皇太极。崇祯误中皇太极、范文程反间计将其下狱，1630 年八月十八日是袁崇焕被凌迟气绝之日。《红楼梦》借浊玉汉装贾宝玉崇祯之祭为袁崇焕平反，后文会专门致敬袁崇焕等民族英雄。

《芙蓉女儿诔》是中华民族的儿女英雄传，更多解读将在揭开诔文中的所有历史人物真面目之后一并进行。

表 155　浊玉

浊玉	汉装崇祯 朱由检	芙蓉花神 晴雯	袁崇焕之死	1630 年八月十八日	直烈遭危，巾帼惨于羽野
	满装顺治 福临	总花神 黛玉	董小宛之死	1660 年八月十九日	茜纱窗下，我本无缘；黄土垄中，卿何薄命？

三、断七：人亡物在公子填词

1660 年八月十九日董小宛病亡，三日后顺治追封其为孝献皇后；在“三七”日（九月初十），由茆溪森和尚秉炬举火，骨灰装入“宝宫”（骨灰罐）。十月初八，皇帝第五次亲临寿椿殿，为董小宛断七。

（一）断七之祭

第八十九回《人亡物在公子填词　蛇影杯弓颦卿绝粒》，十月初八，宝玉到晴雯房中再祭芙蓉女儿：

> 宝玉略坐了一坐，便过这间屋子来。亲自点了一炷香，摆上些果品，便叫人出去，关上门。外面袭人等都静悄无声。宝玉拿了一幅泥金角花的粉红笺出来，口中祝了几句，便提起笔来写道："怡红主人焚付晴姐知之：酌茗清香，庶几来飨。"其词云："随身伴，独自意绸缪。谁料风波平地起，顿教躯命即时休。孰与话轻柔？东逝水，无复向西流。想象更无怀梦草，添衣还见翠云裘。脉脉使人愁！"写毕，就在香上点个火焚化了。静静儿等着，直待一炷香点尽了，才开门出来。

这就是顺治为董小宛断七的描写。宝玉用了《望江南》的词牌，这个词牌始自李德裕为亡妓谢秋娘所撰，本名《谢秋娘》。用悼念亡妓的《望江南》为死于北国的江南董小宛断七是十分切合的。根据"谁料风波平地起，顿教躯命即时休"可知，董小宛是死于非命的。那其死因是什么？死因就在这回书的回目之中："蛇影杯弓颦卿绝粒"——她很可能是被弓弦勒死的。下阙"怀梦草"指汉武帝因此草而见得早逝的李夫人，是帝妃爱情符号。

（二）青史古人空

完成这次断七之祭，宝玉来到黛玉潇湘馆，见到新写的一副紫墨色泥金云龙笺的小对，上写着："绿窗明月在，青史古人空。"董小宛字青莲，董青莲的死因清史上无记载，此即为"青史古人空"之意，此刻黛玉"冉冉香莲带露开"。

"黛玉站起来迎了两步，笑着让道：'请坐。我在这里写经，只剩得两行了，等写完了再说话儿。'"宝玉见到的是正在抄写佛经的黛玉，宝玉嘱托她"你别动，只管写"。《孝献皇后行状》记载董小宛临终的场景："故崩时言动不乱，端坐呼佛号，嘘气而化，颜貌安整，俨如平时。"董小宛有可能是口诵佛经被勒毙的。

顺治在《孝献皇后行状》表示孝庄为董小宛的后事准备了一切，并产生了董小宛不死将如何为孝庄准备葬礼的联想，可见顺治内心无比地痛苦与愤怒，这只有一个解释：生母孝庄是杀爱妻董小宛的元凶。

这里出现了雪雁的形象，“(黛玉）因叫雪雁倒茶”。大雁在我国古代文化里被认为是禽中之冠，是忠贞之鸟。雪雁无匹，喻夫妻二人阴阳永隔。

雪雁在田贵妃死亡的七月中元节出场，也在祭奠董小宛的断七之日出场，我们来看一下雪雁这个角色与承乾宫中的两位黛玉皇贵妃——田秀英与董小宛命运的对应关系：

表 156　雪雁无匹

雪雁	承乾宫之殇	七月十五日	田贵妃之死	礼记祭礼妃	第六十四回
		十月初八	董小宛断七	青史古人空	第八十九回

（三）《斗寒图》——青女素娥

董小宛之死不是普通的宫廷悲剧，而是一名战士的英勇就义。黛玉房中新出现了一幅《斗寒图》：

> （宝玉）一面看见中间挂着一幅单条，上面画着一个嫦娥，带着一个侍者；又一个女仙，也有一个侍者，捧着一个长长儿的衣囊似的，二人身边略有些云护，别无点缀，全仿李龙眠白描笔意，上有“斗寒图”三字，用八分书写着。宝玉道：“妹妹这幅《斗寒图》可是新挂上的？”黛玉道：“可不是。昨日他们收拾屋子，我想起来，拿出来叫他们挂上的。”

这幅《斗寒图》是在前一日挂上的，宝玉祭奠完晴雯就在黛玉房中看到这幅画，立即表态：“这个实在新奇雅致，却好此时拿出来挂。”

斗寒的主体是谁？宝玉定义其为嫦娥和女仙，而黛玉定义其为青女和素娥。黛玉笑道：“眼前熟的很的，还要问人……岂不闻‘青女素娥俱耐冷，月中霜里斗婵娟。’”

于是我们首先可推导出斗寒的嫦娥是月中素娥，斗寒的女仙是霜神青女。《影梅庵忆语》记载董小宛生前最爱月，以月中嫦娥喻董小宛亦是合适的。

但在素娥的概念中还藏了一个素女的概念，素女为古代传说中的女神，有两个身份：一是黄帝的性学老师，后世亦把房中术称为玄素或素女之道；二是古代第一位操琴女乐师，《史记·封禅书》："太帝使素女鼓五十弦瑟。"

表 157　斗寒图

<table>
<tr><td rowspan="3">斗寒</td><td rowspan="2">月中</td><td rowspan="2" colspan="2">素娥</td><td>嫦娥</td><td>月</td><td rowspan="2">孝献董小宛</td></tr>
<tr><td>素女</td><td>性爱+古琴</td></tr>
<tr><td>霜里</td><td>女仙</td><td>青女</td><td colspan="2">霜神</td><td>贞妃</td></tr>
</table>

素女有性爱女神和中国古典音乐的开山鼻祖两个身份，在宋明清总花神中能承担素女之评价的非擅古琴的青楼董小宛莫属。董小宛擅古琴，故宝玉问黛玉弹琴一事，提示看官此时的黛玉是素女身份：

> 宝玉因问道："妹妹这两日弹琴来着没有？"黛玉道："两日没弹了。因为写字已经觉得手冷，那里还去弹琴。"

综上，我们可以得出以下结论：斗寒的素（女）（嫦）娥是董小宛，霜神青女是谁？

青女亦是汉族传说中的女神，指向的是与董小宛一起同孝庄斗争的贞妃。贞妃的事迹藏在历史更深处。

第四节　西施沼吴

董小宛是红楼总花神，兼具前述宝钗符号杨妃、黛玉符号飞燕、湘妃、昭君的元素，正如前文《隐言——西子奇冤》部分所言，作为清初文化救亡运动的核心，她还有一个专用符号——西施。

第三回《金陵城起复贾雨村　荣国府收养林黛玉》描写满装贾宝玉眼中的第一眼黛玉"病如西子胜三分"，来自江南、从事救亡的西施成为董小宛专用符号。农历七月十五日，黛玉在潇湘馆举行秋祭，写下《五美吟》祭文，第一首就是《西施》：

一代倾城逐浪花，吴宫空自忆儿家。

效颦莫笑东村女，头白溪边尚浣纱。

一代（黛）倾城逐浪花，西施入吴宫，吴宫在苏州，苏州是董小宛的故乡。

为什么西施是董小宛的专用符号，因为宋明花神朱琏姐妹、张嫣周玉凤妯娌家世清白，从一而终；而董小宛与西施一样歌舞俱佳，风尘辗转。

一、董小宛：病如西子胜三分

西施，子姓施氏，春秋末期农历六月二十四日出生于越国苎萝（今浙江诸暨南），苎萝有东西二村，其居西村，故名西施。后人尊称其“西子”。西施是中国古代四大美人之一的“沉鱼”，后世尊为荷花花神。

越王勾践在对吴国战争中失利后，施行文种“伐吴九术”之四“遗美女以惑其心，而乱其谋”。西施肩负着让吴王夫差荒淫腐败、沉湎色欲与刺探吴国政治军事机密的重大使命。明朝西施祠有楹联云：“越锦何须衣义士，黄金祇合铸娇姿。”以此称颂西施忍辱负重、以身许国、兴越灭吴的功绩。与西施一起入吴宫的，还有同村姐妹郑旦（夷光），但史书上关于郑旦的下落记录不明。

不管入宫的过程是什么，自从入宫之后，董小宛就成为清初文化救亡运动的核心。有一个顾炎武主导的西施沼吴计划的传闻：秦淮名妓入清宫，用汉文化潜移默化影响顺治皇帝，发挥如当年西施兴越灭吴、雪亡国之耻的历史作用。

西施是浣纱女，董小宛出生于苏绣世家，家中曾开有绣庄。冒绘董绣曾被传为一段佳话，但相关作品现今已找不到了。

西施入吴宫前受过严格的音乐舞蹈训练，董小宛作为秦淮名妓则是声色艺俱佳。

董小宛字青莲，出生于六月二十四日的西施被奉为荷花花神。

西施入吴宫，吴宫在董小宛的故乡姑苏。

西施与夷光一起入吴宫，与董小宛一起入清宫的还有堂妹贞妃董鄂氏。

西施情定范蠡，但又为国入吴宫；董小宛初嫁冒辟疆，后又为国入清宫。

表 158　董小宛与西施

<table>
<tr><td>西施</td><td rowspan="2">以倾城之色
雪亡国之耻</td><td rowspan="2">姐妹
同嫁</td><td rowspan="2">姑苏</td><td rowspan="2">艺术家</td><td>浣纱女</td><td rowspan="2">一女事
二夫</td><td>荷花花神</td></tr>
<tr><td>董小宛</td><td>绣庄女</td><td>董青莲</td></tr>
</table>

葬花之句，较早者见于晚唐爱国诗人韩偓。他在《哭花》中写道："曾愁香结破颜迟，今见妖红委地时。若是有情争不哭，夜来风雨葬西施。"可见葬花这个概念最早是与西施有关的。

二、蒙古族后裔冒辟疆

董小宛承担西施沼吴这一历史重任也是有一定的机缘，因为她的丈夫、明末四公子之一的冒辟疆就是蒙古族后裔。

《百家姓》里没有"冒"姓，这个姓来自蒙古人。元朝时丞相脱脱是蒙古人的顶级汉学大儒，曾主修《宋史》《辽史》及《金史》，他的后代也都是饱学之士，其中一人在南通、泰州一带管辖了 24 处盐场。这位盐官实行了官民两利的政策，深得民心。元亡后，他在汉人朋友的劝留下，卜居如皋。为入汉籍，他取《百家姓》没有的"冒"为姓，"致中"为名，寓意落籍中华，中国人姓"冒"的皆出于此宗。

冒辟疆的父亲、祖父全都是明代的进士出身，其名冒襄，取襄助天下之意；字辟疆，希望他能为国开拓疆土；号巢民，有巢氏是中国远古时期部落联盟首领之一。据中国历史大系表记载，有巢氏位列五氏之首，被尊奉为中华民族的人文始祖，冒辟疆此号亦表明皈依中华文明之意。

三、可怜倾城人，皓齿没穹庐

董小宛不是一个人在战斗，她应有两个同伴：以堂妹名义与她一起入宫的贞妃，还有北京城里同为秦淮八艳的"南曲第一"的顾横波——董小宛入宫当年她被顺治诰封，作为命妇享有入宫的权利。

董小宛嫁冒辟疆的 9 年时间里，曾抚养过冒辟疆的两个儿子。她在北京的 10 年间，这两个儿子也相继北上，以求学为名长居龚鼎孳、顾横波府中。龚鼎孳可入朝，顾横波可入宫，相关的信息通过这两个儿子传递回江南，其间的想象空间是很大的。

1660年八月十九日董小宛病亡，1661年正月初八贞妃被逼自缢殉葬，1664年顾横波病故，宣告着西施沼吴计划的终结，一时之间南北各地士子自发悼念，形成了一个蔚为壮观的文化事件。

顾横波与柳如是同为秦淮八艳，1664年，顾横波病故于北京，柳如是自缢于南通；顾横波生前以贰臣龚鼎孳妾室身份获封清诰命夫人，而柳如是则是毁家纾难进行了18年的地下抗清斗争。这两人气节看似云泥之别，但顾横波之死却在从北京到江南的文人士子中掀起巨浪，高规模的吊唁活动此起彼伏，冒辟疆、尤侗、阎尔梅、柳敬亭、余怀等人在安徽庐州为其开吊设祭，个中缘由值得思考。

顾横波的丈夫龚鼎孳是明清换代之际著名的贰臣，他同时也是揭示红楼总花神结构的《明懿安皇后外传》的第一撰写人，约百年后纪晓岚在其底稿之上完成最后的写作。

复社四公子是陈贞慧、方以智、侯方域、冒辟疆。陈贞慧入清不仕，其子陈维崧是侯方域的上门女婿，是冒辟疆的养子，是清代诗词作品最多的诗人之一。在陈维崧《杂诗寓水绘庵作》之二中，我们仿佛看到了这段历史的影子：

东南有高楼，中有三女居。
雕甍概青云，阿阁横交衢。
韶颜各自媚，玄服相欢娱。
结以金爵钗，约以绣罗襦。
……
谁知青蝇飞，顿令白壁污。
可怜倾城人，皓齿没穹庐。
二女心自悲，揄袂为踌躇。

穹庐，是游牧民族的帐篷，指清宫。东南三女北上清宫，一人（董小宛）亡故，两人（贞妃与顾横波）痛哭。

四、战战兢兢，如履薄冰

董小宛名白，字小宛。小宛是《诗经·小雅》中的诗歌名，这是一首父母离世后劝告兄弟小心避祸的诗歌。全诗六章，每章六句，内容跌宕起伏：

宛彼鸣鸠，翰飞戾天。我心忧伤，念昔先人。明发不寐，有怀二人。

…………

温温恭人，如集于木。惴惴小心，如临于谷。战战兢兢，如履薄冰。

最后六句“温温恭人，如集于木。惴惴小心，如临于谷。战战兢兢，如履薄冰”就是董小宛在清宫之中步步惊心的真实写照。

现在我们再来审视宋、明、清三朝花神的钗黛结构：

表 159　红楼总花神结构表五

<table>
<tr><td colspan="4">《明懿安皇后外传》兜率天宫司花仙女</td><td colspan="3" rowspan="2">《红楼梦》离恨天绛珠草</td><td rowspan="7">总花神</td></tr>
<tr><td></td><td>朝代</td><td>背景</td><td>历史人物</td></tr>
<tr><td>第一代</td><td>汉</td><td>吕后专权</td><td>汉孝惠皇后张嫣</td><td rowspan="3">第三代</td><td>清孝惠章皇后阿拉坦琪琪格</td><td>红麝串宝钗</td></tr>
<tr><td rowspan="2">第二代</td><td rowspan="2">北齐</td><td rowspan="2">南北朝太皇太后专权</td><td rowspan="2">北齐文宣皇后李祖娥</td><td rowspan="2">清孝献皇后董小宛</td><td>女工宝钗</td></tr>
<tr><td>黛玉</td></tr>
<tr><td>第三代</td><td>宋</td><td>“靖康之耻”</td><td>宋仁怀皇后朱琏+慎德妃朱璇</td><td colspan="2">第一代</td><td>黛玉</td></tr>
<tr><td>第四代</td><td>明</td><td>“甲申之变”</td><td>明懿安皇后张嫣+崇祯皇后周玉凤</td><td colspan="2">第二代</td><td>宝钗</td></tr>
</table>

但上表中其实存在一个重大的漏洞：满装贾宝玉是顺治，顺治王朝的花神钗黛是否有满装？阅尽全书，并未提及钗黛有满装

打扮。《红楼梦》中哪位女儿穿满装？史湘云。第四十九回《琉璃世界白雪红梅　脂粉香娃割腥啖膻》：

> 一时史湘云来了，穿着贾母与他的一件貂鼠脑袋面子大毛黑灰鼠里子里外发烧大褂子，头上带着一顶挖云鹅黄片金里大红猩猩毡昭君套，又围着大貂鼠风领。黛玉先笑道："你们瞧瞧，孙行者来了。他一般的也拿着雪褂子，故意装出个小骚达子来。"

近古以来中原民族称北方游牧民族为"骚达子"（"达子"源于"鞑靼"），"骚达子"是东北方言中至今仍在使用的一个词。作者通过黛玉对史湘云"小骚达子"的评价告诉看官，史湘云外面穿的貂鼠大褂子、脖上围的貂鼠风领，就是塞外少数民族的传统着装。

钗黛在书中以绛珠草花神为符号，与钗、黛分庭抗礼、同榻而眠的史湘云在书中以何为符号？——巫山神女。现在我们就来认识红楼神女的真面目。

第九章 神女生涯原是梦

自古以来，中国社会的理想状态就是——天下大治。“治”字左边为什么是三点水呢？因为“治”的基本意思就是对水的治理，这对于农业文明特别重要。大禹治水的历史功绩震烁古今，而协助指导大禹治水的是谁？巫山神女瑶姬。

第一节 巫山神女

巫山神女传说，最早见于《山海经》，屈原的《九歌·山鬼》、宋玉的《高唐赋》《神女赋》中都有描述，她是一位帮助大禹治水、造福生灵的神女。在中国文学演进中，神女是十分重要的文化意象，成为文人士大夫心中挥之不去的情结。而神女的内涵，则超越了女性的本义，指向了超女性的含义：追求神女，就是追求理想世界秩序。

一、炎帝之女

传说巫山神女是炎帝之女。要了解神女，首先必须了解炎帝。

炎帝又称赤帝，别号朱襄氏，是上古时期姜姓部落首领，中华民族人文初祖三皇之一，懂得用火。传说炎帝部落后来和黄帝部落结盟，所以华夏族一直以炎黄子孙自称。宋朝以炎帝为国运神，明朝以宋朝的继承者自居，有炎宋火明之说。

炎帝诞辰传说为农历四月二十六日，《红楼梦》中此日发生了饯花神、黛玉葬花、宝钗扑蝶、宝玉吟唱《红豆曲》、湘云醉卧芍药裀，香菱情解石榴裙、寿怡红群芳开夜宴等故事。历史上，1644 年的炎帝诞辰是崇祯帝后大殓三十三天，是李自成兵败退回北京之日；1645 年四月二十五日是史可法殉国日、也是“扬州十日”的开始；1662 年四月二十五日是南明永历帝朱由榔殉难日，四月二十六日是朱由榔遗体火化日。其中的文史互证关系详见《绛珠还泪案》。

据传炎帝朱襄氏有三个女儿，大女儿随赤松子到昆仑山修道而去，另两个女儿大名鼎鼎：一是神女瑶姬，一是女娃精卫。

《山海经・中次七经》：“又东二百里，曰姑媱之山。帝女死焉，其名曰女尸，化为䔄草，其叶胥成，其华黄，其实如菟丘，服之媚于人。”炎帝次女瑶姬死于姑媱之山，精魂化身为䔄草，实为灵芝。炎帝哀怜女儿未嫁而死，葬之于巫山之阳，并封女儿作了云雨之神，瑶姬由此成为巫山神女。

在道教的神祇体系中，炎帝是南方天帝，属火，巫山神女属土。按五行理论，火生土——炎帝生神女；土克水——神女治水。

二、精卫（女娃）之姐

神女瑶姬的妹妹、炎帝小女儿名女娃。《山海经・北山经》记载，女娃在东海边玩耍时被海浪吞噬，灵魂化身精卫鸟，栖身于柘木之上，不停地衔来西山的木石，日复一日，年复一年，誓将东海填平。炎帝为此作歌唱道：

精卫鸣兮，天地动容！
山木翠兮，人为鱼虫！
娇女不能言兮，父至悲痛！
海何以不平兮，波涛汹涌！
愿子孙后代兮，勿入海中！
愿吾民族兮，永以大陆为荣！

“甲申之变”后，顾炎武漫游南北，暗中进行反清活动，他最早提出“天下兴亡，匹夫有责”的说法，意义和影响深远。顾炎武所作《精卫》诗，表达了他的抗清决心。诗曰：

万事有不平，尔何空自苦。
长将一寸身，衔木到终古。
我愿平东海，身沉心不改。
大海无平期，我心无绝时。
呜呼！君不见，
西山衔木众鸟多，鹊来燕去自成窠。

17 岁殉国的少年英雄夏完淳亦写下这首《精卫》诗以明志：

北风荡天地，有鸟鸣空林。
志长羽翼短，衔石随浮沈（沉）。
崇山日以高，沧海日以深。
愧非补天匹，延颈振哀音。
辛苦徒自力，慷慨谁为心？
滔滔东逝波，劳劳成古今。

“北风荡天地”，《红楼梦》第四十九回，十一月十八日大观园众人割腥啖膻之日的联诗，首句就是“一夜北风紧”。1646 年十一月十八日亦是南明抗清领袖永历帝朱由榔在肇庆登基之日。

炎帝朱襄氏定都柘城，精卫鸟栖于柘木之上，这就是木石前盟之意。《康熙字典》对“盟”字的解释：“【正韵】眉兵切，音明。【释名】明也。告其事于神明也。【类篇】誓约也。又信也。”按此释意，“木石前盟”音同“木石前明”。

三、大禹之助

在五行理论中，土克水。作为炎帝（太阳神）的女儿，填海的精卫的姐姐，巫山神女因辅佐大禹治水而载入史册。

大禹在治水过程中，得到两个重要的帮助：一是在湖南衡山得到黄帝留下的金简玉文，确定以疏导分流为方针的治水方略；二是在三峡得到神女传书。

当大禹疏导长江三峡时，神女瑶姬在飞凤峰山麓一平台，授九卷天书与大禹，并派神丁相助，大禹“遂能导波决川，以成其功”。这块平台被后人称为神女授书台，此后她定居巫山，为民造福，日久天长，便化为秀美的神女峰。

巫山人民在飞凤峰山麓为神女修建了一座凝真观（即神女

庙)，将神女祀为“佐禹治水”“有功于三峡黎民”的“正神”，尊称瑶姬为妙用真人。三峡民间长期流传巫山神女斩杀十二妖龙、为行船指点航路、为百姓驱除虎豹、为人间耕云播雨、为治病育种灵芝等传说。

四、楚王之侣

关于神女最著名的文学作品就是宋玉的《神女赋》与《高唐赋》，这两赋均与楚王梦中的神女有关，于是神女就成为梦的一个重要符号。

相传战国末年，楚怀王游览云梦（即云梦泽）时，有一天因疲倦在高唐这个地方休息。梦中，神女瑶姬向楚怀王倾吐了自己的爱意。怀王醒来后，回味梦中情景，留恋不舍，就命人在高唐的附近，修了一座庙宇，名叫“朝云”。

后来，怀王的儿子襄王和屈原的弟子宋玉又到这里来游玩，听宋玉讲述他父王梦中与神女相遇的故事，心中不胜羡慕。当天晚上，襄王也梦见了神女，便命宋玉以这两次奇梦为题材，作了两篇有名的赋：一篇叫《高唐赋》，一篇叫《神女赋》。

根据原始宗教神话观念，巫山神女化身楚国高禖女神与楚怀王成亲，于是原为贞女的巫山神女成为楚国圣后与护国神。楚怀王与神女结合，实际上是圣婚仪式，表达了通过与神女相会给国家和个人带来福祉的祈盼。《渚宫旧事》之三引《襄阳耆旧记》神女言：“将抚君苗裔，藩乎江汉之间。”神女承诺保佑楚国子民。

表 160　巫山神女

神女瑶姬	炎帝之女	未嫁而亡
	楚王之侣	巫山高唐
	精卫之姐	精卫填海
	大禹之助	大禹治水

第二节 神女符号

在中国文化中，神女是具有多重文化内涵的文化符号，而且是一个跨性别、跨宗教的文化符号。

一、神女女性符号：贞女—圣后—青楼

《襄阳耆旧记》："赤帝女瑶姬，未行而卒，葬于巫山之阳，故曰巫山神女。"炎帝女儿瑶姬未嫁而亡，化身巫山神女，其最初是贞女身份。

贞女瑶姬化身巫山神女与楚王成婚后成为楚国的保护神。《高唐赋》结尾部分所写"王将欲往见，必先斋戒。差时择日，简舆玄服。建云旆，霓为旌，翠为盖。风起雨止，千里而逝。盖发蒙，往自会，思万方，忧国害，开贤圣，辅不逮，九窍通郁，精神察滞。延年益寿千万岁"，把神女放在和国家同等重要的地位来看待了，可见神女在楚地文化中的神圣地位。

在《高唐赋》中对怀王"愿荐枕席"的神女，在《神女赋》中是以"怀贞亮之洁清兮，卒与我兮相难""欢情未接，将辞而去。迁延引身，不可亲附"的高贵贞洁的形象出现。因此神女作为楚地的某种文化符号，"愿荐枕席"是正当合理乃至高尚的行为。后人常用"曾经沧海难为水，除却巫山不是云"来表达对爱情的忠贞。

但随着文化大环境的更替，以迎合市民阶层文艺需求的世俗文学兴起并发展，后世将"愿荐枕席"的"神女"作为倾诉情爱和欲望表露的符号，神女便成为妓女代称。

二、神女男性符号之明君

神女的内涵，则超越了女性的本义，指向了超女性的含义：追求神女，就是追求理想世界秩序。宋朝的朱熹在《楚辞集注》中注曰："女，神女，盖以比贤君也。"神女在中国文化中不再是一个女性专用符号，同时也是男性符号——象征明君。

神女是楚怀王的春梦。楚怀王熊槐（？—前296），芈姓，熊氏，战国时期楚国国君，公元前329—前299年在位。在礼崩乐坏的战国时代，楚怀王是礼乐文明培养出的楚国后期国君之一。继位早期，他破格任用屈原等人进行改革，大败魏国，国势一度强盛。

暴秦则是楚怀王的噩梦。公元前299年，秦国攻占了楚国八座城池，秦昭襄王约怀王在武关会面。怀王不听昭雎、屈原劝告，决定前往武关，结果被秦国扣留。秦王逼迫他割地保命，被仍肩负国家责任感的楚怀王严词拒绝。秦无法达成挟持楚怀王轻松拿到楚国领地的目的，无奈之下只能一直囚禁楚怀王。怀王被扣留期间，楚人立其太子为王，是为楚顷襄王。

公元前296年，楚怀王忧郁成疾，命丧咸阳。秦国把遗体送还楚国，"楚人皆怜之，如悲亲戚"。楚怀王悲剧的产生和延续，与其对大势认识不清、用人不当、个人政治智慧不高有关，同时也与楚国本身政治和人才制度的弊端、楚臣们的腐化有关。但怀王忠于社稷，保持了晚节，赢得了后人的尊敬。

公元前278年，秦国大将白起带兵南下，攻破了楚国国都。屈原亦在同年五月五日这天自沉于汨罗江，以身殉国，这就是《红楼梦》大写特写的端阳节的来历，这天也是"靖康之耻"的当事人宋徽宗赵佶的诞辰。金钏之死、袭人吐血、晴雯撕扇均发生在这一天，而宝钗借扇机带双敲、龄官划蔷发生在五月初四，史湘云二进荣国府、论阴阳、因麒麟伏白首双星、宝黛诉肺腑、宝玉被笞均发生在五月初六。

三、神女男性符号之贤臣

《神女赋》的结尾部分则抒发了悲伤的离别之情：

> 意离未绝，神心怖覆。礼不遑讫，辞不及究。愿假须臾，神女称遽。徊肠伤气，颠倒失据。黯然而暝，忽不知处。情独私怀，谁者可语？惆怅垂涕，求之至曙。

关于这两篇赋的真实创作意图，后世已有人明鉴。

唐末范摅所撰《云溪友议》："宋玉则招屈之魂，明君之失，恐祸及身，遂假高唐之梦，以惑襄王。非真梦也。"指出宋玉两赋是为悼念屈原、劝谏襄王而作。清朝王闿运则说得更是透彻："宋玉之赋有《高唐》《神女》。小儒俗吏不通天人，罔识神女主山之由，莫察诗人托喻之心，苟见奇异，肆为诙嘲……至后作《神女赋》，则不及山川，专以女喻贤人。屈子之徒，义各有取，比兴意显。”

也就是说，宋玉二赋本有其大义，而后世俗人却将其视作儿女私情，实则亵渎神女。真正有识之士则将“神女”视为美好的理想、人生的追求、与屈原一样的贤臣的象征。由此可知，神女是贤臣符号。

四、发散识神女

综上，我们可知，神女身上有贞女、圣后、青楼、明君、贤臣五个符号。

表 161　神女符号

<table>
<tr><td rowspan="5">神女符号</td><td rowspan="3">女</td><td>贞女</td><td>未嫁而亡</td></tr>
<tr><td>圣后</td><td rowspan="2">愿荐枕席</td></tr>
<tr><td>青楼</td></tr>
<tr><td rowspan="2">男</td><td colspan="2">明君</td></tr>
<tr><td colspan="2">贤臣</td></tr>
</table>

正因为神女身上有着如此丰富的文化内涵，所以我们在解读《红楼梦》中神女符号之时亦应采用一种全新的思路，这个思路与《绛珠还泪案》中解读钗黛合一的思路是截然相反的。

《绛珠还泪案》中，笔者通过对史料与《红楼梦》文本资料的清理和选择，对各种相关信息进行抽象、概括、比较、归纳，从而找出它们共同的特性和本质，揭开钗黛合一的绛珠还泪案的真相，完成对宋、明亡国史的回顾。其中运用的是聚合性的思维方式。聚合性思维，也叫求同思维、辐合思维、会聚思维，是指人们解决问题时，思路集中到一个方向，从而形成唯一的、确定的答案。

在本书中，因神女这一概念本身所具有的丰富内涵，聚合性思维方法不再适用，而应采取与之相反的思维方式——发散性思维。这是一种从不同的方向、途径和角度去设想，探求多种答案，最终使问题获得圆满解决的思维方法，又称求异思维、辐射思维、扩散思维。

表 162　《朱评红楼》思维

聚合性思维	求同思维	辐合思维	会聚思维	绛珠还泪案
发散性思维	求异思维	辐射思维	扩散思维	神女如梦令

聚合性思维与发散性思维两种不同思维方法的交替运用是《红楼梦》创作群体的秘法写作的机杼与胸臆。在《红楼梦》中能承担神女多重符号并完成多重变装的人物是谁？——与钗、黛分庭抗礼的史湘云。

我们来看她的判词和《乐中悲》的曲：

后面又画几缕飞云，一湾逝水。其词曰：

富贵又何为？襁褓之间父母违。

展眼吊斜晖，湘江水逝楚云飞。

〔乐中悲〕襁褓中，父母叹双亡。纵居那绮罗丛，谁知娇养？幸生来，英豪阔大宽宏量，从未将儿女私情略萦心上。好一似，霁月光风耀玉堂。厮配得才貌仙郎，博得个地久天长，准折得幼年时坎坷形状。终久是云散高唐，水涸湘江。这是尘寰中消长数应当，何必枉悲伤！

云散高唐、水涸湘江的史湘云就是红楼神女。

表 163　红楼神女

	事迹	住所	典故
神女	治水	高唐	巫山云雨
史湘云	湘江水逝 水涸湘江	云散高唐	楚云飞 云散高唐

第三节　咬舌云儿：阿拉坦琪琪格

第二十回《王熙凤正言弹妒意　林黛玉俏语谑娇音》，元春省亲之后的正月十八日，史湘云第一次来到荣国府，与这个名字一起出现的还有云儿的小名和咬舌的个人特征。

一、咬舌：阿尔泰语系说明朝官话

清军入关进驻北京后，为了社群的安全等政治因素，把紫禁城周围10里之内的汉人全部赶走而使其专属满人居住，这个范围称为北京的内城，而10里之外称为外城。于是，北京城出现了两个社群：内城满人社群和外城汉人社群，内城说满语，外城说明朝官话。

清朝曾经推行过满语，却没能成功，一是因为基础用户太少了；二是满语语法和词汇都有限，无法满足入关后丰富的社会、政治、经济、军事、文化交流的需要。为维持其统治，满人除了学习和模仿汉语之外别无他法。

400多年前的明朝末年，从意大利来的传教士利马窦曾用罗马拼音记录了大量的当时的北京话，这些记录至今尚保存着。从中可以明白无误地看出：当时的北京话只有z、c、s，没有zh、ch、sh，是典型的吴语特征。明太祖朱元璋是安徽凤阳人，明朝官话当然是吴语。

清初满人学习汉语，学习对象就是明朝官话吴语。在此过程中，受满语的影响，植入大量zh、ch、sh等翘舌音的语言，于是北京内城形成一个固定的说这种蹩脚汉语的人群——当时中国的最高统治团体八旗贵族。此后这种语调就以官话的面目在全国推广传播，逐渐形成如今的普通话。所以现在的普通话，实则是说阿尔泰语系的北方民族学习明朝官话吴语时所说的蹩脚汉语。

南方的广东、广西、福建等省由于天高皇帝远，古代汉语保留得很好，没有被清朝官话也就是普通话消灭。所以现在的南方人还讲明朝以前的古代正宗汉语。唐诗宋词用南方的吴语、粤语、客家话来念，非常顺畅，押韵押得非常好，因为唐宋诗人词人们不讲普通话，他们讲的是古代汉语。

二、咬舌云儿是孝惠章皇后阿拉坦琪琪格

满人初说汉语的一个特点就是咬舌，咬舌是一个时代的特征。《红楼梦》中咬舌的是谁？——云儿。正月十八日第一次来到荣国府的云儿有一个重要特征咬舌：

> （宝黛）二人正说着，只见湘云走来，笑道："二哥哥，林姐姐，你们天天一处顽，我好容易来了，也不理我一理儿。"黛玉笑道："偏是咬舌子爱说话，连个'二哥哥'也叫不出来，只是'爱哥哥'、'爱哥哥'的。回来赶围棋儿，又该你闹'幺爱三四五'了。"宝玉笑道："你学惯了他，明儿连你还咬起来呢。"

孝惠章皇后博尔济吉特·阿拉坦琪琪格是来自科尔沁草原的蒙古族姑娘，出嫁时才14岁，她学习明朝官话自然是要咬舌的。前文已阐述阿拉坦琪琪格是第二代红麝串宝钗，现在又说她是咬舌云儿，这里是否矛盾？不矛盾。

着满装的第二代红麝串宝钗孝惠章皇后阿拉坦琪琪格以咬舌的云儿为专用符号。

正月十八日，神女史湘云第一次来到荣国府，带着咬舌的个人特征和云儿的小名，同时还带来了宝玉"爱（新觉罗）哥哥"之名。正月十九日云儿为宝玉结了一次辫子，参加了正月二十一日宝钗的生日，最后出现是在第二十二回《听曲文宝玉悟禅机制灯谜贾政悲谶语》，正月二十二日晚制灯谜之时湘云在场："余者湘云虽系闺阁弱女，却素喜谈论，今日贾政在席，也自缄口禁言……故此一席虽是家常取乐，反见拘束不乐。"书中没有她离开的描写，表明她是留了下来。如前文所述，由红麝串宝钗演绎她得享天年却一生无偶的悲剧命运，这晚宝钗的灯谜就是为她和天启懿安皇后张嫣所写：

> 朝罢谁携两袖烟，琴边衾里总无缘。
> 晓筹不用鸡人报，五夜无烦侍女添。
> 焦首朝朝还暮暮，煎心日日复年年。

光阴荏苒须当惜，风雨阴晴任变迁。

三、小姑居处本无郎：巫山与青溪

巫山神女是楚国的保护神，如前文所述“将抚君苗裔，藩乎江汉之间”。阿拉坦琪琪格抚养康熙成人并与之共同促进统一多民族国家的形成和巩固，是促进国家统一、民族团结的巫山神女。

在中国传统文化的女神中，未嫁而亡的不只有巫山神女，还有青溪神女。《青溪小姑曲》为古乐府《神弦歌》名，相传蒋子文妹妹未嫁而死，诗中有“开门白水，侧近桥梁。小姑所居，独处无郎”句。

青溪小姑未嫁而亡，化身歌咏《繁霜》的青溪神女。吴均《续齐谐记》：

> 须臾，女郎至，年可十八九许，容色绝妙……又令侍婢歌《繁霜》，自脱金簪，扣箜篌和之。婢乃歌曰：“歌繁霜，繁霜侵晓幕。伺意空相守，坐待繁霜落……”明日，于青溪庙中得之，乃知得所见青溪神女也。

孝惠章皇后阿拉坦琪琪格来自霜雪满天的北国，守贞一世，也是歌咏《繁霜》的青溪神女——贞女小姑。

表 164　孝惠章皇后符号

孝惠章皇后 阿拉坦琪琪格	贞女圣后	红麝串宝钗	补天女娲
		咬舌云儿	巫山神女
			青溪神女

四、阿拉坦琪琪格是水做的骨肉

《绛珠还泪案》指出，《红楼梦》借用中国传说中那些被水吞噬的女神——河神宓妃、江神湘妃、海神妈祖、创世女神女娲作为钗黛的象征符号，这些符号同样适用于咬舌云儿孝惠阿拉坦琪琪格。

（一）宓妃（河神）

洛水女神宓妃，是三皇之一的伏羲氏的女儿，因迷恋洛河两岸的美丽景色，来到洛河岸边，弹奏七弦琴，渡水时不慎淹死。死后的宓妃就成了洛水女神。

神女瑶姬是三皇之一的炎帝的女儿。瑶姬未嫁而亡，成为巫山神女。阿拉坦琪琪格守贞一世，维护国家统一与民族团结，被喻为伏羲与炎帝的女儿，是真正的中华女儿。

（二）湘妃（江神）

顺治皇帝是大舜之正裔，其皇后咬舌云儿孝惠阿拉坦琪琪格当然是湘妃之正裔。

阿拉坦琪琪格的故乡位于内蒙古东部，大兴安岭南坡，松嫩平原、辽河平原西端的科尔沁草原。科尔沁草原是中国四大草原之一，蒙古语科尔沁的意思是“造弓箭者”；科尔沁草原东侧的松嫩平原上历史上生活着满族的先祖肃慎人，舜时“息慎氏来朝，贡弓矢”，可见在舜时代，肃慎已与中原有了联系并以弓矢为贡品。

舜妻湘妃（娥皇、女英）自古被称为妇德的典范，刘向《列女传》颂赞其二人道：“元始二妃，帝尧之女，嫔列有虞，承舜于下，以尊事卑，终能劳苦，瞽叟和宁，卒享福祐。”

和湘妃姐妹同嫁一样，与阿拉坦琪琪格一起嫁给顺治的还有她的妹妹淑惠妃，二人被康熙尊为仁宪太后和淑惠太妃。1161 年初顺治出家后，这两位刚满 21 岁的女子在深宫中开启了长达半个多世纪的冷清岁月，同时也通过自己的努力促进统一多民族国家的形成和巩固，是如湘妃一样的贤德后妃。

她们姐妹得到康熙的尊重。康熙五十二年（1713），70 多岁的淑惠太妃病逝，康熙辍朝三日，亲自到灵前奠酒，因为陈设和祭品太过陈旧而治罪负责官员，又令各位皇子步行恭送淑惠太妃下葬，以此安抚悲痛中的仁宪太后之心。

（三）妈祖林默娘（海神）

妈祖林默娘，是以中国东南沿海为中心的海神信仰，是中国首个世界级信俗类非物质文化遗产。

妈祖生于北宋初年，因出生则不哭不闹，当地人称林默娘。她兰心慧质，治病济世，扶危解厄，终身未嫁，28 岁时因救助渔民遇难逝世。

妈祖终身未婚，孝惠亦是守贞一世，如林默娘一般罕言寡语。

如果要在康熙心目中找一个妈祖的形象，抚养其长大、支持其汉化、与他一起推进民族团结和文化交融的仁宪皇太后当之无愧。

1718年初，仁宪皇太后病逝，是年康熙皇帝颁旨规定妈祖作为女圣，归列三圣之一，编入国家祀典，春秋谕祭，与文圣孔子、武圣关公同享最高法定礼节——三跪九叩、三击献醴。历代皇帝对妈祖的封号达600多字，创中国神仙封号的最高纪录。

妈祖诞辰日（农历三月二十三日）、羽化升天日（农历九月初九）的公祭仪式列入首批国家非物质文化遗产。

（四）女娲（创世女神）

《说文解字·口部》载："咼：口戾不正也。"戾就是歪、曲的意思，娲又可以拆字解释成歪嘴姑娘或者口齿不清、发音不正的姑娘，咬舌云儿阿拉坦琪琪格是神女，也是补天女娲。女娲人首蛇身，1711年正月十六日康熙亲为仁宪皇太后献寿蟒式舞，正月十八日咬舌云儿在《红楼梦》中出场了。

参见前文《孝惠与孝庄——女娲与女祸》。

五、元妃阿拉坦琪琪格省亲科尔沁

《绛珠还泪案》已揭示，在"珠帘绣幕"的花船上船游大观园的贾妃是朱琏的后妃身份符号，徒步大观园的元妃是张嫣、周玉凤的后妃身份符号。历史的年轮来到顺治王朝，船游的贾妃与徒步的元妃又是谁的符号？

上古时期的三皇五帝的正妻称为"元妃"，这是帝妻的称号。对来自草原的阿拉坦琪琪格而言，元妃不仅有帝妻的含意，还有民族的成分。孝惠章皇后阿拉坦琪琪格出自蒙古博尔济吉特氏家族，博尔济吉特氏是成吉思汗的氏族名称，成吉思汗建立了蒙古汗国，忽必烈改为大元，他的后人阿拉坦琪琪格是元妃。

元妃阿拉坦琪琪格的确进行过一次省亲。康熙三十七年（1698）七月二十九日，康熙帝亲奉仁宪太后出巡塞外，省亲科尔沁草原。

这是阿拉坦琪琪格离别家乡40多年后第一次踏上故土，看到家乡老幼妇孺欢聚一堂，载歌载舞，欢声笑语响彻草原的盛况，阿拉坦琪琪格内心的喜悦、激动与欣慰之情不难想象。而自秦以来困扰中原帝国的农业文明与游牧文明的民族冲突、文明冲突在此时已得以消融，标志着统一的多民族国家的缔造即将完成。

第四节　青楼云儿：董小宛

《红楼梦》中“云儿”不仅为咬舌湘云一人所独享，“云儿”还是锦香院妓女云儿的名字。第二十八回《蒋玉菡情赠茜香罗　薛宝钗羞笼红麝串》继前回所述四月二十六日大观园芒种饯神、宝钗扑蝶、黛玉葬花，史湘云未出场，但本回这天锦香院云儿在冯紫英府中登场。

“一字不可更，一语不可少”的《红楼梦》，为何要让十二钗之一的云儿与锦香院的妓女云儿同用一名？唯一的解释就是锦香院的云儿认证了云儿的另一个身份——青楼名妓。

一、神女与青楼、青溪

在历史的演进中，“愿荐枕席”的圣后神女成为倾诉情爱和欲望表露的符号，演化为妓女的代称。阮玲玉主演的中国默片巅峰之作《神女》就描写了一位底层妓女的悲惨命运。与神女一起嬗变的还有青楼。

青楼原先乃是帝王之居，《南齐书·东昏侯本纪》：“世祖兴光楼，上施青漆，世谓之青楼。”这里的世祖指南齐的萧赜。

《玉台新咏》中所录萧梁时诗人刘邈《万山见采桑人》诗：

倡妾不胜愁，结束下青楼。
逐伴西蚕路，相携南陌头。

此诗将南朝“倡妾”（家妓）与青楼联系在一起，自此，南朝齐世祖的帝宫青楼变为南朝梁文人笔下的妓院青楼。中国历史上庙号为世祖的皇帝有10多位，最后一位就是清世祖顺治帝福临。

在南北朝时期，不仅南朝有一个齐朝，北朝也有一个齐朝。北齐开国之君高洋、皇后李祖娥的命运与清顺治帝、孝献皇后董小宛的相似命运在本书第七章第五节已有详述。

南北朝之后，中国历史上也曾有分为南北的政治格局，如

“靖康之耻”后的金与南宋、“甲申之变”后的清与南明。顺治帝与南明文人钱谦益、龚鼎孳、吴伟业、侯方域、冒辟疆等均与秦淮八艳有着很深的情缘。

表 165　青楼神女嬗变图

<table>
<tr><td rowspan="2">齐</td><td>北齐</td><td colspan="2">开国之君高洋+
皇后李祖娥</td><td rowspan="2">清世祖顺治帝+
圣后神女董小宛</td></tr>
<tr><td>南齐</td><td>南齐世祖</td><td>青楼帝宫</td></tr>
<tr><td></td><td>南梁</td><td>南梁文人</td><td>青楼妓院</td><td>南明冒辟疆+
青楼神女董小宛</td></tr>
</table>

在中国传说中，神女不仅来自巫山，也来自南京。《青溪小姑曲》所载的青溪神女是秣陵尉蒋子文之妹，秣陵是今南京，秦朝称为秣陵，明称应天府、南直，历来亦有金陵之称。董小宛就是南京秦淮八艳之一。

表 166　孝献皇后符号

<table>
<tr><td rowspan="3">孝献皇后
董小宛</td><td rowspan="3">青楼圣后</td><td>钗黛</td><td>补天女娲</td></tr>
<tr><td rowspan="2">青楼云儿</td><td>巫山神女</td></tr>
<tr><td>青溪神女——南京</td></tr>
</table>

二、云儿酒令

前文已阐述董小宛以钗黛为符号，现在又说她是青楼云儿，是否矛盾？不矛盾。钗黛合一的董小宛以青楼云儿为专用符号。

四月二十六日饯花神之日，宝玉、薛蟠等人在冯府饮酒行令，锦香院的云儿也写了一首。女儿在《红楼梦》中是后妃符号，锦香院云儿的酒令就是出身青楼的后妃董小宛命运的写照：

女儿悲，将来终身指靠谁？（董小宛一生风尘辗转）

女儿愁，妈妈打骂何时休！（孝庄以孝为名绑架凌逼董小宛）

女儿喜，情郎不舍还家里。（与顺治夫妻情深）

女儿乐，住了箫管弄弦索。（董小宛擅古琴，被弓弦勒

死）

《红楼梦》中所有角色都是一喉两歌，青楼云儿也不例外。青楼云儿的酒令认证的是董小宛的名妓身份，而琵琶女身份认证的是三度琵琶别抱、四朝称臣的明关锦宁防线主帅吴三桂。吴三桂先后向崇祯、李自成、多尔衮、顺治称臣，是锦州琵琶女。

第一首琵琶曲：

> 两个冤家，都难丢下，想着你来又记挂着他。两个人形容俊俏，都难描画。想昨宵幽期私订在荼蘼架，一个偷情，一个寻拿，拿住了三曹对案，我也无回话。

1644年三月初四，崇祯诏封距北京413千米的宁远主帅吴三桂为平西伯，令其火速进京勤王。三月十九日，行进迟缓的吴三桂勤王大军才刚抵山海关内的永平（今河北唐山），孤立无援的崇祯自缢，明朝灭亡。为了寻找新主，吴三桂在大顺与清之间进行投机活动，左右权衡。四月二十二日，不敌农民军的吴三桂选择剃发称臣献关，与多尔衮一起向李自成大顺军阵地发动猛攻。

"幽期私订在荼蘼架"中的"幽"，就是山海关所在的幽州，就是大观园曲径通幽之幽，是失去幽灵真境界的通灵玉之幽。偷情（清）指清军，大顺军征讨吴三桂，是为寻拿。山海关一片石之战是多尔衮清军、吴三桂关宁铁骑与李自成大顺军的三曹对案。

第二首琵琶曲：

> 豆蔻开花三月三，一个虫儿往里钻。钻了半日不得进去，爬到花儿上打秋千。肉儿小心肝，我不开了你怎么钻？

这看似妓女接客生涯的写照，实则是吴三桂打开山海关迎多尔衮入关的历史记录，所以甲戌侧批："双关，妙！"吴三桂打开山海关，也打开了华夏族悲剧的潘多拉魔盒。

云儿以"桃之夭夭"完令。逃之夭夭是董小宛的心愿，亦是在三藩之乱中走投无路的吴三桂的心愿。

表167　锦香院云儿

云儿	香	妓女	后妃董小宛	酒令	女儿悲愁喜乐	逃之夭夭
	锦	锦州琵琶女	关锦宁防线主帅吴三桂	琵琶曲	三曹对案	
					我不开了你怎么钻？	

三、正月十九日：青楼神女结辫宝玉

第二十一回、第二十二回的故事：正月十九日晨在黛玉房中湘云为宝玉结辫，宝玉遗失了第四颗发珠。宝玉回到房中找四儿且向佛不出房，于是正月二十日王熙凤就发出宝玉上五台山的预言。正月二十一日宝玉听《鲁智深醉闹五台山》的《寄生草》曲之后拍膝画圈，称赏不已，林黛玉调侃他是“妆疯”，说得湘云也笑了。这两回书就是顺治因四皇子与董小宛之死出家的全记录。(参见前文《遗珠：爱哥哥上五台山——出家》部分）与黛玉同榻的湘云就是孝献皇后董小宛，黛玉与云儿均是董小宛的符号。

四、钗黛云合一：孝献皇后董小宛

《红楼梦》向董小宛致敬，以钗、黛、云三个符号为其画像。1660年十月初八是董小宛断七之日，是年为鼠年。第八十九回《人亡物在公子填词　蛇影杯弓颦卿绝粒》，十月初八黛玉身上穿着月白绣花小毛皮袄，加上银鼠坎肩；头上挽着随常云髻，髻上一枝赤金匾簪，别无花朵，腰下系着杨妃色绣花绵裙。这段描写提示看官钗黛云共同组成1660年鼠年死于非命的圣后董小宛的符号。

穿着银鼠坎肩，黛玉在书中被喻为黛山林子洞的小耗；挽着随常云髻，指向云儿；插着赤金匾簪，穿着杨妃裙，指向宝钗。

表168　董小宛死亡符号

月白绣花小毛皮袄	明+满	死于鼠年的圣后董小宛
银鼠坎肩	黛玉	
云髻	青楼云儿	
赤金匾簪	宝钗	
杨妃色绣花绵裙		

五、董小宛是水做的骨肉

《绛珠还泪案》指出，《红楼梦》借用中国传说中那些被水吞噬的女神——河神宓妃、江神湘妃、海神妈祖、创世女神女娲作为钗黛的象征符号，这些符号同样适用于青楼云儿孝献董小宛。

（一）宓妃（河神）

宓妃是伏羲的女儿，但在历史上还有一人也被作为洛神的原型——三国时死于非命的曹丕文昭皇后甄宓，甄宓在民间又被奉为水仙花神。

文昭甄皇后（183—221），名不明，相传为甄宓，小名嫦娥，史称甄夫人，中山郡无极县（今河北无极）人，魏文帝曹丕的妻子，魏明帝曹叡的生母。甄宓先嫁袁绍次子袁熙为妻，建安九年袁绍兵败后，甄氏因为姿貌绝伦，被曹丕所纳，生下儿子曹叡和女儿东乡公主。有记载曹操、曹植均倾心于她，明朝第一才子杨慎言道："甄氏何物，一女子致曹氏父子三人交争之如此？"220年，曹丕称帝，甄宓因写作宫怨诗引来曹丕大怒，于221年六月被曹丕赐死，年39岁。五年后甄宓的儿子曹叡即位，追谥甄氏曰文昭皇后，改葬于朝阳陵。

甄宓博闻强识，是中国历史上有名的女诗人，传世诗歌《塘上行》一首，堪称乐府诗歌的典范。

蒲生我池中，其叶何离离。傍能行仁义，莫若妾自知。
众口铄黄金，使君生别离。念君去我时，独愁常苦悲。
想见君颜色，感结伤心脾。念君常苦悲，夜夜不能寐。
莫以豪贤故，弃捐素所爱？莫以鱼肉贱，弃捐葱与薤？
莫以麻枲贱，弃捐菅与蒯？出亦复何苦，入亦复何愁。
边地多悲风，树木何修修！从君致独乐，延年寿千秋。

我们将董小宛与甄宓作一个对比：

二人均是才女，有诗作传世。

二人均是月中嫦娥，董小宛是斗寒素娥，甄宓小名嫦娥。

二人均是再嫁之身，董小宛先嫁冒氏，再嫁爱新觉罗氏，且风尘辗转于皇父摄政王多尔衮、博果尔及顺治父子兄弟三人之间；甄宓先嫁袁氏，再嫁曹氏，致曹操、曹丕、曹植父子兄弟三人交争不已。

二人均是生育皇子的皇后，董小宛之子荣亲王虽早殇，但位同太子；甄宓之子继承了帝位为魏明帝。

二人虽宠冠后宫，但对其他嫔妃仍十分贤德。

二人极尽孝道，董小宛对孝庄、甄宓对卞夫人的孝道均在史书中有记载。

二人都死于非命，董小宛应是被弓弦勒毙；甄宓被赐毒酒，死后被发覆面，以糠塞口。

表 169　董小宛与甄宓

	身份	艺术	婚姻	情感关系	子	死因	享年
甄宓	贤德圣后	诗人	袁曹两姓	曹操 曹丕 曹植	曹叡	赐死	39 岁
董小宛			冒姓 爱新觉罗	多尔衮 顺治 博果乐	荣亲王		37 岁

（二）湘妃（江神）

顺治皇帝是大舜之正裔，其皇后青楼云儿董小宛当然是湘妃之正裔。第七十六回《凸碧堂品笛感凄清　凹晶馆联诗悲寂寞》，中秋之夜，湘云与黛玉同坐湘妃竹墩：

> 黛玉湘云见息了灯，湘云笑道："倒是他们睡了好。咱们就在这卷棚底下赏这水月如何？"二人遂在两个湘妃竹墩上坐下。只见天上一轮皓月，池中一轮水月，上下争辉，如置身于晶宫鲛室之内。

女诗人黛玉是潇湘妃子，擅作诗的湘云（青楼云儿）与黛玉同坐湘妃竹墩，寓意二人此时是湘妃娥皇女英姐妹。

黛云二人在湘妃墩上中秋联句之时，湘云联出"庭烟敛夕棔"，并转述宝钗对"棔"的解读："幸而昨日看《历朝文选》见了这个字，我不知是何树，因要查一查。宝姐姐说不用查，这就是如今俗叫作明开夜合的。我信不及，到底查了一查，果然不错。看来宝姐姐知道的竟多。"黛玉对此及时肯定："'棔'字用在此时更恰。"据传，湘妃投水后，人们发现她们的灵魂与虞舜的精灵"合二为一"，变成了合欢树。"棔"就是舜帝与湘妃精魂所化的合欢花树。

湘妃竹墩上钗黛云共解合欢花树“楈”，喻示钗黛云三人均是湘妃、湘夫人之正裔，而《红楼梦》中唯一具有钗黛云三个符号的就是董小宛。

（三）妈祖林默娘（海神）

公元 987 年九月初九，28 岁的妈祖林默娘在湄洲岛殉海难，后人以此日为妈祖升天成道日。在《红楼梦》中，九月初九重阳日，被作者重重隐藏。这一天发生了什么故事？第四十五回《金兰契互剖金兰语　风雨夕闷制风雨词》给了我们线索。

《绛珠还泪案》与前文已就此回“风雨夕闷制风雨词”与“靖康之耻”的记录进行解读，在顺治王朝，这回书有何指向？关键在金兰契和《代别离》《秋窗风雨夕》。

金兰契亦称“金兰会”，从明末到民国流行于广东广州、顺德、南海等地。这些地区的少女因手工业发展，具有一定的经济能力。为反对族权与夫权，常有二人或多人结为异姓姐妹者，称为结“金兰契”。结契者，情同夫妇，誓不相负，终身不嫁。《中华全国风俗志·广东》：“金兰契俗名夸相知，又名识朋友……坐卧起居，无不形影相随，曾梁鸿、孟光不足比其乐也。”

金兰契流行地与妈祖信仰流行地高度重合，妈祖亦终身未婚。不过，在明末清初另一个群体才是最为世人所知晓的金兰契——秦淮八艳。

她们才貌双全、经济独立，在爱情方面较时人有更多的自由，所以婚姻不是她们唯一的选择。她们之间的友情“结以金爵钗，约以绣罗襦”，她们为后人所铭记的是在山河破碎之际所谱写的一曲曲浩然正气歌。

在清宫内与董小宛义结金兰的是谁？只能是与她一起入清宫的贞妃。九月九日夜宝黛《代别离》，九月初十董小宛棺木举火，二人永诀。

（四）女娲（创世女神）

赵宋王朝仁怀皇后朱琏，出自“娲乡”天水赵氏，在北方金国投水而亡，有着母仪天下的身份和不屈殉国的气节，成为《红楼梦》作者投射女娲补天情节的载体。

朱明王朝的周玉凤皇后在农历三月十八日女娲诞辰日自缢殉国，张嫣皇后在三月十九日自缢殉国，同样成为《红楼梦》作者投射女娲补天情节的载体。

作为清初文化救亡运动的核心，董小宛为推动民族交融和文明融合做出彪炳青史的贡献，如补天女娲一般，《红楼梦》不甘“绿窗明月在　青史古人空”成为定史，特为董小宛昭传。

参见前文《孝献与孝庄——女娲与女祸》。

六、假妃董小宛魂归水绘园

在顺治王朝，元妃是咬舌云儿阿拉坦琪琪格的后妃符号，贾妃（贤德妃）就是青楼云儿董小宛的后妃符号。董小宛有“以德选入掖廷”的贤妃身份，所以是贤德妃。贾妃正月十五日省亲一进大观园时是坐船，这可能吗？不可能。在小冰河期的背景下，正月十五日北方正值封冻时节，行船是不可能的，船游大观园这一场景仅能出现在江南。江南哪一处水乡值得董小宛魂牵梦萦？——如皋古城北隅的水绘园。

如皋现属南通，但历史上曾划入扬州，西起扬州、东通如皋的通扬运河，开挖目的是便利运盐，所以后来称之为盐运河。第三回中黛玉就是从扬州运河乘船北上的，这也是董小宛被掳北上的路线。

如皋水绘园是中国江南水景园林建筑的孤本代表，当时一些名士钱谦益、吴伟业、王士祯、孔尚任等纷纷前来如皋相聚，在园中诗文唱和，游觞啸咏其中，这些人都是《红楼梦》第一期、第二期创作的参与者。

民间红学中已有很多研究成果考证出水绘园水系与大观园水系的一致性，有兴趣的看官可到网上查询一二，在此不赘。

水绘园中有堆石而造的悬霤峰，“园有悬霤峰山最胜”。在悬霤峰下，建有悬霤山房。有诗云悬霤峰与悬霤山房：“栈道连云湿，疏峰矗几层；玲珑还俭朴，瘦削必飞腾。荷锸狂何惜，藏身愧未能；著书通禹穴，万一尔曹称。”冒辟疆曾有一号名“雪芹”。

“著书通禹穴”，大禹治水得神女相助，在水绘园中“著书通禹穴”暗示此地有神女元素，是《石头记》的写作基地之一。

表170　贾妃元妃省亲模型

	宋"靖康之耻"	明"甲申之变"	清顺治王朝	
贾妃	朱琏、朱璇		孝献董小宛	一进船游
元妃		张嫣、周玉凤	孝惠阿拉坦琪琪格	二进陆路

行文至此，《红楼梦》宋、明、清（顺治）三朝总花神结构已清晰：

表171　红楼总花神结构表六

<table>
<tr><td colspan="4">《明懿安皇后外传》
兜率天宫司花仙女</td><td colspan="3" rowspan="2">《红楼梦》离恨天绛珠草
总花神</td><td rowspan="4">治水神女</td><td rowspan="6">洛神、湘妃、妈祖、女娲</td></tr>
<tr><td></td><td>朝代</td><td>背景</td><td>历史人物</td></tr>
<tr><td>第一代</td><td>汉</td><td>吕后专权</td><td>汉孝惠皇后张嫣</td><td rowspan="2">第三代</td><td>清孝惠章皇后阿拉坦琪琪格</td><td>咬舌云儿</td></tr>
<tr><td>第二代</td><td>北齐</td><td>南北朝太皇太后专权</td><td>北齐文宣皇后李祖娥</td><td>清孝献皇后董小宛</td><td>青楼云儿</td></tr>
<tr><td>第三代</td><td>宋</td><td>"靖康之耻"</td><td>宋仁怀皇后朱琏+慎德妃朱璇</td><td colspan="2">第一代</td><td>黛玉</td><td rowspan="2"></td></tr>
<tr><td>第四代</td><td>明</td><td>"甲申之变"</td><td>明懿安皇后张嫣+孝节皇后周玉凤</td><td colspan="2">第二代</td><td>宝钗</td></tr>
</table>

表 172　宋明清黛死钗嫁云儿模型

		黛死	钗嫁	符号
宋	“靖康之耻”	仁怀皇后朱琏	慎德妃朱璇	黛
明	天启王朝	裕妃张宝珠	懿安皇后张嫣	钗
	崇祯王朝	皇贵妃田秀英	皇后周玉凤	
	“甲申之变”	崇祯孝节皇后周玉凤	天启懿安皇后张嫣	
清	顺治王朝	皇贵妃董小宛	孝献皇后董小宛	云
			孝惠章皇后阿拉坦琪琪格	

表 173　孝惠、孝献云儿模型

正月十八日	咬舌云儿	爱哥哥	孝惠 阿拉坦琪琪格	第二十回 林黛玉俏语谑娇音
正月十九日	青楼云儿	结辫宝玉 四儿	孝献董小宛	第二十一回 贤袭人娇嗔箴宝玉
正月二十日	凤姐：将来只有宝兄弟顶了你老人家上五台山不成		顺治出家五台山，完成剃度	第二十二回 听曲文宝玉悟禅机
正月二十一日	《鲁智深醉闹五台山》 宝钗：谢慈悲剃度在莲台下 黛玉：“妆疯” 湘云：也笑了			

第五节　八月二十一日至八月二十二日：海棠诗咏圣后总花神

第三十七回《秋爽斋偶结海棠社　蘅芜苑夜拟菊花题》，八月二十一日至二十二日，海棠社开启海棠诗创作。二十一日，宝钗和黛玉各写了一首海棠诗；二十二日，湘云来到了大观园，写下两首海棠诗。钗黛云的这四首海棠诗是对宋、明、清三朝四位总花神圣后的歌咏。

一、宝钗：珍重芳姿昼掩门——孀居张嫣

1627 年八月二十一日，天启帝弥留；二十二日，天启帝驾崩，张嫣皇后开启孀居生涯，崇祯为其上尊号懿安皇后。

天启帝在辽东战场上以宁锦大捷大胜皇太极，天启皇后张嫣在人格上全胜皇太极庄妃。书中八月二十一日、二十二日，是海棠结社之时，宝钗的白海棠诗夺魁：

珍重芳姿昼掩门，自携手瓮灌苔盆。
胭脂洗出秋阶影，冰雪招来露砌魂。
淡极始知花更艳，愁多焉得玉无痕。
欲偿白帝凭清洁，不语婷婷日又昏。

这首海棠诗歌咏的是八月丧偶、清洁自励的红麝串宝钗天启帝张嫣皇后，通过背面敷粉法“讽刺时事”，讽刺的对象就是太后下嫁的薛宝钗清孝庄文皇后。（详见前文《薛宝钗小恙（螨）梨香院》）

二、黛玉：半卷湘帘半掩门——断肠朱琏

《红楼梦》第一回《甄士隐梦幻识通灵　贾雨村风尘怀闺秀》贾雨村的咏月诗出场之际，有一个甲戌本批语：“这是第一首诗。后文“香奁”、“闺情”皆不落空。余谓雪芹撰此书，中亦为传诗之意。”《红楼梦》全书传诗谁最多？27 岁投水而死、无青冢（昭君）之可悼、诗作百不存一仍雄踞高产女诗人之巅的朱淑真，她的作品是《断肠集》。

（一）《断肠集》与朱淑贞

《红楼梦》有直接引用《断肠集》，也有化用“对景恨无飞絮句，从今羞见谢娘才”“似篾身材无事瘦，如丝肠肚怎禁愁”“多病怯东风”“无奈梨花春寂寂，杜鹃声里只颦眉”“愁闷一番新，双蛾只旧颦”“半卷珠帘未欲眠，胭脂为脸玉为肌”“秋雨沉沉滴夜长，梦难成处转凄凉。芭蕉叶上梧桐里，点点声声有断肠”“花落花开事可悲，病眼伤春泪欲倾”“何处飞来双蛱蝶，翩翩飞入寻香径”“味重不容轻众口，独于寝庙荐先尝”“连理枝头花正开，妒花风雨便相催”“遥想楚云深，人远天涯近”……

仁怀皇后朱琏，字淑贞，她才是《断肠集》的作者。后世一

般将朱淑真当作红艳诗人，这是对她的最大误读，我们现在来看她的诗：

悯农诗《苦热闻田夫语有感》

日轮推火烧长空，正是六月三伏中。
旱云万叠赤不雨，地裂河枯尘起风。
农忧田亩死禾黍，车水救田无暂处。
日长饥渴喉咙焦，汗血勤劳谁与语。
播插耕耘功已足，尚愁秋晚无成熟。
云霓不至空自忙，恨不抬头向天哭。
寄语豪家轻薄儿，纶巾羽扇将何为。
田中青稻半黄槁，安坐高堂知不知。

颂圣诗《喜雨》

赤日炎炎烧八荒，田中无雨苗半黄。
天公不放老龙懒，赤电驱雷云四方。
琼瑰万斛泻碧落，陂湖池沼皆泱泱。
高田低田尽沾泽，农喜禾无枯槁伤。
我皇圣德布寰宇，六月青天降甘雨。
四海咸蒙滂沛恩，九州尽解焦熬苦。
倾盆势歇尘点无，衣袂生凉罢挥羽。
江上数峰天外青，眼界增明快心腑。
炎热一洗无留迹，顿觉好风生两腋。
纱厨湘簟爽气新，沉李削瓜浮玉液。
傍池占得秋意多，尚余珠点缀圆荷。
楼头月上云散尽，远水连天天接波。

朝政诗《贺人移学东轩》

一轩潇洒正东偏，屏弃嚣尘聚简编。
美璞莫辞雕作器，涓流终见积成渊。
谢班难继予惭甚，颜孟堪希子勉旃。
鸿鹄羽仪当就养，飞腾早晚看冲天。

《送人赴试礼部》

春闱报罢已三年，又向西风促去鞭。

屡鼓莫嫌非作气，一飞当是卜冲天。
贾生少达终何遇，马援才高老更坚。
大抵功名无早晚，平津今见起菑川。

《代送人赴召司农》

当年持节使，宽厚出诚心。
郡国承风远，朝廷注意深。
十行初下诏，四海望为霖。
几夜台星转，光侵九棘林。

咏史诗《读史》

笔头去取万千端，后世遭它恣意瞒。
王霸漫分心与迹，到成功处一般难。

《断肠集》诗歌的整体艺术造诣与同期李清照相比略有逊色，但思想性并不逊色，且有很多涉及朝政及颂圣的作品。

世人一般认为朱淑真因所嫁非偶而早亡，与同时期的李清照相比，嫁给市井庸夫的朱淑真27岁郁郁而终，而嫁给名士的李清照活到70岁古稀之年；朱淑真死后诗作百不存一，但传世的数量仍达600余首，雄踞中国最高产女诗人之冠，是同期李清照的数倍之多，可见其在短暂的27岁人生中有多么旺盛的创作力，这些事实已足以证明朱淑真所嫁绝非市井庸夫，她旺盛的诗词创作力没有富足的物质生活、优雅的精神境界、广阔的人生阅历是无法达致的。

表174　朱淑真与李清照

“靖康之耻”	《断肠集》	朱淑真	仕宦家庭	庸夫？	27岁	百不存一 600余首
	《漱玉词》	李清照	书香门第	名士	70岁	70余首

《断肠集》前期作品“尽拘风月入诗怀”的美好，后期作品“剔尽寒灯梦不得”的痛楚，正是朱琏27岁人生中公侯女（14年）—太子妃（10年）—皇后（1年）—阶下囚（2年）命运的写照。

嫁为市井民家妻的钱塘朱淑真或许真有其人，即便如此，其人不过是朱淑贞的“马甲”，否则她如何能创作那么大量的诗歌，并写作大量与朝政有关的《送人赴试礼部》《代送人赴召司农》等诗；或许无其人，只是为朱淑贞传诗所创造出来的一个人物。还《断肠集》作者仁怀皇后朱琏朱淑贞的著作权，这亦是《红楼梦》创作群体的心愿之一。

(二)《断肠集序》与朱淑贞

朱琏皇后，字淑贞，朱淑真就是朱淑贞。

我们来看宋人所写的《断肠集序》：

尝闻摛辞丽句，固非女子之事；间有天姿秀发，性灵钟慧，出言吐句，有奇男子之所不如，虽欲掩其名，不可得耳。如蜀之花蕊夫人，近时之李易安，尤显著名者，各有宫词、乐府行乎世，然所谓脍炙者，可一二数，岂能皆佳也。比在武陵，见旅邸中好事者，往往传诵朱淑真词。每窃听之，清新婉丽，蓄思含情，能道人意中事，岂泛泛者所能及，未尝不一唱而三叹也。早岁不幸，父母失审，不能择伉俪，乃嫁为市井民家妻，一生抑郁不得志，故诗中多有忧愁怨恨之语。每临风对月，触目伤怀，皆寓于诗，以写其中不平之气。竟无知音，悒悒抱恨而终。自古佳人多命薄，岂止颜色如花命如叶耶！观其诗，想其人，风韵如此，乃下配一庸夫，固负此生矣。其死也，不能葬骨于地下，如青冢之可吊；并其诗为父母一火焚之。今所传者，百不一存，是重不幸也。呜呼冤哉！予是以叹息之不足，援笔而书之，聊以慰其芳魂于九泉寂寞之滨，未为不遇也。如其叙述始末，自有临安王唐佐为之传，姑书其大概为别引云。乃名其诗为《断肠集》，后有好事君子，当知予言之不妄也。淳熙壬寅二月望日，醉口居士宛陵魏仲恭端礼书。

朱琏的作品是在湖南武陵（今常德）被搜集到的，南宋时朱琏之兄及家人迁至湖南，现湖南长沙岳麓山下黄金园朱氏即为其后人。

尽管朱琏有着丰富的创作，却无任何她与人唱和的记录，这是异于常理的，因为有人要“掩其名”。《绛珠还泪案》已分析过掩其名的主体为南宋历代君王：

南宋高宗赵构无子，收赵昚为养子，是为宋孝宗，在宗法上其长兄钦宗的儿子是当然的继承人，钦宗嫡长子、太子赵谌是朱琏所诞，次子赵谨是朱琏堂妹慎德妃朱璇北上途中所诞。朱琏所生太子赵谌对宋孝宗及南宋朝廷的正统性是最大威胁。

1128年八月二十一日，徽钦二帝与朱琏皇后抵金国上京会宁府（今黑龙江哈尔滨），三日之后的八月二十四日，朱琏皇后在牵羊礼后投水自尽。高宗生母韦太后、元配邢妃及两个女儿均是牵羊礼的参与人，后没入金人浣衣院为娼为奴。韦太后后来回到南宋，公开朱琏的事迹定将宋高宗置于难堪的境地。这就是从宋高宗到孝宗及之后的所有南宋朝廷均“掩其名”的原因。

表175　掩其名主体

宋高宗赵构	母韦太后、元配邢氏、两个女儿没入浣衣院	牵羊礼当晚朱琏自沉殉国
宋孝宗赵昚	宋太祖赵匡胤七世孙、宋高宗养子	钦宗太子、朱琏之子赵谌 钦宗次子、朱璇之子赵谨

海棠花又名断肠花。朱淑真的《断肠集》中以海棠诗为最多，这是她的海棠诗：

胭脂为脸玉为肌，未趁春风二月期。
曾比温泉妃子睡，不吟西蜀杜陵诗。
桃羞艳冶愁回首，柳妒妖娆只皱眉。
燕子欲归寒食近，黄昏庭院雨丝丝。

另一首《霜夜》，写道：

彤云黯黯暮天寒，半卷珠帘未欲眠。
独坐小窗无伴侣，可怜霜月向人圆。

八月二十一日海棠社成立，黛玉借用《断肠集》中的海棠诗写下风流别致的白海棠诗致敬朱琏皇后：

半卷湘帘半掩门，碾冰为土玉为盆。
偷来梨蕊三分白，借得梅花一缕魂。
月窟仙人缝缟袂，秋闺怨女拭啼痕。
娇羞默默同谁诉，倦倚西风夜已昏。

三、青楼云儿：神仙昨日降都门——离魂董小宛

怡红夜宴时湘云抽中海棠花笺。海棠本无香味，而董小宛做的秋海棠露独独是露凝香发。《影梅庵忆语》记载：

酿饴为露，和以盐梅，凡有色香花蕊，皆于初放时采渍之。经年香味、颜色不变，红鲜如摘，而花汁融液露中，入口喷鼻，奇香异艳，非复恒有。最娇者为秋海棠露。海棠无香，此独露凝香发。又俗名断肠草，以为不食，而味美独冠诸花。

八月二十二日，史湘云来到大观园，写下了两首白海棠诗，对顺治王朝的两位神女圣后董小宛与阿拉坦琪琪格进行合咏。

（一）神仙与都门

白海棠和韵其一

神仙昨日降都门，种得蓝田玉一盆。
自是霜娥偏爱冷，非关倩女亦离魂。
秋阴捧出何方雪，雨渍添来隔宿痕。
却喜诗人吟不倦，岂令寂寞度朝昏。

这首诗首联的神仙指向的是董小宛，八月二十一日董小宛被追封为皇后，八月二十二日湘云就在诗中宣告董小宛已于昨日成仙。

都门指国都之门，董小宛的故乡苏州是吴国的国都，后来她入清宫自然到了燕京都门。

（二）蓝田与女娲补天

这首诗将白海棠喻为蓝田玉。传说女娲不仅在冀州炼石补天，也在雍州蓝田炼石补天。蓝田骊山山石红彤彤的，相传是女娲驮五色石的骊马，被石中火焰烧死后所变，因名骊山。

从古至今，蓝田民众崇敬女娲，每年正月二十一日过女娲补天节，由女家长主持做“补天饼”，抛到屋顶，象征补天，同时往地上、井里掷，象征补地，然后全家吃补天饼。仪式仍保持着上古母系氏族社会的遗风。每年农历六月，女娲祠还会举行庙会，祭祀女娲氏。正月二十一日补天节恰好也是《红楼梦》中宝钗的生日。

关于女娲之死，有一种说法是以身补天。郭沫若《重游华清宫》诗有“老母长生剩吉羊”之句，注释曰：“相传女娲氏曾在此炼石补天。她死后，人们葬其于骊山之阳的白鹿塬鲸鱼沟北坡，属蓝田县。又在骊山之阴筑女娲祠，俗名老母殿。”

《红楼梦》采用的就是女娲以身补天说，剩下一块补天石不能完成的补天大业，由一个个女性用生命来完成。在各个版本中，程乙本对这个观点的表述最为直接，将补天石等同于神瑛侍者：“当年这个石头，娲皇未用，自己却也落得逍遥自在，各处去游玩。一日来到警幻仙子处，那仙子知他有些来历，因留他在赤霞宫中，名他为赤霞宫神瑛侍者。”

神瑛侍者——大一统王朝的钦宗、崇祯、顺治、废太子；半壁河山的弘光、隆武、绍武、永历。补天不能，他们的妻子在山河破碎、礼崩乐坏之际以身补天，玉碎宫倾，她们是《红楼梦》中以朱琏、张嫣、周玉凤、董小宛等为代表的总花神、绛珠草、神女圣后，她们亦是《红楼梦》所歌颂的女娲。

（三）蓝田玉：国玺与帝后情

蓝田玉，中国四大名玉之一，因其产于陕西省西安市的蓝田山而得名。历代古籍中均有蓝田产美玉的记载。一般认为“传国玺”就材于楚国“和氏璧”，但《太平御览》引《玉玺谱》载：“秦传国玺，以蓝田水苍玉为之，刻鱼、虫、鹤、蟮、蛟龙，皆水族物。大略取此义，以扶水德。秦得蓝田玉，制为玺，八面正方，螭纽。命李斯篆文，以鱼鸟刻之，文曰：‘受天之命，皇帝寿昌。’或曰：‘受命于天，既寿永昌’。”《宋史·李公磷传》《明史·舆服志》《韵石斋笔谈》等文献典籍也记载秦始皇传国玺为蓝田玉制成。

春秋秦汉时蓝田玉雕开始在上层社会流行，唐时达到鼎盛。当年唐玄宗李隆基送给杨玉环的爱情信物就是蓝田玉，由于它的纹理结构像冰块撕裂一样，所以后来人们用杨玉环的小名芙蓉来命名，叫“冰花芙蓉玉”。《蓝田县志·文徽录》载：“太真善击磬，上令采蓝田绿玉成一磬，备极工巧。”

杨妃亦是董小宛的历史符号之一，详见前文《董小宛——滴翠亭杨妃扑彩蝶》。

表 176 蓝田玉

<table>
<tr><td rowspan="2">蓝田</td><td>女娲补天</td></tr>
<tr><td>女娲祠、墓</td></tr>
<tr><td rowspan="3">玉</td><td>秦国玉玺</td></tr>
<tr><td>安史之乱</td></tr>
<tr><td>帝后爱情</td></tr>
</table>

（四）蓝田叔与《女青莲小影》

与董小宛同时代有一个浙派画家蓝瑛，字田叔，故又称蓝田叔，擅画山水，亦工人物、花鸟，人称“浙派殿军”。董小宛传世画像之一的《女青莲小影》就出自蓝田叔的弟子禹之鼎之手，画中董小宛婉约而行，面部细腻，衣纹线条和树石造型更多取自宋人，如此而言，似亦可作为宋朱琏皇后的小影。

这首海棠诗的颔联“自是霜娥偏爱冷，非关倩女亦离魂”，是孝献与孝惠合咏，爱冷霜娥在顺治王朝指向孀居 57 年的阿拉坦琪琪格；倩女离魂，源自唐朝陈玄祐传奇小说《离魂记》中的倩娘，在顺治王朝指向的就是董小宛。

颈联“秋阴捧出何方雪，雨渍添来隔宿痕”，亦是阿拉坦琪琪格与董小宛合咏。

尾联的“却喜诗人吟不倦，岂令寂寞度朝昏”，表明此诗主咏对于董小宛的事迹，当时有众多文人为其咏叹，不让清史抹杀。

四、咬舌云儿：蘅芷阶通萝薜门——广寒阿拉坦琪琪格

白海棠和韵其二

蘅芷阶通萝薜门，也宜墙角也宜盆。

花因喜洁难寻偶，人为悲秋易断魂。

玉烛滴干风里泪，晶帘隔破月中痕。
幽情欲向嫦娥诉，无奈虚廊夜色昏。

首联的“蘅芷阶通萝薜门”，点明“蘅芜”苑中的云儿是嫁给“爱新觉罗”家族的阿拉坦琪琪格。

颔联“花因喜洁难寻偶，人为悲秋易断魂”是孝惠与孝献合咏，一世孀居的阿拉坦琪琪格“花因喜洁难寻偶”，死于萧瑟的秋季的董小宛“人为悲秋易断魂”。

颈联“玉烛滴干风里泪，晶帘隔破月中痕”，亦是二人合咏，董小宛泪尽而逝，阿拉坦琪琪格心碎无痕。

尾联“幽情欲向嫦娥诉，无奈虚廊夜色昏”，阿拉坦琪琪格未得到丈夫的爱情，一世“虚廊（郎）”独守空房，与广寒宫嫦娥无异。

当然，月亮中不仅有嫦娥，还有蟾蜍。第一回贾雨村的咏月诗有一句“蟾光如有意，先上玉人头”，玉妃孝庄头上的蟾光已蒙骗世人300余年。

第六节　红楼花神黛钗云

经过《绛珠还泪案》与本书前文的分析，我们对《红楼梦》中的宋、明、清三朝绛珠草总花神有了全面了解。但我们不能遗忘还有一个与顺治王朝同时存在的南明政权，要将南明政权的花神加入，我们才会看到红楼总花神的全图。

一、兰殿璇宫南明政权

南明政权有四帝一监国，绍武政权仅存续一个月未立后，弘光政权、隆武政权、永历政权与监国鲁王都有哪些花神？

1641年正月二十一日，李自成攻入洛阳，福王世子朱由崧之妃李氏自缢。1644年五月，朱由崧在南京建立弘光政权，追封李氏为皇后。朱由崧同时还立金氏为贵妃。1645年五月十三日多铎率清军围攻南京之前，金贵妃、邹太后在内阁首辅马士英保护下逃亡，后皆投水而死。

1645年五月，南明弘光帝朱由崧被俘。闰六月，来自河南南阳的唐王朱聿键于福州即帝位，改年号“隆武”，同样来自河南南阳的曾氏则被册封为皇后。隆武政权仅存续了一年，1646年八月，因朝中大臣郑芝龙降清，清军直入福建，八月二十九日，隆武帝朱聿键及曾皇后在汀州被俘。九月初二，在押解回福州的途中，行至九龙潭，曾皇后口呼“陛下宜殉国”后投水自尽。隆武帝朱聿键绝食死于福州（另一说出家避世、被杀殉难）。

五年后的1651年九月初二，作为抗清基地的舟山定海昌国城被清军攻陷，监国鲁王的元妃陈氏投宫井死。此役城中死难的18000余人的遗骸在龙峰山下火化，骨灰埋于一处，立墓碑为“同归大域”，两端的石柱上镌有对联“英魂各遂当年志，白骨同埴万古春”，望柱头饰复瓣莲花，上刻“水火刀兵顷刻，忠孝节义千秋”字样。

永历帝皇后王氏，出身大家，受过很好的儒学传统教育，赢得军民的一致拥护，与永历帝患难与共，将风雨飘摇的南明永历政权苦撑十六年。1662年四月二十五日，永历帝朱由榔与太子朱慈煊死难，四月二十八日，吴三桂令人将王皇后与马太后押解前往北京，途中王皇后与马太后互相勉励，在槛车中自相扼喉而死（另一说在北京用碎瓷割颈而亡）。延平郡王郑成功念其刚烈气节，追谥为“孝刚匡皇后”。

钱海岳先生在《南明史》中称颂明朝后宫制度：

> 二百七十八年间，宫闱肃穆，兰殿璇宫，无龙漦燕啄之妖，甝犬悬龟之祸。北京之变，孝哀（张嫣）、孝节（周玉凤），下及嫱媛，湛身殉国；驯至南渡，弹丸蜗角，流离琐尾之中，死君死社，皆有古烈丈夫风。家法之严，阴教之正，洵足法百王，光前史。

二、《红楼梦》中的南明花神

《红楼梦》在写作过程中，将上述后妃的命运融入情节，为她们昭传：自沉的南明后妃以黛玉为符号，自缢的南明后妃以宝钗为符号。

1641年正月二十一日，朱由崧之元配王妃李氏自缢之日，是宝钗的生辰。宝钗的符号张嫣、周玉凤与李妃是堂妯娌关系，都是在大顺军兵临城下之时自缢而亡。

1644 年四月二十六日，是崇祯夫妻大敛三十三日；1662 年四月二十五日，是永历殉难之日。崇祯周皇后与永历王皇后是堂妯娌关系，均在亡国之际自缢（扼颈）而亡。四月二十六日宝玉埋葬了夫妻蕙与并蒂菱，就是埋葬崇祯与周皇后夫妻、永历及王皇后夫妻。他们是中国历史上最后具有汉族身份的帝后。

宝玉九月初二在北门外水仙庵井台上的祭奠既是对九月初二出生的北宋朱琏皇后的悼念，也是对九月初二投水的南明曾皇后、陈元妃的纪念，同时祭奠的还有弘光帝金贵妃。宝玉回府后黛玉说出了宝玉此祭的心事："这王十朋也不通的很，不管在那里祭一祭罢了，必定跑到江边子上来作什么！俗语说，'睹物思人'，天下的水总归一源，不拘那里的水舀一碗看着哭去，也就尽情了。"王十朋是南宋状元，抗金名臣，号梅溪。

表 177　南明政权花神表

<table>
<tr><th>南明政权</th><th>后妃</th><th>死难时间</th><th>死因</th><th></th></tr>
<tr><td rowspan="2">弘光</td><td>李皇后</td><td>1641 年正月二十一日</td><td>自缢（钗）</td><td>宝钗生辰</td></tr>
<tr><td>金贵妃</td><td>1645 年</td><td rowspan="3">投水（黛）</td><td rowspan="3">宝玉九月初二水仙庵沉香祭</td></tr>
<tr><td>隆武</td><td>曾皇后</td><td>1646 年九月初二</td></tr>
<tr><td>监国鲁王</td><td>元妃陈氏</td><td>1651 年九月初二</td></tr>
<tr><td>永历</td><td>王皇后</td><td>1662 年四月二十六日之后</td><td>扼颈自尽（钗）</td><td>宝玉葬夫妻蕙与并蒂菱</td></tr>
</table>

三、宋、明、清（南明）总花神表（女）

在此基础上，我们再来回顾一下《红楼梦·楔子》中"为闺阁昭传"的叙述：

今风尘碌碌，一事无成，忽念及当日所有之女子，一一细考较去，觉其行止见识，皆出于我之上。何我堂堂须眉，诚不若此裙钗哉？实愧则有余，悔又无益之大无可如何之日也……我之罪固不免，然闺阁中本自历历有人，万不可因我之不肖，自护己短，一并使其泯灭也……虽我未学，下笔无文，又何妨用假语村言敷演出一段故事来？亦可使闺阁昭传。

现在我们合成这张涵盖《绛珠还泪案》与《神女如梦令》、“靖康之耻”——“甲申之变”——顺治王朝——南明政权钗黛云花神原型表如下：

表 178　宋、明、清三朝圣后花神

<table>
<tr><th></th><th colspan="3">圣后符号</th><th>王朝</th><th>后妃</th><th>南明政权</th><th>死因</th><th>背景</th></tr>
<tr><td rowspan="5">补天女娲+治水神女</td><td rowspan="5">总花神+绛珠草</td><td rowspan="2">宝钗</td><td>红麝串宝钗</td><td>明天启</td><td>张嫣</td><td rowspan="2">弘光李皇后
永历王皇后</td><td rowspan="2">自缢</td><td rowspan="3">“靖康之耻”到“甲申之变”到南明灭亡 1127—1662 年</td></tr>
<tr><td>女工宝钗</td><td>明崇祯</td><td>周玉凤</td></tr>
<tr><td colspan="2">黛玉</td><td>宋靖康</td><td>朱琏
朱璇</td><td>弘光金贵妃
隆武曾皇后
鲁王陈元妃</td><td>投水</td></tr>
<tr><td rowspan="2">云儿</td><td>青楼云儿</td><td rowspan="2">清顺治</td><td colspan="2">董小宛</td><td>病亡？</td><td rowspan="2">顺治王朝 1644—1661 年</td></tr>
<tr><td>咬舌云儿</td><td colspan="2">阿拉坦琪琪格</td><td>孀居一世</td></tr>
</table>

四、宋、明、清（南明）王朝符号：黛钗云

中华民族是花的民族，宋、明、清、南明四朝花神亦构成各具主题的王朝符号：

黛玉朱琏朱璇是宋朝的符号，文化繁荣，国力孱弱；

宝钗张嫣周玉凤是明王朝的符号，理学盛行，资本主义萌芽；

云儿是顺治王朝的符号，青楼云儿董小宛代表的是文明的交流，咬舌云儿阿拉坦琪琪格代表的是民族的交融。

南明政权与顺治王朝时间重合，其历史使命是文明的救亡，入清宫承担西施沼吴重任的董小宛亦是南明政权的符号。

表179　宋、明、清——黛钗云王朝符号

<table>
<tr><th colspan="3">符号</th><th>后妃</th><th>历史背景</th><th>王朝符号</th></tr>
<tr><td rowspan="6">总花神</td><td colspan="2">黛玉</td><td>朱琏
朱璇</td><td>宋
“靖康之耻”</td><td>文化繁荣
国力孱弱</td></tr>
<tr><td rowspan="2">钗</td><td>红麝串
宝钗</td><td>张嫣</td><td rowspan="2">明
“甲申之变”</td><td rowspan="2">理学盛行
资本主义萌芽</td></tr>
<tr><td>女工
宝钗</td><td>周玉凤</td></tr>
<tr><td rowspan="3">云儿</td><td>咬舌
云儿</td><td>阿拉坦琪琪格</td><td rowspan="2">清
顺治王朝</td><td>民族交融</td></tr>
<tr><td rowspan="2">青楼
云儿</td><td rowspan="2">董小宛</td><td>文明融合</td></tr>
<tr><td>南明政权</td><td>文明救亡</td></tr>
</table>

第十章　姑娘是阳

红楼神女是史湘云，神女这个符号如前文所言具有贞女、青楼、圣后、明君、贤臣等五层内涵，前文我们论述了神女的贞女与青楼圣后内涵，那么，神女的明君与贤臣概念呢？

第三十一回《撕扇子作千金一笑　因麒麟伏白首双星》端阳之后的五月初六，喜着男装的神女史湘云二进荣国府，一进大观园，她与翠缕进行了一次与阴阳有关的谈话："翠缕道：'姑娘是阳，我就是阴。'……翠缕道：'人规矩主子为阳，奴才为阴。我连这个大道理也不懂得？'湘云笑道：'你很懂得。'"

在剃发易服的历史背景之下，大观园中易服的最高境界是男女易服。翠缕"姑娘是阳"认证了大观园中所有"姑娘"的男性身份，而且这个结论是个"大道理"。

第一节　男儿何不带吴钩

《红楼梦》中的女儿是后妃的符号，按此逻辑男儿就应当是帝王的符号。但书中却未呈现男儿概念，这是为什么？

一、吴钩——吴王朱元璋

诗鬼李贺写道：

男儿何不带吴钩，收取关山五十州。

请君暂上凌烟阁，若个书生万户侯？

与“男儿”概念紧密联系的是“吴钩”。所谓吴钩，最初是指刀刃为曲线形的吴国刀。这种刀以青铜铸成，是春秋时代由吴王（相传为阖闾）下令制造的，是冷兵器里的典范，充满传奇色彩，后又被历代文人写入诗篇，成为驰骋疆场、骁勇善战、立志报国的精神象征。

屈原：“操吴戈兮披犀甲，车错毂兮短兵接。”李白：“赵客缦胡缨，吴钩霜雪明。”辛弃疾：“把吴钩看了，栏杆拍遍，无人会，登临意。”文天祥：“含笑看吴钩，回首蛟龙池。”

在中国历史上，执吴钩之首当推吴王、明太祖朱元璋。朱元璋（1328—1398），濠州钟离（今安徽凤阳东北）人，幼名重八，字国瑞，元末农民起义军首领，明朝开国皇帝（1368—1398 年在位），卓越的政治家、军事家。

朱元璋幼时贫穷，曾入皇觉寺为僧。25 岁时朱元璋参加郭子兴领导的红巾军反抗元朝，1356 年被部下诸将奉为吴国公。1364 年元旦，朱元璋被百官推举为吴王，建百官司属。

1367 年十月，朱元璋命徐达为征虏大将军、常遇春为副将军，率军 25 万，北进中原，自己在汴梁坐镇指挥。

1368 年，朱元璋于南京称帝，国号大明，年号洪武。当年八月，攻克元大都，收回自唐末石敬塘起丢失四百余年的燕云十六州，明朝取得了在长城以内地区的统治权。

明朝始于持吴钩的吴王朱元璋，而灭亡与平西王吴三桂有关，历史的吊诡之处就在于此。

李贺还写道：“女娲炼石补天处，石破天惊逗秋雨。”“陆郎倚醉牵罗袂，夺得宝钗金翡翠。”这些诗句都在《红楼梦》中被化用，而李贺与白玉楼的典故则直接出现在《芙蓉女儿诔》之中。

二、将相本无种，男儿当自强

男儿不仅可以作为如朱元璋一般帝王的符号，也可作将相的符号。北宋汪洙的《神童诗》文辞通俗易懂，非常适合儿童记诵，它与《三字经》等同誉为“古今奇书”。尤其如其中的“天子重英豪，文章教尔曹。万般皆下品，惟有读书高”“朝为田舍郎，暮登天子堂”“学向勤中得，萤窗万卷书”“学乃身之宝，儒为席上珍”“遗子黄金宝，何如教一经”“久旱逢甘雨，他乡遇故知，洞房花烛夜，金榜题名时”，这些句子几乎家喻户晓，妇孺皆知，传诵不息。其中还有一句为世人所知的就是“将相本无种，男儿当自强”。

“只是着意于闺中”“不敢干涉朝廷”的《红楼梦》是如何完成明清换代之际的男儿历史画像的呢？——“姑娘是阳”。

三、女人——男人

《红楼梦》对女儿与男儿的歌颂，是建立在对女人与男人的批判的基础之上。

第七十七回《俏丫鬟抱屈夭风流　美优伶斩情归水月》，抄检大观园后宝玉认为：“女人个个是坏的了。”“怎么这些人只一嫁了汉子，染了男人的气味，就这样混账起来，比男人更可杀了！”第八十回《美香菱屈受贪夫棒　王道士胡诌妒妇方》，宝玉对前朝天齐庙的道士王一贴说：“我问你，可有贴女人的妒病的方子没有？”宝玉批判的“女人”实指女真人。（详见《绛珠还泪案》）

宝玉定义：男人是泥做的骨肉。第五十四回史太君痛斥“男人满腹文章去作贼”。抄检大观园之后宝玉说女人比男人更可杀，其底层逻辑是“汉子”“男人”亦是可杀的。

史太君、宝玉为什么要批判“满腹文章”的“汉子”“男人”？1644年三月底，崇祯自缢的消息传到关外清廷，四月四日，清内秘书院大学士范文程上书摄政王多尔衮，认为“如秦失其鹿，楚汉逐之，是我非与明朝争，实与流寇争也”，主张立即出兵进取中原。范文程先后事清太祖、清太宗、清世祖、清圣祖四代帝王，是清初文臣领袖。

1644年四月二十二日，吴三桂选择剃发称臣打开山海关，开启了带给中华民族苦难的潘多拉魔盒。18年后的1662年四月二十五日，吴三桂将南明政权最后一个皇帝朱由榔勒毙于昆明金蝉寺。范文程、吴三桂这些满腹文章去做贼的汉子、男人当然该杀。

四、女子——男子

《红楼梦》赋予女儿男儿、女人男人特殊的意义，但在行文时也需要定义男女，于是《红楼梦》中还有女子与男子概念。

第一回中空空道人评价石头的故事："其中只不过几个异样女子，或情或痴，或小才微善，亦无班姑、蔡女之德能。我纵抄去，恐世人不爱看呢。"第五回中警幻道："即贵省中十二冠首女子之册，故为'正册'。""先以彼家上、中、下三等女子之终身册籍，令彼熟玩，尚未觉悟。"宝玉道："常听人说，金陵极大，怎么只十二个女子？"正如"女儿"一词有女儿与后妃两个含意，《红楼梦》中的女子亦不例外，除性别定义之外，还有女儿（后妃）+子（男子的美称或尊敬者）之意。子有"尊之""美之"的含意，源于商之国姓，商人的先祖是葬于商丘火神台的中华火神子契。商主大火——炎宋——火明，关于《红楼梦》中的崇商现象，《绛珠还泪案》已有详述。

《红楼梦》中女子是女儿后妃+男性中的尊者、美者，剩下的男子自然就是不尊不美之存在，故宝玉言道："见了男子，便觉浊臭逼人。"宝玉以怡红院浊玉自称，在第三十六回亦批判道："那些个须眉浊物，只知道文死谏，武死战。"男子是指愧则有余，悔又无益的那个群体。

表 180　女+男

<table>
<tr><td></td><td colspan="2">红楼定义</td><td>引申之意</td></tr>
<tr><td rowspan="2">女儿</td><td>芙蓉女儿</td><td>钗黛总花神</td><td rowspan="2">后妃</td></tr>
<tr><td>清净洁白女儿</td><td>薛宝钗花虫</td></tr>
<tr><td>男儿</td><td colspan="2">姑娘是阳</td><td>昭传的帝王将相</td></tr>
<tr><td>女人</td><td colspan="2" rowspan="2">可杀</td><td rowspan="4"></td></tr>
<tr><td>男人</td></tr>
<tr><td>女子</td><td colspan="2">女儿+子（男性尊者、善者）</td></tr>
<tr><td>男子</td><td colspan="2">男性贱者、丑者、浊者</td></tr>
</table>

第二节　史大姑娘：永历朱由榔

五月初五楚国亡国、屈原自沉。第三十一回《撕扇子作千金一笑　因麒麟伏白首双星》五月初六盛夏时节，神女史湘云穿着重重衣物出场了，并在初进大观园之时与翠缕共同定义“姑娘是阳”。史大姑娘史湘云是阳吗？

为了避免看官将二进荣国府的史大姑娘与一进荣国府的咬舌云儿混淆，贾母史太君明确指出：“如今你们大了，别提小名儿了。”

一、与子同袍——史湘云与汉装贾宝玉

穿着重重衣物的史湘云最爱穿的是谁的衣物？贾宝玉。《神女如梦令》已揭示贾宝玉有汉装与满装之分，史湘云穿着的是哪一位宝玉的服装？

汉文化中“与子同袍”是著名的爱国主义口号。《秦风·无衣》是《诗经》中最为著名的爱国主义诗篇，它是产生于秦地（今陕西中部和甘肃东部）人民抗击西戎入侵者的军中战歌。

> 岂曰无衣？与子同袍。王于兴师，修我戈矛。与子同仇！
>
> …………
>
> 岂曰无衣？与子同裳。王于兴师，修我甲兵。与子偕行！

五月初六出场的史湘云与汉装贾宝玉同袍。根据宝钗的定义：“可记得旧年三四月里，他在这里住着，把宝兄弟的袍子穿上，靴子也穿上，额子也勒上，猛一瞧倒像是宝兄弟，就是多两个坠子。”

史湘云穿着宝玉的袍子。汉族传统服饰中，大多数男式服装是长袍样式，一般为左襟压右襟，称为“右衽”，下摆长度一般到脚踝，并以腰带或革带束腰。自上古时代起至明代，此为汉族人民的普遍穿着。

史湘云穿着宝玉的靴子。靴子在明代是官员的法定着装，平民不能穿着。朝靴则是上朝之时帝王与大臣的法定着装。第三回

汉装贾宝玉从庙中还愿归来时穿的就是青缎粉底小朝靴；而满装贾宝玉出场之时已换为厚底大红鞋。

史湘云戴着宝玉的额子。额子，是一种没有顶的头巾，也就是发髻显露在顶上的一种巾式。它是用横幅帛来约束头发的，而剃发的人是不用额子的。

与贾宝玉同袍的史湘云形同双生。宝钗道："倒像是宝兄弟，就是多两个坠子。"这个结论也得到贾母的认可，湘云站在那椅子后边，哄的老太太只是叫"宝玉，你过来，仔细那上头挂的灯穗子招下灰来迷了眼"。他只是笑，也不过去。后来大家掌不住笑了，老太太才笑了，说："倒扮上男人好看了。"

汉装贾宝玉有两位：一位是天启朱由校，一位是崇祯朱由检。行为偏僻性乖张的天启与清顺治构成同榻双生关系，天下无能第一的崇祯与谁具有同袍双生命运？南明永历帝朱由榔，他在历史上被诬诋，所以史太君说他"扮上了男人"。

史大姑娘是永历朱由榔吗？宝钗指出的"可记得旧年三四月里"又是何意？

二、同袍双生——崇祯朱由检与永历朱由榔

崇祯与永历均系万历皇帝的孙子，二人是堂兄弟关系。

崇祯是明王朝的亡国之君，大顺军李自成是崇祯亡国的直接责任人；永历是南明政权的亡国之君，李自成义孙李来亨将军是永历政权最后的擎天玉柱。

崇祯的亡国是因为面临西北农民起义与东北清（后金）军的双重压力；永历的亡国是由于西南的缅甸王将其交给南下的清军。

崇祯 1627 年登基，1644 年殉国，在位 17 年；永历 1646 年登基，1662 年死难，在位 16 年。

崇祯着道袍自缢于紫禁城北煤山海棠树；永历被缢杀于昆明五华山西侧的金蝉寺。

崇祯的周玉凤皇后自缢殉国，是红楼总花神女工宝钗的原型；永历帝王皇后与永历帝患难与共，自尽而亡，如前文所述亦是红楼花神。

崇祯有七位皇子，四位早殇，"甲申之变"后，除四皇子永王朱慈炤到贵州遵义赤水河畔之外，太子朱慈烺与定王朱慈炯下落不明；永历有七位皇子，太子朱慈煊与永历一起殉难，其他六位或散佚或早殇。

1644 年三月十九日，崇祯殉国，明亡；1662 年三月十二日，清廷诏告天下，永历既获，南明政权覆亡。

1644 年四月初四，崇祯与周玉凤皇后下葬田贵妃陵；1662 年四月二十五日，永历被勒毙于昆明金蝉寺，遗体于次日火化于昆明北门外莲花池畔。

崇祯继位之时，得到其兄天启的嘱托：吾弟当为尧舜。崇祯的思陵是十三陵中唯一的帝后妃合葬陵，如娥皇女英陪伴舜帝；永历的封藩在湖南衡阳，在广西继桂王位，这一带的九嶷山是舜帝南巡安葬之处，亦是湘妃投水之地（另一说是洞庭）。

史大姑娘史湘云是永历帝朱由榔的符号，但在《绛珠还泪案》中又阐述情解石榴裙的菱姑娘香菱是永历朱由榔的符号，二者是否矛盾？不矛盾。史大姑娘是永历帝朱由榔抗清领袖的符号，菱姑娘是朱由榔登基前永明王和被俘后的亡国之君的符号。

表 181　同袍双生：崇祯与永历

	祖父	王朝末日	在位	死因	后妃	皇子	亡国	下葬	红楼评价
崇祯	万历	终结者大顺李自成	17 年	自缢	红楼总花神	七人	1644 年三月十九日	1644 年四月	舜
永历		守护者李来亨	16 年	勒杀	红楼总花神	七人	1662 年三月十二日	1662 年四月	

三、梦中人——宝姑娘、林姑娘、二姑娘与史大姑娘

史大姑娘史湘云这一次出场由三位姑娘定义：

一是宝姑娘宝钗：

> 可记得旧年三四月里，他在这里住着，把宝兄弟的袍子穿上，靴子也穿上，额子也勒上，猛一瞧倒像是宝兄弟，就是多两个坠子。

在姑娘是阳的结构之下，定义史大姑娘永历朱由榔的宝钗宝姑娘是“机带双敲”的天启朱由校，具体缘由今后另行分解。

旧年三四月史湘云穿宝玉的袍子、靴子，戴宝玉的勒子，寓意1644年三四月与1662年三四月崇祯王朝与永历政权的亡国史。宝黛在三月十二日葬桃花，四月二十六日宝玉埋葬了夫妻蕙与并蒂菱，都是对这两段历史的记录。

二是林姑娘林黛玉：

> 惟有前年正月里接了他来，住了没两日就下起雪来，老太太和舅母那日想是才拜了影回来，老太太的一个新新的大红猩猩毡斗蓬放在那里，谁知眼错不见他就披了，又大又长，他就拿了个汗巾子拦腰系上，和丫头们在后院子扑雪人儿去，一跤栽到沟跟前，弄了一身泥水。

在姑娘是阳的结构之下，定义史大姑娘永历朱由榔的林黛玉是崇祯朱由检，具体缘由今后另行分解。正月是祭奠之月，这一次史湘云在拜影的背景下出场，与大红猩猩毡斗篷有关，与扑雪人有关，但被泥水所污。永历帝朱由榔（红）支撑南明政权16年，进行了艰苦卓绝的抗清斗争（斗篷抗清），但却被抹黑为“唯知奔逃”，尽管如此，他仍是《红楼梦》祭拜的对象。

《红楼梦》中被泥水所污的不仅有史湘云，还有情解石榴裙的呆香菱。史大姑娘与菱姑娘分别是永历帝王身份与永明王、亡国之君的符号。

三是二姑娘迎春。迎春笑道：

> 淘气也罢了，我就嫌他爱说话。也没见睡在那里还是咭咭呱呱，笑一阵，说一阵，也不知那里来的那些话。

《绛珠还泪案》已论证，二姑娘贾迎春是南明首帝弘光帝的符号，迎春朱由崧说史湘云朱由榔爱说梦话，有两层含意：

一是二人曾同榻。史大姑娘史湘云与之同榻，喻意史大姑娘史湘云也是南明帝王的身份。南明政权前后历时18年，南明末帝朱由榔的永历政权占了其中16年。

二是提示二人均是红楼梦中人。南明历四帝——弘光朱由崧、隆武朱聿键、绍武朱聿鐭、永历朱由榔。首帝弘光朱由崧与末帝永历朱由榔是堂兄弟，他们二人较之隆武与绍武二人更符合宗法继承的顺位。南明政权这18年的历史就是《红楼梦》浓墨重彩书写的历史。第六十二回香菱情解石榴裙后就得到臻儿传来的消息："二姑娘等你说话呢。"

四、绛纹石戒指

清朝二百余年期间，关于南明政权的记载成为文字禁区，乾隆年间钦定的《明史》上对南明政权甚至出现了"书其臣不录其君"的奇怪现象。《红楼梦》创作群体致力于为后人留下一段信史。五月初六，史大姑娘史湘云带来了四枚绛纹石戒指，这就是《红楼梦》(绛纹)、《石头记》(石)、风月宝鉴（戒指）的象征笔法，喻意《红楼梦》中有南明政权的历史记录。

表182　绛纹石戒指

<table>
<tr><td>绛</td><td>红楼梦</td><td rowspan="4">鸳鸯、平儿、袭人、紫鹃</td></tr>
<tr><td>纹</td><td>文</td></tr>
<tr><td>石</td><td>《石头记》</td></tr>
<tr><td>戒指</td><td>风月宝鉴</td></tr>
</table>

史大姑娘带来四枚绛纹石戒指——鸳鸯、平儿、金钏、袭人各一，但金钏已在五月初五投井了，她的尸体将在五月初六的午后被发现。那枚应给金钏的戒指最后给了谁？湘云离开贾母房之时"将三个戒指儿包上"，因此鸳鸯的戒指已给付。湘云去了凤姐房中，于是平儿的戒指也完成了交付。此后湘云进了大观园，到了怡红院，袭人的也完成了给付。此行的湘云并未到过王夫人房中，最后这枚戒指是给谁？应是紫鹃。平袭鸳紫是书中四大丫鬟。她们均系与《红楼梦》创作、与南明这段历史有关的重要人物，《朱评红楼》今后分解。

五、荷花——安龙荷花与昆明莲花池

五月初六，端阳次日，在端州肇庆登基的朱由榔以神女史湘云的名义与翠缕一进大观园，围绕荷花与石榴展开了讨论。

翠缕道："这荷花怎么还不开？"史湘云道："时候没到。"这是大观园中荷花第一次正式出场。对话中反映出史湘云家的荷花已开了，而荣国府的荷花还没开，为什么会"时候未到"？

因为史湘云朱由榔所在的云贵高原的荷花花期要早于北京至少一个月。

贵州黔西南布依族苗族自治州安龙县位于贵州省西南部、珠江上游南盘江北岸，被称为"南明之都、荷香之城"。1652 年永历六年二月，朱由榔改安隆所为安龙府，驻跸在此作为行都，建立政治、军事指挥中心，直至 1655 年四月离开安龙前往云南。安龙的荷花花朵颜色艳丽，花形大，具有较高的观赏价值。现在每年盛夏 7 月，安龙县招堤十里荷花竞相开放，当地会举办安龙荷花节。

1662 年四月二十五日朱由榔被吴三桂勒毙于昆明五华山西侧金蝉寺，遗体于次日焚化于昆明北门外的莲花池边，现为昆明莲花池公园。从莲花池公园正门望去，池中四面荷风亭正后方的小山坡上就是永历悲歌的雕像。

昆明莲花池公园永历帝雕像

莲花池畔不仅有永历的焚骨之地，还有陈圆圆的安阜园。

昆明莲花池公园牌坊

六、石榴——石榴裙

史湘云与翠缕继续就石榴展开了讨论。翠缕道："他们那边有棵石榴，接连四五枝，真是楼子上起楼子，这也难为他长。"史湘云道："花草也是同人一样，气脉充足，长的就好。"

《红楼梦》中与石榴有关的就两个人物：一是贾元春，一是香菱。大姑娘"榴花开处照宫闱"的事迹今后再行分解，我们来看朱由榔亡国之君的符号——呆香菱情解石榴裙。

第六十二回《憨湘云醉眠芍药裀　呆香菱情解石榴裙》，端阳前后斗草，是荆楚习俗。四月二十六日这天，香菱在斗草中拿出了一个夫妻蕙，并放声痛斥"胡说"的"小蹄子"："我把你这个烂了嘴的小蹄子！满嘴里汗燉的胡说了。等我起来打不死你这小蹄子！"此后香菱的红裙被绿水所污："果见旁边有一汪积雨，香菱的半扇裙子都污湿了……香菱起身低头一瞧，那裙上犹滴滴点点流下绿水来。"

这条红裙被绿水所污，宝玉见状让袭人用新裙为香菱解了难。香菱红了脸，笑说："多谢姐姐了，谁知那起促狭鬼使黑心。"

将"四月二十六日、楚人、斗草、石榴裙（朱君）、小蹄子、胡说、情（清）、解、绿（虏）水、污湿、促狭鬼使黑心”这一段关键词串起来，我们可以看到，四月二十六日呆香菱情解石榴裙记载了来自湖南、坚持抗清斗争的永历帝朱由榔被黑心的清廷押解回国并于四月二十五日杀害的历史。

宝玉带着并蒂菱过来与香菱一起斗草，并在香菱“情解石榴裙”之后葬花：“见宝玉蹲在地下，将方才的夫妻蕙与并蒂菱用树枝儿抠了一个坑，先抓些落花来铺垫了，将这菱蕙安放好，又将些落花来掩了，方撮土掩埋平服。”

在四月二十六日晚怡红夜宴中，香菱抽到了一枝并蒂花，这个花签得到当夜最高的礼赞，注云：“共贺掣者三杯，大家陪饮一杯。”众人在此向最后一对汉人帝后——永历皇帝朱由榔及王皇后致祭。此夜宝玉崇祯喝女儿茶，香菱永历喝普洱茶。

翠缕指出大观园中的荷花与石榴均是楼子花：“这也和咱们家池子里的一样，也是楼子花？”“他们那边有棵石榴，接连四五枝，真是楼子上起楼子，这也难为他长。”以荷花、石榴为符号的角色均是重要的红楼梦中人。

七、麒麟与明王

论阴阳的同时，湘云与翠缕在蔷薇架下捡获金麒麟：“刚到蔷薇架下，湘云道：‘你瞧那是谁掉的首饰，金晃晃在那里。’……翠缕将手一撒，笑道：‘请看。’湘云举目一验，却是文彩辉煌的一个金麒麟，比自己佩的又大又有文彩。”

（一）非其时的仁兽

麒麟是古代传说中的仁兽，是麟、凤、龟、龙“四灵”之首，“含仁而戴义，音中钟吕，步中规矩，不践生虫，不折生草，不食不义，不饮洿池，不入坑阱，不行罗网”。

据《春秋》《史记·孔子世家》《兖州府志·圣里志》记载：鲁哀公十四年（前481），鲁哀公带领他的大臣们围猎，射伤一头从未见过的野兽，后来请孔子鉴定，孔子说是麒麟，并为之泪下。子贡问孔子为何哭泣，孔子回答：“麟之至为明王也，出非其时而见害，吾是以伤之。”他还为所来非时的麒麟写下挽歌：“唐虞世兮麟凤游，今非其时来何求？麟兮麟兮我心忧。”

（二）明朝的麒麟

麒麟再次出现在中原大地，是明永乐十二年（1414）。这一年，郑和带回了一头名叫“基林”（索马里语 Giri）的神兽。九月二十日，明成祖在南京奉天门亲自接受了这头前所未见的神兽。大家看到这神兽，脑海里立刻和传说中的麒麟对上号了，一时间，举国欢庆。明成祖命令翰林院修撰沈度写了一篇《瑞应麒麟颂》，并下令宫廷画师画下进献麒麟场景，将《瑞应麒麟颂》抄在图卷上。无论是通过摹本还是通过真品，我们可以真真切切地看到那头麒麟的影像，其实，它就是来自非洲的长颈鹿！

麒麟能吐火，声音如雷，以“鹿”为偏旁，表明麒麟由鹿演化而来。而鹿与鼎在中国是政权的象征。能吐火的麒麟在明王朝出现，所以是以火德立国的明王朝符号。

（三）两只金麒麟——两位明王

麒麟是仁兽，五月初六，大观园中出现两只金麒麟：一只是史湘云从小佩戴的，一只是宝玉从清虚观得来的，第二十九回在清虚观中道士们将“各人传道的法器”作为对宝玉通灵宝玉的“敬贺之礼”，其中就有这只金麒麟。宝玉表态：“倒是丢了印平常，若丢了这个，我就该死了。”麒麟的重要性高过官印，只能是皇玺的另一象征。

世人一般以为宝玉所得为公麒，史湘云所佩为母麟，事实并非如此。史湘云此日对天地日月走兽飞禽均定义了阴阳，但对这两个麒麟只定义了大小与文彩。由此可见，这两只麒麟均是阳。

神兽麒麟在明朝出现，汉装宝玉所代言的崇祯、史大姑娘代言的永历均如麒麟一般为来非其时的亡国之君。崇祯是永历的堂兄，早登帝位，拥有全国统一政权，且殉国而亡，故以更大更有文彩的金麒麟喻之。永历登基的肇庆有“麒麟之乡”的美誉。

《春秋》又名《麟经》，用春秋笔法写就的《红楼梦》为麒麟明帝崇祯、永历吟唱一曲荡气回肠的挽歌。

八、白首双星：崇祯朱由检与永历朱由榔

第三十一回《撕扇子作千金一笑　因麒麟伏白首双星》，“白首”典出自西晋潘岳写给石崇的一首诗：“春荣谁不慕，岁寒良独

希。投分寄石友，白首同所归。”

潘岳就是中国历史上著名的美男子潘安，是石崇金谷园中的金谷二十四友之一。“白首同所归”是形容两个男性友人之间情谊的长久。石崇与潘安同事权臣贾谧，政治斗争失败后，一起被政敌孙秀所杀，于是“投分寄石友，白首同所归”变成了死亡归宿的谶语。

潘岳与石崇是白首同死的石友，明朝末帝崇祯朱由检与南明末帝永历朱由榔亦是石友：二人补天不能，在历史的舞台上分别主演了一出亡命、亡家、亡国、亡天下的悲剧。

石崇与崇祯朱由检共一个崇字，石崇的绿珠殉情坠楼；补天不能的崇祯周玉凤皇后是第二代绛珠草，亦殉国而亡。

潘安与永历朱由榔均是美男，永历朱由榔有着帝王之相，被俘至昆明后，有八旗将士为其形象气质所感，视为真天子，去辫拟立其为君，事败后被吴三桂所杀者达两千人。

潘安任河阳令期间，令全县百姓种植桃树，有桃花县令之称。桃花是三月之花，明朝亡于1644年三月十九日，南明亡于1662年三月十二日；桃花扇底送南朝，宝黛第一次葬花就是在三月中浣的十二日葬桃花。

17岁登基的崇祯一心扑在国事上，宵旰焦心，20多岁的时候头发就已经白了，眼角也长了鱼尾纹。

24岁登基的永历在风雨飘摇之中支撑南明王朝16年，其生命终结于云南昆明，时年40岁。16年的风雨飘摇，国破家亡的重创，让40岁的永历朱由榔白发盈头。

在云南楚雄狮子山有一座石碑，上刻一首七律诗，是以40岁帝王的口气抒发亡国之痛：

牢落西南四十秋，萧萧白发已盈头。
乾坤有恨家何在，江汉无情水自流。
长乐宫中云气散，朝元阁上雨声收。
新蒲细柳年年绿，野老吞声哭未休。

一般介绍这是明初建文帝逃亡之时所留。结合前文对《石头魂》（《女仙外史》）的分析，这里的建文帝极有可能是永历帝朱由榔假托之名。因为关于建文帝的下落是历史悬案，是否终老云南并无其他记录。这首诗的颈联“长乐宫中云气散，朝元阁上雨声收”，用的就是巫山神女“云雨”的典故。

表 183　白首双星

白首双星	石崇	石友	补天石	崇祯： 宵旰焦心、白首
		崇	崇祯	
		绿珠	绛珠	
	潘安	石友	补天石	永历： 牢落西南四十秋，萧萧白发已盈头
		美男	永历	
		桃花县令	桃花扇底送南朝	

九、七月初八与咒水之难

第三十一回来到荣国府的史大姑娘住哪里？书中并未明写。但有两条证据可以证明她住的是怡红院：第一是第三十四回中，宝玉被打后去怡红院探病的名单中没有她，但她在怡红院的山石边出场了；第二是第三十六回《绣鸳鸯梦兆绛芸轩　识分定情悟梨香院》中，七月初八，史湘云在怡红院开启告别之旅。

> 正说着，忽见史湘云穿的齐齐整整的走来，辞说家里打发人来接他。宝玉、林黛玉听说，忙站起来让坐。史湘云也不坐，宝、林两个只得送他至前面……少时薛宝钗赶来，愈觉缱绻难舍。还是宝钗心内明白，他家人若回去告诉了他婶娘，待他家去又恐受气，因此倒催他走了。众人送至二门前，宝玉还要往外送，倒是湘云拦住了。一时，回身又叫宝玉到跟前，悄悄的嘱道：“便是老太太想不起我来，你时常提着打发人接我去。”宝玉连连答应了。

告别时间是七月初八，告别地点是怡红院，告别者是史湘云；接受告别的是宝玉、林黛玉；“赶来”的是薛宝钗。

1659 年初永历流亡缅甸。1661 年五月二十三日，缅甸国王的弟弟莽白在廷臣支持下发动宫廷政变，自立为王。1661 年七月初六，缅甸王莽白派大臣来下最后通牒，此后发动咒水之变，永历被软禁，一起流亡的大小官员42人、随从300余人被杀。咒水之变标志朱由榔抗清斗争彻底失败，作为贤君的神女史湘云只能在七月初八离开。

七月初七立秋之日，宝玉在午后梦中批判薛宝钗的“金玉良缘”，晚间对花袭人批判“文死谏、武死战”。七月初八，史大姑娘为薛宝钗所赶，离开了大观园。

史湘云说出的最后的嘱托是：“便是老太太想不起我来，你时常提着打发人接我去。”老太太是史太君，这段历史不能被遗忘。

众人送至二门前，宝玉还要往外送，倒是湘云拦住了。拦住宝玉的是湘云，不是史湘云。

五月初六来到荣国府大观园的不仅有史大姑娘，还有云姑娘。云姑娘是谁？

第三节 贤臣云姑娘

史大姑娘是神女的明君符号，神女的贤臣符号由谁扮演？云姑娘。

一、五月初六：永历朝瞿式耜

第三十一回，五月初六，翠缕与史大姑娘一起进大观园、论阴阳，在蔷薇架下拾麒麟，此后，翠缕就从《红楼梦》中消失了。她去哪里了？

“翠缕将手一撒，笑道：‘请看。’……（湘云）说着，将手一撒，‘你瞧瞧，是这个不是？’”将手一撒的翠缕化身为将手一撒的湘云。第三十二回在怡红院中，袭人两次提到云姑娘：“云姑娘，你如今大了，越发心直口快了。”“云姑娘快别说这话。上回也是宝姑娘也说过一回，他也不管人脸上过的去过不去，他就咳了一声，拿起脚来走了。”“一字不可更”的《红楼梦》，史大姑娘当然不能是云姑娘，云姑娘就是翠缕。跟随在史大姑娘永历帝身边的拾麒麟的云姑娘是谁？

瞿式耜（1590—1651），字起田，号稼轩，南直隶苏州府常熟县人，明末诗人、大臣。晚清时期，民主革命家章太炎有一篇著名的演讲提及“六个勿忘”，其中就有“愿吾桂人，勿忘瞿式耜”。

1646年十月十四日瞿式耜在广东肇庆拥立桂王朱由榔监国；十一月十八日拥立朱由榔称帝，瞿式耜为东阁大学士。随后几年间，瞿式耜、何腾蛟与大顺军余部联合抗清，大败清军于全州，几乎收复了湖南全境，出现了南明时期第一次抗清斗争的高潮。

1650年，汉奸孔有德率清军再次进犯，桂林大乱，城中无一兵，瞿式耜独不去，与总督张同敞相对饮酒，从容就缚，英勇不屈。十一月十六日，在桂林叠彩山仙鹤岭，瞿式耜与张同敞二人整肃衣冠，向南行五拜三叩头之礼（辞帝之礼），瞿式耜提笔写下绝命诗：

从容待死与城亡，千古忠臣自主张。
三百年来恩泽久，头丝犹带满天香！

张同敞亦写下绝命诗：

白刃临头唯一笑，青天在上任人狂。
但留衰鬓酬周孔，不羡余生奉老庄。

瞿式耜刑前笑谈：“今日，真是死得其所。”张同敞刑前大声言道：“我死后当为厉鬼，为国杀虏击贼！”人头落地时，身子向前行走三步，然后倒下。同殉难者还有靖江王朱亨歅，张同敞妻亦殉节。

永历帝朱由榔追封瞿式耜为粤国公，追谥为“文忠”，命工部刻印张同敞的诗文以资流传，并赐名为《御览伤心吟》。清乾隆帝追谥瞿式耜为“忠宣”，追谥张同敞为“忠烈”。

《红楼梦》第一期创作的执笔人吴伟业的《哭稼轩》一诗写道：

万里从王拥节旄，通侯青史姓名高。
禁垣遗直看封事，绝徼孤忠誓佩刀。
元佑党碑藏北寺，辟疆山墅记东皋。
归来耕石堂前梦，书画平生结聚劳。

此诗记录了瞿式耜拥立之功、就义之烈，并暗示《红楼梦》的创作群体记录了瞿式耜的历史功勋。

十一月十六日瞿式耜殉难，书中第四十九回《琉璃世界白雪红梅　脂粉香娃割腥啖膻》十一月十六日，神女湘云四进荣国府："贾母因舍不得湘云，便留下他了，接到家中，原要命凤姐儿另设一处与他住。史湘云执意不肯，只要与宝钗一处住，因此就罢了。"安排湘云与宝钗同住，因为宝姑娘也是阳。与宝姑娘同住的湘云就是云姑娘。

《明史》将何腾蛟与瞿式耜并列评价："何腾蛟、瞿式耜崎岖危难之中，介然以艰贞自守。虽其设施经画，未能一睹厥效，要亦时势使然。其于鞠躬尽瘁之操，无少亏损，固未可以是为訾议也。夫节义必穷而后见。"

耜是治水神器。五帝之一的颛顼帝斩杀黑龙后化为龙山，因一丝气息未尽，两百年后黑龙气息复活生长，龙山升高，形成水患。大禹前往治水，使用三皇之一的炎帝神器耒耜镇压黑龙，解除水患。

瞿式耜是南明永历朝的云姑娘，那么南明弘光朝、隆武朝的云姑娘又是谁呢？

二、四月二十六日：弘光朝史可法

宝钗感叹："呆香菱之心苦，憨湘云之话多。"第六十二回《憨湘云醉眠芍药裀　呆香菱情解石榴裙》描写了四月二十六日的故事，前文已指出呆香菱情解石榴裙是1662年四月二十五日永历死难的记录，现在我们来看憨湘云醉眠芍药裀。根据书中的提示，憨湘云是云姑娘："正说着，只见一个小丫头笑嘻嘻的走来：'姑娘们快瞧云姑娘去，吃醉了图凉快，在山子后头一块青板石凳上睡着了。'"

四月二十五日出场的憨湘云云姑娘是谁？1645年四月二十五日是"扬州十日"惨案的第一日，史可法殉国。

史可法（1602—1645），河南祥符（今开封）人，字宪之，号道邻，明末抗清名将。他为官清廉，坚贞不屈，是明末著名的政治家。南明弘光元年（1645）四月二十五日，清军大举围攻扬州城，不久后城破，史可法不屈被杀。

云姑娘在神女符号中是南明贤臣的象征，史可法是南明政权最早殉难的名臣，《红楼梦》专门为其立传："香梦沉酣，四面芍药花飞了一身，满头、脸、衣襟上皆是红香散乱，手中的扇子在地下，也半被落花埋了，一群蜂蝶闹穰穰的围着他。"每年农历四至五月，正是扬州芍药花期，史可法被芍药花所埋葬。史可法死难之时正值夏天，尸体腐烂较快，遗骸无法辨认，其义子史德威与扬州民众在城外的梅花岭为其建衣冠冢。现在史可法墓祠中飨堂前还有对联："数点梅花亡国泪，二分明月故臣心。"

"一群蜂蝶闹穰穰的围着他（云姑娘）"，蜂蝶是（马）蜂与（蝴）蝶，这两样在前文《巨眼玉与虫》部分已分析过，是《红楼梦》批判的对象。

史可法死后南明政权谥之为"忠靖"。清乾隆帝追谥其为"忠正"。乾隆帝在《钦定胜朝殉节诸臣录》中评价道："至若史可法之支撑残局、力矢孤忠，终蹈一死以殉；又如刘宗周、黄道周等之立朝謇谔、抵触佥壬，及遭际时艰，临危授命：均足称一代完人，为褒扬所当及。"

三、八月二十五日：隆武朝杨文骢

现在我们来认识《红楼梦》中隐藏得最深的贤臣神女杨文骢。

杨文骢（1596—1646），字龙友，号山子，贵州贵阳人。杨文骢卓才绝艺，其诗列崇祯八大家之一，亦为明末"画中九友"之一，吴昌硕激赏其为堪与齐白石并称的"千秋大家"。其又善书，楷隶行草皆工，还精于骑射，曾是复社重要成员。

1645 年春，清兵南下。四月二十五日扬州失陷，五月十五日，南京城献降，弘光朝覆亡。杨文骢任南明第二个政权隆武政权兵部右侍郎、都察院右佥都御史之职，辗转于江浙各地，继续抗清。1646 年，杨文骢在闽浙赣三省咽喉仙霞岭兵败被俘，大义不屈，与妻妾、子女、仆从共三十六人全数被戮，时八月二十五日，享年 51 岁。

世人对杨文骢的印象，多来自孔尚任的《桃花扇》："三山景色供图画，六代风流入品题。下官杨文骢，表字龙友，乙榜县令，罢职闲居。这秦淮名妓李贞丽，是俺旧好，趁此春光，访他闲话。"这是《桃花扇》中杨文骢的出场念白。寥寥数语，一个浪迹平康的风流才子形象跃然纸上。在整出戏中，杨文骢是最具复杂性格的人物，他一面攀附马士英、阮大铖，一面结交复社诸生，是个八面玲珑的角色。而当李香君坚贞不从、血溅扇屏时，又是他点染笔墨，于血滴之间画就折枝桃花，完成了“叶分芳草绿，花借美人红”的桃花扇。孔尚任屡屡安排他在紧要处出场，看似鄙夷讥责之意，实则告诉读者杨文骢是《桃花扇》历史的关键人物。

陈寅恪先生在《柳如是别传》中指出：“自《桃花扇》传奇盛行以来，杨龙友遂为世人所鄙视……戏剧流行，是非颠倒，亟应加以纠正也。”《明史》将杨龙友与袁继咸、陈子龙等人共入本传赞曰：“废兴之故，岂非天道哉。金声等以乌合之师，张皇奋呼，欲挽明祚于已废之后，心离势涣，败不旋踵，何尺寸之能补。然卒能致命遂志，视死如归，事虽无成，亦存其志而已矣。”秦淮八艳之一的郑妥娘亦随杨文骢而去，最终殉难。

少年贵介才子、青年潇洒名士、中年孤忠烈臣，“诗书画三绝”的杨文骢，从贵州的群山走出，那些浪迹诗酒秦淮的风流，都已落入历史的尘埃之中，唯有诗文画卷、不屈忠魂，长久任人评说。

《红楼梦》致力于为儿女英雄传诗。杨文骢的菊花诗：

尚有秋情众莫知，联袂负手扣东篱。
孤标傲世偕卿隐，一样花开故故迟。

第三十八回八月二十三日林潇湘魁夺菊花诗时的其中一首就借用了这首诗：

问菊

欲讯秋情众莫知，喃喃负手叩东篱。
孤标傲世偕谁隐？一样花开为底迟。
圃露庭霜何寂寞，鸿归蛩病可相思。
休言举世无谈者，解语何妨片语时。

1646年八月二十五日杨文骢殉难于仙霞岭，四十回八月二十五日神女湘云的牙牌令就是杨文骢命运的写照：

“双悬日月照乾坤”指的是1645年到1646年，杨文骢拥立的唐王隆武帝朱聿键与瞿式耜拥立的桂王永历帝朱邮榔并存的局面；

“闲花落地听无声”出自唐朝刘长卿的《别严士元》，意指此日杨文骢一家三十六人全部殉难，其事迹却少有人知。

“日边红杏倚云栽”，这是后来探春的花签诗。千里东风一梦遥的探春有一个符号就是与杨文骢同朝为臣的郑成功，他是杨文骢未竟事业的继承者。

“御园却被鸟衔出”，1646年八月二十五日杨文骢殉难，八月二十九日隆武帝后被俘，南明隆武政权灭亡。

杨文骢故居石林精舍位于贵阳南明河畔，现已不存，现在的石岭街，就名自石林精舍，贵阳口音“林”“岭”不分。自其旧址沿南明河岸溯流上行不足400米处，是贵阳标志性建筑甲秀楼，其南侧不远便是明代时的南庵——王阳明在贵阳传授心学之地。南庵现名翠微园，院中还留有中国唯一的南明永历政权建筑拱南阁。

清代孙樗《余墨偶谈》记载，距石林精舍东北方五里处的栖霞胜境东山之下有一清代“诗女子墓”，碑阴刻有集唐人绝句二首：

闲同姊妹到山家，云澹风凝日已斜。袖里添香三百斛，随风散作白莲花。

遥指红楼是妾家，乌衣巷口夕阳斜。自恨身轻不如燕，衔起香泥葬落花。

事有凑巧，另据一则笔记史料记载：东山未废前，原三圣殿前面供有白衣大士塑像一尊，和通常慈容悲悯、妙相庄严的形象迥然不同，是一个烟鬟雾鬓、风致

贵阳南明河畔甲秀楼、拱南阁及石林精舍旧址俯瞰

嫣然的青年女子。

在《桃花扇》中，与杨文骢交好的“秦淮八艳”之一郑妥娘以女丑面目出现，但钱谦益、梁启超、冒广生（冒辟疆后人）已专门以诗文剧的形式为其正名。弘一大师李叔同亦写道：“残山剩水可怜宵，慢把琴樽慰寂寥。顿老琵琶妥娘曲，红楼暮雨梦南朝。”《桃花扇》写南京即将城破之际，杨文骢决定弃官回乡，郑妥娘犹豫着是否跟从。历史上，杨文骢坚持抗清，全家殉难。但也有记载说他有一小妾及幼子得以逃生。这个不具名的“诗女子”，会是来自乌衣巷的青楼神女郑妥娘吗？

四、十一月十八日：挂麒麟的姐儿羽凤麒

神女具贤君与贤臣两个符号，麒麟同样具贤君与贤臣两个符号。

第四十九回《琉璃世界白雪红梅　脂粉香娃割腥啖膻》，十一月十八日，芦雪广中金麒麟又一次登场：“怎么一个带玉的哥儿和那一个挂金麒麟的姐儿，那样干净清秀，又不少吃的，他两个在那里商议着要吃生肉呢，说的有来有去的。我只不信肉也生吃得的。”

这个金麒麟是挂的。而前述史大姑娘史湘云的金麒麟是带的，贾母曾道：“这件东西好像我看见谁家的孩子也带着这么一个的。”宝玉从清虚观中得来的金麒麟也是要带的，宝玉向黛玉笑道：“这个东西倒好顽，我替你留着，到了家穿上你带。”

带着金麒麟的史大姑娘是帝王永历朱由榔的符号，十一月十八日挂着金麒麟、吃鹿肉的姐儿是谁的符号？

1646 年十一月十八日，回族将领羽凤麒、马承祖、撒之浮三人参与拥立南明永历帝朱由榔在广东肇庆登基，被加都督同知，驻守广州。

1650 年三月，尚可喜、耿继茂所部清军进犯广州，羽凤麒、马承祖、撒之浮三人率世居广州的回族官兵与汉族军队一道奋起抵抗 9 个月。十一月，城池将破，羽凤麒道：“主辱臣死，正吾效命时也！”城破，羽凤麒戎服自缢于城楼，另两位回族将领撒之浮、马承祖以身殉职，史称“教门三忠”。此役史称为“庚寅之劫”，死难七十万人，一月之后，多尔衮暴亡于塞外。

羽凤麒临终时留下遗言：“凡我羽族不许食清禄，违者不昌。”羽氏一门百余人，除了战前被送走的幼子之外全部殉国。著名诗人屈大均为羽凤麒写的悼词中说：“国殇百万，于尔尊崇。”幸存的回民按伊斯兰教习俗将他们葬于广州流花桥畔，称为“教门三忠墓”，现墓址仍存，其所在的清真先贤古墓区为全国重点文物保护单位。

十一月十八日挂金麒麟的姐儿就是1646年十一月十八日拥立朱由榔、并于1650年十一月殉难的“教门三忠”羽凤麒等三人。

五、十一月十八日：大风歌

1646年十一月十八日，朱由榔在广东肇庆登基。第五十回《芦雪广争联即景诗　暖香坞雅制春灯谜》，十一月十八日，伴随着割腥啖膻，大观园中迎来了规模最盛大的一次诗社活动，主题当然就是割腥啖膻。其高潮在于“一夜北风紧”的联句。

“一夜北风紧”的联句是汉高祖刘邦《大风歌》的另一个版本。

表184　大风歌

大风歌	大风起兮云飞扬	威加海内兮归故乡， 安得猛士兮守四方！
即景诗	一夜北风紧	吟鞭指灞桥。 赐裘怜抚戍， 加絮念征徭。 坳垤审夷险，

这个联句是南明政权反侵略斗争的写照，湘云的诗句最多，因为她代表的是南明永历政权抗清斗争的君臣。“湘云起身笑道：‘我也不是作诗，竟是抢命呢。’……大家来细细评论一回，独湘云的多，都笑道：‘这都是那块鹿肉的功劳。’”

湘云的联句中有关于国家政权的要素“麝煤融宝鼎”，有君王亲征的记载“龙斗阵云销”，有对将士的抚恤“加絮念征徭”，有对斗争艰难的记载“坳垤审夷险”、有关于桂林战役地标象鼻山与长蛇岭的记载（宝琴：“伏象千峰凸”）“盘蛇一径遥”，有关于朱由榔之死的“瑞释九重焦”，有东南沿海抗清失败的“海市失鲛绡”等。湘云最后一句是“时凝翡翠翘”，翡翠产于缅甸，朱由榔在缅甸遭遇咒水之难被俘。

在这次联句中，湘云有一句让人听不清，重复之后是“石楼闲睡鹤”一句。“石楼”呈木石结构，藏一个“柘”字，柘是炎帝朱襄氏定都长眠之地。“石楼闲睡鹤”就是木+石+鹤=柘+鹤=朱帝+鹤的结构，与第七十六回“寒塘渡鹤影”，均是对朱由榔之死的符号性描写。

这次联句以李绮的“凭诗祝舜尧”结束。《绛珠还泪案》已揭示，李纹李绮是永历政权李定国将军与李来亨将军的符号。1662年四月二十五日永历朱由榔殉难后，1664年八月在昭君故里的湖北兴山县茅麓山，在清军围攻之下，李来亨全家自焚，标志大陆上公开以恢复明朝为旗帜的武装抗清运动结束了。

六、韦大英——功成画麟阁

汉武帝建麒麟阁于未央宫之中。甘露三年（前51），西汉中兴之主汉宣帝刘询因匈奴呼韩邪部归降大汉，回忆往昔辅佐有功之臣，乃令人画十一名功臣图像于麒麟阁以示纪念和表扬，有“功成画麟阁”“谁家麟阁上”等诗句流传，以为人臣荣耀之最。麒麟阁十一功臣中有大将军霍光，还有在贝加尔湖牧羊19年仍不改初心的苏武。

在山河破碎之际，南明政权的抗清斗争中诞生了一个个气贯山河的民族英雄，他们政治立场有所不同，但其共同点就如《国史大纲》的作者钱穆所言：“我神州华裔之生存食息于天壤之间，实自有其不可辱者在也。”

麒麟阁不仅是纪念功臣之所，同时也用于典藏历代记载资料和秘密历史文件。魏陈思王曹植在《薤露》中写道：

天地无穷极，阴阳转相因。
人居一世间，忽若风吹尘。
愿得展功勤，输力于明君。
怀此王佐才，慷慨独不群。
鳞介尊神龙，走兽宗麒麟。

虫兽犹知德，何况于士人。
孔氏删诗书，王业粲已分。
骋我径寸翰，流藻垂华芬。

曹植以麒麟自喻，冀文章流传青史。《红楼梦》创作群体以曹雪芹自名，通过《红楼梦》为这些民族英雄建造了气势恢宏的麒麟阁。

以殉难广西的瞿式耜为例，翠缕之后史湘云身边正式出场的丫鬟是葵官，后被改名韦大英，取“惟大英雄能本色之意”，而广西第一大姓就是韦姓。

表 185　麒麟对应人物关系表

麒麟	明王	带金麒麟	宝玉	崇祯
			史湘云	永历
	贤臣	挂金麒麟	翠缕 云姑娘 韦大英	史可法
				杨文骢
				瞿式耜
				羽凤麒

曹植将芙蓉喻为朱华，《芙蓉女儿诔》亦可称《朱华女儿诔》，是朱楼梦中的儿女英雄传。目前已出场的钗、黛、云三朝后妃模型，其中的主角仍未揭开历史面纱，今后一并分享。

第四节　八月二十二日：史姑娘顺治福临

姑娘是阳，与史湘云有关的姑娘概念除史大姑娘、云姑娘之外，还有一个史姑娘，史姑娘是谁？

第三十七回海棠结社之日八月二十一日，袭人向史湘云送红菱和鸡头两样鲜果、一碟桂花糖蒸新栗粉糕、一个缠丝白玛瑙碟子和针线活计。

“袭人笑道：‘有什么差使？今儿宝二爷要打发人到小侯爷家

与史大姑娘送东西去……'”从这段描写来看，收件人是史大姑娘。

“袭人打点齐备东西，叫过本处的一个老宋妈妈来（己卯双行夹批：“‘宋’，送也。随事生文，妙!”），向他说道：‘你先好生梳洗了，换了出门的衣裳来，如今打发你与史姑娘送东西去。'”从这段描写来看，收件人是史姑娘。

“袭人听说，便端过两个小掐丝盒子来。先揭开一个，里面装的是红菱和鸡头两样鲜果；又那一个，是一碟子桂花糖蒸新栗粉糕。又说道：‘这都是今年咱们这里园里新结的果子，宝二爷送来与姑娘尝尝。再前日姑娘说这玛瑙碟子好，姑娘就留下顽罢。这绢包儿里头是姑娘上日叫我作的活计，姑娘别嫌粗糙，能着用罢。替我们请安，替二爷问好就是了。'”从这段描写来看，收件人是姑娘，有尝鲜果的姑娘，有收碟子的姑娘，还有收针线活计的姑娘。

宋妈送东西回来陈述：“问二爷作什么呢，我说和姑娘们起什么诗社作诗呢。史姑娘说，他们作诗也不告诉他去。”从这段描写来看，收件人是史姑娘。

这段描写的关键在于厘清送的四样东西与史大姑娘、史姑娘、姑娘几个概念的组合：

一是红菱和鸡头两样鲜果。水红菱又称“苏州红”，鸡头肉为苏州对芡实的俚称，这两样均是秦淮名妓董小宛家乡苏州的特产。1660 年八月二十一日是孝献董小宛被顺治追封为皇后之日，给这位青楼姑娘送上家乡特产当然是祭奠。“姑娘是阳”的唯一例外就是董小宛，她出身青楼，以姑娘称之并无不当。

二是桂花糖蒸新栗粉糕。顺治于 1643 年八月二十六日登基，1656 年八月二十五日册封董小宛，1658 年八月二十七日下葬荣亲王，八月之花是桂花，栗子在北方常见，这是给史姑娘顺治的。

三是玛瑙碟子。玛瑙是补天石，贾宝玉顺治有红玛瑙所化的通灵宝玉和金麒麟，史大姑娘永历就应有白玛瑙碟，此碟可配金麒麟。清虚观打醮时金麒麟是放在一盘子中出场的。

四是针线。补天还要用金针，《红楼梦》中针线的象征意义是补天，这个针线活计是给云姑娘等抗清重臣的。

次日八月二十二日史湘云来到荣国府，贡献了两首海棠诗，对顺治孝献皇后与孝惠皇后进行合咏。

写海棠诗的史姑娘是顺治皇帝，她没有离开的纪录。

表186　八月二十一日神女表

红菱和鸡头两样鲜果	孝献董小宛	青楼姑娘
桂花糖蒸新栗粉糕	顺治福临	史姑娘
缠丝白玛瑙碟子	永历朱由榔	史大姑娘
针线活计	贤臣瞿式耜	云姑娘

“一字不可更，一语不可少”的《红楼梦》通过不断地偷换概念、偷换论题来完成写作，其中登峰造极之作就是史湘云、湘云、云儿、史大姑娘、史姑娘、云姑娘、云丫头七个概念之间男女、君臣、汉满帝后的转换，在同一个故事情节之中，这些历史人物各自出场。如第三十二回，史湘云一进大观园怡红院之时的对话：

> 史湘云道：“（绛纹石戒指）是谁给你的？”袭人道：“是宝姑娘给我的。”湘云笑道：“……我天天在家里想着，这些姐姐们再没一个比宝姐姐好的。可惜我们不是一个娘养的。我但凡有这么个亲姐姐，就是没了父母，也是没妨碍的。”说着，眼睛圈儿就红了。宝玉道：“罢，罢，罢！不用提这个话。”史湘云道：“提这个便怎么……”袭人在旁嗤的一笑，说道：“云姑娘，你如今大了，越发心直口快了。”宝玉笑道：“我说你们这几个人是难说话，果然不错。”

《红楼梦》通过宝玉之口告诉看官，史湘云、湘云、云姑娘“这几个人是难说话，果然不错”，在上述故事背景之下将史湘云（永历朱由榔）、湘云（孝惠阿拉坦琪琪格）、云姑娘（瞿式耜）这几个角色的历史放在一起来写，的确不容易。

云丫头是谁？后文有详述。

第五节 小骚鞑子三件套（满装）

第四十九回《琉璃世界白雪红梅　脂粉香娃割腥啖膻》，截至十一月十七日，象征贞女圣后、青楼圣后、明君、贤臣的神女史湘云已全部出场完毕，十一月十七日，浓墨重彩地描写了神女史湘云的着装，地点在稻香村之中。史湘云的服装如戏剧行头一样准确地定义着角色的性别与身份：

> 一时史湘云来了，穿着贾母与他的一件貂鼠脑袋面子大毛黑灰鼠里子里外发烧大褂子，头上带着一顶挖云鹅黄片金里大红猩猩毡昭君套，又围着大貂鼠风领。黛玉先笑道：“你们瞧瞧，孙行者来了。他一般的也拿着雪褂子，故意装出个小骚达子来。”

根据黛玉的提示，史湘云外部的着装是小骚鞑子的着装，也就是满装。

一、雪褂子与顺治皇帝

首先出场的是貂鼠脑袋面子大毛黑灰鼠里子里外发烧大褂子，“褂子”一词常见于北方方言，是清代的男性礼服的名称，有袍有褂。朝服蟒袍外皆加补褂，又称外褂；常服褂无补。较外褂为短的称马褂。穿着满装雪褂子的史湘云扮演的是史姑娘顺治皇帝。

二、昭君套与孝献董小宛

第二个出场的是挖云鹅黄片金里大红猩猩毡昭君套，昭君套是古代妇人的头上饰物，用条状貂皮围于髻下额上，如帽套，相传为昭君出塞时所戴，故称。“挖云”提示看官昭君套的穿着主体是“云儿”，这个是出塞后妃的着装。如前文所述，在顺治王朝出塞的后妃就是董小宛。

三、大貂鼠风领与孝惠阿拉坦琪琪格

第三个出场的是大貂鼠风领。穿着皮草是游牧民族的风俗。清朝毛皮可以象征等级：一等王公用貂皮，二等用镶貂皮的猞猁狲皮，三等用素猞猁狲皮……黛玉说貂鼠雪褂子是小骚鞑子的男

性着装符号，貂鼠风领亦应为小骚鞑子的女性着装符号——孝惠阿拉坦琪琪格。结合神女的符号表，我们可以得到这个结论：

表 187　满装神女

<table>
<tr><td rowspan="4">满装神女小骚鞑子</td><td rowspan="3">女</td><td rowspan="2">愿荐枕席</td><td rowspan="2">神女</td><td>出塞后妃</td><td rowspan="2">孝献
董小宛</td><td rowspan="2">昭君套</td><td rowspan="2">青楼云儿</td></tr>
<tr><td>青楼妓女</td></tr>
<tr><td>未嫁而亡</td><td>瑶姬</td><td colspan="2">贞洁皇后
孝惠阿拉坦琪琪格</td><td>貂鼠风领</td><td>咬舌云儿</td></tr>
<tr><td>男</td><td colspan="2">贤君</td><td colspan="2">顺治
爱新觉罗・福临</td><td>貂鼠雪褂子</td><td>史姑娘</td></tr>
</table>

这一回中，神女史湘云展示完外面的满装后，又展示了里面的男式汉装：

> 只见他里头穿着一件半新的靠色三镶领袖秋香色盘金五色绣龙窄褃小袖掩衿银鼠短袄，里面短短的一件水红装缎狐肷褶子，腰里紧紧束着一条蝴蝶结子长穗五色宫绦，脚下也穿着麀皮小靴，越显的蜂腰猿背，鹤势螂形。众人都笑道："偏他只爱打扮成个小子的样儿，原比他打扮女儿更俏丽了些。"

靠色三镶领袖秋香色盘金五色绣龙窄褃小袖掩衿银鼠短袄，"三镶领袖"表明穿着这件衣服的人有三个身份，这三个身份就是神女符号中的明君、贤臣与青楼。"秋香色盘金五色绣龙"，秋香色是黄色与绿色调和而成，再加上绣龙，近似龙袍。

水红装缎狐肷褶子，湘云打底所穿的褶子是汉服中的一种便服，也作穿蟒袍的衬衣；这是与上述象征龙袍的短袄进行配套的。

蝴蝶结子长穗五色宫绦，汉族以五色为吉祥色，第三回汉装贾宝玉出场之时"束着五彩丝攒花结长穗宫绦"。束着五色宫绦的汉装贾宝玉与神女史湘云均是帝王的象征。

脚下也穿着麀皮小靴。麀是母鹿，十一月十七日，史湘云脚踩母鹿皮；十一月十八日，史湘云与宝玉割腥啖膻烤鹿肉，展现壮志饥餐胡虏肉的气概。

穿着汉族男装的史湘云被评价为“蜂腰猿背，鹤势螂形”，其中藏着什么样的秘密？对应哪三个身份？

第六节　蜂腰神女（汉）

第二十六回《蜂腰桥设言传蜜意　潇湘馆春困发幽情》，蜂腰桥主角是林红玉。第四十九回《琉璃世界白雪红梅　脂粉香娃割腥啖膻》，神女史湘云身着男式汉装——“蜂腰猿背，鹤势螂形”。这两个草蛇灰线的描写伏线千里，告诉看官蜂腰林红玉是蜂腰神女。

一、绛珠与红玉

林红玉与黛玉同享绛珠之名，可见两人之间有着极深的渊源，这个渊源就在于绛珠草原型符号。

第一代绛珠草黛玉是“靖康之耻”中投水的仁怀皇后朱琏，中国历史上以红玉命名的著名历史人物是抗金女将梁红玉。梁红玉原是青楼歌妓，嫁给韩世忠后投身抗金斗争并殉国，她擂鼓战金山的事迹载入了史册。

朱琏皇后与梁红玉一为皇后，一为歌妓，在金人入侵的历史关头，二人均殉国而死，共同构成《红楼梦》第一代绛珠血泪图。

朱琏生于1102年九月初二霜降日，梁红玉生于1102年九月初六，二人同年同月生。

朱琏自沉于1128年八月二十四日，梁红玉殉国于1135年八月二十六日，二人都是八月死难的芙蓉女儿。

朱琏投水维护的汉族女性的尊严，梁红玉擂鼓战金山拯救江南人民于水火之中。

朱琏死后遗体按金人习俗火化，梁红玉在战场上遇难后被金人碎尸。

朱琏是第一代黛玉，梁红玉是红玉，她们都为国家民族流下了绛珠血泪。

1128 年八月二十六日是朱琏遗体火化之日，1135 年八月二十六日是梁红玉抗金殉国之日，这一天大观园中五色纸钱东南方四十步送花神。

表 188　靖康绛珠血泪

	生辰	忌日	死因	遗体	红楼	
朱琏	1102 年九月初二	1128 年八月二十四日 八月二十六日火化	投水殉国	火化	黛玉	绛珠血泪
梁红玉	1102 年九月初六	1135 年八月二十六日	杀敌殉国	碎尸	红玉	

二、三生石上旧精魂：梁红玉与柳如是

在“亡家亡国亡天下”的历史危难关头，为了民族和国家的尊严，为了反抗文明的劫难，一个个柔弱的女性奋不顾身，宁折不弯，赍志而没，无怨无悔。她们之中有母仪天下、地位高贵的皇后，也有出身青楼、地位卑贱却心怀家国的底层女性。她们都是为国为民流下血泪的绛珠草，是总花神。

时间从“靖康之耻”经“甲申之变”来到南明政权，有哪一位出身青楼的抗清女杰与梁红玉构成三生石上旧精魂的命运？——不降志、不辱身、坚持武装抗清 18 年的男装女诗人、秦淮名妓柳如是（1618—1664）。

柳如是的人生偶像是梁红玉，这两位女中豪杰跨越五百年的精神传承，是《红楼梦》为闺阁昭传的重要内容。我们来对比一下梁红玉与柳如是：

二人均出身于青楼。

二人历史背景一为“靖康之耻”，一为“甲申之变”。

二人所属朝代一为南宋，一为南明。

二人从良后的丈夫均是朝廷重臣：韩世忠是与岳飞齐名的民族英雄、武将，而钱谦益则是南明弘光朝的礼部尚书，是文坛领袖。

二人均有精忠报国的赤诚之心。为抵抗外来入侵者，梁红玉战死沙场，而柳如是则以红豆山庄、绛云楼作为秘密联络点，从事地下反清斗争。

如果要说不同的话，韩世忠是南宋中兴武功第一，而钱谦益因降清的经历，成为《明史》中《贰臣传》榜首人物。

表 189　宋明青楼女将

青楼神女	梁红玉	“靖康之耻”	南宋	战死沙场	嫁韩世忠 民族英雄 中兴武功第一
	柳如是	“甲申之变”	南明	地下反清	嫁钱谦益 贰臣、文坛领袖

在钱谦益的诗文中，他多次将心爱的柳如是比作梁红玉。崇祯十四年（1641）冬，钱谦益与柳如是泛舟京口，感时伤怀，写下《冬至后京江舟中感怀八首》，其中写道：

柁楼尊酒指吴关，画角声飘江北还。
月下旌旗看铁甕，风前桴鼓忆金山。
余香坠粉英雄气，剩水残云俯仰间。
他日灵岩访碑版，麒麟高冢共跻扳。

诗中钱谦益以韩世忠自喻，以梁红玉喻柳如是。

三、蜂腰神女：男装柳如是

柳如是是浙江嘉兴人，生活在天崩地坼的明清易代之际，其诗文、书画造诣独树一帜，同时精通音律，舞姿曼妙，就艺术才华而言，当列秦淮八艳之首。

柳如是个性坚强，正直聪慧，在松江与复社、几社、东林党人交往中，常着儒服男装与诸人纵谈时势、和诗唱歌。柳如是 22 岁初识钱谦益，23 岁时着男装前往常熟访钱谦益。崇祯十四年，钱谦益以正室之礼娶24岁的柳如是，并为柳如是造绛云楼，既是居所，亦是藏书楼，“大江以南，藏书之家，无富于钱”。二人亦有弄瓦之喜。

1662年秋天，郑成功逝世的消息从台湾传来后，柳如是悲愤绝望之中“祝发入道”。两年后，钱谦益病亡，柳如是不堪族人欺凌，自缢而亡，年47岁，葬于常熟虞山锦峰拂水岩下花园浜钱谦益墓西边，墓碑刻有“河东君之墓”五字。

著名历史学家陈寅恪先生将柳如是誉为“女侠名姝”“文宗国士”，不惜在失明的晚年膏火自煎十余年，贡献给学界一部80万字《柳如是别传》，为她的身世与诗作钩索沉隐，为她的生平洗冤雪谤，开创严肃学者为娼妓考证作传的先例！

但《柳如是别传》并非柳如是的第一本传记，第一个为神女柳如是立传的是《红楼梦》，射覆过程如下：

男装神女是湘云——湘云是蜂腰——蜂腰桥主角是红玉——红玉是梁红玉——梁红玉是三生石上柳如是——柳如是是男装神女。

蜂腰神女林红玉是绛珠草，但怡红院中的小红则又是另一番天地，笔者将另行分解。蜂腰削背的金鸳鸯是钱柳夫妻吗？

第七节 猿背神女（汉）

身着汉族男装的湘云“蜂腰猿背，鹤势螂形”，蜂腰神女所指向的是男装青楼的概念；猿背神女指向的是什么概念？是神女的贤臣概念。在中国文化中，猿是寄情托志的象征。

一、白猿袁洪与明袁崇焕

袁洪是明朝长篇神话小说《封神演义》中梅山七怪之首，是由白猿修炼得道，神通广大，被纣王封为商朝守关将军，曾多次大败周军，原居于梅山。

《红楼梦》中有大量的崇商概念：荣国府宗法继承人贾琏以商朝祭祀的礼器琏命名，花神宝钗是商女。“商主大火”，火明的哪一位将领能与火商的袁洪比肩？

袁崇焕（1584—1630），字元素，广西藤县人，祖籍广东东莞。明朝末年官至兵部尚书兼右副都御史、蓟辽督师，曾多次大挫后金军，阻遏后金南下，史学家称誉他为“明朝第一将军”。

天启二年（1622），面对后金的入侵，进士出身的兵部职方主事袁崇焕苦读兵书，在关外认真勘察调研的基础上，提出“凭坚城用火炮”的辽东抗金之策，得到天启皇帝的采纳。他主持修筑的宁远城竣工后，被倚为关外重镇，成为屏障山海关的军事重镇。

1626年正月，袁崇焕凭借宁远坚城，用火炮大败后金军，努尔哈赤也因炮伤病发而死，此为宁远大捷。此后，袁崇焕开始着力构筑关宁锦防线，以山海关为后盾、宁远为中坚、锦州为先锋，明军借此防线，于1627年五月到六月再败后金皇太极，取得宁锦大捷。《红楼梦》中五月初五晴雯撕扇子作千金一笑就是对这段历史的记录。

崇祯二年（1629）十一月，皇太极举兵十余万，分三路突入长城直逼北京城，史称“己巳之变”。袁崇焕率兵星夜驰援京师，与后金军激战于广渠门、德胜门等，双方僵持不下。后皇太极采纳范文程的反间计，散布袁崇焕与后金有密约的谣言，崇祯信以为真，将袁崇焕下狱，《红楼梦》十一月二十日勇晴雯挣命病补雀金裘后力尽神危就是对这段历史的记录。

1630年八月十六日，袁崇焕以通敌罪被凌迟处死，刑期三天，八月十八日气绝，八月十八日怡红院浊玉在《芙蓉女儿诔》写道：“直烈遭危，巾帼惨于羽野”，代表崇祯为错杀袁崇焕自谴。死于羽山郊野的是传说中的“造城第一人鲧”，他因盗神土治水被天帝所杀。

即便在袁崇焕被凌迟处死后的14年时间内，清军仍始终无法踏破他所修建的宁远城防。1644年三月，李自成攻打京师，宁远主帅吴三桂率军内撤，宁远城终告陷落。四月吴三桂打开山海关降清，明清易代，天崩地裂。

二、白猿公与南明史可法、杨文骢、瞿式耜、张煌言、王兴

《吴越春秋》卷九《勾践阴谋外传·勾践十三年》，越王为复国加强军备，接受相国范蠡的建议召见擅剑戟之术的处女：

> 处女将北见于王，道逢一翁，自称曰袁公。问于处女："吾闻子善剑，愿一见之。"女曰："妾不敢有所隐，惟公试之。"于是袁公即杖箖箊竹，竹枝上颉桥，末堕地，女即捷末……袁公则飞上树，变为白猿。遂别去。

因为这个典故，白猿公成为古代善剑术的人的代称。又因为白猿的出现是与勾践复国有关，所以后人将白猿与军国大计联系在一起。如北周庾信《周柱国大将军纥干弘神道碑》："受书黄石，意在王者之图；挥剑白猿，心存霸国之用。"唐李白《中丞宋公军次浔阳》诗："白猿惭剑术，黄石借兵符。"

明朝兵部尚书袁崇焕是治水贤臣，致力于复国的南明猿背神女是谁？在南明政权四朝中，绍武帝在位仅一个月，其他三朝具代表性的猿背神女分别是：弘光朝兵部尚书史可法、隆武朝兵部侍郎杨文骢、永历朝兵部尚书瞿式耜、鲁王政权兵部侍郎张煌言。他们的出生、生活、殉难之地均在战国时的吴越大地。

1646 年，南明绍武帝十一月在广州登基，在位仅一个月后即城破自尽。今天的广州越秀公园中，有一处景点是绍武帝及与其一同殉难的苏观生等大臣的合葬墓——绍武君臣冢。毗邻该冢的是一座"南明抗清殉节王兴将军暨妻妾之墓"。1659 年，时在顺治十六年，尚可喜率领清军围攻王兴，王兴誓死效忠南明，率军边战边退。终因援尽粮绝，1660 年八月，王兴的妻妾家人先行自缢，王兴随后举火自焚，王家 17 人"合殉子夜，相视如归。玉碎珠摧，共棺同穴"。这一天据记载是八月十七日。王兴将军殉难之日正是袁崇焕将军死难 29 周年。

三、修文院白猿与钱谦益、吴伟业、龚鼎孳等

罗贯中著《三遂平妖传》载：九天玄女帮助越国讨伐吴国，并且收了云梦山的通臂白猿作徒弟。玉帝令白猿掌管九天秘籍，而白猿却利用职务之便，偷盗九天秘籍中的"如意册"，还将其中的道法刻在白云洞的石壁上。蛋子和尚窃取秘籍时，白猿两次化作白发老头指点他到洞中摹法。此后白猿又指引蛋子和尚寻到圣姑姑，与胡黜儿、胡永儿等帮助王则在贝州造反，惊动了玉帝。通臂白猿为“平妖赎罪”，请来九天玄女娘娘。“妖乱”平息后，白猿受到奖励，号称“白云洞君”，仍在修文院掌管九天秘籍，同时还获赠“雾幕”护洞。

神女柳如是的丈夫钱谦益作为四海文章宗祖，名列“江左三大家”第一位，曾有一年的降清经历，但在生命的最后19年中一直致力于反清斗争赎罪，如修文院掌握九天秘籍的白猿一般，是猿背神女。

顺治七年（1650），江南第一藏书楼——钱谦益的绛云楼起火，他边指挥扑救边大叫：“天能烧我屋内书，不能烧我腹内书！”事后又痛心疾首地说：“甲申之乱，古今书史图籍一大劫也，吾家庚寅之火，江左书史图籍一小劫也。”紧接着，钱谦益就将“腹内书”再现为纸质书——开启《红楼梦》第一期创作，对“靖康之耻”到“甲申之变”的历史进行反思。《红楼梦》中有一条鲜明的脉络，向世人隐示了明清鼎革时期钱谦益的思想、行为和结果。钱谦益是民族英雄郑成功、瞿式耜的老师，曾为歌颂二人的抗清斗争写下大量的诗篇。

抗清殉国的“明代第一词人”陈子龙评价钱谦益：“阁下雄才峻望，薄海具瞻，叹深微管，舍我其谁？”民族英雄黄道周评价钱谦益：“虞山尚在，国史犹未死也。”明清三大家之一的黄宗羲评价钱谦益：

钱宗伯牧斋

四海宗盟五十年，心期末后与谁传？
凭裀引烛烧残话，嘱笔完文抵债钱。
红豆俄飘迷月路，美人欲绝指筝弦。
平生知己谁人是？能不为公一泫然。

与钱谦益同样具有猿背神女身份的还有贰臣吴伟业、龚鼎孳等，《朱评红楼》将在今后系统阐述他们“一步行来错，回头已百年”的写作心路历程。

表 190 猿背神女

<table>
<tr><td rowspan="8">猿背神女</td><td>商袁洪</td><td>明</td><td>明袁崇焕</td></tr>
<tr><td rowspan="4">越白猿公</td><td rowspan="7">南明</td><td>史可法</td></tr>
<tr><td>杨文骢</td></tr>
<tr><td>瞿式耜</td></tr>
<tr><td>王兴</td></tr>
<tr><td rowspan="3">修文院白猿</td><td>钱谦益</td></tr>
<tr><td>吴伟业</td></tr>
<tr><td>龚鼎孳等</td></tr>
</table>

第八节 鹤势螂形——鹤是榔型

在了解了蜂腰神女、猿背神女之后，我们来认识《红楼梦》中的鹤势神女。《红楼梦》三次将鹤喻神女史湘云：

第一次是在第四十九回《琉璃世界白雪红梅　脂粉香娃割腥啖膻》，史湘云鹤势螂形，其时间为十一月十七日。

第二次是第五十回《芦雪广争联即景诗　暖香坞雅制春灯谜》联句之时，湘云重复念出“石楼闲睡鹤”。其时间是十一月十八日。1646 年十一月十八日朱由榔登基。

第三次是在第七十六回《凸碧堂品笛感凄清　凹晶馆联诗悲寂寞》，湘云黛玉中秋联句中的“寒塘渡鹤影，冷月葬花魂”是二人命运的诗谶。

一、两只仙鹤与一只白鹤

传统文化中所称的仙鹤就是丹顶鹤，因头顶有“红肉冠”而得名。它是东亚地区所特有的鸟种，体态优雅、颜色分明，在中华文化中具有吉祥、忠贞、长寿的象征，是国家一级保护动物。

大观园中的仙鹤有两只，出现在怡红院中。宝玉曾写下了

"苔锁石纹容睡鹤""松影一庭惟见鹤"的诗句。第二十六回，四月二十五日贾芸进怡红院，"只见院内略略有几点山石，种着芭蕉，那边有两只仙鹤在松树下剔翎"。朱是赤心木，松柏属，松树下的仙鹤象征朱姓的历史人物。

第三十六回七夕立秋绣鸳鸯梦兆绛芸轩之时这两只仙鹤又出现了："不想一入院来，鸦雀无闻，一并连两只仙鹤在芭蕉下都睡着了。"

怡红院中有两只仙鹤，同时也有两个金麒麟。明清时期一品文官的官袍补子图案是仙鹤，一品武官的官袍补子图案是麒麟。前文已述怡红院中的两只金麒麟是崇祯与永历的符号，这两只仙鹤也不例外。宋徽宗绘就《瑞鹤图》，不久就遭亡国之耻。

第二十七回四月二十六日大观园饯花神之日，史湘云并未出场，但仙鹤出场了："（宝玉）只见宝钗、探春正在那边看鹤舞，见黛玉来了，三个一同站着说话儿。""鹤舞"是指丹顶鹤每年四月初发情期间雄鹤雌鹤的对歌对舞，闺中女儿观看并不雅。根据上文，这两只仙鹤均是阳，所以鹤舞也不成立。永历朱由榔武装抗清，死于1662年四月二十五日，遗体焚化于四月二十六日。永历以仙鹤为符号，四月二十六日大观园中的鹤舞实为鹤武。

大观园中还有一只白鹤。白鹤，略小于丹顶鹤，体长130～140厘米。站立时通体白色，眼周和头顶鲜红色，嘴和脚暗红色；飞翔时，翅尖黑色，其余羽毛白色。分布于中国、俄罗斯、印度、伊朗、阿富汗和日本等地。第七十六回凹晶馆联诗悲寂寞："（湘云）因弯腰拾了一块小石片向那池中打去，只听打得水响，一个大圆圈将月影荡散复聚者几次。只听那黑影里嘎然一声，却飞起了一个白鹤来，直往藕香榭去了。"

二、藕香榭白鹤影

这只白鹤飞往藕香榭。我们来看藕香榭中发生的故事。

第三十八回，八月二十三日，在藕香榭中举行了赏桂螃蟹宴，主持人是史湘云和湘云。

湘云请贾母赏桂花，并诵读"芙蓉影破归兰桨，菱藕香深写竹桥"的对子；湘云主持了螃蟹宴中大小丫鬟部分的席面："湘云不肯，又令人在那边廊上摆了两桌，让鸳鸯、琥珀、彩霞、彩云、平儿去坐……湘云道：‘虽如此说，还有别人。’因又命另摆一桌，拣了热螃蟹来，请袭人、紫鹃、司棋、侍书、入画、莺儿、翠墨等一处共坐。山坡桂树底下铺下两条花毡，命答应的婆子并小丫头等也都坐了，只管随意吃喝，等使唤再来。”

此回中，史湘云坐在螃蟹宴东边一桌的首席，位在王夫人之上：“东边一桌，史湘云、王夫人、迎、探、惜。”史湘云主持了主子部分的螃蟹宴：“史湘云陪着吃了一个，就下座来让人，又出至外头，令人盛两盘子与赵姨娘、周姨娘送去……凤姐儿道：‘你们只管去，都交给我就是了。’说着，史湘云仍入了席。凤姐和李纨也胡乱应个景儿。”

湘云是云姑娘；史湘云是哪一位姑娘？八月二十二日进大观园的史姑娘写下两首咏孝惠与孝献的海棠诗后道：“明日先罚我个东道，就让我先邀一社可使得？”

藕香榭中的史姑娘是顺治福临。她的排位在王夫人之上，宴中不忘赵姨娘，这两位均是孝庄的另一个符号。

三、寒塘仙鹤影与螂形

藕香榭的白鹤是顺治，仙鹤永历朱由榔的大结局在哪里？史湘云的曲《乐中悲》写道“云散高塘，水涸湘江”，永历朱由榔的桂王封藩在湖南湘江边的衡阳，葬于贵州黔南都匀的高塘山，在贵州遵义市亦有一条湘江河。

鹤势螂形就是鹤是榔型。

“一字不可更，一语不可少”的《红楼梦》布下了形式逻辑同一律迷局，这个迷局最复杂的就是神女史湘云。其中充分展现《红楼梦》历史模型与象征主义写作独步古今中外的登峰造极。本书就顺治王朝与南明政权的神女史湘云进行解读，这一模型在康雍乾三朝的呈现今后展开。

表 191　鹤势榔形

鹤势	仙鹤	怡红院松影	崇祯		
			永历	寒塘鹤影	榔形
	白鹤	藕香榭	顺治		

表 192　神女模型全表

<table>
<tr><td rowspan="7">红楼神女</td><td rowspan="3">满装</td><td>贞女未嫁而亡</td><td rowspan="2">圣后</td><td>孝惠阿拉坦琪琪格</td><td>貂鼠风领</td><td>蒙</td><td>云儿</td><td rowspan="2">湘云</td></tr>
<tr><td>愿荐枕席青楼</td><td>孝献董小宛</td><td>昭君套</td><td>汉</td><td>云儿</td></tr>
<tr><td colspan="2" rowspan="3">贤君</td><td>清顺治爱新觉罗・福临</td><td>貂鼠雪褂子</td><td rowspan="3">满</td><td>史姑娘</td><td rowspan="3">史湘云</td></tr>
<tr><td rowspan="4">三镶领袖汉装</td><td rowspan="2">南明永历朱由榔</td><td>鹤势</td><td rowspan="2">史大姑娘</td></tr>
<tr><td>螂形</td></tr>
<tr><td colspan="2">贤臣</td><td>史可法、杨文骢、瞿式耜等</td><td>猿背</td><td rowspan="2">汉</td><td>云姑娘</td><td rowspan="2">湘云</td></tr>
<tr><td colspan="2">青楼</td><td>男装名妓柳如是</td><td>蜂腰</td><td>林红玉</td></tr>
</table>

第九节　三生石上旧精魂之舍生取义篇

《红楼梦》通过历史模型对宋元明清四朝南北文明融合、民族交融进行全记录。前文我们已就宋钦宗帝后妃、明天启帝后妃、明崇祯帝后妃、南明帝后妃、顺治帝后妃的宝黛钗云模型进行了分解，那么在这个过程中又有哪些舍生取义的历史人物是三生石上的旧精魂呢？

一、壮志饥餐胡虏肉——岳飞与袁崇焕

岳飞（1103—1142），字鹏举，河南安阳汤阴人，南宋抗金名将，中国历史上著名军事家、战略家，民族英雄，是南宋中兴四将之一。岳飞一生以“还我河山”为愿，不惜为国捐躯，功彪青

史，名垂千古。

满江红·写怀

怒发冲冠，凭栏处、潇潇雨歇。抬望眼，仰天长啸，壮怀激烈。三十功名尘与土，八千里路云和月。莫等闲、白了少年头，空悲切！

靖康耻，犹未雪。臣子恨，何时灭！驾长车，踏破贺兰山缺。壮志饥餐胡虏肉，笑谈渴饮匈奴血。待从头、收拾旧山河，朝天阙。

袁崇焕被冤杀后，明兵部职方司主事余大成叹曰：“昔宋岳武穆以忠蒙罪，至今冤之。督师力捍危疆，而身死门灭，其得罪大略相似。但武穆有子霖、孙珂，能白其冤。而督师竟允绝，圣世谁复为《金陀粹编》者？可叹也！”

袁崇焕与岳飞有着相同的命运。岳飞死后20年宋孝宗下诏为其平反，而袁崇焕死后一直被视作叛国者，直至142年后的1772年，乾隆帝下诏为袁崇焕平反。《清高宗实录》：“袁崇焕督师蓟辽，虽与我朝为难，但尚能忠于所事。彼时主暗政昏，不能罄其忱悃，以致身罹重辟，深可悯恻。”

表193　岳飞与袁崇焕

	朝代	事迹	个性	死亡时间	死因	墓名	平反时间	人物
岳飞	南宋	抗金	刚毅	十二月	冤狱拉肋	化名贾宜人	20年	
袁崇焕	明	抗后金	直烈	八月	冤狱凌迟	无名	142年	勇晴雯

袁崇焕死难后，旧部佘氏冒着生命危险，将袁崇焕的头颅埋在位于现今北京东城区东花市斜街的自家后院里。从1630年起，一直到2020年，佘家历经17世，为英雄守墓整整390年。2020年8月12日一个平平无奇的午后，佘家第18代守墓人佘幼芝离开了人世。佘幼芝女士一生为保护、修复袁崇焕墓祠奔走呼号，她与她的先祖的忠义值得每个国人铭记。

在东莞袁崇焕纪念园有两个塑像守护着袁大将军，一个是300

多年前冒死取回袁大将军头颅的佘义士；一个是300多年后为了守墓而献身的佘焦平，他是佘幼芝女士的独子。2003年，佘焦平前往东北，拟办完事后赴袁崇焕纪念园任职，不料突遇车祸，告别了人世。袁崇焕纪念园把佘焦平的骨灰安葬在此，并在袁崇焕的墓旁给他塑了一个雕像。

南宋民族英雄文天祥在《正气歌》中总结历代英烈："在齐太史简，在晋董狐笔，在秦张良椎，在汉苏武节。"今天，我们应该再加上一句："在明佘家义！"佘幼芝的女儿焦颖接过了母亲的重担，成为新一代的守墓人，继续履行近400年的守护和承诺。

二、留取丹心照汉青——文天祥与史可法

文天祥（1236—1283），初名云孙，字履善，又字宋瑞，号文山，江南西路吉州庐陵县（今江西吉安）人，南宋末年政治家、文学家，抗元名臣，民族英雄，与陆秀夫、张世杰并称为"宋末三杰"。

史可法自幼以文天祥为榜样，二位都是抵抗异族侵略、拒降被害的民族英雄。文天祥《正气歌》的正气就是第二回贾雨村所言正邪两赋中的正气：

天地有正气，杂然赋流形。
下则为河岳，上则为日星。
于人曰浩然，沛乎塞苍冥。
皇路当清夷，含和吐明庭。
时穷节乃见，一一垂丹青。
在齐太史简，在晋董狐笔。
在秦张良椎，在汉苏武节。
为严将军头，为嵇侍中血。
为张睢阳齿，为颜常山舌。
或为辽东帽，清操厉冰雪。
或为出师表，鬼神泣壮烈。
或为渡江楫，慷慨吞胡羯。
或为击贼笏，逆竖头破裂。
是气所磅礴，凛烈万古存。

当其贯日月，生死安足论。

……

三、他年要补天西北——稼轩辛弃疾与稼轩瞿式耜

辛弃疾（1140—1207），字幼安，号稼轩，山东东路济南府历城县人，南宋豪放派词人、抗金将领，有“词中之龙”之称。他与苏轼合称“苏辛”，与李清照并称“济南二安”。辛弃疾一生力主抗金，曾任江西安抚使、福建安抚使等职。著有《美芹十论》《九议》，条陈战守之策。由于与当政的主和派政见不合，后被弹劾落职，退隐山居。开禧北伐（1206）前后，辛弃疾被一度起用，但不久后病逝，年68岁。后赠少师，谥号“忠敏”。

满江红·建康史帅致道席上赋

辛弃疾

鹏翼垂空，笑人世，苍然无物。又还向、九重深处，玉阶山立。袖里珍奇光五色，他年要补天西北。且归来，谈笑护长江，波澄碧。

佳丽地，文章伯。金缕唱，红牙拍。看尊前飞下，日边消息。料想宝香黄阁梦，依然画舫青溪笛。待如今、端的约钟山，长相识。

辛弃疾以补天喻抗金，是《红楼梦》开篇女娲补天的由来。

南明永历政权的兵部尚书瞿式耜与辛弃疾同号稼轩，二人均是才华横溢的诗人，是统兵抗敌的统帅。

四、余香坠粉英雄气——梁红玉与柳如是

关于这两位巾帼英雄的三生石上旧精魂命运，前文已有详述。在钱谦益的诗文中，多次将心爱的柳如是比作梁红玉。崇祯十四年（1641）冬，钱谦益与柳如是泛舟京口，写下《冬至后京江舟中感怀八首·其七》：

柁楼尊酒指吴关，画角声飘江北还。
月下旌旗看铁甕，风前桴鼓忆金山。
余香坠粉英雄气，剩水残云俯仰间。
他日灵岩访碑版，麒麟高冢共跻扳。

诗中钱谦益以韩世忠自喻，以梁红玉喻柳如是。

第十节　文官、文豹、文蔚

在 1643—1662 年的 19 年中，有一个群体是最难定性的，那就是文官集团。《红楼梦》是如何完成这个历史定性的呢？

一、文官是小丑

红楼十二官中每人均有自己的行当，正旦芳官，小旦蕊官、龄官，小生藕官，大花面葵官，小花面豆官，老外艾官，老旦茄官等，领头的文官是何行当？

第二十二回，宝钗生日观戏，至晚散时，贾母深爱那作小旦的与一个作小丑的，因问年纪，那小旦才十一岁，小丑才九岁，大家叹息一回。书中介绍小旦是龄官，九岁的小丑是谁并未明言。第五十八回，十二官分入各房，贾母便留下文官自使。文官是小丑吗？

明清换代之际的文官是小丑，其中有崇祯朝文死谏的文官、忙于党争的文官，还有琵琶别报的贰臣，他们是宝玉批判的国贼禄鬼。

贾母史太君爱的小丑当然不是党争的文官，贾母喜欢的小丑是豹变的文官。

二、西楼文豹

书中还有一个九岁的小丑文豹。第五十三回荣国府元宵夜宴，定了一班小戏：“《西楼·楼会》这出将终，于叔夜因赌气去了，那文豹便发科诨道：‘你赌气去了，恰好今日正月十五，荣国府中老祖宗家宴，待我骑了这马，赶进去讨些果子吃是要紧的。’说毕，引的贾母等都笑了。薛姨妈等都说：‘好个鬼头孩子，可怜见的。’凤姐便说：‘这孩子才九岁了。’”戏中文豹这个人物的角色行当是小丑。看官常将文豹当作文官，其实不是的。文官将在第五十四回元宵夜宴的下半场随梨香院的教习出场，贾母问她们：“大正月里，你师父也不放你们出来逛逛。你等唱什么？”

第五十三回《西楼会》中九岁小丑文豹是何意？《易经》革卦有言：“大人虎变，其文炳也；君子豹变，其文蔚也；小人革面，顺以从君也。”《红楼梦》告诉看官西楼小丑完成了豹变？

以顺治清算多尔衮为例。多尔衮之死是突发事件，可见并不存在清算多尔衮的预案。为何在一个月后就发生彻底的转变？因为在前朝后宫，仇恨多尔衮的人不仅有顺治，有多尔衮的八旗政敌，还有那群被后世唾骂的贰臣。即便如范文程这样的铁杆汉奸亦有被多铎夺妻之恨。

贰臣虽手无缚鸡之力，但他们有着在明朝276年文官体系中积累的丰富政治经验，多尔衮其人已死，策划一场针对多尔衮的政治风暴，既满足了少年天子顺治执政立威的需要，又消解了多尔衮八旗政敌心中的怨气，为千百万惨死的同胞讨一个公道，同时也为自己的灵魂寻求一丝救赎，又有何不可。

顺治一朝在整顿吏治，注重农业生产，提倡节约，减免苛捐杂税，广开言路，网罗人才方面的政治决策，不可能来自八旗宗室，只能来自这群贰臣。他们在明末的党争、民变与天灾中未曾施展的执政思路，在顺治王朝得到施行——此时困扰明朝的瘟疫突然就消退了，除西南与东南沿海尚存少量抗清力量之外，全国大部分已经恢复了正常的生产、生活秩序。

三、红楼文蔚

文官贰臣的豹变不仅体现在清算多尔衮、改善民生方面，更集中体现在“其文蔚也”。文官贰臣作为历史的小丑豹变后完成了“琅函万叠，缃帙千层”的《红楼梦》——其文蔚也。以《西楼会》的作者袁于令为例，他是明朝国子监贡生，1644年仕清，历任工部主事、荆州知府等职，顺治十年（1653）罢官，康熙十年（1671）去世。

《红楼梦》中的西楼文豹都有谁？第二十九回清虚观打醮之时，贾母在正楼，凤姐在东楼，“众丫头等在西楼”。这些违背常情、不与主人一起的西楼丫头就是《红楼梦》创作班子。根据书中开列的名单，是以三宣牙牌令的鸳鸯为首的25人。

我们来看这25人之中的吴伟业写给袁于令的诗《赠荆州守袁大韫玉·其一》：

晓日珠帘半上钩，（宋：第一代绛珠草靖康耻朱琏）

少年走马过红楼。（清：“甲申之变”，顺治入关）

五陵烽火穷途恨，（大顺：李自成兵败）

三峡云山远地愁。（南明：永历朝灭亡）

卢女门前乌柏树，（秦淮八艳以身许国、乌柏是红叶）

昭君村畔木兰舟。（小宛姊妹入清宫）

相逢莫唱思归引，（李白《太原早秋》思归若汾水，无日不悠悠；崇祯庙号思宗。）

故国伤心恐泪流。（李白《太原早秋》梦绕边城月，心飞故国楼。）

南唐后主李煜的亡国绝唱《相见欢》：

无言独上西楼，月如钩。寂寞梧桐深院锁清秋。剪不断，理还乱，是离愁。别是一般滋味在心头。

《朱评红楼》愿为这些被历史尘烟所湮灭三百余年的无言西楼丫头献上一曲《孤勇者》。

四、文官是司笛（敌）

明末的文官有软骨头投降派，有死谏的党争分子，有豹变的贰臣，更有一身铁骨的男儿。前述袁崇焕、史可法、杨文驄、瞿式耜均是文官出身的将领。所以十二官中的文官不仅是小丑，还是司笛。

昆曲乐队伴奏以笛为主，故司笛被称为“主笛”。第四十、四十一回，史太君两宴大观园之际，在缀锦阁下文官等出场，此后到藕香榭演曲：“只听得箫管悠扬，笙笛并发。正值风清气爽之时，那乐声穿林渡水而来，自然使人神怡心旷。”曲声之下母蝗虫刘姥姥喜得手舞足蹈，黛玉笑道：“当日圣乐一奏，百兽率舞，如今才一牛耳。”众姐妹都笑了。

第五十四回，元宵夜宴进入下半场，在史太君掰谎《凤求鸾》之后文官等出场，表演了芳官的《寻梦》、葵官的《惠明下书》，文官等吹《灯月圆》。世人常将《灯月圆》误作《灯月缘》，后者是艳情小说，并无戏剧作品，是史太君批判的对象。《灯月圆》应是江南丝竹《灯月交辉》曲，由收复辽东的《薛仁贵征东》等古曲改编创作而来。

第七十六回《凸碧堂品笛感凄清　凹晶馆联诗悲寂寞》，八月十五赏月之时，贾母说："如此好月，不可不闻笛。"因命人将十番上女孩子传来。这次吹笛的不是文官，而是十番上的女孩子。十番俗称"打十番"，因选用十种乐器合奏而得名，主要有：竹笛（主奏乐器）、箫、唢呐、二胡、琵琶、扬琴、板鼓、檀板、堂鼓、木鱼、钹、锣等。贾母只点了其中的笛子独奏："猛不防只听那壁厢桂花树下，呜呜咽咽，悠悠扬扬，吹出笛声来……只听桂花阴里，呜呜咽咽，袅袅悠悠，又发出一缕笛音来，果真比先越发凄凉。"

在笛声之中，黛玉湘云完成中秋联句："正说间，只听笛韵悠扬起来。黛玉笑道：'今日老太太、太太高兴了，这笛子吹的有趣，到是助咱们的兴趣了。'"

因为袁崇焕、史可法、杨文骢、瞿式耜等文官均已殉国，不再司敌，打十"番"的司敌任务由其他"女孩子"完成，于是"寒塘渡鹤影，冷月葬花魂"。

表 194　红楼小丑

文官	小丑	文死谏、党争	国贼禄鬼
	司笛	司笛《灯月圆》	收复辽东
文豹	豹变文官	《西楼会》	《红楼梦》

第十一节　丫头是阳之云丫头

姑娘是阳，与之对应的丫头亦是阳。"一字不可更"的《红楼梦》中还有一个角色叫云丫头。云丫头是谁？

一、芦雪广的云丫头

广州有花城之称。回顾广州"庚寅之劫"，十一月十八日黛玉道："那里找这一群花子去！罢了，罢了，今日芦雪广遭劫，生生被云丫头作践了。我为芦雪广一大哭！"这里有一个庚辰双行夹批："大约此话不独黛玉，观书者亦如此。"《朱评红楼》亦一大哭！

作践芦雪广的云丫头是谁？是汉奸尚可喜、耿继茂——这两人与锦香院中的琵琶女云儿吴三桂一起构成三藩，被康熙所平定。而杀害瞿式耜的汉奸孔有德在1652年七月被永历大军围困在桂林，自杀身亡。

明朝在辽东构筑以山海关为后盾、宁远为中坚、锦州为先锋的关锦宁防线，三次琵琶别抱的吴三桂于1644年三月弃守宁远城、四月打开山海关，是锦州琵琶女。

表195　汉奸四藩

汉奸四藩	吴三桂	锦（州）香院	琵琶女云儿
	尚可喜	芦雪广（州）	云丫头
	耿继茂		
	孔有德	自杀于桂林	

表196　芦雪广云丫头与云姑娘

	时间	主政	执行	死难
“扬州十日”	1645年四月	多尔衮	多浑虫多铎	云姑娘
				史可法
广州“庚寅之劫”	1650年十一月		尚可喜 耿继茂	羽凤麒 教门三忠
桂林之战			孔有德	瞿式耜 张同敞

在上表史可法、瞿式耜、羽凤麒等死难历史背后，我们看到了多浑虫的存在。就在羽凤麒、瞿式耜死难之后一个月，1650年十二月九日，在马背上睥睨天下的多尔衮在塞外坠马而亡，真是天理昭彰。

云丫头是投降的汉奸，其中有尚可喜之流对本民族举起屠刀的屠夫，也有两种例外，他们分别出现在怡红院与稻香村之中。

二、怡红院的云丫头

云丫头第一次在书中出场是在怡红院之中。第三十二回《诉肺腑心迷活宝玉　含耻辱情烈死金钏》：

> 宝钗因而问道："云丫头在你们家做什么呢?"袭人笑道："才说了一会子闲话。你瞧，我前儿粘的那双鞋，明儿叫他做去。"宝钗听见这话，便两边回头，看无人来往，便笑道："……我近来看着云丫头神情，再风里言风里语的听起来，那云丫头在家里竟一点儿作不得主。……袭人见说这话，将手一拍，说："是了，是了。怪道上月我烦他打十根蝴蝶结子，过了那些日子才打发人送来，还说'打的粗，且在别处能着使罢；要匀净的，等明儿来住着再好生打罢'。如今听宝姑娘这话，想来我们烦他他不好推辞，不知他在家里怎么三更半夜的做呢。可是我也糊涂了，早知是这样，我也不烦他了。"

袭人帮云姑娘做活计，却指派云丫头打结子。怡红院的主人是满装贾宝玉顺治，怡红院的云丫头就是拥有"开清第一功"的洪承畴。洪承畴曾是明朝蓟辽总督，于松锦大战之后降清。清军入关后，洪承畴采取"以抚为主，以剿为辅"的进军策略，以较少代价平定了江南。同时，洪承畴建议满人"习汉文，晓汉语"，了解汉人礼俗，倡导儒家学说，淡化了满汉之间的差异。

顺治十六年（1659）三月，洪承畴督清军攻入昆明。依据云南各地报告，他给清廷写了一份奏疏痛陈云南惨状："无处不遭兵火，无人不遇劫掠。如衣粮、财物、头畜俱被抢尽，已不待言；更将男妇大小人口概行掳掠，致令军民父母兄弟、夫妻子女分离拆散，惨不堪言。所存老弱残废又被捉拿吊拷烧烙，勒要窖粮窖银，房地为之翻尽，庐舍为之焚拆，以致人无完衣，体无完肤，家无全口，抢天呼地，莫可控诉……军民饥饿，道死无虚日。其在永昌一带地方更为惨烈，被杀死、拷烙死者堆满道路，周围数百余里杳无人烟。真使贾生无从痛哭，郑图不能尽绘。职不知滇民何至如此其极也。"在描述战争中的云南惨况时，洪承畴采取了"没头状纸"笔法，但显然他说的是清军一手炮制了这一系列暴行。

离开云南回到北京后，洪承畴致仕，仅授以三等阿达哈哈番

（轻车都尉）世职，世袭四世，后于康熙四年（1665）去世。

1653—1659年洪承畴受顺治之命经略西南期间，对永历政权采取以守为战之策，其间是否有如袭人所言的“做鞋”“打蝴蝶结子”等暗度陈仓之举，已成历史疑案。《红楼梦》将其称为“作不得主”的云丫头，为其留下历史定评。

三、稻香村的云丫头

第七十五回《开夜宴异兆发悲音　赏中秋新词得佳谶》抄检大观园之后，宝钗在稻香村道：“依我的主意，也不必添人过去，竟把云丫头请了来，你和他住一两日，岂不省事。”与李纨同住的云丫头是谁？

红楼十二钗均有女儿与姑娘所代表的女男两重原型身份，李纨亦不例外。作为男性十二钗，以李为姓，以宫裁为字，住在田园稻香村，村口有一面杏花村旗帜，有着“威赫赫爵禄高登，昏惨惨黄泉路近”“枉与他人作笑谈”命运的，就是死于湖北九宫山的大顺政权闯王李自成。象征永历政权晋王李定国的李纹、象征永历政权临国公李来亨的李绮均入住稻香村，因为他们分别是农民军大西军、大顺军的余部。

除来自农民军的李纹、李绮之外，云丫头也入住稻香村，她是来自农民军的将领吗？

李成栋（？—1649），字廷贞，陕西人。李成栋少时跟随李自成部下高杰，后随之归附明朝，累官至总兵，驻守徐州。1645年南明弘光元年，清豫亲王多铎南征江南，李成栋率部投降，并跟随清军攻打浙江、福建、广东，擒杀南明绍武帝朱聿𨮁，授广东提督，加左都督衔。

永历二年（1648）正月，李成栋率众反清，广东全省归明，一度开创了南明第一次抗清高潮局面，使南明永历政权名义上的控制范围达云南、贵州、广东、广西、四川、江西、湖南七省及山西、陕西、甘肃、福建、浙江一部。李成栋后封惠国公，在浙广战役中击毙清靖南王兰堪格尼和襄南侯刘明忠，为南明永历政权反正第一功臣，曾一度恢复南明在江南及东南沿海的统治。

永历三年（1649），李成栋出兵江西省，因兵败失利坠水而死，后加封太傅、太子太保，谥号“文忠”。

表 197　稻香村男性历史人物符号

李宫裁	李自成	大顺	
李纹	李定国	大西	永历政权晋王
李绮	李来亨	大顺	永历政权临国公
云丫头	李成栋	大顺	永历政权惠国公

表 198　云丫头

云丫头	芦雪广	汉奸尚可喜、耿继茂
	怡红院	贰臣洪承畴
	稻香村	反正李成栋

四、汉奸花妖

《红楼梦》中除花神与花虫之外，还有花妖——汉奸就是花妖。

1650 年十一月初羽凤麒、十一月十六日瞿式耜殉难，第四十回《琉璃世界白雪红梅　脂粉香娃割腥啖膻》，十一月十六日，神女湘云四进荣国府：“贾母因舍不得湘云，便留下他了，接到家中，原要命凤姐儿另设一处与他住。史湘云执意不肯，只要与宝钗一处住，因此就罢了。”四进荣国府的湘云在两年后的十一月离开，其背景是第九十四回《宴海棠贾母赏花妖　失宝玉通灵知奇祸》中现海棠花妖，预示着灾难的降临。十一月屠杀瞿式耜与羽凤麒、撒之浮、马承祖的汉奸定南王孔有德、平南王尚可喜与靖南王耿继茂以及杀害永历帝的平西王吴三桂都是花妖。

著名史学家顾诚先生在《南明史》中评价尚可喜、耿继茂以汉族同胞的鲜血在清朝功劳簿上记下了“名著青史”的一笔。

第十一章 结案太虚幻境

第一回《甄士隐梦幻识通灵　贾雨村风尘怀闺秀》，在甄士隐梦中，一僧一道介绍了绛珠还泪案是在太虚幻境警幻仙子案前挂了号的公案，并定下三劫之后北邙山之约，同赴太虚幻境结案销号："你我不必同行，就此分手，各干营生去罢。三劫后，我在北邙山等你，会齐了同往太虚幻境销号。"本书继续还泪案结案之旅。

第一节　是谁幻入华胥境

第五回《开生面梦演红楼梦　立新场情传幻境情》讲到宝玉神游太虚幻境。在此回书前有个蒙府批语："春困葳蕤拥绣衾，恍随仙子别红尘。问谁幻入华胥境？千古风流造孽人。"另有戚序批语："万种豪华原是幻，何尝造孽，何是风流？曲终人散有谁留，为甚营求？只爱蝇头！一番遭遇几多愁，点水根由，泉涌难酬！"

这个批语中将宝玉昼寝神游太虚幻境喻为黄帝昼寝神游华胥境，《列子·黄帝》："昼寝而梦，游于华胥氏之国……盖非舟车足力之所及，神游而已。"其实在书中昼寝神游太虚幻境的还有甄士隐。与宝玉不同的是，甄士隐只到太虚幻境牌坊，与通灵宝玉见上一面后惊醒，"忽听一声霹雳，有若山崩地陷"。

表 199　黄帝宝玉甄士隐

<table>
<tr><td>黄帝</td><td rowspan="3">昼寝</td><td rowspan="3">神游</td><td>华胥境</td><td colspan="2">风女娲</td></tr>
<tr><td>宝玉</td><td rowspan="2">太虚幻境</td><td>警幻仙姑
四仙姑
可卿</td><td>钗黛云</td></tr>
<tr><td>甄士隐</td><td></td><td>封氏</td></tr>
</table>

在这个结构中，我们看到黄帝与宝玉、甄士隐的对应关系。黄帝是五帝之首，道教尊黄帝为始祖。宋徽宗尊信道教，大建宫观，自称教主道君皇帝。明太祖朱元璋册封道教真武大帝为玄天上帝，作为明朝的镇邦护国之神。

甄士隐与通灵宝玉有缘，却不是拥有者，故无缘太虚幻境。

在这个结构中，我们看到华胥境与太虚幻境的对应关系。要理解太虚幻境，自然从华胥境入手。华胥境是什么所在？《列子·黄帝》："其国无帅长，自然而已。其民无嗜欲，自然而已。不知乐生，不知恶死，故无夭殇；不知亲己，不知疏物，故无爱憎；不知背逆，不知向顺，故无利害：都无所爱惜，都无所畏忌。入水不溺，入火不热。斫挞无伤痛，指擿无痟痒。乘空如履实，寝虚若处床。云雾不硋其视，雷霆不乱其听，美恶不滑其心，山谷不踬其步，神行而已。"

华胥境是华胥部落所在地，是中华大地的象征，华胥氏是伏羲、女娲的母亲，风姓，女娲亦是风姓。又因女娲以木德王，木五行属东，故女娲是东风。《红楼梦》中女儿钗黛云（后妃）、姑娘宝林史（帝王）均有与东风有关的诗句，均是补天女娲。神游太虚幻境的痴儿浊物就是误入华胥境的清顺治帝、行痴和尚。

第二节　如梦令

令状式裁判文书是当前民事裁判文书的一种，本书借书中神女所制柳絮词《如梦令》之词牌名，继《绛珠还泪案》审结宋、明亡国史之后，以《神女如梦令》继续“朱评红楼”的结案之旅，开启顺治王朝、南明政权的“掰谎记”。首先，我们来认识《如梦令》。

《如梦令》是词牌名，又名《忆仙姿》《宴桃源》，相传出自后唐庄宗李存勗（885—926）自制曲，词云：“曾宴桃源深洞，一曲清歌舞凤。长记欲别时，和泪出门相送。如梦！如梦！残月落花烟重。”乐府遂以“如梦”二字名曲。

《如梦令》词牌的理解离不开这三个人。

一、后唐庄宗“如梦”——顺治皇帝+永历皇帝

后唐（923—936）是五代十国时期由沙陀族建立的封建王朝，定都洛阳，传二世四帝，历时一十四年。后唐是五代十国时期统治疆域最广的朝代。“五代领域，无盛于此者”，“时梁晋吴蜀四分天下，后唐以一灭二，天下四分已得三分”。

李存勗是沙陀族，本姓朱邪，小名亚子，应州金城县（今山西省应县）人，善于骑射，文武双全，统治前期颇有政绩，统治后期志骄意满，猜忌杀戮功臣，以致藩镇怨愤、士卒离心。同光四年（926），于兵变中受伤，死于绛霄殿，时年 42 岁，谥号光圣神闵孝皇帝，庙号庄宗，安葬于雍陵。

将创作《如梦令》的后唐庄宗李存勗的上述命运与本书所关注的 19 年的历史相对照，会发现如梦令曲牌的创始人后唐庄宗的命运是清顺治皇帝和南明永历皇帝命运的共同写照。

后唐庄宗是沙陀族，顺治皇帝是满蒙混血。

后唐庄宗本姓朱邪，永历皇帝姓朱。

后唐庄宗文武双全，朱由榔坚持抗清武装斗争 16 年；顺治皇帝的清王朝以骑射得天下。

后唐庄宗在称帝前通过军事斗争兼并河北，连战连捷，取得战略后方后再下渡黄河并建立政权，灭亡黄河中下游的后梁与西南的前蜀政权，顺治元年清朝入关后亦是这样一个战略格局。

后唐庄宗依靠宦官集团。顺治亲政后仿照明朝设立了十三衙门，通过内监辅佐朝政打压八旗大臣。顺治逊位出家之后，十三衙门立即被撤，并重设内务府。

后唐庄宗刘皇后权力极大，所发布的教令与皇帝诏敕具有同样效力，各地官府都必须执行。永历帝与王皇后共同努力在风雨飘摇中支持南明永历政权达 16 年；顺治后宫之中的董小宛扮演其政治伙伴的角色，支持了顺治皇帝的汉化政策。

后唐庄宗猜忌功臣，以致藩镇怨愤。顺治的汉化政策遭遇满洲顽固势力的强烈反对，在其所谓遗诏中也有类似内容："满洲诸臣，或历世竭忠，或累年效力，宜加倚托，尽厥猷为，朕不能信任，有才莫展。"

后唐庄宗死于兵变，遗体上盖满乐器火化，死时年 42 岁；永历帝朱由榔 40 岁时被原明朝臣子吴三桂所杀，尸体被焚于昆明北门外莲花池旁。顺治皇帝逊位出家后，在景山寿皇殿前为其空棺举行了火葬仪式，葬礼时棺材中不断发出如炒豆之声，应是棺中随葬物品爆裂所致。

后唐庄宗谥号光圣神闵孝皇帝；永历庙号昭宗，光昭日月之意；顺治的陵墓为孝陵。

表 200　如梦令之帝王令（史大姑娘、史姑娘）

<table>
<tr><td rowspan="8">如梦令之
后唐庄宗
李存勖</td><td>沙陀族</td><td rowspan="8">文武双全
皇后干政
乐器火葬</td><td rowspan="5">顺治皇帝
爱新觉罗 · 福临</td></tr>
<tr><td>太监干政</td></tr>
<tr><td>猜忌功臣</td></tr>
<tr><td>版图由北向南</td></tr>
<tr><td>孝皇帝</td></tr>
<tr><td>本姓朱邪</td><td rowspan="3">永历帝朱由榔</td></tr>
<tr><td>享年 42 岁</td></tr>
<tr><td>臣下兵变</td></tr>
</table>

二、李清照"知否"——秦淮八艳

在中国历史上最著名的《如梦令》系南宋著名女词人李清照所作。

李清照（1084—约 1155），号易安居士，齐州章丘（今山东济南）人，南宋女词人，婉约词派代表，有“千古第一才女”之称。

对于李清照，仅仅一句才华横溢的才女远不足以概括。她更是不拘世俗礼法，不被规则束缚的离经叛道者：

她嗜酒，存世的45首词作中与酒有关的就有16首，其中两首如梦令均与酒有关，均写于婚前：

昨夜雨疏风骤，浓睡不消残酒。试问卷帘人，却道海棠依旧。知否，知否？应是绿肥红瘦。

常记溪亭日暮，沉醉不知归路。兴尽晚回舟，误入藕花深处。争渡，争渡，惊起一滩鸥鹭。

她好赌，动辄废寝忘食：“予性喜博，凡所谓博者皆耽之，昼夜每忘寝食。”

她不为名节所累，第一任丈夫赵明诚去世之后，她在49岁时遇到了崇拜她的张汝舟，不顾世俗非议，大胆二嫁；结婚之后，发现对方并不是真的爱她，不过是图她的才名带来的利益和她拥有的文物古籍，遂又不顾一切，宁可坐牢也要离婚。

在中国历史上要寻找与李清照一样才情、个性与命运的女性，只有“甲申之变”后以柳如是、董小宛、李香君为代表的秦淮八艳可与之相仿：

一是历史背景相同。李清照经历“靖康之耻”，金人南下；秦淮八艳经历的是“甲申之变”，清军入关。

二是才华相似。李清照被誉为“词家一大宗”，秦淮八艳亦不遑多让，与之相唱和的是当时顶尖的文化精英——东林党人、江左三大家、复社四公子等。

三是个性相同。李清照藐视世俗，好酒、好赌，个性十足，秦淮八艳作为青楼女子，琴棋书画诗酒花茶无一不精。

四是婚姻自主。李清照在丈夫去世后再嫁又离婚，完全不惧人言；秦淮八艳是中国第一个拥有近代女性主体意识的群体，她们周旋于才子之间，积极寻求自己的精神归宿。

五是都有金陵生活背景。秦淮八艳自然生活在南京，李清照在颠沛流离中度过晚年，曾寓居南京，她在一首《临江仙》中曾写道：“庭院深深深几许？云窗雾阁常扃。柳梢梅萼渐分明。春归秣陵树，人老建康城……”

秣陵、建康与金陵一样，均是南京的别称。

六是心系家国。李清照有千古名句：“生当作人杰，死亦为鬼雄。至今思项羽，不肯过江东。”在颠沛流离的流亡之中，李清照以一介弱女之躯极力保全大量金石文物，为民族文化的传承做出了积极的贡献；秦淮八艳虽沦落风尘却一心系国，《红楼梦》向董小宛、柳如是、顾横波等致以最高礼赞。站在历史的角度看，李清照与秦淮八艳都代表了中华民族巾帼风骨。

表 201　如梦令之巾帼令（云儿）

李清照	“靖康之耻”	才华横溢	蔑视世俗	婚姻自主	金陵生涯	家国情怀
秦淮八艳	“甲申之变”					

三、秦太虚“无寐”——文臣抗清

《宋词三百首》共选入《如梦令》四首，两首为前述李清照的，两首是秦观的。秦观有两个字：一字少游，一字太虚。“秦少游”之名在红楼正邪两赋榜中出现，“秦太虚”是秦可卿卧房内“嫩寒锁梦因春冷　芳气袭人是酒香”一联的假托作者。由此可见秦观其人在《红楼梦》中的重要地位。

秦观（1049—1100），字少游，号淮海居士，江苏高邮人，北宋婉约派词人。在秦观现存的所有作品中，词有 3 卷 100 多首，诗有 14 卷 430 多首，文则达 30 卷共 250 多篇。秦观亦深谙兵法，“文人论兵，秦观堪与晚唐杜牧相媲美”。秦少游早年即写有《郭子仪单骑见虏赋》，赞扬唐代名将郭子仪“匹马雄趋”，兵不血刃以解回纥之围的壮举，壮年时期写了一系列用兵的策论。后来秦观屡遭贬谪，编管广东雷州，1100 年在被贬放还的路途中卒于广西藤县。

秦观入选《宋词三百首》的两首《如梦令》，其中一首作者有争议，我们来看另一首无争议的作品：

遥夜沉沉如水，风紧驿亭深闭。梦破鼠窥灯，霜送晓寒侵被。无寐，无寐，门外马嘶人起。

这一首词直观地描绘出所见、所闻、所感。所见者夜沉如水，所闻者门外马嘶、风紧门闭、老鼠窸窸窣窣，所感者霜寒侵被。从视觉到听觉再到感觉，如身临其境一般让人感受到羁旅在外的离愁和凄凉。

将上述作品与秦观生平结合起来，有以下几个关键词：如梦令、羁旅生涯、文人论兵、潇湘孤馆、贬谪广东、命断广西——这就是以南明永历政权兵部尚书瞿式耜为代表的抗清英雄命运的写照。

表 202　如梦令之男儿令（云姑娘）

秦少游	北宋	诗人	文臣	羁旅生涯	湖南孤馆	命断广西	家国情怀
瞿式耜	南明						

秦观还有一首著名的词作《踏莎行·郴州旅舍》：

雾失楼台，月迷津渡，桃源望断无寻处。可堪孤馆闭春寒，杜鹃声里斜阳暮。

驿寄梅花，鱼传尺素，砌成此恨无重数。郴江幸自绕郴山，为谁流下潇湘去？

耒阳历史上曾属桂阳郡（大体相当于今湖南郴州），是传说中炎帝制耒耜开启农耕文明的地方。炎帝诞辰传说是四月二十六日，这天也是《红楼梦》中芒种饯花神、宝钗扑蝶、黛玉创作《葬花吟》、宝玉行女儿酒令、寿怡红活动、湘云醉卧、香菱解裙等故事的发生之日。

第三节　云雨情——补天治水情

第五回《开生面梦演红楼梦　立新场情传幻境情》，贾宝玉看了薄命司大观园女儿的判词，在四仙姑宫室饮尽千红一窟茶、万艳同杯酒，听过红楼梦曲十二支后，与可卿成亲。

警幻对宝玉发表了一大段关于“意淫”的谈话，其间多次提及与神女有关的巫山云雨概念："是以巫山之会，云雨之欢，皆由既悦其色、复恋其情所致也……如世之好淫者，不过悦容貌，喜歌舞，调笑无厌，云雨无时，恨不能尽天下之美女供我片时之趣兴，此皆皮肤淫滥之蠢物耳……而今后万万解释，改悟前情，留意于孔孟之间，委身于经济之道。"说毕便秘授以云雨之事，推宝玉入房，将门掩上自去。

这里的云雨情不是男女情，而是神女情，是补天治水情。河神宓妃、江神湘妃、海神妈祖、以身补天的女娲均殉于水，而巫山神女则是治水女神，她们都是以花为图腾的中华民族的总花神，在此基础上我们看她们的共性：

一、神女与洛神

治水神女与溺水洛神两相映照。宋玉《神女赋》之后数百年，曹植受到此赋的激发，写下《洛神赋》，创造出同样神情美丽的洛神形象，使巫山神女在北国有了一位女神姐妹遥遥与之辉映千古；受《神女赋》影响，瑶姬神话引出历代一系列诗赋词曲等文学作品，形成了描写、咏叹神女的韵文学长廊，对文学史影响深远。中国文化中对女性的态度，除了"昵"之外，又增添了一分"敬"。贾宝玉对于女性的态度便是"昵而敬之"的。

冒辟疆《影梅庵忆语》纪念神女董小宛开篇则言："爱生于昵，昵则无所不饰。缘饰著爱，天下鲜有真可爱者矣。""描摹想像，麻姑幻谱，神女浪传，近好事家，复假撰声诗，侈谈奇合。遂使西施、夷光、文君、洪度，人人阁中有之。此亦闺秀之奇冤，而啖名之恶习已。"

其中表达了对董小宛的昵敬之情，并将董小宛喻为神女、麻姑及西施等人。麻姑又称寿仙娘娘、虚寂冲应真人，晋代葛洪《神仙传》卷七："麻姑，建昌人，修道于牟州东南姑余山。三月三日西王母寿辰，麻姑在绛珠河畔以灵芝酿酒，为王母祝寿。"麻姑亦是绛珠草。

二、神女与湘妃

江神湘妃在湖南投水，一说在湘北洞庭湖，一说在湘南湘江。而神女的巫山无论是湖北云梦的巫山，还是长江三峡中巫峡的巫山，抑或是湖南邵阳的巫山，均属楚地。湖南衡阳是南明永历帝朱由榔的封藩所在地，而三峡附近的兴山县既是昭君故里，也是南明政权抗清战火最后熄灭之地——1664 年八月，临国公李来亨将军在九莲坪举家自焚。

三、神女与妈祖

海神妈祖与神女一样是道教神灵，西南三峡巫山神女导波决川，庇佑船工穿行激流；东南沿海海神妈祖神昭海表，护航渔民平安归来。西南的永历政权祈望神女之助，能如当年支持大禹一般授“策召鬼神之书”，助力“斫石疏波，决塞导厄，以循其流”。东南郑成功于 1661 年三月二十三日妈祖诞辰日，奉妈祖像东征台湾，从荷兰殖民者手中收复了台湾。

四、补天女娲与治水神女

《朱评红楼》在《绛珠还泪案》揭开了《红楼梦》女娲补天的主题。女娲以身补天，与神女治水是同义。治水神女与补天女娲，都是拯救生灵的正神。

宝玉初试云雨情的对象是可卿：“（警幻）说毕便秘授以云雨之事，推宝玉入帐，将门掩上自去。”宝玉二试云雨情的对象是花袭人：“（宝玉）便把梦中之事细说与袭人听了。然后说至警幻所授云雨之情，羞的袭人掩面伏身而笑。宝玉亦素喜袭人柔媚娇俏，遂强袭人同领警幻所训云雨之事。袭人素知贾母已将自己与了宝玉的，今便如此，亦不为越礼，遂和宝玉偷试一番，幸得无人撞见。”

领警幻所授云雨情，并非指性事，而是神女治水情的符号化描写，是顺治推行汉化政策的符号性描写。汉化的同盟军一是以钗黛合一的青楼董小宛为代表的后妃，一是以花袭人为代表的汉官，他们是（冤）枉自温柔和顺（治）历史人物符号，《朱评红楼》今后会一一揭晓。

五、云雨与打架

宝玉在梦中与可卿来至黑溪迷津，“只听迷津内水响如雷，竟有许多夜叉、海鬼将宝玉拖将下去。吓得宝玉汗下如雨，一面失声喊叫：‘可卿救我！’……却说秦氏正在房外嘱咐小丫头们好生看着猫儿狗儿打架，忽听宝玉在梦中唤他的小名，因纳闷道：‘我的小名这里从没人知道的，他如何知道在梦里叫出来？’正是：一场幽梦同谁近，千古情人独我痴。”

第五回《开生面梦演红楼梦　立新场情传幻境情》的回前诗写道：“问谁幻入华胥境？千古风流造孽人。”造孽人秦氏在此出现了。在猫狗打架之处有一个甲戌侧批：“细极。”

“一字不可少、一语不可更”的《红楼梦》，宝玉与可卿的云雨情是补天治水情，而房外秦氏眼中猫儿与狗儿打架则是另有深意。猫狗是畜牲，畜牲打架是什么意思？答案在第七十三回《痴丫头误拾绣春囊　懦小姐不问累金凤》，傻大姐拾到绣香囊：“敢是两个妖精打架？不然必是两口子相打。”……邢夫人问她：“这痴丫头，又得了个什么狗不识儿这么欢喜？拿来我瞧瞧。”傻大姐便笑道：“太太真个说的巧，真个是狗不识呢。太太请瞧一瞧。”

多尔衮以狗獾命名，是狗儿；与孝庄命运类似的北宋刘娥皇后就是狸猫换太子的主角，孝庄是猫儿。因多尔衮在宫中与孝庄同居，形成太后下嫁的既成事实，《红楼梦》嘲讽其是“猫儿狗儿打架”。

钗黛兼美的可卿不是畜牲打架的秦氏，不是死封龙禁尉的秦可卿，亦不是小蓉大奶奶，一日易服四五次的神秘秦可卿的真面目今后揭晓。

第四节　裁判意见

暮春之际，红楼神女史湘云发出《如梦令》：

岂是绣绒残吐，卷起半帘香雾，纤手自拈来，空使鹃啼燕妒。且住，且住！莫使春光别去。

偶填《柳絮词》的是哪些神女偶伴：史大姑娘朱由榔与云姑娘瞿式耜的君臣之偶；史姑娘顺治与云儿董小宛的夫妻之偶；猿背神女钱谦益与蜂腰神女柳如是的夫妻之偶……

一、神女如梦令

春天是百花盛开的季节，“花的民族”华夏族向往着春天的到来，期望着春光常驻。只要春光常驻，则不用饯花，更无须葬花。

宋钦宗靖康二年（1127）二月初六，金太宗下诏废徽、钦二帝为庶人，北宋灭亡。四月初一，二帝被掳北上，史称“靖康之耻”。

1644 年三月十九日，明朝崇祯帝自缢殉国，明朝灭亡。四月，清军入关，史称“甲申之变”。

1645 年春，多尔衮命多铎移师南征。经过十八年的征战，1662 年三月十二日，清廷诏告天下“永历既获”，南明灭亡。

暮春是北宋、明王朝、南明政权灭亡的时节。花的民族“红销香断有谁怜”“一抔净土掩风流”。

在“莫使春光别去”的主旨之下，《红楼梦》主要用小说的形式记载了以下历史：

一是为闺闱昭传。通过绛珠草是总花神的结构，为在“靖康之耻”中殉难的北宋仁怀皇后朱琏、慎德妃朱璇姐妹，“甲申之变”中殉难的明天启皇后张嫣、崇祯皇后周玉凤立传（详见《绛珠还泪案》）；并将上述四位花神的命运映射至顺治王朝的孝献皇后董鄂氏、贞妃董鄂氏、孝康章皇后佟佳氏、孝惠章皇后博尔济吉特氏身上，对这四位与顺治皇帝守望相助，共同为促进民族交融、文明融合付出青春与生命代价的花神进行讴歌。

二是为阁闱昭传，歌颂大舜之正裔，“及至君仁臣良、父慈子孝、凡伦常所关之处，皆是称功颂德、眷眷无穷”，其中有以一死为万民请命的崇祯朱由检，有坚持抗清、延续华夏文明的南明政权的朱由榔、史可法等君臣，有推进民族交融和文明融合的顺治帝后。《红楼梦》的创作群体以女娲补天石、精卫填海石自居，以治水的神女、禹鲧为偶像，誓补山河破碎之天，誓填文明沉沦之海。

三是“指奸责佞、贬恶诛邪”，将中华之患钉上历史耻辱柱：声讨屠戮汉民族与摧毁汉文明的多浑虫——“姓金的，你是什么东西”；批判对中原人民进行文化灭国毁史的母蝗虫——“剖悍妇之心，忿犹未释”；痛斥为个人私利出卖国家、民族利益的范文程、吴三桂等汉奸群体“箝诐奴之口，讨岂从宽”。

上述内容共同构成其主题——“大旨谈情（清—金）”，“实录其事”——记载“靖康之耻”到“甲申之变”到南明灭亡到乾隆前期的历史。在《绛珠还泪案》中我们已就1127年“靖康之耻”到1644年“甲申之变”共517年的历史事件进行梳理，在《神女如梦令》中我们还原1643—1662年顺治王朝与南明政权共19年的历史真相。1662—1754年康雍乾三朝史将在今后再行分享。

本书的内容前八十回仍以岳麓书社脂汇本为准，后四十回的内容以人民文学出版社的《红楼梦》为准。

惟楚有材，于斯为盛的岳麓书院有个长联：

> 是非审之于己，毁誉听之于人，得失安之于数，陟岳麓峰头，朗月清风，太极悠然可会；
>
> 君亲恩何以酬，民物命何以立，圣贤道何以传，登赫曦台上，衡云湘水，斯文定有攸归。

此联由乾隆年间岳麓书院山长旷敏本所作，《朱评红楼》从中依稀看到《红楼梦》创作群体以神女史湘云自喻的集体自白。

二、万里长城永不倒

一部长城历史，就是一部中华历史的缩影。南北朝时期，南朝宋大将檀道济要北伐收复中原，可是皇帝忌惮他功高威重，将他处死。去世前，檀道济说了一句千古名言：“乃坏汝万里长城。”由此可见，长城精神在南北朝时期已经具有中华文化的寓意了。

长城又称紫塞。唐朝蔡京《咏子规》：

> 千年冤魄化为禽，永逐悲风叫远林。
> 愁血滴花春艳死，月明飘浪冷光沉。
> 凝成紫塞风前泪，惊破红楼梦里心。
> 肠断楚词归不得，剑门迢递蜀江深。

清朝入关后的六大弊政，将中华民族推入历史的黑溪迷津，《红楼梦》的创作群体认识到，在中华民族的历史进程中，长城具有凝聚民族共识的精神象征。第三十回《宝钗借扇机带双敲 龄官划蔷痴及局外》，端阳前夕的五月初四，大观园蔷薇架下上演了一出“凝成紫塞风前泪，惊破红楼梦里心”的场景。

风雨袭来蔷薇硝，于是在第五十九回《柳叶渚边嗔莺咤燕 绛云轩里召将飞符》，大观园中又上演了一出寒食祭奠之景：

春城无处不飞花，寒食东风御柳斜。
日暮汉宫传蜡烛，轻烟散入五侯家。

辛亥革命胜利之后，在全民族抗日战争和改革开放两大历史性变革时期，长城是唯一一个由全国民众自发组织、回归、认同、向往的历史与文化的标识。《义勇军进行曲》中喊出“把我们的血肉，筑成我们新的长城”的口号，1984 年邓小平同志题词的“爱我中华、修我长城”活动，把保护长城上升到“爱我中华”，也就是弘扬民族精神的高度，开创了长城保护的新局面。

2021 年习近平总书记在考察岳麓书院时强调，要坚定道路自信、理论自信、制度自信、文化自信，并指出其中文化自信是更基础、更广泛、更深厚的自信。

没有高度的文化自信，没有文化的繁荣兴盛，就没有中华民族的伟大复兴。中华民族要在精神上强大、文化上复兴，长城精神无疑是践行中国梦最好的历史文化标识。万里长城永不倒，这就是中华民族的文化根基和历史信仰。

三、长城内外是故乡

《红楼梦》是一部借绛珠还泪公案创作的传奇史书。作者打破了时空限制，荣、宁两府和大观园浓缩式地上演了自 960 年宋朝建立至乾隆十九年（1754）宋元明清四朝 794 年的恢宏历史，其核心是从 1127 年“靖康之耻”至 1644 年“甲申之变”至清乾隆十九年共 627 年。

这段历史是中国南北文明冲撞、民族交融的重要时期，并直接奠定了当今中国的版图与民族的构成，核心区域是北纬 40 度附近的燕云十六州，也就是以幽州（今北京）和云州（今山西大同）为中心的十六个州，即今北京、天津北部（海河以北），以及河北北部、山西北部地区。这个地区位于长城沿线，是中原王朝北部天然屏障。

在民族交融与文明融合的过程中，长城成为联系文明的纽带，长城内外都是中华民族共同的家园。其实除了防御之外，长城还有另一个功能，就是保障东西交通、沿线丝绸之路商道的通畅。

康熙三十六年（1697）初，康熙帝亲自挥军，经过三次大的征战终于平定了漠西蒙古首领噶尔丹叛乱。七月二十九日，康熙奉仁宪皇太后阿拉坦琪琪格开始了第三次东巡，经过自秦到清2000年的努力，统一的多民族国家已然巩固。八月十五日夜，康熙写下《古北塞上望月》：

桂树清光挂碧天，云开万里塞无烟。

远人向背由敷政，惟在筹边与任贤。

此诗体现了一个杰出政治家的家国情怀与广阔视野，是康熙勤于政事、维护国家领土完整、促进民族团结的政治理念的体现。也正是由康熙决定，清朝不再修长城了。

四、惊破红楼梦里心

1744年，“甲申之变”百年之际，《石头记》底本完成；1754年，经过十年的批阅增删，第三本中华通史甲戌本《脂砚斋重评石头记》问世传奇。但《红楼梦》的目的不仅限于通过掰谎完成对历史的记录，而是要如《史记》《春秋》《左传》《吕氏春秋》一样留下治国的方略，提供执政的借鉴，从这个意义上而言，《红楼梦》发挥的是《续资治通鉴》的作用。

《红楼梦》的主题有以下五个方向：

一是记史：在5000年历史的背景之下，呈现游牧文明叩关中原文明的宋明亡国血泪，详见《绛珠还泪案》。

二是反思：反思的主题是文明的救亡与民族的交融，这是本书的内容。

三是歌颂：《红楼梦》是中华民族的《儿女英雄传》，是大舜之正裔的《麒麟阁》，是湘妃之正裔的《烈女传》。《朱评红楼》今后将开启康雍乾三朝大一统的英雄史诗。

四是批判：通过“指奸责佞、贬恶诛邪”，将中华之患钉上历史耻辱柱，声讨对汉民族进行种族灭族和文化灭族的多浑虫——“姓金的，你是什么东西”；批判对中原人民亡国毁史的母蝗虫——“剖悍妇之心，忿犹未释”；痛斥为个人私利出卖国家、民族利益的范文程、吴三桂等汉奸群体——“簕诐奴之口，讨岂从宽”！

五是启蒙：开启近代民主自由思想启蒙，反对封建专制集权，为后世留下治国纲领和执政的借鉴，迎击西方海洋文明的叩关。

关于第三、第四、第五主题的更详细内容，《朱评红楼》将在今后进行分享。

《红楼梦》是人类历史上空前绝后的鸿篇巨制，是中华文明的至高圣殿。

基于其宏大的主题，对《红楼梦》的研究应分为以下七个层级：

一是爱情红楼——宝黛钗爱情悲剧；

二为家族红楼——四大家族兴衰史；

三是百科红楼——中国封建社会的百科全书；

四是哲学红楼——人生价值的哲学追问；

五是思想红楼——对儒释道法墨的反思与传承，对理学的批判与继承，体现中国古代民本思想的实践，早期民主主义思想的萌芽，提出强国富民、开启东西方交流的构想；

六是历史红楼——对由秦到清的君主专制集权主义的批判，是宋元明清四朝的文明冲突与交流、民族对抗与交融的“春秋史”：花石纲——木石盟——金玉缘——云雨情；

七是复兴红楼——对大舜之正裔予以最深情的讴歌，对中华之患予以最彻底的批判，勾画中华民族美好的明天——文明融合与发展、民族交融与复兴。

《红楼梦》七级浮屠使一切魔障望风远避、一切恶煞悉皆远离，迎来“鸡唱稻香村”的红霞满天！

第五节　丝绸之路

取法于银河星汉的汉文明自古就认为世界应该是一个和谐的整体，主张和而不同、百花齐放，既珍视我们自己的文化，也尊重其他民族的文化，强调不同文明之间平等交流、和谐包容，所以中华文明才得以源远流长、生生不息。

丝绸之路上的敦煌千佛洞与海上丝绸之路上的深圳赤湾天后宫在这方面为我们提供了一个最佳视角。

一、敦煌：万里长城——千佛洞

西汉元狩二年（前121），汉武帝派霍去病进军河西，把中原几十万人迁来酒泉等地居耕，于是这里的文明昌盛开始了新的一页，绵延7000千米的古丝绸之路上的重镇敦煌就位于此。

明洪武五年（1372），在酒泉始建明长城的西端嘉峪关。嘉峪关由内城、外城、罗城、瓮城、城壕和南北两翼长城组成，全长约60千米。明长城城台、墩台、堡城星罗棋布，由内城、外城、城壕三道防线组成重叠并守之势，形成五里一燧，十里一墩，三十里一堡，百里一城的防御体系。新中国成立后，在酒泉成立了卫星发射中心。

如果说嘉峪关是维护和平的屏障，毗邻嘉峪关的敦煌就是文明融合和民族交融的范本。敦煌莫高窟始建于前秦建元二年（366），后历经北朝、隋朝、唐朝、五代十国、西夏、元朝等历代的兴建，形成巨大的规模，现尚存壁画和雕塑的洞窟492个，壁画4.5万平方米，泥质彩塑2100余尊，是世界上现存规模最大、内容最丰富的佛教艺术圣地。1961年，莫高窟被中华人民共和国国务院公布为第一批全国重点文物保护单位之一。1987年，莫高窟被列入《世界遗产名录》。

国学大师季羡林说："世界上历史悠久、地域广阔、自成体系、影响深远的文化体系只有四个：中国、印度、希腊、伊斯兰，再没有第五个；而这四个文化体系汇流的地方只有一个，就是中国的敦煌和新疆地区，再没有第二个了。"

敦煌自古就是一个多民族聚居的家园，各民族在敦煌长期和平共处、友好往来，共同塑造了丰富多彩、绚烂多姿的文化。粟特人、吐蕃人、于阗人、回鹘人、西夏人的形象，至今还留存在壁画之中。岁月变迁，时光流转，转瞬千年，形容依旧。

敦煌是诸宗教和平共处的地方，佛教、道教、祆教、景教、

摩尼教等，都曾在这里流行，敦煌藏经洞中保存有汉文景教文书《大秦景教三威蒙度赞》《志玄安乐经》，还保存有汉字摩尼教经典，即《下部赞》《摩尼光佛法仪略》和《摩尼教残经》，其中所反映的正是敦煌文化乃至中华文明的兼容并蓄。

明朝第一才子杨慎在《敦煌乐》中写道：

角声吹彻梅花，胡云遥接秦霞。
白雁西风紫塞，皂雕落日黄沙。
汉使牧羊旌节，阏氏上马琵琶。
梦里身回云阙，觉来泪满天涯。

改革开放以来，古老的丝绸之路重新焕发出生机，在“一带一路”倡议的推进过程中，敦煌承载的多元一体的中华文明，也传递到全世界，用文化向世界展现一个真实的、立体的、全面的中国。

以敦煌文化为题材的大型室内情景剧《又见敦煌》言道：“我是你的一瞬间，你是我的一千年。”翻开古卷，拨开尘沙，穿越千年，又见敦煌，梦醒红楼！

二、蛇口：下西（南）洋

明朝郑和下西洋是中国古代航海史上的壮举，据明朝天顺八年（1464）广州府判黄谏《新建赤湾天妃庙后殿记》中载：三宝太监郑和奉明成祖朱棣之命，率领舟师，远下西洋，船队行至珠江口南山附近遇险，请祷天后，天后显灵，救助郑和。郑和归朝，复命奏上，奉旨遣副帅张源整修赤湾天后庙。此后朝廷使臣出使东南亚各国，经过这里时必定停船进香，以大礼祷神庇佑。

护佑郑和下西洋的赤湾天后宫位于深圳蛇口半岛，面向南海伶仃洋，其始建远溯宋代，明清两朝多次修葺，成为当时沿海最重要的一座天后庙宇。中华海神天后妈祖与河神宓妃、江神湘妃、创世女神女娲一起构成《红楼梦》中女儿是水做的骨肉、钗黛绛珠草总花神符号。

信奉伊斯兰教的郑和下西洋，将中华文明的火种传至东南亚、南亚、西亚至东非，并开启了从明朝到民国400年的闽粤人民下南洋的进程。如今，中国人的脚步已经遍及全世界，东南亚是海外华人最集中的地区，约有2000万人。他们中的绝大部分，就是几百年前那些在南洋披荆斩棘的开拓者的后代。他们为东南亚带去先进的生产方式，与当地人民和谐相处，经过一代代人的努力，成为东南亚商界与政界的精英人士；他们虽人在海外，但心怀故土，不仅保留了完整的民俗文化，在抗日战争时期还组织了大量的人力物力支援抗战。下南洋的这段历史告诉世人，作为龙的传人、花的民族、星汉子民，我们遵循中华文明天下大同的理念，追求和平共处、尊重多元文化、致力族群交融，较之多尔衮剃发易服暴政、西方列强的掠夺殖民，高下立判。

赤湾天后宫所处的蛇口半岛，是中国改革开放开山炮炸响之地。距天后宫4千米处，矗立着代表改革开放精神的女娲补天像。2012年，在蛇口半岛西侧，一块名为“前海”的搏浪磐石，见证了前海从一片滩涂变成中国梦的前沿代表。作为海上丝绸之路的枢纽城市，2020年深圳发布新的深圳精神为“敢闯敢试、开放包容、务实尚法、追求卓越”。

2021年8月《朱评红楼之绛珠还泪案》出版后，来自四级法院领导、同事与师友们的热情支持是《朱评红楼》判冤决狱的不竭动力。宝玉扮演者欧阳奋强老师在微博、抖音、微信公众号上一路为《朱评红楼》宣传护航，“眼前春色梦中人”的感动令我不敢懈怠。此间《朱评红楼》走进最高法院第一巡回法庭、深圳两级法院和兄弟法院；走进云南大学、暨南大学、深圳开放大学；走进深圳海关、深圳市妇女文化讲堂；走进深圳读书会、深圳中心书城；走进深圳市图书馆、福田区图书馆；得到《北京青年报》《南方都市报》《深圳特区报》《晶报》《深圳晚报》、光明网等媒体的关注，与中国红学会以及广大民间红学研究者、爱好者进行了广泛的交流与互动，在此一并致谢！

经过努力，2022壬寅中秋《神女如梦令》书成，中国第一位任职联合国争议法庭法官的孙祥壮先生欣然为本书题写书名，愈加坚定了笔者愿闻显据、以核理实的红楼结案的决心与信心。

神女生涯原是梦（孝献董小宛），小姑居处本无郎（孝惠阿拉坦琪琪格）。月上中天，丹桂飘香，分享一首李商隐的《无题》为

《神女如梦令》作结：

重帏深下莫愁堂，卧后清宵细细长。
神女生涯原是梦，小姑居处本无郎。
风波不信菱枝弱，月露谁教桂叶香。
直道相思了无益，未妨惆怅是清狂。

壬寅中秋于莲花山下
癸卯年六月十三日修订

附表一

三生石上历史模型原型之后妃
（靖康—甲申—顺治）：黛钗云薛

	宋“靖康之耻”	明“甲申之变”	清顺治王朝		南明政权
黛玉	钦宗仁怀皇后朱琏	天启张裕妃	皇贵妃董小宛		弘光金贵妃 隆武曾皇后 鲁王张元妃
		崇祯皇贵妃田秀英			
宝钗	钦宗慎德妃朱璇	天启皇后张嫣（红麝串）	孝惠章皇后阿拉坦琪琪格	孝献皇后董小宛	弘光李皇后 永历王皇后
		崇祯皇后周玉凤（女工）			
薛宝钗（宝钗辈）		皇太极庄妃布木布泰	废后孟古青		
云儿			咬舌孝惠章皇后阿拉坦琪琪格		
			青楼孝献皇后董小宛		

附表二

三生石上历史模型原型之帝王将相（明清鼎革）：宝林薛史（姑娘是阳）

<table>
<tr><td rowspan="2">宝钗</td><td colspan="2" rowspan="2">天启朱由校</td><td>宝钗借扇机带双敲</td><td>宁远大捷，宁锦大捷</td><td rowspan="2">汉装贾宝玉面若中秋之月</td></tr>
<tr><td>时宝钗小惠全大体</td><td>减免农业税，加征矿税、海关税</td></tr>
<tr><td>林黛玉</td><td colspan="2">崇祯朱由检</td><td>林黛玉重建桃花社
林黛玉焚稿断痴情</td><td>焦心求治，命断煤山</td><td>汉装贾宝玉色如春晓之花</td></tr>
<tr><td rowspan="2">薛宝钗</td><td colspan="2" rowspan="2">摄政王多尔衮</td><td>薛宝钗小恙梨香院</td><td rowspan="2">恙螨为祸，摄政天下</td><td rowspan="2">多浑虫</td></tr>
<tr><td>薛宝钗出闺成大礼</td></tr>
<tr><td rowspan="3">史湘云</td><td rowspan="2">明君</td><td>史大姑娘
永历朱由榔</td><td rowspan="2">史湘云偶填柳絮词</td><td rowspan="2">如梦令下，民族交融，文明融合</td><td>同袍汉装宝玉</td></tr>
<tr><td>史姑娘
顺治福临</td><td>满装贾玉玉</td></tr>
<tr><td>贤臣</td><td>云姑娘
史可法等</td><td>憨湘云醉眠芍药裀</td><td>四月二十六日，史可法扬州殉国</td><td>蜂腰猿背</td></tr>
</table>

图书在版编目(CIP)数据

朱评红楼之神女如梦令/朱珠著．—长沙：岳麓书社，2024.9--ISBN 978-7-5538-2136-8

Ⅰ．I207.411

中国国家版本馆 CIP 数据核字第 2024281HN4 号

ZHU PING HONGLOU ZHI SHENNÜ RUMENGLING

朱评红楼之神女如梦令

作　　者：朱　珠

责任编辑：刘梦灵　刘亮

责任校对：舒　舍

封面设计：刘　峰

岳麓书社出版发行

地址：湖南省长沙市爱民路 47 号

直销电话：0731-88804152　0731-88885616

邮编：410006

版次：2024 年 9 月第 1 版

印次：2024 年 9 月第 1 次印刷

开本：700mm×1000mm　1/16

印张：27.75

字数：385 千字

书号：ISBN 978-7-5538-2136-8

定价：88.00 元

承印：长沙超峰印刷有限公司

如有印装质量问题，请与本社印务部联系

电话：0731-88884129